人口科学发展新论

——低生育水平下的人口计划生育研究

浙江省人口和计划生育委员会　编

ZHEJIANG UNIVERSITY PRESS
浙江大学出版社

图书在版编目（CIP）数据

人口科学发展新论：低生育水平下的人口计划生育研究 / 浙江省人口和计划生育委员会编. — 杭州：浙江大学出版社，2010.8

ISBN 978-7-308-08008-8

Ⅰ. ①人… Ⅱ. ①浙… Ⅲ. ①人口—工作—中国②计划生育—工作—中国 Ⅳ. ①C924.2

中国版本图书馆CIP数据核字(2010)第190788号

人口科学发展新论

——低生育水平下的人口计划生育研究

浙江省人口和计划生育委员会　编

责任编辑　杜希武
封面设计　刘依群
出版发行　浙江大学出版社
（杭州天目山路148号　邮政编码310007）
（网址：http://www.zjupress.com）
排　　版　杭州彩地电脑图文有限公司
印　　刷　杭州半山印刷有限公司
开　　本　787mm×1092mm　1/16
印　　张　26
字　　数　665千字
版 印 次　2010年8月第1版　2010年8月第1次印刷
书　　号　ISBN 978-7-308-08008-8
定　　价　59.00元

浙江大学出版社发行部邮购电话　（0571）88925591

《人口科学发展新论》编委及编辑名单

序

人是万物的灵长！

人口计划生育是我国基本国策。

浙江是人口计生工作的先发地。

早在上世纪五十年代，浙江就率先谋划计划生育工作，几十年来，始终谋在新处、干在实处、走在前列，在全省人口计生工作实践历程中创造了许许多多新经验，形成了一系列新亮点，为浙江经济社会发展创造了良好的人口环境，为我国人口计生事业积淀了成功经验。

现在，浙江人口计生工作已经进入低生育水平长期稳定、人口趋向均衡发展的新时期。从他律走向自律，从必然王国迈入自由王国，浙江基本形成了人口与经济社会协调可持续发展的科学发展新模式，有力助推了浙江经济社会又好又快发展。

在浙江，与人口计生工作实践双峰并峙的是人口理论研究。从实际出发，关注实践经验的理论提升；把握发展大局，破解发展难题的理性认识；对人口发展理论及相关学科知识的萃取，三大来源形成了浙江人口发展理论成果的丰富内涵，创造性地产生了“人口控制”、“最高的宏观调控”、“少生快富奔小康新家庭计划”、“生育文化建设”、“生育文明构建”、“和谐计生理论”、“人口均衡发展”等一系列富有前瞻性的关于人口发展的科学认识，引领了人口工作实践，丰富了人口理论体系，成为我国人口理论创新最璀璨的明珠之一。

这次结集出版的《人口科学发展新论》，是浙江新时期人口科学发展的理论结晶。论文集的出版，省人口计生委人事处、省计生宣教中心做了大量细致的工作。入选的 148 篇论文中，有专家学者面向未来、面向世界的前沿思考；有领导干部破解难题、总揽全局的决策思维；有基层工作者深入实际、含英咀华的真知灼见。全书以“统筹人口发展，构建和谐计生”为主线，从人口发展、宣传教育、依法行政、利益导向、优质服务、流动人口、队伍建设、性别比治理、生殖健康九个方面，深入发掘，升华总结，展现了理论认识点与面的统一、事与理的统一、重点与难点的统一、基础工作与高层倡导的统一，充分体现了人口理论的丰富性与多样性。论文集的出版必将为全省人口计生工作更好地开展发挥推波助澜的作用。

值得一提的是，论文集中关于统筹城乡人口发展、有效探索户籍制度改革背景下人口计生工作新机制、优生“两免”工作的有效推进、流动人口科学管理与服务等问题的深入探索，开拓性地解决了人口发展实践过程中的难题，为论文集，也为人口研究踵色增华、锦上添花。

任何事物都是两面性的统一，这本论文集也不例外。由于作者绝大部分来自基层，实践的深度与广度的局限、知识水平与个人认识等主观方面的不足，都会导致存在部分观点片面，一些认识还不深刻，语言文字朴拙稚嫩等问题，瑕不掩瑜，我坚信这些不足不仅不会蔽盖论文集的风采，而且将作为一种动力推进人口理论研究走向深入、步入完善。

“泰山不让土壤，故能成其大；河海不择细流，故能就其深。”论文集的出版集中反映了浙江人口问题思考风气之盛，人口理论研究氛围之浓，昭示着浙江人口事业的繁荣发展！

是为序。

浙江省人口计生委主任 章文彪

目录
CONTENTS

序

第一部分 总论

统筹人口发展 构建和谐计生 为加快发展方式转变创造良好的人口环境…章文彪 / 3
大力开展人口青春期性健康教育加快生育文明建设步伐……………………宋贤能 / 6
把握工作态势 实施有效治理 ………………………………………… 胡玉璋 / 10
低生育稳定期……………………………………………………………… 叶明德 / 15
人口问题的本质是数量问题……………………………………………… 原华荣 / 22
浙江省人口和计划生育基层队伍建设调研报告………………………… 调研组 / 27
新时期浙江经济发展与人口容量研究…………………………………… 姚引妹 / 35

第二部分 人口发展与社会和谐

谈对“科学发展、和谐计生”工作理念的初浅认识……………………… 孙伟根 / 43
践行科学发展 构建阳光计生 ……………………………………卢妙兴 胡鸿雁 / 46
浅论稳健调整计划生育政策……………………………………………… 施春芳 / 48
正确认识农村计划生育工作中存在的问题……………………………… 周聿仙 / 50
人户分离对象计生管理现状及问题……………………………………… 李维佳 / 53
浅谈社区计划生育服务管理的难点与对策……………………………… 汤妃英 / 55
关于加强新形势下计划生育工作的探索与思考………………………… 王琳 / 57
“三三”工作法拓展社区计生服务管理工作新途径……………………… 黄丽英 / 59
关于稳定低生育水平的思考与对策……………………………………… 全栩栩 / 61
关于人口计生部门下乡服务效应的思考………………………………… 何锋浩 / 64
关于做好渔区人口计生问题的对策思考………………………………… 金曙芬 / 66
当前农村计生行政执法的难点及对策…………………………………… 王丽英 / 68

论新形势下计生工作的难点及解决对策……………………………… 赵新惠 / 70
治理违法生育 探索稳定低生育水平新思路 ………………………………… 陈黎 / 72
计划生育出生统计误差的成因分析……………………………………… 朱海玲 / 75
新形势下乡镇人口计生工作的探索与思考………………………………… 王正梅 / 77
人口城镇化建设规划应先行……………………………………舒水明 曹文华 / 80
加强“四个化”建设 狠抓案件审理 ……………………………………… 林卫中 / 83
贯彻落实科学发展观推动人口计生事业发展……………………………… 黄先贵 / 86
关于新农村生育文化建设的思考………………………………………… 贾祥勤 / 90
关于生育文明建设的思考………………………………………………… 华迎春 / 92
承担责任 尽心呵护 ……………………………………………………… 徐爱萍 / 95
浅谈户籍制度改革对计划生育工作的影响及对策建议…………………… 张丽芳 / 98
人口家庭服务中心信息化建设的难点分析与对策……………………… 范慧玲 / 100
舟山市实行“单独二孩”政策性分析……………………………………… 华琳 / 102
论计划生育协会在村民自治中的作用…………………………………… 屠敏娟 / 105
关于计生协会在群众工作中的实践与思考……………………………… 朱利学 / 107
浅析当前农村违法生育的成因及对策…………………………………… 俞国莹 / 110
浅析基层计划生育执法存在的问题及对策……………………………… 邱聪菊 / 113
关于新农村精神文明建设的对策与思考………………………………… 林妙娟 / 116
关于稳定低生育水平的思考与对策……………………………………… 张丽萍 / 119
浅析文昌镇已婚生育妇女长效节育落实率下降原因……………………… 方红艳 / 121
统筹解决人口问题 发挥计生协会作用 ………………………………… 周丹萍 / 124
杭州人口计生规划统计规范化管理实践与思考…………………………… 李建国 / 127
知情选择后避孕方法构成变化研究……………………………………… 申屠霞萍 / 129
浅谈青少年性教育的现状与未来………………………………………… 郑秀萍 / 132
构建和谐的医患关系……………………………………………………… 李庆文 / 134
浅析基层乡镇计划生育依法行政问题…………………………………… 胡慧莲 / 136

第三部分 计生宣传教育

对当前人口计划生育宣传工作的前瞻思考………………………………… 吴雪翠 / 141
论农村计划生育宣传教育工作…………………………………………… 盛淑清 / 143
对基层开展优质高效计生宣教工作的一点认识…………………………… 周丽妮 / 145

论以人为本提升计生宣传技术工作水平……………………………………………贾陆鸣 / 147
关于建立网上计划生育人口学校的思考……………………………………………楼勤 / 149
关于新形势下计划生育宣传教育工作的探析……………………………………楼云芳 / 151
浅谈如何创新人口和计划生育宣传教育工作………………………………………林宏 / 153
虚功实做 润物无声 ……………………………………………………………………曾徐 / 155
立足本土 创新思路 推进人口计生宣教工作………………………………俞晶晶 / 157
计生宣传教育工作的经验与启示……………………………………………………曹文华 / 160
论基层计划生育宣传教育的问题及对策……………………………………………李敏君 / 163
谈谈摄影作品在计划生育宣教中的应用……………………………………………徐健 / 165
加强基层农村人口与计划生育宣传教育工作之我见……………………………陈忠芳 / 167
新时期农村计划生育宣传教育工作的几点思考……………………………………张苏仙 / 169
探索人口和计划生育宣传教育工作的新思路………………………………………戚红 / 171
关于把人口计生政府网站办成权威生殖健康互联网的几点思考…………王映虹 / 174
浅谈宣传教育工作在统筹人口问题中的作用………………………………………郑红娟 / 176
对城区人口和计划生育宣传教育工作新模式的探索………………………………施潇羽 / 178
切实发挥计生服务站在计划生育工作中主力军作用 ……………………………王群 / 181
论计划生育宣传教育的理念创新……………………………………………………卢平 / 182

第四部分 流动人口服务

论流动人口计划生育管理与服务……………………………………………………蔡新安 / 187
关于加强流动人口管理服务的几点思考………………………………………………王向勤 / 189
浅谈农村流动人口计划生育管理的难点与对策……………………………………胡爱仙 / 191
浅谈非公企业流动人口计生管理与服务………………………………………………何洁 / 194
外来流动人口管理现状与对策研究………………………………… 廿三里 鲍军辉 / 196
流动人口计生管理服务中存在的问题和对策思考…………………………………何健苗 / 198
创新机制 统筹解决流动人口服务管理难题 ………………………………………何俊才 / 200
关于干窑镇干窑村流动人口的计划生育现状分析与管理思考……………………孙丽 / 202
浅谈嘉善县外来流动人口计划生育工作………………………………………………王跃飞 / 205
关于加强嘉善经济开发区流动人口计划生育管理的几点思考……………………俞萍 / 207
关于完善流动人口综合治理机制有效推进“一盘棋”管理的若干思考…蒋秀梅 / 210
关于流动育龄妇女综合服务工作的一些思考…………………………………………徐爱英 / 212

嘉兴平湖市新居民计生服务管理调查与思考……………………………曹正华 / 215
浅谈流动人口计划生育管理中存在的问题及对策…………………………吴好 / 220
浅论流动人口计生服务与管理……………………………… 贝小敏 吴月娥 / 222
流动人口计生管理难原因分析和对策研究………………………………董林艳 / 224
流动人口计划生育管理与服务的思考……………………………………杨瑞英 / 227
关于新居民育龄妇女计划生育情况调研…………………… 朱赛双 唐丽 / 230
流动人口管理和服务的前瞻思考…………………………………………计亚霞 / 232
以人为本，抓好外来流动人口计划生育服务管理工作……………………郑伟婷 / 234
城乡流动人口计划生育多元化管理模式思考………………………………徐丽 / 237
浅谈流动人口计划生育管理和服务工作…………………………………叶震飞 / 239
浅谈流动人口计划生育档案的管理………………………………………周永菊 / 241
构筑山区流出人口计划生育管理与服务新框架…………………………兰月香 / 243
计划生育基本公共服务均等化研究………………………………………喻迎园 / 245
创新流动人口计划生育管理服务的实践与思考…………………………陈爱君 / 247
促进以人为本的和谐计生环境……………………………………………严小青 / 250
针对流动人口计划生育优质服务的几点思考………………… 张福霞 俞艳锦 / 253

第五部分 利益导向机制

计划生育社会抚养费征收中存在的问题及对策探讨………………………王红霞 / 257
浅议社会抚养费的征收……………………………………………………杨宇青 / 260
浅谈计划生育利益导向机制的实践与思考…………………………………江红 / 262
加强基层执法能力 强化社会抚养费征收 …………………………………陈雨 / 265
浅析社会抚养费征收难……………………………………………………杨利英 / 267
新农村建设中提高农村老年人口生活质量的几点思考………… 吴慧杰 魏吉生 / 269
论农村养老保障制度之构建…………………………………………………赵慧 / 273
上下左右联动 合法合理兼顾努力提高社会抚养费足额征收率 …………周君珍 / 275

第六部分 优质服务

构建计生“服务链” 提升优质服务水平 ……………………………………胡鸿雁 / 281
以需求主导服务 以服务满足需求开创计生优质服务新局面 ……………许新红 / 283
浅谈如何开展“三优”促进工作……………………………………………吴艳华 / 286

关于开展优生两免实践的思考……………………………………………………刘凯芬 / 288
关于分级随访服务的几点思考…………………………………………………徐亚琴 / 290
论计划生育优质服务存在的问题和对策………………………………………………黄莺 / 292
对计划生育优质服务工作的探讨………………………………………………郑玲芬 / 294
推进优生优育优教 打造“摇篮”工程 ……………………………………施亚英 / 296
关于避孕药具管理服务的思考…………………………………………………庞晓婷 / 299
关于完善节育手术并发症鉴定管理体系的实践和思考…………………………傅枫 / 301
关于男性参与计划生育的认知态度调查………………………………………顾晓红 / 304
论优生咨询在出生缺陷干预中的作用……………………………………………周霁 / 306
男性健康调查分析报告………………………………………………… 周建芳 金国强 / 308
加强和改进青少年生殖健康教育的调查与研究………南浔区卫生计生局课题组 / 314
抓创新促服务，提升优质服务水平……………………………………………王伟峰 / 318
利用卫生资源健全计划生育技术服务网络的实践与探索………… 刘彩君 寿璐 / 320
对基层计划生育优质服务的几点思考…………………………………………叶敏芝 / 323
推进基层计划生育优质服务的几点思考………………………………………吴慧娟 / 325
2007-2009 年上城区出生缺陷监测分析及干预措施…………… 汪群燕 金敏琦 / 327
依托婚育服务中心 实现“三三三”干预模式 ……………………………………夏勤 / 330
1991 例已婚妇女妇女病普查情况分析 ………………………… 俞艳锦 方淑琴 / 333
创新服务理念 打造服务品牌 …………………………………………………孙红锦 / 336

第七部分 计生队伍建设

农村计生技术服务队伍建设存在的问题与对策…………………………………周顺香 / 341
关于农村女两委委员在计生工作中的作用的调查和思考………………………胡小芳 / 343
培养大学生村官 充实村级计生队伍 …………………………………………杨日清 / 346
浅析人口计生队伍建设的现状与对策…………………………………………陆叶华 / 348
人口计生队伍建设的现状分析与优化对策……………………………………张凌云 / 350
基层人口计生队伍能力建设和职业化建设的思考………………………………徐玉芬 / 354
浅谈如何加强村级计生队伍建设………………………………………………倪雅娣 / 356
浅谈新时期基层计生队伍职业化建设…………………………………………顾丽萍 / 358
创新机制 以人为本 提升村级计划生育协会服务能力…………………………徐珍芬 / 361
加强企业计生协会组织建设的探索与思考……………………………………周旭初 / 364

第八部分 人口性别比问题

实行出生人口性别比综合治理的思考与建议……………………………………张敏 / 369
浅谈以“四心”治理出生人口性别比偏高问题………………… 凌文娟 张浦建 / 372
依法打击“两非”行为 实施关爱女孩行动 ………………………………洪文达 / 374
计划生育政策对出生性别比影响分析……………………………………………蒋雄 / 376
对综合治理出生人口性别比问题的思考…………………………………………钱倩 / 379
出生人口性别比偏高成因及综合治理对策初探…………………………………杨馨 / 381

第九部分 生殖健康

军朴红藤归芍汤应用输卵管吻合术11例疗效观察…………………………陈开红 / 385
“一个子宫，两只环”引起的思考…………………………………………蓝旭燕 / 387
418例宫颈未明确诊断意义的非典型鳞状细胞的临床分析 …… 张丽蕾 陆杏菊 / 389
两种治疗念珠菌性包皮龟头炎方法的疗效比较………………… 肖廷武 黄忠林 / 391
3例误诊病例分析 …………………………………………………………范盛荷 / 393
45例妊娠合并梅毒观察及治疗结果分析……………………………………查德荣 / 395
论药师在用药中的指导审核作用……………………………………………莫有珍 / 397
子宫肌瘤腹腔镜下剔除术56 例临床分析 …………………………………姜旭珍 / 399
两种新型宫内节育器不良反应的临床观察…………………张易 胡一萍 吴蓉丽 / 402

后记

第一部分 总 论

统筹人口发展 构建和谐计生 为加快发展方式转变创造良好的人口环境

——统筹解决人口问题和促进发展方式转变关系问题的思考

章文彪

人口和计划生育问题，关系经济社会发展全局，关系国家和民族未来。当前，这方面工作面临一系列新情况、新挑战，形势更加复杂，任务更加繁重。处理得好，不仅有处于进一步提升人口发展质量，有助于解决人口和计划生育领域的各种矛盾，而且对浙江省加快发展方式转变，不断推进现代化建设事业，构建和谐社会，都具有十分重要的意义。我们必须以科学发展观为统领，站在经济发展的全局、国家的长远发展大局，深刻认识、正确处理统筹解决人口问题和促进发展方式转变间的相互关系，坚持以人的全面发展、推动人口问题的统筹解决，促进发展方式转变、加快经济“转型升级”。

一、人口计生工作也必须要“转型升级”

人口和计划生育工作处于发展方式转变的基础性地位。人口和计划生育问题始终是我国现代化建设的重大问题。它绝不仅仅是个卫生范畴，或者健康概念。它“一头连着发展，一头连着民生”，不仅“惠民生、促发展”，而且“打基础、立长远”，在经济和社会建设中处于基础性地位。人口数量既是衡量经济发展水平的总分母，又是估量社会问题的总乘数；而代表经济社会发展水平的分子正越来越受到人口素质、结构、分布的制约。当前资源环境压力日益突出，在很大程度上就是一个人口问题。就业压力大，教育、医疗、保障等社会事业发展滞后等突出矛盾也都与人口密切相关。全面落实科学发展观，促进经济“转型升级”，必须高度重视人口问题的统筹解决。而人口问题的统筹解决，必将有力促进发展方式的转变，促进经济“转型升级”。两者紧密联系，相互作用。前者是条件，后者是基础。

当前人口和计划生育工作正处于矛盾集聚期。根据省人口发展战略总课题和一系列分课题后续研究成果，“十二五”及未来一个时期，我省将迎来总人口、劳动年龄人口、老年人口高峰，人口素质相对总体不高，人口流动与迁移更趋活跃，人口发展处于数量、素质、结构、分布各要素相互交织、综合作用的历史时期。当前，人口数量问题仍然是长期制约我省经济社会发展的关键性问题之一，但人口素质、结构和分布问题正逐渐成为影响经济社会协调和可持续发展的主要因素，成为影响我省经济“转型升级”、又好又快发展的关键因素。同时，当前人口计生存在“五个三”的问题：每年依法处罚3万左右的违法生育对象、每年出生3万左右的缺陷婴儿、每年出生男婴比女婴多3万、近30%农村已婚育龄妇女患有各种妇科疾病以及如何让全省近300万个独生子女家庭、更多地共享改革发展成果等等，这些问题，都反映了人口领域的各方面矛盾，必须予以高度关注、继续着力解决。

人口和计划生育工作正处于自身“转型升级”的关键时期。人口计生工作经过30多年的发展，已迎来一个自身“转型升级”的关键时期，进入了一个承前启后的转折阶段。当前，随着我省经济社会的巨大变化以及持续几十年低生育水平的深刻影响，我省人口发展面临着许多先发、重大而又迫切需要解决的问题，要求从战略高度前瞻应对，争取主动。同时，新的时代，人民群众也非常追求生命质量、生育质量和生活质量，这些都要求我们必须围绕科学发展、“转型升级”这一中心，统筹人口数量、素质、结构、分布各要素之间的关系，统筹人口与经济、社会、资源、环境的关系，着力构建“大人口”格局，使人口计生真正融入并服务于经济社会发展大局；着力研究解决人口自身的突出矛盾，推进我省人口长期良性均衡发展；着力实现人口计生工作机制和工作方法的根本转变，推进人口计生工作真正成为民生工程。

二、人口计生工作怎么“转型升级”

*要坚持稳定低生育水平不能放松，不断提升管理方式、手段的科学化水平。*保持低生育水平，仍然是现阶段人口计生工作的首要任务。我省南北差异长期存在，必须持之以恒抓好以浙南地区为重点的稳定低生育水平工作。在稳定低生育过程中，必须适应新的形势变化和要求，认真总结基层和群众的创造，自觉接轨行政管理体制变革和依法行政的大格局，主动融入新农村建设政策大体系，不断创新工作体制机制和手段方法，综合运用法律、行政、教育、经济、信息、科技等手段，加快建立健全与市场经济相适应的依法管理、宣传倡导、群众自治、重难点综合治理的长效工作机制，不断提高人口计生的公共管理、社会服务水平。要充分发挥基层计生协会作用，切实加强基层群众自治工作。要围绕落实人口长期均衡发展的战略要求，深化人口发展战略研究，谋划我省人口长期均衡发展。

*要让计划生育更好成为民生工程，切实加强人性化、优质化服务。*要继续聚精会神抓好优生“两免”工作、努力提高出生人口素质。切实履行牵头职能，加强部门协调，探索建立优生“两免”长效机制。加强面对面宣传，抓好“优生优育优教”促进工作。加强孕前优生检测能力建设，提高检测水平。鼓励有条件的地方探索制定出生缺陷二、三级干预措施。要全面推进生殖健康技术服务体系“二次发展”。继续协同有关部门做好城乡妇女生殖健康普查工作。确保“十二五”期末，实现全省技术服务体系“机构标准化、理念人性化、服务规范化、队伍职业化”，全面落实省政府基本公共服务均等化行动计划，在全国率先实现优质服务全覆盖。要科学规划“十二五”民生重点项目，加大利益导向体系建设力度。全面落实各项法定奖励保障政策，继续扎实做好农村计生家庭奖扶金、计生家庭特扶金、计生公益金的发放工作。结合贯彻落实我省《关于建立城乡居民社会养老保险制度的实施意见》，总结推广计生家庭优先优惠进社保的做法。有效整合基层的奖扶政策，精心打造富有浙江特色的利益导向模式，让更多育龄群众和广大计生家庭享受更多的改革发展成果。

*要继续加强重点难点问题管理，不断健全有利于统筹人口发展的宏观决策和综合治理机制。*要全面贯彻落实《流动人口计划生育工作条例》，进一步创新流动人口计划生育管理服务新体制，加强部门配合，完善流动人口服务管理协作，全面加强流动人口计划生育服务管理工作。要在落实重点县管理、全过程管理、宣传教育、利益导向的基础上，重点实行出生登记实名制，加强关爱女孩维权工作，加大对重点地区专项治理力度，切实加强性别比偏高问题综合治理。要加快人口计生信息化建设步伐，加快建成全员人口数据库和人口计生管理服务综合平台；并以此为支撑，深入开展人口发展战略研究，科学谋划“十二五”人口发展规划，积极实施人口宏观管理与决策信息系统项目，加快实行全员人口信息管理，完善人口发展动态监测、综合分析和预警制度，建立政府主导、部门协同、群众参与、区域协作、综合治理人口问题的工作机制。

要注重高层倡导，使各级领导更加重视人口计生工作，提供必要保障。建设生态文明，促进转型升级，与人口问题密切相关。人口均衡型、资源节约型、环境友好型是建设“生态文明”的重要内容、题中应有之义。而人口均衡型是资源节约型、环境友好型的前提和基础。抓人口，就是抓发展。抓人口，就是抓民生。必须注重高层倡导，促进各级党政领导站在经济社会发展的全局、国家的长远发展来统筹考虑人口问题，切实加强对新时期新阶段人口计生工作的领导。切实加强人口计生队伍的建设，确保基层人口计生机构和队伍的稳定。加强思想政治教育和业务培训，不断提升整体素质和综合能力。要从政治上、生活上予以更多的关心、关爱，让他们在生活上有保障、社会上有地位。要进一步健全完善人口计生事业的投入保障机制，提供必需的经费保障。

（作者工作单位：浙江省人口和计划生育委员会）

大力开展人口青春期性健康教育 加快生育文明建设步伐

宋贤能

开展青少年人口青春期性健康教育，事关经济社会发展与和谐社会构建，事关青少年健康成长，也事关人口计划生育工作的长远发展。浙江从上个世纪90年代以来就开始对青少年进行人口与青春期性健康教育的探索与实践，坚持健康传播的理念与要求，通过几年的努力，呈现了许多亮点，成为全省推进生育文明进程的重要载体和特色品牌。

一、问题提出

浙江在开展人口与青春性健康教育工作上，主要有以下认识：

（一）浙江经济社会发展的客观要求。

浙江地处东南沿海，经济繁荣，人文荟萃，有“东南形胜，三吴都会”的美誉，繁华富庶，自古而今。尤其是改革开放以来，经济社会发展和人民生活水平始终走在全国前列，榜样示范，再负盛名。生产者是社会发展的动因和主题，目前，浙江省有18岁以下的未成年人近1000万，约占全省人口的20%，他们是浙江未来经济社会发展和建设的储备力量和生力军。青少年素质的全面提高直接决定着浙江经济社会的又好又快发展目标的实现，青少年的素质不仅包括知识文化水平，同时还包括道德伦理素养和综合身体素质，因此，在浙江坚持不懈开展人口和青春期性健康教育，树立正确人口观和道德价值观，具有极其重要的意义。

青少年时期是一个人学习和成长的关键时期，世界观的形成，主体意识的重构，各种素养的积淀都在这一时期初具形态。个性心理学研究表明，一个人青少年时期的思想、认识和重要经验往往影响，甚至在一定层面上决定一个人的一生。因此，在这个关键时期，积极开展人口与青春期性健康教育，有助于增强人口意识、树立人均观念，培育科学的婚育心理、发展正确的行为方式，为稳定低生育水平，实现人口与经济社会发展相协调，与资源环境相适应提供重要的精神支持与保证。“少年强则国强、少年立则国立”，抓好青少年人口与青春期性健康教育，的确关系到全省经济社会的科学发展及可持续发展。

（二）青少年健康成长的现实需要。

当代社会，青少年在接受文明洗礼的同时，一些负面的东西也在悄悄地影响着他们，其中也包括在成长过程中产生的烦恼和困惑。据2000年浙江开展的“人口与青春期性健康教育现状与对策”调查表明：由于青少年的辨识能力有限，抵御能力较弱，导致恋爱、婚姻、两性等思想观念和行为方式也呈现出独立性、选择性、多变性、差异性的特点。青少年恋爱年龄提前，婚前同居认同度上升、性行为日趋低龄化、意外妊娠屡见不鲜、不符合法定条件生育也时有发生。杭州市教育科研所曾对此作过抽样分析，抽查的1060份试卷中认为性关系只能发生在夫妻之间的仅占38.4%，学生认同婚前性行为的占24.7%，认为只要相爱就可以发生性行为的占22.2%，其中46.3%认为性行为单纯是为了满足生理需要。

分析总结对青少年健康成长产生消极影响的因素主要有以下几个方面：首先是缺乏主流

引导教育。社会、家庭和一些学校比较重视对青少年智力的培养，而对人口青春期教育缺乏共识、规划和具体的举措。其次是网络上的不健康内容、色情书刊和录像、色情娱乐场所等对青少年造成不良的影响。第三是性骚扰、性侵害对青少年的影响。第四是由于外在因素的影响不慎发生的性行为。第五是由于种种复杂因素的影响，性病、艾滋病发病率升高的趋势对青少年存在着潜在的威胁与危害。因此迫切需要青少年开展性生理、性心理、性伦理教育，使青少年树立依法、负责的婚育观念，提高自我保护能力，增强抵御能力，引导青少年健康成长。

（三）走向生育文明的现实任务。

约占20%浙江总人口的青少年是浙江经济社会发展的主力军，同时也是人口和计划生育未来的目标人群，他们的生育观念不仅直接关系到他们自身的生育行为，而且影响和引导着整个社会婚育文明的价值取向和生育行为，影响着生育文明建设的步伐。因此，作为人口计生部门对青少年开展人口与青春期性健康教育活动是一项责无旁贷的现实任务，应该把它放到重要的议事日程。但是，这项活动的开展应该找准角度，人口与青春期性健康教育不仅仅是计划生育知识教育，更不等于避孕节育知识教育。而是通过传播人口相关知识，使受教育者能够正确认识和分析各种人口现象，了解我国人口发展状况；认识人口与经济、社会、资源、环境的关系，牢固树立人文观念，树立可持续发展观念；确立科学的人口意识，树立忧患意识，增强社会责任感，从而加深对党和国家人口政策的理解，提高执行基本国策的自觉性；通过知识传播使他们能够正确处理在青春期中遇到的各种生理、心理问题，增强自我保护意识，健康成长；通过树立科学的婚育观念，提升思想道德水准，树立正确的人生观、价值观、婚育观，增强行为的自律性，把个人的婚育观念和行为同对国家、社会、家庭的责任感紧密结合起来，提升生育文明的程度，推进计划生育朝生育文明的目标迈进。

二、具体做法

浙江始终把青少年青春期及生殖健康教育作为人口计生宣教工作的重点，作为促进生育文明的组成部分，引入健康传播理念、明确指导思想和目标任务，以科学性、针对性、差异性、参与性为原则，以人口基础知识、人口与人类生存、中国人口问题与人口发展、世界人口发展趋势，性生理教育、性心理教育、性伦理教育、性保健教育为规范性内容，积极探索，勇于实践，主要做法有：

（一）深入实际调查总结，找准工作思想方法。

学校是对青少年实施全面教育的主渠道，青春期、生殖健康教育亦不例外。青春期、生殖健康教育需要全社会关注与参与，人口计生部门应当主动唱好配角。1998年，浙江在杭州、宁波、温州、绍兴、丽水等市的12所中学，开展了“中学人口与青春期教育现状”调查。2000年省计生委牵头完成由省教育厅、杭州师范学院人口研究所联合参与的“浙江省中学人口与青春期教育的现状与对策研究”对6个市的10所中学的学生、家长、教师三个视角进行分析撰写课题报告。并根据调研结果，主动与教育厅联系，共同研究对青少年加强人口与青春期教育的对策，明确了以学校为开展人口与青春期教育的主渠道，人口计生系统主动配合教育系统积极开展人口与青春期教育的责任。2003年，在总结经验、规范工作的基础上，浙江向全省下发了《浙江省中小学人口与青春期性健康教育指导纲要》，进一步明确了目标任务，提出了具体的思路和工作方法，成为全省开展这项工作的纲领性文件。

（二）积极协调教育部门，努力实现优势互补。

在以省委宣传部领导为组长的计生宣传协调小组的领导协调下，省人口计生委和省教育厅对中小学生开展人口与青春期教育、生殖健康教育取得了共识，联合召开专门会议，联合下发相关文件，组织全省中小学实施青春期、生殖健康教育。2000 年 12 月，省计生委、省教育厅在绍兴嵊州市召开了由全省各市、县计生委（局）教委（局）领导、宣教处（科）长参加的“全省中学人口与青春期教育研讨会”，参观考察了嵊州市从幼儿园到中学开展青少年人口与青春期教育的情况。会议进一步明确了在全省中小学开展青少年人口与青春期教育的重要性、必要性、紧迫性，以及以学校教育为主渠道，人口计生部门主动配合的部门职责。目前，全省各地中小学已普遍开展了人口与青春期、生殖健康教育。全省人口计生系统还制作发放了大量的适合青少年的各类宣传品，并协助各地教育部门编制了辅助教材、教具。计生部门参与支持，由嵊州市地方课程编写组编写的中小学人口教育读书，已经浙江省中小学教材审定委员会审查通过，正式启用。2006 年省计生委配合省教育厅修订《浙江省地方课程（通过内容）标准（1—9 年级）》，编入了人口与青春期、生殖健康等相关教育内容。

（三）努力开展校外教育，拓宽宣传教育渠道。

遍布全省城乡的人口学校将人口与青春期教育列为主要宣教内容，重点对校外青年和未成年人开展相关教育。近几年，全省各地努力通过开设社区、企业人口学、互动式交流、同伴教育等形式，积极向流动人口宣传人口青春期生殖健康知识和科学、进步、文明的观念。由省计生协会引起国际项目基金，在杭州、宁波、嘉兴、湖州、台州、金华、衢州、绍兴、舟山、温州等 10 市的 20 个县开展了青少年青春健康教育项目，项目工作涉及包括学校、工作、宾馆、部队等多种社会群体。

各地人口计生部门利用社会媒体和全省人口计生系统 98 个互联网站传播人口青春期性健康科普知识。还将青春期性健康宣传融入了每年一度的科普周活动。2006 年我委协助浙江省科技馆举办的《青春健康展览》，在省内各地巡展，反响良好。各类社会化宣传为普及人口与青春性健康教育拓宽了渠道。

（四）探索高校工作途径，打造浙江特色品牌。

在全省中小学已普遍开展人口与青春期性健康教育的基础上，我们又尝试把这项活动向高校延伸。2004 年，省人口计生委、西湖区计生局与浙江大学合作，以项目形式开展人口文化进校园活动。以人口文化征文、校园人口文化宣传品设计方案征集、设置人口文化宣传园地、组织专题讲座、设立专项课题、在校园网建人口文化网页、开办人口文化论坛、建立人口文化社团等为活动内容，在浙江大学开展人口文化教育工作，努力帮助大学生树立正确的价值观、道德观、发展观，提高大学生的思想素质、道德修养和生殖健康知识水平，促进学生的全面发展。与此同时，浙江省教育厅根据省委、省政府年度人口计生工作任务，按照《省人口计划生育领导小组关于进一步明确各成员单位职责的意见》要求，在本省 30 余所高校开展了调研工作，其中高校性健康教育工作调查问卷发放 39 份（回收 34 份，回收率 87.2%），大学生性健康状况调查问卷发放 4600 份（回收 4309 份，回收率 93.6%）。调查进一步提高了对高校开展性健康教育的必要性与紧迫性的认识，各大学普遍形成了将性健康（含人口与计生政策教育）纳入高校必修课、编写教材资料、培养师资力量等共识，目前正在筹备召开高校人口与青春期性健康教育的会议，人口文化进校园活动已逐步向全省 10 多所大学推开。

（五）开辟救助渠道，维护保障合法权益。

全省各地根据当地的实际情况和工作特点，创造性地开辟了形式多样的青少年生殖健康求助、救助渠道，维护和保障青少年的合法权益。

利用计划生育宣教技术服务网络，普遍在各相关网站开设青春期、生殖健康专栏，设立青春期咨询热线和青少年生死健康援助中心，开展预防性失误、防御性侵犯教育，为青少年提供生殖健康援助服务。其中“青苹果信箱”、“青年驿站”等服务形式，效果明显，深受青少年欢迎。近年来，我省在高校周边的社区也已普遍安装了安全套自动售货机。

（六）充分发动社会力量，营造浓厚工作氛围。

省人口计生委在借助人民代表、政协委员的社会影响力和各类社会组织和社会媒体的力量，呼吁全社会关注青少年性生理、性心理、性伦理“三理”教育和生殖健康全面发展方面也做了大量工作。近年来，各级人大代表、政协委员的相关建议和提案都有所增加。2006年数次协助省委宣传部答复人大、政协关于《青少年生殖健康状况亟须引起重视》等相关提案，并立足人口计生工作本职，提出相关工作建议。我委还积极参与机关工委、精神文明办、共青团、妇联等方面的工作。2005年我委协助共青团浙江省委组建了“青少年维权中心”暨“青春健康”教育服务中心。

三、工作成效

经过努力，浙江的人口与青春期性健康教育工作取得了一定的成效。

（一）形成一个工作机制。

全省已初步形成“政府牵头、计生参谋、学校主导、社会参与”齐抓共管的良好工作机制，以及全社会关心关注青少年人口与青春期性健康教育的良好工作机制。

（二）呈现一系列工作亮点。

全省出现了一系列亮点。嵊州从幼儿园到中学的系列教育；湖州的婚前生殖健康服务；杭州、宁波、金华、嘉兴、绍兴的生育文化进大学校园等都是独具特色的工作形式。

（三）引起了社会的广泛关注。

浙江开展的人口和青春期性健康教育引起社会的关注，国内外媒体对浙江的工作给予了积极的肯定。新华社、《人民日报》、《浙江日报》等国内主流媒体及新加坡的《半岛日报》、《联合早报》，印尼的有关媒体都对此做了宣传报道。此外，香港《大公报》、澳门的《侨报》等也都有过专题报道。

（四）发生了一系列重要转变。

近年来的暗访、年度工作考核及部分抽样调查表明，通过开展青少年人口与青春期性健康教育活动，青少年的观念和行为发生了重要转变。嵊州市浦口镇中学对本校第一批在校接受人口青春期性健康教育的毕业生，作了随访调查，结果表明，这批正处于生育期人员中未曾发现一例违反国家计生政策，充分说明了人口与青春期性健康教育的作用。

大力开展青少年人口与青春期性健康教育，加快生育文明建设步伐，是人口计划生育工作领域中一项长期的历史任务，只要敏于思考、勇于探索、勤于实践、扎实工作，就一定能结出更丰硕的果实。

（作者工作单位：浙江省人口计划生育委员会）

把握工作态势 实施有效治理

——关于浙江省出生人口性别比偏高问题综合治理的调查与思考

胡玉璋

为回顾总结我省2003年以来全省出生人口性别比偏高问题综合治理工作的情况，我们先后赴金华、温州和宁波的7个省定性别比重点管理县、2006年以来退出重点管理的2个市县以及其他一些偏高县调研，召开了14个县、乡座谈会，共有47个乡镇（街道）的计划生育分管领导、计生办主任、村两委领导、村（居）计划生育服务员和驻村干部参加座谈，同时与卫生、食品药品监督、财政、劳动保障、公检法等相关部门座谈交流，还随机访谈了海岛、山区等地部分育龄群众。通过对2003年以来相关统计数据的比较研究，我们认为，一些重点管理县（市、区）治理工作成效明显，治理工作中有不少成功经验，但也存在一些亟待解决的问题。目前，全省治理工作最紧迫的任务是总结推广成功的经验和做法，有针对性地解决各地治理工作的问题，落实有效的治理措施。

一、2003年以来全省出生人口性别比偏高态势

（一）全省出生人口性别比仍然偏高，地区之间分化加剧、差异明显。2004年全省出生人口性别比是109.24，2005年为108.49，2006年为108.29,2007年为109.02，2008年为109.38。全省出生人口性别比2003年以来有下降趋势，但总体呈现高位徘徊态势。分地区看，根据2008年人口出生情况统计数据，全省11个市中，浙北杭州、宁波、嘉兴、湖州、绍兴、舟山6个市的性别比是103.21，继续保持在正常范围。但是，其中的嘉兴、绍兴和舟山3市已经低于正常范围的下限；其余的杭州、宁波和湖州也都在105以下。2008年，浙南丽水、衢州两市回归到了107以下的正常范围；但金华、台州两市的性别比继续高于110，温州则高达122.74，区域分化加剧，差异十分明显。

（二）部分地区出生人口性别比回落并退出省重点管理县，但一些地区仍然呈明显升高态势。2004年全省确定了16个治理工作重点县,2006年义乌、瓯海、椒江退出重点县管理（连续三年性别比平均值低于全省同期平均值），2007年洞头、临海退出，浦江县增列为重点县。分析2006年全省13个重点县数据显示：2004年出生人口性别比从120.77下降到2005年的117.46，再下降到2006年的115.61，不仅遏制住升高势头，而且实现了稳步回落。从2007年的12个重点县看，上半年出生人口性别比为118.32,较上年同期继续下降了2.17个比值。但是，2008年，11个省定重点县的出生人口性别比急剧上升了3.06个比值，达到了123.13，甚至高于2003年确定重点县时的122.16。苍南、永康、东阳3个县（市），2006–2008的三年中一直处于持续上升态势。说明了一些地区治理效果不稳定，甚至呈现反弹上升态势。

（三）二孩及二孩以上性别比重度偏高，根据调查统计推测重点地区存在十分普遍的性别选择现象。根据2007年上半年调查统计，全省二、多孩性别比在130以上，同比继续上升0.80个比值。2008年，全省二、多孩性别比仍然高达132.69，较上年又升高了1.83个比值。实地调查发现，一是符合政策生育二孩的“一女户”家庭存在比较普遍的性别选择现象。2007年

1–5 月，浦江县两个人口大镇“一女户”家庭总共出生子女分别为 21 个和 13 个，其中一个镇男 21 个，女 0 个，另一个镇男 12 个，女仅 1 个。二是违法超生家庭大都有强烈的选择男孩的偏好。违法超生越多，地区性别比偏高问题越严重。2006 年 1 月至 2007 年 6 月，金华市共违法超生子女 2868 个，其中男 1709 个、女 1159 个；苍南县违法超生的二孩，男孩 1528 个、女孩只有 260 个。三是伴随着基层管理力度的加大，客观上加剧了性别的选择。浦江县“十五”时期平均出生人口性别比是 111，2006 年下半年以来，开展人口计生工作专项整治活动，力度大，措施硬，但全年的性别比却上升到 124。说明选择性别生育没有得到根本遏制。

二、治理工作的主要经验

（一）各级党委政府高度重视，党政领导协调力度大，治理工作有保障。市、县（市、区）党政领导亲临基层一线，调研、指导和督查性别比偏高综合治理工作，亲自召集部门协调会，听取“两非”案件查处情况汇报，协调解决案件行政、司法处理中的难点问题。政府设重奖打击利用 B 超非法鉴定胎儿性别的违法案件。奖励举报力度大。瑞安市对发现“两非”案件的举报人最高奖励达 2 万元、对侦破刑事案件的单位每案奖 5 万，查处行政案件的单位每案奖 2 万。龙湾区把举报非法 B 超鉴定的奖励金提高到每例 5000–8000 元，2004 年以来接受举报 26 人次，兑现奖金 9 万元。

（二）普遍出台针对女儿户的利益导向政策，奖励保障标准高，导向作用开始显现。多数县（市、区）在就医、就业、就学、养老等方面建立了针对女儿户的利益导向政策。温州各县（市、区）普遍将二女户纳入农村部分计划生育家庭奖扶制度中，部分县（市、区）提高对独女户、二女户的奖励扶助标准。如乐清、瑞安市对独女户父母的奖扶标准达到每人每月 300 元，逐年递增 3%；瑞安市对独子户和二女户每人每月奖励扶助 100 元。龙湾区对全区 205 户农村独女户父母参照企业职工最低保障标准纳入社保，对不符合参保条件的独女户父母每人每年补助 2400 元。洞头县中考独女户加 10 分、二女户加 5 分。永嘉县将征收到的社会抚养费的 40% 作为针对独生子女和二女户利益导向政策的专项资金。走访和调查显示，近年来陆续出台的针对女儿户的利益导向政策在转变群众“多子多福”生育观念，减少男孩偏好等方面发挥了积极的作用。比如，洞头县近年放弃二胎生育指标有 2700 人。走访的瑞安市莘塍镇红光村近年来有 16 对夫妇放弃二胎生育指标，温州市独生子女领证率有了较大的提高，2007 年上半年独生子女领证率达到了 13.45%。2008 年，全省独生子女领证率同比又上升 1.10 个百分点。

2007 年下半年以来，各地重视解决基层村规民约的“逆导向”问题。比如，瑞安市出台《瑞安市计划生育利益导向村规民约指导意见》，依法规范了全市农村独生子女家庭的计划生育利益导向奖励规定和对违法超生家庭的经济制约规定，从根本上解决了“违法多生家庭反而多得”的“逆导向”问题。

（三）严厉打击非法 B 超胎儿性别鉴定，惩处力度大，威慑力不断增强。据 2004–2007 年上半年的统计，温州全市共查处非法 B 超胎儿性别鉴定案件 73 件，涉案人员 141 人，其中逮捕 14 人，判刑 13 人；罚款 41 人，罚金 62.58 万元；受党政纪处分 20 人。瑞安市自 2004 年陈珊珊被追究刑事责任后，又先后侦破“两非”刑事案件 11 件 13 人，判处有期徒刑 7 人；查处医疗机构 7 家，吊销医疗机构执业证和医师执业证书各 1 例，取消再生育证 27 例。对以上案件的查处，及时通过媒体报道，有效打击了“两非”违法犯罪活动，对遏制全市出生人口性别比升高势头发挥了积极作用。

（四）部分重点县落实再生育全过程管理有新起色，强化村级基础迈出新步子。各级党委政府对落实生育全过程管理从村级抓起的认识有较大提高。文成县2006年大胆尝试“村规民约合同管理”，把计生责任落实到村两委，推行村民自我管理、自我服务。泰顺县全面推行村级计生服务员“乡聘乡管村用县监督”制度，实行“人员考录制、绩效考核制、报酬奖惩制”，提高村级计生服务员整体素质。洞头县全面落实村计生服务员报酬，所有村级计生员实行了工薪制，每人每年工资在4000—20000多元不等。强化村级基础，落实重心下移迈出了新步子。

三、主要问题分析

从我们调查分析看，主要存在以下四个方面问题：

第一，定点引产、凭证引产等相关管理制度在落实上还有很大差距。国家计生委等三部委出台的《关于禁止非医学需要的胎儿性别鉴定和选择性别的人工终止妊娠的规定》已明确规定了相关部门职责。调研中发现，一些县（市、区）的相关职能部门对实施“两非”行为存有管理不严、查处不力、责任不落实的情况，致使选择性别的人工终止妊娠手术在这些地方比较容易实施。比如，胎儿性别鉴定在温州一些县（市、区）不难实现，老百姓也比较容易得到终止妊娠药品。部分正规医疗机构医务人员受利益驱动，私自到本院以外做引产手术的时有发生；甚至不少引产手术仍发生在正规医疗机构，由在职医师实施。温州市区某著名民营医疗机构非法实施胎儿性别鉴定和选择性别的人工引流产并未受到有关部门的监督管理。这些现象的存在跟个别地方主管部门领导对出生人口性别比偏高问题的认识不到位有直接关系。

第二，“两非”案件查处，在不少地方还没有得到足够重视。一是查案力度不够。2004年以来，苍南县调查“两非”案件11起，查实的6起，追究刑事责任2起。2008年，温州市查处的“两非”案件从2007年的63起下降到了17起。二是跨区域案件查处缺乏协调机制。2007年龙湾区曾有4个管理对象到苍南作性别鉴定，案子已取证查实，在苍南实施性别鉴定的医生也供认不讳，龙湾区已将该案移交苍南司法部门，但苍南并没有对该非法实施性别鉴定者进行处理。三是查实的“两非”案件处理不到位。2005年东阳一退休医生洪跃华非法鉴定胎儿性别和非法实施人工终止妊娠一案，在各级各部门的支持下，收集了大量的有力证据，调查取证工作基本到位。省人口计生委多次督办，金华市有关领导也做出批示，金华市人口计生领导小组两次专门发文查办，但该案件最后不了了之，这对金华市的性别比偏高治理特别是案件的查处造成十分严重的负面影响。四是“两非”案件惩处力度不够，追究刑事责任难以到位。2004年省高院、省检察院和省公安厅印发了《关于非医学需要鉴定胎儿性别行为适用法律的若干意见的通知》（浙检会（研）[2004]15号），这在全国开了先河，但各地相关部门执行该文件力度不一。不少地方对实行非法性别鉴定行为仍限于行政处分和经济处罚，震慑力弱，打击乏力。义乌市2004-2006年共查处85起“两非”案件，查处的力度很大，但没有一例追究刑事责任，致使有些违法当事人屡罚屡犯，禁而不止。计生部门和乡镇查处“两非”的积极性受到消极影响。五是大部分地方镇乡一级办案人力、资金不足，致使案件无人去查或难以查实，造成实施“两非”案件逐年上升。这是各地反映比较普遍的问题。

第三，有些地方再生育全过程管理服务还存有漏洞，村级基础十分薄弱。一是带孕审批调查核实工作不落实。2003年省政府办公厅转发省计生委等部门《关于大力开展出生人口性别比偏高治理工作意见的通知》（浙政办发〔2003〕91号）中明确要求：对未经审批已妊娠十四周以上，经查实有选择胎儿性别行为者，可不再批准安排生育。一些县（市、区）在再生育审批中把关不严，调查核实环节不落实，给带孕审批的性别鉴定对象有机可乘，不少管理对象堂而皇之性别鉴定后再领证生育。二是再生育全过程管理的随访服务工作不规范。一些管理对象在二次孕环检之间，怀孕并非法实施胎儿性别鉴定，发现是女孩立即施行引产，乡镇根本无从发现。三是部分地方对管理对象违法处理不到位，助长了一些群众进行胎儿性别鉴定和选择性别引产的需求。2004年以来，苍南县调查“两非”案件11起，查实6起，无一例取消再生育审批。龙湾区调查“两非”案件24起，查实18起，但取消再生育审批仅3例。当然处理比较到位的地方也有，如同一时期义乌市共查实104起“两非”案件，依法取消了103例二孩生育指标。四是外出流动人口再生育全过程监管理难到位。一些地方对外出人员常住地掌握不及时、孕情底数不清、随访服务管理不落实，致使部分管理对象长期处于失管状态。

第四，计划生育利益导向机制有待进一步完善，针对“女儿户”的相关利益导向尚需加强。一是一些地方正面导向明显不足。一些地方财政困难，计划生育优先优惠政策措施不多，转变群众男孩偏好缺乏必要的物质利益的激励。金华市出台的计划生育优先优惠政策措施受益面窄，标准不高，针对“女儿户”的相关利益导向政策措施很少，导向作用极其有限，不足以激励群众转变生育观念。二是部分地方存在严重的负面导向问题。温州市不少乡村在村集体经济利益分配中按男丁人头分配，女儿户得不到分配，致使有的涉及土地征用的村出现严重的“抢生”、“超生”男孩现象，这种乡村的土政策，极大地强化群众的男孩偏好，直接助长胎儿性别鉴定和选择性别引流产违法犯罪。温州某县级市900多个村，独女户享受村集体利益分配按两份计算的不到10个村。三是不少地方群众对奖励保障政策了解不多。一方面，在落实利益导向政策时还有目标人群“应享受未享受”的情况，奖励保障政策的受益面不大。另一方面，对计划生育各项奖励保障政策宣传不够，政策宣传的乘数效应未能够显现出来。

四、当前突出的困难

在出生人口性别比治理过程中，存在以下三方面的困难。

（一）群众“男孩偏好”根深蒂固，且十分普遍。单纯宣传教育短时期内难以根本改变。“重男轻女”、“传宗接代”、“养儿防老、继承家业”等传统生育观念影响依然十分深刻，相当多的群众生育男孩的愿望极其强烈，不惜选择性别引流产，或生育女孩后送人甚至遗弃或瞒漏报女婴，以达到生育男孩的目的。

（二）外出流动人口量大面广，不少管理对象长期处于失管状态。据文成县统计：文成县有10多万外出务工人员（仅在国内），其中6万多育龄妇女流出户籍地，占流出人口70%。由于外出人口数量庞大、流动性强，外出管理成本高、难度大，常态化管理难落实，致使部分管理对象长期处于失管状态，流出人口计划外生育占全县计划外生育80%。泰顺县司前畲族镇新北居委会，已婚育龄妇女580人，其中外出孕环检对象225名，占已婚育龄妇女38.8%，春节能回家的占14%，全家外出，常年无法联系的占3.2%。

（三）有的县财政十分困难，针对女儿户的利益导向政策难以落实。部分欠发达县财政比较窘迫，有心出台针对女儿户的优先优惠政策，但心有余而力不足，转变群众男孩偏好缺乏必要的物质利益的激励。宣传效应不断递减。

五、对策建议

出生人口性别比偏高问题治理工作是综合性的系统工程，在领导重视、打防并举的同时，建议在以下几个方面作出努力：

1、结合社会主义新农村建设，进一步落实村级计划生育工作的职责和任务，花大力气夯实基层基础。要把计划生育工作纳入新农村建设总体规划中，抓基层，强基础。全面落实再生育全过程管理和服务是治理出生人口性别比偏高问题的最有效的手段。必须把计生任务和责任落实到村两委，加强对村两委计生工作考核力度，真正实现管理重心的下移和关口的前移，严格控制计划外怀孕。

2、以宣传教育为先导，建设新型生育文化，努力引导群众改变"男尊女卑"落后生育观念。以宣传教育为先导，大力宣传男女平等的新型生育观，建设基层新型生育文化。要扎实开展"关爱女孩宣传维权行动"，推广永嘉县计划生育维权委员会维权调处宣传机制，加大法律援助力度，调处计划生育维权案件，督促落实计划生育利益导向政策，维护女儿户家庭的合法权益。特别要进一步依法规范和完善村规民约，减少"逆导向"，从根本上消除损害女儿户家庭合法权益的制度障碍，塑造有利于女孩成长、女儿户家庭发展的基层社会文化环境。

以落实行政的、法律的制约措施为手段，严格按照《省条例》规定，依法行政，加大社会抚养费征收和兑现力度，提高违法的经济成本。

3、贯彻中央《决定》精神，落实三部委规章规定的部门工作职责，加强部门协调与配合。市、县人口计生、卫生、食品药品监督等部门要严格按照三部委规章的部门职责要求，落实责任，各负其责，严格实行定点引产和凭证引产制度、严格规范终止妊娠药品管理和B超管理等相关制度，及时沟通信息，加强部门间的协作，坚决纠正监管不严、查处不力的问题。市、县（市、区）要将出生人口性别比治理工作列入对部门的考核内容中，加大对相关部门依法履行职责的监督考核力度，真正形成党政领导、部门配合、群众参与、综合治理的合力。

4、强化市内区域协作，建立长效区域联动机制，落实查案专项经费。建议性别比偏高问题较严重的市成立性别比整治工作小组，具体承担专项整治工作任务，牵头跨县相关治理工作的协调处置，加大对"两非"案件督办和查处力度。并设立"两非"案件查案专项经费，保证重大案件查处落到实处。

5、认真贯彻落实再生育全过程管理要求，严格审批环节管理，从制度落实上遏制群众普遍的选择性别需求。各县（市、区）要认真贯彻落实省人口计生委关于加强再生育全过程管理和服务的意见（浙人口计生委[2005]66号），结合当地实际，细化再生育全过程管理的重点对象，突出关键环节，增加孕环检和随访次数。要加大对育龄青年的婚前教育，减少未婚先孕选择性别。要规范再生育审批工作，严把审批关，加大对进行性别选择当事人的惩处力度，有效遏制选择性别的市场需求。

6、进一步制定针对农村女孩和女儿户家庭的利益导向政策，逐步建立农村计划生育家庭社会养老保险制度。群众"男孩偏好"根深蒂固，且十分普遍，单纯宣传教育短时期内难以根本改变。要建立有利于女孩就学、女性就业、女性政治参与，特别是有利于农村女儿户家庭经济发展的社会经济政策体系。

虽然温州市针对女儿户的利益导向政策已在全省首屈一指，但享受对象面不大，还不足以导向群众减少男孩偏好。建议在政府财力许可情况下，加大对女儿户养老保障力度，逐步建立农村计划生育家庭社会养老保险制度，从根本上解决农村女儿户家庭的养老后顾之忧，真正实现女儿户家庭政治上有地位、经济上有实惠、养老上有保障。当前，要提高对农村女儿户家庭夫妻奖励扶助金补助标准，帮助农村60岁以上计划生育家庭夫妻改善生活条件，满足他们的基本生活需求和基本医疗需求。

（作者工作单位：浙江省人口计划生育委员会）

低生育稳定期
——中国特色的人口转变阶段

叶明德

当前，我国人口发展呈现出前所未有的复杂局面。学术界乃至整个社会对人口问题高度关注，思想十分活跃。对于同一种现象、同一个问题往往有着截然不同的看法。理论工作者及实际工作者都有着许多不解、困惑和烦恼。种种现象都表明，我国人口发展正处于一个新的阶段，或者说正处于一个从未遇到过的新的关节点。与其在具体问题上争论不休，不如后退一步，从更宏观的角度看看我们以往做了些什么？当前及今后还该做些什么？本文试图从人口转变的角度审视我国当前人口发展的态势，分析我国人口发展的阶段性特征，并提出一些应当引起重视的问题。

1、中国人口转变的阶段如何划分

前不久在一个会议上听到人口计生部门的一位干部对我国人口发展的阶段作了这样的划分：控制人口阶段（20世纪70—90年代）；稳定低生育水平阶段（20世纪90年代中后期到2006年）；统筹解决人口问题阶段（2007年起—）。实际工作部门将党和政府发布某一重要决定作为新一阶段工作的起点是无可非议的，但从学术研究的角度看，划分人口发展阶段需要着眼于人口内在运行规律的分析，需要有一些能使更多人认同的比较客观的标准。

世纪之初，学术界对我国人口发展阶段的划分有较多的研究，并曾引起争论。一部分学者提出，20世纪我国人口转变已经结束，开始步入后人口转变时期。一部分学者则不同意这样的结论，认为中国的人口转变模式不同于发达国家的经验模式，不能简单地用发达国家的模式来检测中国人口转变的历程。这场争论提出了许多值得深入探讨的问题，如怎样分析中国人口发展的形势？怎样把握"人口转变"和"后人口转变"的概念？中国的人口转变模式与发达国家的经验模式有何区别？怎样划分中国人口转变的阶段等。由于当时的争论较多地集中在中国是否已进入"后人口转变时期"的问题上，而对中国人口发展的阶段如何划分以及当前中国人口发展的阶段性特征等问题讨论得并不充分。其实，统一对人口发展所处阶段的认识是极其重要的。当前热议中的生育政策要不要调整、如何调整等问题都与这个根本性问题有关。

上世纪90年代，全国育龄妇女总和生育率降到更替水平以下，人口再生产类型实现了由"高出生率、低死亡率、高自然增长率"到"低出生率、低死亡率、低自然增长率"的历史性转变，中国人口发展进入到一个新的时期。对于这一点，学术界并无异议。然而，新时期是个什么样的时期，它的终点在哪里，怎么命名，则见仁见智，众说纷纭。

人口转变论不同于一般的人口理论，它主要得自对历史经验和实际资料的分析，而不是纯理论的演绎结果（李竞能等，1992）。人口转变是人类社会发展的必然现象，它反映的是人口由传统的出生率与死亡率的高位均衡向现代出生率与死亡率的低位均衡转变的历史事实。由于各国人口转变发生的时空条件不同，人口转变的历程并不一致。中国的人口转变虽然也遵循人口转变的一般规律，但具有鲜明的中国特色。已有的西方人口转变论模型，不管是三阶段模型，还是四阶段、五阶段模型，都难以确切地反映中国人口转变的实际情况。

中国人口转变的独特性，不仅在于中国是世界上第一人口大国，也不仅在于中国是经济社会尚不发达的发展中国家，有着独特的文化背景，还在于中国是社会主义国家，党和政府根据国情和经济社会发展的需要采取了迄今为止人类最严格的生育控制政策，并通过上下一致的努力取得显著效果。可见中国的人口转变不是一个纯自然过程，而是有明显的人工痕迹，从程序上讲有点超“常规”。这就好比通常的婚配程序是先恋爱后结婚，而我们则把这个程序倒过来，来个“先结婚后恋爱”。结果是，结婚了也生孩子了（实现了“三低”），可是关系还不是太融洽（低生育率仍有反弹势能，人口惯性增长仍在继续且增量不小）。人口发展同任何其他事物的发展一样，有其自身的内在规律。人类发挥主观能动性，改变一下动作的程序或许可行，但客观规律无法逾越，缺少的环节是需要弥补的。于是中国的人口转变除了通常必经的阶段之外还不可避免地多了一个“婚后恋爱”的非常独特的阶段。

这个阶段怎么命名？有学者认为可命名为“低生育时期”，也可以定义为“人口惯性增长时期”或者“现代人口转变初步实现阶段”（穆光宗，2000）。笔者认为，由于这个阶段的主要任务是进一步营造低生育率的经济社会文化环境，稳定低生育水平，促使我国人口再生产类型由统计形式上的转变达到实质上的转变，因此不妨直接命名为“低生育稳定时期”。

这个阶段有多长？这涉及我国何时能真正进入“后人口转变时期”。对于人口转变时期的终点或“后人口转变时期”的起点问题，学术界尚未取得共识。笔者认为，既然人口转变的实质是人口出生率与死亡率的高位均衡转向低位均衡，那末低位均衡最典型最无可争议的状态就是出生率与死亡率相互抵消，自然增长率为零。因此这个独特的低生育稳定期应当是以总和生育率降至更替水平或更替水平以下为起点，以实现人口零增长为终点。我国的育龄妇女总和生育率于上世纪 90 年代初降至更替水平以下。据预测，若保持 1.8 的生育率水平，到本世纪 30 或 40 年代将实现人口零增长（刘金塘、林富德，2000;宋健，2007）。可见，“低生育稳定期”不会只有几年时间，而是长达三四十年。

2、“低生育稳定期”的阶段性特征

“低生育稳定期”具有明显的过渡性质。笔者认为，这个时期的阶段性特征主要表现于以下两个方面：一是人口问题多元化；二是人口发展趋向日益明朗化。

上世纪 90 年代，我国人口问题多元化、复杂化的现象就已显现，目前这种状况表现得更为突出。

从人口运行本身来看，总和生育率已降至更替水平以下，并越来越低，可是全国的人口总量则越来越多，人口对资源环境的压力越来越大。人口数量问题尚未最后解决，人口结构问题包括人口老龄化问题、出生性别比问题、人口迁移流动及人口城乡分布、地域分布、产业分布合理化问题等又接踵而至。

基层人口和计划工作的复杂状况也是前所未见。不管是计生工作先进地区还是后进地区，都可以看到自愿放弃生育指标与不惜代价“超生”并存；计生管理有序化与无序化并存；个性化、温馨化服务与不得不强行动员“超计划”怀孕妇女“自愿”引流产并存；越穷越生与名人、富人“超生”并存……

复杂化是内在矛盾的反映。“低生育稳定期”从本质上看是主要矛盾转化期。我国人口领域的主要矛盾是什么？这可不是一个轻松的问题。在上个世纪，我国的经济学家、社会学

家和政治家们为解决这个问题作了不懈的努力。"联系我国的经济、社会发展程度，资源和环境状况，人口基数大、数量多、增长快是我国人口问题的要害。""经过百年曲折迂回、充满苦涩的争辩和探索，我们终于达到了、取得了'中国人口必须控制'的共识。"（查瑞传等，1999）。

这个事关中华民族前途命运的问题现在解决得怎么样了呢？既可以说已经解决，也可以说尚未解决或尚未完全解决，关键在于从哪个角度看问题。

限于人类的普世价值，控制人口增长只能从控制出生率入手，而人口出生率与妇女生育率直接相关，因此育龄妇女总和生育率的高低成了控制人口增长的风向标。上世纪 90 年代，全国的育龄妇女总和生育率降至更替水平以下。这件事对于中国的人口控制而言意义非同一般。它意味着一直处于增长的中国人口从此 180 度地掉转方向，由增长型人口变为缩减型人口。这是中国人口史上、中国历史上、及至世界历史上都值得大书特书的事件（翟振武等，2000）。

从逻辑上讲，人口增长方向已经改变，只要继续保持更替水平以下的生育率，人口总量就会持续缩减，主要矛盾已经解决。然而，这里所说的增长乃是指内在自然增长，而非实际自然增长。由于受年龄结构的影响，"内在"的人口缩减趋势并未表现为"外在"的人口负增长。实际上，总和生育率降至更替水平以后，中国的人口问题仍在继续增长，这种状况将持续三四十年。另一方面，低生育率也不够稳定，仍有反弹势能。从这个意义上说，还不能认为中国人口数量过多的问题已经解决。这就是说，主要矛盾实转而形未转，内转而外未转，目前正处在这种似转非转、若即若离的节骨眼上。实质与表象、"内在"与"外在"的不统一，是造成目前人口问题纵横交错、扑朔迷离的深层原因。

"低生育率稳定期"作为从人口转变时期到后人口转变时期的过渡期，既有人口问题复杂化的一面，又有人口发展趋向逐渐明朗化的一面。在这个时期，人口问题错综复杂、扑朔迷离是表面的，暂时的，就如冰封河流的静止是表面的、暂时的一样，拨去表面的冰层，向下涌动的河流便展现在眼前。

如果说，上世纪 90 年代我国人口增长方向发生"逆转"还是潜在的，隐蔽的，除了引起少数专业学者的呼吁外，并未引起全社会的普遍关注，那么在今天，随着经济社会文化的发展和人口按照自身规律的行进，潜在的人口发展趋势已越来越显性化。

首先，人口零增长和负增长的现象不断出现。上海市早在 1993 年就出现人口负增长。世纪之交，苏南和浙东北的南通、舟山、嘉兴、湖州等市相继出现人口零增长或负增长。进入 21 世纪后，北京市连续出现人口零增长。至于县、市、区一级出现人口零增长和负增长的现象早已不是什么新鲜事。

其次，少子老龄化问题逐步显现。以往总以为"少子老龄化"问题只有日本等发达国家才需要面对，如今我国较发达地区也已面临这一问题。上海人口少子高龄化的发展速度不仅领先全国，而且直逼甚至超越日本等发达国家（王桂新等，2008）。

此外，尽管"超计划"生育的现象仍然存在，但"少生优生优育"已逐渐成为社会的主流倾向，维持低生育水平不光是政策层面的要求，也得到多数群众的认同。

笔者自上世纪 90 年代以来在浙江不同地区做过多次生育意愿调查，结果显示，无论是已婚夫妇还是未婚青年，无论是城市还是农村，平均期望生育子女数均未超过两个。2007 年上半年笔者曾跟随国家人口计生委的调查组到浙江许多地方与基层干部交谈，感到一些基层干部的说法很值得品味。义乌市的一位计生干部说，"群众中追求儿女双全的人达 80%，自愿只生一个孩子的只占20%。”宁波市的一位计生干部说，“普通农民60%以上想生二胎！”诸暨市下山湖镇的一位干部说，“现在群众的生育观念是两头小中间大：少数很富的人想多生，穷人中多子多福的观念也还有，中间占90%的人认为，‘一个太少，两个正好，三个不要’。”德清县的一位计生干部说，“独生子女家庭我们做过摸底工作，主动放弃二胎生育指标的有7000多对，想生二胎的有1200多对，真正想生的500多对，强烈想生的不到100对。”我也听到浙江省人口计生委的一位干部说，“从全省看，至少还有70%—80%的群众主张生二胎！”显然，其中有些计生干部凭经验作出这些估测是想说明目前计生工作形势依然严峻，可是笔者听到这些估测数据则感到欣慰，甚至产生另外一种担忧。原因是我们所依据的标准不同：他们所依据的是现行生育政策，笔者的“尺子”则是“低生育水平”。

上世纪90年代以来，无论是人口普查数据还是人口抽样调查数据，无论是学者们采用各种方法估测的数据还是计生干部们直观估测数据，都表明中国确实已进入低生育率时期。

简言之，低生育稳定期人口发展的基本特征是问题复杂，趋向明朗。我国的大众传媒对新时期人口问题的复杂性、人口计生工作的艰巨性强调得较多，而对我国未来人口发展的实质性趋向则宣传得很少甚至有意无意地加以回避。这种片面性宣传带来的后果是模糊了人们对我国人口发展形势的正确认识，以为我国目前控制人口增长的形势仍然与上世纪一样“严峻”，甚至“更严峻”、“更艰巨”。有些地方的个别领导人甚至把学者们颇有远见卓识的意见和建议当作“干扰”来加以排除。

3、新时期需要有新目标、新对策

低生育稳定期随着主要矛盾的逐步转换，人口发展的战略重点也必然逐步转移。具体地说，在这个时期要实现以下几个转变：

由降低生育率向稳定低生育率转变。实际上这个转变在上世纪90年代就已开始。2000年中共中央国务院《关于加强人口与计划生育工作稳定低生育水平的决定》的发布，正式确认了这个转变。该《决定》指出：“随着21世纪的到来，我国人口与计划生育事业将进入一个新的重要发展时期。”稳定低生育水平时期人口与计划生育工作的目标与任务与降低生育率时期相比是有所不同的。除了少数生育率过高的地区需要继续降低生育率外，多数地区的根本任务就是营造低生育水平的经济社会文化环境，建立维持低生育率的长效机制。对于尚处于社会主义初级阶段的我国来说，完成这个任务是艰巨的，因为这并不是靠人口计生部门就可以单独完成，它取决于经济、社会、文化事业的同步发展。

由着眼于人口数量控制到注重人口质量的提高。我国控制人口数量的措施已使用到近乎极限。至于人口惯性增长那是由既定的人口自然结构所决定的，人们对它无能为力。因此将人口发展战略重点由注重量的控制转向质的提高是必然的。现存的13亿多人口以及必然要出现的15亿左右人口，对于我国经济建设和社会进步来说，既有可能是包袱，也有可能是重要资源，关键在于我们如何面对。优先投资于人的全面发展是适应新时期需要的全新的人口发展战略理念，是变人口包袱为人力资本的战略举措。显然，将人口发展战略重点转向人口质量的提高，丝毫不意味着对人口数量控制的忽视，相反，这是巩固人口数量控制成果最有效的措施。只有优先投资于人的全面发展，全面提高人口素质，才能从根本上优化资源配置，转变经济发展方式，提高经济运行的质量和效益，从根本上解决农村社会保障体系不够健全、生产生活方式落后等问题，转变人们的价值观念和生育观念，形成稳定低生育水平的长效机制。

由着眼于人口规模控制转向兼顾人口结构的改善。我们所追求的理想社会是和谐的可持续发展的社会。实现这样的社会，不仅要求人口具有质与量的适度性，还要求人口具有结构的合理性。人口的自然结构尤其是年龄结构与人口的出生控制有着密切的关系。出生人口的迅速下降，必然导致人口年龄结构的过快老化。如果说上世纪七八十年代我们面对人口过快增长的形势不得不把控制人口规模放在优先地位，而把可能带来的某些结构性问题作为不得不付出的代价，那么在实现低生育率的目标之后，虽然还不能放松对人口规模的控制，但至少可以将人口规模问题与结构问题同时兼顾，而不能一味地顾此失彼。

人口政策是为人口战略目标服务的。低生育稳定期是主要矛盾转换和战略重点转移的时期，因而也是人口政策调整期。

当前人口关注的重点和热点是生育政策的调整与完善。我们现行的生育政策是在特定历史条件下针对特定的人口问题而提出并逐步完善的，是不得已而为之的政策。1980 年 9 月 25 日发布的《中共中央关于控制我国人口增长问题致全体共产党员、共青团员的公开信》，在提出“最后二、三十年的时间普遍提倡一对夫妇只生育一个孩子”的同时也指出，“到三十年以后，目前特别紧张的人口增长问题就可以缓和，也就可以采取不同的人口政策了”。我国执行现行生育政策已接近 30 年。尽管自上世纪 90 年代以来我国的低生育水平“到底有多低”至今还没有一个统一的说法，但已低于更替水平是中外学者普遍认同的。这就是说，我国已从人口运行的内在机制上创造了实现人口零增长和负增长的前提条件，只要生育率不突破更替水平，人口零增长和负增长便指日可待。为此，研究未来生育政策取向的任务已历史地摆在我们面前。问题不在于要不要调整，而是何时调整及如何调整。笔者在这里特别想说的是，广开言路，倾听各方面的意见，尤其是倾听广大育龄群众的意见和深知社情民意的广大基层计生干部的意见，是决策层不容忽视的程序。那种替民做主，先定个框子，然后再搞点预测就定调子的做法已经过时了。

4、新时期要有新思维

我国的人口转变由降低生育率时期转向低生育稳定是有明显的标志和界限的，但是由于生育政策和人口计生工作的连续性，这种阶段性的转换在人们的感觉中并不明显。尽管我们早已进入人口转变的新阶段,但人们的思想往往落后于实践,并未很快形成清晰的“新阶段”意识。

笔者在调研中，感到有几个问题需要站在“新阶段”的角度来分析和认识。

4.1 稳定低生育水平不等于生育率越低越好

《国家人口发展战略研究报告》指出：“全国总和生育率在未来 30 年应保持在 1.8 左右，过高或过低都不利于人口与经济社会的协调发展。”这一基本判断在于提醒人们，稳定低生育水平有一个适当的“度”，并非生育率越低越好。人们头脑中的“生育率越低越好”的观念是在降低生育率时期形成的。那时的奋斗目标是千方百计使生育率降到更替水平以下。哪个地区生育率低，就说明该地区控制人口措施得力，计生工作到位，成效显著，对全国控制人口事业的贡献大。总和生育率的高低成了评价一个地区人口计生工作绩效的硬指标。慢慢地，“生育率越低越先进，越光荣”的观念便深入人心。当全国总和生育率降至更替水平以下之后，如果头脑中缺乏“度”的观念，仍然认为“生育率越低越好”，并以此指导工作，就有可能背离新时期的战略目标，甚至造成意想不到的后果。

人口发展是有规律的，是按一定的“程序”运行的，这“程序”就是年龄结构，直观形态是人口年龄金字塔。金字塔的形状决定人口增减的走向。例如，上小下大的金字塔型，会促使人口快速增长；上下一般大的圆柱型，会使人口不增不减保持稳定；上略大下略小的草垛型会促使人口缓慢缩减；上大下小的倒金字塔型会导致人口快速缩减。根据我国的国情，人口年龄金字塔出现草垛型是很难免的，也是我们所追求的。然而倒金字塔型意味着人口年龄结构极度老化，会造成严重的社会后果，是我们应当避免的。一味地降低生育率，使出生人口逐年减少，老年人则因为生活安定而普遍长寿，势必造成倒金字塔型年龄结构。这是人口统计学中简单而基本的道理。道理虽然简单明了，但要认识这个道理，让社会民众及广大基层干部都真正懂得这个道理，则并不那么简单。马寅初当年宣传人口倍增效应，道理也很简单，认同他所宣传的这个简单的道理还是付出了沉重的代价。

4.2 稳定低生育水平不等于维持现状

地区之间发展不平衡是中国人口发展的重要特征之一。中国人口发展地理空间上的差异，实质上是人口发展在阶段（时间）上差异的一种表现。因此，在同一时期，起点不同的各个地区所面临的人口发展形势、人口问题以至人口调控的内容，都会存在很大的差别，其中有些差别甚至带有完全不同的性质（翟振武等，2000）。

《国家人口发展战略研究报告》在分析人口状况时指出，我国目前的总和生育率为 1.8。在设计未来 30 年的生育控制目标时，指出全国总和生育率应保持在 1.8 左右。

这两个“1.8”很容易使人们造成这样的错觉：只要维持现行生育政策和控制力度，防止生育率反弹，就能完成稳定低生育水平的历史性任务。事实上，全国性的研究，只能提供综合性的数据，这种数据只具有综合和概括的意义，真实的数据是差别巨大的地方性数据。对各地而言，稳定低生育水平的过程，不是也不可能是维持现状，而是一个动态的过程，是各地向着同一目标作不同方向调整的过程。那些目前生育率尚高于 1.8 甚至高于更替水平的地区，应当在发展经济社会的同时适当加大对生育率控制的力度，使总和生育逐步接近 1.8。相反，那些总和生育率早已低于 1.8，甚至早已低于当地的政策生育率，早已进入超低生育水平的地区，则要通过适当的政策调整，使总和生育率向 1.8 方向回升。

有一个问题需要进一步探讨。有学者认为，各地人口发展不平衡，人口老龄化进度快慢不一和严峻程度不等，可以通过人口迁移流动使之缓解。他们提出了非生育调节解决人口结构问题的思路，甚至认为即便是不久将面临非常严重的人口老龄化及老年人问题的发达地区，也不必调整生育政策，因为调整、放宽生育政策本身就不是最好的选择。

确实，在我国的特定国情下，人口迁移流动对部分地区一定野战的人口老龄化水平会起到“补偿效应”。这可以通过对“四普”、“五普”资料的分析对比而得到证实。然而这里有两个问题需要深入思考：

其一，老龄问题可分为发展方面的问题与人道主义方面的问题。国内大规模的人口迁移流动可以缓解发展方面的问题（主要是劳动力资源的余缺互补），但未必能化解人道主义方面的问题。人道主义方面的问题主要集中在微观家庭方面，例如亲情的需要等。正如穆光宗教授所说，独生子女家庭本质上是一个风险家庭，一有闪失，就很难弥补。也如有的学者所言，别的消费品可以引进，唯独亲生子女无法引进。家庭劳务问题通过人口迁移流动也可以得到部分缓解，但这背后仍包含着不容忽视的人道主义代价。在较发达的人口流入地吸纳了一大批青壮年打工者的同时，人口流出的欠发达地区则出现了一大批孤苦的“留守儿童”和“留守老人”。报刊上曾报道过这样的事例：某城市一位“空巢”家庭的老人，对外地保姆产生超常依赖。春节前，保姆执意要回家过年，这位老人见劝说无效，便绝望地跳楼自尽。这当然是一个极端的事例，但也给人们留下了许多思考。人口普查以常住人口统计而不是以户籍人口统计，实际上掩盖了微观层面的许多问题。

再一个是政策的公平性问题。我国的生育政策具有明显的利益调整的内涵，它要求政策实行者以个人利益服从整体利益、眼前利益服从长远利益。虽然政策实行者能得到一定的物质奖励和精神鼓励，但从个人角度看，这种付出与获得是不成比例的。计划生育工作起步早、见效快的地区，人们的付出相对更早、更多。否认计生工作先进地区生育政策率先调整的必要性，让先进地区无限期地从紧从严、无限期地为全国控制人口事业作出贡献，这对计生工作先进地区的人们似乎欠公平，有鞭打快牛的嫌疑。

4.3 统筹解决人口问题不能人为设立“禁区”

统筹兼顾是科学发展观所要求的根本处事方法。笔者认为，统筹解决人口问题，一是要对目前的人口问题进行梳理，分清轻重缓急，看看哪些问题是本质性的，哪些是非本质的，哪些是事关全局影响深远的，哪些是个别的、局部的，哪些是属于战略性或政策性问题，哪些是属于工作是否到位的问题，这是个必要的前提；二是寻求解决问题的方法和途径不能事先设立“禁区”，什么方法有效就采用什么方法。要是事先把某些必要的、既有利又有效的路径堵死，不许提，不许碰，这还能叫“统筹”吗？要有效地解决人口自然结构方面的问题，势必会涉及生育政策问题，不能总是回避或绕行。任何政策都不可能完美，由政策性缺陷所产生所积累的问题若不从政策本身入手，只能是隔靴抓痒。人为地设立“禁区”，不管是由外部设立，还是由内心深处自觉或不自觉地设立，都只会抑制创造性思维，堵塞言路，于解决问题无补。

引文文献

[1] 李竞能（主编）. 当代西方人口学说. 山西人民出版社，1992.

[2] 穆光宗. “一胎化政策”的反思. 人口研究，2000，（4）：26—28.

[3] 刘全塘，林富德. 从稳定低生育率到稳定人口——新世纪人口态势模拟. 人口研究，2000，（4）：35.40

[4] 宋健. 信息时代的人口动力学. 人口研究，2007，（1）：11—18.

[5] 查瑞传（主编）. 人口学百年. 北京出版社，1999.

[6][8] 翟振武，刘爽，陈卫，段成荣. 稳定低生育水平：概念、理论与战略. 人口研究，2003（3）：1—1 7.

[7] 王桂新，沈甜. 上海人口少子高龄化与和谐社会建设. 华东师范大学学报（哲学社会科学派），2008，（1）：33—42.

参考文献

李建新. 世界人口格局中的中国人口转变及其特点. 人口学刊，2000，（5）.

朱国宏. 关于“后人口转变”. 中国人口科学，2001，（3）.

于学军. 再论“中国进入后人口转变时期”冲国人口科学，2001，（3）.

翟振武，陈卫. 1990 年代中国生育水平研究. 人口研究，2007，（1）.

乔晓春，张车伟，周长洪，赵曦，熊理然，成卓，胡鞍钢. 中国控制人口增长的任务是否已经完成 7. 人口与发展，2008，（1）.

陈友华. 关于进一步完善生育政策的若干认识问题. 市场与人口分析，2007，（1）.

国家人口发展战略研究课题组. 国家人口发展战略研究报告. 人口研究，2007，（1）.

（作者工作单位：浙江大学人口与发展研究所）

人口问题的本质是数量问题
——人口与人手关系的理论思考

原华荣

人口与人手的关系，是一个与继续稳定低生育水平、严格控制人口增长有关的重大理论问题。

(一)“人手论”与“人口论”

“人手论”是“大人口”思想的理论基础。其基本观点是:人有一张“口”,也有一双“手”;生产大于消费，人多生产多。对此需指出的是：其一，“人多生产多”是“生产大于消费”的逻辑结论；其二，“生产大于消费”的普适性赖于资源、环境的无限性，和技术对资源不受限制的节约——而资源、环境是有限的，技术对资源的节约也是有限的。

有限性和技术“时间节约”的本质表明，“生产大于消费”并不具普适性而只成立于历史上人均生产资料相对宽裕的时代。主张增加人口或人口不能减少的“人手论”在当代的危害有：形成就业、社会保障压力，给失业者和其家庭带来痛苦，冲击社会的“和谐”、稳定；构成人口——资源瓶颈(“分母效应”),进而可持续发展的障碍;形成强大的环境冲击量(“规模效应”)，造成生物大规模灭绝而使人类成为所有生命的“杀手”——过多的人口，不论是对自身还是生物圈，都是一个“不道德”的存在。

“人手论”不遗余力地要“走出人口数量陷阱，打破人口数量紧箍咒”——在他们看来，21世纪的中国人口问题不再是数量控制，而是如何把潜在的数量优势发挥出来；那些被津津乐道少生的人口,恰恰是支撑中国未来经济可持续发展的人力资源。与此同时,他们还寻找“环境倒U型曲线”、“人口数量中性观”、“人口红利”和“鸡论”等的支持——而这些，又纯属杜撰而无一不为假。

“人口论”认为消费(人口)是绝对的，生产(人手)是相对的、受限的，生产大于消费并不具普适性，且常以资源耗竭、生态/环境退化为代价；技术在本质上是时间而非资源节约的。她坚持有限性，重视人口数量的“序参量效应”对生物圈和人类的危害，主张大量减少人口数量以消除“人口-资源瓶颈”。

(二)人与鸡和鹰与鸡

为一些中国学者津津乐道的“鸡论”——“鹰和人都吃鸡，但鹰越多鸡越少，人越多则鸡越多”，源自一百多年前美国人亨利·乔治的杜撰。

首先,这一陈述混淆了两种鸡的概念——在“鹰越多鸡越少”陈述中的鸡是“自然鸡”(鸡A)；在“人越多则鸡越多”陈述中的鸡是“人工鸡”(鸡B)。

“鹰越多鸡越少”是符合想象的，但违背生态学规律和事实而是一个假命题：同生物界一切捕食者一样，鹰绝不会像人那样捕杀超过其基本需求的鸡(鸡A),而是控制自己的捕食，调节自己的数量维持与鸡的平衡，与鸡协同演化和可持续地存在——这是由营养关系(食与被食、捕食与被捕食）所规定的“自然秩序”。

体现着没有限制增长的“人越多则鸡越多”同样是一个假命题——在有限性背景下，并不存在人与鸡 B 的没有限制的正反馈循环，且是指向人类和生物圈的一柄利剑：第一，越来越多的人和鸡 B 意味着人与经济处在崩溃随时可能发生的超临界的极度不稳定域；第二，人和鸡 B 的增加，必然导致鸡 A 和自然生态系统的缩减，进而地球生物圈的毁坏。

（三）“环境倒 U 型曲线”

在转折点出现前，环境随经济增长而退化；通过转折点后，环境质量则随经济增长和人均收入的上升而得到改善；转折点的出现大约发生在人均 GDP 达 5000 或 35000 美元时——环境转变论认为，经济与环境的这一倒“U”型曲线关系已为事实所验证。有些人甚至天真地以为：只要保持经济的可持续增长，改变“先污染后治理”的传统模式，便能做到经济发展与环境保护的“双赢”，或幻想实现“经济发展与碳排放总量的强剥离或脱钩”。而事实上：

——倒“U”型曲线关系只是在小尺度时空上被“验证”的假象。

——倒“U”型曲线关系只是在小指标集、非代表性、非根本性指标上，或统计相关中被“验证”的假象。

——在高层级、大尺度，即根本性事实上，倒“U”型关系从未出现过，发生的都是否证性的，如全球气候变暖，森林、湿地消失，荒漠化发展，生物加速灭绝。

——体现“双赢”思想的“环境倒 U 型曲线”，违背人与自然本质上的“零和”关系而在理论上站不住脚。

是故，即使有人给出了所谓的事实和证明，你也不要相信——因为那要么是以“污染转移”为背景而发生在局部地区、个别国家——而且空间范围一定很小——的事件，要么是一个短时期的现象，或只用了不多指标的研究结果。而且，只要我们还需要钢铁、重化工、水泥等高耗能、高污染行业，产业结构调整对保护环境的贡献率便要大打折扣。

（四）“人口红利”与环境代价

20 世纪 80 年代以来，生态 / 环境（局部改善）总体恶化（国家环保总局）不容置疑地表明，改革开放以来中国经济高速增长是通过拼资源、拼环境换来的；东亚的经济奇迹，也是以生态环境的退化为代价的。“没有免费的午餐”，环境代价总是要支付的——不是由自己，便是由别人。

“人口红利”对经济增长的影响也许是显著的，但与人口压力、就业压力及带来的各类社会问题相比则可能是个“蝇头小利”；与人口压力增长对环境退化加剧的推动相比则是极为显著的负效应——中国的“人口数量陷阱”将因“人口红利陷阱”而变得更深，考虑到技术进步、人力资本的作用，特别是所付出的巨大环境代价，东亚 1/3–1/2 的人口年龄结构贡献率只能是一种“天方夜谭”。

（五）“零和”还是“双赢”？

——“零和”是为有限世界中物质关系规定的自然界的根本法则。

物质关系是宇宙万物的基本关系。根据“守恒”定律，物质既不能被消灭，也不能被创造——由是，失与得的“零和”，便成了万物之间关系的根本法则。物质世界是这样——地壳与地核、海洋与陆地、地表凸起与凹下部分、（河流）上游与下游在物质上的“零和”；生命世界也是如此——生物与自然、生物与生物、人与自然、人与人在物质上的“零和”。

在“生长一棵草的地方”，昨天没有长草，今天就可能“长出两棵草”；在“生长一棵草的地方”今天“长出两棵草”，到明天就可能会变成荒漠——自然界和人类社会所发生的一切，由于有限性和物质关系而皆是一个伟大的“零和”过程。

——“双赢”只是一种自欺。

自然玩的是“零和”游戏——人类所得（越来越多的“鸡B”）必为自然所失（越来越少的“鸡A”）；资本的增值、盈利，进而“双赢”只是人类自己玩的一种自欺游戏。

（六）“常量人口”

人口数量的“中性”观——一个数量趋于稳定的“常量人口”，不再作用于经济和环境——，源自美国在联合国人口与环境会议（墨西哥，1984）上所持的关于“人口增张是中性的”立场。其理论表达见于“人口红利”的研究之中：在人口转变的第三阶段，数量增长趋于静止，结构变化趋于稳定，人口的数量、结构趋于“常量”而对经济增长的影响趋于中性。接着，“中性”观由经济扩展到环境领域——人口，不论其规模有多大，当其数量趋于稳定而为“常量”时，对地球生态系统的冲击量便会消失。由此，一个“常量人口”不再对环境构成压力的幻觉便被制造了出来，以致有人天真地认为，只要把中国人口规模稳定在16亿，便不会再加剧生态/环境的危机。

人口数量的“中性”观是一个连黔驴也不会轻信的说教——她深知，自己的脊梁骨会因驮“常量”为300公斤的大胖子而被压折。人口数量不是一种“虚无”，而是负荷着价值的——一定的消费，进而必要的经济规模，相应的资源、能源耗费和污染排放。一个规模为16亿的常量人口对环境的冲击量，必然大于历史上规模为1亿的常量人口，且意味着灾难在未来某个时刻在中国的必然降临。

人口数量“中性”观是统计相关（可以是因果相关，也可以是能使“风马牛不相及”事物高度关联的非因果相关）对极重要，乃至根本性因果关系——数量与经济、环境关系——的荫蔽。

（七）人口数量是决定人类和生物圈命运的“序参量”

——“序参量”和“人口序参量效应”。

通过组元（如激光中的电子）的协同作用（电子的同向震荡）而把单个组元组织起来所形成的，反过来又支配着（“支配原理”）各个组元的“序参量”（激光中的光波），是决定系统性质和演化方向的状态变量。（赫尔曼·哈肯，“协同学”）

某一“共同体”的人口数量——所有人，形成制约该“共同体”所有人的行为，并决定每一个个体和生物圈命运的“序参量”。“人口序参量效应”包括“规模效益”、“分母效应”、“基本需求效应”、“密度效应”、“阈密度效应”等。

——“天堂”和“地狱”。

在一个能容纳300人的大教堂里，如果只有50个人，那么，这50个人的相互作用，便是规定这50个人每一个人“命运”的“序参量”。此时，教堂里空气清新，每一个人都可以在摇曳的烛光下来回走动，相互愉悦地交谈，慢慢地品尝着美酒佳肴……；（男士们）或赞美主的伟大，或“顾影自盼”，欣赏上帝的“造物”……；“星期五”——当然只限于小猫和小狗们，或依偎在主人的怀里，或在教堂里自由地戏耍……。

当数量增加到1500人时，这1500人的相互作用，便成了改变这1500人每一个人“命运”的“序参量”——此时，空气已污浊不堪，食物被一抢而光，地面一片狼藉，人们在昏暗的烛光下挤来挤去，相互踩踏，抱怨和喧哗声充斥了整个教堂……；对主的赞美变成了对上帝“要生养众多”的质疑；小猫和小狗们则或被烦躁的主人丢下不管，或被熙熙攘攘、挤来挤去的人群踩着而尖叫……。

——数量“魔术师”。

对发展来说，资源、空间的人均拥有量是最为根本的——而人口数量，则在资源、空间一定背景下规定着这个人均量，从而发展的可能水平：粥少（如人均GDP）缘于僧（人口）多，地少（人均资源）因于人多；地瘠不一定民穷，民穷也不一定因为地瘠——人口数量像“魔术师”一样左右着发展和环境问题。

如以经济密度（美元 /km^2）表示与资源、环境、经济相关的富饶或贫瘠，那么，少量人口可使（环境）“地狱”变成“天堂”——澳大利亚经济密度 4.9 × 104 美元 /km^2（瘠矣！），人口密度 2.5 人 /km^2（少矣！），人均 GDP 20050 美元（富矣！）；而大量的人口，则会使（环境）“天堂”变成“地狱”——孟加拉国经济密度 32.6 × 104 美元（为澳大利亚的 6.65 倍，富矣！），人口密度992 人 /km^2（为澳大利亚的404倍，庶矣！），人均GDP 370美元（为澳大利亚的1.85%，贫矣！）。

（八）技术的本质和“技术拯救”

——技术指向物质、能量耗散，技术进步与物质、能量耗散正相关。

——“时间节约”：技术的本质。

“时间节约”是技术的本质。一定物质、能量在单位土地面积上的耗散，历时 1 天、1 年，或 10 年、100 年的结果是完全不同的。

技术对时间的节约指，把一定自然物转化为人工物所费时间的减少——用 电锯在更短时间里锯倒一棵大树；或在一定时间里把更多的自然物转化为人工物——用电锯在单位时间里锯倒更多大树。正是由于技术的“时间节约”和大的节约空间，才会有“高耗散”的形成——由是，人们才有可能在更短的时间里，在单位土地面积上耗散更多的资源、能源，生产更多的污染，形成更高的经济密度而把社会推向“高位均衡态”，形成辉煌的文明。

——资源节约：效率、利用率的“天花板”和物质、能量的耗散。

资源节约指（能量）转化效率和（物质）利用率的提高。而来自两方面的限制，则使资源节约只存在很小的空间：其一是效率、利用率的“天花板”——物质的节约不可能为零，能量的利用效率则被限定在 <100%；其二是“热力学第二定律”规定的物质、能量不可避免的耗散。

——“循环经济”、“低碳经济”和“创新”对“拯救”的作用是有限的。

鉴于资源节约的有限性、能量利用的非循环性、物质利用的耗散性，在技术进步推动下以节能、节材、减排为宗旨的“循环经济”、“低碳经济”和“创新”的发展，并不能带来物质、能量在根本性上的节约，进而对资源“瓶颈”的缓解。

（九）“基本需求效益”的性质

人口的“基本需求效应”源自基本需求品的“刚性”——人可以不坐飞机、不打高尔夫球，但绝不可以不吃饭。基本需求品（如食物）生产有如下特征：

——“基本需求品”生产资料（如土地、水分、热量及其空间组合等）的有限性（稀缺、易耗竭和低更新）。

——“基本需求品”生产的巨大外部性。

扩大耕地，投入化肥、农药，修建水利工程加剧着生态/环境退化——森林消失、土地退化、污染和生物灭绝；土地的退化则迫使人们进一步扩大耕地和增加投入，形成相互强化的恶性循环；人口的增长，又进一步推动着这一恶性的正反馈循环。

（十）人口规模

当代人每人每天消费的能量为原始人的115倍，用水量为原始人的42倍。在资源耗散强度因技术提高数十倍、上百倍的情况下，与原始人相比，数量庞大的当代人的总用水量增加了28万倍，总耗能量增加了77万倍——可见，人口规模是一个比技术的“杀伤力”更为根本的问题。

中国的12次王朝更替（包括安史之乱、太平天国），都发生在人口高峰之后——当然，也可解读为王朝更替中断了人口增长。

要么任其毁灭，要么消减她的规模、速度和复杂性——这即是对人口与人手关系理论思考对当代人类社会的告诫。

（作者工作单位：浙江大学人口与发展研究所）

浙江省人口和计划生育基层队伍建设调研报告[①]

国家计划生育委员会人事司调研组

根据国家人口计生委关于“人口和计划生育基层队伍建设”的调研方案和要求，由国家人口计生委人事司领导带领的浙江省调研组，于2008年11月5-7日先后赴浙江省杭州市下城区、台州市路桥区、宁波市，对各地人口和计划生育基层队伍建设情况进行座谈调研。通过本次调研，进一步了解浙江省人口和计划生育基层队伍的建设情况，总结成功经验，分析当前存在的主要问题和困难，提出相应的对策建议，促进基层队伍的建设和发展。

一、基本情况

（一）浙江省人口、经济发展情况

浙江省地处东南沿海长江三角洲南翼，陆地面积10.18万平方公里，辖11个市、90个县（市、区）、1516个乡镇。全面实行计划生育以来，浙江省生育率下降较快，总和生育率从1983年开始持续低于更替水平，1990年后降到1.4以内的超低水平，目前在1.3左右，已连续26年持续保持低生育水平。2007年底，全省常住人口5060万，比上年增加70万；户籍人口4659万，比上年增加30万；2005年1%人口抽样调查，全省流动人口2137万，已成为浙江省人口增长的主要因素。

改革开放以来，浙江社会经济发展呈现快速、协调、可持续发展的态势，2007年实现生产总值18638亿元，城镇居民人均可支配收入20574元，农村居民人均纯收入8265元，扣除价格因素，分别比上年增长8.4%和8.2%，城镇居民人均可支配收入连续7年、农村居民人均纯收入连续23年列全国各省区第一位。

（二）计划生育机构与队伍情况

目前全省人口计划生育机构总数3414个，其中省级9个，市级43个，县级340个，乡级3022个。

行政管理人员共5383人，其中省级43人，市级220人，县级1301人，乡级2948人（见图1）；专业技术人员共4607人，其中省级47人，市级173人，县级1439人，乡级2948人（见图2）。乡村干部和技术人员构成基层队伍的主体。

行政管理人员的学历构成，大专及以上占80%，中专9%，高中及以下11%；专业技术人员大专以及上占64%，中专25%，高中及以下11%（见图3、图4）；专业技术人员的职称构成，具有高级技术职称的占2.9%，中级职称占20.6%，初级职称占57.4%，无职称占19.1%。

在县、乡两级4387位专业技术人员中，2785位具有执业资格，占63.5%，其中具有执业医师资格的占36.5%，执业助理医师资格占29.7%，执业护士资格占13.3%，其他占

---

① 刊登于《人口与经济》，2008年第1期。

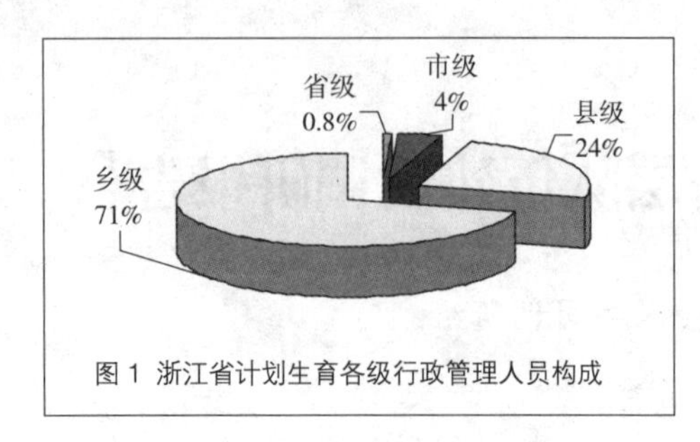

图 1 浙江省计划生育各级行政管理人员构成

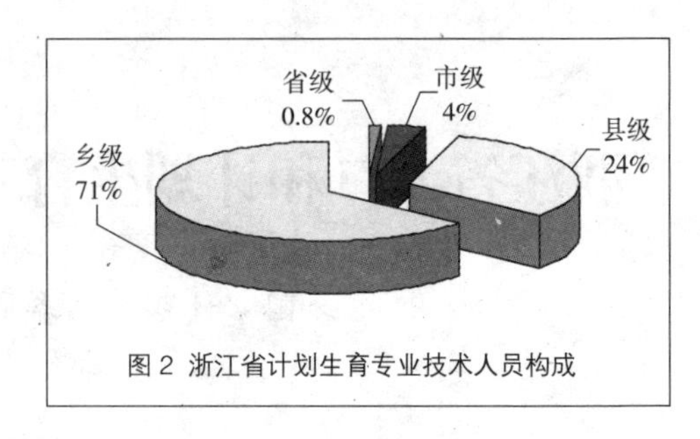

图 2 浙江省计划生育专业技术人员构成

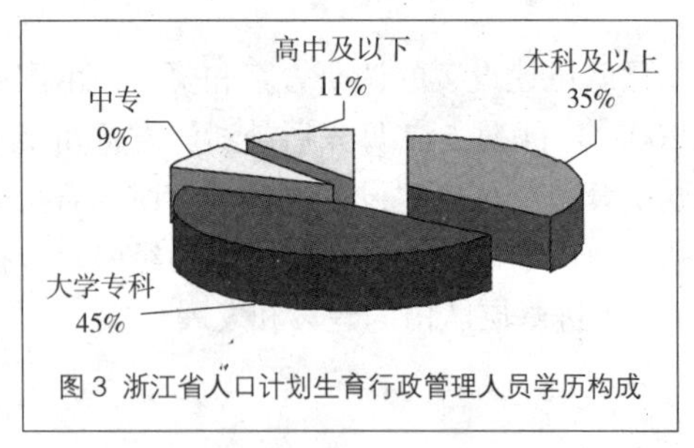

图 3 浙江省人口计划生育行政管理人员学历构成

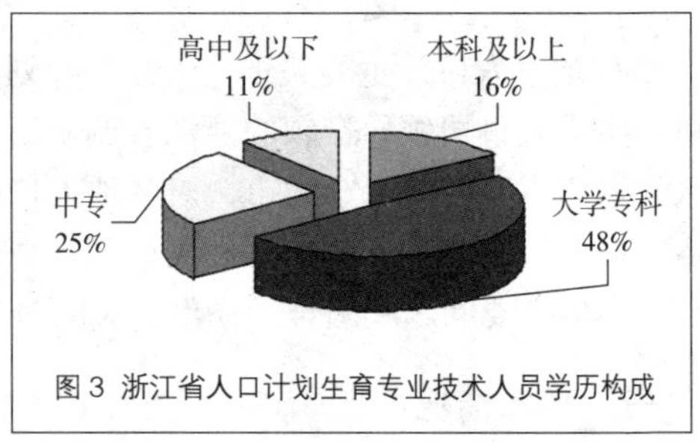

图 3 浙江省人口计划生育专业技术人员学历构成

20.5%。有 36.5% 的专业技术人员目前还没有执业资格。

二、成效与经验

近年来,浙江省认真贯彻中央《决定》和省委、省政府关于贯彻落实《决定》和《实施意见》,本着对事业高度负责的态度,克服困难、积极争取、不断创新,稳定了人口计生机构和队伍。在乡镇综合改革中,保证基层计划生育机构性质不变,人员不变,运作模式不变。干部的整体素质和为人民服务的水平进一步提高,较好地完成了各项工作目标和任务。具体的经验和做法如下:

(一)明确建设目标要求

进入新世纪,浙江人口发展呈现出新的态势,一方面需要继续稳定低生育水平。另一方面,人口素质、结构、分布问题与矛盾更显突出,与人口数量变动交织一起,使人口与经济社会发展,与资源、环境的可持续发展面临着前所未有的挑战。新形势要求我们必须从维护国家人口安全和构建社会主义和谐社会的高度,长期坚持计划生育基本国策,以促进人的全面发展为目标,统筹解决好人口领域出现的新情况、新问题。因此,建立一支高素质的人口计生干部队伍成为一项十分紧迫的任务。为此,省人口计生委按照国家人口计生委和省委、省政府的要求,在对现有干部队伍的基本情况进行认真分析的基础上,明确提出队伍建设发展的目标和要求:

以贯彻落实中央《决定》为契机,以十七大精神专题教育活动和学习型组织为载体,稳定机构,强化培训,严格管理,不断提高系统干部依法行政和分析解决问题的能力,在全系统进一步树立起政治坚定、团结协作的大局意识,坚忍不拔,甘于奉献的计生精神,养成求真务实、爱岗敬业的工作作风,努力把浙江省人口和计划生育队伍建设成一支“业务精湛、办事公道、和谐健康”的工作团队。

(二)加强机构队伍建设

针对农村综合改革和城市行政区划调整对基层人口计划生育机构带来一定影响的情况,全省各级人口计生部门争取党委、政府的重视,切实加强机构和队伍建设,大多数地区已恢复了曾一度撤并的计划生育机构，并将综合改革前与社会事务机构合并的计划生育办公室单独设置，配齐配强基层队伍力量，提高报酬待遇。

1、保持机构稳定。本着“只能加强、不能削弱”的要求，在农村综合改革和城市行政区划调整中，不随意撤并和改变计划生育机构性质，对于已撤并的予以恢复。乡镇（街道）计划生育办和计划生育服务站独立挂牌，并纳入事业单位全额拨款。增加流动人口服务管理力量，各地成立相应的流动人口服务管理机构，配备专（兼）职人员。如杭州市成立了流动人口计划生育服务管理中心，机构规格为正处级事业单位，编制为5人。如台州市路桥区成立流动人口服务管理局，镇（街道）相应成立流动人口服务管理所，村（居、社区）流动人口100人以上建立流动人口服务管理站。

2、配齐配强基层队伍。全省大部分村都相应成立计划生育工作领导小组，明确书记或主任为第一责任人，为做好基层人口计生工作提供保证；按照省委《实施意见》精神，全省要求每个村至少配备1名、2000人口以上的大村至少配备2名计划生育服务员，并进入村的“两委”班子；浙江是流动人口流入大省，加强对流动人口的服务与管理，配备流动人口专（兼）职服务管理员。如宁波市规定每500名流动育龄妇女必须配备1名协管员，杭州市各街道按每6000名外来育龄妇女配备1名专管员；将队伍建设列入年度目标管理考核，确保人员到位。如宁波市要求乡镇（街道）计生公务员不得少于省编委文件规定行政编制数的70%，在乡镇计生办人员落实的情况下，必须有1名国家公务员，总人口在3万以上要求配备2名公务员，做到每个乡镇计生办配有1名以上公务员。

3、提高基层队伍的报酬待遇。近年来，全省部分市、县在提高基层队伍的报酬待遇上积极探索。如湖州市人口计生委积极争取领导和相关部门的重视支持，市委组织部专门发文，凡参加工作12年以上，从事计划生育工作10年以上，担任计划生育主任满5年，任职期间享受副科级待遇；如杭州市加强对村级计划生育服务员的管理与考核，实行基本工资与绩效工资相结合的考核制度，大部门村级计划生育服务员的年报酬达到村级负责人的80%。同时采取购买养老保险、意外伤害保险和送温暖等形式，帮助村级计划生育服务员解决实际困难，使其安心做好工作；如湖州市长兴县对3年达到合格村标准的计划生育服务员给予一次性养老保险补助。嘉兴市嘉善县有96.9%计生服务员年报酬在1.5万元以上，最高达5万元以上，并将计生服务员全部纳入职工养老保险。

（三）实施素质提升工程

坚持把人口和计划生育干部队伍建设纳入人口与计划生育事业发展总体规划和年度工作重点，大力实施“素质提升工程”，努力构筑教育培训的长效机制。

1、开展各类教育活动。近年来，全省各地先后认真组织开展十七大主题的教育活动，学习型机关创建活动，党风廉政建设警示教育活动等。通过专题辅导，干部的政策理论水平和拒腐防变能力明显提高。如今年组织开展全省人口计生系统先进事迹巡回报告活动，历经15天，途经11个市，行程4000余公里，12场报告会，受众达6000余人，取得良好的教育效果和社会宣传效果。

2、强化教育培训。按照分级负责、层层培训原则，开展多形式、多层次的教育培训，以更新干部、技术人员的知识结构，提升综合素质和工作能力。一是开展对公务员全员性的专业知识强化培训，提高依法行政、优质服务的水平。二是做好专业技术人员的在职学历教育和继续教育，加强专业人才培养、尤其是急需人才的教育培训。三是完善教育培训管理、考核评估、培训与使用相结合等制度，逐步建立以职业教育为基础，以岗位培训和继续教育为主的终身教育网络，以适应职业化的需求。据不完全统计，近年来，全省人口计生系统公务员参加（初任、任职、专业知识、更新知识）培训人数达12334人次，专业技术人员参加培训、进修学习、学术交流等活动人数13085人次。

3、工作中提升能力。在日常工作中，努力探索、拓宽提高干部队伍综合素质能力的途径，进一步增加创新意识、服务意识、发展意识。如杭州市下城区各级计生部门开展“探索五项途径，提高五种能力”建设，即：拓宽贯彻《决定》的学习途径，提高政治理论能力；拓宽蹲点调研联系途径，提高解决问题能力；拓宽为民办事的工作途径，提高服务群众的能力；拓宽业务知识培训途径，提高专业素质能力；拓宽效能行风建设途径，提高廉洁从政能力。

4、加强作风建设。坚持以群众满意为标准，以机关效能建设为载体，着力转变工作思路和工作方法，开展民主评议行风、创建“基层满意站（所）”、“农民兄弟姐妹评计生”活动，不断提升计生服务“窗口”形象。如宁波余姚市等8家计划生育宣传技术指导站被省政府授予浙江省“群众满意基层站所（办事窗口）”创建工作先进单位。

（四）优化用人激励机制

1、建立科学的选人用人机制。推进干部公开选拔、竞争上岗、轮岗交流、全员聘任等项制度改革，通过组织选拔、公开竞聘、公务员考试等途径，拓宽选拔渠道，使一批年富力强的优秀中青年干部走上各级计生领导岗位，干部队伍整体素质明显提高。

2、完善人才激励机制。进一步完善精神鼓励和物质奖励相结合的人才激励机制，各地开展形式多样的争先创优活动，以激发广大人口计生工作者的主动性、积极性和创造性。如全省组织开展“十五”期间人口计生工作示范县、个人突出贡献奖和先进集体、先进工作者评比活动。如宁波市对获得《计划生育工作者荣誉证书》的和从事计生工作至退休并获得荣誉证书的人员，分别给予1000元和4500元的一次性奖励。如台州市委、市政府每5年评选一次“台州市人口奖”。

3、探索村级计生专干职业化管理和建设机制。村级计生专干实行“县管、乡聘、村用”的管理机制，“县管”主要管人、管钱、管培训，“乡聘”负责公开招聘、业务管理，“村用”即计生专干一般由本村人员担任。尝试建立计生专干的“五制五规范”职业化队伍建设机制：实行竞聘上岗制，做到队伍配备规范；实行职业化工薪制，做到报酬待遇规范；实行目标管理责任制，做到职责任务规范；实行教育培训学分制，做到人才培养规范；实行绩效挂钩制，做到奖惩规范。各地通过采用公开招考形式调整、充实村级计生服务员，村级计生服务的力量和素质明显得到提高，尤其是被列为国家人口计生委人事司“计生队伍职业化建设”试点县之一的台州市玉环县，近几年在探索职业化管理和建设机制方面取得较大成效。

（五）发挥计生协会作用

浙江省计划生育协会成自1984年成立至今已24年，在省委、省政府和地方各级党委、政府的重视关怀及各级人口计生委的指导支持下，协会由小到大，由弱到强，至今已发展成为拥有5万个基层组织、498万名会员的最庞大的计划生育群众团体。协会围绕经济社会发展大局和人口计生工作中心任务，积极履行“带头、宣传、服务、监督、交流”五项职能，不断解放思想，开拓创新，以新家庭计划少生快富项目、青春健康项目、生育关怀行动、“幸福微笑”公益活动等活动为载体，充分发挥群众团体作用，努力服务人口计生事业，为探索行政管理与群众工作相结合的中国特色人口计生事业道路作出了积极贡献。计生协会已成为党和政府联系广大育龄群众的桥梁和纽带，成为人口计生事业不可或缺的重要的群众工作队伍。

浙江省是流动人口大省，面对外来人口婚育证明难查验、节育措施难落实、生孕情况难掌握的现实困难，各级计生协会拓宽思路，创新形式，形成有效工作机制，为流动人口提供服务管理方面作出积极而富有成效的探索。

1、健全组织网络。除在流动人口集中的工厂、企业、等建立企业协会外，还根据流动人口集中的不同情况，搭建多种形式的协会组织，形成健全的流动人口计生协组织网络。如：宁波市在企业聚集的工业开发区成立企业计生协联合会；在外来人口聚集、规模较大的集贸市场成立行业计生协；在城区商贸混合区成立计生协联合会；根据城市发展特点成立楼宇计生协联合会；在外来人口公寓成立流动人口计生协；把分散在村（居）的流动人口组织起来，形成新市民分会；对个别零星的流动人口纳入居住地计生协等，确保流动人口计生管理的全覆盖。

2、完善工作机制。企业、公寓等计生协会组织建立后，各级计生协勇于挑战，敢于创新与实践，形成了多种灵活、有效的工作机制。如宁波市计生协创造了“以内联外”（即对散居在村（居）、社区的流动人口，依托居住地乡镇（街道）计生协，形成由乡镇（街道）计生协抓村（居）协会、村（居）协会抓会员小组、会员小组抓联系户的三级网络）、“以企联外”（企业协会抓管理、抓服务）、“以外联外”（即在外来人口聚居地计生协会里，以外来人员中有能力、有威望的外来人员组成协会理事会，建立会员小组和会员联系户等）“房东联房客”、“雇主联雇员” 的工作模式。

3、突出服务理念。为加强流动人口计生协会组织的凝聚力，各级协会组织在实际工作中按照“服务关爱先行、管理水到渠成” 的思路，以服务促管理，以关爱聚人心。如宁波市各级计生协围绕企业员工生产、生育、生活的不同需求，以促进企业经济发展和社会和谐为目标，出台了就医、就业、入学、入托等优先优惠政策，使流动人口协会会员能够享受与本地居民同等的优惠。慈溪市企业计生协为暂住人口育龄群众提供生殖健康服务。各地通过诸如“和谐促进会”、“爱心超市”、“乡音俱乐部”、“情感护理站” 等多种形式，面向广大外来流动人口和计生困难家庭，积极开展扶贫帮困、救助等活动，取得了显著的成效。

三、问题与困难

（一）队伍力量、尤其是技术力量不足

目前，浙江人口发展呈现前所未有的复杂局面，人口的数量、素质、结构、分布等各方面问题交织一起，使问题变得更为复杂，已从简单转向复杂，从单维走向了多维。面对新形势、新问题，必然要求计划生育工作职能不断拓展，任务变得更为繁重。尽管计生工作队伍力量在这近几年经过上下努力得以基本保持稳定，但面对上述变化仍显得明显不足，尤其是乡镇、村级队伍力量上显得薄弱、力不从心。如宁波市，据 1997 年的标准，全市乡级计生服务站定编为 216 人，但目前在编 136 人，实际在岗 193 人。但事实上，存在在编人员部分被移作他用、混岗、在岗人员没有把全部精力放在计生服务上面等问题，更何况 1997 年的定编标准对于 10 年后的今天是否适用还值得讨论。在调研中发现，这种编制不合理、人岗分离、混岗现象在全省各地都普遍存在。

在总体力量不足的情况下，专业技术力量显得更为欠缺。从总人口（常住人口）与专业技术人员数量的比例看，根据第四次（2005 年）全国人口和计划生育系统人事统计数据，浙江省为 8449：1，全国平均为 4363：1，东部省份平均为 4661：1；从专业技术人员与公务员

的配比来看，浙江省为1.33:1，东部省份为2.86:1[②]，全国平均水平为2.86:1 。浙江专业技术力量的配备水平明显落后于东部省份和全国的平均水平，服务机构中存在行政后勤人员与业务人员比例不相协调、技术人员匮乏的现象。按照新时期建立服务型政府和职能拓展的要求，应该逐步提高专业技术人员在整个队伍中所占的比重。现状与实现全省计划生育技术服务工作“二次发展”，坚持行业特色，拓宽服务领域，深化计划生育优生服务工作，提高群众满意度的工作要求存在较大差距。

（二）能力跟不上发展的需要

近几年，虽然人口计生队伍整体学历水平获得大幅提高、学历结构得到不断改善，但不同人员之间的发展水平和进步速度依然参差不齐，特别是基层队伍的受教育程度和整体素质有待提高。据台州市统计，目前全市乡级人口计生公务员中有26%未达到中专学历，村级计生服务员小学以下文化程度占到7%，受教育程度偏低现象比较突出。全省专业技术人员的职称偏低，主要集中在初级（57.4%），无职称占到近20%，技术人员职称晋升存在较大困难。在县、乡两级专业技术人员中，尚有36%的人员目前还没有执业资格。据台州市统计，全市仅有7个乡级计生服务站拥有中级技术职称人员。

新时期对人口和计划生育工作提出了新的要求，但干部素质还不相适应，对市场经济所带来的体制变革、结构调整，反应对接不灵活，对人口计生工作所面临的形势认识不够，思想上还没有走出以控制人口数量为主的“围城”，工作方法还没有完全摆脱以行政制约为主的“老路子”。特别是“一法三规省条例”的颁布实施，人口和计划生育工作从人治走向法治，一些基层干部对依法管理和做过细的群众思想工作缺乏耐心，在思想上产生消极、畏难情绪；长期以来，行政手段的惯性形成一定的思维定势，只会用老办法对付新问题，调查研究、综合分析、提高层次的意识和能力不够强。

（三）工作压力大导致队伍不稳定

据杭州市下城区对计生队伍建设状况的一项调查，在对工作压力的调查中，45.6%计生工作者认为“压力很大”，52.6%认为“有一定的压力”，仅1.8%认为没有压力。从不同职位来看，社区层面的计生工作人员压力要大于街道层面的计生工作人员。人口计生事业的所有目标的实现，都需要具体化为各种任务，通过层层分解，最后落实到基层工作中，由每位最基层的工作人员去执行完成。所以，从某种程度上讲，最基层的计划生育工作人员是我国30年人口计生工作辉煌成就的直接创造者。众所周知，计划生育工作是“天下第一难事”，加之某些不够合理的考核指标，使最基层的计生工作人员不仅承担着大量繁杂的日常工作，而且背负着沉重的压力，这种压力主要源自于社会、领导和经济方面，来自居民对其工作的不认同不配合，来自领导对其工作成果的不认可，来自计划外生育的“一票否决”。与此同时，基层工作人员工资待遇不高，压力与获得反差明显，要求调整工作岗位的多，岗位缺少人员又得不到及时补充，由此造成队伍不稳定，年轻同志不愿干，年龄结构老化。杭州市的调查表明，有20.4%的工作人员表示不太愿意继续从事计划生育工作，其中社区计生人员表示不太愿意的比例最高；2005年第四次全国人口和计划生育系统人事统计资料显示，浙江省计生队伍人员的年龄老化水平高于全国总体水平，见表1。

② 根据第四次全国人口和计划生育系统人事统计分析报告或统计数据以及2005年全国1%人口抽样调查资料计算所得。东部省份包括：北京、天津、河北、辽宁、山东、上海、江苏、浙江、福建、广东和海南。

表 1 浙江省、全国人口计生队伍年龄构成 %

	小于 35 岁	35–45 岁	46–54 岁	大于 55 岁
浙江省	41.7	35.9	21.4	1.9
全国	52.0	32.5	14.0	1.5

四、对策与建议

调研中，各地针对当前基层队伍建设中存在的主要问题和困难，提出各种对策建议，主要为以下几个方面：

1、明确计划生育部门的法定职能，集中精力把工作做好

要稳定机构队伍，关键是要明确职能、明确任务目标，按法定的职能开展工作。现在工作范围在不断扩大，而队伍却在缩小，导致基层工作负担、压力越来越大。要明确哪些工作我们必须做，哪些工作可做可不做，哪些可以不做。要做的工作必须认真、负责、高质量地完成，可做可不做的我们可以创造条件去做，对于可以不做的坚决不做，这样才能集中精力把该做的工作做好。统筹解决人口问题，较好地完成“五大任务”，以显示计生部门在政府工作中的大作为。有作为才能有地位，有地位也能吸引人才。

2、提高基层队伍的待遇，增强计生岗位的吸引力和凝聚力

要保持基层机构队伍的稳定，关键是要增强基层计生岗位的吸引力和凝聚力。基层队伍工作辛苦、压力大、待遇比较低，应在政治、经济生活待遇等方面考虑，国家、省级政府出台具体的政策（浙江地方经济比较发达，已为计划生育工作提供了良好的经济保障，更希望在政策上国家给予更多的支持，“要政策支持”是各级计生部门的强烈要求），使基层干部没有后顾之忧。政治上，镇级党政分管领导享受正科级待遇，计生办主任享受副科级待遇，对于有突出贡献的干部要给予高级别的荣誉；经济上，提高计生干部的补贴标准，特别是实施阳光工资后，如果不能从计生工作的特殊性去考量，会影响工作的积极性；工作生活上，要给予多理解、关心、帮助，解决基层干部技术人员工作、生活中的实际困难。一位市级人口计生委主任深有感触地说：“我们往往习惯于要求多、关心少。一把手有责任营造良好的工作氛围，创造条件帮助他们实现工作目标。工作要以人为本，人要以健康为本，让每个人能愉快的工作、健康地生活，我们的工作才能出成效”。

3、强化教育培训，提高基层队伍的素质能力

要加快计生队伍的职业化建设，关键是要提高队伍的素质能力，提高技能水平。首先要明确各级岗位（村、乡镇、县区、市）的工作职责，针对不同职责提出工作能力要求，针对能力要求，设计各级岗位的培训目标与内容。第二，进行分级分类、因材施教、特色培训。行政管理队伍要侧重通过培训提高公务员的驾驭全局能力、科学民主决策能力、综合协调能力、依法行政能力、优质服务能力、抓基层工作的能力；技术服务队伍的重点是通过对人口理论、医学技术及计划生育相关学科知识的学习，能够熟练掌握技术服务的技能，重点是提高优质服务水平和能力；群众工作队伍的重点是通过扎实的培训，能够加强其群众工作能力，发挥社团组织的作用，提高帮助群众解决实际困难的能力。第三，重视培训质量，实行目标管理，提高培训的实效性。根据不同培训对象、形式，把按规定参加培训和培训考试、考核结果，作为公务员、专业技术人员考核、任职、定级、晋升职务的重要依据之一。

4、引入竞争和绩效评估机制，激发工作的积极性和创造性

积极引入竞争和绩效考核机制，并建立与之相应的分配激励机制，这是人口计生系统内容管理体制改革的基础性和关键性的工作。要坚持按需设岗、平等竞争、择优聘任、严格考核的原则。强化管理岗位，淡化身份管理，坚持因事设岗，因岗择人，尝试用科学管理、绩效考核的方式与基层计生工作者的实际收入、晋升提拔相挂钩，化解“一票否决”的压力，完善计生工作者管理的激励机制，激发工作的积极性和创造性。

组长：朱尧耿 国家人口计生委人事司人事处副处长
成员：肖子华 国家人口计生委人事司挂职干部
（湖南省人口计生委药具站站长）
陶 竞 浙江省人口计生委人事处处长
王丽萍 浙江省计生协秘书处副秘书长
周丽苹（执笔）浙江大学人口与发展研究所常务副所长、教授

注：该调研报告已在《人口与经济》2009年第6期发表

新时期浙江经济发展与人口容量研究

姚引妹

浙江作为东部沿海经济相对发达的省份，高速增长的经济和城市化吸引了全国各地的人口，已成为本省常住人口的重要组成部分。虽然当前全球经济危机可能会降低经济增长速度，但不会改变外来人口大量集聚的趋势，这必将对浙江未来人口规模以及人口与经济、资源、环境的关系产生重要影响。为此，需要从经济发展与人口就业相互关系的角度，测算今后一个时期浙江能够容载的常住人口数量，并通过人口规模的调控，创造一个良好的人口环境，能够确保人口与资源、环境以及经济社会的协调发展，增强区域的综合竞争能力。

一、浙江经济增长与人口扩容

（一）经济快速增长提高了对省外人口的吸引力

浙江省是中国经济最活跃、生产力最发达省区之一。2007 年浙江省实现生产总值 18780.44 亿元，是 1990 年 904.69 亿元的 23.75 倍（浙江省统计局，2008）。从 1990 年到 2008 年，浙江省 GDP（按可比价计算）呈现快速增长态势，GDP 年均增长率高达 14.32%，比全国平均水平（10.34%）高近 4 个百分点。区域经济的高速增长必然会吸引大量外来人口。1990 年—2007 年间，浙江省常住人口从 1238 万增加到 5060 万，净增近 822 万，年均增长率为 1.05%，远远高于户籍人口年均增长率 0.56%。1990 年，浙江常住人口（4238 万）与户籍人口基本持平（4235 万），仅多 3 万人，到 2000 年，常住人口比户籍人口多 179 万人，到 2007 年，常住人口比户籍人口多 401 万人，7 年净流入人口增长 1.2 倍。

（二）人口与经济自 90 年代呈正相关，进入良性循环

人口增长与经济增长是密切相关，一方面，人口增长受制于经济发展水平，生产力越发达，人口增长的基础就越牢固。另一方面，人口增长对经济增长具有正反两面作用，适度人口增长可以推动经济的发展，过度的人口膨胀则对经济发展起阻碍作用。事实上，人口增长对经济发展既有下面效应，也有负面效应，两者是复杂多变的关系（见表 1）。

（三）产业结构升级扩大了浙江的人口容量

美国经济学家 H·钱纳里等人，曾运用多国模型对人均 GDP 与经济发展阶段的关系进行研究。根据钱纳里的标准，2007 年，浙江人均生产总值为 10527 美元（PPP 价），处于工业化的高级阶段，而中国则为 5370 美元，处于工业化中级阶段。

从三次产业的构成来看，2007 年浙江经济发展阶段处于发达经济的初中级阶段，第一产业占 GDP 的 5%，低于标准水平 3 个百分点；第二产业占 GDP 的 54%，高于标准水平 2 个百分点；而第三产业为 41%，高于标准水平 2 个百分点。2007 年，浙江人均 GDP 接近中高收入国家的平均水平。

（四）高就业弹性表明Ⅱ产仍是浙江经济的主要增长点

就业弹性系数是研究经济发展与就业增长之间数量关系的函数，是指劳动力就业的增

表 1 浙江生产总值增长与人口增长相关关系

	1950–1957	1957–1974	1974–1992	1992–1999	2000–2007
户籍人口增长率与生产总值增长率	–0.82	0.58	–0.45	0.27	0.39
常住人口增长率与生产总值增长率	---	---	---	0.88	0.35
户籍总人口与生产总值	0.99	0.91	0.96	0.91	0.99
常住总人口与生产总值	---	---	---	0.99	0.99
在业人口与生产总值	0.97	0.95	0.96	0.26	0.96
在业人口增长率与 GDP 增长率	–0.28	0.47	0.51	0.51	0.31

资料来源：新中国五十年统计资料汇编，中国统计出版社，1999；

浙江省统计局、国家统计局浙江调查总队编：浙江统计年鉴 2007，中国统计出版社

长率与经济增长率之间的比率，其经济含义是：经济每增长 1%，就业能增长多少个百分点。发达国家和地区的经验表明，随着资本有机构成的提高，就业弹性系数不断趋于下降。

我们计算了 2000 年到 2007 年浙江产业的就业弹性，结果表明，从 2000—2007 年，浙江第一产业的就业弹性为 –1.55，表明浙江省第一产业是劳动节输出的部门，即第一产业产值上升 1 个百分点，就业人员下降 1.55 个百分点；第一产业的就业比重仍有下降的空间。

第二产业的就业弹性高达 0.54，这说明第Ⅱ产业仍是浙江就业的增长点，它有力地缓解了就业压力，这可能与浙江发达的民营经济有关。浙江第二产业发展仍不充分，随着世界制造向第三世界的转移，浙江民营经济必然将成为经济发展的新增长点。

第三产业的就业弹性为 0.34，说明浙江在经济增长的同时，劳动就业人数也在不断增加，这符合世界产业结构发展的规律性，而且我国第三产业就业人口占在业人口的比重滞后于产值结构，未来吸收外来人口或农村剩余劳动力的产业将主要是第三产业。

二、未来 10 年浙江经济人口容量估算

经济发展对某一特定区域人口规模的制约，就是就业岗位的约束，因为没有就业机会，人们就失去了谋生的手段，就难以产生足够的引力。今年浙江人口规模可能有多大，完成取决于经济发展对劳动力的需求量。一方面，浙江民营经济的快速增长，形成了对劳动力的巨大需求，而优越的区位条件和自然环境，也吸引了外商的投资，形成了对劳动力的需求；而另一方面，浙江省户籍人口长期极低的自然增长下，户籍人口劳动年龄人口已经进入负增长状态，加上人口老龄化进程加快的因素，必将使浙江省劳动力出现短缺。为了满足经济发展对新增劳动力的需求，新增劳动力显然要靠外来人口的加入，浙江省在未来很长一段时间内将是一个人口净迁入地区。

浙江能容纳多少外来人口？必须先从经济的角度对未来人口容量起决定作用的经济因素进行预测。

（一）经济发展水平估测

为了能较好地预测浙江从 2009 年到 2020 年的 GDP 增长，我们设定了高、中、低三个方案。高方案以 2001—2007 年浙江生产总值年均增长率为基准进行测算，考虑近期可能受金融危机的影响，经济增长较慢，后期会有所恢复，把预测期分为三个时段：第一段，2009—2010 年，年均增长率下降 2 个百分点，按 11.4% 的年均增长率增长；第二段，2011—2015 年，恢复到 2000—2007 年的年均增长率水平 13.4% 的速度增长；第三阶段，2016—2020 年，年均增长率水平高于第二阶段 1% 的速度增长。

预测结果(见表 2)，三个方案有较大差异，本报告采取中方案的结果。根据中方案的预测，浙江省国内生产总值将于 2011 年到达 28305 亿元，比 2005 年翻一番。

表 2 2009—2020 年浙江省生产总值预测

年份	生产总值（亿元）			年份	生产总值（亿元）		
	高方案	中方案	低方案		高方案	中方案	低方案
2007	18780	18780	18780	2014	44072	40471	37119
2008	21487	21487	21487	2015	49974	45247	40909
2009	23934	23593	23251	2016	57156	51491	45903
2010	26660	25905	25160	2017	65391	58597	51508
2011	30230	28961	27729	2018	74801	66683	57797
2012	34278	32379	30560	2019	85564	75885	64855
2013	38868	36200	33680	2020	97877	86357	72773

（二）在业人口预测

研究表明，就业增长与经济增长有着密切的关系。世界银行曾采用就业增长弹性系数来提示两者之间的相关关系。

由于就业弹性同时受经济增长速度和在业人口增长的影响，不同时期的就业弹性不同，且 2008 年的金融危机及世界性经济危机的来临，对未来浙江经济产生重要的影响，因此，根据经济危机周期理论，把未来 12 年分为三个不同时期：2009—2010 年危机低谷、2011—2015 年经济复苏和高涨时期、2016—2020 年经济平稳发展时期，将就业弹性分高、中、低三个方案（见表 3），并结合浙江未来不同的生产总值增长率，设高、中、低三个方案进行在业人员预测。

预测结果表明，浙江在业人口 2010 年将分别达到 3541 万、3535 万、35
年分别达到 4014 万、3837 万、3674 万；2020 年分别达到 431
照中方案，2009~2010 年浙江年均净增就业岗位约 48 万，
2016~2020 年年均净增约 61 万个岗位（见表 4）。

因此，对浙江人口规模的测算，主要是以未来 12 年内
可能达到的就业增长弹性系数这两个变量为基础，依据前述
增长率之间的关系的公式，得到就业增长率，然后再推算人口
得到的总人口数，用在业人口规模推算的总人口我们称之为经济

Pe = ELF/(ELF/P)

表 3 浙江 2009—2020 年就业弹性假设

时期	高方案	中方案	低方案	备注
2009—2010	0.13	0.10	0.07	考虑到经济危机的影响，故高方案就业弹性以全国 1996—2000 年为基准，低方案以浙江同期的就业弹性为基准，中方案取高低方案的均值
2011—2015	0.23	0.16	0.09	考虑到危机过后的经济恢复和增长，高方案以全国 1978—2007 年就业弹性为基准，低方案以全国 2001—2007 年的就业弹性为基准，中方案取高低方案的均值
2016—2020	0.12	0.11	0.10	高方案就业弹性以浙江 1991—2007 年以来的就业弹性为准，低方案以同期全国就业弹性为准，中方案取高低方案的均值

表 4 2010—2020 年浙江省在业人口预测

年份	高方案	中方案	低方案	年份	高方案	中方案	低方案
2007	3405	3405	3405	2014	3997	3810	3641
2008	3438	3438	3438	2015	4120	3881	3674
2009	3489	3472	3458	2016	4192	3940	3719
2010	3541	3535	3510	2017	4264	4000	3765
2011	3650	3602	3542	2018	4338	4061	3811
2012	3762	3670	3575	2019	4412	4123	3857
2013	3878	3739	3608	2020	4489	4185	3904

其中 Pe 为经济人口容量；ELF 为在业人口规模；ELF/P 为在业人口占总人口比重。

根据前面的测算和分析，在业人口变量已变成已知，只需要确定未来在业人口占总人口的比重即可。

根据在业人口高中低方案，浙江经济人口容量（或总人口）规模测算也相应地设高、中、低三个方案。结果表明，到 2010 年，浙江经济人口容量高中低方案分别为 5236 万、5228 万、5191 万左右，比 2008 年分别增加 116 万、108 万和 71 万，年均分别增加 58 万、54 万和 35 万人。到 2020 年，浙江经济人口容量为 5986 万，接近 6000 万，比 2008 年增加 866 万，平均每年增加 72 万左右（见表 5）。

三、结论与建议

江是资源小省，人口的大量集聚虽经济发展所必需的，但必将对我们省的资源、环境、
调整形成较大的压力，因此必须充分发挥政府的宏观调控作用，在人口规模的合理

表 5 浙江按在业人口推算的经济人口容量 万人

年份	在业人口占总人口比重 %	高方案	中方案	低方案	年份	在业人口占总人口比重 %	高方案	中方案	低方案
2008	67.16	5120	5120	5120	2015	68.77	5992	5644	5343
2009	67.39	5178	5153	5131	2016	69.00	6075	5711	5391
2010	67.62	5236	5228	5191	2017	69.23	6159	5778	5438
2011	67.85	5379	5309	5221	2018	69.46	6245	5847	5487
2012	68.08	5526	5391	5252	2019	69.69	6332	5916	5535
2013	68.31	5677	5474	5282	2020	69.92	6420	5986	5584
2014	68.54	5832	5558	5313					

调控方面采取切实措施，以确保人口发展与社会、经济、环境之间的良性循环。

（一）人口调控与经济增长模式转型相结合，统筹人口、经济、社会、资源、环境的协调发展。

一方面，通过政府引导，适时地将目前以劳动集约型为主的经济增长模式逐步过渡至以技术集约型为主的经济增长模式，从而减少对一般外来劳动力的需求。另一方面，加大对人口宏观调控的力度。充分发挥本省劳动力的潜力，尽量减少对外来劳动力的需求。在保障劳动力人口充分就业的同时，争取提高有能力工作的人群的退休年龄，并在劳动力素质提高上加大投入，充分发挥人才的作用，努力提高科教兴市的水平。注意第二、三产业协调发展，优先发展高科技企业，适时进行产业结构升级。

（二）实施人口质量替代战略，避免人口过度流入

浙江经济的快速发展是以劳动密集型的小型私有企业采取块状集群方式兴起为基础的，产业层次低，经济增长方式粗放，才容纳了大批从省外农村转移出来的非熟练劳动力，未来要提升浙江的产业结构，要使浙江的经济增长方式从劳动密集型为主向技术密集型，劳动者的素质则成为产业结构调整和提升关键要素。因此实施人口质量替代人口数量，用提高既有人口的综合素质来替代外来人口的过多流入。一是要坚定不移地实施科教兴省战略，加大教育与科研的投入。二是对外来劳动力建立就业前培训机制。目前，浙江的职业技术学校已改变了过去只招收本地户籍青年的做法，而更多地到一些经济欠发达地区招收青年，为浙江经济发展培养合格的劳动力。三是运用市场的力量引进高素质的各类人才。

（三）完善管理与服务机制，加速外来人口本地化的进程

随着浙江经济建设对外来劳动力需求的不断加大，实际上浙江已经成为外来人口的主要流入地区，外来人口规模大、居留时间长，已经成为本省常住人口的重要组成部分。为避免因人口盲目增加而导致就业困难、环境污染、住房紧张、交通拥挤、公用基础设施不足等现象的大规模发生，配合人口规模适度化进程，建议采取以下措施：

1、变计划经济时期“户籍”管理的模式为居住证管理模式。未来浙江人口的增长主要靠迁入人口，对此浙江必须以社区为基础，信息化为手段，对外来人口的管理应实现居住地的登记制度，以便掌握外来人口的年龄、性别、文化程度、就业状况等，为进一步做好外来人口服务打下良好基础。

2、“敞开大门，加强服务”，完善外来人口的疏导和引入机制。通过健全外来人口的信息登记制度，及时对盲流进行清理、疏导；对经济建设所需劳动力特别是高素质人才则通过政策倾斜加大引进的力度，从而做到有利有节地控制本区外来人口的总量规模。目前比较迫切的是建立一套规范的信息发布机制，引导外来人口有序流动。

3、抛弃传统的对户籍人口与外来人口内外有别的做法，一视同仁，管理与服务相结合，并逐步从有偿“管理”转向无偿“服务”，以加速外来人口本地化的进程。未来浙江在本地劳动力有限供给的情况下，面对大量流入人口给城市基础设施、社会治安、计划生育等方面造成的压力，流入地政府倾向于制订较为严格的使用外来劳动力的政策，抬高门槛的做法是不可取的。

4、研究实施外来劳动力的养老、基本医疗社会保障制度，切实保障外来劳动力的权益。

（作者工作单位：浙江大学人口与发展研究所）

第二部分 人口发展与社会和谐

谈对“科学发展、和谐计生”工作理念的初浅认识

孙伟根

“十一五”以来，在科学发展观的统领下，浙江省人口计生系统形成并实践“科学发展、和谐计生”的发展理念和实践思路，对于推动人口计生事业的持续健康稳定发展，提升工作层次和水平，起到了很好的理论引导和实践指导作用。而就当前谋划制订“十二五”发展规划、做好今后一个时期的工作而言，这一理念和思路应予以继续坚持与弘扬，并深入地加以贯彻和落实。结合“十一五”人口计生工作实践和谋划“十二五”发展规划,本文对理解“科学发展、和谐计生”这一理念和思路谈点初浅认识和体会。

“科学发展、和谐计生”的基本内涵。“科学发展、和谐计生”，是进入“十一五”以来，省人口计生委党组因时而动、顺势而行，在正确判断形势，准确把握国情、省情，遵循人口计生发展规律的前提下，适时提出的新时期人口计生工作新理念、新思路；是全省人口计生系统深入开展学习实践科学发展观活动的重要成果;是在坚持“经验来自基层、创造源于实践”的正确认识下，总结基层和群众创造的重要经验。其核心思想和内涵，就是要求在科学发展观、建设和谐社会理论的指导下，遵循人口与经济社会资源环境相协调可持续发展的外部规律，遵循人口自身协调发展的内部规律，以稳定低生育水平、促进人口均衡发展、统筹解决人口问题、提高人民群众满意程度为主线，与时俱进、开拓创新，努力实现新时期人口计生事业的科学发展、和谐发展，真正让人口计生事业成为经济社会发展的基础工程，成为关心和改善人民群众福祉的民生工程，成为促进和谐社会建设的幸福工程。

首先，科学发展、和谐计生是人口计生系统贯彻落实科学发展观的本质要求。科学发展观，第一要义是发展，核心是以人为本，基本要求是全面协调可持续，根本方法是统筹兼顾。

第一要义是发展。发展是解决中国一切问题的“总钥匙”，是解决中国一切问题的关键。而人口问题，本质上就是发展的问题。反之，发展是最好的“避孕药”，经济社会的整体发展，也会从根本上转变人们的生育观念，有利于落实国家计划生育基本政策。

核心是以人为本。以人为本是科学发展观的核心，它的真正含义就是要以实现人的全面发展为目标，从人民群众的根本利益出发谋发展、促发展，让发展的成果惠及全体人民。而人口计生工作涉及千家万户，涉及每个人的利益和未来发展。且这里所讲的人，既是指个体的人，也是指群体的人；既包括现有的人口，也包括未来新增的人口；既涵盖人口数量，也涵盖人口素质、人口结构、人口分布等人口问题。

基本要求是全面协调可持续。要求实现经济社会发展与人口、资源、环境相协调，促进人与自然的和谐，使人民群众在良好生态环境中生产生活，实现经济社会一代一代永续发展。而人口问题具有“不可逆性”，一旦形成就难以逆转。这既揭示人口自身生产的规律和趋势，也揭示人口与经济、社会、资源、环境之间的相互依存和相互制约关系。人口数量既是衡量经济发展水平的总分母，又是估量社会问题的总乘数，人口的因素很大程度上决定着发展的全面性、协调性和可持续性。

根本方法是统筹兼顾。统筹兼顾，深刻体现了唯物辩证法在发展问题上的科学运用，深刻揭示了实现科学发展、促进社会和谐的基本途径，是正确处理经济社会发展中重大关系的方针原则。进入新时期以来，新的形势和任务，要求我们一手抓稳定低生育水平工作，一手抓统筹解决人口发展问题，必须学会弹钢琴、两手都要抓，做到统筹兼顾。

综合上述，科学发展观是新时期做好一切工作的行动纲领，也是做好新时期人口计生工作的重要法宝。人口计生系统提出和实践"科学发展、和谐计生"理念，正是落实科学发展观的本质要求，其涵含的内容和要求，遵循和符合了科学发展观的各项要求。也正基于此，"十一五"以来，省人口计生委党组自觉在科学发展观的统领下，把人口计生工作紧紧纳入中央和省委、省政府的重大战略决策之中，积极实践"科学发展、和谐计生"这一理念，着眼本委、引导全省人口计生系统，跳出计生抓计生，围绕大局，立足发展，着力研究解决人口发展中的突出矛盾，着力构建"大人口"格局，在着力稳定低生育水平基础上，花大力气抓好统筹人口发展，取得了明显成效，有力提升了人口计生工作层次和水平，促进了新时期人口计生工作的"转型升级"，开始迈向人口计生历史进程上的崭新阶段。

其次，科学发展、和谐计生是推动人口均衡发展、促进生态文明建设的一条重要准则。今年6月召开的中共浙江省委十二届七次全体扩大会议，作出了推进生态文明建设的决定。人口、资源与环境的协调发展，是生态文明的主要标志。建设"生态文明"，要求人口均衡型、资源节约型、环境友好型这紧密相联的三者形成一个统一的目标。"生态文明"呼唤和要求人口均衡发展。为此，省人口计生委党组根据新的形势新的要求，审时度势，确定把推动我省人口均衡发展作为我省当前及今后一个阶段人口计生工作的主线，结合谋划制订"十二五"发展规划，进行系统研究、论证，努力为省委、省政府决策当好参谋。

推进人口均衡发展，必须全面落实科学发展观，围绕我省推进生态文明建设主题，以促进人口均衡发展为主线，继续贯彻计划生育基本国策及优生优育方针，研究制定应对人口发展"不均衡"的对策举措，完善适度低生育率政策，合理调控人口数量，提高人口素质，改善人口结构，优化人口分布，促进我省人口均衡良性发展，努力建设人口均衡型、资源节约型、环境友好型社会，为打造"富饶秀美、和谐安康"的生态浙江、努力把我省建设成为全国生态文明建设示范区作出新的成绩和应有的贡献。

而要推进和完成这一重要的历史使命，必须在全系统继续坚持和丰富发展"科学发展、和谐计生"的发展理念和实践思路，成为全省人口计生战线上每个同志的工作准则和自觉行动，贯穿于整个"十二五"发展规划制订的全过程，贯穿到我们各项具体工作的落实中去。

第三，科学发展、和谐计生是必须尊重和顺应群众需要的根本要求。人口计生工作涉及千家万户，涉及广大老百姓的切身利益。特别是新形势下人口计生工作中不断涌现的重难点问题，都事关人民群众切身利益与更多福祉的实现。做好人口计生工作归根到底是改善民生的问题。计划生育国策的实施，30年来深刻改变着每一个中国家庭的生活，而且改变了中国发展的轨迹。走向未来，我们还要一起继续积极应对计划生育国策面临的巨大挑战与压力。因此创新发展新时期的人口计生事业，必须在重视民生这样一个大背景下进行思考与定位、在这样一个大前提下进行改革与创新、在这样一个大目标下进行探索与实践。只有把全心全意为人民服务作为我们所有工作的出发点和落脚点，把人民群众的满意程度作为衡量我们工作的唯一标准，也才有可能真正实现人口计生事业的科学发展，真正实现和谐计生。

必须进一步解放思想，切实加大改革创新。进一步解决改革发展为了谁、依靠谁、如何做这样一些重大的问题。只有尊重和顺应人民群众的需要，以重视民生问题为改革创新的动力，加快探索、改革、创新进程，加大重难点问题的突破力度，才能不断开创新时期人口计生事业发展新局面。任何故步自封、墨守成规的思想和行动只能让我们作茧自缚、甚至走进死胡同。

必须进一步关注民生，切实维护群众权益，努力提高计生家庭发展能力和保障水平。充分考虑未来人口发展和人民群众意愿，进一步完善人口计生政策，促进人口均衡良好发展。深入改革完善目标管理考核责任制，进一步引导各地把工作重点引导到加强依法行政、维护权益，关注民生、共享发展，优质服务、提高群众满意程度上来。着力深化出生缺陷干预、技术服务体系建设、利益导向、流动人口基本公共服务均等化、阳光计生等民生工程。进一步加强基层队伍建设和能力建设，提升公共管理服务水平。进一步发挥计生协会等群众团体作用，深化开展生育关怀行动，进一步落实基层计划生育群众自治工作。

（作者工作单位：浙江省人口计生委）

践行科学发展 构建阳光计生

——磐安县“阳光计生行动”工作综述

卢妙兴 胡鸿雁

磐安县坚持以科学发展观为指导，以完善人口计生政务公开、优质服务、社会监督为重点，以尊重和维护育龄群众实行计划生育的合法权益为出发点，深入实施“阳光计生行动”，全面推行“阳光管理”、“阳光服务”、“阳光维权”，进一步增强计划生育基本国策的执行力和公信力，不断提高依法管理和优质服务水平。

一、加强领导，探索方法，切实做好基础工作

（一）领导重视，创造良好的工作环境

磐安县在接到“阳光计生行动”试点工作任务后，高度重视，及时召开专题会议，研究部署相关工作，成立了以县委副书记为组长的“阳光计生行动”工作领导小组。在全县人口和计划生育工作会议上，县委张荣贵书记对“阳光计生行动”提出了明确的要求。县领导多次到方前镇、大盘镇等示范点督查指导“阳光计生行动”工作。“阳光计生行动”督查指导组对全县19个乡镇的“阳光计生行动”工作进行督查、指导和通报，促进“阳光计生行动”的顺利开展。

（二）宣传动员，营造浓厚的舆论氛围

在全县广泛开展宣传活动。县广播电视台录制播放了“阳光计生行动”讲座专题节目;《今日磐安》开辟专栏公开县人口计生部门服务承诺项目，以5.29协会活动日、世界人口日为载体，通过制作计划生育小折页、计生知识科普展板、计生文艺演出等群众喜闻乐见的方式宣传“阳光计生行动”；在乡镇公路边显眼位置制作固定墙头标语、设立大型计生公益广告宣传牌，进一步增强群众的认识;在示范乡镇、村开展面对面地宣传、沟通，使宣传内容更丰富、手段更灵活，受到了广大群众的欢迎和好评。

（三）抓好示范，探索有效的工作方法

把大盘镇、方前镇后朱村确定为磐安县“阳光计生行动”的示范乡镇、村。通过召开镇、村各层次会议，统一思想，提高认识，成立相应领导小组，明确分工、落实专人负责，确保工作顺利开展。如大盘镇以装修、整合为基础，扩大了计生办、计生服务站的办公用房，建立镇人口和计划生育工作中心，重新设置“大盘镇人口和计划生育公开栏”，把计生相关政策、制度公开上墙，使办事程序一目了然，做到设施更到位，环境更优美，服务更便捷。后朱村结合新农村生育文化阵地建设，创建了计生、文化、体育、卫生、廉政等融为一体的综合示范村，进一步营造了生育文明的氛围。

二、以点带面，全面实施，全力抓好“阳光计生行动”

通过抓示范逐步推广的方式，以点带面，全力抓好磐安县的“阳光计生行动”。

（一）以政务公开为切入点，推进阳光管理

为了全面落实人口和计划生育信息公开，规范公开内容，完善公开制度，深入推进人口和计划生育行政权力公开透明运行，实现“阳光管理”，磐安县对公开承诺服务项目、办事程序和办事时限作了明确规定。将各项办事程序和工作等有关情况定期在磐安县政府网、县人口计生局和全县各乡镇、村的政务公开栏上公开，增强了人口计生系统工作和办事的透明度。

（二）以优质服务为着力点，推动“阳光服务”

通过在全县范围内开展“农民兄弟姐妹评计生活动”，向党代表、人大代表、政协委员、乡镇部门负责人、计生专干、服务员、村计生服务员、育龄群众征求意见，吸纳各方意见，进一步强化优质服务。一是深化便民全程代理制服务。针对磐安县村落分散，群众办事不便的实际情况，磐安县率先推行了计生全程办事代理制度，开展上门服务工作。乡镇计生专干、计生服务员及村计生服务员上门受理办理事项，上门送达办事结果。二是完善随访制度。对计划生育随访服务工作进行了进一步的规范，三级随访服务职责更明确。印制了《计划生育随访服务登记本》，县、乡镇、村三级计生服务人员根据职责做好随访服务。县计生指导站负责做好节育手术并发症对象、术后发现异常情况对象、病残儿鉴定批准后再生育对象的随访；乡镇计生服务站负责做好术后对象的随访；村计生服务员负责新婚、怀孕、出生、使用药具等对象的随访。对不能面对面提供随访服务的外出育龄妇女，则利用电话、短信等开展随访服务，特别是确保重点对象随访到位，随访率达到95%以上。三是开展健康服务。成立人口计生宣传服务队，到乡镇开展“送政策、送服务、进农村”的“三免费”服务和送计生政策、生殖保健、科普知识等大型咨询活动。同时，开展生殖健康教育进校园活动，举办《青春期生殖保健》知识讲座。四是延伸爱心服务。针对不同年龄段，制作了8类精美、实用的计划生育“温馨卡”，开展温馨提示服务。要求村计生服务员针对不同时期、不同人群及时上门发送，让育龄群众既学到了知识又感受到人性化的服务；创造优质服务方式，结合产后访视，慰问产妇；制作印有计生小知识的年画、雨伞等宣传品发放给育龄群众。

（三）以社会监督为突破点，保障“阳光维权”

一是畅通诉求渠道。建立信访、“民生热线”、“阳光计生服务热线”等工作制度，开通“12356阳光计生服务热线”和举报热线电话，全天候接受群众咨询、投诉和意见建议。加强对各服务热线运行情况的督查，进一步推行信访限时办结制和行政问责制，落实领导包案制，将信访、民生热线、阳光计生服务热线反映的问题真正落到实处。二是创新监督形式。聘请党代表、人大代表、政协委员和退休干部、乡镇计生干部、育龄群众代表担任行风建设监督员，主动接受监督。以“民生热线”为平台，走进直播间，与老百姓零距离沟通，传播计生文化，了解群众诉求，缩短情感距离。三是完善激励机制。建立起“奖励、优惠、免费、扶助、保障、补助”六位一体的新的利益导向机制。通过政策推进、利益引导，使计生户政治上光荣，经济上实惠，让广大群众得到实惠和好处，引导群众自觉地实行计划生育。

“阳光计生行动”架起了政府与百姓的“连心桥”，铺设了一条同心路。“阳光计生行动”的深入开展，促进了计生行政效能的提高，提升了人口和计生部门的形象，磐安的人口计生工作充满阳光。

（作者工作单位：磐安县人口计生局）

浅论稳健调整计划生育政策

施春芳

一、稳健调整计划生育政策的必要性

我国计划生育政策实施三十多年来，在控制人口数量方面取得了巨大的成就。但是从当前的现实情况来看，计划生育政策在一些方面有适当调整的必要。具体理由如下。

（一）人口出生性别比偏高，对社会有一定的负面影响

实行计划生育政策以来，我国人口出生性别比有较大幅度的升高。这一情况如果继续下去，若干年后，将有数千万的男性婚姻问题得不到解决，这无疑将引发巨大的社会问题，对社会安全、稳定产生巨大冲击。

（二）独生子女教育问题严重

实行计划生育以来，很多的家庭只有一个孩子，由于一个孩子，父母特别宠爱，独生子女性格出现偏差，自私孤僻，缺乏合作精神，承受挫折的能力差，以至于社会上频繁爆出独生子女的负面新闻。计划生育政策下独生子女的教育问题越来越严重。

（三）家庭负担过重

出生于上世纪 80 年代后的年轻人将来的负担是空前的，他们的一个时期将同时面对双方父母共四个老人，以及自己的孩子。两个人需要担负四个老人的赡养和至少一个孩子的抚养，其负担可想而知，这将是我们家庭幸福感日益降低的一个重要原因。

（四）老龄化社会提前到来

我国的计划生育政策是在人口出现膨胀的情况下做出的，而且由于计划生育政策的实际执行情况是农村松，城市紧，当前城市的人口出生率已接近负增长，城市老龄化现象提前到来，这对于我国这样一个还没有完成工业化的国家来说，对经济社会的发展也是不利的。

二、稳健调整计划生育政策建议

（一）适当放开二胎

从人类发展历史来看，在历史条件差的年代，人类生育子女较多，而生活水平与医疗条件好的年代，生育子女要少得多。从人类的传承繁衍来说，一对夫妇生育两个孩子也是比较符合发展规律的。所以，适当的时候允许“一对夫妇生育两个孩子”不会使总人口增长，并且还将有效保持人口稳定，从而避免人口负增长或是提前进入老龄化社会。

（二）工作重心转移

首先要做好全民健康知识普及，不断提高与改善国民生活水平，力争提高人口平均预期寿命。其次，要不断提高人口的平均受教育年限，通过接受教育，改变人们的生活，为我国经济建设贡献更多的人力资源。最后，要努力提高我国的人类发展指数 HDI，使人们都能够安居乐业，促进社会主义和谐社会的构建。

（三）创新工作方法

要不断创新计划生育工作方法，特别是要树立服务意识，以扎实的工作进一步稳定低生育水平，提高人口素质，改善人口结构，引导人口合理分布，保障人口安全，促进人口大国向人力资本强国转变，使人口与经济、社会资源、环境协调和可持续发展。

参考文献

[1] 张笑宇 . 中国人口经济论 [M]. 人民出版社 ,2007

[2] 李碧英 . 统筹解决人口问题推进农村经济发展 . 四川党的建设 (农村版),2008.12

[3] 黄莉新 . 积极创新体制机制 , 统筹解决人口问题 . 行政管理改革 ,2009.3

（作者工作单位：义乌市大陈镇计生办）

正确认识农村计划生育工作中存在的问题

周聿仙

计划生育作为我国的一项基本国策，是稳定社会的重大系统工程。做好人口和计划生育工作是落实人口资源环境协调发展的具体体现。“人口和计划生育工作的重点、难点在农村。”自上世纪70年代初，计划生育工作已开展了三十余年，并取得了丰硕的成果。然而，今后很长一段时期内，农村的计划生育工作依然是困扰中国人口问题的首要难题，能否彻底突破制约因素，推动农村计划生育事业的顺利开展直接关系到我国的全面、协调、可持续发展和社会主义现代化建设宏伟事业的全面实现。

从目前农村人民群众生产生活现状不难发现，影响和制约计划生育事业顺利开展的因素很多，综合起来，有以下四个方面因素和矛盾。

一、农村计划生育工作中存在的问题

（一）相对恶劣的生产生活条件和群众淡薄的计划生育意识的矛盾

农村地域相对广阔而人口稀少、自然资源匮乏，劳动收益相对偏低，再加上滞后的交通、能源、农田、水利等基础设施建设，农村地区的广大人民群众生存状况相对城镇人口较为艰难。尽管近年来，随着新农村建设政策的深入实施，农村的基础设施建设得到了一定的改善，但要从根本上改变，依然需要较长时间的努力。相对苛刻的生存条件、沉重的生活压力、超负荷的生产强度直接决定了强壮的男劳力在家庭生活中不可替代的作用和地位。我国现阶段农村生育男孩的愿望在部分群众中还是比较强烈的，客观环境使“重男轻女”思想存在成为一种必然。

（二）国家现行生育政策与群众生育意愿的矛盾

我国现行的生育政策与群众生育意愿的差距是造成超生现象的主要原因。农村一些育龄群众的落后的思想认识和生育观念是具有历史根源和现实原因的，如果他们生存的社会大环境没有发生根本性的变化，那么这种从主观认识上对计划生育工作所构成的排斥就很难取得实质性的突破。

（三）利益导向机制的低水平与社会保障机制不健全的矛盾

“人口老龄化速度加快，社会保障面临空前压力”（摘自张维庆《统筹解决中国人口问题的思考》。目前，正值我国经济社会转型的关键时期，人口老龄化问题迫在眉睫，农村原有的养老模式的某些功能不断弱化，养老问题日益突出。奖励、扶助、照顾、帮助计划生育家庭的优先优惠政策虽已相继出台，但现行的利益导向机制水平低下，社会保障机制不健全，尚不能满足养老保障的需求。偏远山区农村，人口居住分散，养老保障机构和机制尤其不健全，老有所养、老有所依的问题得不到较好的解决，直接导致了群众落实计划生育政策的顾虑心理。

（四）过分依赖群众的自觉性与软弱低效的管理措施的矛盾

计划生育政策虽然是我国的一项基本国策，各级党委政府都把相关指标列入年度考核目标，强制实行“一票否决”，但却缺乏行之有效的措施手段。从计划生育管理手段上看，基本上以群众自我管理和自治管理为主，对群众计划生育相关的社会责任主要依靠自觉和自律来实现，对违法生育者严厉的法律责任给予制约。并且对于多生、超生导致的贫困、负担过重的情况，政府和社会还给予一定的救助，客观上导致了“大胆超生，生多不怕，生活困难，政府会帮”的现实。

以上四点，是农村计划生育工作顺利开展的四大主要制约因素。综合分析，这四大因素又同时受制于社会经济发展现状。群众生产生活条件的改善，有赖于基础设施建设的深入推进，基础设施建设步伐的加快，又直接取决于社会经济的发展状况，群众思想认识程度的提高与农村养老保障机构、机制的健全有着直接关系，要以农村经济社会的全面发展为前提。同时，群众生产生活条件、基础设施建设又反作用于农村经济社会的发展。因此，要彻底突破制约因素，推动计划生育工作在农村的深入开展，必须以全面建设小康新农村为前提，以各项社会事业的全面和谐发展和共同进步为主线，以基础设施建设和扩大政府投资为引导，认真做好以下四方面工作。

二、促进农村计划生育工作的对策措施

（一）加大财政投入，改善农村人居环境和生活质量，加强农村基础设施和公共服务体系建设

一是针对农村基础设施落后、群众生产生活条件恶劣、劳动强度较大的问题，坚持科学规划、分步实施的原则，不断加大人口居住相对集中地区的基础设施建设力度。要以改变贫困村区的居住环境，生产生活条件为目标，着力于“安居”工程、水利、农田、生态以及乡村道路、农村能源等基础建设，彻底改变贫困村区耕地靠牛驴、运输靠人力、柴禾靠人砍、用水靠人挑、走路只靠两条腿的落后面貌，有效改善生存条件，缓解生活压力，提高生产收益，降低劳动强度。二是对居住偏远山区的人口，应该坚持集中受惠的原则，把有限的资金用到动员和实施整体下山移民搬迁工程上来，切实改善他们的生产生活条件。创造出适宜山区农村群众生存的人居环境，解除“没有强壮男劳力就无法生存”的顾虑，突破生存环境对计划生育工作的瓶颈制约。

（二）开展多层次、多方位的宣传教育，转变群众生育观

营造有利于统筹解决人口问题的工作氛围。强化宣传教育工作，利用农村基层各种文化场所和宣传途径，开展丰富多彩、群众喜闻乐见的移风易俗人口文化活动。一是要想方设法使宣传方式深入人心，采用群众所喜欢和乐意接受的方式。二是要多管齐下，不断创新宣传形式，丰富宣传载体。三是用身边发生的事教育群众，利用群众中有威望人员向群众宣传，达到自我教育、自我管理、自我服务的目的，增强自觉实行计划生育的意识。

（三）加快农村人力资源开发和劳动力转移就业步伐，加速农村社会化和现代化进程

人类素质的提高是社会全面发展的前提，加快农村人力资源开发和实现农村劳动力转移就业，是提高农村人口素质的一个重要途径。一是要加大贫困山区农村人口再教育力度。要以农村人口文化活动中心、农民技能培训工程等为载体，采用政府投资引导、村级集体组织、群众广泛参与的方式，以群众所需要的文化、技术、政策、法律法规等知识为重点内容，积极实施农村人口再教育工程。通过再教育，有效提高农村人口素质，为计划生育工作的顺利开展奠定必要的人文基础。二是要多层次多渠道推进劳动力转移就业步伐。目前，农村的育

龄群众纷纷涌向外地打工、经商、办企业，这对计划生育工作具有双重作用：一方面，增大流动人口管理难度；另一方面，农村的育龄群众走出农村步入文明开放程度较高的城市社会大环境，思想素质和认识观念也随之发生变化，从而潜移默化地改变落后的生育观念。

加快农村人力资源开发和劳动力转移就业步伐，一方面将农村人口从贫困山区农业高生产强度、低投入低收益的行业置换出来，从事商业、手工业、服务业等效益较高的行业，创造更高的社会价值；另一方面，农村人口通过城市社会环境的熏陶，逐渐转变思想认识和提高素质，通过这个新群体带动农村人口、社会、经济的整体发展。

（四）建立健全农村人口和计划生育利益导向机制、社会保障体系，解除农村群众的后顾之忧

全面制定和落实计划生育奖励政策，使计划生育家庭得到更多的物质利益，健全完善利益导向机制，缩小群众生育意愿与现行生育政策之间的矛盾，消除不利于计划生育的因素。

“要制定和落实老龄事业发展战略规划和政策，把逐步建立覆盖城乡居民的养老保障制度作为社会保障体系建设的重点。”（摘自《中共中央国务院关于全面加强人口和计划生育工作统筹解决人口问题的决定》）。应该进一步研究和制定更全面多层次的养老模式，“即以农民个人养老为起点，充分发挥个人、集体、家庭、社会和政府的保障作用。”进一步加大养老资金的投入力度，扩大养老机构建设规模，对“有女无儿及独生子女户”的农村养老要放宽入院条件。通过不同渠道满足农民的养老保障要求，真正达到老有所养、老有所依的目标，彻底消除他们的后顾之忧。

（作者工作单位：磐安县尖山镇计生服务站）

人户分离对象计生管理现状及问题
——以嘉善县魏塘街道为例

李维佳

随着城市化进程的提速，旧城改造步伐加快，新建住宅小区激增，加上土地出租等情况，人户分离人口逐年增加。嘉善县魏塘街道辖12个行政村，4个农村社区和8个城镇社区。现有总人口86902人，其中城镇社区总人口49044人中人户分离人员15748人，占32.11%；城镇社区育龄妇女13251人，其中人户分离4447人，占33.56%；城镇社区已婚育龄妇女10246人，其中人户分离3177人，占31.01%。

人户分离主要有三种情况：一是拆迁、旧房改造、婚配嫁娶引发的。二是居民有多处住房，或者出于人文、环境、医疗、教育等各方面因素的考虑，不在户口登记地居住。三是大中专院校毕业生户口挂靠到亲朋好友处或人才交流中心集体户。

人户分离对象服务管理难度较大，已成为街道育龄妇女计划生育服务管理的重点和难点。

一、主要做法

（一）完善网络，掌握信息。计生专干负责抓，计生协管员具体抓，计生信息员配合抓的三级社区计生管理网络，以掌握人户分离对象的基本信息及其生育意愿。

（二）重点排摸，分类指导。各社区在对人户分离育龄妇女基本情况排摸后，对症下药，进行分类管理。对45周岁以下人户分离育龄妇女，特别是企业业主户、再婚不符合生育政策户、离婚、未婚同居户等对象，实行跟踪管理；对45周岁以下的不符合生育二孩条件、未落实可靠节育措施的人户分离育龄妇女，强化政策宣传，实行重点管理；对有稳定工作且能自觉执行计划生育的人户分离育龄妇女，实行一般性管理。

（三）加大投入，强化保障。采取项目拨款，以奖代补等方式，保证社区计划生育工作的必要经费；按育龄妇女人均18元的标准计拨计划生育专项经费。

二、存在问题

（一）基本信息掌握不全，管理难到位。育龄群众婚育状况比较难掌握，人口出生等信息重报、漏报现象时有出现，违法生育较难预防，对于一些有意回避计生服务员排摸和随访的对象，没有有效措施应对，很容易造成计划生育管理的盲区。

（二）群众需求了解不够，服务难跟上。由于有时很难联系人户分离育龄妇女，导致需求和服务脱节。计生干部无法根据对象真正的需求和意愿，将优质服务送上门，影响了计生服务的质量。

（三）一些人婚育观念转变较难。人户分离对象中的流入育龄妇女婚育观念较陈旧，新型生育文化对这部分人的引导作用较弱。

三、对策建议

（一）部门配合，强化动态管理。公安、人口计生部门密切配合，建立长效管理机制。

对于迁入新居而未办理户口迁移手续造成人户分离的，建议由原住地公安机关发出户口迁移通知书，限期将户口迁入现住地，减少人户分离现象；对于因旧房改建或者拆迁临时搬迁的对象，应在暂住地办理暂住登记，搬入新址后限期办理户口住址变更登记；对于大中专院校的毕业生，要求在限定的时间内将其户口迁回原户口所在地。同时要定期清查空挂户。

（二）信息互通，强化双向协作。建立地区间的计划生育信息交换平台，加强户籍地和现居住地计生服务员与人户分离对象的信息互通，及时收集人户分离人员信息，采取实有人口管理模式，及时掌握流入人员情况，做到不错、不漏，切实做到信息互通，双向管理，减少服务管理中的盲点，实现无缝隙覆盖。

（三）服务倡优，强化自觉意识。对人户分离育龄妇女开展跟踪管理，定期见面随访，落实优先优惠措施，发放计生宣传资料，提供政策法规、知情选择、生殖健康、妇女病普查等方面的服务，发现有违法生育苗头，及时采取补救措施。通过优质服务，增强人户分离对象接受服务管理的自觉意识，强化良性互动，共同促进各项计生政策的落实。

（作者工作单位：嘉善县魏塘街道计生办）

浅谈社区计划生育服务管理的难点与对策

汤妃英

随着社会主义市场经济的快速发展和城市化进程的推进，社区新居民持续扩大，呈逐年增长态势。这一方面缓解了城市劳动力的不足，为繁荣社会经济，丰富社区居民生活，促进经济发展发挥了积极的作用；另一方面也给社区计划生育服务管理工作带来了巨大的压力和严峻的考验，已成为当前计划生育服务管理的难点和重点。如何有效地做好现阶段社区计生管理和服务工作，是我们每个计生工作者要思考和研究的问题。我们要树立先进的理念，结合工作实际，积极寻求适合自身特点的发展新机制，努力满足不同层次、不同利益主体的需求，推进社区人口计生工作更好发展。

一、社区计划生育服务管理的难点

城镇社区汇聚了大量的流动人口，人户分离现象普遍存在，加上机构精简、企业深化改革、住房制度、户籍制度改革等，使大量的失业、下岗人员走向社会。从计划生育管理的角度看，这个新群体女性多、处于生育旺盛期人口多、计划生育隐患大，管理服务难以跟上。主要有以下几个方面的难点：

（一）*育龄妇女户籍管理难*。社区育龄妇女管理的统计口径由户籍决定，即育龄妇女的户口在哪里，计划生育工作就由哪里管理。因此，对于要迁入的育龄妇女，社区首先需要得到她的计生信息卡，但有时候，公安部门在社区未核对计生信息卡前就准许育龄妇女户口迁入社区。社区只能通过公安部门每月提供的户口迁移清单得知上一个月社区居民户口的迁入、迁出情况。社区的计划生育工作比较被动。

（二）*人户分离婚育情况掌握难*。一是市政动迁、旧房改造、婚配嫁娶、租房居住等原因，居民搬入新址，但未办理户口迁移手续；二是一些居民有多处住房，不在户口登记地居住，导致社区人户分离状况日益凸显。这些人户分离者中已婚育龄妇女多，且情况比较复杂，社区对她们的婚姻状况、生育情况等无法及时了解，造成孕情难掌握、管理难到位的尴尬局面。加上有些人故意隐瞒户口变动情况，一旦发现或查验不及时，很容易成为社区计划生育管理的盲区。人户分离给社区的计划生育管理服务工作带来诸多困难和不便，已经成为社区工作上的新难点新课题。

（三）*流出人员婚育状况掌握难*。随着社会经济的发展，越来越多的人口拥向了大城市，社区流动人口队伍日益庞大，并具有“三不固定”特征：（1）流动方向不固定；（2）所从事的职业不固定；（3）居住点不固定。他们给社区计生工作带来的困难主要有：一是这些流出人口在大城市接触的对象来自于全国各地，婚姻对象跨区域广、范围大，流动人口异地登记结婚后，信息无法及时反馈给户籍所在地，给社区掌握流动人口婚姻生育行为带来了难度。再加上对于流入人口有“各人自扫门前雪，莫管他人瓦上霜”的想法，使得社区对于流出人员的管理难上加难。二是流出人口办理《流动人口婚育证明》的比例不高，使现居住地无法准确掌握他们的婚姻生育状况，不能提供及时有效的管理服务。同时流出人口育龄妇女由于厂方管理、节约费用及其他原因，不自觉履行孕环情检查情况时有发生，使户籍地“管到看不到”，存在一定的计划外生育隐患。

（四）服务管理落实难。由于农、非农户口生育政策、奖励扶助制度不一，许多居民对计划生育服务管理有抵触情绪，计生干部上门调查登记和引导落实长效避孕节育措施，部分计生对象拒绝配合，不提供有效证件、谎报姓名地址。以致无法落实信息管理，很难形成统一的管理机制，工作比较被动。

二、社区计划生育服务管理对策

（一）加强户籍管理。公安部门和计生局、街道计生办、社区要进一步协调户口迁移工作。如规定居民要先获得社区的同意，方可到便民中心办理户口迁移。希望有关部门相互多沟通、协调。

（二）齐抓共管，掌握信息。对于人户分离的状况，有关部门要实行综合治理，齐抓共管。对于有多处房产的居民，要求将户口迁至现居住地，对一套住房多次买卖，挂着多户人家的情况要进行清查，只允许拥有该住房产权者挂靠户口。公安部门、房管处、各乡镇街道社区要大力配合，建立人户分离信息交换平台，实现资源共享，加强户籍地和现居住地育龄妇女的网上信息交换，最大限度地减少计生管理服务中的盲点。

（三）加强联系，双向管理。首先要摸清本社区流动人员具体务工地址，便于与现居住地联系，做好外出人员的宣传、教育、培训工作，落实避孕节育措施，免费办理《流动人口婚育证明》，提高《流动人口婚育证明》的领证率。配合流入地，及时提供、反馈流出人口相关信息。流出地要从源头上做好流动人口计划生育服务和管理工作。坚持以流入地为主、流出地和流入地协调配合的工作机制，按照统一管理、优质服务的要求，积极探索管理方式和服务手段，形成各部门密切配合、统筹协调，流入地和流出地互动互补的“一盘棋”格局，解决好流动人口问题。

（四）加强队伍建设，提高服务管理水平。首先，提高准入“门槛”，实行岗位竞聘。对年龄较大，文化程度不高的人员进行调整，选聘一些年富力强、学历较高、年龄不超过40周岁、热爱计生工作的人员到计生队伍中来，增强社区工作的活力。二是加大计生干部的培训力度，不断提高社区计生干部政策理论水平和业务素质，增强服务本领。三是建立社区计生干部队伍奖励机制。从政治上、生活上关心和爱护社区计生干部，切实提高他们的政治、生活待遇，帮助他们解决实际困难。四是改进宣教方式和方法，要求社区人口计生宣教在实践中必须坚持以人为本，根据育龄群众的心理、生理需求开展工作。

计划生育工作是一项长期、艰巨、艰苦的工作，各级计划生育部门要不断探索部门配合协调、上下联动的计划生育工作机制，把计划生育工作纳入经济社会发展中去，一同规划，一同实施，完善和创新方法，促进社会和谐稳定地发展。

（作者工作单位：武义县履坦镇政府）

关于加强新形势下计划生育工作的探索与思考

——以武义县为例

王 琳

一、当前计划生育工作面临的问题

（一）低生育水平有所反弹。多年来，各级党委政府一直将计划生育作为计划生育工作的头等大事来抓，取得了很好的效果。但近几年来，由于各项惠农政策的落实，农民生活水平的提高，小孩抚养成本的降低，长效节育措施知情选择政策的实施，一些人头脑中旧的生育观念又有所抬头。

（二）计划生育转型面临一些问题。计划生育工作已由过去的以行政管理为主的工作模式走向了依法行政、村民自治、优质服务的管理模式，计划生育工作只能通过宣传教育、思想工作。老的工作方法失去了作用，新的机制模式尚未发挥出应有的作用。对于部分逃避、抵制计划生育工作的对象，一时难以拿出有效的管理方法、措施来应对。

（三）基层基础依然比较薄弱。一是由于基层，特别是农村村级计生干部劳动报酬偏低，部分协会会员和计生中心户长对计生工作缺乏积极性、主动性。二是计生服务人员技术水平不高，设施简陋，服务单一，方法简单，计生优质服务水平较低。特别是村级计生服务室人员技术水平不高，专业计生服务人员少，不能很好地适应新形势下农村计划生育工作需要。

（四）流动人口管理难度加大。稳定低生育水平流动人口既是难点，又是重点。流动人口管理难，一是未婚青年管理难。近年来，外出打工者越来越多，许多外出务工人员已经在外组织了家庭，并可能育有孩子。加之这些流出人员流动性强，居无定所，户籍地无法对其进行有效管理。二是流动人口计划外生育处理难。由于流动人口活动区域广，调查取证和社会抚养费征收难度大。本地找不到人，取不到证；到外地不但成本太大，同样取证仍然难，工作效果也不理想。

（五）宣传教育工作不够深入扎实。部分干部对计生工作的新要求缺乏必要的认识，抓计划生育工作的指导思想仍然停留在不出现多胎生育的管理上，不注重服务，工作方法简单。部分群众的生育观念还没有得到根本转变，特别是下岗人员的计生意识比较淡薄，计划外怀孕的生育现象屡有发生，影响了计划生育整体水平的提高。

（六）婚姻登记制度改革的影响。婚姻登记由县婚姻登记机关统一办理后，婚姻与生育节育管理脱节，加大了乡镇、村对新婚夫妻基本情况的了解，特别是对再婚夫妻的生育、节育情况的了解更加困难。增加了计生管理的难度。

二、加强和改进计生工作的几点思考

（一）狠抓宣传教育培训，不断增强广大育龄群众实行计划生育的自觉性。农村（社区）是信息、知识相对薄弱的地方，也是计划生育工作的重点，乡镇、村（社区）组织要从育龄群众渴望掌握法律法规、科技信息技术等知识的愿望出发，以人口学校为阵地，采取行之有效的宣传教育形式，开展计划生育法律法规知识的培训教育和生殖健康等知识讲座，逐步引

导育龄群众树立科学文明进步的新型婚育观，使广大群众更多地了解科技知识、计生知识，掌握计生政策，从而自觉实行计划生育。

（二）以流动人口服务管理为重点，着力加强和完善管理。一是把流动人口服务和管理纳入重要议事日程，加大服务和管理力度。要建立流动人口外出申报、返回注销、出租房屋、信息访查和网络管理等工作机制，加强和完善流动人口服务和管理，做好流出地与流入地的衔接配合。特别是要强化流动人口落脚点的管理，维护流动人口合法权益，预防流动人口的违法生育行为，主动为外出人员办理婚育证明，报销手术费，落实独生子女奖励，通过实施优惠政策，吸引和鼓励流动人口主动与户籍地建立联系；二是村组（社区）干部和中心户长要及时上报流动人口信息。要组织计生志愿者，开拓思想，通过多渠道、多形式地为计生家庭致富奔小康创造条件，主动为农村（城镇）闲散成年人、留守儿童、未成年子女等提供教育、管理和服务，这些有效的形式掌握外出人员的基本情况；三是建立健全流动人口排查工作机制和工作责任制，使流动人口问题在基层得到很好的化解。特别是要加大对城乡结合部流动人口的管理。以乡镇和用工单位、集贸市场为单位，坚持每季度对辖区内的流出流入人口进行一次排查，努力做到流动人口底子清、情况明。同时还要解决好流入地和流出地共同管理的问题，促使流入地主动将流入的流动人口纳入管理。加大对流动人口信息的采集和交流，形成资源共享，优势互补，以提高管理的效果；四是要建立流动人口自查、检查专项工作考评机制，明确谁用工谁负责的责任，从而形成齐抓共管流动人口计生工作的局面。

（三）完善利益导向机制，把党的温暖和政府的关怀送进计生户家庭。一是要及时减免落实计划生育措施的手术费用；二是要提高村级计生干部的报酬，并及时兑现，保证村级计生工作有人抓、信息通；三是要给主动领取《独生子女父母光荣证》的夫妻及时兑现独生子女费。四是要认真落实国家的计生奖励扶助政策，特别是对主动对放弃二胎生育指标的夫妻予以重奖；五是要为实行计划生育户提供致富信息，在政策和资金上给予重点倾斜和扶持，促其尽快走上富裕之路。要通过利益导向机制的建立，使育龄群众真正地感受到计划生育的优越性，从而激励广大群众自觉实行计划生育。

（四）加强基层基础建设，不断夯实计划生育工作责任。要认真开展计划生育村（居）民自治，不断提高村（居）计划生育的自我教育、自我管理、自我服务能力，村级计生协会要积极参与计生村民自治，并发挥主力军的作用，使计生工作真正达到县指导、乡镇管理、村为主、户落实。

（五）健全部门配合协作机制，明确工作责任。一是要加大对人口计生工作的领导力度，人口计生工作只能加强不能削弱，要坚持人口计生工作党政一把手负总责不变，人口控制目标责任不变，一票否决不变。二是加强部门、单位之间的沟通与协作，特别是人口计生部门要主动与城建、工商、公安、民政、教育、卫生等部门协作，争取理解和支持，从而真正形成齐抓共管的人口计生工作的良好局面。

（作者工作单位：武义县计生宣传服务指导站）

“三三”工作法拓展社区计生服务管理工作新途径

——以罗星街道李家社区为例

黄丽英

一、从“实”处入手，做到“三个到位”

（一）领导责任到位。把人口与计划生育工作摆上重要议事日程，制定实施人口计生目标责任制考核百分工作方案，严格实行“一票否决”制。党政领导“一把手”亲自抓、负总责，及时解决工作中的重点和难点问题。

（二）管理落实到位。规范月会制度，做到“工作到户，服务到人”。及时准确地掌握计划生育对象的基本情况，杜绝出现底子不清、情况不明等问题。

（三）队伍优化到位。为了把各项工作落到实处，及时对原来文化程度低、年龄大的联络员进行调整，选配文化程度较高、工作负责、勤劳致富的积极分子担任，现计生联络员平均年龄在40岁左右。

二、从“新”处着眼，加强“三方面探索”

（一）积极探索流动人口计划生育管理和服务新模式。

坚持“属地化管理、市民化服务”的原则，创新流动人口计生管理服务长效机制，将流动人口计划生育管理服务纳入经常性工作范围，提供与户籍人口同等的免费服务。

1、深入调查，摸清全区流动人口底数。

2、召开流动人口座谈会、问卷调查、入户走访、慰问困难流动人口，落实法律法规规定的计划生育奖励优惠政策，落实流动人口便民维权十项措施，切实保障流动人口计划生育合法权益。开展计划生育优质服务。

（二）以群众需求为导向，探索宣传教育新领域。

1、采用群众喜闻乐见的形式如文艺表演、猜灯谜等宣传计划生育知识，在寓教于乐的过程中让群众积极主动了解计划生育的政策、法律法规等知识。

2、利用寒暑假，邀请街道计生办、计生协老师开展“青少年护蕾行动”。

3、在男性健康日举办“关注男性健康、幸福你我同享”活动。

（三）创新工作手段，探索建立计划生育村（居）自治工作新机制

通过建立六项制度，使各项工作经常化、制度化。1、学习制度：每月召开一次小组长会议，学习有关文件精神，布置各项任务，汇报工作；2、培训制度：加强对育龄妇女计划生育知识和实用技术培训。3、工作联系制度：协会小组长联系本组育龄妇女和外来妇女，做到情况明、底子清；4、小组长百分考核制度：对小组长所的各项工作，进行考核，年底根据得分给予报酬；5、管理制度：村协会与协会小组长、企业业主、房屋出租户签订《计划生育目标管理责任书》，做到目标、任务明确，责任落实；6、服务制度：要求每个协会小组长每月了解一次育龄妇女在生产、生活、生育上的情况；对放环、取环、新婚、产后、服务对象

定期随访，每月送药具上门，并根据育龄人员需要，做好服务工作。

三、做好经常性工作，抓“三个继续”

（一）继续全面落实计划生育奖励保障政策。严格按照上级有关要求，对实行计划生育的家庭实行优先优惠政策。发放独生子女家庭父母奖励费、计划生育家庭奖励扶助金、四项手术补助费。

（二）继续深化优质服务工作。坚持以人为本，围绕生育、节育、不育，全面开展优质服务，在工作中做到用心、细心、热心、耐心。

（三）继续实行“星级文明户”评比活动。通过集体讨论、民主表决的形式制定了《李家村村规民约》、《李家村村民自治章程》，明确了群众在计划生育中的各项权利和义务。每年在社区内进行“星级文明户”评比活动。2009 年共有 389 户家庭参加评选，298 户评上星级文明户家庭。

“三三”工作法有效地促进了李家社区的人口计生工作水平，夯实了基层基础，提高了育龄群众的满意程度，并有力地推进了“和谐社区”的建设。五年来，李家社区的计划生育率每年都达到 100%，年年都被评为先进基层党组织；2007—2009 年，连续三年被评为计生工作先进集体；2005 年评为浙江省全面小康建设示范村、三星级民主法制村；2007 年被评为计划生育模范村、文明村。

（作者工作单位：嘉善罗星街道计生办）

关于稳定低生育水平的思考与对策

全桐桐

计划生育作为我国的基本国策，经过几十年坚持不懈的努力，取得了巨大的成就，人口过快增长的势头得到了遏制。人口增长率从1970年的28.77‰下降到10‰以下，总合生育率从1970年的5.81下降到更替水平以下，进入了低生育水平时期。但是，人口增长速度下降，并没有彻底消除人口对社会经济资源环境的压力。由于人口发展的惯性，人口对社会、经济、资源和环境的压力仍将长期存在。低生育水平条件下的人口问题更加复杂化、多元化和隐蔽化。

一、稳定低生育水平所面临的问题及原因分析

（一）生育观念的改变是长期的。生育观念是在长期的特定历史条件下形成的，它受社会形态、生产力水平、婚育风俗、经济状况的影响，是社会历史的产物。因此不可能在短时间内得到根本性的改变，只能随着社会生产力的发展和长期的思想教育逐步加以改变。我国人口已经超过13亿，如此庞大的人口数量，给我国的经济和社会发展带来了巨大的压力。

（二）生产力发展水平低。我国生产力水平较低，体力劳动仍然占主要地位，尤其农村人们的收入主要靠增加劳动力，这就在一定程度上刺激了人口的出生。农村培育劳动力的费用较低，劳动力的成本远远低于他所创造的价值。虽然生产力在不断发展，农村的劳动力成本在不断上升，养育子女的成本也在逐步加大，但人们通过生育来增加劳动力的观念并没有得到根本改变。

（三）社会保障水平低。我国社会保障水平低、范围很小，全国13亿人口中，只有2亿人口能够享受到养老保障和医疗保障。同时，即使能够享受到养老保障和医疗保障，绝大多数人还要自己负担一定数量的费用，这就给人们的生活带来了一定的困难。我国是一个农业大国，农村人口占绝大多数，目前的社会保障在农村几乎是空白，老年人口的赡养主要是依靠自己的子女，养儿防老还是许多人解决养老问题的办法。经济水平不可能在短时间内得到很大提高，社会保障也不可能在短时间内覆盖全国所有人口。

（四）当前的低生育水平是行政制约的结果。当前的低生育水平是计划生育政策和法规等行政制约的结果，在生产力水平还较低，社会保障范围很小且水平较低，人们的生育观念还没有得到根本改变的情况下，这种社会制约力一旦减弱，人口就会出现反弹。

（五）计生队伍素质难以适应新形势的需要。由于计划生育工作没有先例可以借鉴，加上计划生育干部队伍素质跟不上稳定低生育水平新形势的需要，给做好计划生育工作带来一定的难度。表现为：一些领导干部没有把人口问题与经济社会发展联系起来，就计划生育抓计划生育，致使计划生育工作难于创新；一些计划生育干部习惯于发号施令，工作上出现急躁情绪，既影响了计划生育工作的开展，也影响了干群关系。

二、稳定低生育水平的对策及建议

（一）依靠政策推动，树立新型生育观念。

以自愿减少生育作为一项社会发展目标，其最佳的实现途径就是要加强对计划生育、生殖健康以及一系列社会经济措施的投资。这样的政策在宏观和微观水平上均可发挥有益的效果；减缓人口增长的措施同样可以改善个人的健康和福利。在市场经济体制下，建立和完善计划生育利益导向机制，采取政策推动、激励机制和综合治理的措施是抓紧抓好人口与计划生育工作的最重要、最有效的办法。

（1）加强“三结合”。各级党委政府必须主动负起责任，起龙头作用，协调各有关部门，在政策、资金、项目、服务等方面对计生户和计生工作好的地方倾斜。通过奖励、优惠、扶持、补偿、补贴、减免、保险等办法，使实行计划生育的家庭得到多方面的优惠、优待和照顾，使群众切身感受到计划生育家庭在政治上有地位，经济上有实惠，生活上有保障，推动计划生育在群众中的顺利实施。

（2）坚持扶贫开发与计划生育工作相结合。贫困在本质上是人口与经济问题。人口过多，增长过快，对经济压力过大，与经济不相适应，是造成贫困的重要原因之一。

（3）建立农村社会保障制度。计划生育一方面大大减缓了人口剧增对资源、环境的压力，促进社会经济的发展；另一方面又不可避免地使中国延续了几千年的家庭养老保障体制面临严峻挑战。要探索建立农村养老、子女安康、节育手术安全等保障制度，注重解决计划生育户的养老保障问题，逐步形成土地保障、家庭养老和社会保障相结合的养老体系；建立和健全城市养老保险、医疗保险、失业保险、生育保险等制度。同时，完善城市居民最低生活保障制度，建立和完善以社区服务为依托、以社会福利机构为补充的老年服务体系；逐步建立起国家、社会、家庭、个人相结合的养老保障机制，逐步完善现有养老保险、医疗保险、社会救济、老年人福利等保障老年权益的法律法规；发挥老年人参与社会生活的能力，鼓励和引导老年用品市场的发展。

（二）发展社会经济，提高人口素质

（1）大力提高人口素质。要以全面提高人口健康水平为宗旨，把提高出生人口素质作为全面提高国民文化素质的着眼点，把群众的注意力从重数量转移到重质量上来，实施出生婴儿缺陷干预工程，提高出生人口素质。大力开发人力资本，在巩固和发展义务教育的同时，关注职业教育、成人教育，改革现有高等教育体制、扩大高等教育规模，全面推进素质教育，提高国民平均教育水平。

（2）拓宽就业渠道。必须改革劳动就业制度，改善就业结构，加快第三产业的发展，推行灵活的就业形式，营造有利于人口与计划生育事业的就业氛围；发展劳动力市场，完善就业服务体系；保障妇女与男子平等的生产经营权利，提高妇女经济地位，拓宽妇女就业领域，增加妇女就业机会，提高妇女就业质量。

（3）加快城市化进程。通过体制与制度创新实施国家的城市发展战略，充分运用市场机制调节城市发展过程中的产业投资、基础设施建设、人口流动状况；逐步推广城乡人（户）口自由流动的政策，减少阻碍城乡发展的制度性障碍；提高城市建设和发展的质量，完善城市对农村的辐射力和影响力，使城市接纳更多的农村人口。完善户籍改革措施，配合新的经济增长带，引导城镇化集约发展、大中小城镇协调发展的城镇体系。

（三）坚持与时俱进，深化计划生育工作改革

（1）建立稳定的计划生育投入保障机制。积极探索建立新的财政投入保障机制，规范计划生育经费投入渠道，全额纳入各级政府的财政预算，保证计划生育工作顺利开展的需要。

（2）建立和完善计划生育宣传教育、综合服务、科学管理相统一的工作机制。深入持久地开展“婚育新风进万家”活动，建立公益性宣传机制，积极开展生殖保健服务，制定科学规范的工作制度，提高计划生育水平。

（3）建立和完善社会保障制度。建立和完善独生子女户和二女户家庭的各项奖励优惠政策和保障体系，探索建立多种形式的社会保障制度，切实解决群众实行计划生育的后顾之忧。

（4）加快人事制度改革，建立充满活力的用人机制。加强计划生育干部队伍特别是乡（镇、街道）、村（居）委会计划生育干部队伍建设，落实人员、任务、报酬。坚持公开、平等、竞争、择优的原则和考试考核相结合的方法，推行岗位竞争制和人员聘用制，认真落实绩效优先、按劳取酬和兼顾公平的原则。

（作者工作单位：嘉善县魏塘街道计生办）

关于人口计生部门下乡服务效应的思考

何锋浩

基层群众最需要哪些服务？最希望什么时间得到服务？如何最大程度发挥下乡服务的效应？这是基层人口计生职能部门需要考虑和解决的问题。一直以来，下乡服务总体成效不佳，其基本原因就是没有很好地解决上述问题。

一、下乡服务中存在的问题

（一）下乡服务主要根据上级和本部门工作要求来安排，没有充分征求、了解基层意见和掌握群众需求，工作开展呈现单向性。

（二）一些下乡服务提供的服务比较单一，服务不专业，不深入，活动收效甚微。

（三）下乡服务时间安排欠合理，受益面不广，一些迫切需要得到服务的群众因为不知道具体时间，往往错过服务。

（四）没有有效整合利用资源，导致资源浪费。

（五）下乡服务持续时间不长、单部门开展等，难以产生大的社会反响。

二、最大限度提高下乡服务的效应

（一）调查情况，研究问题。开展下乡服务要做好调查工作，比如发放调查表征求群众意见，召开各个层面的群众代表座谈会，以及深入社区、企业、居民家中调查工作，听取意见等等。调查的时间要充足，被调查对象要具有代表性。

（二）结合实际，采取对策。在采取措施，科学解决下乡服务中存在的主要问题、突出问题之前，必须始终坚持结合当地实际、工作实际这一原则不动摇。一是站在本系统解决这些问题的角度考虑，二是要借力、借势，注重部门合作。

一要加强本部门与基层的双向作用。应该主动与乡镇政府联系，充分征求当地政府的意见和合理化建议，以有利于提升服务效应。

二要掌握群众的需求。开展下乡服务，不但要考虑本部门的工作需要，而且更要考虑群众的需求。要考虑群众最需要哪些服务，哪些服务是群众容易接受、高兴接受的。要考虑下乡服务充分结合调查研究的结果和海岛的实际情况。要考虑到我县是渔区，基层海岛人口中渔农民为多，他们的各方面知识水平虽然比以往有了很大提高，但同城市居民相比还存在一定差距，所以在提供服务时，要顾及他们的接受水平与习惯，从而使工作开展更加有的放矢。

三要合理安排服务时间。

四要有效整合系统内各种资源。下乡服务活动不能科室单兵作战，要从全系统一盘棋的高度，加强领导管理，注重沟通协作，深入挖掘系统内各种资源并进行有效整合，努力发挥各种资源的整体作用，提升服务活动的内涵，扩大服务效应。

五要创新服务和建立长效服务机制。一方面，要定期做好主动下乡服务，使其成为一项常规性的工作。另一方面，要根据海岛群众的需求，通过当地政府的信息反馈，尽量及时组织人员下乡开展服务，满足海岛群众需求。通过定期性和临时性活动的有机结合，使服务工作更具灵活性。同时，为了让基层群众基本掌握下乡服务的时间，要预告下乡服务时间。要把本部门每年常规性和大型的下乡服务活动的时间、服务内容、服务人员等通过电视台播放、当地主街道张贴告知书等形式，预先告知当地群众，从而吸引更多的群众参与，得到服务。另外，要着力于建立健全长效服务机制。要把下乡服务工作作为本部门的一项重要工作来抓，加强领导与管理，常抓不懈。要不断总结工作中好的经验做法和创新成果，不断调整完善服务机制。

（作者工作单位：嵊泗县人口和计划生育局）

关于做好渔区人口计生问题的对策思考
——以嵊泗为例

金曙芬

一、现状

（一）人口总量持续下降。1997年至今，嵊泗人口已经连续13年持续下降。境内户籍人口从1997年年末的86075人下降到2009年年底的79718人，年均减少近530人。常住户籍人口（户在人不在的除外），更是从1997年的85329人减少到2009年底的77072人，下降了近10%。人口的持续减少已经是全县的普遍现象。

（二）人口流动出现不良循环，总体素质呈下降趋势。从人口外流的基本态势可以看出，出去的都是从事企业经营并已有一定经济基础的人，其中有公务员、医生、教师，青少年也不少。流入嵊泗的人口基本可以分为三类，一是极少量的通过招考形式在嵊泗行政、事业单位实现就业的公务员、医生、教师等较高素质人才；二是专门从事渔业辅助劳力、建筑施工的民工队伍；三是从事水果、服饰等经营的个体工商户。从人口流动现状不难发现，嵊泗正处于非良性的人口循环当中，境内劳动力素质不断下降。

（三）人口与资源环境的矛盾日益突出。嵊泗是边远海岛县，港、景、渔是嵊泗人民引以为荣的三大资源优势，通过多年实践，当地县委县政府形成了“以港兴县、以旅活县、以渔稳县”的总体发展战略。港口产业近年来发展迅速，已成为支柱产业，但由于港口产业自动化程度越来越高，加上物流产业链尚未完全建立，所以，港口产业需要的要么是技术要求特别高的尖端人才，要么是待遇低、强度大的一线工人，解决提供劳动力就业的机会并不多。海岛旅游受明显的季节性影响，一年最多3个月左右，也无法适应现有劳动力人口对就业、创业的需求。另外，渔业一直以来是当地的传统产业，是渔村男劳力实现就业、创业的最主要途径。但目前绝大部分渔民的生育观念也发生了变化，从过去的不满足于二胎，到如今的坚决不生二胎。独生子女普遍化以后，择业观念也随之发生转变，80后男青年现在从事渔业捕捞作业、水产品加工生产的少之又少。渔业已被当地群众排除在择业范围以外。

二、对策思考

（一）尽快实现人口控制向人口发展转变。

根据嵊泗的实际，继续延续过去的“人口与计生工作以计生为主”的工作模式已显“教条”。务必将工作重心转移到人口发展上来，科学合理地编制人口发展“十二五”规划，深入开展人口工作战略研究，使人口工作成为县委县政府的中心工作、战略性工作。

首先针对全县死亡率过高的问题，积极实施并加快推进“健康计划”。将工作重点放在发现、预防和治疗癌症、心血管疾病等导致当地高死亡率的疾病上，积极倡导良好的卫生、饮食等生活习惯，切实加大农村环境卫生整治力度，普及火葬，做好垃圾与污水的集中化、无害化处理。

其次制定实施“渔业安全生产计划”。有效抑制渔业生产过程中人身伤亡事故的发生率，将生产安全责任层层分解落实，总结历年来的安全生产事故，有针对性地加强休渔期间对渔民的安全知识培训，完善渔船上救生设施、设备的配备；

第三，科学调整人口出生率。参照同样是海岛县的辽宁省长海县的生育体制，积极向上争取非农人口的“二胎”政策。通过设立幼儿出生补贴基金，提高未成年之前的社会福利标准等政策，鼓励渔、农民家庭生“二胎”。

第四，积极推行全新服务理念，拓展计划生育优质服务内容、扩大生殖健康服务范围，积极营造非医院化、温馨舒适的服务环境，坚持实行全方位、立体式、个性化、人性化服务方向，全面推行计划生育生殖健康服务。积极推动避孕节育优质服务、生殖道感染综合防治、出生缺陷干预“三大工程”为重点的生殖健康计划，不断改善育龄群众的生殖健康状况。全面深入开展出生缺陷一级预防工作，普及预防出生缺陷科学知识，开展婚前、孕前、孕产期、产后服务，努力降低出生缺陷发生率。

（二）积极创造良好的人口发展环境

嵊泗之所以留不住人才、留不住人，甚至在当前全国各地就业环境普遍不好的情况下，大部分年轻人仍愿意“飘”在大陆各地，而不愿回到生他养他的海岛。究其原因，关键在于交通不便；在于医疗、教育不够发达与先进；在于缺乏创业空间和理想的就业机会。因此，必须正确面对当前存在的不足，花大力气进行改善。

首先加大基础设施投入，着力缓解交通的瓶颈制约。其次是大力发展医疗与教育事业，要将重点放在符合当地教育需求的实效工作上，恢复嵊泗中学初中部的设置，集中财力积极尝试舟山市“南海实验学校”的办学模式，在短时间内提升嵊泗的教学质量。在医疗事业上，应充分考虑人口总量小的因素，坚持“有所为、有所不为”，针对普遍性、重点性就医需求，积极创办特色、特长门诊。第三，优化就业、创业环境。要切实加强引导，通过宣传、培训、教育等多种形式，出台相关产业扶持政策，提高当地人口的创业激情。同时，根据海岛的实际情况，积极向上级争取当地大学生回乡就业的优惠政策，促进当地较高素质人才、劳动力回流，保证嵊泗的可持续发展。

（作者工作单位：嵊泗县计划生育宣传技术指导站）

当前农村计生行政执法的难点及对策

王丽英

一、农村计生行政执法的难点问题

（一）政策执行中的困惑

由于现行的生育政策与育龄群众的生育意愿仍有差异，一些政策执行起来有一定难度，工作中也有一些困惑。一种情况是夫妻双方其中一方是独生子女另一方是二姐妹或二兄妹的，即现在农村比较普遍的二头开门，由于户口或其他原因不符合安排生育第二胎条件的。第二种情况是《条例》规定生育第一胎男女双方必须达到法定年龄，但实施起来却有难度。对于相差几个月的情况，工作很难做。三是独生子女家庭风险，也是难以开展工作的一个重要原因。

（二）依法行政难

随着计划生育行政执法逐步走向规范化、法制化轨道；群众法制观念的增强，自我保护意识不断提高，依法行政工作难度加大。过去违法怀孕者至少对政策有畏惧心理。现在一些群众不配合、不支持计生工作，甚至违反计划生育政策后对于计生干部上门工作，不理不睬，有的干脆表示要钱没有，要命两条。造成了很坏的影响，形成了局部计生工作的不良局面：有超生欲望的人群钻法律空子，自我保护意识增强了，依法实行计划生育的意识弱化了；民告官的意识强化了，听从政府号召、管理的意识弱化了；计划生育服务机制强化了，行政管理执法机制弱化了，增加了计划生育管理的难度。

（三）社会抚养费征收到位难

一是对于部分违法生育对象抵制缴纳社会扶养费，计生部门没有有效的保障及强制措施。二是一些违法生育的贫困户交不起社会扶养费、富裕户千方百计找关系说人情、中间户两头观望攀比。三是执行难。在实际征收社会抚养费工作中，并不是法院出面就可以征收到位的。社会抚养费征收普遍存在执行力度不够的情况。给计生工作造成了极大的负面影响。

（四）计生执法队伍不稳定

目前计划生育行政执法主体是县市级人口计生局，但由于人员紧缺，多数是委托给乡镇（街道），而乡镇（街道）计生干部工作头绪多，任务繁重，并且没有有效的工作手段，这些都严重制约着计划生育行政执法的顺利开展。

（五）部门配合协调不到位

计划生育作为一项基本国策必须由各部门密切配合、协调来完成，目前的状况是政府、部门间没有形成有效的协调、配合，所以，要进一步加强部门协调、合作。

二、农村计生行政执法的建议、对策

（一）加强宣传教育，提高群众法制意识

采用群众喜闻乐见的形式，开展多种宣传活动，广泛宣传计划生育政策和法律法规，让

广大群众正确了解政策，自觉遵守政策。同时加大反面典型的宣传，让广大群众懂得违反计划生育政策就是违法行为，必须承担相应的法律责任。

（二）坚持以人为本，适当调整生育政策

一是实行二孩生育政策，先行试点，逐步放开。二是结合农村的生活实际，对个别计生限制性政策做适当调整。三是适当放宽未婚男女青年生育第一个孩子的年龄。

（三）加强队伍建设，规范行政执法

一是推行行政立法和刑事立法，对拒不执行计划生育政策的人和事，依法采用相应强制手段。二是在县市级计生局成立计生行政执法队，专门负责计生案件的立案、调查、查处和移送处理等工作。形成各负其责、职权分开、互相制约的执法模式。

（四）加强部门配合，形成齐抓共管

一是公安部门明确规定在小孩上户口时，在出具医学出生证明的同时出具结婚证、生育证或计生部门出具的相关有效证明；二是医疗机构应严格执行凭证检查和凭证生育制度，并及时向同级计生主管部门通报。

（作者工作单位：桐乡市龙翔街道计生服务站）

论新形势下计生工作的难点及解决对策

赵新惠

2006年12月17日中共中央国务院颁布了《关于全面加强人口和计划生育工作统筹解决人口问题的决定》，浙江省也颁布了《浙江省人口与计划生育条例》，这些法律法规和政策的出台，说明人口计生工作进入了新的发展时期。那么如何面对新形势，如何应对新的挑战呢？下面结合自身多年从事计生工作的情况，谈一点个人的想法。

一、计生工作的难点问题

（一）节育措施落实难。稳定低生育水平仍然是当前乃至今后一个时期农村计生工作的根本任务。稳定低生育水平中最关键最直接的方法是落实育龄妇女长效节育措施。但实际当中，许多情况下无法落实节育措施：一种情况是一些育龄妇女因患病或生理结构不适应，无法落实长效节育措施。还有一种情况是一些育龄妇女认为计生手术会造成身体损害或惧怕疼痛，不愿接受手术，对落实长效节育措施不积极、不主动。再一部分，也是最难为其提供服务的，是逃避、抵制计划生育工作的对象。不论那种原因，都给人口计生工作增加了难度，造成工作的被动。

（二）流动人口计划生育管理难。随着社会经济的发展，企业不断增多，流动人口增幅较大，加上流入流出两地管理水平、工作力度不一致，信息沟通难度大，无法掌握流入育龄群众怀孕、生育、节育措施的情况。造成情况不明、底子不清，流动人口的计划生育管理难以到位。

（三）计划生育奖励政策兑现难。现行的计划生育奖励政策除了奖励扶助政策、独生子女父母奖励，其它如农村医保、低保、农村水利、农牧业发展、扶贫贷款等中央“三农”优惠政策向计划生育户的倾斜并不明显，各种有利于计划生育户的优先、优惠、优待政策难以实现，实行计划生育的农村家庭得到的实惠不明显，社会地位不突出，缺乏优越感。

二、产生的原因

（一）知情选择被错误地理解为自由选择。国家推行避孕节育措施知情选择，要求群众对节育措施享有知情权、选择权，一些群众错误地理解为自由选择，造成措施落实难；基层计生专干有畏难情绪，工作不主动，致使部分群众认为计划生育政策放松了；部分村干部和计生干部习惯行政命令的工作方法，缺乏适应新情况新形势的办法、措施。

（二）流出流入地政策执行不一。国家《流动人口计划生育管理办法》明确规定了流出地、流入地的管理责任，而实际上，流入人口大多在私企、个体范围内打工，注入地管理起来难度很大；流出地与流动入地缺乏有效联系，加之鞭长莫及，对于流出人口基本是放任不管，流动人口管理服务非常被动。

（三）部门不协调，奖励措施落实难。计划生育是社会系统工程，国家政策明确规定有关部门应尽的职责，认真落实计划生育利益导向机制，在生育、生产、生活方面对计划生育家庭倾斜。但目前看，农业、畜牧、扶贫开发、卫生、教育、民政等涉农部门执行的有利于计生家庭的奖励方法措施不明确，优惠力度不明显，必须加强协调，形成政府统一领导的协调落实机制。

三、对策措施

解决当前农村计划生育工作难点问题，必须以科学发展观为指导，结合本地实际，贯彻以人为本、优质服务的理念，实现工作思路、工作方法的转变。

（一）进一步加强计生队伍能力提升和网络建设

一是要抓住“深入学习实践科学发展观”活动的有利契机，彻底解放计生专干思想，积极消除畏难、厌战情绪。要提高意识、增强做群众思想工作的本领。二是加大村级计生队伍管理力度，确保发挥作用，让大家明白动员育龄群众落实安全、可靠的长效节育措施是一项艰苦细致的工作努力，需要付出极大的努力；提高基层计生专干的地位和待遇，稳定村专干队伍，进一步调动计生干部的积极性。三是加强业务培训，提高计生队伍的整体素质。充分利用计生局开通的计生协同网，做好广大农民群众有关人口和计划生育政策法规、生殖健康等内容的培训与宣传工作。四是要增强以人为本主动服务意识，认真探索改进技术服务、药具服务方法，切实为群众提供快捷、优质的服务。

（二）加强协调，形成合力。在综合治理人口问题方面，要按照职责明晰、落实到位的要求，充分发挥公安、工商、劳动、建设等部门在流动人口计划生育中的审查把关作用，形成齐抓共管长效机制。

（三）落实计划生育奖励政策

继续落实计划生育奖励扶助政策，形成以政策性奖励扶助为主体、多种形式的帮扶活动为补充、相关社会经济政策配套的政策体系，逐步完善有利于人口和计划生育工作的利益导向机制。完善各项奖励政策的落实制度，形成长效机制，引导农民自觉实行计划生育，有效控制人口增长，稳定低生育水平。创新计生工作机制，逐步由“处罚多生”向“奖励少生”转变。

（四）加强宣传力度、建立舆论导向机制

计生工作只有充分发动广大群众参与才能起到事半功倍的效果，要充分利用报纸、电视、广播等新闻媒体的强大功能，向广大群众宣传计生方面的政策、措施、方法，增强人口计生工作的影响力，引导农民转变生育观念。

人口问题，是事关科学发展的重大战略问题，计生工作又是人口问题的重要部分，因此应把计生工作放在更加重要的战略位置。做到思想不松懈、工作不松劲、力度不减弱，切实把这项工作抓得紧而又紧、做得实而又实。

（作者工作单位：桐乡市崇福镇茅桥埭村）

治理违法生育 探索稳定低生育水平新思路

陈 黎

为了提升计生工作，稳定低生育水平，促进人口社会和谐发展，笔者对近三年嘉兴市桐乡崇福镇违法生育的现状及原因进行了分析，现将有关情况报告如下。

一、基本情况

崇福镇有常住人口10万余人，其中农村人口8万余人的乡镇，2007年1月—2009年12月共出生1741人，计划外出生24人，连续5年总人口呈负增长态势。

（一）违法生育类型。24例违法生育中，一孩违法生育4人，二孩违法生育20人，其中未到法定婚龄生育有4例，占16.7%，到法定婚龄未登记生育1例，占4.1%（注：另有7例，因女方为外省户籍，未到法定婚龄生育，已到女方处理，未列入统计范围），离婚违法生育3例，占12.5%，再婚不符政策违法生育2例，占8.3%，男孩户违法生育14例，占58.3%，另有3例因违法生育地在港澳，暂无处置权，也未列入统计范围。

（二）违法生育措施落实情况。违法生育前曾因避孕失败，自觉落实人流、放环等补救措施的有11人（包括未婚人员），占45.8%，其中一名三峡移民违法生育前已经因避孕方法失败，两年内连续做四次人流。

（三）违法生育年龄情况。未到法定婚龄生育的年龄在18—20岁之间。从近三年医院的统计看，未婚人流引产比例一直居高不下，最年轻的对象已延伸至在校初中生，二胎违法生育年龄则有16人处在35岁以下，生育间隔期最短的仅为两年不到；违法生育中，怀孕早期被发现的有6人，占25%，较大月份被发现的有10人，占41.7%；因长年外出，生育后发现的有8人，占33.3%。

（四）违法生育家庭经济情况。未满法定年龄生育的经济状况均较差，男孩户和离再婚生育19人中有9个家庭拥有中小企业，占50%，其余经济状况都较差。

（五）社会抚养费征收兑现情况。一次性兑现的富人有6人，征收额度因违法生育前资产转移等原因导致与实际相比惩罚偏轻的有4人，占66.7%，24人中拒不缴纳申请法院强制执行的有15人（包括3个富人），被行政拘留的有6人，占62.5%，这类家庭收入均相对较差。社会抚养费征收总的情况呈现出“有钱人罚不怕，没钱人不怕罚”的现象。

（六）生育家庭户籍情况。纯城镇人口生育为1例，其余23例均为农业家庭，占95.8%，农民成违法生育的主角。

二、违法生育原因分析

农村违法生育的主要矛盾：计生部门宣传与社会舆论的矛盾，群众生育意愿与现行政策的矛盾，依法行政的要求与综合治理的矛盾，生育风险与利益导向的矛盾，群众需求与优质服务的矛盾。这些矛盾如果不能有效解决，对于我国低生育水平的稳定将会产生巨大的负面影响。

（一）计生部门宣传与社会舆论的矛盾。计生部门虽然利用人口学校、文化示范户、广播、电视、网络等宣传途径积极展开宣传，但是一些媒体的不负责任的宣传报道也在一定程度上对育龄群众的生育观念产生了负面的影响。如前不久，上海、北京相继发生的新闻媒体对放宽生育政策的报道，给计生部门舆论宣传带来较大的阻力。

（二）群众生育意愿与现行政策的矛盾。计划生育工作开展到现在，人们的生育观念发生了很大变化，“多子多福”等生育观念正逐步被人们所淘汰，但仍有一部分人认为生育二孩子是较为合理的。所以群众的生育意愿与现行的生育政策之间还是存有一定的矛盾的。

（三）逐步开放的婚恋和性观念与自我保护意识和能力的矛盾。一方面随着改革开放的不断深化，年轻人的婚恋和性观念、性道德发生了巨大的变化，尤其在农村早婚、婚前性行为、非法同居等现象较为突出；另一方面，未婚青年人群自我保护意识和能力相对较差，非意愿生育日益增多。

（四）群众需求与优质服务的矛盾。未婚青年生殖健康教育存在盲区；孕情监测存在漏洞。

（五）生育风险与计划生育利益导向的矛盾。独生子女十四岁以后因患不治之症或突发意外事故死亡虽属偶发，但是对一个家庭而言，却是永远的伤痛和无法弥补的损失。尽管国家与地方相继出台公益金、计划生育家庭特别扶助金、生育关怀补助金等各种补助方法，利益导向机制已在不断健全，但仍相对薄弱，与潜在的生育风险无法抗衡。

（六）依法行政与综合治理的矛盾。通过部门联席会议制度，对农村违法生育人的证照服务采取统一限制措施的方法，违法生育治理工作收到一定成效。但在脱贫、社会救济等方面却很难形成一致意见，如民政部门无权终止计划生育违法对象的低保待遇，穷人不怕罚现象直接挑战计生法律法规权威性。同样，由于银行等部门没有健全严格意义上的诚信体系，致使对富人的违法生育缺乏真实资产依据，无法公平公正地征收社会抚养费，社会影响极差。

三、建议和对策

（一）深入调研，调整现行生育政策

现行的计划生育基本国策、计划生育法律法规的立法指向主要是两大方面，一是规范政府依法行政；二是规范公民生育行为。二十多年的实践表明，计生部门依法行政、“七不准”执法已较好地体现在日常工作中，受到群众认同。然而，一些地区人口自然增长连续多年呈负增长的事实，迫切要求立法部门在深入调研的基础上，适当调整现行生育政策；对群众不满的境外违法生育等问题，也应及早出台措施。

（二）深入开展计生国策知识宣传，营造大宣传格局。计生工作重在宣传，政策的实施来自宣传的效果，面对错综复杂的生育环境，必须以明确的口径，多角度、全方位地予以贯彻。一是要明确政策宣传的统一口径，毫不动摇地宣传计生国策，明确地告诉群众人口增长反弹等带来的社会问题，毫不犹豫地宣传法律法规对于规范公民生育行为的各种规定和法律后果，建立关于人口计生新闻宣传广泛宣传的审查途径，依法规范计生宣传口径。二是部门配合，创新宣传方式方法，构建宣传格局，计生部门应在卫生、教育、公安等部门的联合下，针对不同宣传对象改进宣传方式方法，大力宣传和弘扬现代生育文化，通过大宣传的格局，切实转变群众的生育观念。

（三）发挥杠杆作用，强化利益导向。面对经济社会的快速发展，群众对利益导向机制提出了更高的要求，这就要求继续深化利益导向机制，运用法律、行政、经济等多种政策杠杆作用，真正让模范守法者得利，让违法乱纪者失利，促进计生政策落实。一是要通过财政转移支付，完善优先优惠政策，提高公益金、生育关怀基金等补助金的补助力度。二是要利用各种途径制约违法生育，加大违法生育的社会成本。要改变单纯依靠社会抚养费征收来制裁违法生育的情况，进一步增加违法生育的经济成本和社会成本，把计生违法记录纳入个人诚信体系和档案，对于违反计生政策的家庭，除了依法征收社会抚养费外，还要在开办企业、经商、贷款、社会救济、子女就学等方面加以约束，以达到法律的震撼作用。

（四）关口前置，提高优质服务质量。

1、针对违法生育人员多有避孕失败的经历，计生部门应从重点关注未婚青年、避孕措施失败人群上着手，提高计划生育技术服务水平和服务质量。要创新服务手段，关心未婚青年身心健康。要在做好在校学生的青春期宣传辅导的基础上，着重加强对社会青年宣传辅导，通过建立未婚青年计生咨询热线、计生服务员上门单独了解婚恋情况，发放避孕药品等服务手段，满足未婚青年的避孕需求。

2、加大随访频率，关注避孕失败人员的避孕节育情况，千方百计为她们提供有效避孕方法，让优质服务化解育龄妇女对再次落实避孕措施的抵触情绪，降低意外妊娠率。

（五）多部门联合，齐抓共管治理违法生育。违法生育治理工作仅靠计生部门无论在信息、社会抚养费征收等方面都难以做好工作，要多部门联合，齐抓共管治理违法生育。一要认真落实目标考核评价体系，落实计生相关部门工作职责，对计生相关部门的目标考核，必须克服形式主义，落实高起点、高标准的日常监督、指导、考核工作，形成社会共抓计生工作的大局意识。二要信息互通、资源共享，管理齐抓，各相关部门从工作合法权限出发，加强对违法生育人员信息的通报，通过制定限制程序，积极告诫违法人员应主动配合计生部门搞好意外妊娠补救措施或社会抚养费兑现工作，让违法人员真正意识到违法生育带来的严重后果。

（作者工作单位：桐乡市崇福镇计生办）

计划生育出生统计误差成因分析

朱海玲

2010年11月1日，第六次全国人口普查又将全面展开，为了配合人口普查，计生部门率先对近十年的出生数据进行了核实，发现部分地区存在出生漏报、重报、瞒报等现象。

由于育龄群众生育意愿与现行生育政策的距离等因素，在部分育龄群众中仍有计划外生育的情况，瞒报计划外出生现象也时有发生。同时，人口在动态流动中，由于户口迁移、统计移交等也不可避免地造成了出生统计误差。

一、原因分析

（一）育龄妇女重复建卡现象引起出生重复报

1．与公安部门出生数据核对不够仔细

计生部门与公安数据的核对只注重报入户口的出生人口是否报入计划生育的报表，而忽略了育龄妇女的迁入、迁出时间，这就有可能造成迁入的育龄妇女未及时建卡，而导致出生人口的漏报。另一方面也存在迁出人口未及时迁出的情况，导致出生人口重报。

2．统计移接交核对存在漏洞

随着城市化进程的不断加快，一人多房现象普遍存在，人户分离现象越来越多，同时，由于就业、孩子上学、就医等因素的影响，户口迁移不容避免，这过程中也会产生统计移接交对象出生重报情况。

（二）居民隐私保护意识增强，具体情况难掌握

城区居民隐私保护意识增强，对计生调查的不配合，甚至根本就不接受调查的情况，给计生部门及时准确掌握育龄群众信息带来了一定困难，特别是户籍迁入不一定要本人到居委会报到，有可能出现育龄妇女已经怀孕六七个月，而在计生部门的信息中仍是待孕状态的情况，从而出现出生漏报。此外，城镇空挂户的增多也给计生统计增加了难度。

（三）“数出政绩”导致出生统计漏报、瞒报

计划生育率是近年来计划生育目标管理考核的主要指标，更为“一票否决”的指标，如达不到考核指标值即为未完成目标考核任务，直接影响着出生统计的质量。“数出政绩”的潜规则，导致一些地区、一些人凡有考核、评估项目，统计上就会出现弄虚作假的现象。

（四）工作责任心不强，统计管理弱化

部分计生管理人员不负责任造成漏报。部分村、社区计生干部文化水平低，台账表册理不清，道不明，丢三落四，自相矛盾；有的计生干部责任心差，工作不扎实，出现漏报，瞒报。

二、对策分析

（一）主动争取各级党委、政府的支持，协调各有关部门，互相配合，共同做好统计工作

随着社会经济的快速发展，人口与计划生育统计工作越来越重要，工作难度也越来越大，

仅靠计生部门一家的力量，不能保质保量完成统计工作任务，必须在党委、政府的统一领导下，各方参与，才能把相关数据统一起来，形成完备的人口与计划生育数据体系。要坚持行之有效的“党政一把手亲自抓、负总责”制度，形成统一领导、统一协调、统一管理的新局面。计生部门要积极主动做工作，争取领导的支持、部门的配合。

（二）深入基层，了解居民动态

计划生育工作是一项系统工程涉及各个方面，公安、工商、民政、卫生、教育、文化、劳动、建设、房管等部门应携起手来，密切配合，共同营造有利于城区计划生育工作健康发展的外部环境；同时要对各部门的数据进行认真核对，减少统计误差。计生部门应加强指导，坚持从实际出发，实事求是，因地制宜，整体推进，统筹规划，精心组织；计生、卫生要联手，把计划生育的优质服务向社区深入。协调小区物业配合计划生育的管理。鉴于住宅小区的封闭性，入户难度大，计划生育领导小组要协调物业管理机构配合计划生育部门共同管理。这样既节省入户摸底时间又能准确掌握小区内计划生育具体情况。针对现在居民隐私意识增强的现状，居委会工作人员要深入其中，了解他们的需求，进一步掌握计划生育相关情况，从而减少出生漏报、错报现象。

（三）加强村、社区队伍建设，确保源头数据质量

1. 落实责任，坚持工作重心下移

多年的统计工作实践证明，要确保统计质量，关键是源头数字上下工夫，从村级抓起。要把工作重心下移，就必须加大创“模范村”等的力度，建立制度，落实责任，逐步形成层层抓落实的局面。

2. 加强统计人员的培训

按照分段负责的原则，对各村、社区的计划生育管理人员进行培训，坚持开好每月例会，同时，由于统计工作专业性强，队伍要相对稳定，要真正建立一支思想好、作风正、业务精、工作扎实的计生队伍。

3. 加强村表、卡、册、簿的管理

严格按照省、市、区的有关规定进行管理，要明确这些卡册是计生管理最基础、最主要的资料来源，是各类计生统计数字的源头。

（四）提高统计人员的素质

统计工作人员要适应形势发展的要求，跟上时代的步伐，着重从以下几方面加强修养：一要有较强的责任心和事业心，兢兢业业，恪尽职守，及时、准确完成任务；二是有实事求是、严谨细致的工作作风，以科学的态度摸实情、讲实话、办实事；三要有全面的修养、较强的专业知识和技能，吃透政策，摸准下情，总揽全局，开拓创新。

参考文献

[1] 冯乃林．人口统计漫谈 [J]. 统计讲坛，2009，（5−10）
[2] 蒋正华．计划生育规划统计与考核评估 [M]. 中国人口出版社，1998
[3] 杨芳．浅谈基层计生统计人员的能力培养 [J]. 人口导报，1996
[4] 张淑华．浅析计生基础信息的不实现象 [J]. 中国高新技术企业，2009.11（61−62）
[5] 娄磊华．谈如何做好计生统计工作 [J]. 公共管理，2010.1（61−62）

（作者工作单位：宁波鄞州中河街道）

新形势下乡镇人口计生工作的探索与思考

王正梅

我国是一个人口众多的农业大国，因此计划生育工作的重点在乡镇，在农村。如何做好农村计划生育工作，国家相继出台了一系列法律法规，使乡镇的计生工作有章可循、有法可依，同时，乡镇的计生工作者一直在努力探索，使人口计生工作更程序化、亲情化、人性化不断创新工作方法。

但农村育龄群众的文化素质总体水平偏低，养儿防老，积谷防饥，多子多福的思想依存，群众的生育意愿与政策要求存在一定差距；过去依靠行政管理的工作方式、方法与现行以人为本，科学发展、依法管理要求之间存在矛盾；农村流出人口增多与各部门协作管理机制不完善之间存在矛盾。所有这些矛盾，势必影响农村基层计划生育工作。如何提高基计划生育管理工作，作为一名基层计生干部，结合多年工作经历和对农村群众的了解，谈一谈个人的思考。

一、新形势下乡镇人口计生工作面临的主要问题

（一）农村计生干部队伍不稳定，专业人才短缺

农村基层计生助理员由女的村委会委员担任，然而三年一换届的村委会势必会给计划生育工作带来负面影响，新当选的村服务员要有半年的熟悉工作与磨合期才能初步进入角色，通过业务学习上岗培训，工作实践，第二年才算进入工作“轨道”，到了第三年又要把主要精力放在竞选上，群众称之为二年半干部，如果不能连选连任，新一轮循环又开始了。2008年罗家乡通过民主选举上来的11名计生助理员，平均年龄46岁，大的近50岁，高中文化1人，其余文化程度均为初中，基础薄弱，业务规范性差。这样“翻烧饼式”调换计生服务员，使乡镇一级计划生育专干三年就得重新带徒弟，因此村级人口计生工作专业人才短缺，面临着“人荒”和后继无人的严重问题。

（二）依法行政，乡镇计生专干孤军奋战，“单打一”

科学发展观的核心是以人为本，人口计生工作依法行政越来越规范化、程序化、人性化，但是部分干部群众对人口计生工作重要性认识不足，意识淡薄，认为人口计生政策放松了，违法生育的现象时有发生。乡镇计生专干从调查取证，核实情况，到与违法生育对象询问证实，需要经过多方周折和奔波，而违法对象经常采取举家回避的方式，或想方设法找关系，通“关节”，以减轻对自己的处罚，即便是通过法院执行，有时也是一筹莫展。依法行政手段在逐步弱化。

（三）流动人口跟踪困难，信息不通畅

随着市场经济的快速发展，流动人口大幅增加，有跨国的，有跨省的，跨地区的、有的举家外出务工经商，留守在家的都是老弱病残者。例如总人口不足10000的罗家乡，流出人口就达1500多人，虽然办公自动化已经普及，全国流动人口信息交换平台也已经启动几年

时间，但信息仍然不通畅。首先是一些村级上报、反馈不及时，结果几经周折查到对象真实信息时，违法对象可能早已离开住地流往他乡；对于在异地接受孕检的对象，通过交换平台反馈信息，并不能使之免除“三查”（仍以书面寄达的证明为准），如同一个人在当年度的几次跨地区流动就无法在交换平台上反映出来，多数流出人口都不会给留守家中的父母留有真实地址或通讯电话。这些都给流动人口的跟踪管理服务带来很大的困难。

（四）经费不足，管理服务难到位

计划生育工作是一项长期的人口系统工程，需要投入大量的财力和人力来支撑。浙西地区是全省经济欠发达地区，乡镇财政基本上都是吃饭财政。村级集体经济相当薄弱，有的几乎是空壳村。村干部的报酬基本上依靠政策拨款或项目来维持，要设立专项资金用于计划生育等于谈何容易。由于资金不足，给计生工作带来许多被动。如年度二次环妇检，对象难保证全员参加，引流产妇女误工，外出寻找计划生育违法对象的车旅费、误工费等难着落，有时只能由乡计生干部垫付或支付。

二、对策与思考

（一）抓基层组织建设，稳定计生干部队伍，提高业务水平

建议组织人事部门出台在村级换届选举中能相对稳定村计生助理员队伍的政策，保持村级计生队伍的相对稳定。可以从大、中专院校毕业回乡的优秀青年中采用聘用制，充实计生队伍,改变村级计生助理员年龄结构,文化结构,基础管理业务水平,做到后继有人,不闹“人荒”。

（二）多方合作，加大执法力度，维护政策法规的严肃性

由于一些群众的生育观念与现行的生育政策仍然存在差距，因此当前的违法生育形势依然严峻，不容乐观，且违法生育呈现出复杂化、多样化的趋势，尤其是个别党员干部和社会公众人物的违法生育行为，不仅影响了整体形象，更扰乱了生育秩序，造成恶劣影响。因此必须坚持依法行政，按政策管理，政府要做好后盾，司法机关要做好保障，公安、民政、计生、卫生、防疫等部门步调一致，不能各唱各的调，各吹各的号，不能让计生专干孤军奋战，“单打一”，要齐心协力，齐抓共管。必须坚持法律面前人人平等，对违法生育的贫困家庭和不生儿子誓不罢休的富翁一视同仁，对违法生育人员严格按照有关法律法规从严、从快公正对待，以维护政策法规的尊严，切不可随意降低标准，以免引起群众的不满和逆反心理，以免政策落实不到实处，工作陷入被动局面。

（三）明确管理责任，建立相应的考核机制。

在管理机制上要有创新，应理顺各级管理关系，采取逐级管理各部门齐抓共管的模式，理清各方的职权、责任，各职能部门不要自成一派，结束“各自为战”的局面。最后，要建立一些行之有效的考核制度，用制度来保障机制的运行。

（四）建立乡镇流动人口管理领导小组，加强流动人口管理

乡镇应成立由党委书记任组长，乡镇长，派出所所长任副组长，其他各职能部门为成员的流动人口管理领导小组。在乡镇领导小组的领导下，村委会也应成立相应的流动人口管理机构，建立流动人口联系点，村计生助理员为流动人口管理联系人，主要职责是负责本村流动人口的管理服务点，如各类信息统计上报，并经常性地走访农户家庭，及时了解流动人口的相关信息、建立档案台账，何时流向何地，何时返回本地，形成县、乡、村一条“龙”管理模式，特别要对民房出租，小企业进行排查，不留死角，不要让出租民房、小企业成为违

法生育的“安乐窝”，确实把流动人口管好，管实，不要使责任落实变成一纸空文。在工作实践中逐步探索在流动人口管理方面所取得经验和方法，树立流动人口管理方面的先进典型，逐步加以推广。

（五）用专项资金作保障，宣传引导为先，促进婚育观念的转变

深化宣传教育，积极促进群众婚育观念的转变，使群众自觉执行人口与计划生育政策，是搞好计生优质服务的先导。以“贴近社会、贴近生活、贴近群众”为导向，坚持“为群众所要、所想、所需抓宣传”的工作思路，不断深化计生宣传教育工作，引导群众抛弃陈规陋习，树立新的婚育观。以村计生协会为阵地开展计生咨询，播放优生优育碟片进行宣传，以提高宣传知识进村入户的覆盖率。村委会要在经济困难的情况下想方设法，千方百计地拿出一定的资金，主要用于人口计生管理工作的通讯费、信息费、车旅费、误工费等。乡镇领导小组要加强对专项资金的督促落实，确保资金到位，不要使专项资金的落实成为“纸上谈兵”。

（作者工作单位：龙游县罗家乡政府）

人口城镇化建设规划应先行

——龙游县湖镇镇统筹解决人口问题的实践与思考

舒水明 曹文华

湖镇镇位于浙江省西部金衢盆地中心、钱塘江上游，地处金华、兰溪和衢州的三角地带，是一座具有浓郁商业氛围的商埠重镇，是建设部等全国六部委公布的全国重点镇。镇域面积101.64平方公里，下辖39个行政村，2个居委会，总人口4.94万人，其中农业人口4.71万人。近年来，湖镇镇坚持以科学发展观为统领，按照"工业立镇、经营强镇、市场兴镇"的总体思路，坚持走人口城镇化道路，推动人口和计划生育工作有机融入统筹城乡发展的大局，促进城乡统筹发展和人口问题的统筹解决，取得了显著的成效。

一、人口城镇化建设的实践

城镇是统筹城乡发展、就近转移农村人口的重要平台，不仅是区域经济发展的重要动力，也是建设社会主义新农村的重要举措。湖镇镇以工业主导产业带动城镇发展，以完善城镇基础设施改善生活环境，以扩大人口集聚推进城镇规模建设，加快人口城镇化发展。

（一）规划先行，勾勒城镇化建设蓝图。根据城镇发展现状，围绕"保护老城区、丰满核心区、启动新建区"的集镇发展思路，按照增强实力、拓展空间、优化环境的原则，修编了《2008—2020湖镇镇总体发展规划》，启动供水、排污等专项规划，并对商业、工业、文教卫生、生活等功能区域进行了明确的划分，为湖镇镇城镇化的长远建设和科学发展奠定了坚实的基础。

（二）产业支持，促进农村人口向城镇转移。以推进产业转型升级为抓手，以打造特色主导产业为重点，转变经济增长方式，努力形成特色鲜明的产业集群和块状经济。加强农村劳动力的就业培训，以满足产业发展的需要，促进人口向城镇聚集。

（三）注重经营，加强人口集聚的生活环境建设。根据资源特点和社会发展目标要求，将过去从单一的土地开发经营拓展延伸到城镇公益事业和公共资源开发经营，通过市场化运作和项目实施，吸引了大量的市场资金投入，完善了城镇基础设施和城市要素功能，进一步促进了房地产业的发展。近年来，湖镇镇投入道路管网、街景、绿化、亮化以及灯箱广告等方面的建设资金达6000万元，实施功能性设施建设改造资金1.2亿元，已开发房地产面积达9万平方米，不断完善城镇菜市场、汽车站、小学、宾馆、幼儿园、自来水引水工程、敬老院等功能性项目。

（四）完善保障，丰富城镇人口文化生活。坚持以人为本，巩固和发展"医疗、教育、住房、就业、司法"五项社会救助体系，大力发展义务教育和职业教育，全面推广农村新型合作医疗，投资建设了1600多平方米的市民休闲健身广场，着力推进特色文化建设，发掘出坐唱班、小脚灯、甘蔗龙等民间特色文化，促进人口与经济社会统筹协调发展，为城镇建设创造了稳定、和谐的外部环境。

科学制定鼓励外来务工人员落户的政策，使在城镇稳定就业和居住的农民有序转变为城镇居民。

二、人口城镇化建设存在的主要问题

人口城镇化建设涉及面宽，关联度大，政策性强，利益调整面广，是一项复杂的社会系统工程。目前，湖镇镇人口城镇化建设中存在的主要问题，主要表现在以下几方面：

（一）城镇规模偏小，集聚辐射功能需要提高。一是经济总量不大。湖镇镇工业先天优势不足，经济发展的底子较弱，与发达地区相比差距较大。二是城镇化总体水平不高。沿街小型店面多，业态单一，专业化市场数量少、规模小，商贸业不够繁荣，人口、资源、产业集聚不够，集镇的辐射功能未能充分发挥。三是农民增收渠道单一，降低了城镇建设的内生性动力。群众的经济条件、收入水平直接限制了农民进城消费的欲望和进集镇居住、经商、生活的能力。

（二）产业支撑不强，支柱产业不明显。一是主导产业带动力不强。湖镇镇虽已形成棉纺、特种造纸、机械、化工油漆四大主要产业，但未形成完整的产业链。二是工业发展科技含量较低。湖镇镇大小企业共有 454 家，但规模以上企业只有 33 家，存在企业规模小、产品单一、附加值低、科技含量低等问题，对城镇建设的拉动作用乏力。三是农业规模化程度不高。湖镇镇的蛋禽产业虽具有一定基础，但总量规模小，产业化程度不高，市场竞争能力较弱，辐射带动能力不强。

（三）建设资金投入不足，基础设施薄弱。城镇建设需要大量的资金投入，建设资金不足，已成为制约城镇化发展的瓶颈。一是资金投入滞后于城镇发展需求。随着城镇建设步伐的加快，对集镇、工业园区基础设施建设的项目上马多，投入资金多，运转压力较大。二是吸引民间资金难。利用市场化机制经营运作，集镇基础设施投资的效益低，回收期长，很难吸引民间社会资金参与。三是基础设施和公共设施建设滞后。从湖镇的现状看，有一大批关系城镇发展的重大基础设施项目因缺少资金而无法落实，特别是镇区划内的供排水设施和垃圾清运处理设施不健全。资金投入的不足直接造成了基础设施建设的“营养不良”，城市服务功能不够完善，城镇品位还不够高。

三、加快人口城镇化建设的对策思路

人口城镇化建设作为统筹城乡发展的重要抓手，是政策、管理、建设、经营等各个方面合力推进的结果，是政府突破制约因素，与时俱进，开拓创新的结果。结合湖镇镇实际，重点要解决好规划定位、产业支撑、资金落实、项目扶持、政策导向等方面的问题。

（一）科学规划布局，提升区域品位。科学合理的规划是人口城镇化建设与发展的前提。结合湖镇镇的人文资源、经济发展以及社会环境等客观条件，围绕建设“省历史文化名镇、龙游东部工贸重镇”的目标，按照“东控、西拓、南合、并优”的空间发展战略，高起点、高标准、特色化的科学规划和精细规划，做到在发展空间、发展要素、保障措施等方面相互衔接、相互配套，特别是要加强镇域总体发展规划与县域总体规划、土地利用总体规划、基础设施建设规划和产业发展规划的融通，增强产业承载能力。同时，加大与十里坪东恒集团的融合，努力建立“规划共绘、交通共联、产业共兴、环境共建”的机制，促进人口城镇化健康发展。

（二）推进转型升级，增强产业支撑力度。城镇要把人口真正集聚起来，又能留得住，必须要有产业支撑。一是引导产业集聚。做大、做强已有初具规模的棉纺、特种造纸、五金机械、化工油漆四大主要产业，使之成为产业优势更明显、产业支撑作用更强、产业结构更合理的产业群。二是加快工业园区建设。通过完善基础设施、优化服务、科技孵化等措施，增强对资本的吸引力，推进项目落地。加大招商选资力度，着力引进环保节能、投入产出率高、带动力强的项目。引导进园企业加大技改投入，积极培育名优新特产品，着力培养有核心竞争力的企业。三是加快商贸旅游业的发展。以工业化和城镇化为依托，大力培养专业市场，发展农家乐休闲旅游业和现代物流业，加大旅游开发力度。

（三）拓展筹资渠道，加强基础设施建设。把经营城市的理念引入城镇建设中，注重调动各方面的力量，拓展建设资金筹集渠道。一是实行财政倾斜政策。应按照分税制的要求建立和完善镇一级财政管理体制，保障城镇建设资金需求。通过贴息贷款、转移支付等形式支持城镇的道路、供排水、医疗卫生、环境整治等设施建设。二是广泛吸纳社会投资。面向社会，按照"谁投资、谁经营、谁受益"的原则，建立投资、经营、回收的良性循环发展机制，鼓励企事业单位和个人投资兴建教育、市政、绿化养护、污水和垃圾处理等基础公用设施。三是整合资源，支持城镇重点基础项目建设。进一步整合各类资源，实行"以奖代补"和融资贴息政策，支持城镇在规划区内组织实施交通、市政、供排水、旅游等重点基础建设项目。县级以上相关部门在安排城镇建设项目和专项资金时，应优先考虑，切实提高人口城镇化建设水平。

（四）扩大基层管理权限，释放发展活力。按照责权利统一和合法、便民的原则，采用委托、授权等形式授予城镇相关审批权和执法权，为城镇居民和企业提供便捷、周到的服务，提高服务水平和执法效能。

（五）完善城镇就业政策，加快人口集聚转移。积极做好农村劳动力转移的培训和服务工作，着力提高劳动力素质；坚持城乡统筹就业改革方向，逐步建立统一开放、竞争有序、城乡一体的劳动力市场。科学制定鼓励农民工进城及投资者及子女落户的政策，享受与城镇居民子女上学、购房、经商等同样待遇，以解决投资者和农民工的后顾之忧，进一步推动人口向城镇集聚转移。

（作者工作单位：龙游县湖镇镇计生、龙游县人口和计划生育局）

加强“四个化”建设 狠抓案件审理

——关于龙泉市农村党员干部计生违纪案件审理的思考

林卫中

随着社会主义市场经济的不断深入，人们的价值取向的多样化，违法生育原因日趋复杂化，其中农村党员干部违纪违法生育案件的审理已成为人口和计划生育工作的难点。

一、违纪违法生育案件审理情况

近年来，龙泉市各级纪检机关认真开展农村党员干部违纪违法生育案件的审理工作，不断加强审理力度。据统计，2004年以来，龙泉市党员干部违纪违法生育案件审理数维持在一定的量值上，且呈逐年上升趋势，受重处分人数逐年上升。

龙泉市农村党员干部违纪违法生育案件审理处分情况

时间	警告	严重警告	撤销党内职务	留党察看	开除党籍	开除公职	小计
2009年					13		13
2008年				2	10		12
2007年		2			4		6
2006年				4			4
2005年	1			8	1		10
2004年				3			3
合计	1	2		17	28		48

2004年—2007年的四年中，党员干部违纪违法生育案件审理23人，开除党籍5人；2008—2009年案件审理25人，开除党籍23人；2009年案件审理13人，13人被开除党籍。切实实行了“一票否决”制，依法严惩违纪生育行为。

二、农村党员干部违纪违法生育原因分析

当前，农村党员干部违纪违法多生的形式多样，案件审理工作难度大，存在案件审理获取线索难、调查取证难、执行难等“三难”问题：一是多数违法生育的农村党员干部有一个鲜明的共性，就是落后陈旧的生育观念根深蒂固，只顾自身利益，党性理想信念荡然无存。这些党员干部认为违法生育成本和风险不高，大不了罚点钱了事，从而顶风违纪；一些人试图通过利用各种人脉关系逃脱处罚或减轻处罚；有的事先转移财产，拒不缴纳社会抚养费；有的党员干部违纪违法生育后外逃，导致执法难度增加。二是计划生育管理体制发生变化。部门间齐抓共管，协作配合的能力薄弱，综合治理工作机制缺失。三是农村党员干部违纪违法生育造成极为恶劣的影响和危害，极大地影响了农村党员干部在群众心目中的形象，破坏了计划生育基本国策的实施，影响社会稳定。

三、加强违纪违法生育案件审理工作的思考

（一）切实做到违纪违法生育案件审理标准化

按照“事实清楚、证据确凿、定性准确、处理恰当、手续完备、程序合法”的办案工作基本要求，结合龙泉经济、社会实际，总结办案经验，严格依纪依法审理案件，把好农村党员干部违纪违法生育案件审理质量关。在审理案件中，既要查明违纪违法生育的事实，准确认定性质，又要在弄清事实的基础上，具体分析违纪违法生育的性质和危害，准确量纪，确保客观公正地审理每一起农村党员干部的违纪违法生育案件。

（二）切实做到违纪违法生育案件审理程序化

严格落实违纪违法生育案件受理程序、审核程序、审议程序、批准程序和执行程序。一是强化程序与实体并重。切实加强对农村党员干部违纪违法生育案件审理的检查监督，对是否符合规定程序，履行程序是否规范、合法等情况进行审核，对案件审理中存在违纪违法生育证据不足、事实不清、定性不准、量纪不当、手续不全等问题及时给予纠正。二是强化程序法定性。严格遵守党章和《案件检查工作条例》、《案件审理工作条例》等规章制度，依照法定程序办理违纪违法生育案件。三是强化程序适时性。严格遵守违纪违法生育案件审理时限，明确案件每个环节的法定时间性，努力在案件正式受理之日起一个月内审结报批。对有特殊情况不能完成的，请示并经相关机关批准后，可延长审理时限，但延长期不得超过一个月。

（三）切实做到违纪违法生育审理工作制度化

1、强化五项制度，规范农村党员干部违纪违法生育案件审理。

一是案件协助审理制度。建立案件协助审理领导小组，印发《基层纪检监察案件指导手册》，进一步规范违纪违法生育案件协助审理工作。积极开展联审、片审、叉审和互审工作；将全市 19 个乡镇（街道）划分为五个片开展片审工作，规范违纪生育案件协助审理工作程序、内容要求，把好案件审理质量关。二是督促检查制度。积极开展违纪违法生育案件协助审理工作目标管理和案件质量检查，及时开展案件审理工作的前、中、后指导及督促检查，使案件处分决定执行落到实处，维护制度的严肃性。三是学习培训制度。通过会议、案件助审、公开审理、督促查检、交流总结等形式，采取集中培训、分点培训等方式，提高计生纪检干部业务水平。四是回访教育制度。可结合全市深入开展的“阳光计生行动”，不断树立人口计生新形象，召开农村党员干部违纪人员座谈会，利用典型计生违纪违法案例开展警示教育，发挥查办案件的治本功能。五是公开审理制度。结合本市几年来公开审理工作实践及案件助审，在做好“庭审”的基础上，积极探索创新违纪违法生育案件的公开审理，通过案件公开审理，使违纪违法生育的被调查人对案件审理、处理程序，对错误事实、定性及所依据的党纪条规有充分了解，真正接受教育，对自己的违纪事实、违纪违法行为的原因和教训进行深刻剖析。同时，也起到处理一个，教育一片的作用。

2、不断健全网络，规范农村党员干部违纪违法生育案件审理

必须整合社会力量、建立健全计划生育组织网络、信息网络，加强对基层人口计生干部队伍的教育和纪律监督。以“阳光计生行动”为契机，广搭平台，把组织网络、信息网络建设与惩治和预防腐败体系建设有效结合起来，积极预防计生违纪违法案件发生，加大对计生违纪违法案件的查处力度，不断提高办案审理水平，破解党员干部违纪违法生育案件审理获取线索难、调查取证、执行难等难题。

3、促进综合治理，规范农村党员干部违纪生育案件审理

惩治和预防党员干部违纪违法生育，是一项政治性强、难度大的工作，相关部门和社会各界必须积极参与，管好自己的党员干部队伍，特别是纪检监察、组织、宣传、公安、人口计生、司法等部门要密切配合、齐抓共管。要制定一套预防党员干部违纪违法生育宣传、教育、监督制度。对违纪违法生育的党员干部，除依法征收社会抚养费外，要严格按照人口与计划生育法规条例、《中国共产党纪律处分条例》等有关规定，给予党纪处分，使其不仅在经济上受损失，还要在政治上受影响，该开除党籍的开除党籍，该撤职的撤职，该罢免的依法罢免。

（四）切实做到违纪生育文书档案规格化。

全面加强农村党员干部违纪违法生育案件审理及档案规范化建设，同时严格按照《纪检监察机关案件管理办法》，加强案件档案信息化管理，确定归档材料，系统归档。实现案件档案规格化，做到立卷科学，排列有序，编目清楚，装订整洁。

（作者工作单位：龙泉市人口计生局）

贯彻落实科学发展观推动人口计生事业发展

黄先贵

以人为本，全面、协调、可持续的科学发展观，是对30年改革开放实践的经验总结，是对发展规律的理论升华，是今后不断提升发展所要遵循的基本原则，是全面建设小康社会和实现现代化的根本指针。坚持以人为本的科学发展观，建设小康社会，满足人的全面需要和促进人的全面发展，离不开良好的人口环境。树立和落实科学发展观，对做好新形势下人口与计划生育工作有着重要的指导意义。

一、贯彻落实科学发展观，既要继续稳定低生育水平，又要提高人口素质

（一）从更好地服务于经济建设的高度，继续稳定低生育水平

树立科学发展观，要求我们决不能就发展谈发展，人口和计划生育工作是发展的题中应有之义，离开了人口和计划生育工作的发展，是不全面的，也是不协调的，更是难以持续的。党的十七大提出了夺取全面小康社会新胜利的宏伟目标，规划到2020年实现人均国内生产总值比2000年翻两番。这个目标的确立，是在稳定低生育水平的基础上提出的。如果低生育水平不能稳定，人口数量不能有效控制，这个目标就将难以实现。低生育水平的稳定对经济建设有着巨大的推动作用。实践证明，控制人口数量有利于生产总值的加速增长，有利于提高人均GDP，可以为国家和家庭节约抚养费用，增加生产投资，有利于经济增长。目前我国实现了低生育水平，但仍然面临人口基数过大的突出矛盾，面临反弹的风险；面临人口老龄化、劳动就业等人口结构问题；面临出生人口素质、健康素质、心理素质等方面的问题。人口决策一旦出现失误，将对经济社会发展全局产生难以逆转和不可估量的深远影响。因此，当前一是要防止一些领导干部对社会主义市场经济条件下人口和计划生育工作的长期性、艰巨性、复杂性认识不足，出现沾沾自喜、盲目乐观、麻痹松懈情绪。要始终坚持计划生育基本国策不动摇，将稳定低生育水平作为当前人口计生工作的首要任务来抓；二是要在稳定低生育水平的同时，加强对人口问题的前瞻性研究和未来人口政策走向的预测工作，防止出现人口与经济社会发展不协调现象。

（二）在稳定低生育水平的同时注重提高人口素质

科学发展观是全面的发展观，人口计生工作既包括控制人口数量，也包括提高人口素质。经过多年的努力，人口过快增长的势头得到了有效控制，大大缓解了人口增长给经济社会发展带来的压力。今后要在稳定低生育水平的基础上，更加注重提高人的思想道德素质、科学文化素质、人口健康水平等，将巨大的人口压力转化为人力资源优势。从人口计生工作角度，要完善婚前医学检查、孕前咨询、优生监测、0—3岁早期教育、生殖健康服务等体系建设。要提高婚检率，对不宜结婚或生育的对象，要暂缓或不予办理登记手续，防止婚检走过场；要逐步建立免费孕情检测制度，县计生指导站要提高优生监测率，乡镇计生服务站要实施孕情监护和优生指导；县要建立早教中心，村（社区）要组织开展各类早教活动；开展男女生

殖健康咨询服务，形成融生殖疾病普查普治、性病防治于一体的生殖保健服务平台，提高群众的生活质量和幸福指数。

二、贯彻落实科学发展观，创新工作局面，将人口计生工作进一步融入新农村建设

（一）将人口计生工作主动融入新农村建设中

党中央、国务院做出建设社会主义新农村的伟大战略部署，启动了新农村建设的征程。而人口和计划生育工作的重点和难点在农村，是新农村建设不可或缺的有机组成部分。近年来，人口计生工作在新农村建设中做出了一些贡献，如实施“少生快富”工程、奖励扶助制度等计生家庭特殊优惠措施，有利于提高农民收入；打造了系列人口计生服务公共产品，提高了农民素质；推出了关爱女孩、婚育新风进万家等计生特色活动，推动了乡风文明建设。此外，人口计生工作面对的是广大的群众，几十年的工作打造了中国最基层的网络，特别是在农村，这个网络需要整合到新农村建设中，成为新农村建设的生力军。人口计生工作是新农村建设的重要方面，人口计生队伍是新农村建设的主要力量，这些都需要我们把人口和计划生育工作主动融入到新农村建设中。

（二）加大力度，创新工作新局面

1、将实施“少生快富”工程与帮助计划生育家庭增加收入结合起来

继续实施“少生快富”工程，充分发挥资源优势，结合群众生产、生活的实际，采取资金帮促、项目带动、劳务安置等形式，帮助计划生育家庭兴办企业、从事个体私营经济，形成“先富带后富”、“以群帮群、以群带群”的良好局面。积极创办计划生育经济项目基地，鼓励和引导群众走少生快富奔小康之路，促进农村市场经济的全面发展。同时，加强管理，建立健全项目档案，理顺项目关系，提高项目运行质量。通过计划生育户积极参与经济项目基地建设，使他们从中得到经济实惠，达到少生快富的目标，也为人口和计划生育工作提供富有生命力的活动主题，进一步转变育龄群众的婚育观念。

2、将完善计划生育利益导向机制与改善民生结合起来

借社会主义新农村建设的东风，计划生育利益导向机制建设有了更大的发展空间和更为有利政策基础。我们应该把计划生育利益导向机制与全面加强农村生产力结合起来，融入到“民生工程”建设之中。一方面，加大财政投入和保障力度，全面落实已出台的各项奖励优惠政策。进一步发挥计生公益金的效益和作用。另一方面，要设计一些与计生家庭生活密切相关的优先优惠政策，解决他们日常生活中遇到的困难，特别是医疗、就业、教育等方面的问题，提高计划生育家庭的社会地位和生活保障水平，体现社会对执行计划生育家庭的特别关爱。同时，开展生育关怀服务，探索多元关爱的长效机制，多方面共同推进生育关怀工作，使生育关怀行动成为造福于民的民心工程。

3、将计划生育优质服务与保障育龄群众合法权益结合起来

全面推进计生技术服务“二次发展”，积极构建以“县站为龙头、乡镇中心站为骨干、乡镇服务站为依托、村级服务室为基础”的总体发展格局。组织计生技术服务人员参加专业技术、服务技巧等方面的系统培训，提高服务水平和能力。继续推行避孕方法知情选择，做好选择、检查、落实、随访系列服务；全面推进婚前生殖健康服务；推广应用计划生育适宜技术，认真组织开展“十一五”国家科技支撑计划课题浙江省农村卫生适宜技术推广示范研究在安吉县的试点工作；实施出生缺陷防预，开展免费婚前医学检查、动员群众接受孕前、

孕中检查，指导合理增补福斯福和叶酸等；实施妇女生殖道疾病普查普治项目，定期送生殖健康服务到乡镇、到村；开展男性生殖健康服务，为男性提供生殖健康、优生优育等优质服务；联合教育部门，积极开展“青春期性与生殖健康”教育项目工作，开展人口文化进校园活动。

4、将开展流动人口管理服务与促进劳动力转移、开辟新农村经济发展途径结合起来

农村劳动力的产业转移和城乡流动是农村经济发展和农民收入提高的重要途径。人口计生部门要完善流动人口管理与服务体系，在“一站式”、“一证式”、“公寓式”、“旅栈式”管理和建立“民工之家”、“企业计生协会”和“流动人口计生协会”基础上，以乡镇、村为单位成立流动人口亲情驿站，动员社会各界力量加盟，围绕劳动技能培训、法律法规、避孕节育、生殖保健知识培训、法律咨询以及丰富业余文化生活、职业介绍、房屋租赁等方面，为外来人口提供免费或优惠服务。建立健全流动人口生殖健康检查、查验证、计生培训、计生核查、流动人口计生管理考核奖励等一系列流动人口管理工作制度，促进形成基础信息“一盘棋”、管理服务“一盘棋”、宣传教育“一盘棋”，为新农村建设任务的落实提供更为有利的条件。

5、将生育文明建设与新农村精神文明建设结合起来

建设社会主义新农村要积极推动群众性精神文明创建活动，引导农民崇尚科学，抵制迷信，树立先进的思想观念和良好的道德风尚，在农村形成文明向上的社会风貌。当前人口计生部门要将生育文明建设纳入农村思想道德的总体建设，使生育文明建设始终体现时代性、科学性、群众性，不断创新生育文明内容、载体。按照大宣传、大联合、出精品的工作要求，构建高品位、多层面、广覆盖的宣传格局。加大各级干部和群众的县情教育、基本国策教育、人口形势教育力度，在全社会积极营造关心支持人口计生事业的舆论环境。结合安吉“中国美丽乡村建设”，提升生育文化建设品味，特别是要按突出主题、合理规划、特色鲜明、敢于创新、注重实效的要求，建设生育文化精品园区。建设数字化宣传载体，在广播、电视开设人口计生公益广告和科普知识宣传专栏的基础上，完善人口计生公共网站，开设“网上人口学校”，开展短信宣传，把人口计生科普知识纳入村（社区）远程教育内容，开展多媒体宣传和电化教育，方便群众获取需要的计生知识和信息。

三、落实科学发展观，人口计生相关问题的思考

（一）人口计生利益导向机制完善问题

虽然国家、省、市、县都提出了要建立健全计划生育利益导向机制，但真正投入计划生育利益导向政策的资金却十分有限，现行的计划生育利益导向机制享受面不广、享受标准不高，农村部分计划生育家庭奖励扶助保障能力远远不能满足计划生育家庭对社会保障的需求，“养儿防老”等家庭保障形式仍然是当前农村人口的养老保障基础。从对计生家庭的调查情况来看，目前的利益导向机制并没有很好发挥其利益导向的作用。其次，当前推行的一些普惠政策，如卫生部门新型合作医疗制度、教育部门免费义务教育制度等政府都按人头给予补助补贴，除了补助经费远远高于计生优惠奖励扶助，不但没有体现计生家庭优先分享社会发展成果，反而是“多生孩子多得实惠、少生孩子少得实惠、不生孩子没有实惠”。另外，城镇与农村在享受计生优惠政策方面的不平衡等等，都是需要我们思考的问题。建议上级重视包括城镇、农村在内的计划生育利益导向机制的资金投入问题，让未来的利益导向机制能切实让执行计划生育政策的群众得到实惠，切实解决计划生育家庭的后顾之忧。

（二）优质服务与县、乡两级计生服务站建设问题

县、乡两级计生服务站是计生技术服务体系中的主体，是推进人口计生工作上台阶的重

要平台。从目前情况来看，计生服务站建设离计划生育优质服务的要求还有一定差距。一是基础设施建设不到位。服务站要进行规范化、标准化建设，如果没有足够的经费投入，就等于纸上谈兵。目前，国家、省、市投入基层人口计生工作的经费十分有限，服务站建设主要依靠县、乡镇两级财政承担，基础设施建设存在缩水现象。二是技术力量不够。目前，乡镇级计生服务站一般只有1—2名技术服务人员，专业技术人员明显不足，导致技术服务难以满足群众需求。国家提出到2010年底前投资拉动内需，建议上级部门抓住扩大内需的机遇，积极争取资金，加强计划生育服务体系建设。

（三）乡、村两级计生队伍建设问题

目前，乡镇计生专干存在“进出”渠道不畅的问题，好的进不来，差的出不去，后继乏人；乡镇计生服务站人员编制在乡镇，县人口计生局无权决定增加或调配乡级计生技术服务力量；村级计生服务员“县管乡聘村用”机制还不成熟，就安吉县而言，村级计生服务员第一身份是妇女主任，第二身份是村委或支委委员，第三身份才是计生服务员。由于兼职过多，从事人口计生工作的精力也难以保障。如何理顺计生队伍管理机制，提高干部素质，激发干部工作积极性是摆在我们面前急需解决的问题。建议上级一是考虑每年按一定比例从优秀村计生服务员队伍中招考乡镇计生专干；二是逐步建立专职村（社区）计生服务员队伍。

（四）生育政策与人口战略问题

人口政策是国家对人口过程进行调节、干预的手段和措施，在促进人口与经济、社会、资源、环境的协调发展和可持续发展中具有十分重要的作用。人口政策必须适应影响人口变动过程中各种因素的变化而不断调整完善。就安吉县而言，近年来每年出生人口在3600人左右，生育率十几年一直保持在1.2以下，低生育水平稳定。但从长期来看，人口老龄化开始加速;流动人口规模急剧扩大;人口对就业、再就业以及社会保障的压力增长，与生态环境、自然资源和经济社会发展的矛盾日益突出。建议上级对人口政策进行研究，进一步完善人口政策，以适应新形势和新要求。

（作者工作单位：安吉县人口和计划生育局）

关于新农村生育文化建设的思考

贾祥勤

科学发展观是新时期人口和计划生育工作的行动准则，也为新农村生育文化建设的指明了方向，提出了更高的要求。新农村生育文化建设是新时期人口计生工作的重要任务和有效载体，是根本性、基础性的工作。义乌市按照上级要求，正在逐步开展新农村生育文化建设，通过生育文化建设促进群众生育观念的转变。但是，工作中也存在诸如认识偏差、投入不到位、载体较单一等问题。

一、充分认识加强新农村生育文化建设的意义

（一）新农村生育文化建设是新农村建设的重要内容。党的十七大报告突出强调了加强文化建设，提高国家文化软实力和加强和谐文化建设的重大课题。先进生育文化是和谐文化的有机组成部分，大力弘扬新型生育文化，推进新农村生育文化，丰富了新农村文化的内涵，有助于群众思想道德和文化素质的提高，对促进乡风文明、社会和谐，促进新农村两个文明建设有积极的意义。

（二）新农村生育文化建设，是稳定农村低生育水平、统筹解决人口问题的重要举措。中央《决定》指出："人口和计划生育工作的重点、难点在农村。"能否稳定低生育水平、统筹解决人口问题，很大程度上取决于农村人口计生工作能否做好。实行计划生育，从根本上讲，是一场新型生育文化取代传统生育文化的思想革命。依靠行政干预，对违法生育对象经济处罚，不能从根本上解决问题。加强新农村生育文化建设，培育新型生育文化，通过文化的感染渗透和潜移默化，逐步转变群众的婚育观念，提高群众计划生育的自觉性，就是从根本上促进人口在数量、结构、素质上的优化，是稳定农村低生育水平和统筹解决人口问题的重要举措。

（三）新农村生育文化建设，是增强文化惠民能力，关注改善民生的有效载体。人口计生工作涉及广大群众和家庭的切身利益，是改善民生、促进社会和谐的重大事业。随着社会、经济发展，广大农民群众对自身生殖健康问题日益重视，对下一代优生优育优教愿望日益强烈，生育文化需求不断增长。加强新农村生育文化建设，为人民群众提供更多更好的公共产品和公共服务，不断满足育龄群众日益增长的新型生育文化需求，有助于民生改善、文化惠民，进而促进科学发展。

二、新农村生育文化建设的基本要求

（一）坚持规划在先。建设新农村生育文化涉及农村工作诸多方面，是一项长期的艰巨任务。要坚持规划先行，确保这项工作扎实、健康、长效开展。要按照《新农村生育文化建设实施意见》的要求，研究制定规划和实施方案。要把新农村生育文化建设融入新农村建设的总体规划之中，明确生育文化建设的目标任务，创建步骤方法，保障投入措施。

（二）坚持整合资源。新农村生育文化建设是一项复杂的系统工程，需要计生、新农办、

文化、宣传等部门的共同努力，要走结合、联合、融合之路，实现部门配合、资源共享。可与“百村示范、千村整治”工程建设相结合，与创建全面小康农村（社区）结合，与党员远程教育相结合，与送文艺下乡结合，与资源环境宣传相结合，与农民信箱等先进宣传工具相结合，与基层计生协会评估工作结合，实现多部门参与，多渠道推进。

（三）坚持因地制宜。要因地制宜建设生育文化阵地，选择合适的建设规模，对村级办公场所进行科学配置，综合利用。条件比较好的镇街，可考虑适度朝前发展，起点可以高一些，步子可以快一些。

（四）坚持聚焦重点人群。要重点关注三类人群体的宣传服务：一是农村婚前青年。二是企业中的育龄人群。三是外来外出的经商人员。

（五）坚持体现服务。阵地建设要突出服务功能，计生服务室要真正开展工作，图书角要切实发挥作用。环境建设要突出和谐统一，计生宣传牌、生育文化园都要和谐地融入新农村优美环境中去。

三、扎实推进新农村生育文化建设

新农村生育文化建设是一个广泛的概念，内容多，要求细。要按照《关于加强新农村生育文化建设促进生育文明的实施意见》，全面开展创建“新农村生育文化示范村”和评比“生育文明示范户”活动，通过创建活动，增强示范效应。

（一）高标准建设生育文化示范村。生育文化示范村是生育文化的样板，要集中时间和精力，抓紧落实，场所建设和环境建设要达到的上级规定的7有标准，即：有独立的计生办公室，配备必需的办公用品，各种档案、账册、工作记录齐全、宣传品存放有序;有计生服务室，室内有药具展示柜（橱），有温馨的宣传标语，有必要的宣传资料和避孕药具；有人口学校，有相对完备的设施与远程教育配套，定期开展相关活动；有人口计生图书室（角），有一定数量的人口理论、政策法规、优生优育、生殖健康等书籍、报刊、杂志。有宣传栏或宣传橱窗，定期开展人口计生宣传；有适宜的宣传阵地，优化美化人口计生宣传环境。有健全的制度。

（二）创特色培育生育文明示范户。新农村生育文化建设的目的是提升群众生育文化，生育文明示范户就是新型生育文化的代表，对生育文化建设起示范效应。示范户创建要因户制宜，注重特色，基本要求是：全家都能依法实行计划生育，婚育观念先进文明，勤劳致富。家中有一到二人政策法规知识丰富，能积极宣传计生政策、组织育龄群众学习生育文化知识。家庭具备开展电化教育的相应设施，有计生类图册、宣传资料以及计生便民服务箱。

（三）重实效完善利益引导机制。文化的培育，既需要宣传服务，更离不开利益引导。计划生育各项奖励、处罚措施能否落到实处，力度大不大，直接影响群众的思想观念和生育行为。要积极出台、并认真落实有利于调动群众计划生育自觉性的奖励扶助政策和处罚措施。一是要积极开展生育保险。既体现政府对计划生育群众的关怀，又减少生育群众的后顾之忧。一方面要加大财力支持，适当为生育对象减免保费。另一方面要做好宣传工作，让群众了解有关政策。通过生育保险、奖励扶助政策的落实，引导更多群众自觉实行计划生育。二是要严格规范社会抚养费征收。要严格规范征收工作，加大征收力度，提高征收率。做到征收主体、程序合法。三是要抓好现行有关奖扶政策的落实。要认真落实独生子女优惠政策、农村部分计划生育家庭奖励扶助政策、特计划生育家庭奖扶政策、计划生育家庭医疗保险等现行政策。要对镇、村两级的计划生育奖扶政策进行积极有益的探索。

（作者工作单位：义乌市计生指导站）

关于生育文明建设的思考
——以安吉县为例

华迎春

安吉县委十二届三次全会提出建设“中国美丽乡村”，计划用10年时间，把安吉县打造成为中国最美丽的乡村，使之成为继“中国竹乡”、首个“全国生态县”之后的第三张国家级名片。这一目标旨在探索建设“环境优美、生活富美、社会和美”的现代化新农村模式。2008年5月12日《人民日报》头版头条刊发了记者袁亚平采写的长篇通讯报道——《浙江省安吉县建设“中国美丽乡村”》，广为推广安吉的做法。安吉县的“中国美丽乡村”建设不仅为统筹解决农村的人口问题创造了有利条件，也为加强农村生育文明建设带来了良好机遇，对推进生育文明建设具有更为深远的影响和重大意义。

一、局部与整体——生育文明与“中国美丽乡村”建设的关系

近年来，安吉县通过大力实施统筹城乡发展战略，新农村建设成效显著。农村经济迅速发展，农民收入持续高速增长，农村基础设施日趋完善，生态人居环境显著改善，社会保障体系逐步健全，农民的思想和生活方式也发生了重大转变。安吉县新农村建设已进入一个新的发展阶段，走出了一条具有安吉特色的新农村建设之路。安吉县在打造“中国美丽乡村”规划中，确定了“村村优美、家家创业、处处和谐、人人幸福”的奋斗目标，这是与时俱进的具体体现，顺应了新农村建设新形势的需要。　生育文明是人类在漫长的发展过程中逐步形成的关于婚姻、家庭、生育、节育等活动的思想观念、价值取向、知识能力、风俗习惯、伦理道德和行为规范，是人类在生育方面的社会文明形式。我们倡导的生育文明是在长期推行计划生育、发展新型生育文化的基础上形成的，具有时代精神和进步特征的、能够代表生育文化发展方向的有关人们生育成果的反映，是社会主义精神文明的重要组成部分。新农村现代生育文明与建设“中国美丽乡村”是局部与整体的关系，二者交相辉映。生育文明的科学内涵对当前农村人口与计划生育工作提出了新的要求，而“中国美丽乡村”建设的目标正是对传统落后的农村提出的新挑战，二者在这个目标上是高度一致的。生育文明是“中国美丽乡村”建设的重要组成部分，同时“中国美丽乡村”建设又为倡导生育文明提供了平台。生育文明倡导与“中国美丽乡村”建设有着本质的必然联系，推进生育文明是实现“中国美丽乡村”的迫切要求。

二、作用与影响——生育文明是“中国美丽乡村”建设的重要环节

倡导生育文明与安吉县“中国美丽乡村”建设密不可分。同时，生育文明也是提高人口和计划生育工作水平，统筹解决人口问题，实现“中国美丽乡村”建设目标的关键环节和重要保证。

（一）生育文明是村村优美的可靠保证

村村优美既包涵了村容村貌的整洁，同时也涵盖着人们精神风貌、思想品德的健康向上。

要实现村村优美，必须在农村建立起人与人、人与自然和谐相处，经济社会协调发展的良好局面。生育文明所要倡导的正是家庭人口数量、素质与经济社会发展相协调，家庭居住环境与自然生态环境相协调，家庭成员关系相协调，男女平等、尊老爱幼、诚信正义的社会大家庭的协调；生育文明为改革传统的陈规陋习，倡导健康的生活方式，改善农村生产生活、生态条件和可持续发展提供充分的人文环境和思想保证。生育无序、人口失控，既影响村庄优美、人口与家庭的发展，又影响社会和谐、村民幸福。因此，“中国美丽乡村”建设决不能忽视生育文明建设。

（二）生育文明是家家创业的强大动力

生育文明的核心是统筹解决人口问题，人是生产力中最活跃的因素，创业要靠人去推动。从生育子女的角度讲，生育文明提倡少生优生，提高出生人口素质；从生殖健康的角度讲，少生优生、科学怀孕是孕产妇身心健康的重要保证；从农村劳动力角度讲，子女少，负担轻，以便人们把更多的精力、财力、智力用在学习新知识、接受新理念、促进发展创业实践上。倡导生育文明是促进“中国美丽乡村”建设、家家创业的强大动力，不仅有利于提高人们的文化科学素质、思想道德素质和身体素质；也有利于促进人力资源向人力资本转变，有利于为“中国美丽乡村”建设开发人力资源、改善人力资本、提升劳动者素质创造良好人口环境。

（三）生育文明是处处和谐的组成部分

生育文明要求人们在恋爱、婚姻、家庭及生育过程中按照国家法律法规的规定，遵循现代婚育思想、科学生育方法和社会道德规范，自觉履行公民合法的婚育权利和义务。因而，生育文明是处处和谐的一个重要组成部分。倡导生育文明能够为稳定低生育水平和人口、经济、社会的协调发展提供良好的人口环境。农村和谐需要良好的人口环境作保证，而创造良好的人口环境，又必须通过倡导生育文明来实现。

（四）生育文明是人人幸福的坚实基础

实现人人幸福，增加农民收入是前提，发展农村生产是根本。增收与发展，人口是保障，生育文明是基础。目前，安吉县农村正在围绕改善农民生产、生存条件，提高生活质量开展改水、改路、改电、改厕等基础设施建设，使村庄人居环境达到布局优化、道路硬化、村庄绿化、路灯亮化、卫生洁化、河道净化、环境美化和服务强化的“八化”标准，为促进人的全面发展创造更好的条件。如果农村人口问题得不到根本解决，那么家家创业为人人幸福创造的物质财富，也将被新增的人口所消耗，不利于人人幸福目标顺利实现。建设“中国美丽乡村”的基础和核心是发展农村生产力，改善农民生活。建设生育文明就是要自觉地把农村人口计生工作与发展农村经济、帮助农民群众勤劳致富，建设幸福文明家庭结合起来，加强服务体系和服务能力建设，在生产、生活和生育诸方面为农民群众提供优质服务，帮助农民群众发展生产、改善生活，使农村群众真正物质生活上宽裕，精神生活上富有。

三、建议与途径——将生育文明融入到“中国美丽乡村”建设之中

（一）坚持与创业富民相融入，在服务农村经济中夯实生育文明物质基础

只有发展农村经济、富裕农民，建设“中国美丽乡村”才有保障，建设生育文明才有基础，富民强县的目标才得以实现。把生育文明建设同创业富民行动结合起来，立足增加农民收入，大力实施“少生快富工程”和农村部分计划生育家庭奖励扶助制度，把资金向执行计划生育政策好、建设新农村积极性高的少生家庭倾斜，加大资金奖励扶助力度、优惠政策，送致富项目、送资金、送政策、送信息、送技术，提高发展生产、增收致富的能力，让少生快富的

群众成为建设“中国美丽乡村”的创业富民生力军。

（二）坚持与实现农村和谐结合，在发展社会事业中完善生育文明机制

建设生育文明的“中国美丽乡村”，既是惠民富民的系统工程，又是推动农村自身发展、统筹城乡协调发展的重大举措。要全面加快社会各项事业发展，推进农村综合改革，为建设“中国美丽乡村”提供动力和体制机制保障。完善农村合作医疗和计划生育特殊困难家庭救助制度，使育龄群众病有所医、老有所养、困有所助。加强婚前免费医学检查，实施人口出生缺陷干预。加强流动人口计划生育管理和服务，着力解决好流动人口超生问题。落实依法治村和计划生育村民自治，实行计划生育政务公开制度。

（三）坚持与村庄环境整治相融合，在改善人居环境中巩固生育文明阵地

根据浙江省人口和计划生育委员会和浙江省委、浙江省人民政府农业和农村工作领导小组办公室联合下发的《关于加强新农村生育文化建设促进生育文明的意见》要求，要在“中国美丽乡村”建设和“双十村示范双百村整治”的村庄环境整治中，不失时机地优化人口计生环境宣传。有条件的农村（社区），可结合村（居）民公园的建造，建设生育文化园区或园地，设置有关生育文化标志、长廊、实物等景观。在村（居）民委员会所在地，设置人口计生宣传窗（栏），张贴人口计生墙报。在村口路边等合适场所，布置数量合适、亮丽醒目的公益广告牌或墙头标语。规范、更新人口计生标语，体现时代精神，内容文明温馨。人口计生内容上墙要少而精，要与周边环境相协调，有利于美化农村整体环境。

（四）坚持与部门有关工作相融合，在资源共享中共同搭建生育文明平台

在“中国美丽乡村”建设中，生育文明必须走结合、联合、融合之路。要与党委宣传部门的精神文明建设结合，开展生育文明创建活动；与党的组织部门开展的党员远程教育结合，安排人口计生课程；与农业部门开设的农民信箱结合，向农民群众传送人口计生知识和信息；与农办提高农民素质工作结合，在农民教育培训中安排人口计生内容；与文化部门送文艺下乡结合，演出人口计生节目、放映人口计生影视；与卫生部门提高农民健康素质结合，传播避孕节育和生殖健康知识；与国土资源、环保部门宣传结合，联合开展人口、资源、环保知识宣传活动；与教育部门青少年教育结合，在青春期健康教育中，开展人口计生政策法规和避孕节育、生殖健康知识宣传，让生育文明走进校园。

（作者工作单位：湖州市安吉县人口和计划生育局）

承担责任 尽心呵护

——“留守儿童”问题浅析

徐爱萍

随着我国社会转型的加速和工业化、城市化进程的推进，越来越多的青壮年背起行囊走四方，他们或务工，或经商，努力打拼幸福的明天，却把子女留在了家乡。于是，社会上出现了一个特殊的群体——“留守儿童”。据全国妇联调查显示，目前全国共有农村“留守儿童”5000多万（不包括城镇留守儿童），且这个数字有继续增长的趋势。“留守儿童”特殊的生活和教育环境引发了一系列问题。

一、“留守儿童”监管现状分析

（一）隔代监管。即由祖辈抚养监管。这是最为普遍的方式。这种方式有着难以克服的问题。过于溺爱。祖辈们往往给孙辈物质上无限度的满足和生活上极度的宽容放纵，使他们在生活中成为“说一不二”的小皇帝。“代沟”明显。祖辈们往往思想观念保守，教育方法简单，而现在的孩子见识广，喜欢时尚，做事不拘一格。老人的观念与教育方法很难为孙辈接受。监管不力。老人年纪大，精力不济，健康状况往往欠佳，对孙辈的监管也就显得力不从心了。

（二）上代监管。即由父母的同辈人（叔、伯、姨、姑、舅等）监管。这种监管大多属于物质型和放任型。监管过程中，由于不是自己的子女，往往不愿或不敢严格管教。另外，这种监管形式“留守儿童”容易产生寄人篱下的感觉，会产生更强烈的叛逆性格。

（三）是自我监管。即“留守儿童”自己管自己。这种方式一般发生在年龄较大的儿童身上。父母认为孩子有能力照顾自己了，或没有其他可以托付的人等原因，就让孩子一个人生活了。

不论哪种监管方式，“留守儿童”的监管都是不如父母到位的，“留守儿童”监管现状，不能不令人担忧。

二、“留守儿童”的问题分析

由于“留守儿童”监管不力，致使他们在受教育的过程中，身心健康发展得不到保障，教育效果普遍不佳，具体表现为：

（一）行为不端。有的“留守儿童”由于缺乏有效的监管，行为缺少约束和理性的引导，再加上自制力差，辨别是非能力弱，不能正确地看待、处理问题，容易受社会不良风气的影响。这些儿童有的不听长辈的教导，或蛮横顶撞或沉默不语；有的在学校不遵守纪律，有撒谎、偷盗、打架等行为；少数“留守儿童”还迷恋游戏机，有逃学、早恋、夜不归宿等情况。

（二）性格缺陷。由于父母长期在外，家庭心理、思想教育的缺失，加之社会不良风气的影响和渗透，使得一些“留守儿童”形成了独特的个性特点，集中表现为：任性、放纵、冷漠、自卑、郁闷、敏感、孤独、胆怯等；在学校常常表现为不合群、易嫉妒、叛逆心理严重，不能与老师和同学和平共处等等。

（三）缺乏安全感。父母在外打工对“留守儿童”生活影响较为复杂，其中情感缺失问题是最严重也是最现实的问题。父母抚养比隔代抚养和上代寄养能更好地促进儿童的身心健康发展。亲情直接影响孩子的行为习惯、心理健康、人格与智力发展。留守儿童长期缺乏父母亲情的抚慰与关怀，往往情感焦虑紧张，缺乏安全感，人际交往能力较差。同时，大多数“留守儿童”表现出对家庭经济、父母健康和安全的忧虑，不希望父母常年在外打工，且年龄越大，越表现出对家庭完整和父母关怀的强烈需求，对生活的满意度逐步降低。

（四）价值观与人生观偏离。外出务工的父母由于长期不在孩子身边，内心往往会产生愧疚，会用物质的方式补偿孩子，这种方法极易造成儿童的功利主义价值观和享乐主义的人生观，缺少勤俭节约的精神。

（五）学习马虎，成绩下降。

照管小孩的亲属只管小孩的生活起居，对孩子的心理、学习和性格方面根本照顾不到。而部分外出打工的父母对子女的期望值过低或对孩子要求不高。这些潜移默化地影响了孩子，导致孩子学习上缺乏信心和动力，学习马虎，态度消极，成绩下降。

三、“留守儿童”的促长策略

“留守儿童”问题不仅影响到儿童个体发展，还影响国民素质的提高。因此，“留守儿童”问题，应当引起家长、学校、政府、社会各方面的高度重视，实施一些策略，努力促进他们的健康成长。

（一）政府出力，变“留守儿童”为“随行儿童”。

政府要完善和健全社会保障机制，即随着条件的改善，在经济发达、民工集中的地区，实行民工“市民待遇”，让夫妻双方均有相对稳定工作的民工，享有子女就地入学接受义务教育的权利。同时，要加快专门学校（如民工子弟学校）的建设。在农民工集中地区，鼓励、扶持专门对民工子女进行义务教育的社会办学，适当降低办学条件的“门槛”，并切实给予必要的政策、资金倾斜。

加大农村地区的教育投入，开办寄宿制学校。农村中小学普遍寄宿条件很差，甚至很多学校没有寄宿条件，这使得农村“留守儿童”在家庭教育缺失的情况下，学校和教师的教育功能不能有效的发挥。政府应加大对农村寄宿制学校的投入和建设力度，不断完善基础设施，尽量为双亲在外地或亲友不能有效提供完整成长环境的农村“留守儿童”提供住宿便利。让“留守儿童”在老师、同学中成长，让“留守儿童”受到更多的监督、照顾与关爱。

（二）父母要切实负起责任，给留守儿童以更多的关爱。

父母要常回家看看孩子，利用春节返乡等机会，多了解孩子在学校和家里的情况。孩子取得成绩，做了好事，应给予奖励；孩子做了错事，违反了纪律，要多引导，少训斥，使孩子体会亲情和温暖，少些寂寞无助，多些深情关爱。

要利用电话、书信等形式经常与子女进行感情交流和亲子互动，倾听子女的心声，了解他们的学习、生活情况，真正关心孩子的成长。让留守儿童感到父母虽不在身边，心却在自己身上。

要与学校和老师保持经常性的联系，随时掌握子女在校情况。要与负责照管子女的长辈和亲属明确提出要求：既要悉心关怀孩子的生活，又要严格规范其行为。

（三）学校要关爱“留守儿童”。学校要建立“留守儿童”的专门档案，针对不同情况，实行分类管理；要建立监测“留守儿童”制度，明确监测办法，整体、动态地掌握“留守儿童”

的情况；要通过举办“留守儿童”“家长学校”、召开“留守儿童”“家长会”等形式，搭建学校教育与家庭教育的桥梁；要开展丰富多彩、形式多样的活动，让“留守儿童”真正感到学校集体的温暖，弥补亲子关系缺失对其人格健全发展的消极影响；要在课程教学中加强生存教育、安全教育和法制教育，强化他们的自尊、自立、自强、自制能力；要主动积极地与社会有关部门联系，整治学校周边环境，阻断不良风气对学校、学生的影响。

（四）社会要主动监管、教育与帮助“留守儿童”。要充分发挥社区民委会、村民委员会、各级妇联、计生协会、团队等组织的作用，及时细致地了解“留守儿童”的有关情况，经常性地组织他们开展有益的社区活动，或采取结对措施等进行监管、帮助。

（作者工作单位：永康市东城街道办事处）

浅谈户籍制度改革对计划生育工作的影响及对策建议

张丽芳

2008年10月1日，嘉兴市正式实施户籍制度改革，建立按居住地登记户口的新型户籍管理制度，取消了农业户口、非农业户口分类管理模式。这一改革使得建立在“城乡二元”户籍制度上的包括计划生育政策在内的许多公共政策失去了赖以存在的基础，工作中出现了许多新情况、新问题、新矛盾，人口和计划生育工作面临严峻的挑战。

一、户籍制度改革的主要内容

（一）实行城乡户口统一登记。取消农业、非农业户口，统称为“居民户口”，户别栏统一填写为“家庭户”或“集体户”。

（二）建立城乡统一的户口迁移制度。只要符合有合法固定场所、稳定职业或生活来源就可以迁移户口。“合法固定场所”是指在城市里或农村里有自己的房子；“稳定职业或生活来源”就是在城市里被依法录用或聘用的、有稳定收入和保障的工作，或是在农村里有从事农、林、渔、养殖业等具有相应经济收入的工作。

（三）实行按居住地划分的人口统计制度。公安部门将简化户籍办理程序实施“一站式服务”。县（区、市）内迁户口，不用再迁进、迁出地两个派出所来回跑了，只要直接去迁入的派出所就可以一次性解决问题。另外，除公民姓名、出生日期、民族等项目变更、更正和城镇居民迁往农村以及疑难户口迁移由县（市、区）公安局审批外，公民的其他户口项目变更、更正和户口迁移都将由派出所直接办理。

二、户籍制度改革对计划生育工作的影响

（一）生育管理地的确定问题。人口计生统计是实行人口和计划生育科学管理和决策的一项重要基础工作。人口计生统计数据的真实与否，关系到国家人口政策和生育政策的宏观决策，也关系到各地人口和计划生育管理服务的目标导向和重点治理。

按照浙人口计生委[2008]10号文件规定的关于人口计生统计口径中，统计管理原则及界定的第一条：已依法办理结婚登记手续，或未依法办理结婚登记手续但男女双方已满法定婚龄且生育，男女双方均为农村居民的由男方户籍地统计；其他情形，一律由女方户籍地统计。如表1所示：

这就涉及到户籍性质的认定问题。户籍改革后户籍性质难以认定，也就难以确定生育管理地。

（二）生育政策的适用问题。我国的计划生育政策是一个城乡有别的政策。大部分地区对农村人口的计划生育要求相对宽松。户籍制度改革后落实计划生育政策成为难题。

（三）计划生育夫妇的优惠奖励政策问题。

1、农村宅基地等利益分配优惠的问题。《浙江省人口与计划生育条例》第四十二条规定：

表 1

双方满婚龄			男方			
			浙江省		外省	
			农业	非农业	农业	非农业
女方	浙江省	农业	男方报	女方报	我省不报	我省报
		非农业	女方报	女方报	我省报	我省报
	外省	农业	我省报	我省报	报省外流动人口出生	报省外流动人口出生
		非农业	我省不报	我省不报	报省外流动人口出生	报省外流动人口出生

农村居民持有《独生子女父母光荣证》的，在审批宅基地、村级集体经济收益分红等利益分配时，独生子女按两人计算。户籍制度改革后，原先就学回原籍户口性质为“非农业”的人员是否享受该政策土管部门没有明确规定。

2、独女户中考加分问题。嘉兴市规定父母双方为农业户口的只生育一个女孩的，孩子中考时可以享受加 3 分的优惠，但父母双方或一方已“农转城”人员（包括因城市建设被征地而农转城的居民）则不能享受该政策，这对这些由于政府干预而并非自愿的“农转城”人员是不公平的。

3、农村奖励扶助制度落实问题。农村计划生育家庭奖励扶助制度，享受对象的第一个条件就是本人及配偶均为农业户口或界定为农业户口，2009 年奖扶对象范围扩大，将因小城镇户籍制度改革中以及土地被征用转为城镇居民的对象列入了享受范围。目前奖励扶助以户改前的户口性质来确定，显然有失公平。

三、对调整计划生育工作的建议

（一）对人口计划生育工作进行适时调整。

户籍制度改革后，计生部门在再生育审批、奖扶对象资格确认等方面的难度增大，基层工作量大大增加，工作较为被动，原有的计划生育工作与其他各项社会政策不配套的矛盾日益尖锐。因此，笔者认为必须对计划生育工作进行适时的调整，以便与包括户籍制度改革在内的其它各项社会政策的变革相协调，以服从服务于我国整个现代化建设的整体发展目标。

（二）人口计划生育工作调整的构想。

1、取消以户改前户籍性质为准的界定。公安部门正逐渐失去对辖区新老居民原户籍性质的掌握，在此情况下硬性要求公安部门对居民原户籍性质进行界定，实际上是“强人所难”；另外，居民在计划生育方面的权利、责任和义务应该更多地与居民的现时情况紧密相连，而不应该过多地与其过去挂钩。

2、研究和制定城乡统一的计划生育奖励扶助政策，并最终纳入社会保障制度之中。对农村部分计划生育家庭的奖励扶助实际上仅仅是一个阶段性的政策，该政策的施行已经导致许多新的不公平问题的产生。以农村部分计划生育家庭奖励扶助为突破口，建立城乡统一的社会保障制度才是我们的最终目标。为了防止农民利益受损，并尽可能地实现社会的公正与公平，在户籍制度改革的今天，对没有纳入城市社会保障体系、不享有退休金的人员，无论是城市居民、还是农村居民，只要符合计划生育家庭奖励扶助的其他条件，都应该纳入计划生育奖励扶助的范围。

（作者工作单位：嘉善县陶庄镇计生服务站）

人口家庭服务中心信息化建设的难点分析与对策

——以金华婺城区为例

范慧玲

婺城区人口计生局、计生指导站抓住二次发展的机遇，从优质服务入手，加强信息化建设，根据《浙江省育龄妇女信息系统》、《浙江省人口信息管理系统》和《计划生育宣传技术指导站管理系统》，于2009年10月首先在五个街道及白龙桥、罗店、竹马三个乡镇实行区、镇（街道）、村实现三级信息化联网，融公安、卫生、社保为一体，构建了“人口家庭12356”信息服务平台。

一、“人口家庭12356”服务平台信息化建设现状

（一）硬件及网络建设情况。婺城区所有乡镇（街道）级计划生育部门已经开通政务网，城区五个街道下属的社区也已开通政务网，白龙桥、罗店、竹马乡镇的农村村级单位也已通过NPN方式接入政务网。全区从硬件网络建设上已经实现区、乡镇（街道）、村三级联网。

（二）软件建设情况。经过多年的信息化建设，全区已有多套计划生育管理服务软件。主要包括《浙江省育龄妇女信息系统》、《浙江省流动人口管理系统》、《计划生育宣传技术指导站管理系统》等。

（三）信息化系统特色。一是信息集中、资源共享。“人口家庭12356”软件的基础信息来源于“平台”，不需服务人员重复输入基础信息，充分体现了资源共享、流程规范、工作灵活。该系统根据不同级别的终端用户提供个性化的工作引导界面，区计生指导站、乡镇（街道）、村级工作人员只需根据系统提示完成操作，既节省了时间，又避免因疏忽遗忘重要事件。二是角色管理、灵活授权。不同的岗位，设有不同的岗位操作权限，又可以根据实际级别分配相应角色，便于统计、决策支持。由于系统通过政务网，将所有信息进行集中管理，大大方便了人口历史数据的查询和统计。

（四）服务平台功能及作用。经过三至五年的努力，婺城区人口计生局、计生指导站将在22个乡镇（街道）608个行政村（居）建立“人口家庭12356”服务平台，建成运转有序、业务精湛、信息畅通、方便群众、传播知识、促进和谐、立足婺城、面向社会、辐射周边的现代生育文明服务窗口；服务中心的建成将架设起政府与群众沟通的桥梁，让受众群体零距离享受计生优质服务，并逐步构建面向各人群的人口家庭健康平台。

二、“人口家庭12356”信息化建设面临的瓶颈及难点

（一）缺乏系统整合。由于缺乏统一领导，目前“人口家庭12356”平台建设存在着系统孤立、分散、信息共享困难，相关部门的横向信息有的仍需通过手工途径获得的情况。如卫生部门的生殖健康检查、出生、四项手术信息等；民政部门的婚姻登记信息；流动人口查环查孕信息联网查询等存在困难。同时缺乏整体规划建设，现有的到村（社区）远程教育线路难以充分利用。严重制约了“人口家庭12356”服务平台信息化建设的健康发展。

（二）专业人才紧缺。“人口家庭 12356”信息化建设涉及众多现代化科学的技术工程，需要大量的专业技术人员。但计生队伍中的人员（特别是村级服务员）普遍存在年龄偏大、文化水平偏低的状况。有待进一步改善。

（三）信息系统运作困难。在“人口家庭 12356”信息化建设过程中，虽然婺城区按照“政府主导、行业引导、企业参与”来运作，目前政府已投坐席、电脑、宽带、培训等费用70 多万元，具体由区计生指导站业务人员、乡镇（街道）计生办工作人员、村级服务员操作。但是，由于缺乏奖惩机制，工作效率不高。虽有电信部门参与辅助基础链路及光纤等投入，但没有引入其它设施服务商的加盟，导致参与面较窄，运转效率偏低。

三、“人口家庭 12356”服务平台信息建设难点对策

（一）加强领导、明确职责。首先由区政府统一成立“人口家庭 12356”信息服务平台领导小组，领导小组成员包括计生、卫生、民政、工商、公安等各部门的负责人，实行分管领导全面负责，区人口计生局、计生指导站、乡镇（街道）计生办、村计生服务员定岗、定人、定责任制。强化生殖健康档案建档、咨询服务登记、婚孕检查及随访服务同时记录，全面实现用电子档案代替以往的纸质档案，加强档案的及时更新工作。卫生、民政、工商、公安等部门要将人口信息管理系统的建设纳入整体规划之中，形成人口计生系统内部及相关部门业务系统互联业务处理的区域网络、实行信息化建设“一盘棋”，确保专人负责，定期进行信息的更新、维护、交换、共享和授权下载。

整合资源、构建共享系统时要确立领导小组的责任和分工，将职责和内容以制度的形式给予确立，避免互相推诿，沟通不畅，实现各部门之间现代化建设共享、发挥公共信息资源整合最大的效用。

（二）广泛宣传、加强培训。印制“人口家庭 12356”宣传小折页，向育龄妇女发放宣传卡片，利用 5·29、7·11 等活动分发宣传资料，公开“人口家庭 12356”咨询电话，利用广播电视加强“人口家庭 12356”等知识的宣传。派出软件工程师到区、乡（镇）、村各级基层进行培训辅导，掌握服务技能，提高业务人员水平。同时还可以通过进行考证等形式提升和拓展技术、管理人员业务知识面，形成专业的技术服务团队。也可聘请专、兼职的专业人员加入专业技术服务团队，实现“人口家庭 12356”服务平台 24 小时正常运行。

（三）加大投入、严格考评。在现有的基础上加大投入；为了使该项工作落实到位，要探索、建立有效的考核方法，利用绩效管理抓好“人口家庭 12356”信息化平台建设，并与工作人员年底的工资，奖金挂钩，与乡镇（街道）、村（居）计生评优挂钩。将其列入计生工作暗访内容，区计生局采取不打招呼的方式，随时深入服务单位和育龄妇女家中，听呼声，访民意，上下齐心紧紧围绕群众需求，推进“精细化”服务。

（作者工作单位：金华市婺城区计划生育宣传技术指导站）

舟山市实行“单独二孩”政策性分析

华　琳

一、舟山人口发展面临的问题

（一）人口结构矛盾日益尖锐

舟山人口从2000年第一次出现人口自然负增长以来，人口一直呈负增长状态，总和生育率为0.89，远低于2.1的人口更替水平。生育水平的快速下降，导致人口自身内部固有比例关系失调，四大结构性矛盾日益尖锐。

1、劳动年龄人口日趋老化。16–44岁青年劳动年龄人口比重不断下降、日趋老化，1990年、2000年、2007年16–44岁青年劳动年龄人口分别为54.76万人、52.79万人、43.31万人，占总人口的56.10%、52.72%、44.82%，劳动年龄人口绝对数在90年代初期达到峰值后，比重直线下降，人力资本总体活力衰退，影响经济发展和技术进步。

2、被抚养人口结构失衡。每100名劳动年龄人口对应的抚养人口从1990年的50人下降到2007年的44.81人左右。这是由于老龄化程度较高，少年儿童占总人口的比例下降所致。从被抚养人口内部结构来看，老龄人口比重过大。目前全市人口结构已严重偏离“少儿人口比重20%左右、老年人口比重15%左右、老少比0.70左右”这一人口自然转变的西方发达国家的经验数据。未来一个时期，舟山市人口年龄金字塔将呈现少儿人口快速减少、劳动年龄人口渐次下降、老年人口持续增长的“蘑菇云”状态。

3、孩次结构畸形。80年代中期前，舟山市二孩占25%–30%之间，90年代初期二孩率逐年下降，90年末开始，二孩率逐年快速下降，至21世纪开始孩次结构呈现一孩占94%多、二孩占5%多、一二孩几乎100%的孩次结构，是一个“断崖式”的脆弱、非正态分布的结构，为家庭埋下了结构缺损、代际结构失常等隐患。

4、家庭代际比例失调。现行生育政策对未来家庭代际结构起着很大的影响作用，其中“四二一”家庭广为社会关注。但准确测算未来社会中“四二一”家庭极其困难。实际上，类似“四二一”家庭，以双方独生子女或一方独生子女组成、上有较多高龄老人需要照顾，同时还需要抚养下一代的家庭更为普遍。这些家庭困难程度虽低于“四二一”家庭，但问题的性质是相同的。

（二）独生子女家庭弊端日益暴露

随着独生子女家庭逐渐增多，部分独生子女家庭沦为特殊的弱势群体，主要是独生子女严重伤残或死亡导致家庭结构缺损和因病致贫的独生子女贫困家庭。调查显示，截止2007年，舟山市独生子女死亡、伤残共821户家庭，虽然所占比重不大，但对这些家庭带来的却是无法弥补的伤痛，生活境况非常凄惨。不断膨大的独生子女家庭所承担的风险，不仅仅包括上述已经暴露的家庭结构缺损风险、家庭养老风险，还包括不被注意的独生子女自身成材风险、婚姻风险，以及逐渐显现的独生子女为主体的社会发展风险、国防风险等。

（三）现行生育政策与群众生育意愿矛盾

虽然目前舟山市的计划生育达 98% 以上，70% 以上的夫妇放弃二孩生育指标，现行的生育政策也可以满足 40% 左右的群众可以生育二个孩子，看似群众的生育意愿不强烈，但其实有部分群众基本合理的生育需求长期被压抑，主要表现为“想生的不允许生，符合政策生的不想生”现象。根据全省上半年在浙北地区进行的生育意愿调查显示，如果政策允许，50% 左右的夫妇愿意生育第二胎。

此外，在相同情况下，只生一孩夫妇的生育意愿未能得到尊重问题（意外怀孕与流、引产风险与强度），比已生二孩夫妇严重得多。网民热议现行生育政策，也从一个侧面反映了广大群众的需要。

二、舟山市实行“单独二孩”政策分析

（一）有利于改善人口结构。一是兼顾稳定低生育水平和人口结构优化双重功能。在人口增量 3.6 万左右（未考虑存量）、对 100 万总人口规模影响不大的情况下，改善舟山市二十年后的工作人口与非工作人口比例的严重失调，降低老年人口，提高少儿人口比重，避免了最差结果的出现，为应对未来最困难时期提供新生的人力资源保证。这一政策越早实施，优化结构的作用越大。

二是兼顾了国家总和生育率总体规划控制目标和群众合理生育意愿。实施这一政策，可在不突破国家总体规划控制目标 1.8 左右的前提下，政策性二孩总受益面可扩大到 80% 左右。“单独二孩”政策的主要受益面一是占总人口 40% 以上的城镇居民中的单独家庭，二是占总人口 30% 左右的生育一男孩的双农单独家庭。目前每年初婚的单独家庭和双独家庭约占全市的 60% 以上。

三是兼顾眼前利益和长远利益。一方面，既可促进当前就业，又减轻未来几十年的养老负担。同时也可以刺激当前的乳品、纺织、服装、玩具、家政、幼儿教育、游乐等行业发展，增加就业，避免出现两头沉的不利局面。另一方面，实施单独政策，具有很强的承上启下的作用，可为后续完善政策提供重要的基础和保障。及时实施“单独”政策，是立足现在、继承过去、开创未来，统筹考虑国家、群众眼前利益和长远利益，贯彻科学发展观与构建和谐社会的多赢之举、德政善举。

（二）低生育水平继续得到稳定。一是从人口增量看，“单独”政策实施后到 2030 年人口总量高峰到来时，理论预测可累计增加 3.6 万人左右，占近 100 万总人口的比重很小，总体影响不大。事实上，由于舟山市低生育水平持续时间更久，放弃生育二孩不断增加，放弃二孩生育指标的比例占 74.57%。实际上，受到现实各种情况的制约，群众预期生育子女数往往无法转化为实际生育水平，不会对舟山市总人口控制目标和经济发展目标产生不利影响。

二是国家试点生育二孩地区二十多年的实践表明，即使政策允许，开始局面或许出现些许失序，但很快进入平稳发展轨道。加之完善政策不是由无到有的问题，而是允许生育二孩对象由 55% 左右进一步提高到 80% 左右，即量上的进一步增加。同时，近三十年的经济社会文化大发展，为“单独”政策的实施、平衡过渡奠定了坚实的基础和强大的保障，不会造成人口增长失控。

三是继续执行从紧的生育政策无法有效缓干群矛盾。实施“单独”政策，能够主动、有效化解人口计生领域历史积累下来一系列的重大矛盾，防患于未然。

（三）符合群众的愿望。实施“单独”政策后，政策性二孩的受益面将提高到 80% 左右，

基本满足群众的生育需求，从而实现计划生育工作建立在“合情合理、群众拥护、干部好做工作”基础之上。同时，可集中有限财力，更好地对独生子女家庭进行奖励和帮扶，以有利于这些家庭的理解与支持。

（作者工作单位：舟山市人口和计划生育委员会）

论计划生育协会在村民自治中的作用

屠敏娟

一、计划生育协会的主要职能和作用

计划生育协会本着全心全意为人民服务的宗旨，发动会员在控制人口增长，提高人口质量，实行计划生育中起带头作用；向群众宣传人口理论、宣传国家计划生育方针政策和法律法规，传播计划生育和生殖健康等科学技术知识；协助社会力量，向群众提供生产、生活、生育服务，发展人口福利事业，帮助群众解决实行计划生育的实际困难和后顾之忧；履行民主参与和民主监督职能，反映群众的意愿与要求，维护群众的合法权益。

计划生育协会作为计划生育的群众团体，又是实现计划生育管理职能转变，深入开展计划生育优质服务的有效载体。通过这一群众组织，使计划生育优质服务有效地在基层开展。

实行村民自治民主管理是社会主义市场经济条件下民主管理的新机制，也是社会主义制度下人民当家作主、管理国家和社会不可动摇的政治原则，是建设社会主义民主的奋斗目标之一。

二、计划生育协会工作中存在的突出问题

(一)宣传不到位。基层协会尚未获得群众的普遍认可，群众对计生协会仍然感到比较陌生。

(二)一些领导对协会工作的重要性认识不足。长期以来，一些地方协会工作得不到应有的重视。一些村级协会形同虚设，长年不开展活动，群众对协会的知晓率很低。“协会的凝聚力在于服务，生命力在于活动”，而目前的协会大部分既缺少凝聚力，也缺少生命力。

(三)没有相应的办公经费，无法独立自主地开展工作。许多工作虽然已经安排，但却不能按计划实施。

三、建议和对策

(一)必须建立一支高素质的协会队伍

“政治路线确定之后，干部就是决定因素”。要切实发挥计划生育协会在村民自治民主管理中的作用，必须提高协会骨干的素质与修养以及协会会员的整体素质。

1. 要政治思想素质，一要有无私奉献、全心全意为人民服务的精神，二要有正确掌握和坚决维护政府政策的观念，三要有认真负责、满腔热情的工作态度，四要有坚持原则、实事求是的价值观。

2. 是要提高骨干的业务素质，要有真才实学和实际的工作能力。如掌握党的群众路线等相关理论知识；掌握有关人口与计划生育科学知识；具备一定的法律知识；具备一定的生产致富知识。

3. 提高骨干的心理素质。心理素质是工作能力的精神源泉，有了良好的心理素质，才能克服工作中遇到的各种困难，正视各种挫折，始终保持旺盛顽强的工作热情。

要通过“村级人口学校”、“会员之家”等平台，利用农闲节假日和会员小组活动时间对广大协会会员进行计划生育政策法规、避孕措施、优生优育优教、妇幼保健科学知识等各种知识的宣传与培训，以切实提高协会会员的整体素质。

（二）参与党政组织对计划生育工作的重大决策

计生协会应从实际出发，按照既维护全国人民整体利益又充分发展和维护当地育龄群众利益的原则，参与政府关于人口与发展的基本战略、人口与计划生育方案的制定与实施，参与计划生育法规和规范性文件的制定工作。参与政府制定人口规划和人口计划的工作。参与政府计划生育政策的研究和制定工作。参与政府制定计划生育工作计划。参与计划生育执法检查工作。向党政机关、人大反映自己的意见。积极贯彻执行计生工作并适时提出修改、完善的建议，从而真正发挥计生协会的桥梁和纽带作用。

（三）在组织群众“自我教育、自我管理、自我服务”上下功夫

计生协会要本着“凡是群众需要的，政府一时顾及不到的，协会又有能力做到的，要积极配合，主动做好”的精神，帮助群众解决实际困难，努力成为“群众的贴心人，政府的好帮手”。协会骨干通过手机短信为育龄妇女发送生殖保健知识，对外来妇女建立以房管人、建卡立档、一站式服务、跟踪回访的工作机制。注重育龄妇女疾病检查预防，设置计划生育服务室、姐妹谈心室等配套设施服务于育龄群众。对于未婚青年，组织相关的培训活动，丰富他们的计生知识，提升他们的自身素养，提高他们实行计划生育的自觉性。同时，广泛组织、发动群众参与计划生育工作，积极推进计划生育村民自治。

（四）积极推进“优生两免”工程，在“生殖保健、避孕节育”上做文章

“优生两免”是落实科学发展观的一项实实在在的惠民政策，计生协会可以利用自己的优势——广大会员和育龄群众在日常生活和劳动中朝夕与共，无论是茶余饭后还是房前屋后，通过拉家常、闲谈等方式向她们宣传优生两免、优生优育、避孕节育、妇幼保健等知识，帮助育龄群众了解计生政策，理解计生工作。

（五）参与并监督人口统计工作

基层协会对群众的生育情况比较了解，又有广大会员可以协助政府做好统计工作，协会要协助人口统计工作，减少或防止在统计工作中弄虚作假、虚报漏报等现象的产生，保证做到摸实情、讲实话、报实数。

（作者工作单位：桐乡市洲泉镇屈家浜村）

关于计生协会在群众工作中的实践与思考

朱利学

计划生育协会是由热心计划生育事业的广大志愿者和育龄群众中自觉实行计划生育的积极分子所组成的，是协助政府动员广大群众参与计划生育工作的一种很好的组织形式，是党和政府联系广大育龄群众的桥梁和纽带。如何在新的形势下做好基层计划生育协会工作，使其发挥应有的作用，是各级计生协近几年来不断思考、探索的问题。

一、计生协的优势和工作成效

（一）发挥人本优势、创新服务形式

开展“十上门”服务，帮助群众解决生产、生活、生育方面的困难，发挥了会员“五大职能”之的服务作用。

“十上门”：对未婚青年上门宣传婚姻法；对新婚夫妇上门宣传计生方针政策，宣传“优生两免”政策；对怀孕妇女上门宣传优生优育和围产期保健知识；对领取独生子女证的夫妇上门宣传优育优教知识和开展避孕方法知情选择；对再生育夫妇上门宣传再生育政策，动员落实长效节育措施；对使用药具夫妇上门送药，进行科学指导和跟踪随访；对当年落实四项手术夫妇上门随访，咨询术后情况，告之术后注意事项，并实行跟踪随访服务；对外出打工育龄人群，上门宣传流动人口计生政策，对已婚夫妇了解落实节育措施情况；对实行计划生育的夫妇上门传递科学技术信息，宣传计生优先优惠政策；对独生子女困难家庭上门送温暖，补助计生公益金。

（二）发挥阵地优势、创新宣传内容

街道计生协会充分发挥宣传阵地优势，在村级人口学校、会员之家、特色生育文化户开展集中式与个性化宣传教育，发挥了协会“五大职能”之一的宣传作用。

凤鸣街道在14个行政村分别开设了村级人口学校，成立了村级协会会员之家，组织会员与群众学习和开展培训。开展特色文化示范户宣传活动，积极建设社会主义新型生育文化。利用群众喜闻乐见的形式，自编自演文艺节目，寓教于乐，让群众在潜移默化中受到启发和教育。并且积极开展婚育新风进万家活动，组织群众争当“文明户”、“会员之星”。增强了协会的号召力和凝聚力，为人口与计划生育创造一个良好的舆论氛围。

（三）发挥载体优势、创新协会项目

坚持计划生育与发展经济、帮助群众勤劳致富、建设文明幸福家庭相结合，以新家庭计划“少生快富”项目为平台、切入点，让广大协会会员参与项目建设，提高协会工作的实效，体现协会工作的特色，发挥了协会“五大职能”之一的带头、交流作用。

2007年，街道合星村“有机无公害杭白菊园区”被列为省级“少生快富”项目，全村80%的协会会员和群众参与到此项目中来。村协会引导菊农与嘉兴市农业龙头企业同新食品有限公司“联姻”，把企业中先进的菊花种植管理技术引入菊花种植中，依靠企业的技术与

管理，大大提高了菊花的质量与价格，增加了农户收入。西牛桥村家禽养殖基地、新农村家禽养殖基地等项目，协会会员都发挥了巨大的作用，协会半数以上人员参与其中，取得了社会与经济效益的双丰收。在提高了广大计生家庭的经济收入的同时；增强了协会的凝聚力和生命力，推动了人口计生工作。

（四）发挥资源优势，创新计划生育村民自治

发放计划生育村民自治《章程》；将“计生公约”、计生村民“十要十不要”、计生民主评议制度、职责、村民自治“六登门”“六服务”制度上墙，实现职责制度亮化。发挥了协会“五大职能”之的监督作用。

规范台帐资料，建立长效管理机制，将计生村民自治的章程、公约、工作规划、组织网络、民主管理制度等一一归纳起来，规范了一套合法、科学的自治工作台帐资料。建立了经常性的工作机制，定期召开协会代表大会、村民自治民主评议会、监督小组会，实现村级计生工作制度化、规范化、经常化，有力推动了基层民主建设的进程。

二、协会工作的不足

（一）宣传力度还不够。

少数协会干部业务不熟，不知如何开展协会宣传活动。

（二）少数协会没有很好开展活动。

少数协会不经常、不主动，个别基层协会一年只开展一次活动，缺乏应有的凝聚力、吸引力。

（三）部分协会干部创新意识开展不强。

一些会员在帮扶、服务项目上缺乏创造性。

（四）民主监督没落到实处。

一些村民主参与和民主监督还没有真正落到实处，个别村对于计生民主评议只留于形式，群众参与计划生育自治不够广泛。

三、对策、建议

（一）加强领导重视。

要把协会工作当作一把手工程来抓，多投入精力、感情、资金，支持协会更好地开展工作。狠抓协会的组织建设，要不断优化协会组织形式，优化队伍人员结构，吸收一些年富力强、有奉献精神、会技术、能致富的能人加入协会，提高协会的整体素质和帮扶能力。

（二）加强民主管理、民主参与，打造“民主计生”。

计划生育村民自治“民主决策、民主管理、民主监督”构建了村级计划生育协会民主管理新机制，要实现“民主计生”，必须有广大群众参与，要立足群众所需，把计划生育、生殖健康服务与群众的生产生活紧密结合起来，把帮助解决群众生产生活、生育节育中的急事难事交由群众自已讨论决策，搭建起一个“政府诚信、群众守信、邻里互信”的协会平台，形成“协会运作、生育联管、信息联通、服务联动、经济联帮、新风联传”的生育文明工作格局。

（三）加大计生协会宣传力度。

要进一步宣传计生协的性质、作用、任务、工作方式，并选择基层计生协会先进事迹和典型经验做好宣传，为计生协开展工作营造良好的舆论环境。

四、务实基础工作，加强培训，提高会员素质，创新服务形式。

协会工作的重点要放在基层，服务群众。“十一五”规划纲要指出，要按照生产发展、生活宽裕、乡风文明、村容整洁、管理民主的要求，扎实稳步推进新农村建设，计生协会要发挥建设社会主义新农村主力军作用，选择好活动载体，开展有创意、有特色、有实效的活动，优化计划生育服务，提高群众满意度，为构建和谐新农村做出应有贡献。

（作者工作单位：桐乡市凤鸣街道计生服务站）

浅析当前农村违法生育的成因及对策

——以桐乡市石门镇为例

俞国莹

一、当前农村违法生育的成因

（一）流动人口长期外出，去向不明

2004年至2009年，桐乡市石门镇共违法生育19例，其中流出人口违法生育15例，占违法生育的78.95%。我们在对全镇19个村（社区）外出未婚女青年调查发现，18—22周岁外出打工的女青年有166人，因情况不明等原因被列为“高危对象”的就有13人。外出已婚育龄妇女有的虽然办理了“流动人口婚育证明”，但长期失去音讯，一些人计划外出生难以避免。

（二）离婚率、再婚率升高

据统计，石门镇2009年离婚87对，再婚133人，比2004年分别增加了78对和122人，增加的幅度较大，给计划生育工作带来不小冲击。虽说嘉兴市对特批生育放宽了条件，但再婚夫妇中还有一些人是不符合再生育条件,政策与这部分人想要一个“感情孩”的愿望有距离。另外，一些非法同居情况也成为计划外生育的一个重要因素。

（三）婚姻关系日趋复杂

一是随着城乡差别的缩小，过去“农嫁农、非嫁非”的婚配格式早已被打破。这给当地的二胎审批和政策统计带来了不少麻烦。二是跨省婚姻已不仅仅局限于女青年，外省的男青年到本地“做上门女婿”也日益增多。这是外来小伙子大多未到法定年龄，非法同居后，由于避孕意识淡薄，一年内做一、两次人流已是“家常便饭”，致使女方多次意外妊娠后不再愿意采取补救措施。三是“老夫少妻”现象逐年增多，女方为“稳坐江山”而非法生育的情况也时有出现。

（四）“人户分离”

石门镇“人户分离”现象十分严重，且情况相当复杂，给当前的计划生育管理服务工作带来诸多困难和问题。

全镇已婚育龄妇女11452人，“人户分离”的已婚妇女有768人，占已婚育龄妇女总数的6.71%,并呈现不断扩大的趋势。分析“人户分离”原因,一是征地等原因造成“有户无人”现象。因拆迁补偿款是按户口分摊，所以导致女青年外嫁后户口不迁移的情况长期存在。在对18个村进行摸底发现，外嫁后户口不迁移的“空挂户”有112人。虽然，镇计生办曾把她们陆续“委托移交”给嫁入地，但婚嫁地能接受管理的寥寥无几，在计生服务和管理上造成了“断层”。二是女方离婚后，户口仍挂在前夫的所在地，而本人却不知去向；再就是外来女落户后又离家出走的“空挂户”。据统计石门镇这类“空挂户”外来女有101名。这些“有户无人”的外来女，成了计生管理的真正“盲区”。三是进城购房后造成人户分离。

（五）生活富裕，违法生育愿望抬头

石门镇今年出现的两例无计划生育就是当地的“小老板”、“男孩户”超生。他们都表示愿意缴纳社会抚养费。最近，我们对30名“富人”调查发觉，“交点钱，再生个小孩”的想法竟占了93.5%。“儿女双全”、“男孩情结”以及“富人”想再生育的现象，给计生工作带来了新的难题，和对人口计生工作造成了冲击。

（六）工作手段弱化的影响

随着计划生育依法行政、服务水平不断加强和提高，从某个角度看，工作手段有所弱化。面对部分逃避、抵制计划生育工作的对象，没有有力的对策措施，从而造成计划生育工作被动。

（七）计划生育行政执法难

近几年来，石门镇社会抚养费征收到位率大幅度提高，但与法规、条例规定相比还有一定的差距，存在穷的无法征收、富的征不足现象，群众依法交纳社会抚养费意识不强。一些群众不配合计生部门调查取证，甚至编理由、提条件，有意拖欠，出现调查难、取证难、执行难的“三难”现象。这一情况也是造成违法生育的一个重要原因。

（八）部门配合协调不够

相关部门配合、协调不够，这些使得一些有违法生育意愿的人有空子可钻。

二、措施与对策

（一）进一步加大政策宣传力度

搞好宣传是做好一切工作的先导，营造良好的舆论氛围有利于工作的推进。当前，《人口与计划生育法》和相关人口与计生法规的实施，新的计生政策不断出现，群众对这些新的政策、法规不是很了解，断章取义，从而导致我们的计划生育工作进展不顺，出现许多新的难题。因此，我们要根据不同情况，采取群众喜闻乐见的形式，开展多种活动，广泛宣传相关计生政策和法律法规，让广大群众了解、把握政策，自觉遵守政策。

（二）进一步加大执法力度，做好社会抚费征收工作

必须通力协作，突破重点，加重处罚，做到发现一例处理一例，决不留死角，真正达到查出一案、震慑一片的效果。对富人要依法按照《条例》，仔细核对收入，足额征收；对穷人不能一次性结清的，分期征收，并签好分期缴纳承诺书；对一般人，坚决按规定一次性罚到位。要坚持综合治理原则，在重视法治的同时，采取组织的、纪律的、行政的、经济的等综合措施，确保征收工作顺利开展；对党员干部、名人、富人及其子女违反计划生育政策的，要坚持按标准征收社会抚养费，造成恶劣影响的，依法依纪从严惩处。

（三）改革现行计划生育管理模式

在建立健全“双向管理、双向考核”运行机制以及明确户籍地和现居住地责任的基础上，重点强化现居住地的管理服务措施。

（四）做好人户分离育龄妇女的管理工作

户口所在地要及时掌握“有户无人”育龄妇女的动向，尽可能把计划生育工作做在其离开之前，督促落实避孕节育措施，并与其建立联系制度。同时建全人户分离情况信息交换平台和委托移交管理制度，加强户籍地和现居住地信息联系，最大限度地减少管理服务中的盲点。

（五）加强部门配合，形成齐抓共管

一是要完善户籍管理制度，新生儿入户时必须凭计生部门出具的《生育服务证》或征收社会抚养费终结书方可办理；二是卫生部门在接收孕妇服检和分娩时必须查验是否持有《生

育服务证》;加大对医疗机构的督查，对擅自为育龄妇女实施解除节育措施手术的，坚决予以打击。

(六)拓展管理与服务的领域

加大对未婚男女青年避孕知识的宣传和普及力度，把孕前、孕期管理和服务工作从已婚育龄群众扩大延伸到未婚育龄人群中。培养未婚青年健康的心理和良好的性道德责任意识，引导未婚青年树立正确的婚恋观、价值观和人生观。同时，加强在校学生国情国策和青春期性健康知识教育，进一步拓宽宣传教育面。

(作者工作单位;桐乡市石门镇计生服务站)

浅析基层计划生育执法存在的问题及对策

邱聪菊

随着人口和计划生育工作的不断深入发展，基层计划生育执法实践中新问题和矛盾也不断显现，在执行过程中存在着诸多不容忽视的问题，使新时期计划生育执法工作面临新的机遇和挑战。

一、违法生育执法难现状和原因分析

农村违法生育数量虽然逐渐减少，但处理难度却在增大，主要表现为“五难”：一是农村流动人口违法生育难发现。二是违法生育处理难取证。三是违法生育处理难。四是社会抚养费征收兑现难。五是社会抚养费执行难。

计划生育执法实践中存在的问题，总的来说，一是少数人法制观念淡薄，认为多生孩子最多罚款了事，反正关不了监，判不了刑，因此想方设法违法生育和逃避处罚；二是一些计生干部怕得罪人，对违法生育不愿管，不敢管；三是一些地方流动人口计划生育管理出现空档，户籍地和居住地管理脱节，让违法生育者有空子可钻；四是有的计生执法人员素质不高，方法不多，瞻前顾后，不能大胆、有效地运用法律武器，对违法生育进行处理；五是综合治理计划生育的格局还未完全形成，配套措施还不够有力，加之地区间计生工作力度和要求的差异，让违法生育者有机可乘；六是申请人民法院强制执行，容易使一些违法生育者因超过执行时效期而逍遥法外；七是计划生育的法律、法规还有待完善。

二、计划生育执法存在的问题

（一）在宣传上缺乏针对性。随着“一法二规二条例”（《中华人民共和国人口与计划生育法》、国务院《社会抚养费征收管理办法》、《流动人口计划生育管理办法》、《计划生育技术服务管理条例》、《浙江省人口与计划生育条例》）等法规的实施，群众通过各种渠道对相关法律、法规有所了解。但是由于在平时的宣传工作中缺乏针对性，绝大多数群众对违反计生政策、又拒不缴纳社会扶养费应承担的法律后果知之甚少。

（二）认识存在片面性。主要有三种错误认识：一是“无作为论”。认为计生部门是查清事实，下达征收决定书，而真正执法还要靠人民法院；二是“无办法论”。认为以人口与计划生育法为代表的“一法二规二条例”束缚了计生干部的手脚，工作不能很好展开；三是管理弱化论。一些同志片面地认为依法行政是计生管理弱化，思想上产生了畏难情绪。这些片面认识直接影响了一些计生干部的工作力度。

（三）执法存在随意性。一是部分干部，特别是一些基层的领导干部认为抓依法行政是软任务，既看不见又摸不着，结果是“说起来重要，干起来次要，忙起来不要”；二是面对存在的问题和困难，不是真抓实干、锐意改革，而是存在“法外特权”思想，希望以言代法、以权代法来解决。主要表现为不严格按照执法程序、不依据法律规定的征收数额进行征收。

（四）部门配合缺乏协同性。计划生育依法管理工作不是计划生育一个部门的事，涉及到公、检、法、司等各个部门，尤其需要县级人民法院在计划生育非诉讼案件中的配合。但在实际工作中，由于县级计生部门在与人民法院相互配合上缺乏协同性，计划生育行政部门向人民法院申请强制执行的许多案件却往往得不到较好落实。

三、解决基层计划生育执法难的对策

“有法可依，有法必依，执法必严，违法必究”是法制社会的基本要求。随着计划生育工作的深入开展，必须建立健全“依法管理、村（居）民自治、优质服务、政策推动，综合治理”的计划生育工作新机制。针对基层计划生育执法存在的问题，必须严肃对待，寻求对策，全面推进计划生育依法管理进程。

（一）强化宣传，营造依法管理氛围。一是要坚持用“三个代表”重要思想、科学发展观统领人口和计划生育工作的认识，真正把人口和计划生育工作转到以人为本、科学发展的轨道上来。二是要开展政策法规宣传教育。要继续加大力度，采取多种形式，广泛深入地宣传“一法二规二条例”，紧密结合实际，把宣传教育作为推进计划生育工作水平的根本性措施予以深化和加强。三是要加强人口和计划生育理论学习和培训。提高党政领导干部和计划生育工作者对人口和计划生育工作的长期性、艰巨性、复杂性的认识，克服盲目乐观、麻痹松懈情绪。四是要注重宣传效果。要以传播新的婚育观念、计划生育法制观念和计划生育科学知识为重点，充分利用广播、影视、报刊、网络等大众传媒，开展计划生育宣传教育，推动群众性的人口与计划生育文化艺术创作和演出活动。在宣传上树立精品意识，提高宣传品的质量和文化品位，形成新时期人口与计划生育宣传的系统框架。

（二）规范程序，推进政府职能转变和管理创新，确保执法到位。一是转变政府职能，创新行政管理手段，强化间接管理和事后监督，充分发挥行政规划、行政指导、行政合同以及行政奖励等的作用。二是要规范和完善人口和计划生育政务公开的内容、程序、形式和监督保障措施，健全基层计划生育办公室、服务站（所）公开办事制度，增强人口和计划生育工作的透明度，建立投诉接待窗口。三是要深入贯彻行政许可法，继续清理行政许可项目和实施机关，规范行政许可行为，完善相关配套制度；进一步简化再生育审批程序，探索高效、便民的审批方式和计划生育证件发放形式，改变以批代管、只批不管等重审批轻服务的做法。四是要加大执法力度，依法严肃查处违反计划生育案件，切实解决计划生育执法难问题，依法、及时、准确、公正地处理各类计划生育案件。

（三）建立健全计划生育执法工作机制。一是建立健全全面贯彻落实现行的计划生育政策，特别是“一法二规二条例”等法律法规的工作机制，把人口和计划生育工作全面纳入依法管理的轨道。要按照社会主义法治国家的基本要求，用法律法规规范公民的婚姻生育行为、计划生育行政行为，生殖健康技术服务行为，尊重人民群众作为计划生育主人的地位，保护人民群众的合法权益。二是要下大力气推进依法行政。将计划生育行政管理纳入依法管理的轨道，并将依法管理的所有工作进行科学分工，将任务落实到各个执法机构，确定工作目标，形成集中领导、分工负责、综合运作的格局，保证计生工作的各个领域都能实行依法管理，要在强化计划生育依法管理上取得新成效。三是要制定一套完善的依法管理责任制和目标管理责任制，严格职责，实行错案追究。四是必须建立有效的执法监督机制。采取党的监督、人大监督、司法监督、群众监督、舆论监督等多种形式，对政府和计生行政机关所制定的计生法规、意见、决定、规则等是否合法进行监督，对计划生育实行行政机关工作人员是否遵守国家法律、职业道德等进行监督。

（四）优化队伍，提高计生执法水平。法制机构工作人员要加强能力建设，增强开拓进取精神，为人口和计划生育行政决策、处理矛盾、解决难题出谋划策，提供服务。各级人口和计划生育部门要重视和加强法制机构和队伍建设，为他们开展工作提供支持。二是要优化人员结构，在人事机构改革中，采取考试、公开选拔、竞争上岗等措施，使计生执法队伍人员的知识结构、年龄结构不断得以优化。三是加强经常性的监督考核，要形成计生执法工作者提高执法素质的监督激励机制。

（五）努力解决好农村违法生育处理难问题。农村违法生育处理难的问题，不仅严重影响我国农村人口快速增长的控制，影响我国计划生育各项方针政策的落实和各项目标任务的实现，而且还将严重影响计划生育法规和政策的严肃性和权威性，必须采取以下措施加以防范和解决：一要抓“本”治“根”。大力发展农村经济，努力改善农民的生存、生产、生活和生育环境，为根治农村违法生育，解决违法生育处理难的问题奠定坚实的物质基础，从生产手段和物质基础上彻底解决“养儿好防老、人多好种田”的传统习俗。二要切实抓好农民道德教育，推进精神文明建设，普及婚育新风，形成以德治育的氛围。三要切实抓好农村计生基层基础工作，发挥计划生育村民自治的作用，做好农村计划生育经常性工作，切实加强流动人口计生管理，填补空挡和漏洞，掌握育龄群众的生育心理和信息，对违法生育者早教育、早发现、早解决，从而最大限度地减少农村违法生育的行为。

（六）加强配合，形成各部门综合治理的工作格局。人口与计生工作是个全社会的事业，需要各个部门的支持和配合，而依法管理更是如此，尤其需要公安、检察、法院、司法等部门的保驾护航。对故意殴打、围攻、谩骂、威胁计生干部执法的严重事件，公安机关应加大打击力度，保护计划生育行政执法人员的人身安全，维护正常的计生工作秩序。对计划生育行政部门依法申请强制执行的非诉讼案件，人民法院应充分发挥法律赋予的执行权，用足用好手中的权力，保证每个案件执行到位。

（作者工作单位：景宁县九龙乡政府）

关于新农村精神文明建设的对策与思考

林妙娟

党的十六届五中全会《决议》指出"建设社会主义新农村是我国现代化进程中的重大历史任务，要按照生产发展、生活宽裕、乡风文明、村容整洁、管理民主的要求，坚持从实际出发，尊重农民意愿，扎实稳定推进新农村建设"。精神文明建设是新农村建设重要内容之一，本文根据丽水山区实际，就如何更好地加强农村精神文明创建作些思考。

一、丽水农村精神文明建设的现状与问题

丽水是一个集山区、老区、边区为一体的地区，近年来，市委市政府按照"生态立市、绿色兴市、工业强市"的发展战略，在集中精力推动经济跨越式发展的同时，齐心协力抓好精神文明建设，取得了长足的进步，不断优化全市经济和人民生活环境，促进了经济社会协调发展。但由于基础薄弱，受经济条件、创建机制等因素的影响，精神文明建设工作还存在许多不足，主要表现在以下几个方面。

（一）文明状况相对落后。贫困山区农民陈旧的思想观念、落后的思维方式和现代社会格格不入。具体表现为：不思进取，故步自封，缺乏市场经济条件下的竞争意识，只顾当前利益；组织观念不强，文化程度低，小集团，小家族观念严重等等。并且农村精神文化生活十分缺乏，农民在封闭的环境条件下，无法接受新思想、新观念。

（二）道德有所滑坡。主要是诚信缺失，信用危机。一方面表现为居民与本群体外的人或群体一旦发生利害关系，敌对情绪严重，并经常发展为群体间的冲突。不能很好地对自己的利益进行合理合法的界定，缺乏对他人或正式组织应有的信任。另一方面表现为居民之间缺乏信任，经常发生群体内的利益冲突。此外，一些农村爱国守法、尊老爱幼、邻里互助、勤俭自强等传统美德也有所弱化。

（三）生活方式落后，居住环境差。生产和生活交织在一起，没有明显的生活功能区，吃、住都不太讲卫生，精神文化生活十分缺乏，有的居民甚至沉迷于赌博和搞迷信活动。

环境差表现为：一是虽然丽水有得天独厚的自然生态环境，但由于管理没跟上，垃圾袋装管理、店前保洁桶管理、"门前三包"等建设不到位，生活垃圾、建筑垃圾得不到集中和及时清运。"脏、乱、差"现象十分突出。二是缺乏统一规划和管理，畜禽放养、乱搭乱建以及不良卫生习惯造成公共场卫生状况极差，公共道路脏得几乎难以下足。居民家中卫生状况虽有明显改善，但是在房前屋后卫生保洁、个人生活卫生等方面仍存在明显不足。

（四）社会不稳定因素仍然存在。农村社区基本上是稳定的，但也存在一些不稳定的因素：农民的法制观念淡漠，不懂法、不学法的现象比较普遍；家族矛盾、宗派斗争乃至聚众械斗等现象仍有发生。所有这些，都对农村社区稳定构成了威胁。

（五）居民整体素质有待提高。虽然长期以来社会主义文化已居主导地位，但还普遍存在着一些迷信、愚昧、颓废等落后文化，严重干扰了广大群众正常的生活、生产秩序，危害

了社会治安。

（六）服务工作尚有漏洞。在“小政府、大社会、大服务”的今天，各行各业均推出优质服务，以群众满不满意为第一信号，但仍有一些部门单位忽视细节，违背了坚持文明服务的宗旨，有一些不礼貌的语言和行为，造成极大的负面影响。

（七）社区创建任重而道远。社区的办公场地和活动用房、文化体育活动室基本上都达不到标准；社区经费的紧张，也制约了社区共建，市民教育、社区划服务、文体活动以及文明楼院、文明家庭等一些基本的创建活动得不到正常开展。

二、加强农村精神文明建设的思考

（一）以科学发展观为统领，努力实现人的全面发展

以人为本、全面协调可持续的科学发展观，是我们党对现代化建设指导思想的新发展，这必将对精神文明建设产生巨大的推动作用。一方面，要做到一切为了人民，一切依靠人民，一切成果由人民分享；另一方面，要调动人民群众的积极性和创造性。一要继续推进农村教育体制改革，普及和巩固九年义务教育，逐步扩大高中招生规模，确保农村适龄儿童有学上、有书读，打好人口的素质基础。二要不断引进和推广农村实用技术，用先进的科技武装农民群众的头脑，在有限的土地上提高单位面积产量和产值，有效增加收入。三要加大对农民的教育培训力度，增强其市场经济观念，提高发展的意识和技能，培养新型农民。在此基础上，积极鼓励和帮助经过培训的农民外出务工、经商，从土地上解放出来，成为新兴产业工人和个体经管者。四要多渠道筹集资，切实加强农村文化、广播、电视等基础设施建设，不断满足人民群众日益增长的精神文化需要。五要继续建立健全县、乡、村三级合作医疗体制，推行农民医疗保险制度，让农民群众有病能治，健康有保障。

（二）以思想道德教育为基础，增强凝聚力和向心力

要把以“八荣八耻”作为主要内容的社会主义荣辱观教育，作为农村精神文明建设重要而紧迫的任务。一切精神文明创建活动、一切道德实践活动、一切社会行为规范都要体现“八荣八耻”的要求，切实把社会主义荣辱观真正融入新农村建设的各个方面，贯穿公民道德建设的全过程。要通过群众喜闻乐见的形式和载体，迅速在农村广泛开展“倡导新风尚，建设新农村”主题活动，使之家喻户晓、深入人心，成为激发农村干部群众建设新农村的强大精神动力。要坚持不懈地宣传贯彻《公民道德建设实施纲要》，把公民道德“十字规范”作为推进广大农村和谐发展的基础性工程来抓。要积极围绕加强未成年人思想道德建设这一重点，全方位、多层次、多形式地抓好农村未成年人思想道德建设。广大党员干部要把立党为公、执政为民转化关心群众生产生活的自觉行动，帮助解决实际困难和问题，使人民群众从内心深处热爱党、拥护党、相信党和政府，营造“聚精会神搞建设，一心一意谋发展”的良好氛围。要在农村坚持开展党的基本理论、基本路线、基本纲领和基本经验教育，引导群众把树立共产主义远大理想、坚定共产主义信念同现阶段党在农村的各项方针、政策结合起来，同当前正在推进的农村各项改革和发展目标、措施结合起来，把广大干部群众的思想和力量凝聚到新农村建设上来。

（三）以改善生产生活环境为重点，大力加强农村基础设施建设

开展社会主义新农村建设，要以改善生产生活环境为重点，大力加强农村基础设施建设。从丽水山区实际出发，加强精神文明建设要坚持注重实效、多办实事和贴近实际、贴近生活、贴近群众的方针，有针对性地研究解决农村经济社会发展中存在的突出问题，实实在在帮助

群众解决实际困难。要按照“整村推进到哪里，精神文明创建就到哪里”的思路，切实改善群众的生产生活条件。要切实保护和改善生态环境，建设秀美山川。禁止乱砍滥伐林木，保护好森林；认真推广和实施以气、煤、电代柴工程，抓好封山育林和退耕还林；大搞植树造林，逐年提高森林覆盖率。同时，把村庄绿化、美化和发展庭院经济结合起来，以村旁、宅旁、水旁、路旁“四旁”植树为重点，种植常绿林果，把文明村建成山绿、水清、村美、人富的生态村。要以创建文明小城镇为龙头，提高城镇的文明程度，并大力开展“城乡联动、文明结对”活动，积极倡导城镇文明单位，从物质上和精神文化需求上扶持和帮助农村，发挥城镇文明对农村文明的辐射和带动作用，推动城乡文明一体化进程。

（四）以革除陈规陋习为突破口，积极倡导文明新风尚

近年来，景宁县梧桐乡梧桐村在深化“双建设”、“双整治”活动中，充分发挥老人协会作用，组建了妇女腰鼓队、拳、剑、扇、球操表演队，文艺表演队、医疗保健操队、门球队等，设载体、搭平台，用先进文化丰富农民的文化生活，让群众在参与文化活动中受益，倡导了文明新风尚，给我们诸多的启示。

农村精神文明必须从革除陈规陋习抓起，要在广大农村深入持久地开展“讲文明、改陋习、树新风”活动，广泛进行文明常识和科学生活方式的宣传教育，特别要大力宣传科学精神和科学知识，重点普及与农村群众生产生活密切相关的科学知识，教育帮助群众学科学、信科学、用科学，进一步提高抵御封建迷信活动和邪教等伪科学的能力。要引导群众深刻认识陈规陋习的严重危害性，自觉革除红白喜事大操大办、过年过节大吃大喝、垃圾污水乱扔乱泼、随地大小便等各种生活陋习，大力倡导邻里团结和睦、敬老爱幼、互帮互助、勤俭持家、讲究卫生的良好社会风尚。针对农村环境脏、乱、差等突出问题和普遍存在的“五堆”（粪堆、柴堆、草堆、土堆、石堆）乱堆乱放现象，开展以布局优化、道路硬化、卫生洁化、村庄绿化、家庭美化“五化”为主要内容的农村环境卫生整治，广泛深入持久地开展爱国卫生运动，通过制定卫生清扫和保洁等管理制度，创造优美环境，切断疫病传播途径。

（五）以各种创建活动为载体，以“虚”促“实”

中央提出建设新农村以来，丽水各地正在掀起新一轮的创建热潮，如景宁县开展的“洁城行动”；梧桐乡梧桐村创办“农家乐”度假有限公司；大均乡大均村重建古街再塑古朴神秘；大际乡西一、西二村挖掘弘扬建设文化名村等，正在谱写畲乡社会主义新农村建设的和谐乐章。

加强农村精神文明建设必须以各种创建活动为载体，要把工作做到农民群众生产活动中去，把工作的着力点集中到激发农民群众参与农村改革发展的积极性、创造性上来，集中到加强农村思想道德建设和科学文化建设上来，集中到促进农村生产力发展上来，使精神文明建设由“虚”变实，由“软”变硬，以“虚”促实。

（作者工作单位：景宁县九龙乡政府）

关于稳定低生育水平的思考与对策

张丽萍

计划生育是我国的基本国策，经过几十年坚持不懈的工作，计划生育工作取得了巨大的成就，已经进入了低生育水平时期，但人口发展的惯性，人口对社会、经济、资源和环境的压力仍将长期存在。

一、稳定低生育水平所面临的问题

（一）生育观念的改变是长期的。生育观念是在长期社会经济发展中逐步形成的，是社会历史的产物。不可能短时间内得到根本改变，只能随着社会生产力的发展和长期的思想教育逐步加以转变。

（二）生产力发展水平低。我国的生产力水平比较低，体力劳动仍然占主要地位，人们的收入，尤其农村人口的收入主要靠增加劳动力，这在一定程度上刺激了人口的出生。虽然生产力在不断发展，农村的劳动力成本在不断上升，养育子女的成本也在逐步加大，但一些人通过生育来增加劳动力的观念并没有得到根本改变。

（三）社会保障水平低。由于我国经济水平较低，目前的社会保障水平在农村还是相当低，农村老年人口的赡养主要依靠子女，养儿防老观念在许多人的头脑中存在。

（四）低生育水平还不稳定。在生产力水平还较低，社会保障范围小且水平不高；人们的生育观念还没有得到根本改变的情况下，社会制约力度一旦放松，人口出生就会出现反弹，稳定低生育水平任务还很艰巨。

（五）干部队伍素质不高，难以适应稳定低生育水平的需要。计划生育干部队伍素质不高，特别是农村干部的文化素质还很低，这都给做好计划生育工作带来一定的难度。

二、稳定低生育水平的对策及建议

（一）依靠政策推动，树立新型生育观念

要以自愿减少生育作为一项社会发展目标，要加强对计划生育、生殖健康以及一系列社会经济措施的投资。要建立和完善计划生育利益导向机制，政策推动、激励机制和综合治理的措施是抓紧抓好人口与计划生育工作的最重要、最有效的办法。

1、把计划生育与发展经济、帮助群众勤劳致富奔小康、建设文明幸福家庭相结合的“三结合”工作机制是一个相当有效的工作措施。只有这样，才能使实行计划生育的家庭得到多方面的优惠，使群众切身感受到计划生育家庭在政治上有地位，经济上有实惠，生活上有保障。

2、坚持扶贫开发与计划生育工作相结合是落实好政策推动的另一项关键性措施。贫困在本质上是人口与经济问题。人口过多，增长过快，对经济压力过大，与经济不相适应，是造成贫困的重要原因之一。

3、建立农村社会保障制度是形成政策推动的重中之重。目前，农村养老问题已经开始在政府和公众面前凸现。在农村，要探索建立养老、子女安康、节育手术安全等保障制度，注重解决计划生育户的养老保障问题，逐步形成土地保障、家庭养老和社会保障相结合的养老体系。

（二）发展社会经济，提高人口素质

1、大力提高人口素质。要以全面提高人口健康水平为宗旨，把群众的注意力从重数量转移到重质量上来，大力发展妇幼卫生事业，开展计划生育优质服务、普及优生优育知识，加强出生人口质量干预的法制建设，实施出生婴儿缺陷干预工程，以及高危筛查、疾病监测和预防治疗等技术干预，解决群众少生的风险问题，提高出生人口素质。同时，大力开发人力资本，在巩固和发展义务教育的同时，关注职业教育、成人教育，改革现有高等教育体制、扩大高等教育规模，全面推进素质教育，提高国民平均教育水平。

2、拓宽就业渠道。加快第三产业的发展，推行灵活的就业形式，营造有利于人口与计划生育事业的就业氛围；发展劳动力市场，完善就业服务体系；拓宽妇女就业领域，提高妇女就业质量。

3、加快城市化进程。通过体制与制度创新而实施国家的城市发展战略，充分运用市场机制调节城市发展过程中的产业投资、基础设施建设、人口流动状况；逐步推广城乡人（户）口自由流动的政策，减少阻碍城乡发展的制度性障碍；提高城市建设和发展的质量，完善城市对农村的辐射力和影响力，使城市接纳更多的农村人口。

（三）坚持与时俱进，深化计划生育工作改革

1、控制和建立稳定的计划生育投入保障机制。积极探索建立新的财政投入保障机制，规范计划生育经费投入渠道，全额纳入各级政府的财政预算，保证计划生育工作顺利开展的需要。

2、建立和完善计划生育宣传教育、综合服务、科学管理相统一的工作机制。按照“大宣传、大联合、出精品”的思路，深入持久地开展“婚育新风进万家”活动，建立公益性宣传机制，围绕生育、节育、不育，积极开展生殖保健服务，制定科学规范的工作制度，提高计划生育水平。

3、研究探索建立和完善社会保障制度。建立和完善独生子女家庭的各项奖励优惠政策和保障体系，探索建立多种形式的社会保障制度，切实解决群众实行计划生育的后顾之忧。

4、提高干部队伍素质，建立充满活力的用人机制。加强计划生育干部队伍职业化建设，特别是乡（镇、街道）、村（居）委会基层计划生育干部队伍建设，并落实人员、任务、报酬。

（作者工作单位：嘉善县罗星街道计生办）

浅析文昌镇已婚生育妇女长效节育落实率下降原因

方红艳

长效避孕节育措施主要指放置宫内节育器（IUD）和男性/女性绝育术以及皮下埋植剂。IUD和绝育术最适合已生育一孩、两个或两个以上的已婚育龄夫妇选择。IUD具有安全、有效、简便、经济、可逆、长效、不影响生育等优点，成为我国育龄妇女最主要的避孕方法。皮下埋植及绝育术也是一种安全、有效的长效避孕方法。近三年来，淳安县文昌镇当年已婚生育妇女的长效避孕措施率逐年下降，本文结合文昌镇的实际情况进行分析思考，并对存在的问题提出建议。

一、资料

2007年1月—2009年12月文昌镇当年已婚生育的妇女总数293人，2007年出生人数为100人，2008年为89人，2009年为104人，对象年龄为22—43岁。其中20—29岁187人，占63.82%；30—39岁94人，占32.08%；大于40岁12人，占4.10%。当年已落实长效避孕措施总人数为158人，占53.92%，三年落实长效避孕措施人数分别为2007年70人、2008年45人、2009年43人，比率分别为70%、64.29%、41.35%。其中放置IUD106例（36.18%），男性/女性绝育术共52例(17.75%)。

二、结果

293例当年已婚生育的妇女中，其中已落实长效避孕措施总人数158例，占53.92%，三年落实长效避孕措施率呈逐年下降趋势。293人中，流动人口103例，落实46例，占总出生人数的15.70%；剖宫产137例，落实87例，占总出生人数的29.70%。其中男孩户155例，落实120例，占40.96%；女孩户138例，落实37例，占12.59%。未落实长效避孕措施者为135例，剖宫产50例（37.04%），外出流动人口57例（42.22%），患妇科炎症23例(17.04%)，其他5例（3.70%）。

三、讨论

长效避孕措施落实率下降原因：

（一）剖宫产逐年增多。随着经济社会的快速发展，人们生活水平的提高，初产孕妇平均年龄的提高，巨大儿、珍贵儿及高危儿的比率呈上升趋势，加上剖宫产指征放宽，初产妇选择剖宫产的比率日益提高。而剖宫产手术带来的子宫愈合不良、子宫形态和结构的改变、子宫浆膜与腹壁粘连等，使剖宫产术后放置IUD操作困难，放置后副作用增多。而剖宫产术后多使子宫腔变得狭长，宫腔纵轴多>8.5cm，而横径常缩小。有支架的IUD会对子宫壁产生一定压力，导致子宫排异性收缩，增加排异率。同时子宫内膜水肿、溃疡和无菌性坏死，使放置IUD后产生疼痛、分泌物增加和淋漓不净出血发生率较高，故因症取出率较高，成为影响育龄人群IUD使用率的重要原因[1]。且剖宫产落实长效节育时间需在产后六个月后方可，下半年生育的妇女要到第二年才能落实长效避孕措施，因而降低了当年长效避孕措施的落实率。文昌镇三年共有剖宫产137例，占出生人数的46.76%，长效措施落实87例（29.70%）。其中2007年35例，落实21例，占60.0%；2008年46例，落实30例，占65.22%；2009年56例，落实36例，占64.29%。

（二）流出人口逐年增多。随着外出务工人员的增多，三年共有外出当年已婚生育妇女103例，占出生人数的35.15%，落实长效避孕措施人数46人，落实率占出生人口的15.70%。三年流出人口分别为2007年25人，2008年36人，2009年42人。其中61例于外县、市分娩，仅7例采用了长效避孕措施。按照《流动人口计划生育工作条例》的规定，由户籍地和现居住地共同管理流动人口，以现居住地管理为主，户籍地予以配合[2]。在经济发达地区，流动人口已经超过城市的常住人口数，其中育龄妇女数占总人数的50%[3]。流动人口已婚育龄妇女是计划生育服务管理的重点，但由于流动人口居住分散，大多住在偏远郊区，得到计划生育和生殖健康服务的可及性较低。这表明，流动人口目前处于计划生育和生殖健康户籍地管不到，流入地又管不了的状态，给长效避孕措施的落实增加难度。

（三）生殖道感染不断上升。生殖道感染是落实长效节育措施的禁忌证，放置IUD形成的炎性浸润虽属无菌性炎症，与病原微生物所致的感染性炎症是两个不同概念[5,6]。但IUD影响感染的恢复，增加治疗难度，使病程延长[7]。293人当年生育妇女中来站检查共有生殖道感染23例（7.84%）。生殖道感染的治疗和修复延迟了长效避孕措施的落实。

（四）计生宣传教育不够和周边计生政策放宽的影响。计生知识宣传教育和优质服务不到位，使得各种长效避孕方法的优缺点、生殖道保健和计生政策法规等没能家喻户晓；周边县、市长效避孕措施落实政策的放宽，使得一些育龄夫妇认为是自由选择，影响了长效避孕措施的落实率。

四、建议

（一）加强计生政策法规及避孕方法知情选择宣传工作。让育龄群众充分了解现行计生政策，从而自觉履行应尽义务，并切实提高育龄妇女的服务满意度。对有采取宫内节育器避孕意向及无放置宫内节育器禁忌证的夫妇，应详细介绍各型宫内节育器的外形、结构特点、避孕效果及可接受性，在对象知情的基础上根据其健康状况给予医学建议，指导她们科学选择长效避孕措施。在与育龄群众交流沟通中，听取她们对避孕方法的意见和感受，了解她们避孕方法使用情况，及时给予指导，以提高长效避孕措施的落实率和续用率。

（二）大力推广生殖健康知识的宣教工作。通过宣教让育龄妇女认识和了解生殖道感染对身体的危害，真正掌握预防生殖道感染的科学方法，自觉改变生活中的陋习和杜绝婚外性生活，养成良好的卫生习惯。一旦发病，应积极、有效、正规地进行治疗。

（三）加大强流动人口管理，严格按照《流动人口管理条例》的规定，实行户籍地与现居住地协同管理的办法，要以现居住地管理为主，户籍地协助管理，现居住地与户籍地之间要及时相互提供流动人口的相关信息，以便于管理。并将流动人口纳入与常住人口享受同样免费的技术咨询和服务，能够及时掌握和应用各种避孕方法，并对避孕失败者能采取及时、有效的补救措施。

（四）积极协同妇幼保健医疗机构大力宣传并鼓励产妇选择自然分娩，告知剖宫产会增加产妇手术风险，并由此产生的一些并发症（例如肠粘连、子宫内膜异位症等），尽量降低剖宫产率。

参考文献

1、卞琳．剖宫产术后放置 GeneFiex\TCu220C 及活性 165 宫内节育器的临床效果比较．中国计划生育学杂志，2008,16（9）：560–562.

2、2009 年 4 月 29 日国务院第 60 次常务会议通过，国务院第 555 号令公布．《流动人口计划生育工作条例》.

3、谢立春，曾序春，谷学英，等．深圳市试点社区流动人口计划生育服务现状分析评价．中国计划生育学杂志，2006,13（9），546–548.

4、毛京沭，宗占红，尹勤．南京市流动妇女的避孕方法现状及影响因素研究．中国计划生育学杂志，2008,16（9）：546–549.

5、乐杰．妇产科学．北京：人民卫生出版社，2001:284–288,290–293,297–304.

6、韩向阳．计划生育临床手册．北京：人民卫生出版社，1988:159

7、于子浩，周传模．女性生殖健康．重庆：重庆出版社，2002:50–51.

（作者工作单位：淳安县文昌镇计划生育服务站）

统筹解决人口问题 发挥计生协会作用

周丹萍

随着政府职能的转变和基层民主化进程的加快，人民群众法律意识、服务意识的不断增强，社会、经济组织的不断发展，以及人口老龄化、出生人口性别比升高等问题的显现，统筹解决人口问题的任务依然艰巨，对计生协会工作提出了新的挑战和要求，协会工作领域将会越来越广，承担任务将会越来越重，工作标准将会越来越高，作用也将会越来越突出。

一、提高认识，准确理解统筹解决人口问题的重大意义及现实内涵

在我国经济高速增长、社会全面转型的宏观背景下，人口发展呈现出前所未有的复杂局面，低生育水平面临反弹的现实风险，人口数量、结构、素质、分布和流动人口、劳动年龄人口、老龄人口等矛盾相互交织，给全面建设小康社会、构建社会主义和谐社会带来新的挑战。中央《决定》从我国人口发展基本特征出发，科学地审视和准确把握人口计生工作面临的新形势，提出新时期我国人口和计划生育工作“以人的全面发展统筹解决人口问题”的指导方针，抓住了新时期人口计生工作的突出矛盾和问题。稳定低生育水平、统筹解决人口问题、促进人的全面发展，是人口和计划生育的历史性选择，标志着人口和计划生育工作的历史性转变。它既是我国30多年人口计生工作的客观总结，又是对现阶段人口计生工作的积极定位，从控制人口数量为主转向统筹解决人口问题，无疑是历史的巨大进步。

当前，我国社会正处于快速转型期，转型期复杂的人口形势主要表现为多种人口问题并存，各种人口现象与矛盾交织碰撞。一方面，存在与人口数量相关的人口问题：人口数量增长的适度控制、人口规模与资源短缺（耕地、水资源等）、人口压力与环境破坏、城乡人口规模与流动、劳动力人口就业等矛盾；与人口结构相关的人口问题：人口老龄化问题、急剧发展的老龄化对经济社会的冲击，对经济可持续增长后劲的影响、社会保障制度的完善、出生性别比偏高以及婚姻市场挤压、家庭结构单一化以及独生子女教育的影响等；与人口素质相关的人口问题：出生缺陷与生殖健康、逆淘汰与健康低素质、人力资本投入等；此外还有人口分布问题、区域人口发展不平衡问题、非婚生育问题等。另一方面，市场经济的进程、体制和制度的变革、社会的多元性等与上述人口问题重叠在一起，使人口和计划生育工作面临更多复杂的问题和挑战。

二、把握机遇，积极发挥协会在统筹解决人口问题中的生力军作用

在统筹解决人口问题工作中，协会既承载着政府不可替代的历史使命，也发挥着不可替代的独特作用。协会积极发挥自身优势，树立服务全局、统筹解决人口问题的新观念，扎实工作，努力进取，真正成为贯彻中央《决定》，构建和谐社会，统筹解决人口问题，促进人口与经济、社会、资源、环境协调发展的生力军。

（一）参与开展计划生育村（居）民自治，促进基层民主政治建设

长期以来，协会紧紧围绕人口和计划生育工作的总体目标，开展了大量的卓有成效的工作。

1、充分发挥计生协会参与村（居）民自治的作用。充分发挥计生协会会员和志愿者众多的优势，按照村（居）民自治的要求，建立健全参与村（居）民自治、依法实行民主管理、民主监督的工作制度。在计划生育基层群众自治工作中发挥桥梁纽带作用；在协助村（居）两委的工作中，发挥参谋助手作用；在落实自治章程和计划生育公约中，发挥模范带头作用；在依法维权中，发挥民主监督作用。

2、探索建立村（居）计划生育群众自治新构架。有效整合基层计生工作组织网络，将村（居）育龄妇女小组与村（居）计生协会组织合并，建立新的计划生育协会组织，由村（居）党支部书记任会长，计划生育专干担任秘书长，选配各方面人士构成理事会，扩大会员范围，不断提高会员占总人口的比例，行使计生工作职责。建立健全各项规章制度。依据《村民委员会组织法》、《居民委员会组织法》、《人口计划生育法》以及国家和省市有关法律法规，修改完善《村（居）民自治章程》和《村（居）计划生育公约》，明确“两委”、村（居）民会议和村（居）民代表大会等有关组织的职责，村（居）计生协会的日常工作，新建计生协会的开支渠道和工作人员补贴标准等。加强日常管理工作，坚持依法办事、群众参与、因地制宜、循序渐进的原则，以村（居）为主体，以完善机制为抓手，加强组织领导，制订实施方案，逐步实现行政管理和群众自治有效衔接和统一。

（二）从“管理”到“服务”，“生育关怀行动”凸显人性促进和谐

统筹解决人口问题，协会有得天独厚的自身优势。现阶段，群众的生育意愿与国家生育政策之间还存在一定差距，依然面临着生育水平反弹的现实风险，计划生育还面临许多实际困难。计生协发挥网络健全、人才众多等优势，利用“会员之家”、“人口学校”等活动阵地，广泛开展群众喜闻乐见的文化活动，积极推进“生育关怀行动”，帮助政府和人口计生部门及时准确地了解社情民意，推动完善人口计生以及相关政策，切实维护育龄群众实行计划生育的合法权益，密切党群干群关系，缓解社会矛盾，促进社会和谐。在制定救助计划生育特殊家庭政策工作中，各级协会优质、高效地完成了大量工作，自身优势得到了充分体现和发挥。

1、广泛宣传倡导生育关怀行动，提高群众实行计划生育的自觉性。在大力宣传计生法规的基础上，采用文艺节目、知识竞赛等群众喜闻乐见的形式，广泛开展宣传倡导活动，把生育关怀行动的要旨送到千家万户，不断增强党委、政府和有关部门以及广大群众参与生育关怀行动的积极性和自觉性。在新闻媒体上加大对生育关怀行动的宣传力度，营造全社会都来关心、支持、参与生育关怀行动的良好氛围。

2、大力开展爱心牵手、扶贫帮困等活动，打造生育关怀行动新品牌。新时期的计划生育和计生协会工作已发展到以服务为重点，寓管理于服务之中的新阶段。围绕“十一五”期间生育关怀行动的总体目标，每年募集一定数量的资金，组织开展募捐救助献爱心、保险保障保平安、项目扶贫帮致富、早期教育强素质、关爱女孩促维权、关心育龄群众送健康、关怀计生干部促发展等关怀行动。特别在做大做强“青春健康”、“少生快富”、计生系列保险、“优生优育优教”早期教育等服务品牌的基础上，明确重点，因地制宜，逐步形成“一地一品”的生育关怀行动新特色、新品牌，为群众提供最实际、有效、贴心的服务。

3、建立健全工作机制，不断推动生育关怀行动向纵深发展。建立资金募集机制。采取政府投入、企业冠名捐助、社会慈善募捐等方式，调动全社会参与生育关怀行动的积极性。完善紧急救助机制。建立健全基线调查、数据管理以及关怀对象资格审查、上报审批等制度，

确保计划生育困难家庭救助工作的公开、公平、公正。优化部门协调机制。生育关怀行动联合发文的10部门定期沟通情况，交流经验，制定并出台关怀五方面人群的优先优惠政策，逐步形成协会牵头、联合互动、优势互补、群众受益的长效工作机制。健全志愿者服务机制。组织志愿者与计划生育困难家庭对接，形成长期结对帮扶关系。创新项目运作机制。根据五方面关怀人群的需求，结合本地实际，设计若干服务项目，并在资金筹措、机制建设、特色宣传、资源整合上下功夫，逐步形成生育关怀行动项目运作新机制。完善评比表彰机制。经常对生育关怀行动的实施情况进行考察、调研，及时发现问题，总结经验，对整体工作进行阶段性评估；通过树立典型，表彰先进，形成有效激励机制。

面对改革开放的新形势、统筹解决人口问题的新任务、关注民生构建和谐的新要求，做好新时期计生协工作，必须与党的要求、群众的需求合拍，把工作的出发点和落脚点放在为群众服务上；必须争取各级党委政府和计生部门及社会各界的大力支持，把工作着力点放在整合资源、强化能力上；必须坚持项目带动的工作方法，把协会工作做得更加扎实有效。

（作者工作单位：杭州市人口和计划生育委员会）

杭州人口计生规划统计规范化管理实践与思考

李建国

人口计生规划统计工作，是人口和计划生育事业基础性、导向性的工作，是实现人口计生工作目标的关键环节，直接影响全面、客观、真实地评价人口和计生工作任务与指标完成的效果，也影响决策的正确性和可行性，是人口和计划生育事业的重要保障。近年来，在国民经济快速发展的同时，我市社会事业全面进步，人口计生各项工作稳步推进，全市人口数量、质量到结构都发生了巨大的变化。人口计生规划统计工作也取得了令人瞩目的成绩，信息化建设也得到了快速发展。本文通过对人口计生规划统计规范化管理的探讨，就如何进一步规范规划统计工作，不断提高人口统计数据的准确性与公信力作些分析。

一、规范化管理的主要内容及做法

统计数据的真实性和准确性是规划统计工作的生命，规范化管理的主要目标是减少统计误差，其重点是减少计划外出生的漏、瞒、错报，所以，统计口径的掌握与计划内外的界定显得非常关键。具体来说，规划统计规范化管理的主要内容及做法包括以下六个方面：一是明确管理及统计对象，首先要明确管理对象与统计对象的联系与区别，如统计对象，即统计口径，归纳起来，统计口径为“两个例外，其余女方”，其次“现居地延续管理”，两个例外为“农嫁农，外省农嫁本省居”；其次，管理对象还包括外来人口。二是明确统计指标内涵及设置，如出生计划属性界定，除四种计划内出生情况，其余均为计划外出生。三是明确数据采集渠道，确保人口计生部门主渠道的收集，加强与卫生、防疫、公安、民政信息的核对，确保信息不遗漏。四是明确统计流程，村级及时填写报告单，并同步更新相关卡册，乡级获得的信息在月例会上与村信息核对、补缺，最后录入数据并完成相关报表生成。五是明确考核办法及细则，弄清哪些是导向性指标，哪些是重点工作指标，哪些是常规性工作指标，做到心中有数。六是加强育龄妇女信息库建设，主要做到三个“确保”，即确保信息的覆盖率、数据项目的完整率、逻辑关系的准确度。

二、规范化管理问题思考与建议

规划统计要根据新形势，在推动规范化管理的同时，着力解决规划统计中主要问题——计划外出生难掌握及统计人工失误和人为干扰所带来的统计差错。为此，提出如下几点建议：

1、正确处理规范和创新的关系，切实提高责任意识

规范化管理不是墨守成规一成不变的，而要因地制宜，根据本地的实际情况，不断创新。同时，规范化管理是一个长期的、常规性任务。统计是一项实事求是的工作，要求统计工作人员必须适应形势发展的要求，与时俱进，强化责任意识，开展诚信道德建设，激发工作积极性。其次，统计人员要有“三心”：一是上心，就是对规划统计工作要用心思，动点脑筋。二是细心，要有实事求是、严谨细致的工作作风；要熟练掌握有关政策，精通各项统计业务。

三是平常心，统计人员要正确对待“做好是应该的，做不好责任全负”的看法，既要有进取心，又要保持平常心。

2、加强人口计生信息化建设，强化规划统计规范化管理

强化人口规划统计在整个人口发展规划及人口计生事业发展规划中的基础性、决定性地位，改进统计方式，提高统计质量。首先是要依托信息化建设，推进建立信息服务系统，充分发挥“WIS 系统”的平台作用，坚持业务主导，着力推进信息技术在人口计生各业务处室的广泛应用，搭建人口决策分析系统，不断深化各项业务系统建设和应用。其次是建立部门间的人口信息共享机制，逐步实现互联互通和业务协同，构筑信息共享平台。第三要按照高标准、重源头、求实效的要求，强化规划统计各项规范工作。（1）高标准：做到“六个注重”：注重基础，最为核心的是要注重基础台帐、制度建设及规范管理；注重重点，重点控制计划外出生；注重关键，要及时掌握外出人员的信息；注重根本，要强化信息化的应用，提高工作效率；注重环节，要注重信息核对，减少出生漏报；注重重心，加强网底建设，发挥村级作用。（2）重源头：要在源头堵住统计数据的弄虚作假（3）求实效：做到人换，工作正常运转。要制订一本《规划统计人员操作手册》，完善统计口径、工作流程、信息操作等过程。

3、加强基层基础建设，改善规划统计工作环境

要提高规划统计水平，就要从制度建设、规范管理入手和着力，探索解决影响人口计生统计管理的体制、机制问题，正确处理好动态人群与静态管理的关系，着力形成以“县指导、乡负责、村为主”的责任机制。首先，加强统计基础工作强化规范管理。一是营造实事求是的工作环境，规范统计行为，建章立制，从制度上规范，防止人为干扰。二是加强统计执法检查，完善统计监督制度，依法做好工作规划统计各项工作。三是加快统计方式的改革和信息化建设，减少人工失误，有效解决人为干扰。四是加强统计人员自身建设，特别是思想道德的教育。除此之外，要提高统计人员的各种待遇，包括政治、经济上各种待遇，努力做到“事业留人、情感留人、待遇留人”。一要在政策上给予基层统计人员更多的倾斜度。二要给予更多的学习机会，促进素质的提高；三要留住那些有能力且安心于基层的工作人员，使他们对自己从事的工作有自豪感，确保基层统计人员队伍的相对稳定。

4、改革和完善目标管理责任制，严格执行“一票否决制”

实行目标管理责任制，落实“一票否决”，是人口计生工作行之有效、重要的工作手段和方法，是人口计生部门的两大尚方宝剑。从职能上讲，规范好这两项制度，是规划统计部门的应尽之职；从目标管理责任制的内容而言，其涉及的主要指标也需要规划统计牵头负责落实；从重要性来说，规范好这两项制度，直接关系到人口计生工作健康发展。为此，一是在设计指标体系时和考核指标设置和分值分配上，加重改革创新的内容，有意识地引导基层把注意力和工作重点放在改革创新，依法行政，规范管理上，让他们放开手脚，大胆改革。二是要对考核过程进行监测和评估，要改变考核只重结果不重过程的弊端，如计生率指标，不仅要考核计生率的高低，还要考核提高计生率付出的努力；同时逐步降低计生率在考核中的权重。三是下放考核权力，实行群众测评，改变不科学的考核方法。四是要健全完善“一票否决”制，完善奖罚措施，合理运用考核结果。首先要科学地进行“一票否决”，对那些非工作因素造成的统计问题，要实事求是地客观评估，不能一刀切；其次是规范“一票否决”的审核流程，规范各种文档及具体的做法。

（作者工作单位：杭州市人口和计划生育委员会）

知情选择后避孕方法构成变化研究

申屠霞萍

桐庐县自2001年实施避孕方法知情选择至今已有9年，期间全县育龄妇女避孕方法构成到底有何变化？会不会影响以长效为主的避孕模式？会不会给稳定低生育水平带来一定的压力？下一步在国家级计划生育优质服务县创建活动中如何深化避孕方法知情选择？这些问题既是政府部门关注的问题，也事关广大育龄妇女生殖健康权利。为此，桐庐县就知情选择避孕方法构成变化对全县8个乡镇16个行政村的333名育龄妇女做了问卷调查，现将调查结果报告如下。

一、避孕方法构成变化的原因分析

实施避孕节育知情选择后，在“群众知情、政府引导、倡导长效”的原则下，育龄夫妇成为知情选择的主体，分析育龄夫妇选择避孕方法过程中的主观、客观因素，对加强政府引导的针对性、保障育龄夫妇生殖健康权利有一定的指导作用。桐庐县的长效措施落实率2000年为96.01%，2008年为90.33%，这种变化是知情选择后的正常趋势还是反常现象？笔者通过一系列调查研究，分析如下：

对象与方法

采用分层（长效措施落实率高、中、低的乡镇）抽样方法，分别在桐庐县的八个乡镇，部分行政村做调查，以2008年4月1日至2009年3月31日间已婚生育的育龄妇女为访谈对象，进行访谈。采用上门单独访谈和无记名问卷调查的形式。对没有落实长效措施的问卷设20个备选项目，已落实长效措施的设15个备选项目，育龄妇女根据是否落实长效避孕节育措施，在对应的问卷上选择多项最符合自己的选项。

结果分析

个人访谈对象共333人，其中181人已落实长效避孕节育措施，占访谈总数的54.35%；152人未落实，占访谈总数的45.65%。访谈结果和计划生育相关报表数据基本吻合。

从访谈结果可以看出，选择长效避孕节育措施的主要原因是育龄妇女对各种避孕节育措施的利弊充分“知情”后做出“选择”，这部分结果占调查总选项的68.08%。以“三查”为主的计划生育优质服务也促进了长效措施的落实，在单项调查中，“每年两次‘三查’，对自己有好处”的选项为144人，占已落实长效措施有效问卷人数的81.36%。未落实长效避孕节育措施的主要原因一是宣传不到位导致育龄妇女没能充分“知情”，占调查总选项的41.37%；二是对长效措施有恐惧或抵触心理，占调查总选项的51.30%。

二、深化“知情选择”，优化避孕方法构成的对策建议

（一）要辩证地看待知情选择引起的避孕方法构成的变化

实施知情选择九年来，桐庐县育龄人群避孕方法构成发生了一些变化，主要表现为长效

措施逐年低幅下降，短效措施对应增长。长效措施的安全性、有效性和方便性均高于短效措施，短效措施的增加，势必会增加意外妊娠的可能，给稳定低生育水平带来潜在的压力，也不利于育龄妇女的生殖健康。但是，对这个问题，也要辩证看待，因为避孕节育知情选择的开展是计划生育工作思路与工作方法转变的必然结果，而知情选择的推行，势必导致避孕方法构成的多元化，因此，要做到既要关注重视长效措施的落实，又不机械片面地追求避孕方法构成中的长效措施落实率。对避孕方法构成的变化要做理性分析，从计划生育相关报表数据看，我县从实施避孕节育知情选择后，计划外怀孕率一直稳定在1%左右，未引起明显的反弹，说明目前避孕方法的构成仍较为合理。

（二）知情选择宣传教育要着力解决管理者与育龄人群"对立"的问题，让育龄群众充分"知情"

宣传教育是广大育龄人群"知情"的前提。但是，在长效措施的引导上就出现了这样一个问题：一方面，宣传教育的力度和投入不断加大；另一方面，长效措施落实率却逐年下降。这主要是管理者往往带着引导长效的主观愿望进行宣传，容易引起育龄人群对长效措施的对立情绪，因此，宣传教育工作要注意以下环节：

1、不能只说利不说弊。任何避孕节育措施都有利弊，在向育龄人群宣传时，应详细介绍避孕节育措施的有效性、优缺点、副作用和并发症等知识，真正让育龄人群充分"知情"，从而引导他们做出适合自己的选择。

2、要注意实施个性化避孕节育服务，服务人员要了解育龄群众的基本状况和要求。包括年龄、生育状况、性生活情况、个人身体情况、个人的避孕意愿及方法偏好、对避孕节育措施知识的了解程度及顾虑等。

3、宣传咨询要针对性地引导服务对象确切、自然地描述自己的问题。不要只注重灌输，要留给服务对象思考和选择的空间。比如：对一个选择放环或避孕套犹豫不决的人，在详细告知利弊的同时，有针对性地提问：你和丈夫能确保坚持并乐意使用避孕套吗？你能做到一辈子口服避孕药吗？给对方思考的空间、时间，以让他们通过对比，自主选择长效措施。

4、动员社会力量参与宣传引导。由于计划生育管理者与育龄人群潜在的"对立"情绪的存在，引入社会力量作为第三方介入或配合宣传会起到事半功倍的效果。如医务人员向采取补救措施者介绍长效措施，往往容易被育龄妇女所接受。

5、关注重点人群的宣传教育。从避孕方法构成来看，呈现年龄越小、文化程度越高，长效措施率越低的现状。同时，社区居民的长效措施率也明显低于农村居民。对这类重点人群，应充分利用社区文化中心、互联网、电视和电台生殖健康栏目、生育关怀论坛等载体，普及生殖健康知识。

（三）知情选择优质服务要着力解决"怎么选"和"选什么"的问题，让育龄妇女充分"选择"

育龄妇女生育以后，按现行生育政策，都面临避孕的问题。而避孕方法种类很多，如何选择适合、有效、安全的避孕措施是每位育龄妇女都关心的问题。知情选择，给她们提供了选择的机会，但受文化程度、避孕知识的影响，服务对象在一定程度上依赖或部分依赖服务人员提供的信息和建议，她们的最终决定取决于技术服务的质量、专业人员的技术水平和服务技能等。因此，优质服务在知情选择过程中要注重以下方面：

1、系统培训乡镇、村计生服务员生殖健康概念和咨询技巧、避孕方法的基本知识等，提高她们正确引导育龄人群知情选择的能力和水平，帮助育龄妇女在众多的长、短效避孕措施中选择适合自己的避孕方法，特别是长效避孕方法，解决育龄妇女在知情选择中"怎么选"

的问题。

2、在问卷调查中，152名未落实放环的育龄妇女中26人有过放环失败史，占总数的17.11%，县及以上计划生育技术服务机构对各种型号的宫内节育器的长期安全性和有效性要作出科学评价，优选使用效果好、副反应小的节育方法推广应用。

（四）知情选择要始终做到以服务对象为中心，让育龄妇女体会到关心和关爱

1. 一些育龄妇女的反映，计生工作人员动员她们放环时“花言巧语”，放环后万一身体不适想取出，哪怕“千言万语”也不行。这种做法势必影响育龄妇女落实长效避孕措施。要倡导对服务对象的关爱，注重并发症的管理，积极落实相关补救措施，保障育龄妇女的身心健康。

2. 应坚持定期跟踪随访服务，通过随访，进一步向育龄群众传播避孕节育生殖健康知识，了解妇女身体状况及术后情况，征求他们对服务工作的意见，加深计划生育部门和群众之间的联系和感情，充分赢得群众对计划生育技术服务人员的信任。

（作者工作单位：浙江省杭州市桐庐县江南镇计生办）

浅谈青少年性教育的现状与未来

郑秀萍

随着社会的不断进步，人类性成熟年龄在不断提前，性生理成熟和性心理成熟的差距越来越大。因此，青少年的性教育任务显得更为迫切与重要。

诗经曰："靡不有初，鲜克有终。"意思是说没有良好的开端就很难取得满意的结果。人的性心理、性观念、性素质的发展也是如此，如果在孩提时代没有正确的引导，进入青春期往往缺乏必要的生理卫生知识，没有思想准备，以至产生羞涩感，甚至是恐惧和类似犯罪的心理，从影响性心理、性素质、性行为的健康发展，甚至因此而走上违反法律和社会道德准则的路。那么在信息社会的今天，该如何对青少年进行性教育呢？我认为 青少年的性教育应该由家庭、学校和社会共同承担。

家庭性教育。这是青少年应受到的最早的性教育，是一种高尚的情感教育。家庭教育是学校教育和社会教育的基础。社会文化关系总是通过家庭向青少年施加影响，父母的思想观念和教育水平以及在此基础上形成的家庭成员间的亲情关系将对子女个性、心理形成和发展产生重大的影响。在一个健康的家庭里，性教育有可能在较为谨慎与纯洁的气氛中进行。接受过性教育，又与父母谈论性问题的青少年性行为的发生率最低。

学校性教育。学校是青少年接受教育，增长知识的重要场所，是最好的有目的、有计划、有组织地进行系统教育，塑造青少年健全人格的地方。学校通过开设的生物课和人体生理卫生课进行性教育，对培养学生具有正确的良好的性角色行为，以及尊重异性的品德、社交能力和完善人格，都是十分重要的。调查反映有三分之二的学生对基本的性知识一无所知，主要是因为大部分学校对学生的性教育重视不够，敷衍了事，甚至拒绝开展这项教育，或是即使开展，也是顾左右而言他，比如学校讲授生理卫生课时，将男女生分开进行，或者不讲生殖系统的解剖及生理知识。学校性教育形同虚设，坐失良机，那么提高青少年综合素质，培养青少年健全人格将成为一句空话。

社会性教育。人的成长过程是社会化的过程，人只有经过学习、改造，才能不断提高自己，符合社会的需要。我国承担社会性教育的机构包括医疗卫生部门、传媒机构、计划生育部门、婚姻介绍所等。相对而言，我国社会的性教育开展还算是较有成效的，但我们社会的性教育似乎更加偏重于育龄青年结婚后的性教育，对那些情窦初开的青少年社会所显出的关注和投入则略显不够。社会为青少年提的专题性教育由于不够系统，往往使青少年一知半解。加之色情文化的冲击，泥沙俱下，鱼目混珠，更使青少年晕头转向。

当前我们的性教育步履维艰，踟蹰不前，是与人们性认识上的误区分不开的。

误区一：无师自通。我国传统的性教育崇尚无师自通的原则，人们一直认为，性是靠先天机制，即本能来调节的。因此性教育流于无计划、无目的、无控制的自发习得过程。事实上，性教育以严肃的科学态度对待性问题，在不同程度上淡化了"性解放"思潮。相反，性知识贫乏或无知，更能导致性放任或无能，使青少年陷入"盲人骑瞎马、夜半临深池"的境地。

误区二：封闭保险。这是成年人的一厢情愿。他们认为，对青少年进行性教育会促使青少年过早地进行性思索，从而引起青少年性实践的愿望，导致性罪错。因此，人们常常采取禁、堵、压的手法，使青少年性教育处于闭锁的状态。实际上得不到性科学知识的启迪，得不到正确的疏导和调节，会导致青少年缺乏自我保护能力，对突如其来的性信息、性刺激缺乏承受能力和抵御能力。实践证明：青少年萌发的性冲动和欲求会被压抑，但决不会被消灭。毕竟“满园春色关不住”，堵不如导。成年人封闭保险的做法，其结果只能是抽刀断水水更流。封闭非但不保险，甚至适得其反，事与愿违。

误区三：临渴掘井。谁都不希望自己的子女在性问题上行差踏错，但多数人不是未雨绸缪，而是临渴掘井。青少年提出性问题时，经常受到大人瞪眼训斥或搪塞欺骗，这会造成一种强化心理刺激，有关性的问题会进一步萦绕心头，加深印象，甚至畸形发展。我们对青少年的性教育，不只是为了减少、防范他们性过失或性变态，更重要的是让他们学会保护自己，爱护自己，调节自己，发展自己。当青少年出现严重的性过失或性罪错时，亡羊补牢的举措，恐已为之晚矣。

误区四：难以为情。这主要是指我们的教育者在进行青少年性教育的心态而言。如果我们的教育者，面对青少年进行性教育时，犹抱琵琶半遮面、提心吊胆、言不由衷，很可能事倍功半，甚至毫无效果。教育者在进行性教育时要落落大方，理直气壮，受教育者才会比较容易接受有关内容。性是科学的，在科学面前，我们不必难为情。开诚布公，亲切大方，严肃生动才是教育者进行性教育时应持的态度。

古人云：“食色，性也”，“饮食男女，人之大欲存焉”。青春男子哪个不善钟情？妙龄少女哪个不善怀春？青少年时期正处在生理发育成熟、性机能日趋完善阶段，性意识开始萌动和性欲望逐渐强烈。性的觉醒对他们来说具有重要的意义，它预示着一个人的心理发展，在很大程度上影响着人格的发展。对青少年的性萌动，我们不能熟视无睹也不能惊惶失措，而是要以积极、科学的态度面对。对青少年进行性教育，反映了时代的进步和社会的发展。性教育是提高人的素质的重要课题，是发展健康的人格，使人生幸福快乐的一个重要方面。

（作者工作单位：杭州留下街道计生服务站）

构建和谐的医患关系

李庆文

以病人为中心，实施医患沟通，把对病人的尊重、理解和人文关怀体现在患者入院诊疗的全过程，其目的是为了转变服务理念、规范医疗行为，建立相互尊重、理解、信任的新型医患关系，提高医疗服务水平。

1. 医患关系的特征。医患关系的建立和发展往往受到文化传统、现有物质生产条件和医疗水平等多种因素的影响，从而表现出以下特征：

1.1 医患关系强调以医学人道主义为核心的道德原则，根据这个原则，符合道德的、合理的医患关系应该是平等、合作、真诚负责、公正礼貌的关系。

1.2 现行的医患关系正受到市场经济的冲击。

1.3 在医患关系中，存在着事实上的不平等，医患关系出现了事实上的不平等，甚至变成了一种“求人与被人求”或者“侍候人与被人侍候”的关系。

2. 应尽量建立医务人员和患者共同参与的积极关系。医生既是病人的老师，也是病人的学生；既是病人的亲人，也是病人的知音。

2.1 看一个病人不能只看到他的疾病，病人比他的疾病更重要。

2.2 病人是一个完整的人，比他的躯体要大得多，要注意病人的心理、社会方面。

2.3 每一个人都有能力来确定自己并对自己负责，要尊重和发挥病人积极参与治疗的主动权。

2.4 每个人的身心健康状态同他的过去、现在和将来都有错综复杂的关系。

2.5 疾病、灾害、创伤、疼痛、老化、濒死等种种情况，是对人们有很大意义的事件，对不同的人所具有的价值和影响也可能有很大的差别。

2.6 对病人的帮助不仅仅依靠技术性措施，而且要依靠医生的同情心、关切和负责的态度。

3. 医患关系的建立主要是通过以医疗活动为基础的互动过程实现的。在医疗活动中，病人有着丰富的非语词性表达。临床多见的非语词性交流方式如下：

3.1 躯体动作，躯体动作一方面可以表达与疾病有关的各种信息，另一方面躯体动作也可以表达与病人的思想感情，如用激烈的手势表示激动或焦虑不安的心情。

3.2 姿势。病人的姿势常与所患疾病有关，如肢体骨折可使病人被迫保持某种姿态，以避免疼痛加剧。

3.3 面部表情。医务人员的面部表情对于病人来说可能有着某种与病情有关的暗示，如医务人员当着病人表现出惊讶、不知所措、无望等神色，都有可能对病人产生不良的心理影响。因此，医务人员在与病人的交往中，应该学会控制自己的情绪，尽可能做到“临危不惊、面不改色”。同时还要表现出对病人的关切、同情之心。

3.4 目光接触。医务人员还应当巧妙地利用目光接触，了解病人不愿用语言表达的内心世界。因此，医务人员只有学会用目光与病人“交谈”，才能更好地掌握病人的心理，提高诊治效果。

3.5 类语言。主要指音调、笑、叫、哭、呻吟等。医务人员的微笑常被理解成关心、友善和鼓励的表示。

总之，医患交往是建立医患关系的基础，或者说是医患关系的动态组成部分。

4. 建立和谐的医患关系

4.1 医患关系是一种特殊的服务关系。是情感关系。应将患者看成是一个完整的生理、精神、社会需求的综合体。维护其自尊及人格，对患者倾注一片真诚，营造良好的医患氛围、提高医疗质量、提供优质服务，关键是情感转变。真正确立关心、尊重、理解患者，主动热情地为患者服务的态度和行为，才会在感情上视患者如亲人，急患者之所急，想患者之所想，给患者安慰和亲切的感觉，减轻患者的痛苦，促进患者的康复。

4.2 提供全方面的服务。树立“以人为本”的服务理念，实现“以病人为中心”的新医疗模式。要遵循医患沟通的基本原则，即尊重病人的人格平等相待；保护病人隐私，尊重患者知情同意权。多听病人倾诉，经常换位思考；通过温和的目光，同情的表情，适当的动作和空间距离等进行与患者之间的非语言交流方式，可以在沟通中起到潜移默化的作用。

4.3 医护人员的任务是多方面的，不仅要查出疾病，更要了解病人心理、社会等相关情况。在建立和谐气氛的同时，准确了解病情，达到正确诊断的目的。

总之，医患沟通中，必须坚持这样五个原则，即鼓励性原则、疏导性原则、讨论性原则、礼貌性原则和治疗性原则。其目的在于，交流信息，改善关系，消除顾虑，积极治疗，促进康复。

4.4 注意医护人员的形象和礼仪。医院的环境，优美的环境给患者增加舒适感。医护人员对患者合适的称呼是建立良好沟通的要素。患者对热情开放、真诚幽默、可信真诚、责任心强的医务人员充满尊敬和信任。在与病人的交往中，医护人员发自内心的深切同情、理解，会通过言谈举止自然地流露出来，给患者以温暖和支持，这不仅有助于建立良好的医患关系，而且也有利于诊疗活动的顺利进行。

5. 小结

构建和谐的医患关系，相互尊重和信任是保障，但沟通是尊重和信任的桥梁。医患关系和谐，互相信任、心情愉快，则药到病除；医患关系紧张，横眉立目，互相指责，则病上加病。因此，患者要信任医生，积极配合治疗；医生也要尊重患者，认真倾听患者的诉说，加强相关知识的学习，提高医护人员的素质，最大限度地发挥自身潜能，最大限度满足患者的需要，从而更完美体现人文关怀的价值，同时也为医院创造良好的社会效益。

参考文献

[1] 高少林 . 人性化护理实施体会 [1] 齐鲁护理杂志 2006.1.

[2] 郭永松 . 医学社会学 2005 年 9 月 2 版 . 长春：吉林科学技术出版社

浅析基层乡镇计划生育依法行政问题

胡慧莲

计划生育工作是一项社会系统工程，涉及广大群众切身利益，是一项关系到民族兴衰、社会和谐稳定的事业。推行计划生育依法行政，做到有法可依、正确执法、文明执法、违法必究，把计划生育工作的行政行为纳入法制轨道，是人口与计划生育工作平稳、健康发展的客观要求。本文就结合兰溪市水亭畲族乡计划生育工作，对此问题进行探讨。

一、计划生育依法行政是计生国策落实的主要保证

计划生育工作的难点与重点在于农村。计划生育依法行政，是指计划生育行政管理机关及其工作人员，依照有关法律规定管理计划生育事务，严格依法办事。计划生育行政机关既要有行政权力，又要对自身的行政行为进行规范和约束，以切实保障人民群众的合法权益。为了不断提高计划生育依法行政水平，纠正工作中出现的简单粗暴、强迫命令、越权侵权等现象，多年来，国家始终强调要实现计划生育工作思路和工作方法的“两个转变”，改变工作作风，提高服务质量，维护群众合法权益，严格执行“七个不准”的规定，要求将“七个不准”规定向广大村民群众公开，自觉接受群众的监督，实行计划生育政务公开，村务公开制度。建立计划生育行政执法责任制度，将农村计划生育管理与服务工作纳入法制轨道。

坚持计划生育依法行政，使广大农民群众在实行计划生育中达到权利和义务的统一。计划生育从根本上说既符合国家和民族的根本利益，又符合人民群众的根本利益。群众是计划生育的主人。人民群众既有按有关法律和政策实行计划生育的义务，也有获得晚婚晚育、优生优育、生殖健康等方面技术服务的权力；享有国家有关政策、地方法规规定的奖励优待的权力。依法治理计划生育就是将广大人民群众的意志和根本利益上升为国家的意志——法律，从而更好体现人民群众当家做主的民主权力。在开展计划生育工作中，只有坚持依法行政，才能切实保障群众在实行计划生育中的权利，才能维护人民群众在计划生育中的主体地位。

二、基层计划生育行政执法中存在的主要问题

计划生育违法行政存在的问题有主观原因，也有客观原因。概括起来有如下几个主要方面：

（一）领导思想认识不到位是违法行政的主要原因。一些人受封建社会“人治”思想影响，“官贵民贱”的传统观念还相当严重。有的基层干部认为法是管老百姓的，人口和计划生育依法管理就是依法规范群众的生育行为，自己的行政行为不受法律约束，存在“法外特权”思想，希望以言代法、以权代法，片面强调执法的强制性、单方面性、不平等性，认识不到行政执法活动如果违反法律法规，不仅无效，而且要承担违法责任。有的基层干部明知人口和计划生育管理中存在着违法现象，但因长期如此、普遍存在，也就见怪不怪。因此，

在一些基层单位，由于领导法制意识不强，对由“人治”向“法治”转变的重要性认识不足，在人口与计划生育管理工作中，往往不是依法，而是依据个人的认识、情感、情绪，甚至依据与管理相对人的“关系”等因素开展工作，执法随意性比较明显。

（二）计生干部执法水平低是违法行政的主观原因。由于各方面原因，多数基层计生干部，对计划生育违法案件定性不准，适用法律错误，不重视收集证据，不遵守法定程序，文书制作不规范等。许多执法干部没有经过正规院校学习或专业培训，没有执法资质，有的虽有资质但执法素质和专业知识较差。同时在依法行政和大力提倡和谐社会、以人为本的高要求下，为了保稳定，少数计生干部多是利用感情方式来做工作，对自己要求不严格，只求工作上过得去，不求工作上过得硬。

（三）群众依法维权意识淡薄是违法行政的客观原因。从群众方面看，有历史因素、传统因素的影响，但更重要的还在于现实的种种因素的影响，群众很少主动接近法律、接受法律，多数群众对现行人口和计划生育法律法规知之甚少，不了解人口和计划生育行政执法的基本要求，对违法行政习以为常，不懂得依法维护自己的合法权益，一些群众甚至不相信法律。

（四）计划生育法制不够健全是违法行政的根本原因之一。长期以来计划生育工作缺乏国家层面的立法，主要依靠地方法规管理，计划生育行政法规、规章不健全、不配套，计划生育实际管理中所需要的规章也不够系统、规范，已制定的法律内容存在规定不具体、不明确、法律责任不清、缺乏程序性规定等不足。

（五）责任追究落实不到位是违法行政的根本原因之二。建立行政执法责任制，强化计划生育干部的责任意识，切实履行好岗位职责，是依法行政的必然要求。尽管市政府出台了执法过错责任追究制度，但行政执法与计划生育目标考核不挂钩，没有形成有效的监督体系。对于计划生育行政执法中的违法行为，没有及时追究相关责任人的责任。相反，人口计划考核指标压力大，基层干部为了完成工作任务，重政策、轻法律；重目的、轻手段；重实体、轻程序，以权代法，以言代法，有的甚至采取简单粗暴，强迫命令手段，以侵犯群众合法权益换取工作任务的完成。

三、提高计划生育行政执法水平的设想、建议与对策

（一）加大法规宣传力度，着力营造依法行政的浓厚氛围

要按照《决定》要求，广泛宣传人口和计划生育依法行政知识，努力增强人口计生干部依法行政的责任感，提高广大农民依法实行计划生育的自觉性，增强群众的维权意识。要充分利用农村集镇这个宣传阵地，开展计划生育法律知识宣传“一条街”活动，使群众在潜移默化中受到法规教育。要充分利用墙报、高音喇叭、会议等机会反复宣传，使群众家喻户晓、人人皆知。

（二）切实强化计划生育行政执法人员依法行政的意识

社会主义法制建设的基本要求是“有法可依，有法必依，执法必严，违法必究”。其中“有法必依，执法必严”是针对执法人员而言的。在实际工作中，我们要坚决按照人口和计划生育群众工作纪律，检查考评工作纪律，强化计生行政人员的依法行政意识。

（三）加大教育培训力度，努力提高计生执法人员的素质

首先是把好执法人员上岗资格关。其次是强化执法人员的法律知识和依法行政知识的学习。使培训成为计生干部法制意识、提高业务素质、掌握规章制度的有效途径，从而提高执法质量、依法行政的能力和水平。要努力建设一支思想好、作风正、懂业务、会管理、善于

做群众工作的计生队伍，把计划生育干部培养成计生行政执法的行家里手。

（四）加强法制建设，为计划生育依法行政奠定法律基础

当前与计划生育相关的法律有《计划生育技术服务管理条例》、《中华人民共和国收养法》和《社会抚养费征收办法》等。2002年9月1日公布施行的《中华人民共和国人口与计划生育法》是我国第一部以人口与计划生育工作为主要内容的基本法律，这部法律的颁布实施，是我国人口与计划生育事业发展史上一个重要里程碑，具有重大现实意义和深远的历史意义，标志着国家通过法律的形式确立了计划生育基本国策的法律地位，为实现人口与经济社会协调发展和可持续战略，综合治理人口问题提供了法律保证。《浙江省人口与计划生育条例》进一步完善计划生育法律法规体系，为我计划生育依法行政提供更有力的法律依据和保障。

（五）从建立完善社会保障体系入手，围绕群众的生产、生活、生育开展全方位服务

建立社会保障体系和利益导向机制，让少生优生者率先得到实惠。一是对独生子女在政策、资金上予以倾斜，如农村在审批建房面积时，独生子女家庭按两个子女计算；土地承包时，优先照顾独生子女家庭。二是符合生育第二个孩子条件而自愿放弃生育的夫妻，可一次性奖励几万元，也可给予养老保险。三是对二女结扎户给予养老保险，经费可采取乡、村、户三方各出一点的办法解决，解除他们的后顾之忧。四是办好敬老院，使孤寡老人老有所养、老有所靠，既净化了社会风气，也体现了我国社会主义制度的优越性，更是为计划生育工作的顺利进行提供了保障。

（六）计划生育依法行政应坚持合法性原则、合理性原则、高效率原则

依法行政要体现在计划生育管理的各个环节。即：主体合法、内容合法、程序合法。主体合法是指在我国现有体制下，实施计划生育行政管理的合法主体是各级人民政府及其所属的计划生育委员会；内容合法主要包括履行职责、职权法定、正确适用法律法规；程序合法是指计划生育行政管理机关实施计划生育法律法规活动严格遵守程序，保证计划生育行政管理公正及时，正确有效地运用法律法规。要加大社会抚养费征收力度，对违反计划生育政策的超生对象，要严肃执法，依法征收社会抚养费。要强化流动人员管理。计生部门要积极与公安、社区等对接，探索流动人员管理的新途径、新方式。

（七）计划生育行政机关要坚决履行职责，强化职能意识，有法必依

法律的生命在于实施，法律规定的再完备，程序设计的再精细，如果不能有效实施，也只是一纸空文，因而当前应重在有法必依。不管是行政主体，还是行政管理相对人，一违法，就应追究相应的法律责任，不能有例外，这一点对目前尤为重要。计划生育行政执法是计划生育行政管理中一个必不可少的环节。计生行政职能部门要强化计生工作的国策意识和责任意识，通力协作，对症下药，狠抓落实，确保人口和计划生育目标管理各项任务的实现。一是要强化国策意识和责任意识。各镇乡（街道）要进一步加大工作力度，层层落实责任，将工作任务、指标层层分解；计生部门要采取多种形式强化督查。二是要强化生育全过程管理。要不断探索计划生育村民自治工作、社区综合治理、村级计生服务队伍建设等基层基础工作。三是部门要加强协作配合。计生部门要主动与有关部门沟通，特别是对于计生工作中出现的新情况、新问题，要及时与有关部门交流，研究对策；有关部门要为计生工作出谋划策，创新工作方法。促进人口和计划生育工作平稳、健康发展。

（作者工作单位：兰溪市水亭畲族乡）

第三部分 计生宣传教育

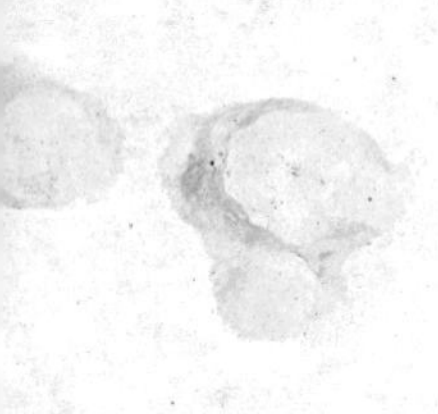

对当前人口计划生育宣传工作的前瞻思考

吴雪翠

人口与计划生育宣传教育是党和国家宣传工作的一部分，是国家推行计划生育的重要手段，是建设社会主义精神文明的一个重要方面。不同时期的工作目标和工作任务，需要不同内容和形式的宣传教育，不同时期的社会、经济环境孕育着不同的宣传教育模式。笔者结合多年从事计生宣教的工作经验，对当前人口计划生育宣教工作作一些前瞻思考。

一、当前人口计生宣传工作存在的主要问题

近年来，计生部门坚持把人口计生宣传工作作为基础性工作来抓，有效推动了广大育龄群众婚育观念的转变。但工作中仍有提高和改进的方面。

（一）大宣传格局尚未形成，宣传氛围不够浓厚。大部分计生宣传主要集中在世界人口日、艾滋病防治日、法制宣传日等几个特殊的日子，且多数限于摆桌子、发材料、挂条幅、写标语等常见的宣传方式。在电视、报刊、网络等媒体上也少有计生工作的报道，宣教工作基本处于计生部门“单打一”的局面。宣传形式较单一，方式不够灵活，氛围不够浓厚。

（二）精品宣传、特色宣传匮乏。随着时代的发展，应不断创新宣传工作。当前计生宣传缺乏有创意、引人注目、更具地域特色和文化特色的宣传阵地和宣传方式。宣传手段不够现代化，整体设计上不够人性化，“精品工程”、“特色工程”极其匮乏。

（三）宣传职业化队伍建设有待加强。当前从事计生宣传的工作人员多不具备应有的专业知识和相关经验，宣传人才比较匮乏，宣传队伍建设有待加强。由于多数宣传干部并不是以宣传工作为主，有的地方甚至把宣传工作机构并在相关科室，使计生宣传工作没有得到应有的重视。随着人口计生工作的深入推进，建设一支职业化、专业化、高素质的宣传队伍势在必行。

（四）流动人口管理机构不健全、力量薄弱。越来越多的流动人员给计生宣传工作带来巨大的困难。现在按户籍人口数量配备机构编制和管理人口的现状远不能适应现居住地为主管理体制的需要。目前，一些没有设立专门的流动人口计生管理机构的镇（街道）只能由计生办人员兼职，难以承担日益剧增的流动人口服务与管理的重任。

二、对当前人口计生宣传工作的前瞻思考

（一）在人口计生宣传队伍的建设上，努力建设一支适应现代化、专业化、多样化宣传工作要求的职业化宣传队伍。事业成败，关键在人。中央新《决定》对人口计生宣传工作提出了新的更高的要求，也对加强职业化队伍建设提出了明确的方向。必须要从年龄、性别、文化程度、专业技术及构成比例等方面通盘考虑，建设一支适应现代化、专业化、多样化宣传工作要求的职业化队伍。要制定科学合理的奖惩措施，激发工作积极性；对宣传工作成绩突出的优秀干部，要大胆选拔任用；对不适应形势要求的，予以转岗换岗，努力形成开放、

合理、有进有退的用人机制。

（二）在宣传理念上，要再认识。在当前“坚持以人为本，构建和谐社会”的新形势下，重新认识人口计生宣传工作，形成新的理念：一是宣传就是服务的理念；二是宣传就是保障的理念；三是宣传就是人口计生部门、相关部门共同责任的理念。

（三）在宣传目标上，要重新型生育文化建设。随着社会的发展，人们的婚育观念正在发生深刻的变化。要彻底转变传统落后的生育观念，一方面要靠发展经济，带领群众勤劳致富，增加家庭收入，提高生活水平和质量。另一方面要靠建立新型的婚育制度、宣传科学文明的婚育观念。建设新型生育文化要坚持以人为本的理念，根据群众的不同需求，做扎扎实实的宣传教育工作；根据群众的不同爱好，开展丰富多彩的婚育新风进万家活动；要研究群众对计划生育和生殖健康知识的需求，为群众提供通俗易懂的宣传品，促进群众婚育观念的转变，推动新型生育文化的建设。

（四）在宣传方式上，要注重群众参与。改变过去计划生育宣传教育程式化状况，即一般化的标语和节假日的重复性集中活动。通过丰富多彩、有声有色、生动活泼的宣传形式吸引群众，突出服务群众，突出个性化、有针对性的宣传服务。除充分利用传统形式外，还应利用电子广告、互联网站、声讯服务、短信息、数字技术等网络形式进行宣传。

（五）在宣传内容上，要更有针对性。计划生育宣传教育工作的内容要根据计划生育工作形势的发展及不同人群的需求而不断调整、拓宽。对育龄群众开展计划生育宣传教育，应包括以下内容：基本国情、政策法规和科普知识的宣传教育；计划生育法规、条例等政策以及有关法律中涉及婚姻和计划生育规定的宣传；婚育科学知识，如生殖健康、生命科学、晚婚晚育、优生优育、避孕节育、妇幼保健等多方面知识的宣传；计划生育中涌现出的先进典型、人物和事迹的宣传。

（六）在宣传组织上，要大联合、出精品。计划生育是一项需要齐抓共管、综合治理的工作，涉及社会、经济、生活的各个方面，要调动社会宣传单位和新闻媒体，形成“大宣传、大联合、出精品”的态势，整合宣传教育资源，不断推出新的宣传形式和宣传内容。加强对社会宣传在政治性、思想性和有关政策的把握和指导，充分利用这一大众传播媒介，大力开展人口与计划生育的社会宣传，在全社会形成有利于计划生育的舆论氛围，为全面建设小康社会创造良好的人口环境。

（作者工作单位：金华市计划生育宣传技术指导站）

论农村计划生育宣传教育工作

盛淑清

一、领导重视加强保证力

做好新时期宣传教育工作，不仅关系到计生工作的推进，重要的是影响农村精神文明建设，新农村建设。一把要重视宣传教育，加大人力经费的投入，为开展这项工作提供精神动力、思想保证和舆论支持。

宣传教育工作重点在于抓信息传播和知识普及，关键在于说服动员。所以，重视宣传教育工作首先要在加强队伍建设上下工夫。要加强宣传员的管理和培训，提高他们的能力；要选拔素质高、有能力、责任心强的工作人员到宣传队伍中来。相应的经费更是宣传教育工作的物质基础。

二、贴近实际增强吸引力

人口政策、计划生育法律法规和单一的生殖健康科普知识内容繁多而且较为枯燥，如果仅靠发发宣传资料、出出墙报、贴贴图板的宣传方式，很难吸引偏远山区、农务繁忙的农民的学习兴趣。这就要求农村计划生育宣传教育工作要随着时代的发展和人们需求改变，要不断拓宽服务领域，创新宣传教育的方法，丰富计划生育宣传教育内容，扩大宣传教育的覆盖面、影响力和感染力。

在宣传对象上，要打破宣传教育对象仅为育龄妇女的局面，将其拓展为进入青春期到退出更年期的全体人群。不能为了应付上级的考核，只强调部分育龄群众的计生知识知晓率，忽视了农村老人、青少年及其它人群的计划生育宣传和培训。

在宣传内容上，要通过多层次的宣传教育，真正转变群众的婚育观念。要继续深入开展“婚育新风进万家”活动，强调公民的计划生育义务也要宣传权利；要介绍避孕节育知识也要介绍青春期、新婚期和更年期等生殖保健知识、优生优育知识以及性病、艾滋病等性防治知识；防治要宣传女性生殖保健，也要介绍男性生殖保健，使“婚育新风进万家”活动得到丰富、延伸、升华，从而更好地弘扬生育文化的主旋律。

在宣传方法上，要努力改变过去单一落后的宣传方式，在宣传教育中做到“三化”：一是趣味化。比如宣传计生法律法规知识，可以村组为单位举办一些知识竞赛和开展专题演讲，这样既丰富了农民的业余生活又激发了他们的学习热情。二是直观化。一些对村民来说相对深奥的生殖健康、避孕节育、优生优育的科普知识，要采取直观、简洁的宣传方式深入浅出的进行宣传。可以在人口学校、农村文化示范户、生育文化宣传教育点播放生殖影片、现场咨询、挂图讲解或有线电视播放计生宣传教育片等途径，向农民进行宣传。三是经常化。计生宣传干部在宣传教育工作必须腿勤、脑勤、嘴勤，经常深入村组、院落、用身边的人和事教育引导群众，以提高宣传效果。

三、各方配合扩大影响力

计生宣传教育工作是一项社会系统工程，要真正转变群众的生育观念，单靠人口计生部门、村计生人口学校开展为数不多的宣传活动，是远远不够的，必须各方配合，以建设新农村为契机展开宣传。与文化、卫生、妇联、团委等部门或群众团体紧密配合，积极主动地融入新农村建设，组织群众开展形式多样的专题讲座和文艺宣传，这样既省时省力，又解决了部门单独宣传小打小闹影响力不大的问题。计生宣传教育可利用“青年节”、“母亲节”、“5·29协会会员活动日”、“ 7 · 11 世界人口日” 等节日、“计生‘三查’服务”、农村集会等时机广泛宣传，联合文化部门编排一些寓教于乐的文艺节目，深入乡村巡回演出。可以借农村信用联社退耕还林兑现工作发放宣传资料等，等等。当前农村全力推进新农村建设，计生宣传工作要抓住机遇，贴进实际，主动融入，力争有为有位。此外，要充分发挥村计生协会密切群众的组织优势和群众优势，通过召开村民座谈会、自办群众喜闻乐见的等活动形式，调动群众自觉参与计生宣传的积极性，当好宣传员。

四、真情服务散发感染力

要改变宣传教育习惯于一味向群众灌输的做法，改变“以我为主”、“我要宣传”，无论群众是否需要，都跟着“我的感觉走”，将宣传教育的一些内容硬塞给群众的观念和做法。要在宣传教育理念上创新，确立按需宣传教育的理念。变“我要宣传”为“要我宣传”。确立按需宣传教育的理念，把“群众欢迎不欢迎、满意不满意”作为评估宣传教育效果的重要指标，作为衡量宣传教育工作者成绩的最终标准。按需宣传教育，必须结合群众的实际，满足群众的需求。随着市场经济的不断发展，群众的需求也在不断变化，他们除了需要获取计划生育政策、避孕节育知识以外，还想获取致富信息、技术等。要下发宣传教育专题调查表，或者组织有关人员下基层调查研究，就宣传教育的内容、形式等征求群众与基层计划生育干部的意见，并根据调查结果确定年度宣传教育的重点，使宣传教育更具针对性，也更有实效。

参与文献

[1] 梁洪彬，武振江 . 浅谈如何做好新时期计划生育宣传教育工作 [J]. 黑河学刊，2006, (04) .
[2] 刘平，叶海鹰 . 计划生育宣传教育工作的改革与思考 [J]. 黑河学刊，2004, (01) .
[3] 于霞 . 计划生育宣传教育的改革创新 [J]. 南京人口管理干部学院学报，2006, (01) .
[4] 杨君 . 浅议人口和计划生育宣传教育理念创新 [J]. 黑河学刊，2007, (04) .

（作者工作单位：浦江县杭坪镇计生服务站）

对基层开展优质高效计生宣教工作的一点认识

周丽妮

党中央、国务院在《关于全面加强人口和计划生育工作统筹解决人口问题的决定》中明确提出，要加强人口和计划生育宣传教育。报刊、广播、电视、互联网等大众媒体，特别是主要媒体要采取灵活多样、生动活泼的形式，持续广泛开展人口和计划生育方针政策的宣传，总结报道先进经验和典型，扩大宣传的覆盖面和影响力。尤其要在农村、基层，着力开展优质高效的计划生育宣传教育。

一、强化组织领导，提供机制保障

基层计生宣教工作的优质高效首先体现在坚强的组织领导和完善的机制保障上。各级政府部门在人口计划生育宣教工作上，要加强领导，成立组织，建立健全宣教工作责任制和例会制度，畅通渠道，努力把人口计生这个“国策工程”办成全民响应、全民参与的“合唱工程”，形成上下联动、部门联合、干群联手的宣教工作格局。

二、强化队伍建设，畅通宣教渠道

基层计生宣教工作是否优质高效，很大程度取决于队伍是否成熟精干，渠道是否通畅便捷。就建设一个成熟精干的队伍而言，一要调整充实县、乡、村三级宣传教育工作专职队伍，让宣教业务能力强的同志负责计生宣教工作；二是加强队伍的业务技能培训，努力打造学习型、服务型、创新型的基层计划生育宣教队伍。构建一个通畅便捷的宣教渠道一要建立党委政府服务、基层党校参与、广电媒体配合、中小学校响应的社会宣传网络；二要有一个计生部门牵头、相关部门联手、技术服务部门齐上的专业宣传网络；三要建立计生协会、群众团体、厂矿企业多方联合的群团宣传网络，切实延伸网络触角，渗透百姓生活。

三、强化创新机制，突破传统模式

计划生育宣传教育工作要做到优质高效，就必须突破传统模式，做到“一把钥匙开一把锁”，进行有针对性的宣传。要从生产、生活、生育、生存等各方面进行宣传，以饱满的热情把群众的需求送进家门。用科学的道理教育人，用先进的技术武装人们的头脑，使群众对计生政策科学知识真正入脑入心。宣教工作者要在掌握透彻国家的大政方针，把握政策导向的同时，努力了解下情，这样才能做到优质高效地宣传计划生育。

四、强化引导机制，优化宣教环境

榜样的力量是无穷的，在计划生育宣传教育工作中，要不断地培养树立先进典型，充分发挥模范的带头作用，以优秀的典型感化人，使群众致富有目标，学习有方向。正确引导基层群众崇尚科学、移风易俗、发扬传统美德，提倡科学健康的生活方式，形成文明向上的社会风貌。与此同时，还要不断强化利导机制，一方面结合宣传教育活动，兑现计划生育奖励优惠政策，开展以帮贫扶困为主题的“三结合”帮扶活动。另一方面结合宣传教育培训，发放印有计生政策、生殖保健、科技致富知识的宣传品、纪念品。以工作上的极大热忱和真情实意去赢得群众理解、获得群众支持、争得群众参与。

五、强化协作机制，寻求广泛支持

要主动协调宣传、卫生、文化、教育等部门，实施计生宣教大联合，把实行计划生育渗透到各个领域。要在融入上下功夫，“借米下锅搭台唱戏”。如在目前开展的创优争先建设中，可以把计生宣教工作融入其中，把它作为创优争先活动的一项重点工程。要在全社会开展比学赶帮活动，从根本上转变人们的生育观念，促进计划生育工作的深入开展。

六、强化监督机制

基层计生宣教工作优质高效要得到切实保障，还应着重抓好相关工作的过程评估与效果追踪，及时听取群众的意见或建议，广泛接受社会各界和群众的监督，通过实施有效的监督，加快宣教创新，促进基层宣教工作不断向着“以人为本”、规范科学的方向发展。同时，还应强化奖惩机制，定期或不定期召开宣教工作通报会、开展宣教工作民意测评、组织宣教工作考评考核等举措，奖先进促后进，推动基层党委政府树立正确的宣传导向，精心打造顺应时代的宣教品牌，努力通过宣传教育这个平台，使人口和计划生育最终变为群众关注、关心并积极参与的自觉行动。

（作者工作单位：武义县壶山街道计划生育服务站）

论以人为本提升计生宣传技术工作水平

贾陆鸣

计划生育宣传技术关系到人民群众的利益。永康市计划生育宣传技术指导站在市委、市政府以及人口和计划生育局党组领导下，认真贯彻党的十七大精神，以人为本，从人民群众的需要去安排工作，从育龄群众的感受去换位思考，在工作中贯彻落实科学发展观，努力提升计划生育宣传技术工作水平。

一、从提高思想道德素质入手，优化工作作风，构建和谐单位

（一）坚持政治学习和业务学习制度，提升职工素质。把学习政治理论作为提高职工职业道德水平的重要手段，树立全心全意为人民服务的职业道德观念。开展“精神文明单位”和“巾帼文明示范岗”的争创活动，深入基层了解情况，慰问计生困难户，向计生困难户捐款。加强指导干部职工作风建设，不断完善劳动纪律、医德医风、医疗质量、药具管理等各项规章制度。实行医务人员身份、收费项目、价格等公示制。设立监督电话、意见箱。

（二）积极为职工办实事，切实维护职工权益。坚持常年开展送温暖活动，坚持每年组织职工进行身体检查并定期发放职工津贴。组织各项文体活动，增强凝聚力。为丰富党员干部精神生活，订购各种政治、业务报刊，不断提高干部职工的政治素质和业务工作能力。

二、深入宣传教育，优化计生工作环境

宣传教育是做好计生工作的前提，宣教工作的好坏直接关系到计划生育工作成效。为此，我们把宣传教育工作放在突出位置，力求使人民群众树立更自觉的计生意识。

（一）多层次、全方位宣传计生知识。

利用计生服务员会议和镇（街、区）召开村、居民联系员会议机会，开展生殖健康、优生优育、避孕节育、避孕药具的基本知识和基本技能培训，提高计生科普知晓率。会同宣传部、药监、工商、计生协会、卫生等部门开展“5·29”协会纪念日、母亲节、7月11号世界人口日活动，到各镇街区为外来妇女进行健康检查等宣传咨询活动，认真开展妇女维权和生殖健康知识宣传与咨询，吸引市民接受教育和服务。协同卫生部门开展防艾宣传和咨询，共同抗击艾滋病。积极做好优生“两免”宣传咨询和检测工作，制作了大量生殖保健、避孕药具、优生检测及五期保健知识的宣传牌分发到全市各个行政村。与计生局宣传科、电视台、报社协作，举办计划生育专题和专栏。

（二）提高服务水平，开展以技术为重点的优质服务

指导站全体职工充分发挥工作积极性，发扬不怕苦不怕累精神，努力为基层育龄群众提供计生优质服务，仅2009年1–11月份就做四项节育手术6343例（其中女扎1471例，男扎20例，放环2005例，人流1414例，引产195例，取环1211例，放取皮埋27例，透环妇检25519人），门诊就诊人次达14500人。

为提升计生优质服务，指导站特别注重人才培养。派妇科技术骨干到杭州、南京、金华等医院进修、学习，同时还邀请市医院专家到站讲课，进行现场技术指导。

为了认真做好药具的宣传工作，指导站对药具的宣传牌重新制作，并制订几种药具知识的宣传牌分发到全市每个行政村张贴。并增补了近700多只药具箱，进一步规范基层药具管理。除原有避孕套发放渠道外，在人员比较集中地方又增加了许多药具免费发放点，在市区的一些主要街道、宾馆、文化娱乐场所安装了二百台自动售套机，进一步拓宽药具发放渠道。

（作者工作单位：永康市计划生育宣传技术指导站）

关于建立网上计划生育人口学校的思考

楼勤

人口学校是育龄人群接受新生育文化的主要课堂，它借助计划生育宣传站、指导站等的职能，在宣传党和国家的计划生育方针政策、普及基本国情教育、倡导控制人口数量、提高出生人口素质等方面，发挥了积极的作用。在网络和现代教育技术飞速发展的今天，传统的计划生育人口学校形式已不能满足需要，如何建设网上计划生育人口学校，成为当前必须认真研究的问题。

一、网上计划生育人口学校的必要性、优势分析

传统的以固定场所为特征的计划生育人口学校，基本都是采取的“一对多”的课堂讲授方式进行宣传，由于授课的时间、地点固定，且讲述的知识一些是带有私密性的，不可避免地导致了很多计划生育人口学校听课人员减少的现象。

随着社会的进步和个人的自主性越来越强，人们更需要一种便捷的、全天候的、私密的教育，网络宣传就适应了这种需求。

与报纸、杂志、电视、广播等传播方式相比较，网络宣传是一种更为亲和、富有人性气息和时代性的宣传方式。

（一）首先，网络传播不受范围和时空限制，具有交互性和纵深性，且制作成本低、速度快，而且编辑非常方便。网络制作的周期非常短，可以根据受众和传播者的需要随时更改宣传的内容。

（二）其次，网络宣传的受众关注度高，55%的网上用户使用计算机时十分专注。网络宣传投放也更具有针对性，同时，网络传播私密性强，可以给特定人群提供特定的服务。

（三）第三，由于网络宣传能够进行完善的统计，可以较好跟踪和衡量宣传效果，及时了解用户和潜在用户的情况。这是其他传媒达不到的。

（四）与以此同时，网络的传播还具有人性化设计、个性化服务、科技含量高、文化品位高、为广大群众提供零距离服务等等这样一些特色。

因此，建立网上计划生育人口学校，可以借助于网络传播面广、速度快，尤其是可为个人提供私人化的宣传和服务的优势，为广大受众提供获取生殖健康、政策法规等知识。

总之，人口与计划生育信息网络传播的前景是非常好的，人口与计划生育网上学校将成为具有时代特色的计划生育宣传教育的新途径。

二、对建立网上计划生育人口学校发展的建议

（一）定位准确。

网上学校应该从满足群众需求，提供零距离服务上进行定位。应充分利用网络的资源性、便捷性、私密性、互动性以及开放性等特点，为群众提供准确、快捷、有效的计划生育服务。

要把网上人口学校真正办成受众感兴趣、喜欢看的学校。

（二）品牌效应。

是否能成为叫得响的品牌，群众是否喜欢是重要的评判标志。在内容上，要把科学的生殖健康知识和色情内容严格区分开来，要讲针对性，把青少年受众和新婚夫妇受众区分开来。要提高从事网络宣传人员的素质，加强人员培训。政府网站需要负责任，法律法规要准确无误，科学知识也要准确无误。要形成自己的特点和优势。

（三）办出特色。

要与其它商业网站区分开来。要更好地发挥资源，对于各级计划生育网站，计生部门要积极协调，要让每个网站各有所侧重、各具特点，将各级网站连在一起，形成一个整体的，既有一定的涵盖面，又有各自特色的网站群，从而提高效率，节省资源，形成特色。

（四）注重调查。

对于计划生育网站的效果，仅仅靠网络上的调查是不可靠的（网上可能出现虚假信息），要脱离网络来进行实际的，更具科学性、合理性的调查，以取得更好的宣传教育效果。

参考文献

[1] 赵志国，陈冬云，高宇，打造品牌，促进三级人口文化学校网络建设 [J]，人口与计划生育，2008，(6)。

（作者工作单位：义乌市稠城街道计生服务站）

关于新形势下计划生育宣传教育工作的探析

楼云芳

一、计划生育宣教工作的新变化

时代的变化，给计划生育宣传教育工作带来许多新的变化，主要表现在人口形势、工作环境、工作任务、工作对象等的变化上。新变化对计生宣教人员提出了新的、更高的要求，只有与时俱进，不断创新，才能做好计划生育宣传教育工作。

（一）工作形势与任务的变化

新时期人口计生形势是相对稳定的低生育水平，计划生育工作的重心或者说任务是在稳定低生育水平的基础上提高人口素质。计生人口宣教工作自然也应有所调整，或者说较多地转移到提高人口素质上来。除了宣传人口计生政策、生育文明，还要从群众的愿望与需求出发，开展生殖健康科学知识的普及，进一步转变人们的婚育观念，提高人口素质，建设社会主义新型的生育文化。

（二）工作环境的变化

现代技术进步与文化事业的发展，为计划生育宣传教育工作提供了一个全新的工作环境。与过去那种看报看电视接受信息的情况相比，现在人们获取信息的渠道更广：即时通讯、网络论坛与博客都成为了人们获取信息的来源。这些也改变了计划生育宣传教育的方式，计生宣教要充分利用现代化的宣传教育渠道，扩大宣传教育的影响，更好地为计划生育服务。

（三）工作对象的变化

计划生育工作取得了巨大的成就，计划生育宣传教育工作对象也相应发生了变化。人们对生育质量、生活质量、生命质量的关注，以及自主意识与权益意识的增强，让计生宣教在原有的全民覆盖，转向以育龄人口以及流动人口为主。宣教工作一方面要重视育龄妇女生殖健康水平的提高；另一方面，要加强对流动人口与计生弱势群体的关注。通过宣传教育增强他们的自主意识与维权意识，提高他们的生活质量，促进社会的和谐。

二、做好计划生育宣传教育工作的对策措施

（一）把握时代特点，创新宣传教育理念

在以人为本，实践科学发展观，建设社会主义和谐社会的今天，计划生育宣传教育理念必须以科学发展观的理念，来统领计划生育宣传教育工作。

首先，必须创新宣传教育内容，引导广大的育龄群众确立科学进步文明的婚育观念，推动人口素质的持续提升。

其次，要树立服务的理念，计划生育宣传教育工作，说到底是为广大群众提高生活质量与生育质量服务的，要在服务理念的指导下，多进行符合人民群众生产生活需要的内容宣传，帮助人民群众实现生活质量与生育质量的提高。

再次，要有依法宣传教育的理念，改变一味地灌输的宣传教育方法，从人们关注与需要出发，转变广大群众从被动接受到主动要求参与的宣传教育局面。

（二）把握群众需求，拓展宣传教育内涵

当前，广大群众的个性化需求已成为社会服务的一个显著特征，计划宣传教育工作要改变以往的那种重群体，轻个体的宣传套路，要根据群众的需求，体现人文关怀，在宣传教育内容上突出文化品位与人文气息，以群众喜闻乐见形式打动群众，以人性化的服务满足群众。要宣传内容从控制人口数量、提高人口素质，拓展到稳定低生育水平，提高出生人口素质、改善人口结构上来；从人口国情宣传，拓展到人口发展战略研究、人口安全的宣传上来。

（三）利用先进技术，丰富宣传教育手段

计划生育宣传教育工作要满足人民群众的个性化需求，就要充分利用现代网络的便捷与互动的特点，为群众提供准确及时的服务，实现零距离、一对一的计划生育宣传教育；要善于利用多媒体技术、宣传教育短片，以专场教育或是有线电视网络等渠道进行计划生育政策与相关科学知识的宣传普及。要改变以往简单的宣传标语等手段，以社区文艺活动、竞赛活动等为宣传教育手段，有针对性地进行宣传服务。

（四）提升工作水平，加强宣传队伍建设

要完成新形势下宣传教育工作任务，巩固工作成果，就必须有一支具有时代特点、深刻把握新形势下计划生育宣传教育工作精髓的干部队伍。一方面，要在队伍中树立终身学习的理念，鼓励广大宣传教育工作者提高综合素质，工作能力。要学习现代网络技术、多媒体等新知识，跟上形势的发展。另一方面，要加强宣传教育干部的培训，全面提升宣传教育工作服务水平，推动人口计划生育工作的发展。

参考文献

[1] 李玉双，创新人口与计划生育宣传教育的理念，活力，2009.5

[2] 吕春香，对基层计划生育宣传教育工作的探讨，胜利油田党校学报，2006.5

[3] 张淑萍，新形势下如何做好计划生育宣传教育工作的思考，管理观察，2009.5

（作者工作单位：义乌大陈镇人民政府）

浅谈如何创新人口和计划生育宣传教育工作

林　宏

近年来，温州人口和计生工作在各级党委、政府及全市上下的共同努力下，取得了很大成绩，为温州经济社会的可持续发展做出了贡献。但是，我们也清醒地认识到，温州市人口状况与经济社会协调发展的目标还有较大差距，还有许多不完善的地方。人口和计生工作也出现了许多新情况、新问题和挑战，这些势必影响人口和计划生育工作。

一、人口和计生宣传教育存在的问题和不足

（一）人口和计生宣传教育工作认识不到位。人口计生宣传教育工作是一项长期的系统工程，在短期内很难直接看到效果。所以一些人往往对宣传教育在人口和计生工作中的重要地位、先导作用缺乏深刻理解和认识，将宣传教育边缘化，缺乏宣传教育的长效机制。

（二）人口和计生宣传教育的方法不适应新形势发展的需要。人口和计生宣传教育适应广大育龄群众对计生知识的内在需求，育龄群众就愿意接受。但传统的、简单的宣传教育模式，减弱了宣传教育的亲和力和感染力。部分地方缺乏改革创新意识，不注重调查研究，对当前人口和计生工作形势分析研究不够，问题缺乏深层次思考，往往是重宣传形式，轻实质内容。

（三）人口和计生宣传教育工作经费不足。个别地方乡、镇人口学校宣传阵地设施简陋，宣传资料短缺。电教设备老化，长期得不到更新。阵地培训缺乏吸引力，群众参与性不够。

（四）人口计生宣传队伍建设有待加强。当前，许多县（市、区）计生宣传队伍整体素质不高，多数不具备应有的专业知识和相关工作经验。或宣传人员一职多岗，不能集中精力抓宣教，往往是"头痛医头，脚痛医脚"。个别地方宣传工作者和文艺人才得不到重视，后备力量培养不够，造成宣传队伍不稳定。

二、人口和计生宣传教育工作的几点思考

（一）创新人口和计划生育宣传教育理念。

要确立以科学发展观为人口和计划生育宣传教育的核心理念，在宣传教育实践中创新宣传内容、方法、方式等，从而营造良好的社会舆论氛围，引导广大育龄群众确立科学、文明、进步的婚育观。要确立依法宣传教育、按需宣传教育、宣传教育虚实结合等理念，突出主题，服务大局，推动社会主义人口文化和生育文化建设，为经济社会的可持续发展创造良好的人口环境。

（二）创新人口和计生宣传教育长效机制。

人口和计生宣传教育是一项长期的社会系统工程，需要各方面的配合和参与。要用责任制的办法把人口和计生宣传教育纳入地方和部门工作规划，明确责任主体，建立问责制度。一是要建立人口和计生宣传教育经费保障机制，必须要有相应的财政投入保证，相应的设施条件基础；二是要建立人口和计生宣传教育联席会议制度，充分发挥党委的统一领导作用以

及各级各部门积极推动作用，通过宣传教育联席会议制度，调动各级各部门的工作积极性，协调各级各部门的工作步伐，达到人口和计生宣传教育工作整体推进、协调发展的效果；三是要建立完善新闻发布会制度，形成重大问题和突发事件新闻报道快速反应机制。

（三）创新人口和计生宣传教育内容。

要根据人口和计生形势的发展及不同人群的需求而不断调整和拓宽，以增强人口和计生宣传教育的吸引力。一是在国情国策宣传方面，要由原来单纯宣传基本国策和国家利益，转向深入宣传人口计生在全面建设小康社会中的重要地位，宣传人口理论以及人口与经济社会资源环境协调发展和可持续发展战略；二是政策法规宣传方面，要由原来注意宣传群众计划生育的责任、义务，转向全面宣传群众权利与义务的统一，开展全民性普法教育，提高群众的维权意识和知法、懂法、守法的自觉性；三是在科普知识宣传方面，要由原来注意宣传避孕节育知识，转向系统地生殖健康科普知识教育，宣传生殖保健、优生促进、妇女健康促进、性健康教育、性病和艾滋病预防等知识，促进人的生命质量、生活质量、生育质量的提高；四是在宣传范围方面，要由原来主要围绕控制人口数量开展宣传教育，转向生育文化建设方面，提高宣传科学、文明、进步的婚育观念，提倡健康文明的生活方式，倡导家庭美德和社会公德。

（四）创新人口和计生宣传教育方式方法。

计生干部要坚持以人为本的思想，以情感人，以理服人，以友善、真诚的态度，从服务对象的角度出发。注重宣传教育的方式方法，着力解决宣传内容陈旧、形式单一的现象，突出宣传教育的趣味性、直观性、实用性、经常性和新颖性，把握宣传教育“着力点”，以增强宣传教育的渗透力，改变过去宣传教育程式化的状况。要充分运用广播、电视、网络、手机短信、公交车载电视、楼宇电视、墙报、农家书屋等多种形式开展宣传教育。

（五）创新人口和计生协会的服务功能。

计生协会的生命力在于活动，活动的感染力在于创新，要将转变观念想服务、掌握知识会服务、创造条件服好务作为自己的工作标准，继续保持和发展自己的特色，创新活动形式，丰富活动内容，从配角变为主角，从台后走到台前，进一步转变服务理念，丰富服务内容，拓宽服务范围，提高服务水平。要引导群众履行计划生育的义务，又要帮助群众解决实行计划生育中遇到的实际困难，使群众在实行计划生育之后的合法权益受到保护。

（作者工作单位：温州市瓯海区计划生育宣传技术指导站）

虚功实做 润物无声

——深化人口计生宣传教育的新途径

曾 徐

宣传教育工作在推动人口计生事业发展中发挥着不可替代的作用。随着时代的进步，人民观念的变化，人口计生宣教工作也进入了稳定低生育水平，统筹解决人口问题，促进人的全面发展的新阶段。宣传内容由控制人口数量为主向统筹解决人口问题转变，需要从更广的领域、更深的层次来理解、建设人口文化。

鄞江镇人口计生部门不断与时俱进，开拓创新，积极探索具有鄞江特色的工作模式。将计生宣教工作作为推动人口计生事业科学发展的基础性、先导型工作，注重"全面、协调、可持续发展"，着眼于全局、着眼于长远，实施文化导向，体现品位追求，注重群众参与，建立长效工作机制。

一、以共识促发展，充分发挥宣传教育的先导作用

近年来，鄞江镇依托新农村建设、"星光工程"等创建工作，以婚育文明建设为主题，创新宣传教育阵地，因村制宜创建人口文化大院，人口计生宣教阵地日益健全和完善，婚育文化建设已经成为和谐村落文化建设的主要载体，受到村民的欢迎。

一是规范了人口学校建设。人口学校创建至今已有多年，创建时购置的教育设施和上墙内容已不适应形势发展的需要。镇政府加大投入，为各村的人口学校制作了统一的牌子、统一版面、统一上墙内容。目前，全镇12个行政村、1个居民委的人口学校基本达到了规范标准，为"六期"教育制度化、规范化开展提供了有利条件。据统计，2009年鄞江镇人口学校针对不同年龄、不同层次群众和需求，开展不同内容的宣传服务，为基层育龄群众提供以人口形势、政策法规、婚育文明、妇女维权、艾滋病防治、青春期性健康等为主要内容的菜单式服务，举办各类培训和讲座45期，受训人数达到6000多人次。

二是建立婚育文化图书角

鄞江镇充分利用"星光工程"的"三点一室"，专门在综合阅览室中开辟了婚育文化图书角，购置内容包括人口计生知识、家庭保健、生活常识、生产培训信息等婚育文化图书，让广大村民群众免费阅览；每一个村都订了《中国人口报》、《当代家庭》、《人生》等报刊。为方便流动人口学习，去年在党员服务中心也开辟了婚育文化图书角。目前全镇有婚育文明图书角14个。

三是精心做好环境宣传

近几年，借"星光工程"和"和美家园"的创建，全镇各村（居）普遍制作一批高质量的村级宣传窗，并在宣传窗中设置人口计生专版，畅通了传播计划生育政策、婚育科普知识的宣传渠道，营造了较为浓厚的计生宣传氛围。有条件的村（居）还通过制作灯箱、广告牌、墙头婚育文化图片 / 漫画或标语以及婚育文化雕塑等，积极打造婚育文化园地，结合新农村建设，把计划生育宣传内容渗透进去，做好乡风文明、村容整洁的文章，并开展了婚育文明

图书角、星级婚育文明村创建活动，其中大桥村、悬慈村已经达到三星级标准。依托这些婚育文明宣传阵地，我们把婚育文化纳入村落文化，倡导婚育文明，扩大了婚育文化的影响力。

二、以改革求突破，凸显人口计生工作的科学发展

鄞江村村有祠堂或老年协会，村民有在此举办红白喜事、婚嫁庆典等习俗。在区计生局的大力支持和指导下，各村策划启动了乡土婚俗礼堂建设。利用这一教育阵地，既为服务百姓，又推进婚育文明建设。

润物无声。乡土婚俗礼堂成了农村人口计生宣传教育辐射源，通过它，不仅在新婚人群中倡导自觉参加婚检，优生优育优教等重点知识，还把关爱女孩、关注男性生殖健康、流动人口服务、便民维权服务等宣传也实实在在地开展了起来。以新婚人群为基点，扩展了宣传覆盖广度。

在大力推广乡土婚育风俗礼堂的同时，还以村（居）新家庭文化屋、计生协会会所、人口文化大院等各种宣传平台引领农村婚育文化，促进了全镇村落文化的繁荣发展。婚育文明的宣传，使群众在领略新农村新面貌的同时，潜移默化地接受新型生育文化的浸润，促进了乡风文明。

三、以实干赢实效，体现人口计生工作的理念嬗变

人口计生标语是各个历史时期人口计生工作的风向标，体现了当时计生工作的重点。“一个不少，两个正好，三个多了”是20世纪70年代标志性标语；“响应国家号召，一对夫妇一个孩”是80年代常见的计划生育标语。从2001年至今，人口计生工作步入稳定低生育水平，统筹解决人口问题的新阶段，计划生育广告、标语更趋人性化，内容更丰富，如“生男生女一样好，女儿也是传后人”、“优生优育优教，利国利民利家”、“树立科学、文明、进步的婚育观念”。鄞江镇结合本地实际，积极转变政府职能，摒弃旧有的硬性管理模式，给群众以温情建议，塑造以人为本的服务型模式。

一是宣传载体上突出多维度。将宣传品入户率作为人口计生目标责任制考核的重要内容。在公路干道旁设立宣传牌，打造婚育新风一条街。

二是宣传方法上突出传统与现代相结合。除传统的宣传方式外，积极探索创新方式，寻找突破口。如与相关报社、电台联手创办乡镇计生专栏，开设“关爱女孩行动”专题宣传。

三是宣传对象上做到“重点关注”与“全面开花”相结合。在重点宣传上，逐个在药店宣传。在各个药店的醒目位置张贴“严禁非法销售终止妊娠药品”的提示语；向医院和计划生育服务机构B超工作人员和引产手术人员宣传。组织所有妇产人员、B超工作人员学习有关法律法规，强化纪律，做到吃透政策，把握界线。

创新宣传教育方法要注重虚实结合，从人民群众最关心的问题抓起，将宣传新的婚育观念融入到为群众办实事当中。其次，宣传教育也是硬指标。过去，人们总认为宣传教育是“软任务”，不是硬指标，也不能直接产生效益。宣传教育，虽不能立竿见影，但其长远效应是毋庸置疑的。这种长远效应突出表现在人们婚育观念的转变上。

（作者工作单位：宁波鄞江镇政府）

立足本土 创新思路 推进人口计生宣教工作

俞晶晶

随着我国人口进入稳定低生育水平阶段之后，新时期人口计生工作的主要任务开始向统筹解决人口问题、促进人的全面发展转移，人口计生宣教工作在迎来新的发展机遇的同时，也面临着新的挑战。如何把握机遇、解放思想、与时俱进，创新工作思路和方式，深化人口计生宣传工作，已成为摆在人口计生宣传教育工作者面前一个重要课题。

一、创新观念，树立宣传教育高起点、高质量理念

首先，要强化发展意识。新时期推进人口计生工作必须从传统思维方式向现代思维方式转变，从单纯改变人的生育行为向转变旧的婚育观念、建设新型婚育观念转变，把人口计生工作植根于社会经济发展全局之中，深入社会主义新农村建设各个环节。一方面要大力发展经济，引导群众勤劳致富，增加家庭收入，提高生活水平和质量，消除后顾之忧；另一方面要通过倡导科学文明进步的婚育观念，引导人们摒弃“多子多福”的旧观念，用科学的态度审视和理解婚育所承担的社会责任，自觉实行计划生育，共同促进社会和谐。

其次，要强化主体意识。把“群众欢迎不欢迎、满意不满意”作为开展宣传教育工作、评估宣传教育效果、衡量宣传教育工作成绩的根本标准，从宣传教育的内容、形式等方面切合群众的实际，满足群众的需求。人口和计划生育的主体是群众，要坚持以人为本，确立尊重人、关心人、理解人的宣传教育理念，宣传要从说教式向群众参与式转变，把解决群众最关注、与群众利益密切相关的内容作为宣传教育的重点，让广大群众自觉破除旧的生育观念，树立新风尚。

最后，要强化法律意识。宣传教育不能停留在计划生育工作的层面上，而应上升到法律的高度，通过宣传人口与计划生育法律法规，既引导人们规范生育行为，又要为维护人们的合法权益营造舆论氛围。要做好人口计生法律和基本科普知识的普及宣传活动，加强对人口和计划生育工作依法行政和法制化建设的宣传。

二、创新内容形式，使宣传教育内容贴近群众、贴近生活

人口计生宣传教育内容要根据人口计生的工作形势的发展及不同人群的需求而不断调整和拓宽。要着眼大人口，围绕生命、家庭、健康等主题，积极拓展宣传教育内容，创作融政策宣传、知识传播和人文关怀为一体的宣传作品，传播科学文明进步的生育生活观，突破宣传内容陈旧、单一的问题，将严肃的人口计生政策法规通过群众喜闻乐见、深入浅出的形式，让群众认识和理解。

明确针对性，加强宣传实效。人口计生宣传主要面对的是三个群体：决策层、人口计生工作者、广大人民群众。在决策层地加强倡导，坚持各级党委中心学习组人口理论学习，建

立人口计生重要信息报送制度，强化各级党政领导对人口问题的认知，提高重视程度。人口计生工作者不仅要加强人口理论教育，还应通过专业培训培养计划生育宣传教育骨干和业务尖子，形成一支专业化的宣教队伍。对于群众，应本着“简练、生动、人文、实用”的原则，注重分析研究不同人群的需求，既要重视人口计划生育政策和法律法规的宣传，又要重视优生优育、避孕节育和生殖健康知识的宣传，增强群众的健康意识和生殖保健能力，增强宣传教育的感染力、影响力和渗透力。

加强阵地建设，创建婚育传播基地。各地应当结合本地具体情况，综合经济、文化、习俗等各方面因素，筹建婚育文化、人口文化大院，打造独具地方特色的婚育文明一条街，让群众在休闲中学习进步的新型婚育观，在学习中摆脱腐朽落后的旧思想，真正做到以人为本，和谐发展。

坚持多样性，赋予宣传教育时代感。随着社会经济的发展，人们的接受能力、欣赏能力都发生了很大变化，这就要求改变传统的宣传方法和途径，充分利用广播、电视、报刊等传统的公共传播平台以及网络、手机短信等新兴载体，积极探索富有地方特色的宣传和个性化宣传服务方式。要积极协调各级宣传部门，重点抓好电台、报纸、网络、刊物“人口计生”固定栏目建设。加强与各级各类新闻媒体的联系协调，对重点工作、典型事例、热点问题等进行全面宣传报道，提升人口计生工作社会影响力，形成良好的社会舆论氛围。充分发掘计生协会的文艺骨干，把计划生育政策、人口文化宣传融入群众喜闻乐见的小品、快板、地方戏、花儿等民间艺术，创作编排一批具有浓郁地方特色的优秀人口文化作品和文艺节目，组建计划生育宣传队、文艺演出队，经常性地深入乡村、街道、社区巡回演出。

三、创新宣传机制，做到虚实结合

建立健全科学有效的人口文化宏观管理体制，在坚持公益性的基础上，引入市场机制，形成和壮大人口文化产业，构建“入户宣传、标语宣传、媒体宣传、文艺宣传”四位一体工作新机制，把基本国策的宣传教育列入新农村建设文化宣传内容之中，采取经常性宣传和集中宣传相结合的办法，使计划生育宣传教育进村入院，宣传品发送入户，有针对性的宣传服务到人，为育龄群众提供全方位、多功能、便捷优质的宣传服务。

积极构建“大联合、大宣传”工作格局。以整合社会资源为突破，以加强社会联动为手段，以建立长效机制为目标，实现宣传教育人员专业化、体制系统化、工作社会化。面对统筹解决人口问题新任务，面对宣传思想工作改革发展的新要求，面对广大群众对文化需求的新期待，坚持把宣传教育作为人口计生工作的“首位工程”，充分整合部门资源，加强社会联动，积极融入到宣传文化建设的大领域，主动渗透到社会大宣传的各方面，把人口计生宣传教育的内容融入到和谐社会建设、新农村建设、社区建设等中，作为乡风文明的重要内容，形成全民意识，把人口文化建设作为文化软实力的重要组成部分。

积极推进宣传教育“软任务”向“硬指标”转变。一直以来，宣传教育在人们眼中是项“软任务”，没有硬指标，也不能立竿见影产生效益，这一观念亟须更新。人们婚育观念，无论新旧，都非一日形成，有其深厚的文化习俗底蕴，需要宣传教育工作潜移默化，逐步渗透。因而在新时期，新的人口形势给宣传教育工作带来了新的要求，有了“硬指标”，如党政领导、计生干部、育龄群众的知识普及率、知晓率，将宣传教育纳入人口计生目标管理责任考核中，将宣传效果作为评价基层工作的一项主要内容，注重宣传教育效果，突出群众对计生政策和基础知识的知晓度，把涉及群众利益和权益的事全部公开，把政策交给群众，由群众监督落实，使宣教工作“虚功实做”。

（作者工作单位：鄞州区云龙镇）

计生宣传教育工作的经验与启示

——以湖镇镇为例

曹文华

湖镇镇位于浙江省西部金衢盆地中心，是建设部等全国六部委公布的全国重点小城镇。镇域面积 101.64 平方公里，下辖 39 个行政村，2 个居委会，总人口 4.94 万人，其中农业人口 4.71 万人。近年来，湖镇镇党委、政府着力创新计生宣传教育机制，打造计生宣传教育新载体，丰富计生宣传教育内容，营造了良好的计生工作氛围，实现了人口计生工作新发展。

一、创新计生宣传教育机制的背景

湖镇镇——作为浙江省欠发达的地区，有着欠发达地区计生工作面临的系列共性问题：一是想生儿子，多子多福的观念仍然严重，生育意愿与现行生育政策差距较大；二是原有的工作方式与坚持以人为本、构建和谐社会要求不相适应；三是外出务工人员多，对计生政策了解不够，对政策存有宽松“错觉”；四是部分村主要干部对计生工作不够重视，责任落实不够到位；五是计生“一票否决”难以全面落实，抓不抓一个样；六是村级计生遗留问题未彻底处理，使部分村民产生怀疑、不信任感等。针对这种形势，湖镇镇党委、政府高度，成立专门工作小组进村入户调查研究，召开计生工作专题分析会，及时理清工作思路，明确提出抓好计生宣传教育工作，从转变观念着手，建立起适应计生新形势发展要求的计生宣传教育工作新机制。

二、加强计生宣传教育的基本做法

1、强化组织领导，建立责任体系。湖镇镇党委、政府高度重视计生宣传教育工作，成立了镇工作领导小组，由镇主要领导任组长，分管领导任副组长，各工作站主任、分管副主任、计生专干为成员。同时结合本镇实际，形成加强计生宣传教育工作实施意见和责任追究办法，建立和完善村主要干部负责制和目标管理考核责任制，将计生宣传教育工作纳入到镇、村干部目标责任制考核内容之一，层层负责，责任到人，严格落实奖惩。

2、整合各种资源，丰富活动载体。湖镇镇党委、政府结合本镇实际，认真总结经验，探索出形式简便、群众接受、成本较低、便于推广的计生宣传教育方法，已收到了良好的效果。当前，湖镇镇充分利用每年二次集镇物资交流会、各村老年坐唱班、腰鼓队、劳动力市场集会、远程教育平台、镇便民服务中心窗口、每年二次环妇检、村计生协会活动、举办知识讲座等平台搭载人口计生宣传点，开展计生政策宣传和计生优质服务活动，受到了农村群众的热烈欢迎。

3、宣传形式多样，主题明确。在宣传内容上涵盖了人口计生法律法规、优生优育、生殖保健、家庭教育、孕产妇保健知识、生活常识、和谐计生、流动人口服务管理、农家致富、计生依法执行案例等。在形式上，主要向育龄妇女发放宣传单、建立生育文化园、流动宣传车进村宣传、手机短信服务宣传、张贴计生喷绘宣传标语、举办计生知识竞赛、向奖扶政策符合人员颁奖等。通过方方面面的工作，多渠道、多形式营造计生政策宣传氛围。

4、加大资金投入，提供经费保障。湖镇镇党委、政府每年根据上级要求安排一定比例财政预算资金支持计生宣传教育工作，并做到年年有增长，实行专款专用。

5、加强责任考核，严格“一票否决”。湖镇镇党委、政府为进一步提高人口计生目标管理责任制考核工作质量，更好地发挥人口计生目标管理责任制的作用，结合本镇实际，实施了三项新举措：一是对行政村按好中差分类，提出宣教工作目标与要求，分类进行评比考核；二是加强日常工作督查，使各行政村将计生宣传教育列入议事日程，夯实日常工作；三是实行问责制，对工作中出现较大问题或失误以及多次排位最后的行政村进行全镇通报，半年或年度考核扣去计生宣传工作考核分，直至“一票否决”。

三、主要成效

经过多年的探索和实践，计生宣传教育工作在推动人口计生事业发展中取得了初步的成效。

一是促进了镇村两级计生宣传教育机制体系的逐步建立健全。主要表现在建立了计生宣传的工作机构，确立了工作目标，搭建了宣传平台（载体），明确了宣传内容，制订了考核办法等，这些方面落实到位将有利于促进湖镇镇在新的历史时期做好计生宣传教育工作，提升湖镇镇计生工作水平。

二是促进了镇村两级计生工作人员素质的全面提高。在开展计生宣传教育工作中，我们发现部分计生服务人员的计生政策、业务水平不高、相关政策内容不熟悉；部分人员本身生育观念陈旧等等。针对这种情况，湖镇镇及时组织镇村两级计生工作人员集中学习培训，全面补课，查漏补缺，较好地促进了计生队伍素质的全面提高，这也是确保计生宣传教育水平的需要。

三是促进了村民生育观念的转变。通过近些年对湖镇镇开展普及宣传党和国家人口计生方针、政策、法律、法规、各项计生奖励优惠政策以及普及生殖保健、“三优”知识的宣传教育活动，较好地促进育龄掌握人口计生基础知识，推动了群众生育观念的转变。

四是促进了生育文明宣传环境氛围的营造。多年来的实践证明，扎实有效地宣传教育，可以为计划生育工作的开展，提供思想保证和智力支持，是其他手段不可代替的。

四、几点启示

1、要着力做到计生宣传内容与新农村建设相结合。当前新农村建设正在全国各地紧锣密鼓地开展，人口计生工作是新农村建设中的一部分，为此要结合实际深入开展国情县情镇情教育，把农村人口计生工作作为稳定生育水平、统筹解决人口问题的重中之重，纳入到新农村总体部署，结合婚育新风进万家活动，创新宣传内容，转变村民生育观念，使生育文明建设深入到村组，落实到每户。

2、要着力建立完善以行政村为主的工作机制。“村为主”的实质就是“村落实”，就是要明确责任，各行政村是开展计生宣传教育的具体责任主体，通过村民自治，重点加强“自我教育、自我管理、自我服务”。

3、要着力加强典型示范的宣传。通过对身边的典型做法及时进行梳理总结，树立示范，将有效引导村民树立科学、文明、进步的婚育观念，以此带动湖镇镇生育文明建设。

4、要着力树立科学发展、和谐发展的人口计生工作理念。要把人口计生工作与落实科学发展观、推进新农村建设、构建和谐社会紧密结合起来，把生产、生活、生育、服务有机结合起来，突出人文关怀，坚持以人为本。

实践证明，凡是计划生育工作做得好的地方，经济发展相对也比较快，凡是计划生育工作相对薄弱的地方，经济发展水平相对比较落后。湖镇镇实践表明，凡是把计生宣传教育工作抓实与创新的地方，计划生育工作水平肯定会提升，肯定会有一些创新的方法，最终会得到社会的认同。

（作者工作单位：龙游县湖镇镇人民政府）

论基层计划生育宣传教育的问题及对策

李敏君

计划生育“三为主”是计划生育的基本工作方针。其中，计划生育宣传教育在宣传群众、教育群众、引导群众树立新型生育观念，着力提高群众的科学文化素质和思想道德素质方面发挥着重要作用。计划生育工作已进入稳定低生育水平、统筹解决人口问题，促进人的全面发展的新阶段。如何使基层计划生育宣传工作适应新形势，发挥更大的作用，是当前我们要研究和探讨的问题。

一、基层计划生育宣传教育工作存在的主要问题

（一）阵地建设落实难。经济条件差，投入不足是制约阵地建设的“瓶颈”。乡镇特别是无工业、企业的乡镇，工作仅靠财政拨付资金运行，经费紧张。而有限的计生工作经费还要优先保证四项手术、落实计生报酬兑现等，阵地建设往往只能要求村集体自己筹集。如果村集体经济薄弱，阵地建设基本成为空话。在新农村建设中，其它项目建设、阵地建设往往会有相应的资金扶持，而计生阵地建设却要倒贴经费，村级基层组织此项工作的积极性大受打击。

（二）宣传活动组织难。一是领导认识不到位。一些基层党政领导认为群众生育观念转变是一个漫长的过程，见效慢，不如抓管理、抓奖惩、抓“一票否决”来得快，立竿见影。导致在计划生育宣传教育工作的组织上缺乏积极性、主动性和计划性。二是工作落实不到位。基层任务繁重，精力有限。基层计生工作人员担负巨大的工作任务。特别是随着低生育水平的反弹，边远山区乡村作为流出人员集中地区，每年两期的孕环情监测扫尾工作及控制计划外生育工作，耗费了巨大的人力、物力、财力。再加上近年开展的流动人口信息系统建设等工作，任务繁重，无暇顾及宣传教育工作。三是队伍建设不到位。边远乡镇往往只有一个计生专干，加上文化程度不高，知识面窄，完成相对较高要求的工作有难度。

（三）育龄人员集中难。究其原因，一是流出人员多，求利心理重。二是宣传内容与群众意愿有差距。宣传内容与群众的需要有距离，无法提起群众的兴趣。三是“灌输式”集中培训、“说教式”上门宣传、“过场式”驱车入村的宣教形式，不为群众所喜爱。

（四）宣传合力形成难。基层计划生育宣传工作基本是计生部门一家在唱戏。许多原本可结合的项目也未做到有机结合，难以形成宣传教育的合力。

二、发挥基层计划生育宣传教育作用的对策

（一）增加投入，整合资源，加强阵地建设。一是充分利用市场经济的调节作用，推行项目化运作机制。通过“项目”形式将配套资金与落实情况进行捆绑。完成后对阵地建设情况进行考核，根据完成情况拨付剩余的资金。二是整合资源。人口学校、会员之家等作为落实计划生育宣传教育的重要载体，所需的电器设备等硬件可以与远程教育、党员活动室等相

整合，也可以将计生协会图书角与文化示范村建设中的图书室建设相结合，以达到资源利用的最大化。

（二）提高认识，落实责任，加快队伍建设。一是开展针对决策层的计划生育宣传教育培训工作，提高对计划生育宣传教育工作的认识；充分利用好各部门资源，为部门联动起到衔接作用。二是进一步明确各级各部门在计划生育宣传教育工作中的职责。三是在系统内培养计划生育宣传教育工作的骨干和业务尖子，对基层计生工作人员进行以计划生育政策、知识、特别是宣传教育技巧的培训。组织骨干和业务人员组成宣教分队深入乡村对基层党员、干部进行培训，打造一支专业化的宣传队伍。工作繁重的乡镇，也可聘请热心于计生事业的退休人员加入到宣传员的队伍中来。

（三）转变理念，推进创新，提高参与热情。以人为本，是科学发展观的本质和核心，也是新时期人口和计划生育宣传工作的核心。在统筹解决人口问题的新阶段，必须转变“宣传就是教育”的理念,树立“宣传也是服务”的理念。将宣传内容从一般化向明确针对性转变。二是推进创新。利用广播、电视、报刊等传统媒体以及网络、短信平台等新兴载体，将宣传教育与乡村集会、文化下乡等活动相结合，在“乡乡一台戏”或者广场舞等节目选排时增加计生类民间节目。积极探索受群众喜欢、容易被群众接受的宣传方式，提高广大群众的参与热情。

（四）加强协调，部门联动，打造精品项目。计划生育宣传教育工作是一项需要齐抓共管、综合治理的工作，仅靠计生部门的宣传是远远不够的，只有联合其它部门开展全面舆论宣传，才能形成良好的社会氛围。计划生育宣传教育要与宣传、文化、卫生、妇联等部门加强协调与沟通，积极将宣传工作与新农村建设结合起来，贴近实际，贴近群众开展宣传活动。

（作者工作单位：丽水市缙云县三溪乡政府）

谈谈摄影作品在计划生育宣教中的应用

徐健

摄影是通过物体所反射的光线使感光介质曝光的过程。有一句精辟的语言：摄影家的能力是把日常生活中稍纵即逝的平凡事物转化为不朽的视觉图像。一幅好的摄影作品可以给人以震撼和启迪，使人产生共鸣，利用摄影手段来强化计划生育宣传工作是值得我们研究和讨论的。

一、摄影作品的主题选择

精彩的图片之所以吸引人们的眼球，其优势在于能够非常直观地提供具有冲击力的具体形象，具有简洁展现出繁复不易表达的形象信息的魅力，给人以身临其境之感。

（一）*摄影应用于计划生育宣教工作必须有明确的主题和鲜明的立场。*选择摄影作品时应该紧紧围绕宣教工作中心，以反映当前经济社会发展、新农村建设、和谐社会建设新形势新成果为主题，最大效果地发挥宣传教育社会效应，引导社会各界和广大群众理解、支持计划生育国策。

（二）*使用本地的和身边的人或事或物，以增加摄影作品的亲和力。*1985年作者拍摄的一组纪实幻灯照片《柘溪涓涓寄深情》以真实的人物来反应遂昌县大柘镇溪东村如何开展村级计划生育工作的情景，制成电影幻灯片到各乡镇巡回放映反响很大，宣传效果非常明显。同年这套幻灯片也在浙江省“计划生育宣传品制作评比”中获得幻灯组二等奖。

二、摄影作品的载体选择

摄影作品运用于计划生育宣教要强调融入性，要突出社会效应。在载体选择方面应充分考虑宣教的广泛性和可及性。选择多种多样的形式，如宣传招贴画、大型墙画、画报、报纸、期刊等都能很好地提高受众面；在宣传纸杯、宣传雨伞、宣传围裙上印制有针对性的宣传摄影作品，也能够大幅提高宣传效果。

在计划生育宣教工作中所使用的摄影作品有大众化和可及性的要求，所以必须通过有效途径深入群众。摄影作品一般不作为独立的宣传方式来运行，多数时情况下是结合各种形式的文字进行宣传。所以，必须充分提高摄影作品的应用意识，最好是每一次专题宣传、每一个宣传载体、每一种宣传材料中都能有机结合摄影作品，通过村计划生育员的入户宣传、近年来盛行的年画拜年及各种专题计划生育宣传等途径实现计划生育摄影作品进村入户。

三、摄影作品在计划生育宣教工作中的效果

摄影作品的合理应用可以极大地提高计划生育宣教工作的成效、提升计划生育宣教工作的品位。特别是在计划生育宣教过程中充分发掘地域资源，将本地的计划生育成果、积极影响（包括地理的、社会的、人文的）、本地涌现的计划生育先进事迹和人物，进行艺术化处理，

以摄影作品的形式呈现出来，可起到事半功倍的宣教效果。如果能将工作开展前的作品进行对比，效果将更加明显。

四、摄影作品在计划生育宣教中的注意事项

要使摄影作品在计划生育宣教工作中起到应有的作用，应掌握以下原则：摄影作品的选材应是积极的、向上的，能引起美好的共鸣和感动，以介绍计划生育工作在新时期、新形势及新农村建设中的新成果、新动向为主。摄影作品的内容应强调丰富多样性，避免单调沉闷；强调真实可及性，避免空洞说教性；强调健康理念引导，避免单纯娱乐性；强调美的传达，避免不良信息传播等。摄影作品的传播则强调社区生育文化中心、网上婚育学校、人口计生论坛、婚育健康论坛及各种文字宣传材料等载体的充分应用。

摄影的魅力在于它的真实，在于它瞬间。在计划生育宣教工作中充分来提高摄影作品应用意识，积极拓展摄影作品在计划生育宣教中的应用空间，努力发挥摄影作品在计划生育宣教中的应有作用。

（作者工作单位：遂昌县计划生育局）

加强基层农村人口与计划生育宣传教育工作之我见

陈忠芳

如何加强基层农村人口和计划生育宣传教育工作，使之成为宣传党的政策，传承婚育新风，普及健康知识，引导科学生育，稳定低生育水平的重要载体，是新形势下人口与计生工作，亟待认真思考的问题。

一、基层农村人口与计划生育宣传教育工作存在的主要问题

一是宣传教育的意识不强，对开展宣传教育工作的重视程度和积极性不够。表现在乡镇领导认为宣传教育工作可有可无，摆不上议事日程，缺乏能量化的考核指标和考核方法，难以立竿见影。因此，计生宣教说在嘴上，写在文件里，落不到实际工作中。

二是宣传教育内容、方式、方法与群众日益增长的计划生育、生殖健康知识需求不相适应。表现在阵地建设不到位，镇村人口学校有名无实；队伍建设不到位，镇村虽然有人员从事宣传工作，但一职多岗，不能集中精力抓宣传教育；财政投入不到位；机制建设不到位，有计划、有部署，无督查、无考核。

三是基层农村计生宣传队伍不稳定。工作决策和措施不能落实，表现在乡镇级计生队伍不稳定，人员不足，流动性大，思想不稳定；村级计生干部队伍更加不稳定，缺乏一支稳定的工作队伍。

二、做好基层农村人口与计划生育宣传教育的重要性

（一）宣传教育工作是稳定低生育水平、统筹解决人口问题的重要前提。把中央《决定》精神为主题的宣传教育工作，使基层广大干部群众对人口形势及时了解，人口政策及时把握，便民维权意识逐步增强，让“十一五”人口计生工作始终沿着上合国策、下顺民意的良性循环轨道运行。

（二）宣传教育工作是转变群众观念、倡导婚育新风的重要途径。人口计生工作重点在农村、难点在群众“养儿防老”等传统观念的转变上，要在维护好、发展好群众利益的框架内实现生育观念的转变，提升依法生育、科学生育的水平，要加强婚育新风进万家为主题的宣传教育工作，宣传少生优生、少生快富的典型及实行计划生育的好处，强化国情、国力与民生、民养等人口形势的宣传，赢得群众理解、获得群众支持、争得群众参与。

（三）宣传教育工作是建立新机制、建设新农村的重要载体。建立新机制、建设新农村是“十一五”时期“三农”工作的重点。为此，宣传教育工作更要主动靠前，发挥舆论窗口与喉舌作用，为新机制、新农村建设营造舆论、搭设平台、提供服务。

三、基层农村人口与计划生育宣传教育的建设

中央《决定》明确提出，加强人口和计划生育宣传教育。报刊、广播、电视、互联网等

大众媒体，特别是主要媒体要制定规划，采取灵活多样、生动活泼的形式，持续广泛开展人口和计划生育方针政策的宣传，总结报道先进经验和典型扩大宣传的覆盖面和影响力。

（一）强化组织领导，立足一个“责”字。各级各部门在人口计划生育宣传工作上，要加强领导，成立组织，建立健全宣传工作责任制和例会制度，多方面畅渠道，努力把人口计生这个“国策工程”办成全民响应、全民参与的“合唱工程”，形成上下联动、部门联动、干群众联手的宣传工作格局。

（二）强化队伍建设，着眼一个“精”字。一是调整充实县、乡、村三级宣传教育工作专职队伍，完善办公设施，明确懂宣传、精宣传的同志具体负责计生宣教工作；二是加强队伍的业务技能培训，努力打造学习型、服务型、创新型的基层计划生育宣教队伍。

（三）强化网络建设，突出一个“活”字。一是建立党委政府服务、基层党校参与、广电媒体配合、中小学校响应的社会宣传网络；二是建立计生部门牵头、相关部门联手、技术部门齐上的专业宣传网络；三是建立计生协会、群众团体、厂矿企业多方联合的群团宣传网络，切实延伸网络触角，渗透百姓生活，唱响时代旋律。

（四）强化机制建设，为求一个“实”字。宣传教育工作要适应群众“胃口”，满足群众需求，就要进一步强化工作机制，注重科学统筹，做到整体推进。首先是强化服务机制，把服务作为宣传教育工作的立足点和出发点，不断在宣教中优化服务，在服务中提升宣教水平，服务要让群众看得见、能接受、可受益；其次是强化利导机制，要结合宣传教育培训，发放印有计生政策、生殖保健、科技致富知识的宣传品、纪念品；利用宣传教育开展有奖知识问答与竞赛活动，评选新时期的“好公婆、好儿媳”；第三是强化监督机制，突出宣教工作的过程评估与效果追踪，及时听取群众的意见或建议，广泛接受社会各界和群众的监督，通过实施有效的监督，加快宣传创新，促进基层宣教工作不断向着“以人为本”、规范科学的方向发展；第四是强化奖惩机制，定期或不定期召开宣教工作通报会、开展宣教工作民意测评、组织宣教工作考评考核等举措，奖先促后，推动基层党委、政府树立正确的宣传导向，精心打造顺应时代的宣教品牌，努力通过宣传教育这个平台，使人口与计划生育最终变为群众关注、关心并积极参与的自觉行动。

（作者工作单位：磐安县尚湖镇计生服务站）

新时期农村计划生育宣传教育工作的几点思考

张苏仙

宣传教育工作是实现各个时期人口发展目标的一种手段，是计划生育的先导，人口和计生工作的好坏，很大程度上取决于宣教工作。计生工作的重点在农村，做好农村计生宣教工作是提升人口与计生工作整体水平的有效途径。

经过多年的实践和探索，农村计生宣教工作在转变群众婚育观念、稳定低生育水平上取得了很大的成绩，取得了一些行之有效的经验，在推进群众自我教育、自我服务、自我管理上起到了不可替代的作用。但在新的形势下，原有的宣教方式已渐渐不能适应育龄群众的需求，必须加以改进和创新。

一、计生宣教方式的特点及存在问题

计生宣教方式主要有以下几种：阵地宣传。利用上墙标语和人口学校、计生服务站、计生服务室、读报栏、图书角进行宣传。资料宣传。通过育龄群众发放计生生育宣传资料的办法达到宣传目的。集中培训。组织育龄妇女在人口学校进行学习计生政策法律法规为主要内容的集中培训。

以上的宣教方式相应对人口政策、计生法律法规和生育生殖健康知识内容繁多而且较为枯燥，在工作中只发发宣传资料，出出墙报、贴贴图板，生硬的讲课，宣传形式单一，宣传不到位，很难吸引群众。要使计划生育宣传教育工作为民众所接受，农村计划生育宣传教育工作必须创新形式，创新内容。

二、做好新农村计生宣教工作的方法探索

（一）面对面咨询

面对面咨询是宣传者与宣传对象直接接触，双向对话、答疑、交流。宣传者根据宣传的需求和提出的问题，有针对性地提供信息服务，解惑答疑。这种宣传教育方法，具有亲和力。教育者与公众见面，并且大多是在小群体范围内接触，可以拉近两者的距离，便于沟通。

在面对面宣传中，一是注意身份上的平等，相互称谓既亲切，又得体，给人安全感；二是举止大方，朴实、可亲，给人亲近感；三是言语幽默，尺度恰当，给人诚信感。

（二）形象直观方法

形象直观方法，是通过一定载体，把宣传教育的内容直观、具体、形象地展示在对象面前的一种宣传教育方法。

1、直观性。形象宣传方法的整个过程，都让群众亲眼看到具体、生动、鲜活的形象，而不是以概念、判定和推理的间接方法，让群众消化理解。它充分调动了人们的视觉、听觉和其他感官的作用，使宣传的内容通过强烈而鲜明的形象，长久记忆。

2、整体性。人们在感知过程中，把自己的经历、知识、兴趣、态度融入其中，形成一个视、听、思的系统链条，通过人的主观意识的“整合”，获知信息。

3、选择性。宣传者根据一定的宣传意图,对画面形象的大小、角度、明暗、动静等作出安排,吸引受传者。而受传者则根据自己的经验、情绪、动机、兴趣、需求,选择画面的信息。

4、通俗性。形象宣传与文字符号的宣传不同,它没有不同文化层次的严格区分,人们主要不是通过语意的理解,而是通过形象的感知来接受宣传。因而,这种形式对于不同文化水准的人来说都容易接受。

(三)亲情感化方法

亲情感化方法是建立在人格尊重、信任、亲近、体贴、关怀基础上的人性化服务方法,充分体现人文关怀,把解决群众思想观念问题同解决生产、生活、生育中实际困难结合起来,通过利益驱动、政策优惠、扶贫帮困、社会保障等手段,达到亲近人、感化人、教育人的目的。

(四)典型示范方法

典型示范方法,是通过具有代表性的人和事,启发和激励思想变化,鼓舞斗志,追赶先进的宣传教育方法。

榜样的力量是无穷的。先进的典型是光辉的旗帜,是生动、鲜明而又具体的象征,容易引发人们思想上的共鸣。有很强的示范、鼓舞、激励和推动作用。

1、真实性。宣传中的典型不允许有半点想象和虚构。总结经验要找出固有的而不是臆造出来的规律性,分寸得当,留有余地,不要说过头话,不要人为地“拔高”。

2、代表性。宣传的典型,除了要具有先进性以外,必须有代表性,能够代表时代前进方向的路线、方针、政策,能够充分反映时代风貌的人和事,使人们学有目标、赶有方向,起到“拔亮一盏灯、照亮一大片”的作用。

3、勿过滥。典型不宜过多,一定要少而精,超过一定的量,也可能影响宣传的效果。

4、正面典型宣传为主。多反映和宣传计划生育工作的本质和主流,以反面典型曝光为辅。

三、新农村计生宣传工作的优化组合

人口和计划生育宣传不拘泥于某一种固定的宣传模式,要在组合上下功夫。宣传方式方法都不是孤立的,各种宣传方式方法都是互相联系,互相作用的。因此,宣传方式方法的选择不能单打一,要注意选择多种宣传方式予以配合。

(一)理性宣传同形象宣传和情感宣传紧密结合

人们在接受某种道理时,往往是从具体的感性认识开始的。所以,要善于运用具体的感性形象区进行宣传,既要注意“以情动人”,又要重视“以形感人”,要给人以轻松、愉快和温馨,做到于无声处响惊雷。

(二)集中宣传同经常宣传紧密结合

集中宣传可集中资源优势,加大宣传攻势,产生轰动效应,一般以大型活动方法为宜。经常性宣传具有持久力,能产生润物细无声的效果,一般采取面对面、形象的方法为宜,二者结合可优势互补。

(三)满足人的物质需求和精神享乐有机结合

古罗马诗人贺拉斯曾提出“寓教于乐”的著名观点,他说,诗人的愿望应该是给人以益处和乐趣,他写的东西应给人以快感,同时对生活有帮助。人口和计划生育宣传不仅要使人接受计划生育的主张、观点、思想,得到物质利益,而且要给人以精神上的享受。要善于通过各种艺术形式,给人带来情感愉悦,并在这种精神享受中受到教育启迪。

(作者工作单位:义乌市赤岸镇政府)

探索人口和计划生育宣传教育工作的新思路

戚　红

我国已进入全面贯彻落实科学发展观、构建社会主义和谐社会的关键时期。人口和计划生育是我国的一项基本国策，确立以人为本的科学发展观这一核心理念，是搞好人口和计划生育工作的关键，而搞好计划生育工作的首要任务是搞好计划生育的宣传教育工作。但在计划生育宣传教育的实践中，存在着对计划生育宣传教育不感兴趣，计划生育宣传教育内容陈旧、缺乏时代感、方法单一、层次比较低等问题。宣传人口理论知识和国情的多，宣讲科学发展变化的少；宣讲一般计生知识和计划生育服务知识的多，宣讲高科技知识和服务的少；宣讲过去老一套的多，立足现实与展示未来的少。计划生育宣传教育的形式也仅限于讲讲课、读读报、看看录像、发发宣传品、挂几条横幅、涮几条标语、搞几次活动等等，形式不活、吸引力不足。因此，要提高计划生育宣传教育效果，适应时代发展的要求，必须创新计划生育宣传教育思维，建立一套完善的人口和计划生育宣传教育体系。

一、要积极转变计划生育宣传教育的理念

（一）宣传教育的核心理念

思路决定出路，活力源于创新。计划生育宣传教育是国家落实计划生育国策的一项基础性、系统性、社会性、长期性的工作，人口与计划生育工作要发展，宣传教育的理念要创新，其核心就是要确立科学的发展观。确立了这一全新的理念，方能在宣传教育的实践中创新内容和形式，从而营造一个好的强烈的社会舆论氛围，引导广大育龄群众确立科学、文明、进步的婚育观，推动社会主义人口文化和生育文化建设，最终为经济社会的可持续发展创造良好的人口环境。

（二）依法宣传教育的理念

依法宣传教育是依法行政的内容之一。《中华人民共和国人口与计划生育法》第一章第二条第三款明确规定：“国家依靠宣传教育、科学技术进步、综合服务，建立健全奖励和社会保障制度，开展人口与计划生育工作。”以法的形式将宣传教育确定下来，使之有了法定的重要地位，这在我国是史无前例的，意义极其深远。宣传教育不再是停留在计划生育工作经验的层面上，而是上升到法律的高度，是必须依法进行的。依法宣传教育，除了以上所说的宣传教育在《人口与计生法》中具有法定地位外，还有一层含义，就是宣传教育必须依法进行，宣传我国人口与计划生育法律法规，以此规范人们的生育行为，同时，为维护人们的合法权益而营造舆论氛围。这也是宣传教育理念创新的又一个重要方面。

（三）宣传教育也是服务的理念

在计划生育系统，在人们的观念中，服务等同于技术服务，因此，提及服务，就将技术服务放在首位，甚至视之为服务的唯一内容，其实应该把宣传教育融入到服务中去。必须确立宣传教育也是服务的新理念。育龄群众，需要享受计划生育技术服务，也需要享受计划生

育政策、法律法规等知识，需要获得计划生育宣传品。这就需要宣传教育工作者为之提供相应的服务。因此，宣传教育理念创新的一个重要方面就在于确立宣传教育也是服务的理念。

二、要全面突出宣传教育的重点

（一）突出重点对象

首先，要抓住领导干部这一重点。领导干部是计划生育宣传教育的组织者和实施者，他们对计生工作的认知程度，直接影响着计划生育宣传教育的成效，领导者的国策意识和计生观念的强弱，参与计划生育宣传教育活动的积极性的高低，直接关系到该地、单位、部门计划生育宣传教育开展的状况。

其次，要突出协会组织这个重点。协会是落实计划生育各项工作尤其是计划生育宣传教育工作的骨干，其计生观念、技术、技能对计划生育宣传教育具有举足轻重的作用。

再次，要抓住在校学生这一重点。学校是思想文化教育集中的场所，也是进行计划生育宣传教育活动的主阵地，在中小学校开设人口理论教育课，小学以基础教育为主，初中以计生知识教育为主，高中以人口理论教育为主，到大学搞好终身教育。计生意识应是老幼皆知，代代相传的一种精神，使学生们从小受到人口和计划生育教育，培养学生从少年就树立人口观念，计划生育宣传教育抓住在校学生这个重点，有利于社会全民整体素质的提高。把计划生育宣传教育贯穿于公民的少年、青年、中年、老年各个时期，确保公民接受计划生育宣传教育的连续性。

（二）突出重点时机

计划生育宣传工作要抓住重要节日和重要活动这种有利时期开展宣传活动。节日期间人流量大，人们休闲时间多，是发放宣传资料等宣传咨询的大好时期。特别是春节，大量流动人口返乡，在做好技术服务的同时，也是做好宣传工作的良好机会。

（三）突出重点地区

因为不同地区的经济发展水平不同，人们的思想观念也不同，计划生育观念更为明显。在经济发展的地区，计划生育已处于低生育水平阶段。计划生育的重点是经济落后地区，他们还抱有多子多福，不生到儿子不罢休的观点。所以我们开展计划生育宣传教育，必须着眼地区差别带来的计生意识差异，以政策、服务为主导，抓住重点地区的计划生育宣传教育。

三、要创新拓宽宣传教育的途径

（一）宣传教育网络化

随着计算机网络技术的运用普及，网络对社会生活的影响越来越大，互联网已成为广大民众接受各种信息的重要渠道。计划生育宣传教育只有充分利用这个平台，充分发挥网络优势，开设计划生育宣传教育网站，建立宣传教育阵地，才能有利于把计划生育宣传教育渗透到社会生活的各个领域，有利于在潜移默化中强化全民的计生意识和观念，有利于营造全社会关心支持计划生育建设的浓厚氛围。网站设计要以普及计生知识、激发计生热情为根本原则，按照贴近时代、贴近形势、贴近群众、贴近生活的总体要求，可开设计生动态、计生宣教、政策法规、优生优育、避孕节育等链接内容，图文并茂、动静结合，增强计划生育宣传教育的吸引力和感染力。

（二）宣传作品多元化

宣传品可以通过多种形式、多个品种发放，如制作一些民众感兴趣的钥匙圈、开瓶器、环保袋、茶杯等小饰品、小日常用品，在这些日常用品上印上计划生育宣传标语，使老百姓欢迎和乐于接受。

（三）宣传形式多样化

充分利用社会团体，把计划生育宣传教育工作有机结合进去。特别是农村，各种民间文艺节目也较丰富，可以把计划生育内容编排成文艺节目，让老百姓在娱乐中接受教育。也可以在“人口日”组织演讲比赛、知识竞赛、猜谜语等一些活动。通过组织计划生育宣讲团等形式，将普及计生知识与加强自身学习、真情服务社区结合起来，寓计划生育宣传教育于社团主题活动之中，潜移默化地进行渗透教育，不断增强居民的计生观念。

（作用工作单位：上虞市东关街道办事处计生办）

关于把人口计生政府网站办成权威生殖健康互联网的几点思考

王映虹

不断满足广大群众日益增长的计划生育 / 生殖健康知识需求，是人口计生宣教工作的重要内容。在互联网时代，政府网站应当、而且必须成为人口计生宣教工作的重要平台和载体。人口计生政府网站在人们获取计划生育与生殖健康知识信息方面应该发挥更大的作用，成为这个领域的“主流媒体”。

思考一：人口计生政府网站要成为生殖健康知识信息权威来源

当前，互联网已经成为人们获取信息、获得新知的便捷来源。生殖健康知识信息特别是性知识本身的特殊性以及人们对获知这类信息的隐私性需求，令性与生殖健康知识信息在互联网上“大行其道”，于是，“鱼龙混杂”在所难免。仅就避孕知识来讲，大大小小的综合性或专业性网站就带给了网民种种避孕方法或避孕药具。其中虽不乏科学有效的信息，但一些“旁门左道”的东西同时也在误导着人们。

面对浩如烟海的网络新闻信息，人们获取性与生殖健康知识信息也会有“寻求权威网站”的向度——事实上，作为与个人健康和生活品质联系极为紧密的一环，人们对这类信息的获取会更为审慎。作为倡导科学、文明、健康生活的政府力量，人口计生政府网站理应成为性与生殖健康知识信息的权威网站，帮助广大网民去伪存真，得到便捷、充分的服务。这不仅是人口计生政府网站所承担的性与生殖健康科学普及任务所决定的，更是人口计生宣传教育不断满足人们日益增长的性与生殖健康知识需求的重要体现。

思考二：人口计生政府网站成为生殖健康信息权威的现实条件

权威，可以看成是使人信从的力量和威望。从社会学意义上看，权威是权力的这样一种形式：它通过命令来安排或联合其他各个行动者的行动。这些命令之所以有效，是因为被命令者认为这些命令是合法的。通俗地说，权威是被人认为“非常正确，没有差错，不可违逆的，值得信赖和尊敬并引以为行动标准的部门或人”。如政府部门、某些方面的专业人士和专家，或在某方面有突出贡献的人或部门。

由此可见，人口计生政府网站作为政府在互联网上的延伸——或者叫“政府在线”，具有传统政府部门自身合法性所带来的权威。也就是说，网民对政府网站的合法性认同——即认为政府网站是发布权威信息的平台，带来了对人口计生政府网站在性与生殖健康信息来源权威性的直接认同。这是人口计生政府网站成为性与生殖健康信息权威的现实条件之一。

同时，从对“权威”的分析中可以看出，“专业”是产生权威的另一个重要因素。毋庸置疑，从属于人口和计划生育部门的人口计生政府网站在计划生育知识领域是“专业的”。很多涉及计划生育的诸如避孕节育、优生优育、生殖健康等方面的知识信息都是计划生育宣传教育工作的重要内容。有关性与生殖健康知识的采集、编辑、制作、发布、传播、宣传、行动等等，都是人口计生部门的专业工作。由此，人口计生政府网站在一开始就或多或少地给广大网民留下了专业网站的先入印象；在网民心中，人口计生政府网站首先是有一定权威的性与生殖健康信息专业网站。

思考三：人口计生政府网站真正成为生殖健康信息权威的对策

当前，人口计生政府网站还未能真正成为人们网上获取性与生殖健康知识信息的主要渠道；相比一些商业网站，其点击率和网民参与率都大大不如。一方面，随着社会进步和生活质量的提高，人们对性与生殖健康的知识需求大大增加；另一方面，作为权威的人口计生政府网站却还远远不能满足人们这方面的知识需求。本文试图在做大做强人口计生政府网站性与生殖健康知识信息方面提出若干对策。

一是信息扩容。人口计生政府网站由于工作、思维惯性，往往偏重于政务信息公开和网上办事需求的满足，对性与生殖健康知识信息编发未给予充分重视，仅仅把它作为网站信息的“软性补充”。实际上，信息量是网站活力的重要体现。如果呈现在网页上的信息只是寥寥几条，网民是无论如何也不会有太大兴趣的。经验证明，用规定性的日常编发制度来快速扩大网站性与生殖健康知识信息容量是可行和有效的。

二是注重形式。信息的表现形式有时候甚至比信息本身更为重要。一个面目可憎的“信息”（版面或形式）是很容易拒人于千里之外的。干巴巴的用词、说法，大量术语的滥用，这样的网站信息实际上是对网站系统资源的浪费。网站采编人员要充分重视生殖健康科普知识的编辑，充实网页内容，采集网民关心、需要的，科学、易懂的生殖健康知识充实内容；美化网站版面，充分运用网络媒体的各种手段，使信息容易被人接收、接受，从而达到应有的科普效果。

三是体现互动。人们对性与生殖健康知识需求在获得性方面具有注重隐蔽、喜欢匿名、亟待解决等特殊性。人口计生政府网站在提供性与生殖健康知识信息时要充分重视这些特性和需求，除了网络自身具有的隐蔽性优势外，网站应该加强互动版块，答疑解惑，排忧解难，及时解决网民在性与生殖健康方面碰到的各类问题。

四是专家在线。人口计生政府网站能成为性与生殖健康知识信息权威来源的重要原因是“专家资源”。专业网站的专业性是其背后的专业人士或专家团队来支撑的。人口计生部门拥有一批计划生育、性与生殖健康专家和性教育专家，他们是这个领域的权威。要将这些专家资源整合上网，通过网络技术手段使他们实时在线，增加网站的权威性。

五是树立品牌。网站品牌和网站权威是相辅相成、共同促进的。就像“新浪新闻”在网民中的地位一样，如果人们一碰到问题，就能想到先上人口计生政府网站寻求答案和解释，那么人口计生政府网站在性与生殖健康知识普及方面就真正实现权威了。树立品牌的方式有很多。比如，加强对网站自身的宣传，通过传统大众媒体、广告媒体等扩大知名度；也可以通过虚拟空间与现实世界紧密联合的方式，如网站专家下线，以网站名义集中举办各种活动等等方式，实现网络知识普及工作在现实世界中的品牌延伸。

（作者工作单位：省人口计生信息中心）

浅谈宣传教育工作在统筹人口问题中的作用

郑红娟

“以宣传教育为先导”的提法，是在科学发展观指引下尊重思想政治工作、精神文明建设和人口统筹工作客观规律，总结正反两方面工作经验教训的必然产物，是人口统筹综合改革实事求是、解放思想的一个重要突破，也是今后做好人口统筹工作极为重大的基础性的工作。

一、宣传教育在统筹解决人口问题过程中如何发挥先导作用

人口统筹要突出宣传教育及其工作的文化性，而文化性的核心是推进人口文化先导力建设。

（一）意识先行

创新思想意识是做好人口统筹宣传教育工作的先导。面对新形势新任务，要突出强化“六种意识”，即政治意识、大局意识、责任意识、精细意识、创新意识和统筹意识。政治意识、大局意识要求必须把宣传教育工作放在深入贯彻落实科学发展观、实现经济社会又好又快发展与人的全面进步上；统筹意识要求宣传教育工作必须从系统的、战略的角度思考问题，谋划工作，通过系统集成、协调联动，整合资源、凝聚力量推动工作；创新意识则是宣传教育工作的生命线，要求宣传教育工作立足人口统筹事业，面向全国、放眼世界，实现内容形式、手段方法的创新，不断焕发生机与活力。

（二）理论先行

中国特色社会主义理论体系包括中国特色的人口理论体系，建设中国特色社会主义的目标任务也包括中国特色统筹解决人口问题的工作目标。而今后一个时期人口发展的总体思路就是：高举中国特色社会主义伟大旗帜，以邓小平理论和“三个代表”重要思想为指导，贯彻落实科学发展观，坚持以人为本，推进制度创新，优先投资于人的全面发展，稳定低生育水平，提高人口素质，改善人口结构，引导人口合理分布，促进人口大国向人力资源强国转变，促进人口与经济、环境协调和可持续发展。

（三）突出高层倡导

毛泽东说过：“政治路线确定之后，干部就是决定的因素”。抓住领导，主要是争取领导的态度支持、政策支持和诸多投入支持。人口统筹宣教工作要坚持“稳定、提高、统筹”的工作指导方针，要大力提高各级领导干部对人口问题的认识水平、人口理论的科学素养、人口问题的分析能力、宏观调控的决策能力以及科学实践的行动能力。

（四）突出大众传播

要将宣传教育的立足点放到村组、社区、楼里和家庭，直面每一个人，发动群众参与。全社会都要重视和支持人口宣教工作，要政府出面，取得各部门和工会、共青团、群众团体的密切配合通力协作，各尽其责；新闻界、出版界、文艺界和学术界要积极开展宣传教育，

形成强大的社会舆论。

二、如何把握宣传教育“先导”作用的重心和支点

（一）理解和把握好人口宣传教育及其工作的核心价值体系

经济社会发展的根本问题是人的问题。以胡锦涛同志为总书记的党中央站在新的历史高度，提出了“以人为本”的科学发展观，并就如何坚持科学发展观指导人口、资源、环境工作提出了基本原则，为我国经济社会全面发展指明了方向，也为我们今后做好人口统筹工作指明了方向。

（二）优先投资于人的理念对统筹解决人口问题至关重要

优先投资与人的全面发展，是坚持以人为本的必然选择，是实现我国庞大的人力资源迈向人力资本强国之路，这意味着发展模式的修正，需要构建相应的制度、制定相应的政策、新的人口发展战略。在实际工作中突出“人的生存权和发展权”,特别是“发展权”,体现“‘以人为本’的目的导向是发展为了人；实现途径是发展依靠人；合理定位是发展适应人；现实形态是发展体现人；价值体现是发展塑造人；成果表现是发展为了人”①，终点是人的全面自由发展。

（三）民生问题是人类社会生存发展的基本问题

人口统筹问题既是一个经济社会问题，也是政治问题，更是民生问题，因而具有民生实质。在治国理政中，它体现“以人为本”的科学发展要求，体现出政府，在一定价值追求和治国理念指导下的制度设计。要解决好民生问题，就要正确认识和深刻理解人口统筹工作基础性的民生实质，这对于增强综合国力，加快推进以改善民生建设为重点的社会建设，推动人口问题的统筹解决，提高广大人民群众的生活水平和生活、生命质量具有重要的意义。

（四）深入宣传教育的内容

宣传教育工作内容选定要实现由区域的、内敛的内循环向开放型、发散式转变，切实做到“五个树立”：一要树立以人为本新理念，更加注重人文关怀。人性关爱、人情关爱和人文关爱应该成为宣教工作的人文理念和根本导向；二要树立文化传播新理念，更加注重宣传效果；三要树立人口文化民生新理念，更加注重为民服务；四要树立依法宣传新理念，更加注重科学倡导；五要树立全局新理念，更加注重为中心服务。

参考文献

[1] 钟庆才 . 人口统筹是重大的问题 [J]. 人口研究，2008；3：79-81
[2] 钟庆才 . 综合改革视野下的宣传教育工作新思维 [J]. 人口与发展，2009；2：44-47
[3][加]D. 保罗·谢佛著 . 文化引领未来 [J]. 社会科学文献出版社，2008：15-18
[4] 张玉国译 . 文化多样性与人类全面发展 [J]. 广东人民出版社，2006

① [加]D. 保罗·谢佛著 . 文化引领未来 [J]. 社会科学文献出版社，2008：15-18

对城区人口和计划生育宣传教育工作新模式的探索

——以杭州上城区为例

施潇羽

一、城区计划生育宣传教育模式创新的必要性

随着社会的进步、经济的发展，人们的生活方式、生活要求都发生了很大的变化，人口计生工作的重点也开始发生转移，这种变化在城市表现得尤为明显。为此，计生宣教工作的模式也势必随之转变。

(一)人口和计划生育工作形势、任务的变化需要改革创新。随着经济的不断发展，城市人口素质相应提高，出生率开始下降，人口与计生工作的主要任务也逐渐转变为在控制人口数量的前提下，提高人口素质。宣传教育的内容以人口与计划生育和生殖健康科普知识为主；宣传教育的形式应满足群众需求的多样性和灵活性；宣传教育的效果强调宣传寓服务之中，转变人们的婚育观念。

(二)当前计划生育宣传教育工作中存在的问题需要改革创新。一是缺乏部门间的合作；二是经费保障难，是制约开展经常性宣传教育活动和提高宣传教育工作质量的关键。

(三)群众的需求变化需要改革创新。随着"80后"进入育龄期，成为宣传教育工作的服务对象，育龄群众对于计生宣教的需求发生了改变，与时俱进，改革创新是宣传教育工作面临的重要课题。

(四)计划生育宣传教育的环境变化需要改革创新。随着社会进步、文明事业的发展，宣传的手段越来越现代化，加快计划生育宣传教育工作改革步伐，必须依靠现代化新闻媒体和信息传播手段。

二、转变传统宣教观念

传统的计生宣教总是以说教、惩罚为主，但是随着经济的高速发展和人们婚育观念的不断更新，城区低生育水平已经逐步形成，工作重心的转变使得宣教观念的转变成为必然。

(一)宣传教育的核心理念

人口和计划生育工作要发展，宣传教育的理念要创新，树立科学发展观是核心。确立了这一全新的理念，才能在宣教工作实践中创新内容、形式等，营造一个好的社会舆论氛围，引导广大群众确立科学、文明、进步的婚育观，推动社会主义人口文化和生育文化建设，最终为经济社会的可持续发展创造良好的人口环境。

(二)依法宣传教育的理念

依法宣传教育是依法行政的内容之一。《中华人民共和国人口与计划生育法》第一章第二条第三款明确规定："国家依靠宣传教育、科学技术进步、综合服务，建立健全奖励和社会保障制度,开展人口与计划生育工作。"宣传教育不再是停留在计划生育工作经验的层面上，而是上升到法律的高度，必须依法宣传我国人口与计划生育法律法规，以此规范人们的生育

行为，同时，为维护人们的合法权益而营造舆论氛围。

（三）按需宣传教育的理念

按需宣传教育，指的是按照群众的需求进行宣传教育。将“我说什么你听什么”转化为“你需要什么我提供什么”，把“群众欢迎不欢迎、满意不满意”作为评估宣传教育效果的重要指标，作为衡量宣传教育工作者成绩的最终标准。在宣传教育的内容、形式等方面，必须切合群众的实际，满足群众的需求。

（四）宣传教育也是服务的理念

宣传教育，作为一种管理，必须充分体现行政管理服务的本质。育龄群众需要享受计划生育技术服务，获得计划生育宣传品，也需要享受计划生育政策、法律法规等知识的宣传服务。宣传教育工作者只有确立了这一理念，方能自觉地为广大育龄群众提供宣传教育的优质服务，进而取得宣传教育的显著效果。

三、转变传统宣教形式

随着生活方式的改变和媒体的发展，传统的宣教形式已经不能适应群众的需求，因此要积极主动地转变宣教模式。

（一）开展调研 主动转变

新时期、新环境下的人口计生工作重点发生了转移，要在调研基础上，将宣传的重点集中在倡导全新婚育理念、介绍生殖保健知识、推进计划生育利益导向机制等方面，转“硬性”说教为“柔性”引导，以此加强群众对人口计生工作的认同感。

（二）更新渠道 紧跟潮流

传统的分发宣传册、贴墙报等传统宣教模式显然已经不能完全满足新时期群众需求，充分开发短信平台、网络、小众媒介等新渠道，牢牢抓住信息时代的传播主流，已经成为人口计生宣教工作的必然选择。

（三）充实内涵 变旧为新

传统的宣教模式经历了几十年，其中有部分已经不再适应新时期的人口计生工作需求，但是传统的宣教模式依然有着很多的优势。

贴墙报、开设人口计生宣传栏是一种普遍采用的宣教模式，优势在于成本低、便于操作，缺点是更新慢，不能很好地吸引群众的注意力。针对这个问题，要在海报的内容和排版上加强设计，尽可能选择鲜艳的色彩和图案美化版面，内容要充实、符合群众的需求，更新的频率要加快，避免出现一张海报贴一年的情况。宣传栏的设计要新颖，布局上要结合居民的生活习惯，设计上应积极创新，结合社区大环境开设人口生育文化园、人口计生图书室等宣传阵地。

发放宣传品一直以来都是广受群众欢迎的一种宣教模式，针对目前生活习惯、生活条件发生的变化，宣传品在制作上也要向实用、优质方向发展，一份耐用、好用的宣传品一方面可以让群众带回家，在潜移默化中引导他们接受人口计生工作，另一方面可以提升群众对人口计生工作的认同度，改善他们对于人口计生工作就是说教、罚款的错误印象。此外宣传品的形式也可以更加多样，除了拖鞋、雨伞、雨披等传统载体外，一些受年轻人欢迎的数码产品、结合“低碳”理念的环保产品都可以用来为人口计生的宣教工作服务。

四、结语

人口与计划生育宣传教育工作是一项利国利民的公益性事业，人口与计划生育工作能否将党和政府的政策及时传达到人民群众中，人口与计划生育工作者能否在群众心目中保持良好形象，有无行之有效的宣传教育工作十分重要。在过去的几十年中，人口计生宣教工作取得了辉煌的成绩，但是在新时期、新环境下，人口计生宣教工作也遇到了很多的问题，人口计生宣教工作的创新是必须也是必然。我们要从新的视角进行解读，用新的方法去研究探索，用新的思路去推进工作开展，用新的办法去解决难题，以全新的理念指导宣传教育工作实践，才能达到宣传教育“内容精”、“方法活”、“过程优”、“范围广”、“品位高”、“效果好”的要求，使基层人口与计划生育宣传教育工作具有强大的生命力与吸引力。

（作者工作单位：杭州上城区人口计生局）

切实发挥计生服务站在计划生育工作中主力军作用

王　群

随着社会主义市场经济体制的建立和社会主义法制的进一步健全，以行政制约和经济制裁为主的计划生育管理体制已不适应新形势下计划生育工作的要求。笔者就基层计划生育服务站，如何深入开展计划生育宣传教育，进一步拓宽计划生育服务领域，提高服务质量，从而提高广大人民群众对计划生育工作的满意度，作一浅析。

一、深化计划生育的宣传教育，提高广大群众对计划生育知识的知晓率。加强以避孕节育为重点的生殖健康科普知识宣传，增强广大育龄群众的生殖健康意识，确保育龄群众的生殖健康，进而影响其婚育观念和婚育行为，是基层计划生育服务站的重要工作内容。计划生育服务站的宣传教育工作应与以下几方面相结合：

第一，把计划生育宣传教育同育龄群众的实际需要相结合，增强宣传教育的针对性。兴趣是学习最好的老师，是学习的动力，而兴趣必然同自身的特殊需要相联系。根据这一认识规律，计划生育服务站应针对不同对象，进行有针对性的宣传教育，以期达到学以致用的效果。对育龄妇女的各个时段提供跟踪宣传服务。

第二，与村级计划生育管理员的业务培训相结合。村级计划生育管理员是基层计划生育网络的重要组成部分，提高她们的业务能力、综合服务水平是基层计划生育工作的基础。

第三，把经常性宣传与突击性主题宣传相结合。在利用培训、墙报、黑板报、计生图书角书籍借阅、印发宣传资料等形式抓好平时经常性宣传教育的同时，紧紧抓住计划生育协会纪念日、世界人口日、男性健康日、世界艾滋病日等有利时机，展开主题宣传。

第四、把计划生育宣传教育同计划生育服务结合起来，把宣传教育融合于计划生育服务之中。

二、发挥计划生育服务站技术功能，为育龄群众提供全程优质服务。为广大育龄群众提供生殖健康服务是基层计划生育服务站最重要的工作职责，也是计划生育工作在新形势下体现、实践“三个代表”重要思想的主要途径。基层计划生育服务站在日常工作中，坚持以全心全意为人民服务的宗旨，重点在“三化”（即深化、细化、优化）上下功夫，为育龄群众提供全程优质的计划生育服务。

第一，改变工作作风，深化计生服务，将服务工作的触角延伸到最深的层次，方便群众。

第二，为育龄群众提供细致周到的各项计生服务，努力减少计生服务盲区。

第三，改善服务条件，提高服务水平，为广大育龄群众提供优质的计生服务。

辛勤的耕耘，终有丰厚的回报；全方位的宣传教育，全程优质服务，基层计划生育服务站必将在计划生育工作中发挥主力军作用。

（作者工作单位：桐庐县富春江镇计划生育服务站）

论计划生育宣传教育的理念创新

卢平

党的十六大报告提出了我国近期经济社会发展的奋斗目标：全面建设小康社会。要达到这一目标，必须创造良好的人口环境。而要创造良好的人口环境，又必须抓紧抓好人口与计划生育工作。由于宣传教育在整个人口与计划生育工作中始终处于首要地位，其改革创新就显得尤为重要。“思想是行为的先导”，人口与计划生育宣传教育（以下简称宣传教育）的改革创新首先是理念的创新。为此，本文拟就宣传教育的理念创新作一初步的探讨，以求教于方家。

一、坚持科学发展观的理念

党中央提出的以人为本，全面、协调、可持续的发展观，是以邓小平理论和“三个代表”重要思想为指导，从新时期党和国家事业发展全局出发提出的重大战略思想，体现了马克思主义的科学发展观，是我们做好各项工作的主要指导方针。科学发展观是用来指导发展的，绝不能离开发展这个主题，否则，就离开了它的“第一要义”，就无所谓科学发展观。人口与计划生育工作要发展，计划生育宣传教育的理念要创新，其核心就是要在计划生育宣传教育中确立这一科学发展观。确立了这一全新的理念，方能在宣传教育工作实践中创新内容、创新形式等，从而营造一个好的强烈的社会舆论氛围，引导广大育龄群众确立科学、文明、进步的婚育观，推动社会主义人口文化和生育文化建设，最终为经济社会的可持续发展创造良好的人口环境。

二、依法宣传教育的理念

依法宣传教育是依法行政的内容之一。过去，在计划生育系统，一提到依法行政，人们往往首先想到的是政策法规部门，认为只有政策法规部门才涉及依法行政的问题，而宣传教育部门似乎与依法行政关系不大。事实上，这正是宣传教育理念需要创新之处。《中华人民共和国人口与计划生育法》（以下简称《人口与计生法》）第一章第二条第三款明确规定：“国家依靠宣传教育、科学技术进步、综合服务，建立健全奖励和社会保障制度，开展人口与计划生育工作。”以法的形式将宣传教育确定下来，使之有了法定的重要地位，这在我国计划生育工作中是史无前例的。其意义是极其深远的。宣传教育不再是停留在计划生育工作经验的层面上，而是上升到法律的高度，是依法必须进行的。

依法宣传教育，除了以上所说的宣传教育在《人口与计生法》中具有法定地位外，还有一层含义，就是计划生育宣传教育必须依法进行，宣传我国人口与计划生育法律法规，以此规范人们的生育行为，同时，也宣传公民实行计划生育有哪些合法权益，为维护人们的合法权益营造舆论氛围。这也是计划生育宣传教育理论创新的又一个重要方面。例如：我们平常在乡村、学校等地开展的政策法规、避孕方法知情选择、青春期卫生、生殖健康、艾滋病防治等知识的宣传，就是依法宣传。

三、依法管理的理念

在新的形势下，计划生育宣传教育工作者应树立依法管理的理念。《人口与计生法》第二章、第十三条明确规定："计划生育、教育、科技、文化、卫生、民政、新闻出版、广播电视等部门应当组织开展人口与计划生育宣传教育。大众传媒负有开展人口与计划生育的社会公益性宣传的义务。学校应当在学生中，以符合教育特征的适当方式，有计划地开展生理卫生教育，青春期教育或者性健康教育"。也就是说计划生育宣传教育不仅仅是计划生育部门的事。计生部门既是宣传教育者之一，但在新形势新任务下，更主要的是应担当起依法管理者。其理由是随着社会的不断进步，信息化的快速发展以及网络宣传等平台的不断涌现，要让计生部门承担大量计划生育宣传教育的重任是不现实的，况且各级计划生育部门宣传教育已经不断弱化。以前眉毛胡子亲自做的形式不适合了。例如：就以浙江省宣传教育中心来说，以前也大量制作了生动活泼的计划生育宣传教育题材的电视剧、图片、墙报等等，受到了群众的欢迎与好评，取得了较好的社会效益。然而，各级计划生育部门由于人员编制、经费、器材等综合因素的制约。而且从社会资源的综合利用来看，也没有必要继续在计划生育部门重复建设，所以，当今各级计生部门是不可能继续向有关部门提供大量优质计划生育宣传品，因此，我认为计划生育部门的领导和宣传教育工作者要在思想认识上尽快转换理念，更多的是应以依法管理计划生育宣传教育为主，对相关部门依法进行计划生育宣传教育考核，协调和督促其承担更多的计划生育宣传教育义务，从而推动社会统筹解决人口问题。

四、按需宣传教育的理念

按需宣传教育，指的是按照群众的需求进行宣传教育。计划生育宣传教育必须从实际出发，根据实践的需要创新理念，完善宣传方针，制定宣传政策、研究宣传内容，确定宣传方法，检验宣传效果。在此，我们还必须弄清楚"以人为本"的概念。"以人为本"在计划生育工作中，就是不断满足广大群众日益增长的计划生育、避孕节育、优生优育及生殖保健等多方面科学知识的需求。以往，我们的宣传教育工作者习惯于向群众一味地灌输思想，"以我为主"，是"我要宣传教育"，因而，无论群众是否需要，都跟着"我的感觉走"，将宣传教育的一些内容硬塞给群众。这种脱离群众实际的宣传教育，与"以人为本"的科学发展观的要求是不相容的，自然，受到群众的冷遇，达不到宣传教育的目的。现在，我们要在宣传教育理念上创新，就必须确立按需宣传教育的理念。概括地说，这一新理念就是要 变"我要宣传教育"为"要我宣传教育"。不要以为这里仅仅是将"我"与"要"的词序颠倒了一下，是在玩文字游戏，而实际上，这一变动，使两种宣传教育有了本质的区别："我要宣传教育"，是"以我为主"，或者说是"以我为本"；而"要我宣传教育"，则是"以群众为主"，或者说是"以群众为本"。我们必须确立按需宣传教育的理念，把"群众欢迎不欢迎、满意不满意"作为评估宣传教育效果的重要指标，作为衡量宣传教育工作者成绩的最终标准。

按需宣传教育，在宣传教育的内容、形式等方面，必须切合群众的实际，满足群众的需求。随着改革开放和人民生活水平的不断提高，广大群众对人口和计划生育的需求也是多元化、高品位的发展趋势，人们不仅需要获得及时、方便、安全、有效的避孕节育服务，还要求获得生殖保健服务，不仅需要获得政策法律服务，还要求获得知识、信息等方面服务。此外，像计划经济时期将群众集中在一起进行宣传教育的内容与形式等必须创新，必须更加贴近群众，贴近实际，贴近生活。而这一切的创新源泉来自于对群众、对基层的调查确定，来自于按需宣传教育的理论。例如：山东省青岛市把群众要求作为工作第一信号，建立“按需施教”的运行机制。每年年初，他们都开展一次全市范围的入户需求信息调查。这些信息包括宣传内容、教育方式、适宜手段的时间安排等诸多方面。

他们开展了“甜蜜之家”建设，“婚育文明、生活宽裕、求知育才、生殖健康、和谐幸福”，“优生服务、奖励优惠、生殖保健、关爱行动”、“关爱女孩”等一系列切合实际的活动，而宣传教育的内容、形式、手段都以群众调查为基础，以群众需求为依据，围绕群众意愿来展开，使以人为本的理念落到实处，给工作注入了新的生机，带来了新的变化。在全市万名群众抽样调查中显示，群众对计生宣传教育，满意率为96%，群众参与计生宣传率提高到74%，使计生宣传教育路子越走越宽。

综上所述，计划生育的宣传教育工作要创新发展，首先就是在计划生育宣传教育中确立科学发展观和树立“以人为本”的理论。在此前提下，我们在实际工作中植入依法宣传教育、依法管理宣传教育、按需宣传教育的理念。这样我们才能在实际工作中根据实事求是精神，制定宣传内容，确定宣传方式方法，才能不断满足群众对计划生育、避孕节育、生殖保健等科普知识日益增长的需求，是我们计划生育宣传教育工作的动力，亦是我们在计划生育宣传教育工作中不断创新内容、创新形式、创新方法的源泉。

（作者工作单位：丽水市计划生育宣传技术指导站）

第四部分 流动人口服务

论流动人口计划生育管理与服务
——以东阳市湖溪镇为例

蔡新安

随着改革开放的深入和社会主义市场经济体制的建立，流动人口与日俱增。这对于发展经济、繁荣市场、促进劳动力资源的合理配置，缩小城乡差距，推动社会生产力的发展，起到了积极的促进作用。但同时也给人口和计划生育管理带来了许多新的问题和困难。

一、流动人口的现状和特征

（一）数量规模特征

东阳市湖溪镇从改革开放初期劳务输出几百人到现在的劳务输出总量达5千多人（其中女性占35%），劳务输出大量增加，劳务输出人员已占全镇总人口的13%左右。

（二）质量构成特征

1、流动人口文化水平偏低，外出务工人员多数为初中文化，高中以上文化程度的比例较小，初步统计，初中占65%，高中（含技校生）以上占35%左右。

2、流动人口男性略多于女性，年龄25—40岁之间为多数，大多处于生育高峰期。

3、流动人口职业不稳定，流动性强，特别是男性职业很不稳定，女性略稳定。

4、由于受经济条件、技术限制，流动人口择业范围较为狭窄。外出务工人员经商、从事建筑行业的较多，从事体力劳动获取基本收入的人较多，男性尤其如此。

二、流动人口带来的新问题

流动人口对计划生育具有双重作用。从长远的发展趋势看，流动人口的发展对于实行计划生育，控制人口增长是有利的，它将通过人口素质的提高带来生育观念的进步；从目前或者短期的情况看，流动人口又在一定程度上增加了计划生育的管理和服务难度。

（1）流动人口计划外生育的经济因素。

流动人口计划外生育的经济原因一是子女的家庭经济价值在现实生活中得到提升。现阶段，特别是农村进城人口的经营活动基本上还是以体力劳动为主。在这种情况下，家庭经济收入的多少直接与家庭劳力数量的多少相关，这必然刺激一部分流动人口产生生育孩子，尤其是男孩的愿望。二是流动人口中有很多是从事第三产业的富裕户，这从客观上为多生孩子的提供了经济条件。

（2）流动人口计划外生育的思想因素。

流动人口大多来自农村，传统生育观念比较重，“多子多福”、“养儿防老”的思想仍然束缚着一些人的生育行为。加上目前流动人口综合管理机制比较薄弱，流动人口缺少经常性接受思想教育的途径，较多地表现出组织纪律和法律政策观念薄弱的弱点，体现在生育问题上就是无计划地生育。

（3）流动人口计划外生育的年龄文化因素。流动人口大多年轻，处于生育旺盛期，婚育行为较为普遍。另外，流动人口特别是农村流入城市及农村内部异地流动的人口，文化思想素质相对较低，难以从传统的生育观念中摆脱出来，一些人思想上有多生孩子的倾向。

（4）流动人口计划外生育的社会因素。由于流动人口数量庞大、分布广泛、分散、人户分离和流动性极强等特点，在客观上给管理工作带来许多困难。

三、基本经验和做法

（一）以宣传开路，促进婚育观念转变

婚育观念的转变是计划生育工作治本的根本途径。一要通过标语、宣传橱窗等，广泛宣传计划生育政策、法律法规，营造良好的宣传氛围；二要印制宣传资料发放到每家每户，和组织群众认真学习，提高政策知晓率；三要给出外出务工育龄妇女发放流动人口婚育证明。

（二）坚持依法行政，推行村（居）民自治

一是认真贯彻执行《人口与计划生育法》、《流动人口计划生育工作条例》和《流动人口计划生育管理和服务工作若干规定》，做到流动人口权责利的统一，切实维护好流动人口的合法权益；二是按《村（居）自治章程》、《村（居）民公约》有关规定与已婚育龄妇女签订计划生育合同；三是建立村计划生育联系员制度，及时通报和反馈流动人口存在的问题和困难，以便及时有效的解决和处理相关问题。

（三）坚持以人为本，做好服务工作

一是向流动人口发放以人口与计划生育法律法规和《劳动法》为主要内容的法律知识手册，让流动人口学法、懂法、守法，利用法律武器保护自己的合法权益；二是在流出前，为流动人口已婚育龄妇女查环、查病和查孕，提供生殖健康服务。

四、存在的问题

（一）流动人口生育意愿与现行生育政策差距较大，通过近年来的宣传引导，“多子多福”的生育意愿基本得到控制，但“养儿防老”的观念仍然不同程度存在。

（二）基层（乡镇、村）流动人口管理畏难情绪严重，工作上普遍存在找不到着力点的情况；思想上流动人口没有一个正确的认识，片面地把流动人口看作工作负担。

（三）综合治理流动人口的工作机制不健全，各职能部门流动人口综合治理意识不强，普遍认为流动人口只是计生部门一家的工作，与本部门无关。

（四）流动人口管理与服务经费投入不足，按国家、省、市有关文件规定，流动人口管理经费应纳入单独财政预算，从近几年实际工作情况看，流动人口管理的成本较高，给基层单位在实际操作带来了相当大的困难。

（五）由于计划生育工作水平和认识程度不同，与一些周边省、市、县很难共同就流动人口进行管理和服务。如流动人口三查服务对象，虽然有正规的孕情检查证明寄回，最后还是政策外出生。

（六）依法行政难度较大。从行政管理为主向依法管理的转型过渡时期，生育行为与法律要求差距较大，行政部门不能采取强制措施处罚流动人口违法生育行为，导致对违法事实取证难，依法处罚更难。

总之，流动人口涉及方方面面，与社会的发展密切相关，对整个社会、经济、资源、环境的可持续发展起着重大的作用。因此，它不只是人口和计划生育部门要重点要关注的群体，更应该引起全社会的重视。

（作者工作单位：东阳市湖溪镇计生办）

关于加强流动人口管理服务的几点思考

王向勤

我国人口城市化速度不断加快，人口流动加剧。庞大的流动迁移人口将对城市基础设施和公共服务构成巨大压力，现有的流动人口计生管理服务已难以适应新形势的需要，必须加强流动人口管理服务的研究，以实现有效的流动人口计划生育管理。

一、人口管理服务现状

流动人口构成的复杂性，生育行为的隐蔽性，就业行为的随意性，文化的多样性，增加了人口计生管理服务的难度。从现实情况看，流动人口计生服务与管理有较大的滞后性。主要表现在以下几个方面：

1、理念方法滞后。对于流动人口，长期以来一直有以管为主、以防范为主、有时甚至以整顿为主的管理理念。这种重管理轻服务、重限制轻平等、重使用轻教育、重打击轻引导的管理方法和理念，容易将流动人口置于边缘化，忽视其对于生活条件、自我价值、社会认同等多方面需求。与构建和谐社会相适应的服务理念、权利意识、和谐思维、人本理念没有充分体现在人口管理服务之中。

2、法律法规滞后。国务院曾颁发了一系列流动人口管理办法，公安部也先后发布了单行法规，但这些法规内容分散，有些内容已滞后于社会发展需要。户籍问题的解决，是保障流动人口平等的政治参与权力、社会经济权力的基础条件，但目前仍然存在许多“门槛”，户籍制度和建立在户籍制度之上的城市各种制度成为流动人口融入城市社会的制度性障碍。另一方面，有些已出台的政策法规也未很好地执行。

3、部门联动滞后。人口管理涉及多个政府部门，大多部门在管理中各自为政，缺乏协调机制。如办法规定，流动人口现居住地的县级人民政府公安、民政、卫生、工商等部门应当结合部门职责，在办理证照中要查验流动人口《婚育证明》等计划生育信息。但公安部门规定在办理临时居住证时，不得以查验《婚育证明》为前置条件，致使流动人口的计划生育管理难度不断增加。还有出生人口只凭“结婚证”、“户口簿”、“身份证”和“婴儿出生证明”四种有效证件即上报户口，这给从计划生育角度而设置的计划内生育证明才能上报户口的制度带来了冲击。部门间前后冲突的管理措施使得流动人口计划生育管理服务处于被动局面。

4、协调机制滞后。“以现居住地为主”的管理体制与现行的生育管理存在冲突，致使流动人口计划生育服务手册和生育服务证办理两地推诿、互相扯皮。现居住地普遍存在管理不到位的情况。户籍地存在片面强调“现居住地为主”，忽视共同负责协助管理职责。而迫于人口目标责任制考核的压力，有的地区在统计工作中，外来人员生育、政策外生育信息隐瞒不报或虚假上报的问题也比较突出。

5、信息化建设滞后。近年来，各职能部门人口管理信息化硬件建设水平都有很大提高，涉及流动人口管理的部门都在统计流动人口的信息，但是各部门统计口径不同，情况掌握也不完全，缺乏统一的平台和系统整合，难以及时准确地提供流动人口的数量变化、类型、流入源、流入目的、流动时间、流动意向、子女受教育情况、办理证照情况等情况，没有做到资源共享，难以形成管理合力和保证管理效果，制约了信息化水平的进一步提高。

二、加强外来流动人口管理的几点思考

要加快破解流动人口难题的进程，应顺势应时，更新观念，理清思路，加大工作力度，加快建立“属地化管理、市民化服务、信息化支撑、依法维权、综合治理”的流动人口计划生育服务与管理体系。

1、加强宣传教育，转变管理理念，提高流动人口的整体素质。

大多数流动人口从相对落后的农村来到城市，思想观念与现代城市人口存在较大的差距；同时，流动人口是城市社会中的弱势群体，他们的权益常常受到挑衅和侵害，他们有通过普法教育，学会使用法律武器维护自身合法权益的需求。要通过“维权”这个切入点，加强对流动人口的法制宣传教育，进一步转变观念，将管理与教育结合起来，要采用法制宣传图板等图文并茂的形式通俗易懂地宣传法律条文。

2、依靠科技手段，实现流动人口服务管理信息化，强化部门之间的协调配合。

完善全国流动人口计划生育信息交换平台，充分借助和利用现代信息技术，有效整合人口信息，实现各类人口信息的关联互访、分析研判，及时掌握人口的流动轨迹和活动动态，对身份不明、无正当职业、逃避登记和从事特殊职业的流动人口以社区民警为主进行重点管理。探索建立人口电子信息卡制度，实行“全程跟踪”，加强对流动人口服务和管理。实现“以网管人”使得流动人口户籍所在地、实际居住地和经济居住地都能及时掌握情况。以达到整合资源、节省成本，有效提高流动人口的服务和管理。

3、全面落实管理体制，抓好综合治理，促进流动人口服务与管理上水平。

建立部门联动机制，形成齐抓共管的合力。成立由政府牵头，综治委、人口计生、公安、民政、劳动等部门为成员的流动人口计划生育服务与管理领导小组，明确各成员单位职责，建立联席会议、综合执法、信息通报、督查督办制度，及时解决流动人口服务与管理中的重大问题。二是建立区域协作机制，加大边界地区综合治理力度。通过与相邻地区定期召开联席会议，签订双向协作意向书，明确各方责任。三是完善现居住地与户籍地共同管理的协调机制，做到互联、互通，做到信息掌握上不留漏洞。

总之，加强对流动人口的管理是一项综合性工作，应当从实际出发，建立有效的管理工作机构、机制，从而使其向健康、规范的方向发展。

参考文献

[1] 王慧博．流动人口对广州社会发展的影响及对策 [J]. 南方农村 2006（2）

[2] 陈颐．对外来人口管理体制的思考 [J]. 江苏社会科学 .2006（5）

（作者工作单位：东阳市计划生育宣传技术指导站）

浅谈农村流动人口计划生育管理的难点与对策
——以磐安县双溪乡为例

胡爱仙

在社会主义市场经济的新形势下，农民外出经商、务工的逐年增多，流动人口的增加，在促进社会经济发展的同时，给计划生育管理工作带来了新的情况和问题。因此，切实加强流动人口的计划生育管理，对于控制人口数量，提高人口素质，促进农村经济和社会的进一步发展，构建社会主义和谐社会，都有十分重要的意义。

一、乡镇流动人口的特点与现状

（一）外出人口规模大，增长速度快

据磐安县双溪乡劳务输出调查资料显示：全乡为 1.3 万人，2008 年外出人数为 2209 人，90% 以上的外出人员均为计划生育管理对象，其中：育龄为数为 704 人，占外出人数的 31.86 %，2009 年外出人数为 2280 人，比 2008 年增加 3.21 %。

（二）外出人口分布范围广

不仅在省内流动，而且走南闯北，足迹遍布全国各地，大多分布在经济发达的北京、海南、广州、深圳等地。

（三）外出人口中青壮年所占比重较大

全乡外出人口男性 1404 人，占 63.55%。从年龄上看，绝大数属于 18—49 岁处于生育旺盛期的育龄群众，这些人势必成为计划生育管理的重点对象。

（四）“外来妹”增加

农村未婚青壮年外出经商务工，带回“外来妹”为数不少。据统计，乡全带回四川、贵州等地的“外来妹”达 130 余人。

（五）计划外生育多

据统计，2006 年—2009 年全乡计划外生育 22 人，其中流动人口出生 21 人，占总数的 95.45%，未婚女青年计划外生育的 8 人，占总数的 36.36%。

由此可见，流动人口成为计划生育管理工作中的一个突出的薄弱环节，加强流动人口的计划生育管理刻不容缓。

二、流动人口的计划生育管理的难点

（一）生育观念转变难

一是一些人头脑中“多子多福、重男轻女”的传统观念仍然强烈；二是非法同居、早婚早育、未婚先育、离婚再嫁现象显著上升。

（二）综合治理、齐抓共管难

流动人口的计划生育管理责任制尚未得到全面落实。国家计划生育委员会早在 1991 年就发布了《流动人口计划生育管理办法》，省政府也 1993 年发布了《浙江省流动人口计划生

育管理办法》。但就全国而言，各地的贯彻执行力度和效果不一，致使常住户口所在地与现居住地的流动人口计划生育管理衔接不畅，管理服务难以到位。

（三）计划生育“双向管理”未能完全形成

计生管理模式仍然比较单一，管理手段滞后。常住户口所在地对外出人口的计划生育管理鞭长莫及，而现居地管理不力，与户籍、治安、经营、住房等管理不相配套，流动人口的验证把关不严，致使违反计划生育情况时有发生。

（四）投入与流动人口管理任务不相适应

流动人口计划生育管理抓得越紧，其人力投入就越多，经费开支就越大，所缺的人力、经费就越大。这是当前流动人口计划生育管理存在的一个突出问题。

（五）违法生育处罚力度不够

老办法不能用,新办法不管用,导致“有钱的躲着生;无钱的也想生;无钱无权的霸蛮生”。

三、加强流动人口计划生育管理的对策

（一）加强领导，加大宣传力度，转变生育观念

各级政府要进一步抓好《流动人口计划生育管理办法》和《浙江省流动人口计划生育管理实施办法》的贯彻实施。要改变单纯依靠行政制约向宣传教育、综合服务、科学管理相统一的转变，加强计划生育新事例的宣传教育，杜绝封建迷信、旧生育观念对人们的误导，净化社会风气，营造良好的舆论氛围。形成全社会齐抓共管，共同抓好流动人口的计划生育管理新局面。

（二）强化双向管理，加强流动人口计划生育的“源头”和“全程”工作

针对流动人口流动性较强的特点，要做好流动人口档案管理工作，详细记录流动人口外出地址，平时多联系，及时掌握地址变更情况。建议根据引导与自愿相结合的原则，组成“流动人口互助组”，并由常住户口所在地的乡镇政府与“互助组”签订计划生育协议书，给“互助组”赋予相应的权利义务和报酬。各级部门要建立“流动人口计划生育管理办公室或督查办公室”，健全相互监督，相互制约的新机制，促进流动人口计划生育管理。

（三）保证流动人口计划生育管理的工作经费

流动人口计划生育管理费的收缴工作要落到实处，建议上级有关部门在《实施办法》或《细则》中增补:乡镇政府可向常住户口,在本辖区的外出人员收取计划生育服务费（管理费），以弥补流动人口计划生育工作经费的不足；同时建议上级财政对计划生育工作任务重的乡镇增拨专项事业费。

（四）加大流动人口违法生育对象的处罚力度

目前对计划外生育的对象大多按《条例》规定进行了处罚，但对有关单位部门和责任人的处罚力度明显不够。这显然有悖《办法》和《实施办法》的规定，造成责任单位、责任人对流动人口计划生育管理意识淡化，甚至有助长计划外生育之嫌。

（五）加强计划生育干部队伍建设

建设一支高素质、专业化的计划生育干部队伍，这对于完成新时期稳定低生育水平的艰巨任务具有决定性的意义。要积极推进干部人事制度改革，稳定和加强计生干部队伍，在保持一定数量的前提下，落实精兵战略，优化知识结构、专业结构和年龄结构，把思想好、作风正、懂业务、会管理、善做群众工作的优秀人才充实到计生队伍中来。

要进一步加强村级计划生育联络员队伍的建设。农村计划生育联络员是最基层的计划生育工作者，他们最贴近群众，也最了解群众，对自己所在村的人口情况非常熟悉，应该把那些乐于为计划生育工作奉献，对工作认真负责，又有事业心的人，吸收到计划生育干部队伍中来。

（作者工作单位：磐安县双溪乡计划生育技术服务站）

浅谈非公企业流动人口计生管理与服务

何 洁

近年来，随着大力实施“工业强县”的战略，曾是浙江欠发达地区的武义县，成为了全国欠发达地区实现跨越式发展的一颗新星．通过几年的发展，非公企业达5000多家，进入非公企业务工人员达8万多人，而外来人口就占到三分之二。面对外来流动人口不断增长，新情况、新问题不断出现的情况，武义县计生部门积极探索，勇于实践，树立“以人为本”的优质服务理念，把满足外来员工的需求和满意度作为计生管理与服务的出发点和落脚点，实行非公企业与乡镇街道综合管理，构建以人为本的管理与服务相协调的工作机制，努力提供人口和计划生育科普教育、计划生育技术和生殖保健服务，有效地促进了非公企业流动人口计划生育管理和服务水平的提高。

一、流动人口计划生育管理中的困难和问题

非公企业的流动人口有相当大部分都来自偏远山区或经济欠发达地区，他们家庭背景、成长经历、个人的文化素质参差不齐。他们大都为育龄人群，且大部分人缺乏生殖健康、节育避孕知识。

非公企业的流动人口计划生育工作十分复杂，因流动性大，情况难以掌握，要引导流动人口提高生殖健康知识水平，树立正确生殖健康态度及良好行为，做好非公企业的流动人口计划生育管理和服务将面临很大困难。况且，流动人口管理是经常性的工作，须多方面配合、齐抓共管。虽然上级的法律法规明确规定全国各级部门都有支持、协助、配合搞好计划生育工作的义务。然而实际工作中却很难以落实。如派出所在办理《暂住证》时，没有要求对象出示婚育证，这不利于提高流动人口在户籍地办理《流动人口婚育证明》的意识。与此同时，平时将流动人口与常住人口同管理、同服务，向流动人口宣传计生法律、法规，促进流动知法、懂法、守法的形式不多、力度不大。

二、做好非公企业流动人口计划生育管理与服务的主要途径

（一）实行乡镇街道与非公企业综合管理。按照“谁用工谁负责”的原则，非公企业要将流动人口计划生育管理与服务纳入劳动用工等相关管理工作中。用工企业要建立流动人口计划生育协会组织，开展计划生育的自我教育、自我管理、自我服务；查验流动人口《婚育证明》，督促未办理《婚育证明》的流动人口在规定期限内补办。并建立已婚育龄妇女流动人口登记制度，及时掌握流动人口变动信息变动；做好流动人口计划生育宣传教育、日常管理服务。一是坚持持证用工制度。非公企业在招流动人口时，必须首先要求流动人口持有有效的婚育证明。二是实行流动人口申报制度。非公企业每个月都要及时准确地向所在的乡镇街道申报流动人口的相关信息和情况，以便及时向流动人口提供相关管理和服务。非公企业与街道之间加强信息联系，互通有无，共同做好流动人口计划生育管理和服务工作。特别是

充分利用信息网络，及时交换情况，使流动人口计划生育的情况或问题得以早发现早处理。三是要实施流动人口优质服务制度。将流动人口全面纳入现居住日常管理，与本地职工同宣传、同管理、同培训、同服务。

（二）构建以人为本的管理与服务相协调的工作机制。为了完成人口计划和目标责任，把流动人口作为管理对象，通过制定制度和规范，试图把流动人口的婚育行为进行管理。在工作中过多强调流动人口实行计划生育应尽的义务，忽视他们的合法权益，缺少考虑他们对计划生育的需求，强制式地以行政制约为主地开展计划生育管理工作只能使党群、干群关系极度受损。相反，我们以人为本，以流动人口的需求为导向，以流动人口的满意为标准，以人的全面发展为中心的工作模式来开展计划生育管理工作，构建以人为本的管理与服务相协调的工作机制。不仅受到广大流动人口员及其家属的拥护和欢迎，且显示出强大的生命力。为了有效掌握流动人口的婚育情况，关键是引导员工与非公企业相互配合做好流动人口的持证、验证和生殖健康监测工作，及时协调解决工作中的问题。婚育证明的内容应当包括：姓名、性别、年龄、婚姻状况、居民身份证号码、生育状况、落实节育措施状况、计划生育奖惩情况等。因此《流动人口婚育证明》是流动人口计划生育管理的一个重要载体，通过它的办理和查验，才能真正把流动人口计划生育管理服务工作落实到实处。在实际工作中，从查验《流动人口婚育证明》起，就开始履行对流动人口计划生育管理服务职责，通过查验《流动人口婚育证明》，准确掌握其婚育基本信息，并对其进行有针对性的管理服务。流动人口和单位依法履行法定责任，依法持有《流动人口婚育证明》、依法接受查验《流动人口婚育证明》。

（三）提供人口和计划生育科普教育、计划生育技术和生殖保健服务。对于生活在社会大环境中的打工者来说，仅仅要求他们自觉执行计划生育规定、保持道德自律是不够的。当地的乡镇街道要与非公企业一起，为外来务工人员精神上有所依托，在非公企业里找到归属感。首先，当地的乡镇街道与非公企业计生协会要为流动人口已婚育龄妇女提供优质的避孕节育、生殖保健服务。定期开展计划生育和生殖健康检查，每年坚持对流动人口中的已婚育龄妇女进行2次生殖健康普查，切实让流动人口感受到了第二故乡的温暖。积极开展生殖保健和咨询服务活动，满足流动人口的生殖健康服务需求。免费提供避孕药具，面对面地提供生殖健康、节育避孕知识咨询。其次，采用适宜的方式有针对性地开展宣传教育，提高流动人口的生殖健康水平。在生殖健康方面，流动人口缺乏相应的生殖健康知识，结合普法教育，广泛宣传流动人口计划生育管理的法规、规章，使流动人口知晓有关规定，明确应尽的义务和享有权利。并通过宣传教育，教会婚育期的外来工正确使用适合自己的避孕方法增强避孕的有效性，降低意外妊娠的危险，有助于保护育龄期女工的生殖健康，提高他们的生殖健康能力。同时进行基本生殖健康知识教育，提高外来工人的生殖健康知识水平、树立正确生殖健康态度以及良好行为。像我县熟溪街道、桐琴镇等非公企业经济发展较快的地区，紧紧围绕“变被动为主动，变对立为福利，变强制为服务”的工作思路，切实做好流动人口计划生育优质服务。以宣传教育为主，以经常性工作为主，广泛开展人口和计划生育科普教育、计划生育技术和生殖保健服务，以取得实质的效果。像熟溪街道计生服务站，免费向外来务工人员提供7种避孕药具，指定专人负责，设立药具管理账册，对药具的提供及使用效果进行跟踪，免费提供避孕节育、生殖健康等知识咨询服务。

（作者工作单位：武义县计生宣传技术指导站）

外来流动人口管理现状与对策研究

——以义乌为例

廿三里 鲍军辉

随着义乌国际商贸城市建设的快速发展，流动人口大量增加，尤其是外来数量已达到相当规模。流动人口在促进经济发展的同时,也给社会治安、计划生育等带来了新的问题和困难,加强外来人口的服务管理已经成为一个十分重要的课题。

一、外来人口的特征

据有关资料显示，截止 2005 年底，义乌市外来人口总量已达到 80 多万人，超过了义乌本地人口。由于义乌社会经济的快速发展和城市化进程的加快，义乌市的外来人口数量还将继续保持增长态势。从外来人口户籍地区构成看，外来人口具有以下特征：

（一）来源广泛，成分复杂，从事职业多样化。流动人口主要来自安徽、江西、四川、河南、湖南、贵州等省份农村和偏僻山区。主要从事经商、建筑、收旧、运输、餐饮、服务、加工等职业。还有部分无正当职业，专门从事沿街乞讨、拾荒等。

（二）居住点分散，居住环境较差。大多外来人口居住在工棚、居民出租房屋内，居住环境较差，卫生条件不佳;且多以同乡、同族等关系聚居在一起，形成了以地域为纽带的“河南帮”、“安徽帮”、“江西帮”、“贵州帮”等。

（三）文化程度偏低，年龄结构年轻化。文化程度调查显示初中以下占 94.8%，高中占 4.79%，大专以上仅占 0.41%；年龄结构调查显示，16 岁以下的占 16.31%，20–40 岁占 69.03%，40–60 岁的占 10.39%，60 岁以上的占 4.72%。

二、管理服务存在的主要问题

（一）认识不高，重视不够。一些单位领导对外来流动人口教育管理工作认识不到位，没有把外来流动人口的教育管理提高到精神文明建设和维护社会稳定、构建和谐社会的高度来认识，不能根据形势发展适时调整教育计划，放松思想政治教育，工作不够深入、扎实。

（二）重收费轻管理。一些部门只要交费，就给办理有关证照（件），至于外来务工人员的其它方面则很少关注，没有真正把管理服务工作落到实处。

（三）立法滞后，管理被动。依法对外来流动人口实施教育和管理，是外来流动人口管理工作向法制化、规范化发展的方向，是提高教育和管理水平的关键。但目前仍没有统一的管理法规，沿用原有的《暂行管理办法》，已与当前外来流动人口的发展不相适应，有关部门在日常管理工作中，往往无法可依、无章可循，工作比较被动。

（四）各自为战，缺乏合力。管理部门大多各自为战，没有建立联合管理机制，由于缺乏统一的目标，协调的行动，形成了管理上的漏洞，造成失管漏管。

三、外来流动人口管理服务措施对策

流动人口具有双重效应，如何充分发挥流动人口对社会和经济发展的积极作用，减少负面影响，是摆在政府职能部门面前必须解决的一个问题。

（一）杜绝管理服务简单化、孤立化。教育和管理是相辅相成的，教育是管理的一种手段，而管理反过来能促进更有效的教育，所以说教育是我们首先要做的工作。要实行人性化、形式多种多样的教育。把教育工作日常化，变“防”为“疏”，真正实现长效管理，保证教育和管理向多层次、全方位发展。要将社会化服务和日常化管理结合起来，形成服务中有管理、管理中有教育，给流动人口一个温馨的家园。

（二）加强宏观调控，提高对流动人口管理工作的管理水平。要依法进行外来流动人口的教育和管理。在组织上，要落实现行政策，真正赋予各乡镇人口管理办公室（即公安派出所）应有的权利，形成以公安机关为主，其他职能部门积极配合的管理机制，使管理工作政出一门，任务清、职责明、工作连贯，各项管理措施能真正落到实处；在政策上，要给予外来人口同等福利待遇，用工管理上，出台与本地实际相适应的用工管理办法，特别是要出台能够吸纳外省人才为我所用，为义乌市经济发展作出应有的贡献；实行资源共享，最大限度地发挥公安、劳动、计划生育系统的计算机信息网络作用。

（三）改革房屋出租制度，将出租房屋纳入管理范围。要改革房屋出租制度，简化手续，将办证制度改为登记制度，将所有出租房屋纳入管理范围。同时，要坚持谁出租谁协助管理的原则。居村委会外来人口管理站要定期对辖区内出租房屋进行检查，及时了解外来人口情况。

（四）建立居住地和工作地双重管理模式。要将外来人口真正作为城市人口的一个有机组成部分，纳入现行的人口管理体制。实施居住地管理和工作地管理并重的双向管理。既依托居村委会，大力推进基层外来人口管理站的建设，由外来人口管理站对辖区内居住的外来人口进行管理。务工人员由所在单位负责管理，个体经商人员由所在市场管理部门负责管理。

（五）加强队伍建设，提高服务管理水平。要进一步抓好外来流动人口专管员、协管员队伍建设，并加强队伍的教育、培训和管理工作，提高整体素质和工作能力，协助做好流动人口治安管理、劳动就业、计划生育等各项管理服务工作。同时，要积极探索建立流动人口管理服务站，宣传法制、计生、卫生知识和市民守则，提供劳动就业信息，集中办理暂住证、务工证、健康证和计划生育验证等事务，以提高办事效率，方便外来流动人口办证、咨询。

（六）提高外来流动人口自身素质。要适时开展进城务工青年培训活动，根据外来务工青年的不同需求，有针对性地做好法律法规基本知识、城市生活常识和就业技能等各项教育培训工作，帮助他们提高职业技能和综合素质。要立足长远，建立外来务工人员教育培训的体系和网络，办好外来流动人口学校和社区夜校，由公安、劳动、工商、计生、司法、共青团、妇联等部门组织力量，对外来流动人口经常性地进行遵纪守法、劳动就业、依法经营、计划生育、文明道德等方面的宣传教育。

（作者工作单位：义乌市大陈镇）

流动人口计生管理服务中存在的问题和对策思考

何健苗

一、流动人口计生管理服务的问题

义乌市逾百万的流动人口基本上都属于计生管理服务对象，工作压力可想而知，加上目前管理机制和体制以及工作模式均不完善，流动人口计生管理服务难度较大，困惑不少。

（一）思想认识不到位。没有形成全国“一盘棋”的管理服务格局。虽然，国家《人口与计划生育法》和省《条例》对流动人口计生管理服务都作了明文规定，义乌市委、市政府也制定了《流动人口计生综合管理实施细则》和《深化外来人口管理若干意见》等一系列文件，但具体执行起来，不少村（居、社区）、单位的主要领导认识上仍有较大误区，消极地认为外来人口计生管理服务是户籍所在地计生部门的事，与己无关；有的基层领导强调任务重、工作忙、无暇顾及外来人口计生管理服务；有的企业主担心一旦管得严了，招工成了难题，会影响企业正常生产和经济效益。近几年成立的公安、劳动、计生“三位一体”管理组织，因缺乏行之有效的管理制度和考核机制，也成为了虚设机构，各部门协调人员往往“各唱各的调，各演各的戏”，形不成工作合力。

（二）管理措施不到位。管理措施不到位原因比较复杂，既有主观上思想认识的因素，又有客观的困难，主要是流出地和流入地信息无法及时沟通，人员不稳定，情况不明，底子不清，无法有效进行管理和及时提供服务，漏洞堵不胜堵；工作机构力量单薄，人员编制配备不足，经费投入不够；管理服务不规范，不论出具外出人口或查验外来人口计生证明都存在着“三天打鱼，两天晒网”的情况，给违法生育对象有机可乘；企业主、出租房主不配合、不支持、不主动上报，造成了管理服务的盲区；部分外来人口生育观念陈旧，千方百计躲避计生管理服务；部分基层计生专职工作人员“以人为本、优质服务”理念缺失，存在着工作方式方法简单粗暴、重管理、轻服务、重户籍人口管理、轻流入人口管理等现象。

（三）考核奖惩不到位。对人口与计生目标管理责任制考核不论是平时明察暗访，还是年终考核评估，普遍存在着重户籍人口管理考核，轻流入人口管理考核的现象，对流动人口计生管理服务工作优劣缺乏有效的奖惩激励机制，使一些基层领导有意无意地放松了对流动人口计生管理服务的重视程度，和工作上的支持力度，增加了做好工作的难度。

（四）经费保障、支持不到位。义乌市流入人口多于户籍人口 1.5 倍，按户籍人口计算的管理服务经费明显不足，很难保证流入人口的基本计生技术服务需求。

（五）宣传教育无法到位。由于流入人口面广量大，人户分离情况严重，加之部分生育意愿较强烈的外来人口不愿接受管理服务，逆反心理普遍，因此，计生部门想要对外来人口开展人口与计生基本国策教育难度很大，收效甚微。

二、流动人口计生管理服务对策思考

（一）强化政府管理服务职能

要把流动人口计生管理服务提到各级党委、政府的重要议事日程，做到真正抓紧、抓实、抓好并抓出成效。在每年签订人口与计生管理服务目标责任书时，要加大流动人口计生管理服务的工作责任指标内容和考核分比重，要进一步充实并量化、细化明查暗访和年度考核评估流动人口计生管理服务的统计项目和科学的评估指标，流动人口管理服务指标不达标的要“一票否决”，促使各级党、政一把手提高责任意识。

（二）设立必要的管理服务机构

流动人口计生服务管理真正要抓出成效，应该借鉴卫生监察、综合执法等部门的管理体制和工作模式，根据各地流动人口的多少建立必要的工作机构和配备相应的专职人员，除县（市）本级成立流动人口计生管理站外，流入人口多的乡（镇、街道）也要成立分站。机构编制应定性为参照公务员管理，并明确工作职能和权限。

（三）创新基层管理服务模式

1、建立计生网站，实行全国联网。

2、建立计生服务“一卡通”制度。

3、建立流动人口计生协会，凡流动人口超过100人以上的村（居、社区）、企业单位，当地计生部门应帮助他们成立计生协会，民主推选理事和会长，可聘请所在地村（居、社区）、单位的计生联络员担任秘书长，便于工作指导和开展。

4、强化户籍管理制度。要切实强化户籍管理制度，堵塞可能的漏洞。

（四）建立必要的工作激励机制。

国家和各省（市）要增设流动人口计生管理服务的专项经费，根据流入人口多少和工作业绩优劣给予必要的补助。对流动人口计生管理服务有贡献、有创新的省（市）要每年进行评奖，鼓励先进，鞭策后进，各县（市、区）也要增加计生事业费的投入，每年在编制额定计生事业费时，要把流入人口所需计生管理服务费用考虑计算在内，确保计生工作包括流动人口计生管理服务的正常开展。

（作者工作单位：义乌市江东街道计生办）

创新机制 统筹解决流动人口服务管理难题

何俊才

随着义乌小商品市场经济与服务的快速发展，义乌本地企业的用工需求进一步增大，流动人口增长速度也进一步加快，加强流动人口服务管理，提高服务水平，促进人口与经济社会及资源环境的协调发展，维护社会稳定，是义乌各级政府的当务之急。

一、以市场为导向，创新人口发展协调机制

(一)做好流动人口管理服务决策。

流动人口服务管理重点是降低生育率，提高流动人口素质。要建立流动人口发展战略研究机制，开展流动人口发展战略研究，在推进义乌经济社会全面发展的同时，着手实施人力资本的发展，加强高技术人才的引进，为义乌的经济发展奠定雄厚的人力资源储备，促进经济的可持续发展。

(二)做好流动人口发展综合服务管理。

流动人口已成为义乌人口的重要组成部分，其数量众多，行业分布广，做好流动人口管理服务工作是政府的一项重要工作，关系到义乌的发展与竞争力。要把流动人口服务管理工作具体落实到各个部门，制定责任制加强督促检查，推动落实。

(三)做好流动人口发展机制创新。

根据新时期的流动人口的特点，建立流动人口管理的长效机制，重点创新流动人口服务体系，建立流动人口的统一管理服务。要从政府工作战略目标的高度，以公安、劳动、人口计生等部门为主体，设市县乡各级政府人口服务管理的协调机制，建立人口服务管理创新机制。流动人口服务管理机制创新要以实现流动人口的市民化待遇为目标，重点解决流动人口普遍关注的就医、子女上学等生计问题，提高流动人口的生活质量。

二、加强人口管理，完善公共服务

针对新时期的人口服务管理的新形势，加强人口管理理念的创新，以打造服务体系为目标，强化流动人口管理的公共服务功能，全面提升人口管理服务水平，让流动人口真正享受到义乌经济社会发展成果。

(一)全面建设流动人口计生优质服务体系。

以覆盖全体流动人口为目标，建立流动人口宣传教育、技术服务、信息管理、人员培训等为一体的公共服务平台，为流动人口提供全面、具体的管理服务。一方面，要做好流动人口的调查统计工作，建立流动人口数据库，为推广流动人口服务管理奠定基础。要加强流动人口特点研究，了解流动人口的关注热点，继而制定满足流动人口迫切需求的相关措施。另一方面，要加大基层流动人口服务站的建设，以方便就近服务流动人口为目标，建设辐射基层的流动人口管理服务体系。改变一些地区存在的有服务措施却因为地点设置不合理而导致

没有开展服务的局面，在流动人口集中的地方建立流动人口服务站。同时，要通过与流动人口用工企业的合作，提高流动人口服务质量。

（二）健全流动人口社会保障体系。

经过多年的努力，义乌流动人口的居住环境与待遇都有了很大的提升，但与城市人口相比仍显不足。一方面，义乌的流动人口主要属于经商人员和企业务工人员，健康保险的需求比较大，这方面工作还没完全跟上。另一方面，义乌现行的城市社会保障体系也将流动人口排斥在外，而流动人口来自农村居多，农村的社会保障体系还很薄弱。要建立以流动人口为主要保障对象的公益基金，针对生活困难的流动人口，建立专项基金救助帮扶，尽早建立覆盖全员流动人口的社会保障体系，使流动人口也能分享社会经济高速发展的建设成果。

（三）加强队伍建设，提升公共服务能力。

流动人口的服务管理，需要有一支具有专业公共服务能力的服务队伍。提升服务能力，一方面，要加强人才队伍建设，通过建立职业资格准入制度，大力培训人口服务咨询师，人口统计师以及社工人员，以专业化的培训提升流动人口服务队伍整体素质。另一方面，要加强流动人口服务的信息化建设，在现有公民信息系统的基础上，根据流动人口管理工作的特点，开发流动人口服务信息系统，提高流动人口公共服务能力。

三、兼顾城乡，构建流动人口服务新机制

国家实行的加快城镇化进程的工程，为义乌的流动人口服务管理注入了新的生机，带来新的发展机遇，义乌市要抓住历史机遇，以城乡兼顾的方式，构建流动人口服务新机制。

（一）建立流动人口的综合治理机制。

流动人口跨区域流动的特点，要求流动人口服务管理必须打破地域界限，全国一盘棋，加强流动人口流出地与流入地的协调管理。一方面，义乌市流动人口服务管理部门要加强与流出地政府的协调，关注流出地政府流动人口相关管理信息，保障流动人口服务的连贯性。另一方面，要在流出地政府部门提供的相关资料的基础上，根据义乌流动人口管理相关工作经验，完善流动人口的服务机构，健全流动人口的联合执法、婚育证明等服务管理制度，提高流动人口服务管理效能，以细致一贯的服务，确保流动人口服务管理无盲区。

（二）加强流动人口的计划生育公共服务。

通过在全市建立社区街道的一站式服务管理平台，为流动人口提供全面计划生育服务管理。一方面，要加强流动人口的计划生育执行情况的掌握，加强与流动人口流出地相关部门的联合执法，确保计划生育这一基本国策落到实处，避免流动人口以异地生活为手段逃避计划生育的行为发生。另一方面，流动人口计划生育公共服务要以为外来育龄妇女提供免费计生、生殖服务与优生服务为主，解决生活水平本来就不高的流动人口的后顾之忧，提高流动人口育龄妇女的生殖保健水平。

（三）拓展流动人口服务内容。

在现有的流动人口服务管理体制中，管理多于服务，而随着城市化进程的加快，义乌正积极推进外来人口市民化，吸引优秀人才在义乌安家落户。这要求改变计划生育服务管理职能，将流动人口的管理工作从管理更多地转向服务，推进流动人口市民化，提高流动人口的工作积极性。

（作者工作单位：义乌市大陈镇人民政府）

关于干窑镇干窑村流动人口的计划生育现状分析与管理思考

孙 丽

流动人口是我国改革开放和工业化、城镇化进程中涌现出的一支新型劳动大军。他们远离家乡，辛苦劳作，为自己赚回一份薪水的同时也为我国经济发展和社会进步做出了重要贡献。流动人口的主体是青壮年人群，基本上都处在生育的高峰时期，而且他们数量庞大，流动性强，居无定所，变更频繁，这给新时期计划生育管理工作带来了新的困难和挑战，特别是流动人员计划外生育的管理难度很大，往往出现管不住和无法管的困难。如何运用科学发展观更好地做好流动人口管理和服务，维护流动人口的合法权益，实现人口有序流动和合理分布，事关社会的可持续发展和改革发展的稳定大局，关系低生育水平长期稳定。笔者以干窑村的流动人口为例作了调研。

一、干窑村的流动人口现状

干窑村地处干窑镇政府所在地，善西、善江公路纵贯全村，全村辖13个自然村，16个小社。地理位置优越，有大小120多家企业。据统计至2009年12月，干窑村有流动人口8657人，其中女性3732人，已婚3701人，育龄妇女占总外来人口的43%。在流动人口的管理上，干窑村配合镇新管委会做流动人口计划生育工作，工作流程为：确定工作任务，制定工作措施，分片承包，分工到人，建立管理机制，形成管理网络，做好日常管理工作。同时强化服务理念，不断拓展服务领域，重视改进宣传服务手段，以优质服务为重点，把流动人口等同本地人，实行同宣传、同教育、同服务。

二、主要存在的问题及分析

1、流动人口流动性强，给管理工作带来困难。村计生干部和新管会协管员对新流入的外来人口进行详细摸底并进行登记后，有的少则一月，多则一年又换了地方居住，尤其是查到其怀孕又不能出示生育证的人，很快就会人去屋空，这给村里的计生监管带来很大困难。

2、流动人口管理方面的有关证件办证率不高。干窑村以外来人口流入为主，流动人口办理《流动人口婚育证明》的比例不高，有的甚至千方百计寻找理由推脱，如放在老家没带过来，弄丢了等等。虽然新的《流动人口计划生育工作条例》要求成年育龄妇女应当自到达现居住地之日起30日内提交婚育证明，但真正能做到的寥寥无几。按规定流出地应该让每一个外出育龄妇女都要持有《流动人口婚育证明》，且按要求寄回《流动人口避孕节育情况报告单》，但实际上，多数外出育龄妇女并未按要求办理婚育证和寄回报告单。

3、没有强有效的约束力。对一些流动人口的育龄妇女，村里的计生工作人员明知其没有办理婚育证，也没有寄回去报告单，但是也无可奈何。因为，目前还有政策法规对这种情况明确规定如何处理。

4、没有形成部门联管机制。尽管嘉善的县，镇，村建立了新居民事务局，新居民管委会到村计生干部的流动人口管理机制，但是流动人口管理还涉及到工商、公安、劳动、卫生、教育等诸多职能部门，目前还没有完全形成部门联动管理的合力。

5、外来人口流出地计划生育管理人员工作责任心不够。外来人口来到本地居住后，村里发现其怀孕后但未能出示生育证，村里就开出流动人口怀孕生育通报单寄回当地计生部门要求核实,但是反馈单寄过来的少之又少,2008年10月到2009年9月干窑村的反馈率仅为5%左右。这给我们流入地的计生工作带来困难，甚至有个别是电话通知到当地计生部门也未能及时反馈。

6、在流动人口服务中，财政经费的投入比较大。现在的流动人口中，育龄妇女占很大比例，她们享受与当地育龄妇女一样的服务。各项计划生育的免费手术她们同样享受，因此财政要多投入大笔资金，这对地方财政也是一项比较大的支出。村里2009年5月至2009年11月以来7个月合计手术例数94例，已支付费用7180.00元。

7、各种假证件的冲击。现在社会上假证泛滥，品种繁多，涉及各个层次和各个领域，发展到了制造假生育证和假婚育证，对社会造成很大危害。也有的人擅自涂改婚育证，以此来搪塞有关检查，当你明确指出来时他还狡辩。假证的冲击是流动人口计生管理的一个严重问题，也是流动人口办理婚育证和寄回报告单率不高的重要因素。

三、对干窑村流动人口管理的思考

2009年10月1日起施行的《流动人口计划生育工作条例》要求流动人口的计划生育工作由流动人口户籍所在地和现居住地的人民政府共同负责，以现居住地人民政府为主，户籍所在地人民政府予以配合。健全和完善综合治理的管理机制应该是目前解决流动人口计生工作重要途径，在实际工作中应当建立“谁用工，谁负责，谁的辖区，谁管理”和“谁受益，谁管理”等责任制。加强流动人口计生管理，我们应从以下几个方面着力：

1、在管理方法上，坚持抓住关键、突出重点。《中共中央国务院关于全面加强人口和计划生育工作统筹解决人口问题的决定》中指出要不断完善流动人口管理服务体系，流入地按照“属地化管理、市民化服务”的原则，将流动人口计划生育管理服务纳入经常性工作范围。我们嘉善的县新居民事务局，镇新居民管委会要更好地履行好他们的职责。

2、强化全国一盘棋意识和流动人口计生齐抓共管的责任感。计划生育是我国的一项基本国策。在流动人口计生管理工作要树立一体化思想，互相配合、协同管理。流入地与流出地要多加强联系，达成工作上的默契，在全国范围内形成对流动人口计生齐抓共管的有效管理机制。

3、充分发挥全国流动人口管理信息的作用，加强信息交流与管理。镇协管员和村计生干部要继续切实做好本地流动人口信息资料的录入进档工作，在录入信息资料时，一定要本着对工作高度负责的精神，认真对待，真实录入，这样才能真正起到网络信息管理的作用。

4、强化流出地职能部门作用，加强对流动人口计生综合管理。加大对流动人口违法生育的考核权重，对户籍地重点考核婚育证明办理和及时回函率，依法落实独生子女父母奖励政策和流出前避孕节育措施落实等内容。积极协调各职能部门加强对流入人口计生综合管理，。

5、充分发挥村民自治机制作用，增强对流动人口管理的约束力。村民委员会是一级自治的组织机构，在加强村民管理方面有着独特的作用。在加强流动人口计生管理工作中，我们要充分发挥这一组织作用，以村规民约和自治章程等多种形式来规范和制约流动人口的行为。在流动人口集中的社区、企业、市场建立流动人口计生协会，实行自我教育、自我监督、自我管理、自我服务。

6、加强对出租房屋管理。对工作单位不固定、在村里农户闲置房、社区租赁房屋的流动人口，实行“全貌划片、户况显示、联合服务”和“逐户建卡、依房管人、同住同管”的做法，对房主进行宣传和管理，更好的做好“房主管房客”，进一步落实好奖惩制度。

7、加强与企业的联系。依托单位，落实法定代表人管理责任，与民营、股份制企业签订协议书，落实管理责任，做好身份证和流动人口婚育证明登记，配合村做好外来人员的计划生育管理服务，接受镇计生办公室的指导检查、监督考核。

8、继续加强计划生育技术服务和生殖健康教育。尽管干窑村在村部设立了计划生育技术咨询服务网点，但真正来咨询的人不多。镇政府计生办设立了流动人口计生教室，B超室，药具展示室和悄悄话室，开展查孕、查环、查病等生殖保健优质服务的同时融避孕节育健康咨询、发放药具、法规宣传和情感交流于一体。并积极向育龄夫妇宣传计划生育的法规政策，避孕节育、优生优育、生殖保健、性科学知识等等，把婚、孕、产、育、教全程服务全面开展起来。在每年两次的妇女病普查中流动人口育龄妇女也享受同样的服务。

9、在工作中继续加大财政投入。在设立流动人口管理和服务专项资金中，加大转移支付力度，对流入地流动人口的子女教育、技能培训、卫生保健、计划生育等关系农民工切身利益的问题上，做更多的实事。实施对农民工特困人群救济制度，同时建立相应的考核评估体制，确保资金到位。省、市、县级政府从法治政府、责任政府角度出发，改革现有城市公共产品和政府服务的配置和保障体制，建立以常住人口为基数的财政投入体制，将农民工的管理和服务经费纳入各地的财政预算，保障实行计划生育的农民工家庭的奖励优先优惠政策和免费计划生育技术服务项目的落实。

10、加强基层计生干部队伍建设，建立准确细致的流动人口基础帐册。加大协管员和村计生干部的业务知识培训力度，提高计生干部队伍的整体素质。强化计生干部的政治、经济地位，激发他们的积极性和工作热情。继续做好流动人口的精准基础账册，努力提高信息化水平。

11、加大对制造贩卖假证的打击力度。假计生证明扰乱了计生管理秩序，对流动人口计生管理造成了很大的危害。我们必须加大打击力度，从刑事、经济等方面从重从严处罚到位，从而产生强大的震慑力，以维护正常的流动人口计生管理秩序。

（作者工作单位：嘉善县计划生育宣传技术指导站）

浅谈嘉善县外来流动人口计划生育工作

王跃飞

近几年来，嘉善县开放型经济迅速发展。2005年度全国社会经济发展水平百强县评比名列第27位。伴随着经济的快速发展，外来流动人口也急速增加。外来流动人口在为嘉善经济发展注入活力的同时，也给社会治安、城市管理、环境卫生，以及计划生育等方面带来了压力。

一、外来流动人口计划生育中的主要问题

1、量大、面广、流动性强，生育意愿强。据统计，到2010年3月止，流入全县的外来人员达289795人，其中育龄人员为253025人，育龄妇女124497人（全县本地的育龄妇女为101698人）。流入嘉善县的外来人员70%以上经常变换工作和居住地，流动十分频繁，管理服务很难跟上。外来流动人口大多来自贫困地区和经济欠发达地区，婚育观念相对落后，生育意愿较强烈，超生、多生现象突出。

2、管理力量薄弱。全县计划生育机构设置和人员配置都是以户籍人口为标准进行设置和配置的，随着流动人口的大量涌入，已不适应流动人口计划生育管理和服务的需要，滞后于流动人口计划生育管理服务工作的要求。行政村和社区一级人员配备与工作要求的矛盾更加突出，压力更大。

3、管理模式陈旧。多年来，流动人口计划生育管理主要是“一证为先”，即凭《流动人口婚育证明》进行管理，户籍地、现居住地主要以《流动人口婚育证明》和《查孕查环证明》作为联系工作的纽带。

当前，一是政府的公共管理、部门的相关政策在价值取向上逐步转向以人为本、依法行政、便民服务。一证在先、一票否决等传统的计划生育管理模式正在受到撼动，部门间协调的余地越来越小。二是以《流动人口婚育证明》为主的管理，完全靠手工操作，工作量很大，往往一个程序下来，人又流走了。三是户籍地与现居住地之间缺乏交换计划生育管理信息的渠道。

二、“新嘉善人”管理机制的建立和成效

（一）“新嘉善人”管理服务机制的建立

2003年起，嘉善县人口计生局向县委县政府多次建议，要求进一步强化综合治理的力度，建立“政府领导，公安牵头，部门配合，群众参与，齐抓共管”的综合治理工作机制。县委县政府做出了建立“新嘉善人”管理服务工作机构的重大决策，并于2005年4月正式启动新管委工作机制。

“新嘉善人”管理服务机构建立运作以来，初步建立起了“一二三四”的长效工作机制，为做好外来流动人口计划生育管理搭建了平台，创造了良好的环境。

（二）“新嘉善人”管理服务机制的成效

一是新管委专门负责牵头协调，统一部署、统一布置、统一实施，各项工作不仅使工作的节奏加快，而且处置各类问题的能力明显增强。

二是资源得到进一步整合、社会成本明显降低。由于突出了新管委的牵头协调作用，各部门有限的资源得到较好整合，不仅节省了开支，而且大大提高了办事效率。协管员队伍组建后，实行了统一排摸，不仅信息变换及时迅速，而且数据能真正反应情况，基层计生服务员的压力明显减轻。同时在实施宣传教育过程中，各部门的宣传资料统一印制、统一发放，大大降低了成本。

三是管理的难点重点进一步突破、工作水平进一步提高。“新嘉善人”工作机制启动后，开展工作更加有的放矢，特别是房屋出租户的管理、企业的管理等重点难点问题，通过出台管理办法得到了解决。四是大联动的格局真正形成、整体效应得到充分发挥。信息共享基本得到了解决；统一编印宣传资料、统一组织培训；各镇普遍推行“新嘉善人”生孕有奖举报制度，流动人口计生管理外部环境越来越好。

三、进一步做好外来流动人口计生管理服务的设想

（一）健全网络队伍，增强管理力量

当前，流动人口占计划外生育总量的比例逐年增加，流动人口计划生育管理人员少、管理力量薄弱已直接影响到计生工作整体水平的提高，影响到全县计划生育率的提高和低生育水平的稳定。要健全镇村组三级网络队伍、增加管理力量，根据各镇实际配备人员。

（二）加强协调配合，实现资源共享

要建立经常性的沟通协调机制，县人口计生局与县“新管委”、各镇计生办与“新管办”要建立联席会议制度，定期召开会议，相互通报情况。要建立联动机制，联合发文、统一部署、联手实施，优势互补、资源共享，使计生部门在大合唱中全面落实宣传教育等任务。

（三）加强教育培训，强化责任意识

外来流动人口计划生育管理服务工作不仅仅是政府部门的事，而是需要全社会参与和群众的支持配合，特别是企业和房屋出租户。要坚持“谁用工、谁负责”，“谁受益，谁负责”的原则，进一步强化企业法人代表和房东计划生育意识，共同做好管理服务工作。

（四）加强宣传，切实转变观念

要帮助外来流动人口转变思想观念，使计划生育变为他们的自觉行动。强化服务理念，真正做到流动人口与户籍人口同宣传，同管理，同服务。坚持以人为本，开展经常性的宣传服务，向广大外来育龄群众大力宣传计划生育法律法规政策，宣传避孕节育、优生优育等知识，在外来育龄群众中传播新型生育观和负责任生育的新理念，倡导健康文明的生活方式。

（五）改革管理模式，提高管理水平

要积极向省、市人口计生部门反映，建议上级根据当前形势，认真总结《流动人口婚育证明》管理服务体系的运作情况，对其在整个流动人口计划生育管理服务中的地位、功能和作用作一个准确分析、定位，进一步完善管理服务手段，研究出台更简便更有效更符合实际的办法，提高流动人口计划生育管理服务水平。

（作者工作单位：嘉善西塘镇计生办）

关于加强嘉善经济开发区流动人口计划生育管理的几点思考

俞　萍

流动人口的持续增长，是现代社会经济发展的重要标志，流动人口在促进地方经济发展的同时，也给计划生育工作带来了新的问题和挑战。本文就嘉善经济开发区（惠民街道）流动人口计划生育工作中存在的一些问题及对策谈一点个人的看法。

一、流动人口现状和计划生育管理存在的问题

嘉善经济开发区（惠民街道）由嘉善经济开发区和惠民镇合并而成，户籍人口2.83万人，下辖14个村（社区），流动人口约5万人，其中流入育龄妇女2.3万多人，流入已婚育龄妇女1.6万人。流入人口来自全国20多个省（市），主要在劳动力密集型企业务工，年龄集中在18至45岁之间，处于生育旺盛期，其生育意愿与国家现行生育政策之间存在较大差距。当前，嘉善经济开发区（惠民街道）流动人口计划生育管理主要存在以下几个问题：

1、从管理看，基础不扎实，效果不明显。表现在三个方面：一是基础信息不全。主要原因是流入人口居住分散、流动性强，给信息采集增加了难度。同时，新居民管理所协管员采集的信息资料不全，流动人口计生专职服务员又没有及时补充完整。二是《流动人口婚育证明》持证、验证率和孕检率低。流动人口外出时大多没有办理《婚育证明》，持证和验证率都偏低。2009年我街道共发放免费B超通知单8000多份，而前来服务站进行B超检查办理孕、环情报告单的只有1420人次，加上其余进行B超的913人次，相对于流入已婚育龄妇女的总数还有一定距离。三是流动人口计划生育执法难。流动人口户籍地和现居住地之间缺乏有效、便捷的沟通方式，流入人口政策外怀孕后，现居住地不能采取强制措施，只能依靠宣传教育等办法，终止政策外妊娠缺乏有效手段，征收社会抚养费等行政处罚难以落实，对本地的计划生育工作造成较大的负面影响。

2、从企业看，意识不太强，工作不重视。企业主对流动人口计生工作普遍不重视，流动人口计划生育管理薄弱。开发区（惠民街道）目前有800多家企业，大部分企业用工以流入人口为主，企业流动人口计生联络员都为兼职，有些企业流动人口兼职联络员频繁更换或忙于日常工作，造成台账、报表跟不上变动情况，一些服务、宣传、培训也难以搞起来。

3、从协作看，配合不到位，效率不太高。流动人口的计生管理涉及公安、劳动、新居所、卫生等其他部门的配合，但在实际工作中，由于各部门配合的机制还不够完善，多头收集信息、多头管理的现象还时有发生，不仅浪费了大量人力物力，增加了管理成本，还降低了工作效率，这种情况近年来在上级部门的协调下虽然有所好转，但在一定的范围内依然存在。

二、加强流动人口计管理的几点思考

流动人口在现居住地的管理与服务应遵循“属地化管理、市民化服务”的原则。

1、进一步转变观念，处理好三个关系。一要处理好经济发展与加强流动人口计生管理

的关系。不能单纯就流动人口的计划生育抓计划生育，而要把流动人口计划生育工作与经济工作有机地结合起来。二要处理好全局与重点的关系。工作的立足点应放在为95%以上的自觉实行计划生育的流动人口上，为她们提供优质服务。同时，高度重视不足5%的有违法生育倾向的对象，做好管理工作。三要处理好现居住地管理与户籍地管理的关系。流动人口计划生育工作必须以现居住地管理服务为主。现居住地应树立主动意识，加强信息的追踪和与户籍地的双向联系。

2、以综合管理为契机，建立现居住地为主的管理机制。综合管理即指政府领导、部门参与、两地协调、属地管理、提供服务。一要完善经费投入机制。一方面确保村级流动人口计划生育队伍经费投入，并提高她们的整体素质、福利待遇，消除其后顾之忧。另一方面要确保流动人口计划生育管理和服务所需的经费，保证外来流动人口免费享受国家法律、法规规定的避孕节育技术服务，要将流动人口管理和服务的经费按户籍人口的标准由财政投入，列入人口与计划生育目标管理责任书，作为对党政领导一票否决的考核项目。二要完善考核评估机制。制定出科学的指标体系，将流动人口计划生育工作作为一项重要内容纳入人口和计划生育工作考核评估之中。实行年初定目标签责任书，年内不定期指导与检查，年终考核，并兑现奖惩。三要完善综合治理机制。制定综合治理的目标要求，建立健全各部门联席会议制度、政策协调制度、人口信息交换和共享制度等。要将流动人口计划生育管理和服务工作与社会治安综合治理、警务责任区、出租屋管理、企业管理等相关工作紧密结合起来，加大流动人口计划生育综合治理力度，着力解决流动人口违法生育问题。

3、转变管理理念和方法，推行流动人口人性化服务。本着分类管理、注重实效的原则，进一步规范流动人口计划生育管理与服务工作，做到管理服务并重，突出人性化、温馨化的优质服务。一要实行分类管理与服务。对流动人口按已婚育龄妇女、未婚育龄女性、男性育龄人员三种类型实行分类管理与服务。管理服务的重点人群为已婚育龄妇女，为其提供计划生育、生殖保健的宣传咨询和技术服务，在各村（社区）设立免费药具供应点。对未婚育龄女性，重点做好宣传教育服务。对男性育龄人员要积极开展男性生殖健康知识宣传和咨询服务。二要落实各项政策。加大落实流动人口育龄夫妻计划生育奖励、保障措施的力度。流动人口在现居住地可以免费得到生殖健康咨询服务、免费领取避孕药具、免费接受一年两次的查孕查环、免费实施计划生育四项手术等服务，特别是企业对外来已婚女职工实行四项节育手术术后法定休息日的兑现。

4、强化责任意识，着力推进企业的流动人口计划生育管理与服务。一是组建企业计划生育协会。在企业中建立法人代表为会长、计生联络员为秘书长的企业计生协会或女企业家计生协会联合会，通过企业计生协会来开展流动人口的各项计生服务和管理活动。二是开展“三免费”服务。开展免费B超、免费提供避孕药具，免除四项手术基本项目费的三免费服务，尤其要把免费B超服务作为加强企业流动人口计划生育管理工作的突破口。三是开展企业流动人口计划生育规范化管理。选取流动人口管理和服务较好的企业开展规范化管理，对流动育龄人口摸底造册，建立台账、报表，在企业设立避孕药具发放点，落实专人负责。开辟计生宣传栏，定期更换计生宣传资料，开设“十五分钟”课堂，利用工人午餐后的休息时间，通过播放计生宣教片、计生部门工作人员讲课、图板展览等多种形式，组织开展宣传和培训等活动。

5、真正实现信息化管理，提高依法行政水平。一要提高流动人口信息化管理的实效。大力推进流动人口计划生育信息交换平台的建设，实现网上查询、网上交接。加强现居住地和户籍地双向协作机制，充分利用政府及相关部门信息资源，依托村、社区和行业信息管理载体，不断完善流动人口计生管理和服务信息系统，做到资源、信息共享。二要严格依法行政。要坚持“以民为本”的管理服务理念，切实采取措施，保障流动人口依法享有生育权利，依法获得人口和计划生育科普教育、计划生育技术和生殖保健服务，以及法律、法规规定的其他各项权利。同时，不断深化计生优质服务，满足流动育龄群众不断增长的计划生育和生殖保健需求，把维护流动人口实行计划生育的合法权益作为提高管理和服务水平的一个重要方面抓实抓好。

流动人口的计划生育管理与服务，是当前人口和计生工作的重点和难点。作为一个与经济发展伴生的新生事物，它需要我们在实践中不断地探索和创新，不断地深化和完善，这也是现阶段稳定低生育水平的关键。

（作者工作单位：嘉善县经济开发区计生办）

关于完善流动人口综合治理机制有效推进“一盘棋”管理的若干思考

蒋秀梅

嘉善县作为开放型经济发展比较迅速的地区，近年来外来流动人口呈急剧增长趋势。截止2009年6月底，全县流入人口总数达25万人，其中育龄妇女为11.9万人，已婚育龄妇女为8.5万人。

为走出市场经济条件下流动人口管理新路子，近年来嘉善县坚持不懈地加大探索创新力度，于2005年4月成功启动了“新嘉善人”管理服务新机制，专门成立了工作机构，健全了遍布全县各镇的协管员队伍，真正形成了资源整合、上下联动，集宣传、教育、管理、服务、维权四位一体的工作新格局，使流入流出地互相对接、联系、合作进一步得到加强，规范管理得以顺利推进。

一、探索流动人口管理的主要做法

（一）不断健全完善“新嘉善人”管理服务机制。为了更好地发挥新机制的整合效应，努力形成“政府领导、公安为主、新居民局牵头、部门配合、资源整合、上下联动、综合治理”的工作新格局，县政府把公安、计生、劳动、卫生、教育等部门的有关工作职能融合到一起，确立了“新嘉善人”管理服务的总体思路和工作方案，明确了各部门协调配合的职责和任务。人口计生部门主动融入，积极作为，努力推动与新机制建设相关的一系列工作制度建设。一是健全基础信息采集对接制；二是健全工作例会制；三是健全生孕情况有奖举报制；四是健全联合执法制。由于实现了信息统一采集、证件统一查验、数据统一应用、绩效统一考核，较好地解决了长期以来存在的流动人口底子不清、信息重复采集、管理服务不到位等问题，各项管理服务更加到位，2006—2008年流动人口育龄妇女登记建档率、免费服务率均达90%以上。

（二）加强协作，努力形成宣传服务大联动格局。一方面以企业为依托，抽调有关部门人员，组成宣讲小组，深入企业对“新嘉善人”进行集中轮训，重点进行各种法律法规、生育政策、计生知识的宣讲；同时由计生技术服务人员为广大流入育龄妇女开展查孕查环查病服务。另一方面，人口计生部门与新居民事务局联合开展大规模的“送真情服务，树婚育新风”宣传教育系列活动，部署开展了“关注生殖健康、共建和谐计生”主题宣传教育活动。通过各部门联手协作，形成了声势浩大、形式多样、内容丰富、参与面广的良好氛围。与此同时还积极为流动人口提供避孕节育、生殖健康技术服务，推出了“三免”、“三优”服务举措。

（三）积极推进企业流动人口计生规范化管理。针对80%外来人员在企业打工的实际，把企业作为流动人口计生管理服务的重点，一是抓好法人责任制的落实，通过签订责任书落实企业法人责任，全县共签订企业流动人口计划生育责任书1794份，签订率为100%。二是健全企业网络队伍建设，各企业都按要求配备了流动人口计生管理专（兼）职人员，由企业综合部门负责人、车间主任、班组长组成三级管理网络，承担日常管理服务任务。三是抓好经常性的管理服务，各企业都建立了流动人口月报告制、走访联系制、一册一单等管理服务制度，设立了计生宣教服务阵地，认真把好招工录用、教育培训、孕环情查验和信息登记关，促进了管理服务水平的提高。

（四）加强网络建设，全面推进信息运用。做到三个“到位”，一是投入到位，自2005年以来已累计投入专项资金300多万元，建成了高标准的流动人口计划生育信息化管理网络。二是应用到位，目前全县104个行政村、43个社区，100%实现了省、市、县、镇(街道)、村（居）五级联网，流动人口信息系统在村（居）得到广泛使用。三是培训到位，每年有计划地分批分层开展业务培训，做到网络延伸到哪一级，人员培训到哪一级。

二、加强流动人口管理的设想和建议

（一）继续整合资源，不断强化流动人口计生宣教服务。要重视搞好相关部门的联手协作，通过开展形式多样的宣传教育活动，切实把流动人口计划生育属地化管理任务落实到位，做到寓管理于服务之中。一是开展人口生育文化小区环境建设。二是利用人口学校开展针对性宣教培训。三是发挥村计生服务室、镇计生服务站、县计生指导站三级服务阵地作用。

（二）注重队伍建设，逐步增加计生服务人员配备。要在镇计生办设流动人口管理专职人员。在外来育龄妇女比较集中的村要配足计生服务员，从组织上保证外来育龄妇女有人管理、有人服务，做到人员配备与管理任务基本相适应。要定期开展业务培训，提升计生服务员管理服务水平，切实增强服务能力。同时还要逐步提高计生服务人员报酬待遇，使他们能安心工作，切实稳定基层工作队伍。

（三）强化责任落实，不断增强企业主计生意识。要全面贯彻落实善政办2007（157）号文件精神，强化法人代表计生责任意识，使他们能够自觉履行计生工作职责。同时还要采取必要的行政和经济措施，为计生干部进企业开展计生宣传教育、技术服务提供便捷的条件，对于不配合计生工作、导致计划外生育的单位，要结合评比先进，优惠政策的奖励等给予一票否决，对于妨碍影响计生工作的单位要进行通报批评。

（四）实行源头互动，积极搭建流动人口双向管理平台。要积极探索推进流动人口有序流动和户籍在现居住地双向管理的工作机制，探索流动人口源头互动、有序管理的新机制。一是调查摸底，确定重点。二是两地沟通，双向管理。三是信息互馈，两地互赢。

（五）加强社会监督，提高流动人口属地管理水平。通过加大宣传力度，营造有利氛围，发动群众广泛参与计划生育工作，使更多人的关心支持计划生育工作，切实加强社会监督，进一步提高流动人口属地管理水平。一是凝聚全社会力量，利用大众主流媒体广泛宣传流动人口计划生育属地化管理的重要性，提高广大干部群众（包括流动人口）的思想认识，发动社会各界积极参与流动人口综合管理工作。二是建立举报奖励制度。鼓励群众检举揭发违反计划生育政策、法规的违法生育和非法进行性别鉴定、终止妊娠现象。三是充分发挥计生行风监督员作用。

（作者工作单位：嘉善县干窑镇计生服务站）

关于流动育龄妇女综合服务工作的一些思考
——以乍浦镇为例

徐爱英

随着乍浦滨海开发的不断深入和杭州湾跨海大桥的建成通车，乍浦镇、嘉兴港区成了嘉兴市接轨上海、杭州湾的对外开放的前沿阵地，拥有其他许多开发区无法比拟的优势条件，这些都为当地新一轮发展打下了扎实的基础、创造了很好的外部环境。与此同时，外来务工人员的增加，对流动育龄妇女计划生育综合服务工作提出了更高的要求。本文在分析乍浦镇流动育龄妇女的现状、问题的基础上，对流动育龄妇女计划生育综合服务工作的做了一些思考。

一、现状与问题

（一）现状

随着经济的迅猛发展，乍浦镇流动人口数量不断增多，给计划生育工作带来了前所未有的压力；截止 2009 年 12 月底，乍浦镇外省在册育龄妇女为 16466 人，来自安徽省 5811 人、四川省 1769 人、江苏省 701 人、河南省 4249 人、山东省 1208 人、江西省、706 人，湖北省、719 人、其它省 1303 人。从从业情况看，绝大多数在企业或服务行业工作。其中企业 8125 人、建筑工地 457 人、个体服务业 6582 人、其它 2161 人。

（二）问题

1. 流动人口居住不稳定，流动性大，了解情况难。要了解的育龄妇女的生育情况要花费很大的精力，他们的流动、生育情况变化快，目前的人员配备，要及时、准确掌握流动人口育龄妇女情况难度很大。

2. 流动人口属地管理难。流动人口属地管理，与常住居民统一管理服务，因生育观念不同、流动频繁，管理服务难度很大，影响了乍浦镇的生育环境的稳定。

3. 缺少刚性的和完备政策措施。

二、对策措施

由于乍浦港区地理位置的特殊性，流动人口计划生育服务管理工作难度显尤为明显。只有转变管理理念，创新工作机制，不断提高流动育龄妇女的综合服务水平，才能适应形势发展的需要。

（一）树立“以人为本”工作理念，做到“四个”到位，增强流动人口服务管理工作的推动力

一是思想认识到位。要按照以人为本的理念，坚持“同宣传、同服务、同待遇”的原则，创新管理观念，将流动人口的服务管理纳入全镇总体发展规划，作为人口和计划生育工作的重点内容，把维护好、实现好、发展好流动人口的利益放在首位，融管理于服务之中，彻底改变了以往重管理、轻服务的模式。二是工作力量到位。强化党政一把手亲自抓、负总责的

工作机制，健全流动人口计划生育管理与服务领导小组，建立协管员队伍。三是经费投入到位。严格按照《流动人口计划生育管理和服务若干规定》和国家有关文件要求，全力落实计生经费投入。四是责任落实到位。与各村、企业单位层层签订目标管理责任书，年终进行考核，对工作不到位、出现问题的单位，实行“一票否决”。

（二）实行“制度式”管理，创新“六项”工作机制，增强流动人口服务管理工作的执行力

一是三级管理制度。实行镇、村（社区）、组三级管理。由镇流动人口计划生育服务管理工作的具体业务指导、督查和考核；相关职能部门负责对辖区内流动人口进行监管，落实流动人口计划生育的服务、管理和监督检查工作；村（社区）采取日常督导、半年、年末固定考核和随机检查的方式，对辖区内企业单位的流动人口服务管理工作进行督导、检查、考核，落实管理责任。二是“一证先行”制度。凡来乍浦镇居住一月以上的流动人口，要求必须持有全国统一的《流动人口婚育证明》，在医院生育分娩、围产期保健、户口申报迁移等环节必须同时提供《流动人口婚育证明》等有效计生证件。三是“凭卡免费”制度。流入乍浦镇的已婚育龄妇女凭本人身份证、婚育证明即可到计生服务窗口办理《嘉兴市新居民计划生育服务管理卡》，凭卡免费享受孕环情监测、生殖道感染普查、上（取）环手术等国家规定的基本项目计划生育技术服务及免费领取基本避孕药具等。四是信息交流制度。通过网络平台、信函、电话加强与流出地的信息互通，及时掌握育龄妇女生育、避孕节育情况。五是分类管理制度。“按照谁用工谁负责、谁受益谁管理、谁出租谁负责”的原则，严格落实流动人口婚育证明查验制度，由公安、工商、镇计生办、用人单位、村（社区）等对企业招用的流动人口、各类专业市场的流动人口、从事建筑、服务、运输及无业居住的流动人口实行分类管理，落实管理责任。六是坚持“五个一”制度。即育龄人口外出前办一份《流动人口婚育证明》、签订一份计划生育合同、约定一个联系方法、落实一项节育措施、明确一个去向，力争做到流出地点、流出时间、从事职业、婚育变化、节育措施“五清”，从源头上提高流出人口的办证率。

（三）实施“综合式”治理，加强“四个协作”，增强流动人口服务管理工作的凝聚力

一是加强与公安部门的协作。公安部门要严格户口准入制度，对要求申请迁入户和新生儿户申报一律要求提供人口计生部门出具的相关证明，并依托部门与私房出租户签订有计划生育内容的治安管理合同。二是加强与工商部门的协作。在企业或个体工商户办理证照或年检证照时，对其核发计划生育管理通知书，按要求到辖区计生办进行登记，签订《用工单位计划生育管理责任书》，全面落实单位法人负责制。三是加强与教育部门的协作。教育部门协查流动人口子女父母计生状况，为其发放流动人口计划生育管理通知书，明确告知流动人口子女父母要持《婚育证明》并接受现居地计生部门的管理服务。四是加强与卫生部门的协作。推行持证生育告知服务制度，凡来乍浦镇进行围产期保健和住院分娩的育龄妇女，必须查验有效的计生证明。

（四）提供“一站式”服务，开展“三进三送”活动，增强流动人口服务管理工作的亲和力

建立镇新居民服务窗口，同时进社区、进企业、进出租房，积极为流动人口已婚育龄妇女提供优质的避孕节育、生殖保健服务。一是送政策。针对乍浦镇外来人员大多数来自经济不发达地区，文化程度相对低、依法生育意识相对淡薄、生育观念落后的状况，把《新居民计划生育服务指南》、艾滋病防治知识、优生优育、避孕节育知识等宣传资料依托村（社区）

卫生服务室免费发放给外来人口。二是送技术服务。针对流动人口生殖健康的需求，为外来已婚育龄妇女免费开展查孕查环查病服务、免费提供四项手术服务、免费提供计划生育宣传品和避孕药具、免费提供生殖健康咨询、免费举办计划生育培训班等。三是送健康。坚持以人为本，开展以查环、查孕、查病、治病为主“三查一治”免费服务活动，免费出具流动人口避孕节育报告单，在关注流动人口育龄群众生殖健康的同时，提高管理服务质量。

将流动人口纳入属地服务管理对流动人口是一个福音，但是要真正做好这项工作，还需要多方的努力，还有很多工作要做。

（作者工作单位：平湖市乍浦镇计划生育办公室）

嘉兴平湖市新居民计生服务管理调查与思考

曹正华

近年来，嘉兴平湖市新居民（即外来流动人口）大量涌入，给人口计生工作带来巨大压力。为有效破解难题，2009 年以来，平湖市人口计生局通过进企业开展新居民座谈、召开各层次计生干部会议、组织新居民计划生育服务管理问卷调查等方式，进行专题调研和综合分析。现将有关情况报告如下。

一、平湖市新居民人口和计划生育基本情况

（一）新居民育龄妇女构成基本情况

2000 年以来，平湖市新居民增幅迅猛，从约 1.8 万人猛增到目前的 33.1 万人，其中育龄妇女（18–49 周岁）17.06 万人，与户籍育龄妇女数之比为 1.29:1;已婚育龄妇女 8.22 万人，与户籍已婚育龄妇女数之比为 0.81 ∶ 1。

1、育龄妇女年龄构成。根据流动人口信息系统数据及新居民计划生育服务管理问卷结果分析，平湖市新居民育龄妇女主要以 21–30 周岁的青年为主。

表一 平湖新居民年龄分布表

年龄	流动人口信息系统		新居民调查问卷	
	人数	比率（%）	人数	比率（%）
18–20 周岁	23919	14.02	26	2.79
21–25 周岁	70243	41.16	199	21.35
26–30 周岁	25223	14.78	248	26.61
31–35 周岁	16931	9.91	195	20.92
36–40 周岁	16721	9.80	178	19.10
41 岁以上	17622	10.33	86	9.22

2、来源地构成。从省外流入的育龄妇女主要来自中西部及部分沿海农业人口大省。以省级为流出区域看：排列前五位的是安徽、河南、山东、四川、江苏，共 11.452 万人，占流入育龄妇女总数的 70% 左右，其中安徽省最多，约占 30%。

以县级为流出区域看：排列前十位的均超过 1500 人，总数约 3.41 万人，约占流入育龄妇女总数的 19.99%，主要分布在山东、安徽及河南省，其中山东省汶上县流出为最多，共 7809 人。截止 2010 年 4 月，平湖新居民育龄妇女来源地（县级前十位）分布如下。

省内流入的育龄妇女嘉兴市内其他县（市、区）流入 1061 人，占省内流入对象总数的 17.79%;嘉兴市外县（市、区）流入 4903 人，占省内流入对象的 82.21%，主要来自江山、庆元、永嘉、泰顺等浙南地区。

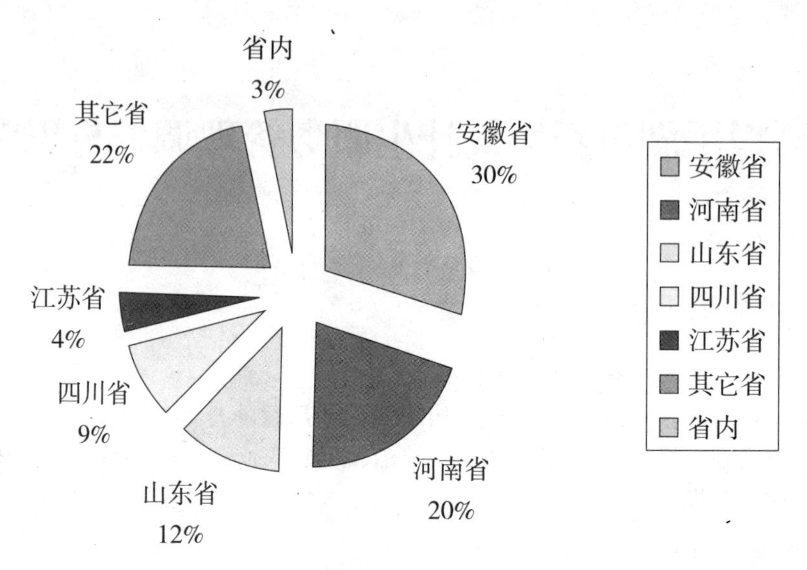

图 1 平湖新居民来源分布图

表 2 平湖新居民育龄妇女来源地分布表

单位	人数
山东省汶上县	7809
安徽省临泉县	4568
河南省项城市	4371
河南省沈丘县	3631
河南省郸城县	2869
安徽省利辛县	2620
安徽省颍上县	2317
安徽省太和县	2103
安徽省界首市	2065
河南省淮滨县	1763

3、文化构成。从新居民计划生育服务问卷（抽样调查 1000 人，有效问卷 932 份）结果分析，小学文化程度 285 人，初中 526 人，合计 811 人，占 87.02%；高中及以上文化程度 121 人，占 12.98%，文化程度相对偏低。

4、集聚地构成。新居民育龄妇女主要集聚在平湖经济开发区（钟埭街道）、独山港镇、乍浦镇、新仓镇等工业经济相对发达的镇（街道），这四个镇（街道）的新居民育龄妇女人数均超过户籍育龄妇女人数。新居民以租住出租房为主，问卷调查显示，新居民 74.25% 居住在出租房里。

（二）新居民计划生育基本概况

1、二孩生育意愿较强烈。问卷调查显示，50.11% 被调查对象认为生育二个子女最好，25% 已生育一孩的新居民打算再生育一个子女。

2、出生、怀孕人数多，违法生育比例高。据报表统计，2008 年 10 月—2009 年 9 月，新居民在平湖市出生1041人，同比增加432人；怀孕1859人。问卷调查显示，845个已婚新居民，二孩生育数为396人，其中二孩计划生育符合率仅为29%。

3、持证率低。在932个被调查对象中，有320人回答带《流动人口婚育证明》，占34%，实际数据可能更低。持证率低给及时有效掌握新居民计生信息增加了难度。

4、长效节育率较高。通过流动人口信息系统查询，采取长效避孕节育措施的新居民已婚育龄妇女为5.8699万人，占新居民已婚育龄妇女总数的75%，高于户籍已婚育龄妇女72%的长效节育率。

二、新居民计生服务管理开展情况

（一）加强组织网络建设

目前，平湖的市、镇、村三级均有专（兼）职新居民计生工作人员，各镇（街道）均建立新居民事务所，并在村（社区）和新居民职工数达200人以上的企业设立了372个新居民工作站。全市共配备500多名新居民协管员，明确并落实镇(街道)计生办主任兼任新居民事务所副所长，村(社区)计生服务员兼任新居民工作站副站长。

（二）创新健全协作机制

1、建立区域协作机制。2009年以来，平湖市分别和安徽省休宁县、江西省崇义县等20个省内外县（市、区）签订了流动人口计生服务管理双向合作协议，创新建立区域协作机制。一是创新建立信息互通机制。通过登录安徽省人口计生委的“城市和流动人口办公平台”，直接在网上录入并发送孕环情检查报告单、出生和怀孕通报单，大大提高了工作效率。二是创新建立服务平台。与山东省汶上县人口计生局联合建立平湖—汶上新居民计划生育联合协会，依托此平台为汶上籍新居民提供计生优质服务。

2、强化部门协作机制。一是开展联合督查。与公安局、新居民事务局定期联合开展新居民计生工作暗访督查。二是建立完善联席会议制度。三是建立健全考核奖励机制。实行新居民专职协管员计生岗位津贴，按照“月人均不低于50元，年人均不低于600元”标准发放。实行计生信息通报奖励制度，专职协管员按有关要求每提供1条新居民计生信息给予10－20元奖励。实行专项考核奖励，奖励计生工作优秀的基层新居民事务所和专职协管员。

（三）优化宣教技术服务

积极开展社会化宣传，组织新居民婚育阳光课堂、“流动人口计生服务管理年”、“计生企业服务年”等活动。2009年以来，共开展活动50多次，发放宣传品9.3万余份，服务新居民8.5万多人次。2009年度，全市为已婚新居民育龄妇女提供各类计划生育技术服务64450例，比上年度增加37776例，增幅141.62%，并为700多例接受四项手术的新居民按规定报销手术费10万余元。

（四）加强信息管理应用

开发“平湖市新居民信息管理系统”和“浙江省流动人口信息管理系统”之间的互通软件，2009年，通过互通软件累计导入新居民计划生育信息18万余条。2009年上半年开始开展流动人口基础信息清理清查工作，共注销新居民信息10万余条，补录、修改信息20万余条。目前，平湖市流动人口建档率达95%以上、信息完整率达90%以上。

三、困难与问题

（一）新居民计生服务管理队伍有待加强

平湖市新居民数量已超过户籍人口的一半，这给多年来按户籍人口编配的计生服务管理网络造成巨大压力。虽然市、镇、村三级均配备了新居民计生服务管理人员，但人员少且多为兼职。同时，2009 年 9 月起全面实施全员流动人口统计信息工作，使工作任务更重，人员配置难以承载当前的工作负荷。

（二）新居民计生服务管理经费相对不足

2009 年全市投入新居民计生工作经费 218.33 万元，给当地财政带来不小压力。根据省、嘉兴市有关文件要求，2010 年起新居民计生工作经费投入考核标准为：按照流动人口总数的 40%，以户籍人口的投入标准，落实流动人口管理服务经费。据此，平湖市新居民计生服务管理经费投入需进一步加大。

（三）新居民计生服务管理职责难落实，政策外出生难以有效控制

由于户籍地及现居住地在流动人口计生服务管理要求等方面不同，具体的工作责任难落实，导致违法生育难以控制。另外，虽然平湖市出台了部分针对新居民的优先优惠扶助政策，但由于本级财力有限，加上新居民数量多、流动性大等问题，目前这些政策尚未完全延伸到新居民中，无法起到引导依法生育的效果。

（四）综合协作有待进一步优化

2007 年 6 月，平湖市率先在全省成立了新居民事务局，作为管理新居民事务的牵头、协调机构，进一步理顺了体制、机制，成效初显，但许多工作还在探索当中。如：在新居民计生服务管理方面，各部门之间在统一协作和长效配合上还需要磨合；一些企业、出租房房东对新居民属地管理服务认识不到位，在对婚育证明查验、计生信息采集等工作不予配合或消极应付。

四、对策建议

（一）提高认识，强化组织领导

《中共中央国务院关于全面加强人口和计划生育工作统筹解决人口问题的决定》把“不断完善流动人口管理服务体系”作为各级党委、政府今后一段时间统筹解决人口问题五大重要工作之一，国务院《关于解决农民工问题的若干意见》把“进一步搞好农民工计划生育管理和服务”作为“切实为农民工提供相关公共服务”的一项重要措施。因此，需要进一步提高认识，加强组织领导，认真贯彻落实《流动人口计划生育工作条例》及国家人口计生委提出的流动人口计生工作全国“一盘棋”、“三年三步走”的战略要求，不断提高新居民计生服务管理水平。

（二）落实保障，强化资源配置

一方面，要加强队伍建设。特别要加强镇（街道）计生办流动人口服务管理人员、村（社区）计生服务员及新居民事务所专职协管员三支队伍的建设，努力按省流动人口计生工作“一盘棋”的要求，在流动人口 2000 人以上的村（社区）增配流动人口计生服务员。另一方面，要确保新居民计生服务管理经费的投入，并加强经费管理，做到专款专用。

（三）双向管理，强化责任落实

以生育管理、均等服务、提高服务管理率为重点，加大与新居民户籍地的联系配合力度，通过签订双向协作责任书、建立联席会议制度、开展联合执法等形式，共同落实服务管理责任，有效控制政策外出生。

（四）部门协作，强化综合治理

与相关部门协作，在介绍就业、就医生育、入场经营、买房过户等过程中，加强《流动人口婚育证明》查验、计生服务管理。加快推进公安、卫生、民政、人口计生等部门间的信息互通。建立健全企业计生信息通报制度、出租房跟踪管理网络，切实落实企业、出租房主的计生管理责任。

（五）以人为本，强化宣教服务

以新居民需求为导向，开展丰富多彩的计生宣传服务活动，提供优质的计生技术服务，努力避免和减少新居民意外妊娠，降低政策外怀孕、出生率，促进新居民育龄妇女生殖健康。积极开展生育关怀行动、关爱女孩行动等，推动计生利导政策向新居民延伸。

（六）加快调整产业结构，促进人口结构优化

加大经济结构调整的力度，加快经济增长方式的转变，打破原有大量文化素质较低的外来劳动力与劳动密集型产业之间的耦合关系，促进形成较高层次产业与外来较高素质劳动力之间的新耦合关系，优化人口和劳动力资源结构，从而在根本上解决新居民计生服务管理的难题。

（作者工作单位：平湖市人口计生局）

浅谈流动人口计划生育管理中存在的问题及对策

吴妤

经济发展的必然趋势就是流动人口的加剧，而且往往是一人流动，家人随同。城乡流动人员数量庞大且流动性强，居无定所，变更频繁，这给计划生育管理工作带来了新的困难和问题。《浙江省流动人口计划生育管理办法》第六条规定：流动人口的计划生育工作由其户籍地和现居住地管理，以现居住地管理为主。据不完全统计，目前桐乡市洲泉镇省外流入人口育龄妇女有 3279 人，这些人流动性强，情况复杂，管理服务较为困难。

一、管理中存在的问题及成因

流动人口计划生育管理严重制约着计划生育工作的开展，成为当前计划生育工作中的难点。

（一）管理对象庞大。洲泉镇是一个化纤品名镇，化纤产业占据了洲泉镇整个经济产业的大半，随着化纤产业的不断壮大，对劳动力的需求也必然随着增长。在劳动力大量需求的情况下，招收外地人员成为了必然趋势。而企业招收的劳动力又以 18—30 岁的年轻女性为主。这直接导致我们的管理对象增长迅速。而近年来，也有越来越多的外来人口来我镇经营饮食等方面的“小本生意”。全家随动流动的情况逐日增多亦成为管理对象增多的原因之一。

（二）管理机制欠缺。首先，部门综合治理的力度不够。公安、计生、劳动等部门形成的合力不够，部门之间流动人口存在重复管理、重复劳动的情况。其次，户籍地与现居住地的管理职责不明确。尽管确立了户籍地和现居住地共同管理，以现居住地管理为主的原则，但在实际工作中，户籍地和现居住地在流动人口计划生育管理过程中的职责很难分清，相互合作不够，往往会出现相互推责任的情况。

（三）管理效率低下。其一，由于流动人员的流动性较大，不稳定。而且在农村，大多数出租房主都缺乏法律常识，在房屋出租后也不向有关部门报备，由此更难掌握外来人员的信息。其二，外来人员对当地管理部门不配合，甚至还抱有一定的抵触情绪。这也直接导致管理效率的低下。其三，大多数外来人员文化知识水平相对较低，计划生育意识不强，计划生育政策的宣传成为一个难题。

二、对策和方法

（一）依靠基层，协同管理。要各方合作，紧密联系。一方面是要依靠村（社区），依靠单位，做好单位和村（社区）的配合工作，凡有外流入人员单位应及时做好登记工作，并定期和村（社区）进行交流，方便村（社区）做好记录、整理工作。配合村（社区）做好流动人员的计划生育的服务工作。再是依靠房主，加强出租房管理。房主对租房者的相关信息要做到了然于心，实施“房主管房客”方案，并定期与村（社区）做好交流工作。

（二）完善机制，落实制度。流动人口管理涉及方方面面，仅靠人口计生部门是难以服务与管理到位的。流动人口服务与管理需要多方合作与配合。首先，建立多部门联动机制。形成齐抓共管的合力，公安、计生、劳动、综治各部门通力合作，行进信息及时通报，合作无间隙，对流动人口的计划生育管理工作的问题及时解决、共同解决。其次，完善户籍地和现居地协作机制。建立双向考评体系，避免相互推诿的情况。做到两地互通，信息及时联系，减少管理中的漏洞。再次，人口管理是社会管理的基础，人口信息是变化发展的，以终生不变的社会保障号码为基础，应对万变的人口信息变化，适应人口迁移和动态管理，建立各类社会管理的个人电子档案，并在全国联网，不管人口流动到哪里，公民的权利和义务就会随之移动到哪里，以利于流动人口的管理与服务。

（三）加强宣传教育，优化服务。其一，全面开展以妇女病为重点的生殖保健服务。与卫生医疗部门密切配合，有计划、有组织地开展妇科病普查工作，查孕、查环、查病等生殖保健优质服务。做到平等对待本地与外来人员，发放体检通知单到每个外来育龄妇女手中。其二，设立免费药具发放点、计划生育服务站、社区服务室，为外来人口免费发放避孕药具等，极大地方便外来已婚育龄妇女。并定期提供上门服务，让外来人员有与本地人相同的待遇。其三，整改宣传教育方式、手段。结合外来人员的特点制定新的宣传、教育方式。更改平时的画册、标语等单一的宣传方式，变为更加生动、系统的教学教育方式，如开展各种培训班时向外来人员发放邀请单，借此提高他们在计划生育政策、生殖保健等方面的知识。

参考文献

[1] 马士威，上海流动人口的管理与服务，（中国知网）2008 年 11 月 24 日。

[2] 龙森森，我国城市流动人口社会管理体制研究（中国知网）2008 年 3 月 6 日。

（作者工作单位：桐乡市洲泉镇湘溪村）

浅论流动人口计生服务与管理
——以嘉兴市桐乡乌镇为例

贝小敏 吴月娥

党的十六届四中全会通过的《决定》，第一次鲜明地提出和阐述了“构建社会主义和谐社会”这个科学命题。社会主义和谐社会是人类孜孜以求的美好社会——民主法治、公平正义、诚信友爱、充满活力、安定有序、人与自然和谐相处。伴随着我国的改革开放和市场经济的不断发展，人口流动非常频繁，嘉兴市桐乡乌镇镇这个小镇也是如此，近几年大量的人口从中西部地区转向这里，在对乌镇的城乡经济社会的和谐发展起到积极作用的同时，给计生管理服务也带来了一系列的挑战。

一、流动人口的现状和存在的主要问题

目前，嘉兴市桐乡乌镇镇流动人口大约有9000多人，其中已婚育龄妇女2800余人，这些流动人口大多来自中西部省份，以青壮年为主，受教育程度不高，主要从事务工和服务业，流动性大，居住不稳定。流动人口计划生育管理主要存在以下问题。

（一）多生、超生现象严重。由于流动人口管理不到位，加之流动人口中一些人流动的目的就是要逃避计划生育，造成计划生育管理无法跟上，计划外生育现象严重。

（二）文化素质偏低，法制意识淡薄。流动人口总体文化程度不高，缺乏系统的教育培训。由于流动人口的法制观念、责任意识不强，对于计划生育管理服务缺乏认识与理解，没有形成计划生育法制意识，没有认识到计划外生育是一种违法行为。

（三）居住地分散，流动频繁。乌镇面积67.48平方千米，人口5.72万，下辖17个行政村、3个社区居委会、1400多家企业均有外来人口居住或务工，其中只有小部分人购房居住或住在用人单位宿舍，大部分人租住民房和廉价商品房，以及一些拆迁安置小区的底楼车库，短期租住现象突出，流动人口来去无常、流动性非常大。

（四）育龄妇女所占比例较大。2009年全镇共有外来育龄人员9189余人，其中育龄妇女5427人，育龄妇女中正值生育高峰期的妇女所占比例较大，20–34岁的育龄妇女有3747人，占育龄妇女69 %。

（五）不配合管理服务。对流动人口计划外怀孕对象做工作，他们往往采取“一问三不答”的态度，或者出示假身份证、假婚育证明、假生育证，以蒙混过关。工作人员上门做工作，经常遭到违法、违规户家族式的群体围困。双向管理很难到位，与外省市户籍地联系，一半以上无有效信息反馈，即使有反馈，信息的时效性、准确性也不高，双向信息交流还十分薄弱。

二、原因分析

（一）基层组织服务管理不到位。虽然近几年来政府已经加大对流动人口的服务管理，但在工作过程中一些人员仍按区别对待流动人口和常住人口，思想观念上不重视流动人口的管理服务，对流动人口的计划生育工作缺乏主动性和责任心。

（二）综合治理不到位，难以齐抓共管。现居住地与户籍地之间配合不够，部门的联动机制还未健全；缺少流动人口计生婚育信息交换平台，尤其是一些欠发达地区；部分企业没有认真执行计划生育管理工作，一些中小型私营企业流动人口基本处于无序状态。

（三）宣传、教育工作不到位。流动人口总体素质相对低下、文化程度不高，对于相关政策法规、生殖健康和避孕节育等知识了解不多。流动人口宣传教育工作还没有紧紧跟上，没有有效的手段、措施。

（四）经费投入有限。没有将涉及流动人口的经费纳入正常的财政预算范围，流动人口管理和服务经费不足。

三、对策与措施

（一）树立以人为本理念，提高思想认识。基层管理组织必须坚持以人为本的科学发展观，提高认识，坚持服务管理并重、寓管理于服务之中；实行流动人口与户籍人口同等对待，做到同宣传、同服务、同管理，为流动人口提供便捷、高效的服务，采取切实措施，保障流动人口依法生育，依法享有免费技术服务和奖励政策兑现，依法获得计划生育生殖保健服务，以及法律、法规规定的其他各项权利。

（二）加强宣传教育，开展优质服务。将流动人口计划生育宣传教育工作融入社区文化建设、企业文化建设，努力普及相关政策法规、生殖健康和避孕节育等知识，落实各项制度和措施，引导流动人口树立新型婚育观。

（三）明确计划生育管理责任及考核制

1. 各村、社区计生专干要认真履行自身的工作职责，建立科学务实的考核评估制度，开展年度考核，对于年度内未完成镇计生办下达的考核任务者，实行末位淘汰制，落实“一票否决”制。

2. 在各村、社区、企业单位内实行常年有奖举报制度，把流动人口的服务与管理置于社会的监督之中。

3. 政府要与企业签订责任书，根据“谁用工谁管理”的原则，企业要接受政府的督查和考核，努力做好流动人口的管理服务工作。

（四）建立健全信息共享平台，落实双向考核机制。要逐步完善流动人口的计划生育信息管理系统，要通过流动人口计划生育信息共享平台，完善双向联系制度，确保流入和流出“两地”间的信息能得到及时联络和正确反馈，通过相互配合，消除漏统、漏管现象。对流动人口计划生育工作，实行流入、流出地双向考核，责任共担，从流出地掌握的情况，考核流入地的职责落实情况；从流入地掌握的情况，考核流出地的职责落实情况。

（五）开拓创新，深化管理。根据乌镇的特点，不断创新、探索新的管理方法，开创“民警协管”和“村民（社区）式管理”的双管新方式，建立“台账式”管理、“协议式”管理、“村（居）民化”服务等一系列流动人口服务管理新机制，提高流动人口计生管理水平。

（作者工作单位：桐乡市乌镇镇计生服务站）

流动人口计生管理难原因分析和对策研究

——以桐乡市为例

董林艳

一、流动人口计划生育管理难的原因分析

（一）流动人口的原因

1、数量多，流动性大，情况难以掌握

桐乡 2009 年流动人口为 31 万多人，占常住人口的 44.96%，其中外来流入人口为 306331 人（包括外省流入的 89225 人），占常住人口的 44.12%。城镇及一些经济比较发达的镇（街道）情况更为突出。如濮院镇外来人口为 98464 人，是常住人口的一倍多，梧桐街道外来人口为 100895 人，占常住人口的 90.81%。外来人口工作不稳定，且无固定的住所。

2、来源广泛，成分复杂

桐乡市的外来人口，一部分是主要来自四川、安徽、云南、湖北、江西、河南以及浙南贫困山区的“打工”族，另一部分是来自开放地区，如东南沿海及温州等地的“大款”们，可谓来源广泛，成分复杂。

3、年龄构成轻，文化素质较低，生育观念相对落后

外来流动人口无论是“打工族”还是“大款们”，95% 以上是青壮年，正处在婚姻和生育的旺盛期。其中 20–40 周岁的已婚育龄人群占了相当大部分，他们中有单身外出的，有带着妻儿倾家外出的，是计划生育管理的重点对象。他们绝大多数受教育程度低，文化素质普遍不高，生育观念相对落后。

（二）管理层面的问题

1、体制问题。

流动人口属地管理是必要的，然而由于流动人口流动日益频繁，情况错综复杂，属地管理还存在着不少薄弱环节。尤其是对于一部分以超生为目的的人员，这种管理体制更难发挥作用。户籍地计划生育部门无论在人力、时间、经费上都无法对他们进行跟踪调查和管理，而流入地对这部分人的情况又难以掌握，使这些人的计划生育管理处于“自流”状态。

2、人员经费问题。

计生工作工作量大，但编制偏少，使镇乡街道计划生育干部力不从心。经费不足也是问题之一。市财政、镇街道要负担外来育龄人员的四项手术费明显增加。同时，各基层计划生育部门还需支出一年两次 B 超检查费（有的镇乡街道由于外来人员多，由卫生院、市计生指导站帮助检查费用更大），避孕药具费、宣传教育费等，使镇街道财政负担过重，一定程度上影响了工作的正常开展。

3．综合治理不完善

流动人口管理问题涉及到公安、卫生、劳动、工商、计划生育等多个部门，但从目前的情况来看，虽然政府反复强调，综合治理，齐抓共管，实际工作中有的相关部门，对互相配合、

齐抓共管尚未达成共识。主要表现为工作没有形成合力，缺乏全面规划和统筹安排，措施不衔接，法规不配套。

4．管理服务上不规范

宣传的形式和内容上比较单调，服务停留在查孕查环等方面，不能满足外来育龄人员的需求。

二、完善和加强流动人口计划生育管理对策

（一）具体措施

1．完善网络建设

要建立横向到边、纵向到底的流动人口计生管理网络，做到不留死角。首先要抓好组织网络。要从抓管理组织建设着手，充分发挥公安、工商、劳动、建设等职能部门的作用，狠抓组织领导和机制网络建设，建立起覆盖面广的，多层次的管理组织网络，形成管理合力。其次要抓好基层管理人员网络。各基层企事业单位要配好外来流动人口计划生育联络员，明确各自工作职责,落实奖惩措施。再次要抓好动态网络。要依托流管中心的巡查力量和村、厂、居的联络员，以出租房屋、建筑施工地等流动人口集聚的场所为重点，进一步夯实基础，形成动态的网络。

2．加强部门协调

要进一步理顺关系，明确职责，按年初签订的责任书要求，加强监督检查，严格奖惩兑现，确保各项责任目标落到实处。公安、工商、劳动等部门在办理各种证照时，必须坚持“一证先行，无证否办”的原则，把好流动人口的入口关。同时，协助计划生育部门做好计划外怀孕或生育的补救与处理工作。各部门还要加强分工协作和信息传递工作，建立信息通报、协调会议等制度，积极探索联合执法等好的协作方式。

3．实施优质服务

首先，要关心、爱护流动人口，及时了解并有针对性帮助其解决生产、生活中的实际困难，赢得流动人口对计划生育工作的理解和支持，从而促进其自觉接受管理，依法实行计划生育。其次，要抓住重点，加强对外来育龄妇女的管理与服务。定期对外来育龄妇女进行查孕、查环、查病服务，对无措施人员动员落实可靠节育措施，对不适应结扎、放环的人员，免费提供避孕药具。

4．提升管理水平

要按照与时俱进求真务实的工作要求，增强法治意识、规范意识，把规范化作为推动流动人口计划生育管理的有效载体和有力抓手，因地制宜，积极实践。要做好流动人口计划生育管理建章立制工作。同时，建立健全一整套规范、完整的流动人口计划生育基础资料。

（二）管理机制

1．加强流入地与流出地协作关系

必须实行流入地与流出地双向管理，双管齐下，既互相配合，又各负其责。流入地与流出地要统一思想认识，加强协作配合，发现情况主动与对方取得联系，有效制止流动人口计划外出生。

2．加强综合治理

各级党委和政府要把流动人口的计划生育管理作为一件大事，列入各自的目标管理责任制，作为考核各级政府、部门工作实绩的一项内容。流入地的管理要加大力度，统筹安排，

齐抓共管，同时加强流动人口管理职能部门的协调与配合，充分发挥流动人口管理服务中心作用，完善综合治理机制。进一步突出重点，加强对城郊村、专业市场以及其他流动人口聚集地的管理，逐步形成流动人口中“自我管理、自我教育、自我服务”的管理新机制。

3. 加强依法管理力度

制订一套科学的管理制度，逐步使流动人口计划生育管理工作走上经常化、规范化、法制化、制度化的轨道。

4. 加强宣传教育

开展多层次、多种形式的宣传教育活动，把计划生育政策法规、优生优育、避孕节育等知识送到流动育龄人员的手里，提高他们的素质，达到“要我实行计划生育”变为“我要实行计划生育”。同时要保护他们的合法权益，尽可能为他们提供生活方便和服务。

（作者工作单位：桐乡市梧桐街道计生服务站）

流动人口计划生育管理与服务的思考

——以桐乡市振东新区为例

杨瑞英

为确保流动人口计划生育管理服务目标的实现，提升整体计生工作水平，本文以桐乡市振东新区为例，对流入人口计划生育管理服务情况、存在问题及对策措施作粗浅的思考。

一、流动人口计划生育服务管理的情况

（一）不断加强领导

随着新区的建设开发、流动人口不断增加，2007年，嘉兴市桐乡振东新区成立了新区流动人口计划生育联席会议协调小组，安排专人负责流动人口计划生育服务和管理日常工作，并把计划生育各项工作延伸到村（居），列入年终考核与工资挂钩。同时落实了流动人口计生工作经费。

（二）工作方法和工作思路有了较大转变

工作思路从单一地抓计划生育与抓经济、社会、文化的和谐发展相结合转变；从以行政制约为主向逐步建立利益导向和社会制约相结合转变。

（三）明确流动“属地化管理、市民化服务”

这些年来，我们流入育龄妇女的管理服务日常工作主要有四个方面：一是建立流入育龄妇女台帐。实行月报告单制度，人来登记人去注销。接轨流动人口信息网络系统；建立流动人口生育、节育档案；组织流入已婚育龄妇女查孕查环，并将查验结果入档。二是开展服务：婚育查验服务、免费查环查孕查病服务、咨询宣传服务，并报销手术费。开展经常性面对面宣传、咨询服务，办培训班，发放免费避孕药具等。三是关爱流动人口困难妇女。在“5.29”、元旦、春节，看望、慰问流动人口困难妇女。四是及时向户籍地计生办通报政策外怀孕、违法生育情况。

（四）流动人口计划生育工作综合治理的局面正在形成

每年年初召开协调会议，完善流动人口计划生育联席会议制度，明确相关部门职责，将流动人口计划生育管理纳入政府目标管理责任制，解决相关问题，初步形成了综合治理的工作局面。

二、流动人口计划生育服务管理存在的问题及原因分析

近十年来，随着区开发建设，农村新村居住小区的建立，流动人口数量逐年增长，育龄妇女逐年呈增长趋势。据派出所统计，至2010年3月，仅1个行政村的流动人口就近1万人，远超出常住人口的四倍多。流动人口计划生育管理中出现的问题越来越多。

（一）管理制度不规范

管理制度的缺陷。首先，户籍地与现居住地管理职责不明确，尽管确立了户籍地和现居住地共同管理，以现居住地管理为主的原则，但在实际工作中，户籍地和现居住地在流动人

口计划生育管理过程中职责不清。如流入的育龄妇女随身携带《婚育证明》的只占流入育龄妇女的很小比例，这些育龄妇女婚育情况清楚，一般自己要求查验婚育证明，管理比较简单、方便。但是未提供《婚育证明》的相当部分育龄妇女，婚育情况不明，并且短时间内难以查清。其次，对于违法生育，现居住地和户籍地都很难发现。再次，计划生育的一些法律法规不够健全，缺乏有力措施。

（二）动态管理难到位

据2010年3月桐乡市振东新区流动人口统计，省外流入人口多来自于云南、贵州、四川等农村不发达地区。流动人口流动性大，哪里房租便宜搬哪里，加上工作的不确定性，他们的生活环境主要是在城乡结合部或者“城中村”形成一个低层次的生活圈。

（三）合法权益难保障

多数流入育龄妇女受教育水平相对较低，又不会普通话，交流困难。优生优育、生殖健康无从谈起。多子多福观念根深蒂固，当计生干部向他们发放《给流动人口育龄妇女的一封信》等宣传资料和免费药具时，一些流动人口育龄妇女态度非常冷漠，很难在她们当中开展计划生育宣传教育工作。

三、对流动人口计划生育服务管理的思考

（一）争取政府进一步重视

为切实做好流动人口计划生育工作，要争取政府支持与重视，落实工作经费，做到人员、职责、报酬三到位。将流入人口纳入常住人口基数计算当地计划生育经费预算，确保法律法规规定的免费避孕节育技术服务等所必需的经费。

根据新出台的《流动人口工作条例》的第十条“流动人口在现居住地享受计划生育服务和奖励、优待”规定，在完善计划生育规范化管理的同时，按照优质服务的要求，满足流动育龄群众不断增长的计划生育/生殖保健需求，确保实行计划生育的流动育龄夫妇享有国家规定的免费计划生育技术服务。同时，对流动人口计划生育家庭在就业、就医、子女入学等方面提供服务，形成全社会共同关心、关注、关爱流动人口的良好氛围。

（二）进一步完善综合治理联合机制

充分依靠部门配合、各方参与、资源共享的工作格局。健全由综治办、计生、公安、劳动等部门成员组成的综合治理联动机制，形成齐抓共管合力。成立流动人口计划生育管理领导小组，明确各成员单位职责，建立联席会议、信息通报、综合执法等制度，及时解决流动人口服务与管理中的重要问题。建立一个为流动人口服务的综合窗口，为流动人口解决办证、政策咨询、权益保障等事项。

（三）宣传教育再强化

一方面以元旦、春节等节日为契机，在广场、市场等流动人口聚集区，开展文艺演出和宣传活动，另一方面要关心流动人口计划生育家庭，并对特别困难家庭进行走访慰问活动。具体从三方面着手：一是拓展宣传内容，要加强外来人口的生殖保健知识的教育；除生育政策方面的教育外，针对外来人员意外怀孕率高的情况，及时提供避孕药具，开展生育、节育的知识教育，提高他们自我保护的能力。二是营造宣传教育氛围，在村居一站式服务站、人口学校等地张贴宣传标语；在社区卫生服务室，放置优生优育、家庭教育、生殖健康等书籍杂志，供来社区就医者借阅；在流动人口聚集区张贴《流动人口工作条例》，以便流动人口了解计划生育管理与服务。三是创优宣传形式，根据流动人口的年龄构成、文化素质等特点，

集中区域开展有针对性的宣传。把集中宣传和上门“三送”（药具、科普知识、温暖）等做法相结合、把与流动人口联络感情和计划生育科学管理相结合、把增强流动人口的政策观念和提高流动人口的自身素质相结合，逐步提高流动人口对计划生育的认识和执行计生的自觉性。

（四）流动人口计生协会再服务

充分发挥会员的作用,实现自我教育、自我管理、自我服务、自我监督。认真履行协会“带头、宣传、服务、监督、交流”职能，为流动人口少生优生、避孕节育和生产生活等提供系列服务，帮助流动人口解决困难和难题。

（五）流出地和流入地共同管理

完善现住地与户籍地共同管理机制，做到掌握信息及时互联、不留漏洞。要充分利用信息化技术，完善信息交流、共享、反馈的互换机制。

参考文献

[1] 浙江省人口和计划生育委员会．人口和计划生育政策法规汇编，2009

[2] 国家人口计生委调研组．全国流动人口计划生育区域协作现状概况,人口与计划生育，2010，第2期

[3] 王铁军．对进一步提高流动人口计生服务管理水平的思考．人口与计划生育，2010，第4期

[4] 喻长根．江西景德镇市珠山区创新流动人口服务管理模式．人口与计划生育，2009，第11期

[5] 上海市嘉定区人口计生委．流动人口计划生育“三同三自”服务管理模式探索——以上海市嘉定区为例．人口与计划生育，2009，第11期

（作者工作单位：桐乡市振东新区管委会）

关于新居民育龄妇女计划生育情况调研
——以嘉兴市解放街道为例

朱赛双 唐丽

解放街道地处嘉兴市老城区，属城乡结合部，总人口数为22603人，其中育龄妇女数为5244人，而外来人口总数为13452人，其中育龄妇女已达5376人，流动人口育龄妇女数超过街道原育龄妇女数，占到全街道原育龄妇女总数的102%。这些外来育龄妇女来自五湖四海，处于生育旺盛期，只有了解她们的需求和基本情况，才能更好地提供计划生育优质服务。2007年3月初，解放街道计生办、计生协在外来人员聚积的徐王公寓建立了全市首家以外来务工人员为主的“乡亲们俱乐部”，并实行“以外管外”模式，取得可喜效果。

近期，街道计生办、计生协向辖区新居民育龄妇女通过发放问卷的形式，就新居民育龄妇女的有关情况作了进一步的调查了解。此次随机发放了计划生育调查问卷110份，回收103份，回收率为93.64%。这次问卷调查的内容共分3个部分：基本情况、计生常识和需求服务意愿，现将调查情况分析如下：

一、流动人口一般情况

表1 外省流动人口流入情况

省份	四川	江西	其他外省	省内
人数	24	15	48	16
百分比	23%	15%	47%	15%

表2 流动人口年龄分布情况

年龄分段	20岁-29岁	30岁-40岁	41岁以上
人 数	34人	64人	5人
百分比	33%	62%	5%

表3 流动人口生育情况

生育情况	1个孩子	2个孩子	3个	未育
人 数	49人	36人	5人	13人
百分比	48%	35%	4.5%	12.5%

表 4 流动人口计生常识掌握情况

基础知识了解	知情选择	哺乳期避孕	紧急避孕	放环时间	结婚年龄
人 数	95 人	75 人	72 人	85 人	71 人
百分比	92%	73%	70%	83%	69%

表 5 流动人口需求服务意愿

意 愿	需求计生服务	计生知识获取渠道	免费药具领取渠道
人 数	94 人	选择计生服务人员 76 人	选择社区 66 人
百分比	91%	74%	64%

二、存在问题

(一) 流动人口生育观念与本地育龄妇女有较大不同。随机调查中来自省外的育龄妇女有 87 人，占调查总人数的 84%，由于社会发展和风俗习惯不同，致使流动人口育龄妇女的生育观念与本地人有明显区别。大部分育龄妇女来自省外较贫困地区，近半数生育 2 个以上孩子，来到嘉兴后，尚未融入当地生活圈子，婚育观念转变较为缓慢。

(二) 婚育基础知识了解不够。问卷中法定结婚登记年龄是所有回答中正确率最低的，很多流动人口育龄妇女对于婚姻政策不了解，以为登记年龄根据地区不同而不同。紧急避孕和哺乳期避孕也是较薄弱环节，有些人根本不知道什么叫紧急避孕，自我保护意识不强。

(三) 对计划生育有抵触情绪。在调查过程中，部分流动人口一听是计划生育调查，立刻就产生抵触情绪，以为计划生育工作就是抓大肚子，自己又没有怀孕，对计生干部上门比较反感。

三、对策措施

(一) 强化计划生育的宣传氛围。近几年来，解放街道的“乡亲们俱乐部”结合人口文化园地的建设，从整体氛围、内部硬件到内容，为辖区新居民提供了全方位的服务，在新居民比较聚集居住的地方开展各类宣传活动，如便民服务、文艺演出、有奖问答、发放宣传资料等，在此次调查中，凌塘社区的徐王公寓里回答正确率就明显较高，这和“乡亲们俱乐部”经常开展各类活动是分不开的。

(二) 缩短地域差异。引导新居民参加社区各类活动，如举办“三地一家亲”运动会等形式，增加本地外地及城乡联动，真正使得流动人口融入嘉兴的生活之中，产生主人翁意识。

(三) 强化优先优惠政策宣传。调查中已婚育龄妇女已生育一个孩子的占 48%，但持有独生子女证的人数却几乎为零，而且认为没有必要办理证件。解放街道计生协连续 3 年在“六一”节为新居民独生子女家庭发放了独生子女费，让持有独生子女证的新居民也能享受到国家的计划生育优惠政策，同时提高新居民的归属感。

(四) 提高优质服务内容。此次调查显示育龄妇女中已婚已育的妇女占了 87.5%，计生服务的主要内容应以查孕查环、四项手术和体检为主，这类人群由于经济收入较低，也没有体检意识，街道计生协每年联合嘉兴各医院，为新居民发放免费体检卡，为婴幼儿提供上门免费体检，组织育龄妇女免费妇检，此类活动受到了新居民热烈欢迎，使他们实实在在地体会到“同城待遇”。

（作者工作单位：嘉兴市南湖区解放街道计生办）

流动人口管理和服务的前瞻思考

计亚霞

随着改革开放政策的深入，市场经济的迅猛发展，农村剩余劳动力外出务工、经商日益增多，一方面繁荣了市场，搞活了流通，为经济建设做出了巨大贡献；另一方面，由于流动人口居无定所，流动性大，分布广，加之大多数外出务工人员处于生育旺盛年龄，给计划生育管理和服务工作带来了新的问题和困难。同时，管理中流动人口违法生育责任界定不清，对流入地有严格考核、处罚措施，从而造成一些流入地对违法生育采取以“赶为主”的方式，甚至有些个别地方基本不管，造成服务和管理的脱节，使有再生育意愿的群体形成“家里生不成，外面生”、“务农生不成，打工生”情形。

一、流动人口计划生育服务管理中的难点问题

（一）违法生育难处罚

计划生育工作开展至今，人们的生育观念有了较大的转变，但一些人受旧思想的影响，违法生育现象时有发生，乡镇人民政府及计生行政主管部门对此依据法律做出征收社会抚养费的决定后，很难征收到位。主要原因，一是流动人口流动性大，违法生育查证难、送达难。二是流动人口大多来自经济欠发达地区，家境贫困，社会抚养费征收因征收对象无偿付能力而难以执行到位。三是户籍地和现居住地征收标准差异悬殊，一些违法生育者钻法律的空子，规避处罚。四是对不按时参加孕检、不及时终止意外妊娠、不按时寄回有关证件者缺乏有效管理手段和法律支持，基层日常工作中难以正常开展。

（二）认识上有偏差，制度上有缺陷

一是全社会尚未真正树立起理解、尊重、善待流动人口的意识，没有体现“公平对待、一视同仁”的原则。就人口计生工作而言，流动人口没能与常住人口一样获得服务、参与管理、实行救助的市民化待遇；流动人口生殖健康需求得不到满足，违法生育行为得不到有效制止，合法权益得不到应有的保障。二是流入地片面强调管理，忽视以人为本，便民维权。三是由于法律制度的不完善和管理体制的缺陷，流动人口更容易获得非法鉴定胎儿性别和选择性别人工终止妊娠的机会。

二、流动人口计划生育管理改革的基本思路

（一）确立流动人口计划生育管理以现居住地管理为主，有固定工作场所的划归用工单位所在地管理的工作责任制度。

（二）建立现居住地和户籍地双向联系制度。户籍地和现居住地要加强联系和协调，以及时、准确掌握流动人口育龄人群的情况，进行有效管理。外来已婚育龄妇女纳入现居住地管理后，现居住地乡（镇）政府或街道办事处要将情况及时通报给户籍地乡（镇）政府或街道办事处，户籍地要在收到通报后将信息及时反馈给现居住地。

三、对策与措施

（一）全面落实属地管理体制，依法明确社会各方职责，实现无缝隙覆盖、无漏洞服务

按照“城市流入抓社区、市场流入抓雇主、单位流入抓法人、房屋租赁抓房东”的原则，突出四个依托。对工作单位不固定、在社区租赁房屋的流动人口，实行“全貌划片、户况显示、联合服务”和“逐户建卡、依房管人、同住同管、优质服务”的做法，并在社区划分责任区域建立“房主管房客”制度。在流动人口集中的社区、企业、市场建立流动人口计生协会，依托协会，开展村（居）民自治，实行自我教育、自我管理、自我服务、自我监督。

（二）创新服务手段，提高流动人口计划生育信息化水平

要充分利用信息化技术和手段，建立完善信息交流、共享与反馈的长效机制。一是完善流动人口信息交流共享制度，形成稳定可靠的工作运行机制。建立统一的流动人口信息数据库，整合规范区域际流动人口信息交流工作制度、区域内流动人口信息管理制度、区域内流动人口信息网上信函联系制度，提高信息交流、查询、联系、反馈的及时性、准确性。二是强化流动人口信息网上交换和交流的监控督查。

（三）加大齐抓共管力度，抓好综合治理

积极构建党政领导、部门配合、各方参与、优势互补、资源共享的工作格局。一是建立部门联动机制，形成齐抓共管的合力。成立由政府牵头，综治委、人口计生、公安、民政、劳动等部门为成员的流动人口计划生育服务与管理领导小组，明确各成员单位职责，建立联席会议、综合执法、信息通报、督查督办制度，及时解决流动人口服务与管理中的重大问题。二是建立区域协作机制，加大边界地区综合治理力度。通过与相邻地区定期召开联席会议，签订双向协作意向书，明确各方责任。建立边界地区清理清查联手、治理出生人口性别比联动、行政执法联合、信息交流联通、优质服务共赢的“四联共赢”机制。三是完善现居住地与户籍地共同管理的协调机制，做到互联、互通，在时间、空间和信息掌握上不留漏洞。

（四）发挥计生宣传优势，开展宣传服务活动

利用流动人口返乡之机，上门宣传。各基层协会要抓住春节、中秋、清明、农忙等流动人口回家时机，组织理事、会员登门走访回乡的育龄人员，了解他们在外情况，听取他们对家乡的意见要求。同时，把计生宣传资料、流动人口须知或公开信、避孕药具、科普读物送到他们手中，帮助他们了解计生法律法规、避孕节育和生殖保健知识。坚持服务宗旨，热情当好外出务工人员服务员。

（作者工作单位：鄞州市姜山镇政府）

以人为本，抓好外来流动人口计划生育服务管理工作
——以余姚市为例

郑伟婷

人口问题始终是制约我国经济社会发展的首要问题，也是实现可持续发展的关键因素。近年来余姚市在外来流动人口计划生育服务管理上做了大量的工作，取得了一定的成效，笔者对余姚市22个乡镇、街道进行了专题调研，通过走访、座谈、实地考察等形式，全面了解外来流动人口计划生育服务管理工作现状，现将有关情况报告如下。

一、余姚外来流动人口现状

（一）总量不断增长，且增幅快

近5年来余姚市外来流动人口总量增长速度很快，2009年外来流动人口总量和育龄妇女总量分别是2005年的1.7倍和1.8倍。

表1 余姚市外来流动人口和育龄妇女人数增长（万）

年份	2005	2006	2007	2008	2009
办证数量	31.6	32.4	35.4	41.51	52.88
育龄妇女	12.3	14.07	17.57	22.26	21.86

（二）来源广，居住分散且杂

据余姚市外来育龄妇女数据库信息显示，外来育龄妇女分别来自全国30个省，其中7个省较为集中，来自省外的育龄妇女共18.5万人，占总数的96.89%。

表2 余姚市外来流动人口来源地分布(%)

省份	安徽省	贵州省	四川省	湖南省	江西省	湖北省
人员数量	22.9	19.9	10.4	8.8	6.7	5.9

这些外来育龄妇女居住分散，分布在除鹿亭、四明山、大岚三个乡镇以外的其余各个乡镇，其中城区四个街道及与城区周边的乡镇、街道较为集中(见表3)。除了小部分居住在企业及政府集中居住点、单位宿舍外，大部分外来人员散居在农村、城乡结合部的居民出租房中。

表3 余姚市外来流动人口居住地分布(万)

乡镇	兰江	朗霞	马渚	梨洲	凤山	阳明	泗门	低塘
人员数量	5.13	3.82	2.5	6.05	4.万	9.8万	3.0万	3.0

（三）外来育龄妇女大多处于生育旺盛期

外来育龄妇女中，已婚育龄妇女占 80% 以上，处于生育旺盛期（20–30 岁）外来育龄妇女占 43.6%。

表 4 余姚市外来育龄妇女年龄分布

年龄	15—20 岁	20—30 岁	30—40 岁	40 岁以上
人员数量（万人）	2.23	8.38	6.27	2.21
人员比例（%）	11.7	43.6	32.7	11.5

二、流动人口计划生育服务管理的主要做法

近年来余姚市树立"以服务促管理、寓管理于服务"的工作理念，以统筹解决人口问题、稳定低生育水平，保障外来育龄妇女的合法权益为主要目的，坚持以引导为主、服务为主的原则，全面落实了流动人口计划生育的市民化服务、属地化管理的工作方针，为构建和谐社会作出了积极贡献。

（一）抓组织建设，建立健全流动人口计划生育服务管理体制

1、健全组织机构。2009 年，余姚市政府重组了外来人员综合管理机构，建立了由市政府直管的正科级机构—市外来务工人员服务与管理办公室。与此同时，各乡镇、街道相应组建了管理办公室，村级组建了服务管理站。在全市按 500 名外来人员配备 1 名"综管员"的要求，配备了 841 名"综管员"队伍，具体实施流动人口各项服务管理工作。市、镇两级分别成立由计生、民政、公安、卫生等十个成员单位组成的流动人口计划生育领导小组，各部门建立了由各级党政领导牵头、各相关科室主要负责人为成员的流动人口计划生育领导小组。

2、完善考核机制。落实部门责任，建立了市政府与公安、工商、劳动、卫生、建设、交通和民政等十个部门的流动人口计划生育综合管理的责任制度，市政府每年与各个职能部门签订流动人口计划生育部门责任书，明确相关责任，并建立了考评、奖惩。把流动人口计划生育专项考核，并列入市、镇、村三级的计划生育目标责任制考核内容，建立了流动人口计划生育工作横向到边纵向到底的工作考核机制。

3、保障经费投入。市财政每年确保流动人口计生工作经费，使流动人口日常管理和服务工作得以顺利开展。

（二）以人为本，努力实现计划生育公共服务均等化

1、免费宣传服务均等化，外来人员共享婚育文明和文明成果。主要通过举办培训班、知识讲座，制作和发放免费宣传品，举办关怀关爱流动人口的大型文化活动等形式来体现。通过这些活动及外来人员参加生殖服务等，做面对面的宣传工作，把育龄群众最关心的，关系她们切身利益政策、知识、办事程序及时传递给他们。

2、免费计生技术服务均等化，全面实施免费服务卡制度。根据余姚市《关于对外来育龄妇女计划生育免费技术项目实行服务卡制度的通知》（余育发 [2007]26 号），外来已婚育龄妇女可持卡在全市各个计划生育服务机构接受免费孕环情检查，免缴计生"四项手术"费。这项制度使外来育龄妇女享受到了本市居民同等待遇，极大地方便了外来育龄妇女。

3、免费避孕药具供应的均等化。从细微处入手关爱育龄群众，积极为流动人口提供避孕药具的服务。去年，全市各乡镇在村、社区卫生室、集贸市场、便民店等人员密集及流动

较多的地方设立药具免费领取点570个，统一了“免费”标识，方便外来人员领取。同时各村计生员还上门做好送药具的服务工作。

4、生育关爱救助服务均等化。全面开展“流动人口关怀关爱”行动，实行住院分娩救助制度。暂住6个月以上符合法定条件生育的人员可以领取“分娩救助爱心卡”，到医院住院分娩可享受每人400元的分娩救助。

5、长效避孕措施奖励补助均等化。2009年，余姚市推行《落实长效避孕措施的奖励及补助制度》(余育发[2008]33号)。对暂住6个月以上，自觉落实长效避孕节育措施的人员给予与本地居民同等的奖励。

(三)完善机制，落实流动人口育龄妇女的动态管理工作

建立了政府牵头，部门参与，信息共享的流动人口工作模式，并在管理方式、制度建设及两地协作上落实育龄妇女的动态管理。

1、推广“以房管人”的信息采集机制。即由“综管员”排摸辖区内的出租屋情况，一次性上门采集入住人员信息，根据采集的情况实时录入信息库。

2、实行育龄妇女信息系统化管理。对外来育龄妇女实行动态、实时的全员信息登记，把育龄妇女的基本信息、生育信息、避孕节育信息、四项手术服务、流动情况录入流动人口信息管理系统，实行电脑系统化管理。根据育龄妇女不同情况分别落实相应的服务管理工作。

3、实行全市无证分娩通报反馈制度。全市已经形成由医院通报无证分娩信息、由计生局下发到乡镇，乡镇计生办核查情况，通过国家信息交换平台或信函通报户籍地并反馈到计生局的工作模式。目前全市11家具备分娩资质的医院基本能按时通报无证分娩情况。

4、发挥群众的自我管理服务作用。根据外来人员的分布、流入地等特点组建多形式的计划生育协会，引导流动人员开展“自我管理、自我服务、自我教育”。近年来，在劳动力密集型外来员工较多的企业，组建企业计划生育协会。另外，在外来人员居住较多的村组建了流动人口协会，在区域面积较大的村在建立协会的基础上设立流动人员协会小组。到目前，已建立了企业协会838个，流动人口协会46个，吸纳外来人员计生协会会员32456人。发挥用工业主及各出租户主的作用，通过签订协议，落实服务管理责任。另外还继续推行举报奖励制度，发挥群众的监督作用。

(四)强化协作，进一步落实两地管理责任

1、建立信息交换制度。一月一次向国家平台提交外来人员信息情况，包括外来人员流动时间、居住等基本信息，生育、孕环检、避孕节育变动信息。及时向户籍地通报外来人员在余姚市分娩、怀孕信息，便于户籍地了解育龄妇女的情况。

2、与外省市建立协议合作关系。2009年以来已分别与安徽利辛、湖北通山、贵州惠水等8个省的14个县签订了双向管理服务协议，落实了双方的管理责任。

3、积极配合户籍地计生部门工作。2009年全市共接待外地计生组织落实计生工作26批，其中落实补救措施15例；落实长效避孕措施3例；征收违法生育社会抚养费5例，收取金额13500元。

流动人口是我国经济社会发展中出现的新生事物，流动人口的管理与服务是新时期统筹解决人口问题的重大课题，也是经济社会发展成败的关键，尽管目前的对流动人口服务和管理尚处在探索和完善之中，但只要以科学发展观为统领，不断学习，努力实践，一定会进一步提升流动人口管理和服务水平，为我国的人口社会和谐发展作出积极的贡献。

(作者单位：余姚市兰江街道计生办)

城乡流动人口计划生育多元化管理模式思考

徐 丽

伴随着工业化、城市化的推进，城乡流动人口大幅度增加。以宁波市宁海县为例，目前，流动人口已占全县人口总数的23%左右。

流动人口计划生育管理是当前计生工作的重点和难点，各级政府均十分重视这项工作，各地流动人口计划生育工作稳步推进。但是，流动人口管理仍处在摸索阶段，就浙江省而言，尽管在流动人口计划生育管理与服务方面走在全国前列，仍有较多问题值得探究和思考。

一、现阶段流动人口计划生育管理中存在的不足

(一)管理服务不主动、不完善

所谓“被动”管理服务是指不能主动出击掌握情况，而是坐等流动人口上门登记的状况。乡镇（街道）在流动人口管理过程中“等人上门”来接受管理服务的思想占了主导，导致不能有效掌握流动人口的具体情况，使工作处于陷入无序、被动局面。

目前，各乡镇（街道）流动人口管理主要由村（居）协管员来掌握流动人口信息和进行管理服务。这种单纯依靠村（居）计生协管员管理的方式存在较多的弊端。如果村（居）协管员工作责任心不强；兼任别的工作较多，不能全身心投入；或者协管员文化程度较低，沟通协调能力欠缺，就难以掌握流动人口第一手信息。

(二)管理后劲不足

流动人口管理后劲不足，主要表现为三方面：一是流动人口计划生育干部队伍力量薄弱。以宁海县梅林街道为例，该街道有外来育龄妇女近3000人，却只有一名流动人口专管员，远远不能达到村（居）按总体500:1配备专管员的要求。二是流动人口专管员流动性大。计划生育工作是个苦活、累活，流动人口管理更是艰辛。有些专管员承受不了工作的压力，频繁跳槽，致使管理工作衔接不上。三是管理制度刚性不够。尽管乡镇（街道）与房屋出租户、企业签订了《流动人口计划生育管理责任书》，但是责任书执行刚性不足，部分出租户未能及时报告承租变动情况及承租人怀孕、生育情况等。企业怕影响单位业绩，在流动人口管理上也有应付了事的情况。

二、流动人口计划生育多元化管理模式的选择

通过上述分析可以看到，流动人口计划生育管理工作任重道远。笔者在长期的流动人口计划生育管理和服务实践中深刻认识到，只有政府、社会组织、流动人口自治组织三者协同推进，由流动人口管理“一家挑”变为“三家挑”，才能使流动人口计划生育管理工作朝着更加良性、健康的方向发展。

(一)政府主导，切实加强宏观管理

在流动人口计划生育管理过程中，政府无疑要发挥主导作用。流动人口分布各行各业，

范围广、流动性大，增加了管理的难度，需要地方政府在实践中，根据地方特点，不断完善流动人口计划生育规章制度，同时，健全机制，综合协调，切实提高管理的水平和效率。

首先，完善立法。一方面，完善流动人口管理相关规章，制定适合地方的流动人口管理规定，使得流动人口管理有法可依，另一方面，树立有法必依的理念。

其次，健全机制。一是逐步建立健全长效服务机制。不仅包括对外来育龄妇女提供孕环情等免费检查，政府职能部门更要组织相关法律、专业技能、心理健康教育等培训，切实提高流动人口的专业素质。二是建立健全流动人口计划生育突发事件应急预案机制。成立应急领导小组，提高事件处理的有效性，确保流动人口计划生育工作的有序开展，维护社会稳定。三是建立健全流动人口计划生育双向沟通协调机制。

最后，综合协调。流动人口计划生育管理涉及教育、医疗、卫生、就业等环节，为更好的加强管理和服务，要由政府牵头，制定流动人口管理联席会议制度，定期举行，加强协调，分析现状，研讨对策。

（二）积极鼓励社会组织参与管理

流动人口最终的流入地在村、社区、企业，村、社区、企业对了解流动人口信息有天然的优势。因此，要充分用好乡镇（街道）流动人口综合服务站、村（居）委员会、企业的管理优势，促进管理工作社会化。

首先，强化教育培训。由于村（居）委员会、企业协管员文化程度不一，无流动人口登记及管理的相关经验，需要政府定期组织培训，提高协管员的管理和服务的水平，实现村（居）、企业与政府的有效对接。

其次，创新管理方式。流动人口综合服务站可设立每周或每月一次的下村、下企服务，提高服务的辐射面。村（居）委员会在乡镇（街道）的协助下，逐步完善“以房管人”的模式，与出租户签订职责明确的《房屋出租（借）人流动人口计划生育管理责任书》，并加强教育，提高管理和服务的效率。企业严格落实“以企管人”的模式，按照“谁用工谁负责”的原则，与乡镇（街道）签订《用人单位流动人口计划生育管理责任书》，明确管理任务，落实管理措施。同时，也可定期组织流动人口管理交流会，总结经验，提高水平。

最后，建立健全流动人口管理网络。流动人口处在动态流动过程中，要求协管员每月核查一次，以保证信息的准确性。在流动人口建档管理的过程中，可实行“分类管理”的模式，将流动人口分为重点对象、一般对象、放心对象等，集中力量加强重点管理。

（三）完善流动人口自治组织

流动人口参与管理指的是流动人员在政府指导下，成立流动人口计划生育协会等，进行自我管理、自我教育、自我服务。流动人口参与式管理是一种有效地管理。人作为“社会的人”，有强烈的归属需要。流动人口自治组织，为流动人口营造一种家的感觉，是实现流动人口自我管理良好的平台，也能在管理中真正实现“为有源头活水来”的良好效果。流动人口管理自治组织是政府功能的延伸，能恰当弥补政府管理的不足，避免政府在管理与服务中的“越位”、“缺位”。

（作者工作单位：宁波市宁海县梅林街道计生办）

浅谈流动人口计划生育管理和服务工作

叶震飞

浙江经济的快速发展，吸引了大量的外来务工人员。虽然经过几年的努力，已形成了比较系统的流动育龄妇女管理网络，但是相对常住人口而言，管理与服务仍是一个薄弱环节。结合本人工作实际，谈几点初浅的想法。

一、流动人口计划生育管理存在的问题

（一）管理意识不够强。由于流动人口流动性大等的特殊性，流动人口服务者往往会产生一种懈怠、随机性的管理态度，认为做扎实、做好也是暂时的。所以，服务管理上重视不够，协调不力，存在“无关”、“畏难”等思想。

（二）管理服务不到位。虽然不断制定和调整管理措施，但对流动人口的管理及服务方式仍跟不上形势发展的步伐，手段单一，有不少流动人口未纳入管理范围。管理工作中存在重管理、轻服务的现象，服务意识淡薄，未能处理好服务与管理的关系，单纯为管理而管理。各相关部门的办事程序和时限要求与计划生育的管理程序和时限要求常常脱节，较难协调。

（三）人员配备不足。根据国家人口计生委《流动人口计划生育管理和服务工作若干规定》，外来流动人口的计划生育工作与现居住户籍人口一样实行“同管理、同服务、同考核”。面对数量如此庞大而且仍在不断增加的流动人口队伍，流动人口计划生育管理服务队伍力量薄弱，完成指标要求有难度，无法满足流入人口管理和服务的需要。

（四）出租房管理薄弱。各类出租房是流动人口的主要落脚点，出租屋房主只顾收取房租，对租房人的更换、人数的增减和所从事的职业等信息基本不闻不问，导致一部分租赁房屋的流动人员无法纳入管理视线。

二、流动人口计划生育管理和服务的对策建议

（一）强化管理理念，增强全局意识。一是抓队伍建设。要认真组织基层计生干部、计生服务人员学习人口理论、计划生育有关文件、政策，不断提高对流动人口计生管理工作重要性的认识，真正做到从思想上重视。二是上级主管部门要把流动人口和常住人口的计划生育管理和服务工作纳入考核范围，并不断加以合理调整，促进基层自觉地抓好流动人口的计划生育管理和服务工作。三是要齐抓共管。联合公安、工商、卫生、基层治保组织等部门互相策应，坚持“谁雇用谁负责”、“谁留宿谁负责”的原则，做到多管齐下，综合治理。四是要加强与外来流动人口原籍地的联系，争取流动人口的原籍地相关部门的配合，实现对流动人口的双向管理，做到“流出有组织，流入有管理”。五是要加强对辖区内用工单位的管理。通过签约等形式约束用工单位把好用人关、管理关。六是要根据发展需要和外来人口管理工作的特点，不断补充完善考核制度及相关的管理规定和措施，把外来人口纳入法制化、规范化管理的轨道上来。

（二）增强服务意识，加大宣传力度。让外来流动人口与本地常住人口享有同等的服务，强调依法免费办理相关手续，努力做到上门宣传和服务同步，免费服务项目渠道要畅通。创新流动人口计划生育工作的管理手段和服务方式，以多种形式增强其对流入地的归属感和认同感，促进流动人口同当地居民的融洽度。同时，要采用喜闻乐见的形式，深入开展普法宣传教育，也要充分利用广播、电视、宣传品发放等有效形式，多渠道，多角度地进行宣传教育，使之学法、知法、守法、用法，提高流动人口知法守法的自觉性，达到预防的目的。

（三）强化综合治理，形成齐抓共管。第一，组织公安、工商、卫生、等有关部门，成立相应的管理机构，协调各方力量，把属地管理的各项工作职责落实到以上相关职能部门，实施工作督查和评估，实行齐抓共管，营造属地管理的大环境，并认真落实好工作经费，保证工作运转。第二，以上各职能部门，应根据自身的特点，对不同类型的流动人口分别归口管理。同时，部门与部门之间要互相支持，密切配合，实现管理信息共享，提高流动人口计划生育管理效率和服务质量。第三，健全管理机构。建立镇、街、村（社）、企事业单位组成的安全服务网络，对散居社会的暂住人口和个体经商、服务人员实行分段分片管理，包干负责，落实各项措施。

（四）管理服务并举，促进依法管理。流动人口计生管理工作有较强的政策性，一是必须将各项服务管理工作纳入法制轨道，依法管理。要因地制宜地对流动人口的暂住管理、寄住管理、农贸市场管理、计划生育管理、流动场所管理以及流动人口安全保障管理等做出相应规定，让他们明确自己的权利、职责和义务。二是将管理和服务有机结合起来，依靠公安、工商、卫生等管理部门，重点抓好外来流动人口暂住证、计划生育证的办理、发放和验证工作。三是根据流动人口自发流动的特点，充分重视并注意引导流动人口中“领袖”的积极作用。四是依托社区卫生服务中心、流动人口计生协会等，充分发挥职能管理的辐射作用，协助做好流动人口管理服务工作。

（五）健全信息网，统一规范管理。要强化网络化管理意识，对信息进行及时更新，了解流动情况，真正做到“底数清、情况明、不漏管、不失控”。要充分利用信息平台，实现对流动人口的动态管理，如把流动人口的身份证、暂住证、婚育情况等一些信息输入到流动人口信息平台中，不管这些流动人口到哪个城市，只要到其所处辖区的派出所登记，通过流动人口信息平台传到网上，并在全国范围内与其他相关部门进行信息共享，就能准确地掌握流动人口的详细信息。

（六）加强出租房管理，完善管理网络。管理好出租房是解决流动人口管理的一条有效途径，可以从源头上掌握和控制好流动人口。首先，要把出租房列入工作重点视线内，实施管理责任制，配齐配强专职协管员，对外来人员可能落脚的出租房进行严格管理，把清查出租房作为一项常规工作，与片区民警、联防队联合对出租房进行定期或不定期的检查。其次，要坚持“谁留宿，谁负责”的原则，同出租房主签订《计划生育管理合同书》，明确出租房主的责任，要求该办的房屋租赁许可证、房屋出租许可证等都要按规定办好；严格奖惩制度，对于遵纪守法的出租房主要给予表彰和鼓励，对于违法或知情不报，不履行义务的出租房屋主要加大处罚力度。对执法者则要求严格依法行政，努力做到正确执法。

（作者工作单位：杭州市西湖区人口与计划生育宣传服务中心）

浅谈流动人口计划生育档案的管理

周永菊

改革开放的深入和县域经济的不断发展，流动人口大量增加，给人口和计划生育管理带来诸多新的问题和困难，流动人口的计划生育管理成为本县人口和计划生育工作中的一个新问题。做好流动人口的计划生育管理工作，保证人口和计划生育工作健康发展，不忽视流动人口计划生育档案管理工作。本文就如何加强流动人口计划生育档案的管理谈几点认识。

一、当前流动人口计划生育档案管理情况

云和县地处浙西南，全县总面积 984 平方公里，辖有 10 乡 4 镇、6 个社区、170 个行政村、842 个自然村，2009 年底有总人口 11.14 万，其中全员流动人口总数 21877 人。其中，全员流出人口 8837 人，跨省流出人口 1126 人，省内流出人口 7711 人，流出育龄人口 8649 人，发证 6999 人，发证率 80.92%；全员流入人口 13040 人，流入育龄人口 12918 人，其中跨省流入 4690 人，省内流入 8350 人；流动育龄妇女总数 7850 人。为加强对流动人口管理，按照“属地化管理”的原则，现每个乡镇都配有计生管理人员，有专门用于计生管理的电脑，乡镇流动人口档案归入乡镇综合档案室管理；县级设有流动人口计划生育管理办公室，流动人口档案归入县计生局综合档案室管理。并在全县范围内建立了 PADIS 国家平台和省流动人口信息管理网络系统，将全员流动人口信息录入数据库。2009 年我县通过信息平台提交、反馈，已提交育龄妇女 496 人，反馈国家平台育龄妇女 507 人，提交、反馈国家平台达 100%，利用档案资料为外来育龄妇女开展各种计生服务达 7247 人次，外来人口纳入现居住地管理率达 80% 以上。

二、流动人口计划生育档案的重要性

人口流动，对于发展经济、繁荣市场，促进劳动力资源的合理配置，缩小城乡差别，推动社会生产力的发展，起着重要的作用。要做好流动人口管理工作，同时要做好流动人口的计划生育管理工作，也就必须要做好流动人口计划生育档案的管理工作，利用流动人口计划生育档案，特别是建立流动人口计划生育电子信息档案，建立流动人口计划生育信息交换平台，通过信息交换平台，互通信息，共享信息，即可为人口计划生育决策提供依据，又可为流动人口治安管理提供依据；即可为流动人口提供政策宣传、咨询服务，又可为流动人口计划生育提供技术服务；即可为流动人口育龄妇女实行计划生育提供优质服务，又可为流动人口育妇女提供生产、生活和子女教育等方面所需的服务。实践证明，只有做好流动人口计划生育档案的管理工作，才能真正推进全国流动人口计划生育“一盘棋”管理。

三、流动人口计划生育档案管理中存在的问题

（一）档案存在不真实性

流动人口由于流动性大，变动快，在实际工作中，动态管理跟不上，有的工作人员认为流动人口建档无所谓，导致档案资料收集不全、归档不及时；用人单位和出租房主时有瞒报情况，出现漏管漏挡；部分流动人员素质偏低，时有怕麻烦而回避，甚至有造假现象，致使档案资料的不真实性。

（二）档案管理投入不足

流动人口档案有户籍地育龄妇女和外来育龄妇女的档案，特别是外来育龄妇女的建档工作，需工作人员及时深入用人单位、出租房查验、登记掌握第一手资料，才能将信息录入电脑系统，形成电子信息档案，其工作量大，而目前普遍存在工作经费紧张，同时，有的乡镇对流动人口建立电子信息档案硬件设备投入不足，硬件设备较差，影响建档及档案的管理工作。

（三）档案管理人员素质有待提升

流动人口档案管理人员多为兼职，且人员变动大，工作调动频繁，导致档案交接不及时或不完全，档案管理人员普遍缺乏档案专业知识，立卷、归档和录入不规范，实际操作能力差，加上有的档案管理人员文化素质不高，计算机水平较低，且工作责任心不强，工作敷衍了事，影响档案管理水平的提高。

四、加强流动人口计划生育档案管理的几点建议

（一）加大对档案管理的重要性宣传力度

加强流动人口计生档案管理，做好流动人口计划生育电子信息档案，是实现信息共享，全面推行流动人口计划生育“一盘棋”管理的重中之重。首先，各级领导和计生工作人员要提高认识，重视流动人口计划生育档案工作，把这项工作摆在重要位置，开展档案管理的重要性宣传，切实做好流动人口计划生育源头基础工作。其次，要大力开展《人口与计划生育法》、《流动人口计划生育工作条例》和有关流动人口计划生育法律、法规等政策及各项为流动人口服务的宣传，使广大育龄人员自觉遵守和维护权益及得到应有的服务，更好配合以便掌握第一手真实档案资料。再次，宣传流动人口计划生育电子信息档案作用，为实现信息共享，依靠相关部门抓好流动人口综合治理工作，落实责任，发挥部门优势，齐抓共管推进流动人口计划生育档案管理工作。

（二）加大对档案管理的投入力度

流动人口面广量大，流动人口在不断增加，给流动人口计划生育管理带来难度，经费保障尤为重要，财政要不断增加工作经费，以适应开展流动人口源头管理基础工作，确保及时、全面、完整掌握流动人口信息资料。同时，加大资金投入完善流动人口计划生育档案管理硬件设施，配备专用电脑、专用办公室（档案室）和档案柜及有关档案用品等。

（三）加大对档案管理人员的培训力度

档案管理人员的素质，直接影响档案管理水平。要在提高档案管理人员全面素质上下功夫，要教育档案管理人员增进紧迫感，增强责任心，爱岗敬业，提高管理能力和创新能力，不断学习，注重知识积累，拓展学习领域，更新知识结构。要加大对档案人员的培训力度，重视档案管理人员在职培训，流动人口计划生育电子信息档案，即要懂得档案管理，又要懂得PADIS系统网络操作管理，对此要通过培训和继续教育的途径，组织搞好档案人员的档案专业业务知识和计算机管理培训学习，在教育培训中，要突出针对性和实用性，内容与实际工作相结合，易懂易操作，切实提高档案管理人员素质，提高档案管理水平。

（作者工作单位；云和县流动人口计划生育管理办公室）

构筑山区流出人口计划生育管理与服务新框架

兰月香

松阳县地处浙西南山区，是传统农业县，经济相对滞后。近年来，松阳县大力实行“异地创业战略”，全县6万余人外出创业，占总人口的四分之一强。“异地创业战略”使流出人口剧增，促进了农民增收，有利于“三农”问题的解决，但也给人口计生工作带来新的问题和困难。从近三年政策外生育出生构成分析，流出人口违法生育占全县违法生育总数的82.44%，流出人口成为违法生育的主要人群。如何做好流出人口计划生育管理和服务，成为影响松阳县稳定低生育水平的关键。

一、流出人口现状

（一）流出人口多，育龄人口比重大。据统计，全县每年流出6万余人，约占全县户籍总人口的四分之一强，其中流出育龄人口占流出人口总数的80%左右。流出育龄人口是人口和计划生育管理和服务的重点目标人群。松阳流出人口相对集中在竹源、新处、三都等山区乡镇，青壮年几乎倾巢而出，如竹源乡现有人口6671人，流至县外4952人，占全乡总人口的74.23%；新处乡流出人口占总人口的68.6%，三都乡流出人口占总人口的50.30%。

（二）流出地广、迁徙性强。松阳县流出人口遍布全国各地，主要为经商和打工。外出经商者具有流入地相对集中的特点。如竹源、玉岩等乡镇流出人口主要以到江西、广西等地从事采松脂为主，板桥、新处等乡镇流出人口以到杭州、温州开超市为主；象溪、裕溪等乡镇流出人口以到北京从事服装加工和批发为主。这类外出经商人员一般举家外出，长年在外，且携亲带友带动乡邻共同创业。如闻名全国松脂行业的“松阳现象”，就是竹源、玉岩等乡镇松阳人在江西等14个省市创办松香企业230多家，从业松阳人3万余人，年产值20多亿，松香总产量占全国总产量的35.9%。但从事松脂行业的人大都生活在深山老林，交通不便、信息不灵，给计划生育服务管理带来很大的困难。外出打工者则居无定所、迁徙性较强，他们遍布全国各地，经常变换工作地点，信息掌握难度最大。

（三）流动人口违法生育严重。流出人口计生管理户籍地鞭长莫及，流入地管理又不到位。2007－2009年，松阳县政策外生育中，流出人口计划外生育占总计划外生育的82.44%，流动人口违法生育现象较为严重。

二、流出人口计划生育管理存在的问题

（一）全国“一盘棋”格局尚未形成，流入地没有真正履行好流动人口计划生育管理与服务工作。一是许多流入地对外来人口没有履行好查环查孕的职责，流入人口即使无生育证明怀孕也无人问津，导致违法生育发生。二是一些企业主、雇主计划生育基本国策观念淡薄，只讲经济效益，对流动人口计划生育管理的重要性认识不够，对自己应尽的责任认识不清，客观上给想多生孩子的人当了庇护伞。三是部分流出人口环孕检证明弄虚作假，存在寄回未

孕证明后不久出现政策外生育现象。

（二）户籍地流出人口计划生育管理困难，存在流出人口漏管、失管现象。由于流出人口具有外出地点和工作地点的不确定性，户籍地很难准确把握流出人口的动向，缺少有效的管理手段。流入地没有将流入人口及时纳入当地管理，出现管理上的空白。

（三）流动人口计划生育宣传教育不到位。不少流出人员对计划生育法律、法规、政策知晓率低，法制观念淡薄，片面地认为生孩子是个人的事情；有的群众发现，现在的计划生育工作强调以人为本、优质服务，错误地认为计划生育管理、生育政策放宽了。

三、构筑流出人口计划生育管理服务新框架

针对本县流出人口计划生育工作的现状，要管住、管好流出人口，必须努力构筑流出人口“分类管理、重点突破、以外管外、综合治理”的新框架。

（一）要更新观念，提高思想认识。流出人口不仅有效解决农村剩余劳动力问题，促进了农民增收，也有利于“三农”问题的解决。流出人口为松阳的经济发展和社会繁荣注入了生机和活力。因此，对流出人口的认识要由“是包袱，要限制，要管理”转变为“是财富，要尊重，要服务”。

（二）户籍地政府要加强流出人口的计划生育管理和服务，做到“底数清、情况明、管得住、控得严”。一是要实行信息化管理。通过岁末年初流出人口返乡之机，做好流出人口宣传、调查摸底和服务工作，及时掌握流出育龄人口从事行业、地域分布及联络方式，做好流出人口信息采集、建档工作。二是要帮扶照顾流出人口家庭留守人员。外出人员家庭其留家的大多是年老、体弱、年幼的人员，在生产、生活中常常会遇到各种困难和问题，乡镇干部和村干部要经常上门访视，关心和慰问，并为他们解决实际困难和问题，取得家属的配合支持，共同做好流出人口计划生育工作。三是要与流出人口定期沟通，了解他们的生产、生活和思想动态，宣传计生政策，敦促他们及时参与查环查孕，落实各项计划生育措施。四是要加强与流出人口现住地计生部门的横向联系，寻求对方的支持和配合，共同做好流出人口的计划生育管理和服务。五是要落实重点户管理服务制度。将外出人口中思想不稳定有再生育意愿的、未落实长效节育措施的、大龄未婚青年列为重点管理服务对象，落实党员干部进行结对联系，及时掌握重点对象在外的婚、孕、育及生产、生活情况，实行动态的管理和服务。

（三）结合流出人口特点，实行计划生育管理和服务“以外管外”。

1、创建流出人口城市管理服务机制。针对外出经商、务工人员相对集中城市这一特点，在流出人口集聚城市设立创业党支部、计生联络站和计生协会组织，实现流出人口自我管理和自我服务。

2、创建流出人口行业管理服务机制。根据异地创业发展的需要，松阳县先后成立了松阳总商会、松香商会、北京商会、温州商会等组织，该县依托商会平台，通过会长会议、商会年会等渠道，与各异地商会、基层商会、行业商会签订计划生育工作责任书。各商会主动提供松阳籍员工的婚、孕、育信息，配合户籍地政府做好计生政策宣传、查环查孕、长效节育措施落实和社会扶养费征缴等工作。

3、创建流出人口计划生育预警机制。流出人口管理难，难就难在信息不灵上。为进一步掌握流出人口动态信息，各乡镇建立流出人口计划生育预警机制，制定并落实了对违反计划生育有关法律、法规人员的防范制度和举报人奖励措施，激发群众计生工作的自觉性和相互监督的积极性，使计生工作在政府和群众之间形成良好的信息互动氛围，真正使计生工作成为全民性的工作。

（作者工作单位：松阳县人口和计划生育局）

计划生育基本公共服务均等化研究

——以余姚市为例

喻迎园

一、余姚流动人口现状及特点分析

截止2008年12月底，余姚市共有持证流动人口47.4万人，16周岁以下登记在册的青少年及儿童4.3万人，总人数已超50万。其中女性23.5万，占总数的45.5%，育龄妇女18.9万，已婚育龄妇女13.8万。目前全市实有人口总数已达135万人。

（一）文化程度较低

大专以上文化程度9487人，占总数的2%，初中及以下文化程度30.81万，占总数的65%。文化程度低下，决定了所从事职业技术含量低、劳动密集型的特点。

（二）流动人口多数处于生育旺盛期

流动人口以青壮年为主大多数处于生育旺盛期，2000年“五普”数据显示，64%的流动人口处于15–34岁之间。2008年底余姚市外来人口年报数据显示人口年龄在15–29岁之间的占46.6%，年龄在15–39岁之间的占64.2%。

（三）已婚育龄妇女在流动人口中所占比重呈上升趋势

有关统计显示，已婚育龄妇女所占外来流动人口的比重从2001年的38.3%上升至2006年的44.2%。已婚女性比重的稳步上升提示随着外来流动人口总量的增加，外来女性的数量，特别是外来育龄女性数量还会不断增加，由此外来女性的计划生育工作任务将更加艰巨。

（四）流动人口居住时间延长，定居的人数逐年增加

在本市居住时间超过1年的流动人口比重从2000年的15.34%上升至2008年的30%左右。通过购房、婚嫁等落户余姚的流动人口数量也逐年增加。

二、余姚流动人口计划生育均等化服务中存在的问题

（一）外来人口对“流入地”认识上存在误区

通过近几年的努力，余姚市已经形成了以“六个均等化”为主要内容的流动人口计划生育公共服务新模式，但是当向流动人口宣传减免政策或提供优质服务时，流动人口总是抱着怀疑的态度，心理上存在一定的防范。究其原因，主要是户籍人口和流动人口之间没有充分的信任和理解；对外来流动人口的需求了解较少，“服务”和“保护”重视不够，造成大部分外来人口对城市缺乏归属感和认同感。

（二）计划外生育和生殖保健问题

由于外来人员中的年轻人多，育龄期女性比重大，加之受教育水平低，大多数人存在子女性别偏好；加上生殖健康知识缺乏，自我保护意识较弱，非意愿妊娠及人工流产也较去年呈上升趋势，面临的生殖道疾病、性传播疾病、艾滋病等的风险亦高于本市户籍人群。

三、流动人口计划生育均等化供给的对策研究

当前，外来人口流入已是余姚市常住人口总量变动的最主要动因，其数量增长不仅直接导致全市常住人口总量的增加，关系到全市许多公共资源的优化配置，而且也直接影响余姚市目前与未来劳动力的供给与经济社会的可持续发展。

（一）建立流动人口计划生育的社区服务型管理模式

社区服务型模式强调服务，以社区资源为基础，运用社区管理的机制与手段，达到管好流动人口之目的。这种模式具有三个优势的：属地化管理，政府实行“人住哪里，哪里负责”的管理原则；服务型管理，社区化管理以流动人口的需求为基础，为流动人口提供迫切必需的服务和保障，创造一个安定和良好的生活与工作环境，并培养相认同感和归属感；参与式管理，它特别强调让流动人口参与社区服务和社区管理，增加社区意识，促进社区融合。

虽然国家政策已规定，把流动人口计划生育工作纳入城市社区管理体制，但并没有做好相应的制度安排。从我国的国情看，制度改革比政策调整与组织重构具有优先的重要地位，只有制度上进行有目的的、系统的改革，政策的调整与组织的重构才能落到实处。流动人口计划生育的社区化服务在实施中没有达到与决策者愿望相一致的效果，根本原因就在于制度改革和组织构没有跟上。要使“社区服务型”模式落到实处，首先要将流动人口计划生育服务纳入当地社会经济发展总体规划，统筹安排。

（二）转变计划生育基本公共服务均等化的提供方式

余姚市流动人口计划生育服务按照“属地化管理、市民化服务”的原则，关怀关爱流动人口，实行流动人口与户籍人口之间计划生育基本公共服务的“五个均等化”，即享受均等化免费宣传教育服务、享受均等化免费技术服务、享受均等化“无偿、低偿”生殖健康服务、享受均等化生育关怀救助服务、享受均等化免费避孕药具供应、随访服务，这些均等化的服务正在慢慢转变流动人口的生育观念。但是笔者认为计划生育均等化服务不仅仅是上面所说的这些，仍应探索更加“人性化、高标准”的服务。

总之，计划生育基本公共服务的均等化供给是一个循序渐进的过程，作为流入地应给予新余姚人的不仅仅是生殖健康方面的保障，更重要的是尊重，是包容，使他们对这个城市产生认同感。

（作者工作单位：余姚市人口和计划生育局）

创新流动人口计划生育管理服务的实践与思考

——以温岭市为例

陈爱君

为践行科学发展观，创新流动人口计划生育管理服务手段，积极探索流动人口和谐计生新模式，树立全国“一盘棋”的思想，温岭市积极探索，不断提高流动人口计划生育工作水平，为社会经济发展创造良好的人口环境。

一、温岭流动人口计划生育管理服务的现状

温岭市地处浙江东南沿海，共有5个街道、11个镇、945个村（居），户籍人口118.45万人，流动人口60多万人，其中外出人口20多万人，外来人口45多万人（其中育龄妇女22多万人）。自实行计划生育政策以来，温岭市约累计少生人口40万，为经济发展和社会进步作出了巨大贡献。温岭市计生局也于2008年被国家人口计生委授予“全国流动人口计生信息化建设先进单位”荣誉称号。

二、温岭市创新流动人口计划生育管理服务的实践

（一）建立健全服务管理网络

温岭市成立了流动人口计生工作领导小组，负责组织、实施、协调全市流动人口计生服务管理工作，并出台了《温岭市流动人口计划生育管理实施细则》，明确各有关部门的流动人口计生服务管理职责。同时，还成立了温岭市流动人口计生工作管理站，专门负责全市流动人口计划生育服务管理工作。目前，全市共有专（兼）职流动人口计生工作管理人员1886名。其中镇、街道46人，村（居）947人，企业847人，形成以市站为龙头，镇、街道为躯干，村（居）企业为龙尾的市、镇、村三级管理网络。

大力推进流动人口计生“一盘棋”管理，全面提升流动人口计生服务管理水平。一是在管理中按照“以村管人、以厂管人、以屋管人”的思路，推行单位法人责任制，逐级签订流动人口计生管理责任书，实行“谁用工谁负责，谁受益谁管理，谁的地盘谁清理”，督促企业法人和出租房主依法申报，履行计生管理职责。二是巩固流动人口信息化管理试点成果，实现与流动人口管理平台、公安、卫生、教育等信息系统的实时联网。三是坚持“双向”服务。举办全国流动人口计生区域合作研讨会，并与上海浦东新区等6个单位签订了区域合作协议书，拓展了流动人口区域合作渠道。四是全员流动人口统计信息采集进展迅速。拨出专项经费，建立专门队伍，保障全市全员流动人口统计信息工作顺利进行。

（二）建立完善服务管理制度

一是实行流动人口与户籍人口同宣传、同管理、同服务、同考核。二是建立信息查询、通报制度。统一使用温岭市流动人口计划生育情况查询通报函，对在日常管理中发现的问题及时向流出地镇、街道发函、通报、查询。三是完善合同管理制度。人口计生部门与用工企业、出租房主签订流动人口与计划生育管理协议书。四是建立统计月报制度。五是实行24小时

服务管理制度。

（三）推行“三点”管理、“三线”服务模式

从2005年开始，温岭市探索推行“三点”管理、“三线”服务模式，取得了较好效果。通过加强对流动人口“三点”（居住点、工作点及生育点）管理，提高了群众参与意识，强化了流动人口计划生育属地化管理，为形成流动人口计划生育服务管理“一盘棋”格局打下了坚实基础。在“三线”服务中，市级服务线（包括市人口计生局、市流动人口计生工作管理门、市级相关部门）为广大流动人口提供避孕药具发放、生死健康免费检查、就业岗位介绍、维权等方面的服务；镇（街道）服务线根据流动人口工作、生活情况，实施不同的服务模式；村（居）服务线对流入人员开展市民化服务管理，做到村（居）不漏户、户不漏人、人不漏项，坚持经常性摸排与随访跟踪服务相结合，从而做到有人管理、有人服务，使全市的基层基础工作更加扎实巩固。

（四）“属地化管理、市民化待遇、亲情化服务”工作理念

温岭市以落实《温岭市流动人口计划生育管理服务工作实施方案》为重点，开展“关爱农民工、关注新市民”活动和“请流动人口评计生”活动，推行婚育证明全程代理服务制度，通过建设“流动人口之家”、社区（市场）流动人口服务工作站、流动人口协会等载体，对流动人口实施免费宣传教育、政策咨询、避孕药具发放、生殖健康检查、妇科病普查、办理和查验《流动人口婚育证明》、提供法律咨询和法律援助服务等“免费服务”，维护流动人口计划生育合法权益。

三、创新流动人口计划生育管理服务手段的思考

（一）抓住重点环节，解决突出问题

从流出源头抓起，落实管理责任。户籍地要实行“四制”，即干部承包制，落实村干部承包重点对象；亲戚联系制，定期联络并通报社区、村委会；村民监督制，村务公开流动人口情况，设立举报电话；乡镇计生办巡查制，每季度到重点管理对象调查情况。现居住地要实行“双包”，即管理重点对象承包到乡镇、社区每个干部身上，同时承包到出租房主（房主及时与社区联系），与出租房主签订责任书或协议书，并制定切实可行的奖惩措施，予以落实。

（二）细化管理程序，以规范求高效

健全科学合理的考核，评价标准，制定流出、流入人口每个环节管理和执法行为都有严密的制度规范，形成一套流程化的管理体系。首先要以信息为依托，掌握个案信息，从信息的获取、核实、建档到最终的人员管理服务，实行流程化管理，提高工作效率。

（三）强化督导措施，促进经常化管理

要继续加大流动人口的管理力度，对流动人口要全面登记建账建册，管理到人。同时做好流动人口的出生上报工作，做到有人管、有人查、有人报，达到出生人口不重不漏。要提高流动人口的孕检率、合同签订率和流动人口婚育证明的办证率。要扎实狠抓流动人口长效节育措施的落实，以属地管理为主的管理方式，流动人口已婚育龄妇女和当地已婚育龄妇女同等参加生殖健康免费服务，落实节育措施。

（四）理顺协作关系，形成共管合力

流动人口计划生育管理服务协调发展，需要户籍地与现居住地，人口计生部门与相关部门形成一种和谐的协作关系，建立相应的配合管理机制，调动各方的积极性，借助其优势尤为重要。首先应在政府的重视和支持下，明确相关部门的职责，并通过这些部门进一步细化

所属单位具体执行中配合管理的责任、内容、方式和工作手段。其次，要建立相关部门人口计生信息通报机制。应重点建立民政部门管理结婚登记、卫生部门办理接生怀孕、生育，公安部门管理婴儿入户，工商部门办理营业执照等按月信息通报制度。实行信息资源共享，不断提高综合治理流动人口计划生育的管理工作水平。

（作者工作单位：温岭市人口和计划生育局）

促进以人为本的和谐计生环境

——以杭州市上城区为例探讨流动人口生殖健康问题探究

严小青

一、流动人口、生殖健康的含义与研究背景

（一）生殖健康

生殖健康是指“在生命的所有阶段生殖系统及其功能和过程有关的所有方面处于身体的、心理和社会适应的－种完美状态，而不仅仅是没有疾病或功能失调”[1]。根据此定义，生殖健康服务的内涵包含了维护妇女的健康权利，以保证妇女在整个生命阶段的身体、心理和社会适应的完美状态。

中国的生殖健康产业由提出到发展，伴随着我国人口与计划生育事业战略思路和工作方法发生重大转变的历史进程。2000 年《关于进一步加强人口与计划生育工作稳定低生育水平的决定》提出“以事业带动产业，以产业促进事业”的战略构想，2003 年明确赋予国家人口和计划生育委员会“促进生殖健康产业发展”的职责，2006 年《关于全面加强人口与计划生育工作统筹解决人口问题的决定》再次提出“大力发展计划育生殖健康产业”的战略任务 [2]。

（二）流动人口

近年来随着经济社会的发展和全球化、城镇化趋势，未婚人群和流动人口的生殖健康问题变得日益突出。流动人口一般是指户籍未作变动的临时性移动人口，其主体是从农村进入城市 (城镇) 的务工农民及子女亲属，同时也包括一些具有城镇户口等其他户籍身份的流动人员 [3]。

上城区作为杭州市的中心城区，商贸林立，人口密集，为流动人员提供了大量的就业机会，流动人口数量不断增加，流动人口计划生育工作日益繁重。杭州市上城区 2005 年流动人口数量为 17662 人，2006 年为 18600 人，2007 年为 20040 人，2008 年为 83058 人，2009 年为 53306 人。根据 2009 年数据统计，已办理暂住人口登记的 15—60 周岁流动人口有 82808 人，主要集中于河南、安徽、四川、江苏和湖南省；18—49 周岁的育龄妇女有 35755 人，占总数的 43%。在育龄妇女中，已婚育龄妇女共有 22092 人、占育龄妇女总人数的 62%。

调查显示，流动人口到城里来，第一个心理反应是想得到第二故乡的支持和关照，并要求与本地社区居民一视同仁；第二个心理反应是想多挣钱，能够养家糊口。这两个反应说到底是想维护自身的合法权益和利益。因此，在流动人口计划生育管理和服务工作中，始终要把他们的生殖健康服务作为流动人口管理和服务工作的重要环节。

二、流动人口生殖健康现状分析

（一）知识缺乏获得服务渠道少

流动人口基本上是农村的剩余劳动力，由于没有很好的生活环境和良好的文化素质，对社会各种正面的宣传报道知之甚少。在生殖健康服务方面，流动人口缺乏相应的生殖健康知

识,获得相应服务的能力较弱,而未婚人群获得生殖健康服务的能力更弱。根据有关研究显示,流动人口中未婚先孕和婚外孕发生率呈上升趋势、非意愿妊娠流产率较高,知情选择避孕方法比例较低。

(二)采取避孕节育措施的自主性较差

上城区流动人口目前采取最常用的避孕节育措施是安全套和放置宫内节育器(而这些措施的采取与我区知情选择政策有关)。还有少部分已婚流动人口未采取任何避孕措施,其他选择的避孕方式,都是由计划生育干部介绍、推荐的,反映出流动人口选择避孕方法的自主权还不够。

(三)接受基本卫生服务主动性不够

一方面流动人口认为自己还年轻,身体好,得点小病无所谓,不用治疗。另一方面是上城区流动人口多在工商贸餐饮业从事社会服务工作,多受雇于私人和非国有企业,工作时间不规则、工作劳动量大,常常没时间就诊看病。在生活保障,特别是生殖保健和计划生育需求等方面不易得到单位及社会的支持和帮助,影响到他们的卫生服务需求和利用水平。

(四)部门生殖健康服务服务可及性较差

在上城区流动人口中,育龄女性往往是随夫同行。他们的计划生育有些是处于流出地管不了、流入地又不管的“两不管”状态。计划外生育、孕产期无保健等一系列问题便由此出现。孕产期保健本来是每个孕产妇应该享受的基本权利,但是许多流动人口孕产妇却得不到全面的产前咨询和检查。无任何避孕措施的情况也相当普遍,流动人口的计划生育管理服务难以到位。

三、流动人口生殖健康管理现状分析

(一)管理机制还有待理顺。

目前,流动人口的计划生育工作实行由其户籍所在地和现居住地地方人民政府共同管理,以现居住地管理为主的管理模式,由于双方联系渠道不够畅通、流动人口的流动性大等原因,实现共同管理有一定难度。所以,在现居住地为主的生殖健康管理机制还没形成体系,管理重表面轻实质的情况下,仅仅通过目标管理责任制的分数考核难以体现。

(二)综合治理还不到位。

流动人口的管理主要和区属13个部门有着密切的联系,但在流动人口的日常管理中,综合管理的措施难以落实,各自为政的现象比较突出。如由于管理和使用脱节,综合协管员的计生职责难以落实;出租房内流动人员的管理,由于还存在管理盲区,造成流动人员信息统计失真,影响了流动人口生殖健康服务的顺利开展。

(三)管理力量和服务保障还需进一步加强

近几年,上城区外来人员数量急剧增长与管理服务人员相对短缺的矛盾日益突出,经费空缺不断加大。目前,城区有90%的流动人口不能接受免费计划生育四项手术服务,50%的流动人口不能接受免费宣传教育,奖励优抚政策基本无法兑现,以服务促管理的生殖健康服务格局还没真正形成。

四、如何提升生殖健康服务水平的对策

(一)提高流动人口生殖保健的意识和能力

要想从根本上提升生殖健康服务水平,还得从流动人口生殖健康意识和能力方面考虑。

一方面，流出地要加强计生知识宣传。流动人口由于受传统观念影响，对于生殖健康相关知识了解程度还不够深入，相关教育亟待加强。另一方面要加大城市正规宣传力度。各机构应充分利用已有的资源主动提供宣传服务，除了知识竞赛、知识测验、现场宣传咨询服务、讲座、座谈会等传统方式以外新增网络课堂。

（二）建立综合管理体系促进流动人口生殖健康

流动人口管理是一个综合管理体系。一方面，管理服务全部服务对象，尤其是大量散居的外来务工人员，降低服务遗漏率，是开展生殖健康工作尤其是妇幼保健工作的难点，仅靠计划生育部门或卫生部门是难以做好工作的，需要多个部门的配合。另一方面，要满足外来务工人员的生殖健康需求，涉及的部门十分广泛，从计划生育、医疗卫生等专业技术服务机构，到各种宣传媒体；从其居住的社区到工作所在的工厂或单位。另外还涉及财政、民政、公安、劳动社保等部门。因此，流动人口的生殖健康问题应作为一个重要部分纳入政府的全人群健康促进规划中去。

（三）倡导流动人口生殖健康同城规范信息管理

针对现状，一方面要改善户籍制度对生殖健康服务利用的影响，逐步取消暂住证制度，实行统一管理，在制定就业医疗社会保障等方面的政策时，弱化户籍地人口和流动人口在政策受益上的区别。另一方面要扩大流动人口医疗保障覆盖面并建立相应的社会救助制度，为贫困流动人口提供全部或部分的医疗费用减免等。

（作者工作单位：杭州市上城区计划生育宣传技术指导站）

针对流动人口计划生育优质服务的几点思考

——以留下街道为例

张福霞 俞艳锦

留下街道是杭州市西湖区流动人口最为集中的地区之一。2009 年街道流动人口为 53797 人，是常住人口的 2.3 倍，其中女性 26466 人，占流动人口总数的 43.8%。流动人口数量之大、流动性之快给街道计划生育优质服务工作带来难度和挑战。为适应新形势的需要，留下街道以人为本，开拓进取，加强优质服务网络建设，积极创新服务机制，探索适合留下街道的流动人口优质服务途径。

一、加强流动人口计划生育优质服务网络建设

根据流动人口居无定所、流动性大的特点，建立完善的服务网络，健全的网络机制是顺利开展各项优质服务工作的基础。经过多年的探索，留下街道建立了以服务站为主体，村社区计划生育服务室为基础，企事业单位计生协会（特别是劳动密集型企业）为依托，条块结合、双管齐下的流动人口计划生育优质服务网络体系。

通过改善服务站、服务室技术结构的合理性，输送技术人员到大医院进修，鼓励技术人员参加继续教育、各项培训，获取执业医师资格，鼓励各级计划生育专职干部参加宣传教育和药具管理培训考试，使网络结构进一步合理，目前，有执业医师 2 名、中级资格 1 名。同时，进一步加强软硬件配套，充分发挥优质服务功能。

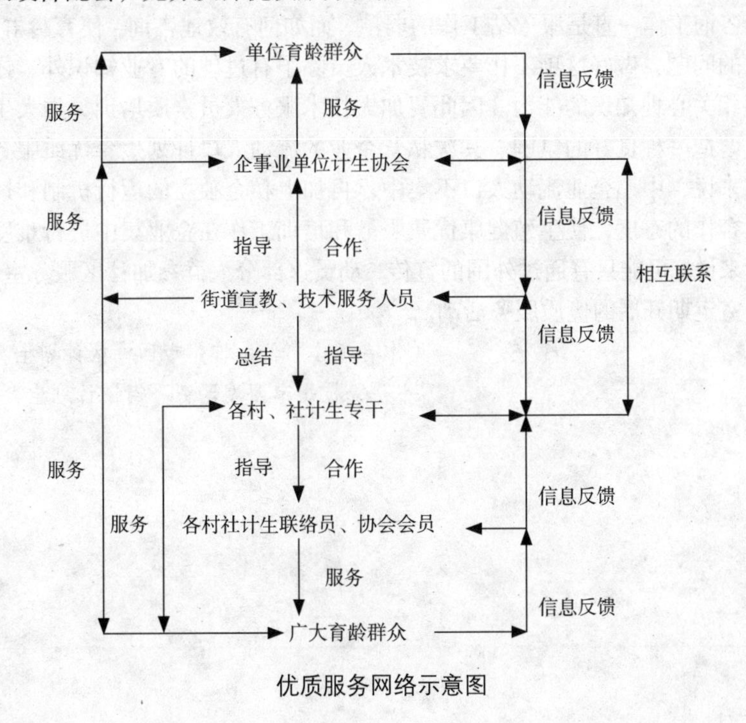

优质服务网络示意图

二、以人为本，深入开展流动人口计划生育优质服务

留下街道始终将优质服务作为流动人口计划生育工作的重点，多年来努力在服务群众、方便群众上下工夫。以良好的技术和多方位的宣传教育服务群众，坚持以人为本，充分体现人性关爱，真正实现人口、资源、环境的协调发展。

一是全面推进以避孕节育和生殖健康为主的优质服务，将服务站的功能向外延伸。以服务站为龙头，11 个村社为点作辐射状服务，动员外口中心协管员做义务宣传员，做好生殖健康咨询工作。留下街道流动人口量大，服务站想群众所想，坚持每周六个工作日为群众服务。因流动人口大多无休息日，为切实提高服务率，方便群众，服务站特在两个流动人口集中地——东岳、杨家牌楼两个社区（两个社区占全街道流动人口数量的 47%）开辟服务点，定期上门服务。

二是计卫联手，优势互补，为流动人口提供全方位、免费上门服务。服务站在人员技术力量有限的情况下，借助卫生服务站的力量，每年一次为劳动密集型企业，如：天堂伞厂、杭州朝日啤酒有限公司、高教园区后勤中心等，送上“一站式服务”，内容涵盖妇科 B 超检查、妇科咨询，以及避孕节育咨询、药具发放和方法解释、宣传资料发放。

三是加强生殖健康培训的力度，满足流动人口育龄妇女对生殖健康知识的渴求。育龄人群的生殖健康认识经过几年的宣传，有了很大的提高。但是流动人口优质服务工作起步较晚，流动性大，培训教育相对比较困难。服务站以厂矿企业协会、女工委为依托，对刚进场新员工和老员工，分批开展生殖健康、避孕节育和性知识讲座，帮助解答生活中的疑难和困惑，提高认识，树立正确的婚育观。

三、流动人口计划生育优质服务面临挑战

流动人口优质服务工作量大面广，随着工作的进展，对服务的要求也更高，矛盾也更突出。生殖健康咨询工作一直是服务站工作的弱项，而如何有效地咨询，使育龄群众能够接受，是个值得探讨的问题。做好这项工作要求技术人员除了有过硬的专业知识外，还要有与人良好沟通和掌握相关心理知识的能力。因此要加大技术服务人员素质培训，加大生殖健康咨询工作的宣传，营造一种良好的氛围。其次私营企业的流动人口计划生育优质服务工作较难深入开展。相对来说，中小企业流动人口不集中，再加上私企独立的运行机制和过于追求经济效益以及不太合作的态度，使生殖健康优质服务和培训工作在企业集中进行难度加大。从街道服务站层面来说，可能只有通过外围的宣传，动员这部分人群参加社区服务室的相关培训，接受社区服务室定期开展的优质服务活动。

（作者工作单位：杭州市西湖区计划生育指导站
杭州市西湖区留下街道计划生育服务站）

第五部分　利益导向机制

计划生育社会抚养费征收中存在的问题及对策探讨

王红霞

计划生育社会抚养费是指对不符合法律、法规规定条件下生育子女公民的行政收费，是经济上承担的法律责任。目前，社会抚养费征收上出现一些亟待解决的问题，研究和处理好这些问题，对于稳定低生育水平关系十分重大。

一、社会抚养费征收中存在的主要问题

（一）人户分离现象较多，增加了调查取证难度。随着市场经济的发展，超生夫妇户人在户不在现象较多，有些人在外做生意多年不归，也有些人将固定资产转移到外省市。由于户籍地对这些人的现居地住址不清，对其收入情况调查非常困难，社会抚养费征收标准难以确定，往往偏低；现居住地对他们的生育情况、经济状况不了解，不能合理征收，造成社会抚养费征收难以到位。

（二）异地征收标准不同，无法合理征收扶养费。《社会抚养费征收管理办法》规定："社会抚养费的征收标准，以当地城镇居民人均可支配收入或者农村居民人均纯收入为计征的参考基本标准，结合当事人的实际收入水平和不符合法律、法规规定生育子女的情节确定征收数额。社会抚养费的具体征收标准由省、自治区、直辖市规定。"此办法虽对社会抚养费征收办法的基本原则作了规定，但对具体的征收标准和数额没有规定，给违法生育对象有机可乘。如有的夫妇违法生育后转至收入较低的县、市缴纳征收费。甚至有些夫妇到香港或国外生育，以不缴纳社会抚养费。

（三）户籍申报程序简单化，使征收工作难度增大。大多数县市，夫妇违法生育后，在申报出生人口小孩户口时，不需要《一孩生殖健康服务证》、《二孩的再生育证》，只要带上出生医学证明和父母的户口簿就可以申报户口了。户口申报以后，对超生对象再无约束力，给社会抚养费的征收带来的相当大的难度。

（四）基层干部专业素质不高，造成行政执法不公。基层工作中，一些计划生育干部由于种种原因，不按程序立案调查，直接做出处理收取社会抚养费决定，导致难以收清费用；有的在收款后再补办书面调查材料；有的虽然将处理决定送达了当事人，但未告知其权利和义务，造成征收困难，在群众中造成不良影响。

（五）法院受案范围宽，执行工作不够及时。由于人民法院受理案件较多，抽不出更多的人力和物力来执行计生案件，计生部门又无权采取其它强制措施，造成计生案件久拖不决影响计生工作的正常开展。

二、产生原因

一是认识不到位。人口与计划生育法律法规规定社会抚养费的征收主体是县级计划生育委员会。所以有的领导认为，征收社会抚养费是计生部门的事，与己无关。一些部门在制定

政策、研究工作、办理证件、实施管理等方面不考虑计划生育工作，为超生对象逃避承担法律责任开了绿灯。部门配合差，综合治理不够落实，是导致社会抚养费征收难的首要原因。二是法制观念淡薄。有的超生对象只讲权利，不讲义务，认为多生一个孩子没犯多大的法，有钱不缴，不讲道理，故意与计生工作人员纠缠，企图达到少缴或不缴社会抚养费为目的。这是基层干部计划生育行政执法工作增大的一个主要原因。三是计生行政执法不硬。尽管国家颁布了计划生育"一法三规"，各地制定了人口与计划地方性法规，授予计生部门处理决定权，但现行计划生育工作已由过去行政命令式管理转变为依法行政、优质服务，以群众满意率为标准，没有有力的行政强制措施来应对社会抚养费征收。这是社会抚养费征收难的一个重要原因。

三、对策与思考

社会抚养费的征收是关系到落实计划生育法规和改善党群、干群关系的大问题，应当引起各级部门的高度重视。

（一）重视宣传教育。要通过广播、电视、人口学校、黑板报、专栏等有效形式，大力宣传人口与计划生育法律法规，使广大育龄夫妇进一步明确自身在计划生育中的权利和义务，自觉实行计划生育，懂得违法生育子女增加了国家的负担，向他们宣传征收社会抚养费是对社会公共事业投入的补偿，是推行计划生育基本国策的一项重要措施。

（二）规范征收程序。一是依法征收。要按人口与计划生育法律法规规定的程序办事，做到先立案调查，再作处理决定，后征收社会抚养费，杜绝先处理后取证，滥用职权，越权行政等违纪违法行为的发生。二是落实缴款计划。对"一次性缴纳有困难"的对象，要由本人提出分期缴纳的书面申请和经济困难的证明材料，经县计生局批准后，实行分期缴款。三是依法征收滞纳金。对具有缴纳能力，无正当理由拒不缴纳社会抚养费，又不向有关部门提出分期缴纳的申请，或者提出申请而未获得批准的当事人，应当自欠缴之日起每月加收2%的滞纳金。四是申请人民法院强制执行。县人口计划生育局要按程序申请人民法院依法强制执行，以维护人口与计划生育法律法规的严肃性和权威性，保持基层计划生育管理工作的良好秩序。

（三）培训专业队伍，提高执法水平。各级领导干部要带头学法、知法、懂法，并要加强对计生干部的培训，努力提高依法行政水平。对未缴清社会抚养费的人员，不能姑息迁就，在学法、知法、懂法的前提下，积极支持和督促有关部门严格执法。计生干部在执法的第一线，其政治、业务素质的高低，直接影响着依法行政的水平和效果，影响着党和国家与人民群众的关系。要加强对计生干部执法专业培训，提高他们的思想、政治、道德、业务素质，使他们学法、懂法、用法，用法律武装自己的头脑，提高依法行政能力。

（四）加强流动人口计划生育管理。户籍地对未缴清社会抚养费的外出人员，要签订落实缴费协议；现居住地在查验《流动人口婚育证明》时，对两个及以上孩子的流入人员，要主动与户籍地计生部门取得联系，弄清是否符合政策生育。对无《婚育证明》或违法生育未缴纳社会抚养费的，应与户籍地计生部门协商，严格按标准征收，堵住在超生处理上的漏洞。

（五）部门配合，综合治理。各部门要认真履行职责，各司其职，综合治理计划生育。公安部门在办理公民迁移和出生婴儿户口登记等有关手续时，必须出具当地乡镇级计生办理的生育证明。特别是二孩申报时需有再生育证或者收养证件。工商、房产交易中心需提供真实依据（工商提供有无法人代表和企业经营状况，房产交易中心提供房源信息）；县级人民法院要积极受理计划生育部门申请的执行案件，根据基层法院和计生行政执法的实际情况，不符合法律规定可派专人配合做好执行的日常工作，切实加大社会抚养费的征收力度；纪检、监察、检察等部门要严肃查处在社会抚养费征收工作中的乱表态、降低征收标准、贪污、挪用、截留等违纪违法行为；财政、物价、审计等部门要严格执行“收支两条线”的规定，加强社会抚养费征收管理的审计监督工作，坚决查处征收抚养费中的违纪违法行为；计划生育行政部门要主动加强部门联系和开发领导层的作用，达到部门配合，综合治理，优化社会抚养费的征收管理环境，确保社会抚养费全部用于计划生育事业。

（作者工作单位：金华市江南街道计生办）

浅议社会抚养费的征收

杨宇青

社会抚养费是公民不符合法律、法规生育子女，从经济上承担的一种法律责任，是对社会增加的公共投入的一种补偿。而目前社会抚养费征收到位率低，不仅对违法生育者不能有效惩戒，也影响到生育政策执行的公平性和公正性和政策的严肃性、公信力，对稳定低生育水平构成严重的挑战。本人认为，解决社会抚养费征收难的问题，必须综合运用教育、行政、司法等多种手段、多管齐下，综合治理，才能收到成效。

一、社会抚养费征收难的原因

社会抚养费的征收主要依靠行政手段，据不完全统计，20 世纪 90 年代多数地方征收到位率在 40%~60%，目前在 40% 左右徘徊。社会抚养费征收难、征收到位率低，其原因是多方面的。

（一）人口和计划生育部门在社会抚养费征收方面的局限。一是执法机构与人员编制不足；二是计生部门缺乏有效的执法手段，难以对违法生育者双方收入准确核实和调查取证；三是执法工作经费不足。社会抚养费征收对象鲜有主动及时缴纳的，绝大多数案件需要上门催缴，缴款人又多是流动人口，居住分散，增加了执法成本；四是一些基层干部因怕得罪人等原因征收积极性不高；五是部分基层干部法制意识和业务素质不高，不尊重当事人合法权益，甚至侵犯公民人身权、财产权。六是征收标准不公平、不公正。

（二）部分群众法制意识淡薄，不能自觉承担缴纳社会抚养费的法律责任。一是部分当事人违法生育后，主动缴纳社会抚养费的主动性、自觉性不高，存在“攀比”、观望心理；二是一些群众超生后外出躲避，计划生育部门难以查找追缴；三是一些当事人超生后，规避现行法律规定，从收入较高的户籍地（或常住地）到收入较低的地区缴纳社会抚养费，以达到少交社会抚养费的目的；四是一部分当事人家庭经济确实比较困难，无缴纳能力。

（三）对不及时缴纳社会抚养费缺乏有效制约手段。一些相关改革政策的实施，使过去行之有效的综合治理措施，已经不再有效；而又没有新的行之有效的方法、措施可以采用。

（四）法律法规没有赋予人口计生部门强制执行权，而一些地方又不善于运用申请依法强制执行的手段或者没有能够与人民法院协调好，因此对当事人拒绝履行缴纳义务问题，人口计生部门感到“很无奈”。

二、社会抚养费征收对策措施

（一）提高生育政策符合率，减少社会抚养费征收对象

征收社会抚养费从来不是推行计划生育的目的，它只是追究法律责任的一种手段。各级人口和计划生育部门应继续大力贯彻“三为主”方针，将工作做在“事前”，加强基层基础工作，发挥基层组织积极性、主动性。要大力推行优质服务，落实对实行计划生育公民的奖励优惠

政策，维护群众合法权益，引导群众自觉实行计划生育，提高生育的政策符合率，逐步减少社会抚养费征收对象和征收数额，从而减少征收工作的难度。

（二）维护法律的严肃性，加大社会抚养费征收力度

人口计生部门向违法生育的公民征收社会抚养费是履行法定职责，是为了维护法律的严肃性、权威性而采取的切实可行的措施，因而必须保证社会抚养费的依法征收到位。要进一步加大法治宣传力度，形成正确的舆论导向和氛围，让当事人明白违法了就应当承担相应的法律责任，自觉、主动、及时缴纳社会抚养费。在执行过程中，要严格依法行政，严格依照法定程序征收，规范征收行为，贯彻公开公平公正原则，并且注意保护群众的合法权益。

各级政府要为基层计划生育部门行政执法提供必要保障条件，充分发挥相关部门、基层组织和单位的作用，通过综合治理，贯彻落实好社会抚养费征收管理制度。上级人口计生主管部门要加强对下级的监督检查和指导，健全监督体系，落实政务公开，特别是要注重发动群众参与。在实行收支脱钩以后，还要特别注意防止由于管理工作跟不上，出现应收不收、弱化执法力度的问题。

（三）申请人民法院强制执行

从一些地方的调查看，社会抚养费强制执行虽然占整个征收工作的比例并不很大，但对社会造成的影响却是积极而明显的：一是通过法院的介入和审查，确保计生行政行为的合法性，提高计生行政执法水平；二是申请强制执行，避免行政机关与群众的直接矛盾和冲突。同时，强制执行的过程，也是一次人口计生法律法规的宣传教育过程，促使广大群众自觉遵守计划生育。

申请强制执行，关键是要选好典型案例，重点突出。坚持原则性和灵活性相结合、法律效果和社会效果一齐要的方针，达到执行一例、教育一批、带动一片的效果。

（四）改革完善现行法规

1、建议修订完善现行法规，合理缩小征收对象范围。长期以来，我国一直实行“区别对待、分类指导”的生育政策。因此，关于社会抚养费的征收对象，也是以地方法规有关生育政策的具体规定为判定依据，各地不完全一致。建议合理缩小征收对象范围，省人口计生委对此要给予具体指导和密切关注，取得成功经验再逐步推广，条件成熟时修改法规。

2、建议国家立法解决恶意规避缴纳社会抚养费问题。《社会抚养费征收管理办法》第五条规定了“谁发现、谁征收”原则，很好地解决了过去基层管理中存在的管辖不清、互相推诿情况，但同时也为一些人规避地方征收标准规定“提供了空间”，一部分人以流动人口的名义，故意从征收标准高的地方转移到标准低的地方缴纳社会抚养费。这种现象在局部地区有发展的趋势，不仅扰乱了计划生育管理秩序，也损害了法律的严肃性。为了合理而又合法地解决这一问题，还必须进一步研究，由国家立法妥善解决。

（作者工作单位：浦江县檀溪镇）

浅谈计划生育利益导向机制的实践与思考
——以嘉善县为例

江 红

计划生育利益导向机制是以经济手段，引导群众自觉实行计划生育的一种运作方式。它包括制约和激励措施两个方面。本文主要就嘉善县利益导向机制存在的问题进行分析和思考。

一、建立计划生育利益导向机制的基本情况

2002年嘉善县政府出台了《关于制定计划生育优先优惠政策的若干规定》；2003年又出台《关于贯彻实施〈浙江省人口与计划生育条例〉的若干规定》和《嘉善县计划生育公益金管理暂行办法》，各镇也出台了有关计划生育的优先优惠政策。主要从三个方面对计划生育家庭进行奖励。

就医、就学奖励。对施行计划生育四项手术的已婚育龄妇女，各卫生医疗单位要优先照顾，免收挂号费；凡农村和城镇家庭困难失业的已婚夫妇接受节育手术，计划生育技术服务基本项目费由县财政给予报销；对在知情选择基础上自愿落实长效、安全避孕措施的已婚育龄妇女意外妊娠引、流产的，给予适当的经济补贴。对符合生育二孩条件而自愿终身只生一孩的农村独女户，孩子初中升高中时，给予奖励。2002—2008年全县共有4103名“双农独女”享受了这一政策。

经济利益奖励。对实行计划生育的家庭发展生产、发展种养殖业、个体工业方面给予优先贷款、项目优先、科技扶持、政策优惠等措施。特别是对独生子女困难家庭，有关部门要发放低息贷款，给予重点扶持。对独生子女家庭，每年发放不低于60元的独生子女父母奖励费。同时在宅基地划分和建造房屋面积上，按两个孩子计算；对特困的计划生育家庭，在发放救济金时，民政部门要优先安排。

社会保障奖励。农村要逐步建立以独生子女父母为主的社会保障制度，采取本人出大头，国家、集体适当补贴的办法筹措经费。对纯农独生子女家庭，夫妇双方均未享受有关单位养老保险补助的，养老保险由县、镇、村分别给予适当的补贴；城镇要进一步建立和完善养老保险、基本医疗保险、生育保险和社会福利等保障制度，切实解决群众实行计划生育的后顾之忧。

在制订落实奖励政策的同时，制定了缴纳社会抚养费等一些制约措施。二、建立计划生育利益导向机制中存在的问题

（一）计划生育优先优惠政策落实难，发展不平衡

全县绝大部分地方计划生育优先优惠政策落实较好，但也有一些地方生活方面的奖励优惠、发展生产方面的利益导向机制仍不够健全，如分配宅基地和承包土地时给予优惠未能很好落实，独生子女入学、就医等方面的优惠不到位，在帮助农民解决生产中的困难、优先引导计划生育家庭发家致富等方面落实率较低等。

（二）奖励优惠措施的力度低，利益导向作用不明显

虽然在人口计生工作中强化了利益导向机制的作用，但还必须同时看到，利益导向机制对于中等收入的家庭有一定的影响作用，而对于低收入和高收入的家庭，影响力度很有限。另外，在当前的生育政策下，即使用于孩子的直接成本和间接成本日益增高，在一些人看来，也远远低于从孩子身上取得的相应效益。也就是说，一些非经济因素的影响远不是利益导向机制所能解决得了的。

（三）没有摆正部门利益与全局利益的关系。我国现行的计划生育优先优惠政策，除了国家负担兑现的以外，很多项目都是法律或政策规定由地方政府和基层行政组织、企业单位负责兑现的。一些基层单位领导从本单位的小团体利益出发，认为兑现计划生育优先优惠政策是“有投入无产出”,表现出消极情绪。这种没有摆正部门单位利益与全局利益关系的情况，严重影响计划生育利益导向机制作用的发挥。

三、进一步完善计划生育利益导向机制的建议

（一）充分认识建立计划生育利益导向机制的重要性和必要性

建立计划生育利益导向机制是实践“科学发展观”的具体体现。计划生育利益导向机制从制度上保障了计划生育家庭的合法权益，使实行计划生育家庭感受到党和政府的温暖，赢得民心，这是人口与计划生育工作对“科学发展观”重要思想的具体实践。

建立计划生育利益导向机制引导帮助群众走发展经济。实施奖励扶助计划，通过加大政策性奖励，使计划生育家庭的困难得到救助，有助于防止出现新的贫困人口，引导更多群众走“少生快富”之路。

建立计划生育利益导向机制有助于促进群众生育观念转变。利益导向机制不仅给计划生育家庭带来了实惠，而且减弱了子女养老保障功能，淡化了农民养儿防老的期望心理，同时也改善和提高了农村医疗卫生、妇幼保健条件，减轻了因子女就医和受教育所带来的沉重经济负担，有利于群众的生育观念向少生、优生方面转化。

（二）切实加强领导，增加财政投入，全面落实农村计划生育家庭奖励扶助制度

各级党委、政府要进一步更新观念，加强领导，把这项工作列入重要议事日程，切实抓紧抓好。要把推行计划生育利益导向机制，转变工作方式和工作作风，密切党群、干群关系列为党政一把手负总责的重要内容；要把建立利益导向机制，落实奖励优惠政策、扶贫开发与计划生育相结合列入各级政府、相关部门的工作职责，严格考核、奖惩。增加计划生育经费投入是建立、完善计划生育利益导向机制的重要保障措施。各级政府要将计划生育经费的投入列入人口与计划生育目标管理责任制的考核，将经费的投入落到实处。同时要充分发挥计生协会等群众团体的作用，建立人口基金，实行社会性集资，以解决计划生育工作经费不足的问题。

（三）继续发挥政府各部门、社会各团体的积极性，确保建立利益导向政策实施的协调推动机制

探索和推进计划生育利益导向机制的建立，涉及计生、财政、民政、土管、卫生、教育、劳动、工商、税务、农业、保险等多个部门、各行各业，是一项难度较大、综合性较强的系统工程。必须建立以政府为主导、相关部门共同实施为主体、社会各界共同参与为监督为补充的协调推动机制，通过明确职责分工，强化检查监督，确保各部门在制订和出台相关社会经济政策、措施、法规和制度时，与人口和计划生育政策协调配套，以营造有利于人口和计划生育的良好“政策环境”。如对符合农村“五保”供养和农村特困群众社会救济标准的计

划生育家庭，由民政部门将其纳入救助范围；对计划生育困难家庭的扶贫开发活动，负责扶贫的有关部门在资金和项目上给予优先安排；对计划生育困难家庭的成员特别是伤残者，列入卫生医疗的救助范围，给予一定的医疗补贴；对计划生育困难家庭的子女，在义务教育阶段的就学给予学杂费减免的待遇等，以提高计划生育家庭的社会地位和经济优势，进一步促进群众婚育观念的转变。

（四）要建立长效社会救助机制，推进计划生育利益导向机制的法制化、规范化

计划生育困难家庭是动态变化的，随着时间的推移，一些家庭会逐渐脱贫，又会有一些类似的困难家庭出现。因此，建立计划生育利益导向机制不是权宜之际，必须长期坚持，应当以法律的形式固定下来，并不断调整以适应新的形势。同时要建立计划生育利益导向机制的监督体系，确保各项奖励扶助资金直接、及时、足额发放到群众手中。

（作者工作单位：嘉善县大云镇计生办）

加强基层执法能力 强化社会抚养费征收

——浅析开展城镇违法生育专项治理的现状和问题

陈 雨

梧桐街道户籍人口114617人，其中育龄妇女32866人，下辖14个行政村，13个社区居委会，同时按照属地管理的原则，还要承担市级科局、部门共250多个单位的计生管理和服务工作，计生工作面广量大，情况复杂。近年来，街道在开展计划生育工作中，坚持立足实际，以人为本，继续稳定和严格执行现行生育政策，全面推进人口计生依法行政工作。但是计划生育工作面临着许多新情况和新问题。计划生育社会抚养费征收难就是其中一个突出的问题。

一、计生政策执行和开展城镇违法生育专项治理的现状

2007—2009年梧桐街道出生人口呈逐年下降趋势，计划外生育现象也在下降。三年来共出生2552人，其中计划外出生41人，应征社会抚养费1929484元，已征1526246.8元，兑现率为79.1%。纵观三年来街道征收计划生育社会抚养费专项治理工作，主要做了三个方面的有益探索：

（一）加强领导，强化基层依法行政的能力。街道在人口计生领导小组的基础上，于2007年10月成立了街道征收社会抚养费领导小组，由街道主任亲自任组长，工、青、妇社会团体、公安、工商等部门领导为小组成员，开展联合执法，碰到重大违法生育情况领导亲自协调，解决问题。同时，组织计生办工作人员和领导小组成员学习《浙江省人口和计划生育条例》、《征收社会抚养费办法》等相关知识，对照“七不准”要求，做到依法行政，不断改善党群关系，从而提高依法行政的水平和能力，切实与人口与计划生育优质服务相结合。

（二）宣传教育先行，提高实行计划生育的自觉性。利用各种宣传阵地和媒体，广泛宣传党在新时期人口和计划生育的政策。利用社区人口学校、村级文化示范户定期举办“五期”教育培训，送知识、送政策进村入户。提高实行计划生育、依法缴纳社会抚养费的自觉性。

（三）综合治理为辅，加大社会抚养费的兑现率。计划生育政策是一个不断完善的过程，针对基层群众意见较大，难于解决、影响计生政策实施的多年遗留问题，街道计生干部就地开展调查，逐个做好工作，按政策征收社会抚养费。三年来有8人接受处理，兑现社会抚养费77000元，并在兑现基础上协调公安部门补报户口，堵住个别人存有的侥幸心理。

对于其它征收对象，街道及时采集信息，依靠卫生、工商、法院等部门的配合，到嘉兴妇保院、桐乡工商局调查取证，取得合法依据后进行立案，提交征收社会抚养费征收意见，尽量使决定与实际相符。加大力度对违法生育对象实施依法惩处，对拒不交纳社会抚养费依法实行强制执行，切实提高计划外生育社会抚养费的兑现率。

二、违法生育专项治理过程中存在的困难

（一）生育政策与生育意愿的矛盾。虽然计生政策在不断完善，但是现行生育政策与育

龄群众的生育意愿的差距还是在一定程度上存在的。尤其独生子女家庭；一方非农，另一方农村，生育一个女孩后生活中养老的压力是存在的。也很难有有效的手段解决他们生活的困难和压力。

（二）对部分对象无法公正征收社会扶养费。少数人计划外生育后确实存在计生政策执行难的问题，尤其是在征收社会抚养费调查时，这些人通过更换法人代表、假离婚等，使表面与实际收入状况存在明显的差别，无法公正地征收社会抚养费，导致群众对生育政策产生不满情绪。

（三）流动人口生育观对常住人口的负面影响。外来务工、经商人员的增多，给计划生育工作带来很大冲击，他们流动性大、思想观念落后，管理、服务难，宣传教育难。这些都在一定程度上影响了常住人口的生育意愿，产生了较大的负面影响。

有效征收计划生育社会抚养费是基层执法能力的表现，虽然梧桐街道在违法生育专项治理工作中做出了一定的成绩，但仍需要不断完善提升工作能力和水平，改善党群关系，解决基层实际工作中存在的困难，树立更为优良的执法形象，使人口和计生工作朝着健康、有序的方向发展。

（作者工作单位：桐乡市梧桐街道计生服务站）

浅析社会抚养费征收难

杨利英

征收社会抚养费是人口和计划生育工作中所采取的一项经济限制措施，它对于稳定低生育水平、禁止违法生育、保障公民计划生育平等权益、维护社会公平与和谐具有重要意义。但由于多种原因，目前的社会抚养费征收已成为计生工作的一个难点。它导致超生的社会负担得不到应有的补偿，也严重损害了法律法规的严肃性。

一、征收社会抚养费难的问题及原因

（一）素质较差，法制观念薄弱。一些征收对象对国家的相关法规、政策知之甚少，对违法生育给社会造成的不良后果认识不清；没有法制观念，无视法律的存在，不愿交扶养费，甚至威胁、恐吓基层计生干部。

（二）家庭困难，案件无法执行。部分对象越穷越生、越生越穷，致使案件执行难，最后虽然申请了法院强制执行，但因无财产，社会抚养费交纳不了了之。征收不到位，缺乏威慑力，形成恶性循环。一些超生对象往往互相打听缴纳社会抚养费的情况，造成有履行能力的也在等待观望，造成实际征收率、结案率低。

（三）流动人口社会抚养费征收鞭长莫及。长期在外经商务工人员的计划生育管理与服务不到位，违法生育不能及时发现，出现了征收“三难”现象，即调查难、取证难、执行难。有的以户口迁移游击战达到逃避征收社会抚养费的目的。

（四）征收程序复杂、历经时间长。一个案子立案、调查取证、告知、作出征收决定、送达一般至少需要 1 个月的时间，计生执法人员与被执行人见面至少 3 次。如当事人不自觉履行申请法院强制执行还需三个月，几个月过后群众对计划外出生对象处理的关注期已过，会给群众造成执法不力的影响。

（五）部门间缺乏协调。计划外出生申报户口，公安户籍管理部门不以交纳社会抚养费为前置条件，孩子户口报上了，失去了制约，造成征收被动的局面。

（六）综合征收机制不完善。社会抚养费征收是一项系统工程，需要法院等执行部门的有力配合，一些群众不配合计生部门的调查取证等工作，甚至编理由、提条件、讲价钱、有意拖欠，计生部门没有强制执行权，最后虽然可申请人民法院强制执行，但人民法院对违法生育对象进行社会抚养费强制执行时，对违法生育对象的情况、过程、资金状况不熟悉。加上个别法官对计生工作的重要性认识不清、有怕麻烦的思想，导致社会抚养费难以兑现。

二、解决社会抚养费征收难对策

社会抚养费征收难已成为当今计划生育工作的拦路虎，直接影响到计划生育各项政策法规的落实，不利于低生育水平的稳定，必须采取有效措施加以解决。

（一）加大计划生育普法宣传力度。广泛宣传“一法三规”和计划生育政策，倡导生育文明，不断增强广大群众的法制意识。大力宣传国情、国策，重点对违法生育对象做好思想工作，使其知晓国家现行生育政策和违法生育处理政策。同时，加大反面典型处罚的宣传报道力度，对在当地影响较大的社会抚养费征收案件，做好追踪宣传，消除群众的误解和抵触情绪。有经济能力但拒不交纳社会抚养费者，发现一例，曝光一例，处理一例；就案讲法，教育一片，震慑一批。从正反两方面教育群众，营造良好的依法征收环境。

（二）加大重点人群管理力度。经常与外出育龄人员保持联络，与现居住地建立双向联系制度，进行“双向协查协管”，通过信函联系，及时掌握流出人口的计生工作情况；同时充分发挥“全国流动人口信息交换平台”的作用，实现了信息交流、资源共享。摸清离婚丧偶及再婚人员的婚育情况，进行定期随访，宣传计生政策，及时了解她们的思想状况，防范违法生育的发生。

（三）进一步探索流动人口社会抚养费征收办法。(1) 当事人的生育行为发生在其现居住地的，由现居住地做出征收决定。(2) 当事人的生育行为发生在其户籍所在地的，由户籍所在地做出征收决定。(3) 当事人的生育行为发生时，其现居住地或者户籍所在地均未发现的，由首先发现其生育行为的县一级计划生育行政部门，按照当地的征收标准做出征收决定。以上三项规定涵盖了流动人口计划生育管理中出现的各种情况，既体现了流动人口计划生育工作由其户籍所在地和现居住地的人民政府共同管理，以现居住地为主的管理原则，又较好地解决了流动人口计划生育管理中的实际问题，有利于推行流动人口计划生育工作新的管理原则的建立。

（四）进一步完善利益导向机制。实行奖罚并举，在征收社会抚养费的同时，建立健全以政府为主、社会补充的利益导向政策体系。在继续推进奖励扶助、特别扶助、计生公益金补助等优惠政策基础上，进一步建立完善养老保险保障机制，解决独生子女特别是农村独生子女家庭的养老问题，真正达到老有所养，无后顾之忧。

（五）健全各部门齐抓共管的工作机制。一是要不断健全联动协调机制，建立定期会议制度，及时通报相关计生工作信息，切实加强工作的协调和配合。各相关部门在办理上户口和户口迁移手续，出台优惠和扶持政策，办理工商登记，教育免费券发放等工作时，要充分考虑计生部门提供的信息，形成强大的合力。二是增强公安、法院等部门的支持力度。对故意殴打、围攻、谩骂、威胁计生干部执法的严重事件，公安机关应加大打击力度；对强制执行的案件，暂时不能结案的，法院要采取跟踪执行，形成全社会齐抓共管人口和计划生育工作的良好环境。

（六）进一步加大征收力度。建议县（市）级计生局成立征收社会抚养费专门机构，落实行政执法人员、经费、车辆等行政执法必要的保障条件，对执法人员进行专业培训和教育，使其具备执法资格，提高执法队伍的整体素质，加大对违反计划生育法律、法规行为的处罚力度，保障计划生育基本国策的顺利实施。

（作者工作单位：桐乡市梧桐街道计生服务站）

新农村建设中提高农村老年人口生活质量的几点思考

吴慧杰 魏吉生

为了进一步了解农村老龄人口情况，有针对性地提出相应的对策措施，笔者对余姚市凤山街道老年人社会保障状况进行了调查，对各村老年协会及老年活动中心、卫生所医生及老年村民进行了深入的访谈，现将有关调查情况报告如下，并就如何提升农村老龄人口生活质量谈几点认识。

一、老年人口生活质量的现状

余姚市凤山街道位于余姚市东北部，街道区域面积45.5平方公里，8万余人口，下辖8个行政村、6个社区（居委），有老年人口1万余人，占总人口的14%左右，已进入老龄社会。

（一）老年人的养老、医疗保障

在凤山街道下属8个村中，已有86.05%的老人享受了失地农民养老保险（每月220元到300元不等）；未参加失地农民养老保险的60岁以上老人每月可补助30元。对满70岁以上的老人街道每年都要祝寿、送礼品，送他们出去游玩等。此外，街道每年专款对病残老人进行医疗补助，2007年人均最低医疗保障费分别为90元、110元、135元三等，2006年共报销金额560万元左右。

（二）开设电视大学，满足老年人学习需要

街道共开设了8个老年电视大学教学点。以街道和村为单位，通过组织、开展文化交流和学习活动，形成生动、丰富的老年人课堂。学员中年龄最大的88岁，平均年龄71岁。老年电视大学教学点坚持贯彻“增长知识、丰富生活、陶冶情操、促进健康、服务社会”的办学宗旨，使教学点成为老有所教、老有所学的良好场所。为了解决远程教育师生交流不畅问题，老年电视大学教学点选择优秀的老年学员，开设第二课堂，用方言施教，形成流动课堂。街道领导对教学点十分重视和关心，专门确定一位领导分管教育点工作，为老年电大学员免费提供教材，并保证每年50万元以上的教育经费投入和教育设施更新。

（三）建设老年活动中心，提供活动场所

街道设有老年活动中心，还有8个设在村里的老年活动中心点，配置活动设施800多万元、各种器具500多万元，每年投入20万元左右的维修保养费。中心是老年学校、老年人协会、老年人体育协会的综合文体活动场所，内有乒乓室、棋牌活动室及球类、牌类、健身器材等。活动中心组织机构健全，内容丰富，活动正常，深受广大老年朋友的欢迎。中心下属的“关心下一代工作小组”，还充分发挥老年人的作用，对年轻人进行谈心帮教。

二、老年人口生活质量中存在问题及原因分析

（一）老年人养老保障方面存在的问题

第一，赡养方式单一。农民养老主导方式仍是家庭养老，社会养老方式缺乏且发展缓慢，

农村老年人大都不了解社会养老保险与商业保险的区别，参保投保意识淡薄，思想顾虑较重，怕政策不稳。如对赡养老人和处理赡养纠纷的标准，是根据当地习惯和经济状况民主讨论决定的，并未在制度层面上被确定下来。第二，赡养观念落后、稳定性差。家庭养老方式对老年人生活质量的影响，取决于子女的经济水平和个人素质，有些子女将赡养老人当成完全的经济义务，而非精神、经济上的双重照料，忽视了与老年人的情感交流。第三，赡养纠纷频发、协调难。街道下属村委会无法监督到每家每户是否都按规定赡养老人，同时一些赡养纠纷比较复杂，老人自己都不希望村委会介入。

（二）老年人医疗保障方面存在的问题

第一，从老年人生病就医状况看，60% 左右的农村老年人健康意识较强，身体不适时会立即就医，但也有 40% 左右的农村老年人不能及时就医，其中小部分是自信身体素质好，头痛感冒无须就医，大多数人是因为经济拮据，无法负担相应的医药费。

第二，从老年人平时看病处所、对各自村里医疗条件的满意程度和村卫技人员的素质看，80% 左右的人平时找村里的医生看病，16% 左右的人在街道卫生院看病。可见，村医生和街道卫生院担负着绝大多数农村老年人看病就医的重任。同时，有 30% 左右的农村老年人认为村医疗条件比较差或很差，村里医生少，好医生更少。说明老年人就医条件较差。

第三，从老年人大病医疗费的来源及数额看，70% 以上的农村老年人每年的医疗费用在 350 元以下，整体医疗消费水平还很低。此外，医疗费构成中，有 80% 以上的老年人没有积蓄或积蓄很少，自己出小部分，儿女们出大部分或完全由儿女们出。仅有 10% 以上的农村老年人的大病医疗费是自己的积蓄或自己出大部分儿女们出小部分。可见农村老年人的就医费用主要取决于儿女们的经济状况，保障性差。

（三）老年人其他保障方面存在的问题

第一，参加学习的老年人人数较少，占全街道老年人口的 40% 左右，老年教育的普及率不高、影响力不大；第二，学员文化层次普遍较低、差异大。农村老年学员文化程度有高低、年龄有大小、接受能力有强弱等问题给教学质量的进一步提高带来较大难度，无法较好地与省老年电大教程接轨，影响和延缓了街道老年电大正规化。

此外，街道老年人精神文化保障状况存在的问题：第一，街道学习大多是分布到下属的村、社区，但是参加中心活动的成员多为各村、社区范围内的老年人，新增加的村老年人加入的较少；第二，随着老年活动中心的活动内容和活动方式的增多，日益暴露出管理、经营等方面问题。

三、农村老龄人口生活质量提升的对策思考

要彻底解决农村老年人的社会保障问题，必须针对传统养老方式的不足，建立一套比较完善的养老保障制度，从经济、精神等方面给予老人独立权，以保证他们的经济来源和对生活的自由选择。

1、加强宣传力度，积极努力营造良好氛围

要充分发挥新闻媒体、宣传教育咨询点的作用，广泛深入地开展《老年人权益保障法》宣传教育活动，在农村社会大力倡导尊老、敬老、养老、爱老的良好社会风尚；要充分发挥农村慈善机构的作用，积极开展走访慰问、公益性救助贫困老年人等活动，共同营造关爱老年人的良好氛围。

要在改变农村不良风俗和建立有效的社会激励监督机制上下功夫。首先，要移风易俗。

要改变农民互相攀比，大办丧事的陋习，提倡在世时善待老人、孝顺老人，及时尽孝。其次，要重视思想道德教育的作用。要加强尊敬老人、关心老人的教育，从娃娃抓起。最后，要建立有效的敬老爱老的激励监督机制，加强对子女赡养老人方面的教育与监督。大力宣传国家有关维护老年人权益的法律法规，农村老年人也应学习有关法律知识，用法律来维护自己的合法权益。

2、鼓励社会参与，确保政府政策的落实

农村养老保障需要国家和社会的积极支持。首先，要坚持政府主导、部门协作、社会参与的老年人保障工作机制，落实政策，健全老龄工作机构，进一步明确职责，做到人员经费到位，为老年人办实事，维护老年人的合法权益。其次，街道在提高农村老年人生活方面要多做工作。在基层中应专门设立能代表老年人利益并为老年人提供服务的专门组织。再次，建立新型的五保集中供养体制。目前，街道建立了养老院，对街道五保老人实行集中供养外，但仍存在分散给养的状况。实行分散给养，有的村里的五保户反映自己得不到好的照顾，特别是在生病的时候，希望村里建立养老院，解决“就医难”和生活照料问题。

3、大力发展农村经济，增加养老资金储备

目前农村老年人所遇到的养老、医疗等各种问题，是“三农”问题的一部分，要提高农村老年人的物质和精神文化生活，解决农村老年人所遇到的各种问题应紧紧地围绕“三农”问题来进行。不论是农村老年人的养老、医疗还是教育娱乐问题都需要经济的支撑。要在农村家庭联产承包责任制的基础上，积极地探索农业的规模化、产业化经营，提高科学技术在农业收益中的贡献率。努力拓宽农产品的销售渠道，加快农产品流通体制的改革。大力发展乡镇企业，进行农村产业结构的调整。此外，还要加快乡村城镇化建设，完善农村村民自治制度，切实维护农村老年人在农村民主选举、民主决策、民主管理、民主监督中的各项合法权益。

4、稳定农村养老政策，拓展农村养老方式

在继续稳定和强化家庭养老方式的前提下，农村养老必须由家庭养老向社会养老过渡，要积极稳妥地推进农村社会养老保险。首先、加强农村社会养老保险的法制建设，通过立法的形式建立健全社会保险制度。政府应当从法律上明确农村社会养老保险的法律地位，促进农村社会养老保险的健康发展。其次、稳定农村养老保险的基本政策。应将个人缴费和集体补助全部记在个人养老金帐户下，实行向农民养老保险倾斜的政策。条件成熟后，我国也可形成和开征社会保障税，实现社会保金筹措方式的转变。再次、尽快建立农村社会养老保险基金和合作医疗基金分级管理体制，加强基金监管力度，建立开放式监督机制，完善审计、检察、财政等有关部门联合组成的外部监督制度，以保证基金安全和保值增值。第四、加大对农村社会养老保险重要性及社会保险意识宣传的力度。要使各级领导和群众接纳农村社会养老保险，必须大张旗鼓地宣传。要向各级领导和群众讲清楚，农村社会养老保险的重要性及政府对农村养老保险的基本政策。克服目前有关领导不重视，组织不力，农民思想顾虑过重的弊端。

5、加强医疗卫生工作，完善合作医疗制度

必须加强对合作医疗的组织领导。按照自愿量力、因地制宜、民办公助的原则，继续完善与发展合作医疗制度，帮助农村老年人抵御个人和家庭难以承担的风险。要充分发挥镇卫生院在农村医疗市场中的“基础”作用，积极指导村卫生室运用新技术、拓展新业务，加强对村卫技人员的培训和管理力度，加大卫校培养乡村卫技人员的规模，大力加强村卫生所的技术力量，提高乡村卫技人员素质，迅速提高村医的整体技术素质。克服目前村里医生缺、好医生更缺的状况，改善农村老年人的医疗条件。

6、丰富老年娱乐内容，优化老年活动管理

街道党委要提高认识、统一思想，充分认识到老年活动中心是老年人活动的主要场所。一方面，要积极加快全街道老龄事业的发展，加强老年活动中心的规范化建设，加强督查，严格管理，坚持静态发展和动态管理相结合，全面掌握老年活动中心的规范化运行情况，逐步实现老年活动中心由老人们自我教育、自我管理和自我服务。另一方面，积极鼓励低龄和健康老人在自愿、量力的前提下，用自己的丰富经验和技能参与社会发展，从事各项有益的老年活动。有目的的成立适合老年人参加的文娱团体，经常组织老年文化活动，如老年唱歌比赛、书画比赛等，增加老年人的生活情趣；相关社会团体也积极把老年活动列入工作内容，组织老年人的旅游、演出等。

（作者工作单位：余姚市凤山街道计生办）

论农村养老保障制度之构建

赵 慧

一、农村养老现状和问题

（一）传统的家庭养老面临挑战。我国农村家庭养老是主要的养老方式。由于长期计划生育政策的实施，家庭传统养老的能力已经大大削弱；再加上城镇化、人口流动的加快，未来农村老年人口的比例可能要高于城市。同时，农村家庭居住分散，家庭养老问题将非常突出。

（二）农村社会养老制度不健全。社会养老一是覆盖面小，地区发展不平衡。目前开展农村养老保险的大多是经济较发达的地区，而养老工作尚未覆盖的农村的社会养老无从谈起。二是农村养老保险采取的是完全积累模式，先积累后受益，没有积累或积累少，保障自然就低。其三，保险基本依靠个人缴费，国家仅仅给予"政策扶持"。从某种意义讲，农民个人社会养老保险与个人银行储蓄账户几乎是一回事。

（三）农村人口老龄化的挑战。我国人口年龄构成已由"成年型"向"老龄型"逐渐转化。农村老年人在经济上的自立能力仍然不强，养儿防老的社会经济基础没有出现根本变化，一定程度上强化了对男孩的偏好，导致出生性别比的持续偏高。目前，中国人口生育率已经下降到低水平，独生子女的父母一代正在进入老年，少生优生是否能幸福一生正在经受考验。

二、加强农村计划生育养老保障体系建设

（一）加大奖励扶助政策力度

针对农村养老保障问题，从2006年起，我国对农村实行计划生育的部分家庭给予奖励扶助。即只有一个子女或两个女孩的农村计划生育家庭，夫妇年满60周年以后，可以申请领取奖励扶助金。毋庸置疑，这一制度的建立为农民送上了一颗"定心丸"。这是符合我国目前农民利益的方向性政策。要在经济发展许可的情况下，进一步加大政策力度。

政府要建立健全以财政投入为主、社会化筹集为辅的资金筹集渠道，逐步提高奖扶标准，扩大覆盖面，不断增强利益导向机制的激励功效，加大对计划生育转移支付的力度。这种以国家政策支撑的宏观调控利益导向机制的建立，有利于从根本上解决贫困地区因财政缺少资金而不能落实计划生育奖励的问题，最终达到稳定低生育水平，全面建设农村小康社会的目的。

（二）建立完善农村社会养老保障制度

建立计划生育夫妇养老保障制度，是建立农村社会养老保障制度的现实选择，这是农村社会养老保障制度的一部分，它的建立能为将来的农村社会养老普遍化提供指导，打下基础。因此，必须对计划生育夫妇养老保障制度优势和可行性进行研究和探索。建立健全计划生育养老保障机制，逐步建立农村老年人集体供养制度，政府制定鼓励政策，引导社会力量开设养老院、托老所、老年娱乐场所等老年性服务机构，为老年人提供集中服务，其生活和服务

费用由集体和个人共同承担。

（三）探索创新，和谐发展

必须看到，实行农村计划生育养老保障只是一个过渡的模式，特别是农村计划生育养老保障在农村基本养老保障体系还没健全的有限条件下，现在的农村计划生育养老保障政策同时被赋予发挥稳定低生育水平和保障计生户老年人基本生活水平的双重功能。因此最终在经济发展到一定水平和人口增长稳定、农村计划生育政策得到很好实施的时候，农村计划生育养老保障就可能会过渡到基本的社会养老保障体系下。

由于此项政策的功能目标较为复杂，其实施过程技术性较强，政府部门要向人们展示其更多的好处，体现政府人性化管理的一面，计划生育政策要实现从惩罚向奖励的根本转变，同时也可以诱导人们传统思想观念的转变，实现计划生育政策的顺利实施和为农村养老保障制度的建立打下基础。

（作者工作单位：桐庐县瑶琳镇人民政府计生办）

上下左右联动 合法合理兼顾 努力提高社会抚养费足额征收率

周君珍

社会抚养费是指为调节自然资源的利用和保护环境，适当补偿政府的社会事业公共投入的经费，而对不符合法定条件生育子女的公民征收的费用。实行征收社会抚养费制度，对促进社会资源的合理利用，增强公民实行计划生育的法制意识，规范生育行为，履行计划生育义务，起到了重要的保证作用。在2002年颁布的《社会抚养费征收管理办法》(简称《办法》)中，明确规定了社会抚养费的征收主体是县级计划生育行政部门，同时考虑到基层实际,《办法》规定，"县级计划生育部门可委托乡（镇）人民政府或者街道办事处作出征收决定"。面对依然严峻的不符合法定条件的生育形势，乡（镇）人民政府或者街道办事处如何运用好县级人口计生行政部门的计生执法委托权力，坚持公开、公平，依法加大社会抚养费征收力度，增强法院强制执行力度，特别对"名人"、"富人"违法生育做到依法足额征收，切实体现计划生育法律法规的严肃性和震慑力，是个值得探讨的热点问题。

一、违法生育现状与趋势分析

阳明街道总面积53.57平方公里，下辖17个行政村，7个社区,2个经济合作社区,2个居委。户籍人口9.4万人，育龄妇女人26971人，流动人口52091人，外来育龄妇女23059人。近年来，随着街道经济社会发展和群众生活水平的提升，违法生育案件逐年递增。为全面稳定低生育水平，促进人口和经济、社会的和谐发展，我们在区分违法生育类型和趋势的基础上，加强了计划生育工作的领导和考核，并通过上下联动、部门联合，合法、合理、合情的征收社会抚养费，使全街道的计划生育符合率始终保持在97%以上，社会抚养费的征收兑现率始终走在全市各乡镇（街道）前列。2007年1月至2009年4月，全街道立案查处违法生育案件30例，应征收社会抚养费2638572元，实际征收2181887元，征收率82.69%。

综观街道的违法生育情况，我们发现违法生育对象主体可分三类：第一类是富裕家庭。富裕家庭儿女双全、生男孩的愿望非常强烈；第二类是涉"外"婚姻家庭。多为本地大龄贫困男青年与外地女青年结婚，女方未到法定婚龄，导致违法生育；第三类为复杂婚姻家庭。双方再婚或一方再婚重组家庭，现家庭生育愿望强烈导致不符合法定条件生育。从发展趋势看可分为三种：一是从违法生育主体上看，有农村居民、向城镇居民，由普通群众向名人、富人、甚至是部分党员、各级先进代表蔓延的趋势；二是从违法生育的主观动机上看，有传统的传宗接代生男孩思想向儿女双全、生育两个愿望转变的趋势；三是从违法生育社会抚养费征收情况看，由原来计划生育高压态势下，群众一旦违法生育就甘愿受罚的共识向现在以人为"本"理念普遍树立，群众既想超生又心存侥幸，企图规避处罚转变。

二、实践探索

针对以上情况，阳明街道非常重视，采取一系列措施遏制违法生育。

（一）领导重视，部门配合，积极营造环环相扣的稳定低生育水平硬环境

街道党委、办事处领导高度重视街道政策生育率多年来始终徘徊在“一票否决”警戒线左右的现状，从三个方面采取措施提高政策生育率。

1. 建立了稳定的考核评估机制

一是实施人口和计划生育单项考核制度。规定凡达不到符合政策生育率指标的村、社区（居委）即实行“一票否决”，不得评优评先；二是将计划生育工作内容纳入对街道联村、社区（居委）干部的考核，与个人的联村补贴、年度奖金挂钩；三是实施企业法人责任制度，督促街道辖区内的规模企业落实计生管理服务责任，杜绝企业务工人员的违法生育现象发生。一旦发生负有社会抚养征收配合责任；四是实施纪检审查处分制度，凡党员违法生育的，均移交街道纪委给予严重警告以上处分，并规定五年内不得被推选为各类先进代表。

2. 严格实行计划生育工作“责任追究制”和“一票否决制”

在考核结果的运用上，做到奖罚分明。安排一定资金，重奖计划生育工作中的先进。

3. 实施部门联合

由街道主要领导出面，加强与公安、工商、税务等相关部门的沟通，对违法生育立案处理争取外围配合，落实部门管理责任。以“内紧外协”为原则，做到党政线、业务线、部门线上下联动，互相交织，环环相扣，构筑起依法行政、严肃查处违法生育现象的“一盘棋”格局。

（二）规范执法，综合征收，全力维护生育公平和政策威慑力

对违法生育征收社会抚养费案件，阳明街道用“人”和“机制”来加以规范，提高效益。所谓“用人”就是指要从具有《浙江省行政执法证》资格的计生专干中，挑选一名责任心强，业务精的同志担任政策法规专职文书。计生专干在做到足额征收社会抚养费以体现计生法律法规严肃性外，还要注意化解社会矛盾，避免发生行政诉讼及恶性事件，诠释计划生育行政执法的高效、便捷、成本低廉的理念。所谓用“机制”就是指要摸索出一套“实体合法、程序规范、协商在先、立足自主、综合征收”的工作机制。所谓“实体合法”，一是指执法主体资格合法。所有个案应由专职文书和包片专干具有《浙江省行政执法证》计生干部参与完成。二是指适用相关条款正确，严格对照计划生育“一法三规一条例”中的征收对象、征收标准、征收管理体制等开展工作，在绝不突破倍数界限的前提下，合理使用自由裁量权，尽量排除不相关因素的干扰。所谓“程序规范”，是指在实体合法的前提下，要更注重程序合法。每例违法生育个案都要经过立案审批、谈话笔录、权利告知、收入情况调查、集体决定金额、报批征收决定书、送达文书等环节，并严格把握时效，一案一档，书写齐整。所谓“立足自主”，是指充分利用政策法规的威慑力、街道办案人员的工作责任感、村、社区（居委）干部的影响力及其它人情关系的正向劝说作用，用疏导、化解、交流、沟通的方法使被征对象从一开始抵触规避到后主动认识自己行为的违法性质，自愿足额缴纳。所谓“综合征收”，是指要运作好市府办牵头建立的市人口和计划生育行政执法协调会议制度，做到所有违法生育案件一律到工商、税务、房管、车管部门取证。如果是个私营业主的，再调取税务《利润表》和《资产负债表》，用《利润表》中的利润作为其上一年收

入的参考依据，用《资产负债表》作为实际征收倍数的参考。在阳明街道30例违法行育案件中，有24例系街道自主征收结案的，征收金额达到2378572元；6例是通过法院强制执行终止结案的，征收金额260000元。通过以上做法既严厉惩处了违法生育行为，又有力维护了老百姓的生育公平感，同时又很好地宣传了计划生育法律法规，使周围不少群众走出了“计划生育政策比以前宽了”的认识误区。

（三）因人制宜，合法合理，主动应对特殊人群违法生育情况，做好社会抚养费征收工作

在征收社会抚养费的工作中，阳明街道做到既严格依法办事，又讲究方法方式，努力提高执法质量和正向社会效应。实践中，街道办事处视生育情节、社会影响面、本人配合程度和家庭收入情况不同而有所区别：对于高收入家庭属超生性质的当事人，可能涉及征收金额较大的，一律向党政联席会议提交集体讨论，一般都按高限征收。而对于家境贫寒提前生育或一方未生育过的复杂婚姻对象，街道办事处则采用征收和帮护并举的方式，既有所警示又体现人文关怀。为帮助培植该家庭新的经济复苏点，街道每年为其安排民政救助，计生分管领导还与园区内某企业联系，照顾女方务工，现在家境已趋好转，充分体现了党和政府的关怀。

三、几点体会

对违法生育案件的查处，乡（镇）人民政府或者街道办事处既要从维护生育公平出发，加强社会抚养费的征收工作，又要从人文关怀的角度出发，发扬和谐计生的感召力，关键是要把握一个合法合情的尺度。

首先，针对名人、富人要做到足额征收。众所周知，税务利润表向来存在缩水现象，个别名人、富人实际年收入巨大，资产丰厚，但报表数字却十分微小。为此计生专干在核准上年收入时注意运用谈话技巧，尽量避免直截了当的提问方式，而是从他们的外围开支如车辆支出、子女教育支出等一笔笔算下来，最后由本人认同签字，达到按当事人实际财富征收的目的。

其次如果已经查实了违法生育事实，则建议尽早与当事人做好询问笔录，由本人签字确认，避免当事人钻计生法律政策空子，到人均收入较低的贫困地区缴纳社会抚养费，以依据“一事不两罚”原则而达到“避高就低”目的。而一旦发生，则与原征收单位进行积极联系，在协商的基础上让原征收单位撤销《征收社会抚养费决定书》，由户籍地重新征收。

再次，夫妻一方为党员则应找党员本人作谈话笔录，有利于纪检处理“事实清楚”。

最后，是在告知笔录中关于当事人享有的陈述权、申辩权问题，应该在法律文书中明确写上在七日时间内提出，否则视同弃权等字样，避免当事人隔较长时间后再行提出上述权利。或是当事人拒收告知笔录，则启用村干部证明方式，避免最后申请法院强制执行时司法方可能提出的质询。

从人文关怀角度出发，采用“悖论”原则。一是不就案办案，善于化不利因素为有利用因素做好法规宣传。实际上，每办理一件违法生育征收社会抚养费案件，都要经过本人谈话、外围调查、文本送达等环节，每与当事人接触一次，对其本人及周围群众都是一次计划生育法律法规宣传，所以计生专职干部克服就案办案的思想，在办案过程中当好一名宣传员，使群众明确自己的计生权利和义务，明确违法生育必须承担的法律后果，从而进一步提高执行计划生育法律法规，履行计划生育义务的自觉性。二是适当运用“协商在先”，“决定在后”

的办法。针对具体个案，可以在开具《征收决定书》前，本着和谐执法的原则，与当事人进行沟通协商，推定其心理价位。然而再帮助其分析利弊权重，在适当优惠的条件下(建议在下浮人均收入0.5的倍率下),争取当事人一次性全额缴纳,以提高行政效率。三是就事论事，注重执法后的延伸工作，扩大正向的社会效应。不因当事人的违法生育给计生工作带不麻烦而产生敌视、歧视情绪，经常对违法生育家庭进行定期亲情随访，动员落实长效避措施，确保享受规定的计生服务项目等。

（作者工作单位：余姚市阳明街道计生办）

第六部分　优质服务

构建计生“服务链”提升优质服务水平

——磐安县推行全程办事代理制度的做法与启示

胡鸿雁

磐安县地处浙江中部，是典型的山区县，总面积1196平方公里。全县有19个乡镇，363个行政村，8个社区居委会，2009年末人口为20.9万人。

近年来，磐安县以稳定低生育水平、统筹解决人口问题为主要任务，以创建全国计划生育优质服务先进单位为目标，把提高群众对计划生育管理和服务的满意度作为人口计生工作的出发点和落脚点，拓宽服务领域，强化服务措施，提高服务质量，全力打造具有磐安特色的多元化、个性化、便民化、亲情化的计生优质服务品牌。

村落分散，交通不便是磐安县的一大特点，群众到乡镇或县城办事十分不便。针对这一情况，磐安县积极构建县、乡镇、村三级计生“服务链”，实行三级联动，率先建立了计划生育全程办事代理制，使群众真正得到了方便、实惠。

一、明确受理范围

全程办事代理工作范围包括《流动人口婚育证明》和《独生子女父母光荣证》的办理,《生殖健康服务证》申领和再生育对象及病残儿鉴定的报批，计划生育四项手术费的报销，计划生育奖扶金、特扶金、公益金的申报和各类优先优惠政策的落实，其他计生事项办理。

二、落实代理责任

确定乡镇计生专干、乡镇服务员、村计生服务员为计生全程办事代理员。为了简化办事环节、提高办事效率，对代理事项实行“一窗式”办理责任制。村计生服务员根据收集到的群众需求信息，采取口头或书面形式，告知群众所办手续、程序、申报材料及办理时限等信息，按照办理程序办理好有关手续后，把相关材料送到群众手中。

对在本乡镇政府即可办理的事项，乡镇依托计生办和“365”办事窗口办理，如《独生子女父母光荣证》和《流动人口婚育证明》的办理，也可由由村服务员全程代理办结；其次，对需到县人口计生局办理的事项，如再生育审批、奖特扶金和计生公益金报批等的办理，明确由乡镇计生专干或乡镇服务员全程代理办结。县人口计生部门、乡镇计生办、村计生服务室三级联合，制订出台定期下乡村、现场排忧解难、民情恳谈、首问服务制等制度，服务人员通过实行全程代办制和承诺服务制，结合上门服务，落实好服务措施，及时指导群众自主选择避孕节育措施，引导群众形成新的婚育观念。

三、限定办理时间

办理期限因具体办理事项而定，对服务事项按轻重缓急，能办的立即办，需要时日的，承诺办理时间，最长不超过30个工作日。乡镇能办结的事项由村服务员到乡镇当日办结。如遇特殊情况，在政策许可的范围内急事急办，特事特办。

四、接受群众监督

为了使计生全程办事代理工作真正落到实处，2009年以来，全县各乡镇都设立了全程办事监督机构，成立计生工作全程办事监督领导小组和投诉电话。县人口计生部门也结合开展“阳光计生行动”，充分利用已有的“民生热线”、“阳光计生服务热线”接受育龄群众投诉。进一步完善民主评议行风长效机制，推动优质服务工作。

五、加强督查考核

年初磐安县把计生全程办事代理制工作列入乡镇、村计生专干、服务员年度考核目标，与年度考核奖挂钩。

回顾三年来磐安县的计生全程办事代理制度执行情况，成效是明显的，据初步统计，三年来，共代理计生事项9278件，其中生育报批7548件，病残儿鉴定调查报批75件，四项手术费报销475件，各类优先优惠奖励金报批1056件，其他124件。实践证明，计生全程办事代理工作是项民心工程，拉长了计生工作的服务链条，拓宽了服务渠道，减轻了群众负担，密切了干群关系，同时，通过这一制度的进一步落实和深化，乡镇、村计生工作人员的工作作风更加扎实，育龄群众对计生工作的满意度也有了进一步提升。

（作者工作单位：磐安县人口计生局）

以需求主导服务 以服务满足需求 开创计生优质服务新局面

许新红

计划生育优质服务是指：以人为本、以人的全面发展为中心，以群众的需求为出发点，以稳定低生育水平、提高人口素质为目标，围绕生育、节育、不育开展优质服务，合理地利用和配置社会资源，以适应市场的发展和群众的需求，全面提高计划生育服务质量，促进人口和社会的全面发展。计划生育优质服务的主要内涵是：针对群众在生育、节育、不育方面的需求为中心，开展以技术服务为重点的优质服务，提供群众满意的宣传教育、技术服务、信息提供、随访服务等综合服务。计划生育优质服务是新时期计划生育工作的重要组成部分，积极开展计划生育优质服务，及时解决工作中出现在新情况和新问题，不断满足育龄群众的各种需求，对做好人口和计划生育工作，切实提高育龄群众满意度，具有十分重要的意义。

一、计划生育优质服务的现状

近年来，各级政府高度重视计划生育优质服务工作，先后投入了大量的人力、物力、财力，建立健全了三级计划生育服务网络，在开展宣传教育、优生优育、生殖健康咨询、避孕药具发放及跟踪随访等方面发挥了重要作用，使群众对计划生育工作的满意率逐年提高。但随着社会经济的发展，育龄群众对计划生育的服务提出了更高的要求，对服务的内容和质量的要求也大大增加，无论是服务阵地还是技术力量、服务设备等都不能满足群众的需求。群众对我们所服务的内容了解不深；对计划生育优质服务工作不太感兴趣。这些情况表明，计划生育优质服务工作现状并不乐观。

二、计划生育优质服务存在的问题

（一）育龄群众不了解，不满意，不信任。有人认为计划生育检查的目的不外乎是要发现计划外妊娠的妇女，而不是诊治疾病，即便是健康检查，也只是走个过场而已，不可能发现什么病，更不可能治疗什么病；对免费发放的宣传资料也持相似的态度，认为可能是些无关痛痒的资料，不会有什么实用价值。另外，担心免费的避孕药具会不会有质量问题和可能带来的副作用，会不会发胖、对夫妻性生活质量有没有影响等，都持有怀疑态度。的确我们的技术服务主要是查环查孕和药具管理，也就是说现有的计划生育技术力量设备及服务不能满足广大群众的要求。

（二）管理性工作的比重大于服务性工作。日常计划生育工作中，，在群众的心目中计划生育工作者与育龄群众的关系仍是管理者与被管理者的关系，群众的生育意愿与国家计划生育政策还是有一定差距，对计划生育宣传、服务活动兴趣不大。

（三）对非婚育龄人员服务范围没有重视。大多数人主观认为，非婚人群不是我们服务范围，没有主动提供避孕药具的义务；同时计划生育政策也规定了对未婚女青年的服务禁区。

三、提升计划生育优质服务的对策

近年来，我镇坚持高标准定位，高质量管理，以优良设施保障优质服务，以优化管理促进优质服务，以机制创新提升优质服务，有力地推动了全镇人口计生工作的全面发展。

1、加强服务设施建设，以优良的服务设施保障优质服务

镇计生服务站是县、镇、村三级服务网络的中间环节，在计划生育技术服务中起到了关键作用。我镇按国家规定的普通乡镇服务站二类标准，加强计划生育技术服务阵地建设，切实发挥镇计生服务站的综合服务功能，启动实施了镇级服务站标准化建设。镇财政投入5万多元改建了一所集高效便民、整洁舒适、功能齐全的乡镇二类中心服务站。布局合理，环境优美，温馨舒适，无一不体现了“计划生育以人为本、优质服务温暖人心”的服务理念。服务站专门安排一名具备执业医师资格的专业技术人员，为育龄妇女开展B超和计划生育/生殖健康咨询服务，同时对转诊对象实行跟踪随访服务，使镇服务站成为育龄群众的贴心站。

其次是加强村级服务阵地建设。村级服务室作为镇级服务站的延伸，更是计划生育技术服务的基础。按照规范化建设、人性化管理、温馨化服务的要求，对全镇的村级计生服务室进行了更新改造，做到布局合理、功能齐全。即达到“四有”：有牌子、有场所、有宣传栏、有记录，为基层群众提供便捷服务。其次加强农村计划生育宣教阵地建设，积极开展生育文化特色村的创建活动。到目前，全镇已有4个行政村创建了生育文化特色村。

第三加强村级计生服务员的队伍建设，定期开展教育培训、工作交流等活动，提高村级计生服务员的业务技能和政策理论水平，更好地发挥村级计生服务员的服务职能，进一步提高优质服务水平。

2、开展便民维权活动，以优化管理促进优质服务

计划生育便民维权活动是密切同人民群众的血肉联系，维护人民群众实行计划生育利益的一项新举措。镇党委、政府把计划生育便民维权工作作为计生工作的重点工作来抓，出台了《构建计划生育便民维权服务长效机制实施方案》，在创新管理和服务方式上下功夫，赢得了一方百姓的赞誉。

一是建立了镇便民维权服务站。便民维权服务站在为群众开展政策咨询服务、相关证件办理、日常信访接待、举报投诉及维权等方面提供了“一站式”服务，简化了办事程序，提高了办事效率，使群众的维权更方便、更快捷。二是规范一套便民维权服务制度。结合本镇实际，我们规范完善了《计划生育服务承诺制》、《计划生育联席会议制度》、《计划生育政务公开制度》等一套既能方便群众、为民办实事，又能达到自我约束、自我提高的管理服务制度。三是建立了一支便民维权队伍。充分发挥协会组织的作用，聘请了66名群众基础好、热心于计划生育事业的协会骨干为便民维权联络员，并制定了《计划生育便民维权联络员职责》。便民维权联络员经过广泛调查，在全镇确定了100户计生困难户，并发动镇、村二级协会理事、志愿者一对一进行助学结对、生活帮扶。四是为新居民送上一片真情。加强对新居民育龄妇女的计生服务工作，我们在镇郊“新居民”较多的4个村增备了4名专职计划生育协管员，协同“新居所”协管员从事日常的宣传服务工作，使新居民育龄妇女享受与本地育龄妇女一样的优质服务。

3、完善随访服务制度，以机制创新提升优质服务

我镇围绕群众的婚、孕、育、节和整个育龄期的实际情况，根据分类指导、个性化服务的优质服务新理念，积极探索建立了为广大育龄群众提供从青年订婚开始至更年期全程优质

服务的“九上门”随访服务新模式，做到：未婚青年婚前教育上门、新婚夫妇祝福送上门、怀孕妇女指导上门、分娩妇女产后访视上门、知情选择避孕措施服务上门、计划生育家庭关怀上门、更年期妇女关心上门、新居民管理服务上门、特殊对象关爱上门。“九上门”随访服务开展以来，共上门为新婚夫妇送生育政策、优生优育优教知识351余人次，送《生育服务证》417余人次；走访孕妇396余人次，看望产妇376余人次；送避孕药具和宣传避孕知识2567余人次；进行术后慰问943余人次，了解节育措施575余人次；送“生殖健康检查”6098余人次；送优惠政策5651余人次。通过“九上门”随访，我镇每年的综合节育率均在87%以上，计划外怀孕率控制在0.95%以下。为使“九上门”随访服务制度真正成为为育龄群众提供计划生育优质服务的有效载体。在随访时，要求村计生服务员把上门随访服务情况，按照时间、地点、服务对象、提供服务情况以及办理结果“五要素”翔实、完整地记录到《随访服务日记》中。并定期召开计生月会，反馈前一个月随访服务情况，交流《随访服务日记》记录情况，分析村级计生服务中存在的问题和薄弱环节，探讨解决问题的针对性措施，不断提升随访服务水平。

2006年12月17日，党中央、国务院发布了《关于全面加强人口和计划生育工作统筹解决人口问题的决定》，决定中指出要千方百计稳定低生育水平；大力提高出生人口素质；综合治理出生人口性别比偏高问题。这就需要我们把优质服务的内容做得更详更细，让计划生育宣传教育和综合服务质量都明显提高，服务程序科学规范，形成以群众需求为导向、寓管理于服务之中的工作机制，让育龄夫妇普遍享受基本的生殖保健优质服务。计划生育优质服务的核心任务就是要树立“以人为本”的服务理念，要以育龄对象为中心，把群众的满意程度作为评价工作的标准，通过服务水平的提高，让人民群众更加满意。

（作者工作单位：嘉善县天凝镇计生办）

浅谈如何开展“三优”促进工作

吴艳华

近年来，随着社会经济的快速发展，人们生育观念也在无形中发生着转变，“多子多福”、“养儿防老”、“重男轻女”等一些错误认识被人们所遗弃。作为计划生育部门，为适应发展需要，其工作职能也逐步从以控制人口数量转变为控制数量的同时提高人口素质。《中共中央国务院关于全面加强人口和计划生育工作统筹解决人口问题的决定》中也明确指出：“提高出生人口素质，事关千家万户的幸福，事关国家和民族的未来。”为进一步贯彻落实《决定》精神，真正发挥服务作用，提高全民族的人口素质，“三优”促进工作应运而生。

一、开展“三优”促进工作的意义

“三优”工作是落实中央《决定》关于统筹解决人口问题、提高出生人口素质精神的重要举措；是人口计生宣传教育改革创新的重要内容；是落实省政府优生“两免”政策、建立预防出生缺陷长效机制的重要载体；是人口计生工作关注民生、满足群众知识需求的重要体现；是深化人口计生“五期教育”、提升新时期人口计生宣传教育工作质量和水平的重要途径。

二、如何开展“三优”促进工作

姚庄镇位于嘉善县东北部，区域面积75平方公里，辖18个行政村和4社区居委会，总人口4万人，其中外来人口2.3万。全镇育龄妇女10191人，其中已婚妇女8015人。从2009年起，在上级部门的指导下，姚庄镇通过“三强化”、“三确保”，有力地推进了“三优”工作的开展，2009年，全镇新婚夫妇的免费优生检测率达到了100%，婚前健康检查达98%，0–3岁家长的受训率达到50%以上，受到广大群众的欢迎，取得了明显成效。

（一）强化组织领导，确保工作落实到位

1、建立组织，明确职责分工。镇党委、政府高度重视，将“三优”推进工作作为为民办实事的民生工程来抓落实。专门组建了由镇分管领导任组长，人口计生、妇联、卫生、教育等部门负责人为成员的“三优”促进工作领导小组，统筹协调解决工作中遇到的问题和困难。不断加强部门协作，镇计生办发挥主导作用，依托服务网络优势，明确服务对象，有针对性地开展宣传、指导和服务；镇妇联加强舆论宣传，营造氛围；镇卫生院提供技术服务，加强围产期保健、遗传病筛查等方面的工作，幼儿园负责开展0–3岁的早教工作，实现部门优势互补、资源共享，协调配合。

2、完善考核，确保工作目标。将“三优”促进工作纳入村目标责任制考核。将三优政策的宣传纳入知识知晓率的考核范畴，将优生检测率、婚前健康检查作为优质服务考核的重要内容，同时明确当年度的优生检测率要达到95%，婚前健康检查率达到85%以上，0–3岁家长的受训率达到55%以上，并将考核结果纳入村两委班子的年终考核，与经济、政治相挂钩。

（二）强化阵地建设，确保服务到位

1、加大投入，创建优良环境。良好的交流沟通有赖于优良的服务，为此，镇党委政府加大资金投入。一是高标准建设"三优"指导中心。投入约200万元，腾出600平方左右的房子，以省级示范"三优"指导中心的标准进行改扩建，设置温馨的候诊大厅，美观大方的接待咨询室，宽敞明亮的亲子活动室，视频阅览室，互动培训室，配备优生、优育、优教的宣传和服务设备。二是充分发挥镇计生服务站作用。2008年镇政府投入60多万元，在原有省级示范服务站的基础上进行了扩建与装修，对各项硬件、软件设施进行全面更新、升级，建成了"理念新颖、环境温馨、服务优质、特色明显"的育龄群众之家，实现了计划生育宣传、技术、培训、药具、咨询等"五位一体"的工作职能。三是规范化建设村计生服务室。遵循"因地制宜、一室多用"的原则，在全县率先实现了行政村、社区标准化服务室全覆盖。2008年7月，镇专门下发文件，要求各村腾出空间，按照"四有"标准，单独设立计生服务室。镇计生站统一制作科室牌、上墙版面，设计了融药具展示、人口文化宣传、三优知识与计生图书专柜为一体的多功能展示柜，建成了融宣传、服务、咨询、办公"四位一体"的基层服务阵地。

（三）强化重点环节，确保干预措施到位

1、拓展范围，完善随访制度。2009年起，我们将1993年后出生的4500多位未婚男女青年也纳入村组两级随访范围，实行三个月一上门、一季度一服务制度，提供宣传生殖保健知识、计生政策法规知识宣传、"三优"知识宣传、免费提供避孕药具等系列宣传服务。

2、因人制宜，突出随访重点。为强化"三优"促进工作的宣传力度，村级将未婚青年作为婚前检查宣传的重点对象；将新婚、申请再生育审批的对象列入免费优生检测宣传的重点；将怀孕对象特别是有过异常妊娠病史或病残儿的家庭列入孕期保健知识、早教宣传重点；将孩子出生至3周岁的家长列入早教的重点。2010年前4个月，镇重点对象上门宣传率已经达到了90%。

3、多种渠道，提供主题宣传服务。姚庄镇通过开展社会化宣传、面对面宣传、主题宣传等形式多样的宣传活动，着力营造优生、优育、优教的良好氛围。在广电站开辟"三优"专题广播节目，每周播出一期；在《姚庄镇报》和《村级简报》上专门设有一个计划生育/生殖健康专栏；在醒目路段增设大型广告牌和永久性标语；充分发挥村人口学校的作用，结合"五期教育"开展"三优"知识宣传。

4、根据需求，开展不同类型的优教活动。早教是一项全新的工作，通过一年的探索与实践，姚庄镇早教活动取得了一定的成绩。通过多次的集中培训、亲子活动、问卷调查以及广泛的宣传，逐步转变了一些家长的观念。主要以"一个中心两个副中心"的总体思路来开展各项工作。在中心，主要是针对需要积极参与早教的家长，采用常态化的早教，指导他们树立科学育儿的观念。在副中心，主要采用集中培训的方法，例如举办有关婴幼儿营养、保健知识、早教的专题讲座、亲子活动，为早教的常态化教育铺设基础。

（作者工作单位：嘉兴市嘉善县姚庄镇计生办）

关于开展优生两免实践的思考

刘凯芬

为进一步降低出生缺陷发生，提高出生人口素质，我省实施免费婚前医学检查和免费孕前优生检测。岱山县在2009年启动这项工作，通过半年来的实施，笔者认为在行政服务中心民政窗口开展婚姻登记、婚检、孕前优生检测卡的发放与宣传和优生咨询“一站式”综合服务工作，能起到事半功倍的效果。

一、岱山县人口特点及婚前医学检查情况

岱山县为海岛县，由408个小岛组成，县域总面积5242平方公里，其中陆地面积269.1平方公里，辖6个镇1个乡，且3个乡镇为独立的小岛，全县总人口为191403人，其中符合法定结婚年龄有21725人，在岱山县领取结婚证的每年有1200—1300对，其中长期在外工作到岱山县领取结婚证的约占三分之一。新《婚姻登记条例》颁布实施前，岱山县婚前医学检查率都在100%，出生缺陷率控制在10‰以下，2004—2006年婚前医学检查率骤降到2.29%，出生缺陷率上升到15.78‰。针对以上情况，2007年起，全县推行免费婚前医学检查，婚前医学检查率提高到23.90%，但出生缺陷率仍未提到控制，甚至有所上升。2008年婚前医学检查率提高到77.56%，出生缺陷率回到15.78‰。2009年，婚前医学检查率上升到83.29%，出生缺陷率下降到13.33‰。

二、婚前医学检查和免费孕前优生检测

浙江省人口出生缺陷发生率从2003年的11.51‰上升到2007年的20.87‰，加上出生数月或数年内逐渐呈现的缺陷，我省出生缺陷实际总发生率更高的。实施“两免”措施，是降低出生缺陷发生的重要手段，对提高出生人口素质、促进社会和谐发展具有重要意义。

为了更好地开展婚前医学检查和免费孕前优生检测，岱山县从2009年起，派员驻扎婚姻登记中心，进行婚前医学检查和免费孕前优生检测。

（一）检测服务率明显提高。

（二）宣传服务更人性化。

对前来领取结婚证的青年男女，在发放免费婚检卡和孕前优生监测卡的同时发放浙江省“优生两免政策”告知书。对进行过孕前优生监测的对象，发放各种预防出生缺陷、新婚指南等宣传资料大礼包，根据检验结果告知注意事项，特别是进行孕前优生咨询、新婚避孕等健康教育，指导已婚夫妇正确选择怀孕时机，预防感染，谨慎用药，合理营养，进一步提高了预防出生缺陷知识水平和防范能力。

（三）内容更加具体、多样。

计划生育是一项融政策性、法律性、科学性于一体的复杂工程，宣传内容是否具体、深入，直接关系到宣传效果。虽然宣传服务对象主要是已婚育龄妇女，但在计划生育各工作中无不

涉及到丈夫，所以在新婚夫妇都在的情况下，无论是优生优育知识的宣传、避孕节育措施的落实都能受到良好的效果，而且在新婚阶段，男性对未来特别憧憬，更乐意接受各方面的知识。

把出生缺陷的预防工作做在怀孕之前，并对高危目标人群及早采取干预措施，是降低出生缺陷发生的重要手段，而新婚、待孕夫妇掌握优生知识、孕期保健知识是降低出生缺陷的重要保证，各地都要因地制宜积极做好孕前优生监测的宣传、指导工作，使《中共中央国务院关于全面加强人口和计划生育工作统筹解决人口问题的决定》精神得到深入贯彻落实。

（作者工作单位：舟山市岱山县计划生育宣传技术指导站）

关于分级随访服务的几点思考

徐亚琴

2009年省人口计生委出台了《浙江省计划生育随访服务规范》，各地也进一步规范了分级随访制度，包括随访时间、随访内容和随访记录，分别对不同人群提出了随访服务的要求，使随访服务工作更系统、更规范。随访服务受到了群众的普遍欢迎。但是由于部分育龄群众认识不到位，对随访服务有抵制、不合作状况，影响了随访服务深入开展。笔者在调研的基础上，针对分级随访服务的现状和问题，提出几点对策与思考。

一、随访服务工作现状和问题

（一）现状。《浙江省计划生育随访服务规范》下发后，各市、县积极组织专业服务人员参加培训，并制定随访制度，落实随访责任。随访责任人在规定时间内认真、负责地进行上门或电话随访。做到态度热情、关心、体贴，仔细询问，认真检查，详细记录，保质保量做好随访工作。大部分被访对象对计划生育随访服务人员的回访很欢迎，随访记录也很完整。

（二）问题。

一是宣传工作不力。由于政府部门对相关法律法规的宣传力度不够，使育龄群众对计划生育随访工作产生误解，部分随访对象的家属常常给随访工作人员吃闭门羹，有的对象更是害怕泄露隐私而留下假电话号码和假的地址，造成失访。

二是随访责任人员工作不到位。有的随访服务人员缺乏专业知识和应变能力，未能对育龄群众提出的问题做出及时指导和处理，对随访中出现的副反应、并发症没有引起高度重视。

三是群众自我保健意识很薄弱。对随访中嘱其在规定时期内复查的要求大多数服务对象不予采纳，从而造成一些感染和意外妊娠的发生。

二、对策与思考

（一）营造氛围，提升群众对计划生育随访服务的关注度。

注重分级随访过程中的分类教育。围绕向育龄群众传授避孕节育、生殖健康、人口计生法律法规知识开展活动。各村组利用早、晚时间，用广播进行宣传，镇、村张贴宣传标语、悬挂过路横幅，组织宣传车巡回村组宣传，县市组织专业技术人员开展街头咨询、发放资料等服务。通过一系列形象化的宣传教育，方便育龄群众接受相关知识，潜移默化地转变生育观念。

（二）注重培训，充分提高随访服务人员的素质。

首先是层层落实培训计划。培训对象包括乡（镇、街道）服务站人员，村妇女主任、各级药具发放人员、生殖保健室的医务人员，内容侧重于避孕节育、优生优育、生殖保健、药具使用方法等。

第二，重视服务人员综合素质的培养。包括服务人员基本礼仪、与育龄群众沟通及心理学的有关知识。采取集中学习和个别授课相结合，请专家、专业人士授课，不断强化服务知识的学习，加强计划生育随访服务观念。

第三，加强实际操作能力和独立分析能力的培养。通过学习让每一位专业服务人员都能熟练掌握育龄妇女婚后、产后、术后要得到哪些服务；可以采取何种方式得到这种服务；何时与何种方式与服务对象沟通。

（三）创新思路，多项举措确保随访服务工作的实效性。

为确保随访工作的顺利实施，在随访工作中，力求多项措施提升计划生育随访服务水平，确保随访实效。

一是以先进理念引导随访服务。将中央《决定》精神作为随访指导思想，把提高出生人口素质作为工作重心，以“提高避孕措施使用效果，减少非意愿妊娠”为服务宗旨，通过随访服务与监测工作，及时掌握避孕节育措施的使用情况及动态变化，及时治疗避孕节育副反应，主动发现不良反应事件。提高群众的自我避孕、自我保健意识，预防或减少意外妊娠的发生。

二是以队伍建设保障随访服务。建立一支以镇（街道）计生服务技术人员为骨干，县镇村计生干部和计生工作志愿者参加的随访队伍。

三是以规章制度规范随访服务。县镇村层层制定随访制度，明确各级计生部门和随访人员的工作职责，建立随访卡登记制度、村计生服务员工作日志制度、随访工作月报告制度、随访工作例会制度等落实随访服务人员责任制，对重点对象实行上门随访服务。

四是以机制创新深化随访服务。在随访形式上，采取入户随访、电话随访、信函随访等形式，提醒服务对象注意有关事项，用温馨的话语和美好祝愿，让育龄群众感受到计生服务的真情。在随访程序上，采取“一问、二讲、三服务”，即问清情况，宣讲相关政策和生殖保健知识，开展生殖健康检查和生产生活服务。在随访要求上，坚持做到“五个一”，即一张随访服务网络图，一份随访指南、一份随访人员登记表，每个随访对象一张随访服务名片、一份优质服务宣传小折页。通过多项举措使随访工作逐步走上规范化轨道。

（四）注重技巧，关注群众健康，不断拓宽服务领域。

在随访技巧上必须应用六个结合。

一是随访服务与生殖健康促进工程相结合。

二是随访服务与避孕方法知情选择相结合。

三是随访服务与出生缺陷干预工程相结合。

四是随访服务与防治不良反应相结合。

五是随访服务与性病防治相结合。

六是随访服务与不孕症防治相结合。

参考文献

[1] 牛姬飞等主编．避孕节育知情选择社区干预对咨询服务质量的影响．中国计划生育学杂志 2006,10

（作者工作单位：海宁市海昌街道办事处计生服务站）

论计划生育优质服务存在的问题和对策

黄　莺

计划生育优质服务是指以人为本、以人的全面发展为中心，以群众的需求为出发点，以稳定低生育水平、提高人口素质为目标，围绕生育、节育、不育开展优质服务，合理地利用和配置社会资源，以适应市场的发展和群众的需求，全面提高计划生育服务质量，促进人口和社会的全面发展。计划生育优质服务的内涵是针对群众在生育、节育、不育方面的需求为中心，开展以技术服务为重点的优质服务，提供群众满意的宣传教育、技术服务、信息提供、随访服务等综合服务。

随着社会经济的发展，育龄群众对生殖健康的需求不断提高，对服务的内容和质量要求也大大增加。而计划生育技术服务起步晚，服务阵地、技术力量等都不能满足群众的需求。在为群众免费开展B超检查、妇女病普查、生殖健康检查、优生优育知识咨询、发放避孕药具及各种宣传资料等服务过程中发现，群众对计划生育政策、优生优育知识、生殖保健知识及生殖健康检查等内容了解不深。

一、计划生育优质服务现状

嘉兴市桐乡崇福镇委、镇政府认真贯彻落实计划生育的有关方针政策，紧密结合工作实际，扎实推进计划生育工作。以稳定低生育水平为主要任务，创新利益导向和社会保障机制，认真研究解决人口与计划生育工作出现的新情况、新问题，积极探索完成人口与计划生育工作的新思路、新途径。几年来，全镇计划生育率一直保持在98%以上，长效节育率80%以上，四项手术随访，产后随访等村级随访率均达到了100%，服务站人员随访50%以上，全镇已有14207名育龄妇女参加了生殖健康检查。

二、计划生育优质服务中存在的问题

（一）育龄群众对优质服务不了解

育龄群众对免费服务不了解，对服务质量持怀疑态度，担心免费服务会影响服务质量。也有群众认为计划生育查体的目的只是要发现计划外妊娠，所谓健康检查只是走过场而已，不可能查出疾病，更不可能给予治疗。再加上每年一次的妇女病普查精确度、检验结果精确度都不高，更加剧了一些群众对生殖健康普查的不信任，降低了优质服务的吸引力。

（二）服务场所少，技术力量薄弱

计划生育服务的场所主要为乡镇计划服务站，而乡镇计生服务站主要是开展查孕查环和避孕药具的管理发放。同时，计划生育技术力量、设备及服务没有达到优质服务的水平，不能满足广大群众的要求。

（三）一些群众质疑免费药具质量

随着经济条件的好转，人们在避孕节育上的观念也发生了很大的转变，育龄群众对生殖健康有不同的需求，希望得到强调个性化服务［1］。一些群众认为免费发放的避孕药具质量不如外面销售的避孕药具好，宁可自己花钱去买也不用免费发放的避孕药具。

三、对于存在问题的解决对策

（一）加大宣传力度，强化职业意识

宣传教育工作的效果，直接影响着人们婚育观念的转变，关系着计划生育工作的成败。必须高度重视宣传教育工作，要借助有较强影响力的宣传工具经常举办一些贴近群众、贴近生活的计划生育政策、生殖健康宣传活动。要创新思维、拓宽思路，努力提高人口计生宣教工作的水平和质量。通过开展多种形式的宣传活动，让群众对计划生育优质服务有较全面的了解。

（二）树立服务理念，提升服务能力。

服务群众是我们的职责，但有针对性的服务才会受到群众的欢迎。必须充分考虑到服务对象的个体差异，努力为服务对象解决她们想要解决的问题，让群众在服务中受益。要开展计划生育特色服务，提供更多的如免费婚检服务、优生优育服务、生殖健康服务、青春期性健康教育服务、避孕节育等事前介入服务，这样的服务才能避免不良结果的发生，提高健康群体的生存生活质量。这样的服务才更有价值，才有意义。

（三）服务工作经常化

计划生育优质服务的核心就是要树立“以人为本”的服务理念，把群众当亲人，通过服务水平的提高，让群众更满意。计划生育服务要做到随时都能提供服务，以方便群众；要做到查环查孕、查病治病、跟踪随访等全方位服务，使群众切实感受到全程优质服务的好处。

参考文献

［1］林晓红，张晓芳．计划生育优质服务如何向纵深方向发展［J］．人口和计划生育杂志，2004，6：57~58

（作者工作单位：桐乡市崇福镇计生服务站）

对计划生育优质服务工作的探讨

——以嘉兴市桐乡凤鸣街道为例

郑玲芬

嘉兴市桐乡凤鸣街道共有14个行政村，1个社区，总人口5万余人。街道坚持以党的十七大精神为指针，落实科学发展观，努力开展计划生育优质服务工作，并做了一些有益的探讨。现将优质服务基线调查有关情况汇报如下。

一、优质服务存在的问题

我们从各村、社区中选调18名优秀调查员，对全街道14个村、1个社区进行了优质服务基线问卷调查。调查涉及一类村8个、二类村7个，已婚育龄妇女10784名，其中已婚未育妇女503名，一孩妇女7266名，二孩妇女3015名。样本点总人口为28354人，已婚育龄妇女10784人。

（一）宣传教育不够深入。多数育龄妇女对计划生育基本知识了解不够，她们迫切希望了解和掌握适合自身特点的计划生育基本知识，特别是生殖保健、优生优育、避孕节育、药具等方面的知识。部分育龄妇女对避孕节育措施知情选择不理解，认为知情选择就是随意选择，二孩也可以不结扎了，生育一孩后可以不采用长效措施了。

（二）基层基础设施较差。多数村服务室不具备优生保健、生殖保健必需的查病治病的医疗设施，宣传教育必需的电气化设备。个别村服务室房子老、空间小，正常工作都无法开展，更不要说提供优质服务了。

（三）基层计生服务站技术水平不高。在对优生咨询地点、优生保健地点、落实节育手术地点的问卷调查中，有15%左右的育龄妇女选择了她们认为较可靠的大医院，而没有选择基层计生服务站。在对优生咨询人员、产后随访人员、四项手术随访人员，避孕药具随访人员的问卷调查中，有64.5%和41.6%的育龄妇女选择了水平较高的村技术人员。这说明技术服务水平较低，满足不了群众的需求。

（四）育龄群众自我保健意识较差。调查发现，部分育龄妇女认为不必进行婚前、孕前三项病毒的筛查，不必服用斯利安或福施福，甚至认为进行优生保健和生殖保健也无关紧要，有一些妇女病是常事，认识不到计生优质服务工作的必要性。

（五）育龄群众参与计划生育的意识差。部分育龄群众对如何改进计划生育工作，不敢提、不会提、不知如何提，抱有无所谓的态度，不了解公民在计划生育技术服务方面的权利和义务，不主动参与计划生育工作，甚至采取不配合的态度。但关键的问题是我们的基层服务条件还不够好，技术水平低、工作还不够到位。

二、提高优质服务水平的做法

（一）深化宣传教育，提高参与意识。调整宣传内容和宣传方式，以村级组织宣传培训班为主，向育龄群众讲解优生优育、生殖保健、避孕节育等方面的知识。同时采取上门服务随访咨询、发放宣传折页、展出知识图板等育龄群众乐于接受的方式，搞好宣传和服务，尽快增强群众的自我保健意识，加深他们对计划生育工作的理解，提高自觉参与意识。

（二）加强建设提升能力，优化服务。争创“优秀服务站”，全面开展计划生育优生两免，出生缺陷干预工程。要努力提升村级服务室的服务功能，出台活动实施方案、考核方案和“优秀服务室”、“合格服务室”标准，建立百分制考核。要按照“美化、绿化、硬化、净化”的标准，建立服务室，努力达到合格服务室的要求。

（三）抓好培训、充实技术人员，增强服务能力。要本着“精减、规范、优化、提高”的原则，确定服务室人数、结构和职责；对基层计生干部落实新一轮竞争上岗。分批对服务室主要业务科室人员进行培训，从市大医院、妇幼保健院聘请专业人员、教授讲课，既讲理论，又教操作。同时，要加强计生知识学习，并把它作为基层日常学习和检查考试的内容。

（四）联合开展生殖健康服务。要组织卫生院技术专业人员流动小分队，配合村服务站开展对已婚育龄妇女的生殖保健检查活动，对查出患病的人员建档立卡，进行跟踪服务。

（五）推进优质服务，提高群众满意度。在街道、村推行优质服务“四项工程”。一是“阳光工程”。对计生户从娃娃抓起，以育、教、养为中心，实行优生两免、免费服务、科学教育。二是“幸福工程”。对计生户实行资金帮扶、结对帮扶、生育关怀，提供系列化服务，使其尽快脱贫致富。三是“成才工程”。对计生户子女实行成才奖励，给考入高等院校的独生子女一定数额的现金奖励。四是“社会保障工程”。为独生子女社会养老保险。通过“四项工程”的全面实施，提高群众的满意率。

参考文献

[1]刘芳，郭素萍，苏丽，河北省农村育龄妇女2000～2005年节育措施构成情况分析．中国计划生育学杂志，2006，7：421

[2]彭兰香．女性生殖道感染疾病普查情况分析．中国计划生育学杂志，2002，(8)，476

[3]李宏规主编．计划生育技术与生殖保健．中国人口出版社，22

[4]刘云．中国已婚育龄妇女避孕方法使用现状及发展变化趋向（一）中国计划生育学杂志，2004，12（5）：260-262

[5]计划生育技术服务管理条例[N].法制日报，2001年

（作者工作单位：桐乡市凤鸣街道计生服务站）

推进优生优育优教 打造"摇篮"工程

——以桐乡市为例

施亚英

一、充分认识"三优"工作对计划生育的意义

推进"三优"促进工作，是实现人口计生工作科学发展、转型升级的必然要求，是落实中央《决定》、统筹解决人口问题、提高出生人口素质的重要举措，是完善预防出生缺陷长效机制的重要保证。随着经济社会发展、人民生活水平提高和婚育观念的转变，广大群众越来越注重优生优育优教。人口计生部门要根据群众需求，制定工作目标，努力提升出生人口素质，利用自身优势推进"三优"促进工作。

（一）是统筹解决人口问题的重要环节

党的十六届六中全会审议通过的《中共中央国务院关于全面加强人口和计划生育工作统筹解决人口问题的决定》指出："大力提高出生人口素质"、"大力普及婴幼儿抚养和家庭教育的科学知识，开展婴幼儿早期教育"。党的十七大也要求："坚持计划生育的基本国策，稳定低生育水平，提高出生人口素质。"要实现统筹解决人口问题的目标，必须不断地改善人口状况，而提高出生人口素质是基础。

"三优"工作涉及群众根本利益，与广大群众日益增长的对优生优育优教知识的迫切需求并轨，与提高广大群众的生育质量、生活质量和生命质量息息相关，更能促进家庭和谐，社会稳定，是一项系统的社会民生工程，是统筹解决人口问题的重要环节。

（二）推进"三优"促进工作是提高人口素质的根本途径

据统计，桐乡市近几年出生人口缺陷率逐年上升，形势不容乐观，2008、2009年分别达到了18‰、19‰，而嘉兴市2009年的出生缺陷率更是高达24.91 ‰。关注出生人口素质、关注未来人口素质，在稳定低生育水平的同时，引导社会优先投资于人的全面发展，是一项迫切的任务。人口计生部门不仅要把人民群众的所需所想放在心中，更要把人口总体素质提高的重任扛在肩上，发挥部门优势，拓展服务内涵，推进"三优"促进工作，让计生优质服务更加方便群众、贴近群众、凝聚群众。

二、"三优"工作的现状和问题

桐乡市作为人口计生工作的先进地区，一直以来坚持以人为本的工作方针，不断提高人口计生优质服务的工作效能。2009年全面推进的优生"两免"工作，更是使桐乡一度低至5%左右的婚检率迅速提高到63.91%，优生检测率升至92.69%，为出生缺陷干预的顺利开展奠定了良好的群众基础。2010年新启动的0－3岁婴幼儿早期教育工作，弥补了出生缺陷干预与学前教育的断档问题，找到了人口出生"前"与"后"提供公共服务的衔接点。

但是，桐乡的"三优"促进工作还存在差距和问题。

（一）综合服务平台建设不规范。与其他公共服务体系建设相比较，人口计生公共服务供给相对滞后，与广大群众需求之间的矛盾日益突出。目前，桐乡虽已初步建立起“优生”两免综合服务平台，实行结婚登记办理、婚前医学检查、优生检测、计生信息采集“一站式”服务，但由于便民服务场地限制等原因，婚检全套项目检查所需大型设备无法到位，致使接受全套婚检项目检查的比率一直很难提高。

（二）城乡群众认识不一致。对于“三优”广大群众认识有差别。一些农村育龄群众认为婚前医学检查和孕前优生检测没有多大的必要，对0—3岁婴幼儿进行早期智力开发，更是不理解；部分能够理解的农村群众因平时工作较忙，以及经济状况等因素，也没有那么重视。所以，大多农村群众感到能参加婚孕检已经是“对得起下一代”了，参加早教培训就不太重视了。相对来说，城镇群众对于“三优”认识就到位许多，因认识原因不愿参加婚检孕检数量很少，但对于0—3岁婴幼儿早期教育问题，城镇父母和家庭也有许多不了解做父母应该先学习、后上岗，不懂得爱孩子也要讲科学、要学技巧。在改变城乡群众的优生优育优教观念上还有很多工作要做。

（三）整体运作尚未系统化。以现有计生服务机构来说，有效资源的整合利用推进力度较为缓慢，市、镇、村三级计生服务机构、人口学校等硬件设施较为齐全，但软件根不上，人口计生系统队伍人员结构倒挂，行政管理人员多，技术服务人员少，桐乡技术服务人员虽说有41人，但真正业务水平过硬的人员匮乏，且队伍整体素质偏低，对群众开展“三优”促进指导工作水平不高。同时，“三优”促进工作是一项社会系统工程，相关部门协调配合不够。另外，开展人口早期教育，其公益性如何来体现，如何实现公益性与市场化运作相结合都是值得探讨的课题。

三、推进“三优”促进工作的思考和对策

（一）增强做好“三优”促进工作的责任感和自觉性。推进“三优”促进工作，是各级党委、政府贯彻人口计生基本国策、稳定低生育水平、提高人口素质的又一个新的历史任务，也是人口计生部门的一项长期性工作。各级政府要强化公共服务意识，高度重视并切实加强对“三优”促进工作的领导，加大投入，强化保障。要建立长效工作机制，解决网络不健全、平台建设不规范、队伍素质参差不齐等问题。

（二）多方联动，搭建“大服务”平台。要多方联动，通力合作，多层次、多渠道、全方位推进。人口计生部门要发挥基层网络健全等优势，利用市、镇、村三级服务机构、人口学校、文化示范户等，开展“三优”知识培训；民政部门在婚姻登记时开展婚前医学检查、孕前优生检测宣传，发放相关宣传资料；卫生部门要搞好孕期保健、住院分娩、新生儿疾病筛查等服务；新闻部门要利用广播、电视、报刊等媒介，开辟专栏，搞好宣传；食品药品监督部门要加强对孕产妇用药的监管；教育部门要加强婴幼机构优质教育的管理，开展好“人口文化进校园”活动；环保部门要加强环境保护，优化农村生活环境。总之，要动员全社会共同关心参与提高人口素质工程，提高全民参与意识。

（三）采取有效措施，加强阵地建设。为满足不同层次人群（包括本地人口与流动人口，城乡居民）的“三优”需求，实现全面均衡发展，要建立起融“培训、咨询、检测、保健、育儿”为一体的健康生育、科学育儿全程服务系统，并逐步科学化、规范化、信息化。一要建立市级“三优”指导中心，配备相应专家长期从事“三优”指导服务。二要整合资源，坚持公益性，特别关心经济贫困、处于不利环境中的家庭，在各镇、街道建立“三优”指导服务点，方便

群众；早教工作上，规范民间早教机构，让早期教育的受众面向全社会。三要组建优生育儿家庭教育讲师团，举办公益讲座。四要全面开展出生缺陷三级预防工作，建立起长效、常态的工作机制。

（作者工作单位：桐乡市计生指导站）

关于避孕药具管理服务的思考

庞晓婷

避孕药具是我国计划生育工作中必不可少的物质技术保证，多年来，在控制人口过快增长，稳定低生育水平发挥了不可替代的重要作用。随着社会经济的快速发展和科学技术的不断进步，广大人民群众物质生活日益提高，人们生命价值和生育观念发生了转变。如何提高避孕药具的使用率和有效率，规范避孕药具管理，提高服务质量是当前和今后计划生育工作的重要任务之一。

一、健全制度 规范管理

一要认清药具管理、发放以及随访服务工作中客观存在的各种问题，进一步增强做好药具工作的责任感和紧迫感。二要明确职责，明确县、镇（乡）、办事处、村级各自的工作定位，突出重点，加快药具管理制度建设，逐步完善药具管理体系创新服务机制，改革和完善药具免费供应工作机制，建立全新的药具发放和服务模式，增加避孕药具免费发放点。三是县人口和计划生育局要加大投入，为自然村配备统一避孕药具专用箱，做到药具发放点标记清晰，领取方便。实行规范化管理。

二、加强宣传，转变观念

实行避孕药具知识宣传经常化。利用电信、广播、墙报、板报、宣传窗、培训班、贸易市场、广场文化等多种形式。以“双基”工程建设为契机，广泛宣传避孕药具的使用方法、性能以及保护群众生殖健康的重要性，努力转变育龄群众对避孕药具的传统知识，使她们能主动去了解避孕药具的种类及其适宜人群，为避孕方法“知情选择”奠定扎实基础。

三、大力开展优质服务，推进“知情选择”

一是发放形式多样化。避孕药具管理和供给要从单一的服务与人口控制的工具向满足群众生殖健康领域多样化需求转变；工作重心要从由数量发放向满足群众实际需求转变。①按照省药具站药具工作评估要求，改建了新的药具仓库，面积达60多平方米，装备齐全、设施完善、制度健全、标记清晰；②临街设立避孕药具超市，标记醒目、品种多样、内容丰富、服务温馨。③主动上门服务，免费到家。定期把药具送到各乡（镇）街道计生办、服务站、卫生院、企业计生服务室、长途客运站。④配合计划生育中心工作，利用“5.29”、世界人口日、艾滋病预防日等活动上街宣传、下乡服务发放药具，使育龄群众（包括流动人口）得到人性化的服务。二是随访机制灵活化。村级计生服务员协同办公处专干通过上门、电话、约见、晚上、双休日、生殖健康服务时集中交流，尽量零距离服务，及时满足群众的避孕药具需求。对使用避孕药具对象定期进行随访，对出现不适反应的随时回访，并及时记录，使随访服务更具温馨化，亲情化。三是通过有效宣传，切实提高全县广大育龄群众对计划生育政策法规、优生优育、节育避孕和生殖健康等方面知识的认识和理解。在服务同时全面推进"知情选择"，针对每个个体的不同情况，结合本人的意愿，科学、以人为本地提供不同的避孕节育方式和药具，切实提高计划生育避孕药具的宣传服务水平。

四、加强培训，提高服务水平

利用药具集中报表、各级月例会，经常进行业务培训。一是对乡（镇）街道计划生育工作的分管领导进行避孕药具知识的培训，使他们了解避孕措施的适应证、禁忌证，提高管理水平。二是对乡（镇）街道计生办，计划生育服务站，村（居）计划生育服务室的避孕药具发放点人员进行集中培训，使他们掌握避孕药具的管理、发放、使用、帐、表、卡、册的建立以及各种避孕药具的优缺点、适应证、禁忌证。

五、绩效整合，兑现目标考核

把计划生育避孕药具工作纳入年度人口和计划生育工作质量考核范围。年度考核中有5分专项考核，采取集中考核和平时抽样调查、暗访调查相结合的考核方式，内容细化、量化，切实可行。实行待遇与工作绩效挂钩，并制定相应的工作制度和纪律，实行制度化规范化管理。

（作者工作单位：天台县计划生育宣传技术指导站）

关于完善节育手术并发症鉴定管理体系的实践和思考

——以武义县为例

傅 枫

据统计，2006年10月–2009年9月，武义县平均每年约做计划生育各类手术8,000多例；由县组织参加计划生育手术并发症鉴定的有46例，被鉴定为计划生育手术并发症的有12人，占手术总例数的1.5‰。到2009年末，全县享受免费计划生育手术并发症治疗的32人，平均每年支出治疗经费约4万元，享受公益金定补金额约5万元，解决了计生手术并发症患者的部分治疗、生活问题。

为进一步规范节育手术并发症鉴定管理工作，减少节育手术并发症的发生，提高育龄妇女的身体素质，逐步解决计生手术并发症患者的治疗、生活问题，武义县在进一步完善节育手术并发症鉴定工作管理体系做了一系列工作。

一、计划生育手术并发症鉴定工作管理体系建立及实施情况

武义县坚持“以人为本”工作理念，保障受术者、施术机构和技术服务人员的合法权益，严格根据《中华人民共和国人口与计划生育法》、《计划生育技术服务管理条例》、《浙江省人口与计划生育条例》、国家人口和计划生育委员会《节育并发症管理办法》和《节育并发症鉴定办法》开展工作。2005年—2007年有25名对象确定为计划生育手术并发症。2008年度武义县下发了《关于进一步规范计划生育手术后遗症鉴定工作制度有关规定事项》的文件，在制定了具体实施办法及扶助政策的同时，进一步规范化管理。2008年—2009年确定为计划生育手术并发症对象公为7名，人数大大减少。

（一）确定实施办法

1、建立鉴定小组，分别由县卫生、计划生育部门有临床经验、有权威、作风正派的技术人员担任成员。

2、每年6月中下旬和12月中下旬组织鉴定。要求鉴定者必须向所在乡、镇（街道）计生办提出书面申请，内容包括申请鉴定理由、落实节育措施的时间、地点、术后不适症状、临床诊断证明等；上报材料经乡、镇（街道）计生办人员审核后，上报县人口和计划生育局宣教科技科审核，最后提交鉴定小组鉴定。被鉴定者要按通知时间到县计生指导站鉴定接受。

3、整理鉴定资料，建立档案。

（二）建立并发症患者治疗药费报销制度

1、农村居民户口、城镇居民户口无固定职业、城镇居民户口，或曾在机关、团体、事业、国有企业单位工作，因故下岗的计划生育手术并发症患者可凭《计划生育医疗服务证》到计划生育宣传技术指导站免费就诊。

2、在机关、团体、事业、国有企业单位工作，或患者已正式领取社保养老金的城镇居民户口计划生育手术发症患者，若单位因故注销，可凭计划生育手术并发症鉴定通知书到人口和计生局申领《计划生育医疗服务证》，到县计划生育宣传技术指导站免费就诊。原单位

存在期间，所需医疗费由原单位承担。

计划生育手术并发症医疗费由县计生指导站按季向县人口和计划生育局进行结算。

3、农村居民户口、城镇居民户口无固定职业、城镇居民户口，曾在机关、团体、事业、国有企业单位工作因故下岗的计划生育手术并发症患者，若有特殊原因需到其他医疗单位就诊的，须到县计生指导站开具介绍信，由主要负责人签字同意后方可到其他医疗单位就诊（凭该介绍信一个月内就诊有效）。就诊后，患者须提交有关病历原件及复印件、医药费结单发票等相关材料，由县计生指导站及县人口和计划生育局宣教科技科审核后予以报销。

（三）建立计划生育节育并发症对象扶助制度

1、被鉴定为计划生育手术并发症患者，人口和计划生育局将发给《计划生育医疗服务证》，享受定点免费医疗服务。

2、根据《武义县计划公益金管理办法》有关规定，农村居民户口或是城镇居民户口无固定职业的计划生育手术并发症患者，享受每月 120 元终身补助。

3、城镇居民户口，曾在机关、团体、事业、国有企业单位工作，因故下岗的计划生育手术并发症患者，可持《下岗证》和社区居委会的证明材料提出书面申请，由人口和计划生育局审核后方可享受每月 120 元补助，该补助金发放自鉴定日次月起至领取养老保险金当月的上月止。

4、城镇居民户口，在机关、团体、事业、国有企业单位工作，或患者已正式领取社保养老金的计划生育手术发症患者，不享受每月 120 元定补。

5、无论农村居民户口或城镇居民户口的计划生育手术并发症患者，在要求申请做输精管、输卵管吻合术等手术期间，不享受任何扶助政策的有关规定。待手术后再次申请参加鉴定，若仍属计划生育手术并发症患者，仍按照扶助政策规定给予相应的补助。

二、存在的问题

尽管武义县十分重视解决计生手术并发症患者的生产、生活问题。但是，从以人为本、依法管理的角度和要求看，计生手术并发症管理与服务仍存在一些问题。

一是管理主体不明确。《节育并发症管理办法》明确规定，搞好节育并发症的管理，要由各级政府组织计划生育、民政、卫生、公安、司法、工商、财政，个体劳协等部门相互协调，密切配合，进行综合管理。但在实际工作中，无论是各级党政组织还是并发症人员，往往一遇到计划生育手术并发症问题就习惯“找计生部门”，而计生部门受财力、权力所限，显然不可能彻底解决并发症患者管理、服务、救助等多项实际问题。

二是管理服务不全面。对并发症患者的管理服务理念仍停留在予以一定的医疗、生活补助，对并发症开展预防、管理服务制度尚不健全，关注程度也欠缺。在很长的一段时间里只注重抓避孕、节育工作，忽视了对如何开展并发症预防、并发症患者生殖健康服务及心理疏导等服务。宣传、引导、送生殖健康知识服务还不到位。

三是概念界定不清晰。根据《计划生育技术服务管理条例》和有关法律法规精神，后遗症应属于医疗事故的处理范畴，应参照《医疗事故处理办法》处理，并发症的处理应参照《节育手术并发症处理办法》。两者最大的区别是责任主体不同，后遗症由手术方负责一次性赔偿，而并发症由政府负责其医疗、生活补助直至病愈为止。但在实际工作中大多将并发症、后遗症混为一谈，并将所有责任全部归咎于人口计生部门，无形中增加了人口计生工作的负担。

三、对策措施

计生手术并发症问题事关人民群众的利益、社会稳定、社会主义新农村建设和构建和谐社会。要采取切实有效的措施，逐步解决计生手术并发症问题。

（一）完善规范管理机制。严格按照《计划生育技术服务管理条例》及《节育并发症管理办法》执行，明确管理主体为各级人民政府，计划生育、民政、卫生、公安、司法、工商、财政，个体劳协等部门之间要相互协调，密切配合，进行综合管理，遵循公开、公平、公正的原则，坚持实事求是的科学态度，做到事实清楚、定性准确、责任明确、处理得当，切实做好计生手术并发症的鉴定及后续工作。

（二）标本兼治，提供优质服务。节育并发症的防治关键在预防。为防止新的计划生育手术并发症的发生，要在进一步加快计划生育阵地建设的同时，严格服务流程，规范服务制度。一要加强阵地建设。人民政府应当合理配置、综合利用卫生资源，建立、健全由计划生育技术服务机构和从事计划生育技术服务的医疗、保健机构组的计划生育技术服务网络，改善技术服务设施和条件，提高技术服务能力。二要加强队伍建设。要积极引进适应当前、未来发展需要，精通人口和计划生育专业知识、技能的卫技人员；加强职业技能培训，切实提高卫技人员的业务水平，从而做到依法行政，积极为群众提供计划生育优质服务的保障。三要坚持“以人为本”的理念，不断提供优质服务。要以提高群众自我保健意识能力为重点，大力宣传各种避孕节育知识，丰富科普宣传内容；建立科学的管理和服务规范，认真进行术前检查，对照手术的适应证、身体条件开展手术；要加强术后随访，及时治疗术后不良反应和相关炎症。

（三）完善措施，实施跟踪管理。要将计划生育手术并发症管理与服务工作贯穿于整个人口和计划生育工作的全过程中，做到“四个结合”。一要与宣传教育工作相结合。通过宣传，让广大群众明白计划生育手术并发症鉴定的程序、处理主体、与后遗症的区别、预防并发症的相关生殖健康保健知识。二要与随访工作相结合。通过随访，及时掌握计划生育手术并发症患者的病情动态，减少并发症患者的对立情绪和上访现象的发生。三要与村民自治工作相结合。通过村民自治，充分发挥村民自治组织民主管理和监督功能，掌握思想动态，主动解决解决问题。四要与精神文明建设相结合。通过开展精神文明建设活动，教育引导并发症患者和广大群众提高思想素质，减少并发症管理过程中的弄虚作假、盲目攀比以及其它过激行为。

（作者工作单位：武义人口和计划生育局 ）

关于男性参与计划生育的认知态度调查

——以嘉善县西塘镇为例

顾晓红

为了了解“生殖健康/计划生育男性参与和服务”子项目在嘉善县西塘镇开展两年来取得的成效，和男性对参与计划生育的认知态度，我们于2009年“男性健康日”前后组织了这次调查。调查项目主要包括：对计划生育的感知度，计生知识能见度和生育意愿，男性健康的相应知识等三个方面的内容。在全镇17992位20周岁—60周岁的男性中随机抽取了130位已婚男性，进行了问卷调查，以下是调查的一些结果。

一、调查结果分析

（一）对计划生育的感知度

1、对身边计生环境的感知度。对象对本村（居）委的计划生育工作人员、计划生育公示栏、计划生育村（居）民自治章程（公约）的内容均有较深印象。说明男性对计划生育干部和村（居）委的计生工作关注度很高。2、对计生政策的知晓度。93.08%的对象对婚姻法规定的男、女双方可以结婚登记的法定婚龄回答正确。所有对象对实行计划生育的家庭应有的奖励和实行计划生育夫妻可以获得的服务等计生政策都比较清楚。说明计生政策宣传相当有力度。

（二）计生知识能见度和生育意愿

1、计生相关知识能见度。100%的对象愿意主动参与避孕方法知情选择。66.16%的对象觉得在计划生育工作中男人、女人应该是一样的，30.77%的对象觉得在计划生育工作中重点应偏向女人，3.07%的对象觉得在计划生育工作中重点偏向应该是男人。94.62%的对象觉得造成意外妊娠中男女双方负有同样的责任，5.38%的对象觉得造成意外妊娠的主要责任在女方。调查结果表明：绝大部分男性在主观上愿意主动参与计划生育，并且认为在计划生育中男女负有同样的责任和义务。

2、生育意愿。93.85%的对象觉得现行的计划生育政策符合自己的生育愿望。130位对象的平均生育子女意愿数是1.46个。在只能生一个孩子的情况下，对子女的性别偏爱中，有21.54%的对象希望是女孩，有23.08%的对象希望是男孩，有55.39%的对象对子女的性别无特别偏爱。结果显示：绝大部分的对象对现行的生育政策比较满意。生育意愿子女数低于全国平均生育子女数。在子女的性别选择中，男、女孩的选择基本持平。

（三）男性健康的相应知识

有55.39%的对象听说过“10.28男性健康日”，55.39%的对象了解或部分了解男性健康的有关内容，44.61%的对象表示对此并不了解。只有24.62%的对象参加过男性生殖健康教育培训班。为了便于在今后的工作中按需开展服务，我们还就男性开展健康筛查的时间间隔和宣传普及男性健康知识最好的形式进行了征求意见式提问。结果85%以上的对象要求每1–2年开展一次健康筛查，他们认为宣传普及男性健康知识最好的形式依次排行为：宣传资料→培训班→简报、黑板报→电视。

调查显示，男性参与计划生育的主动性较强，对计生知识的知晓度和能见度均处在较高水平，但在男性健康的相应知识上知晓率低，部分人对男性健康存在误区。

二、促进男性健康工作的几点建议

1、改变主观认识。过去，男性健康问题不像女性健康那样被广泛关注，讲到计划生育，人们也习惯把女性作为“目标人群”，而忽视了男性在家庭计划生育、生殖健康决策和行为方面所起的作用。同时，大多中国男人碍于面子，宁可相信电线杆医生或各种“壮阳”药品而不愿去正规医院求治，既花了冤枉钱又延误了病情。这些男性需要关怀和正确引导，全社会应以更多热情关注男性健康，唤起男性参与计划生育的主动性和责任感，建立一个健康、阳光、和谐的男性知识传播环境，增强男性生殖健康的自我保护意识和预防疾病的知识。

2、探索宣传模式。计生政策法规等知识的宣传已初见成效，但男性健康相关知识的宣传有待探索。如在宣传品的制作和优化上，在面对面的培训上，在简报、黑板报内容的创新上，在广播、有线电视的编辑上，在环境的强化上都能开展一系列的探索。除在男性健康日前后开展专题活动外，应多开展一些结合当地实际的宣传月、宣传周活动，也可根据男性的需求有针对性地开展宣传。

3、调整服务形式。医院里有妇科，药房中有妇科专柜，但是却很难找到特意为男性疾病所设立的柜台和诊室。很多男性在身体出现问题后，一方面不愿意去寻医问药，一方面也求治无门。这使得很多男性，特别是有性健康问题的男性，自己去寻医求药。计生优质服务除发挥好已建立的男性专科门诊、咨询电话、咨询信箱、男性健康宣传志愿者队伍的作用外，可在合作医疗免费体检中按需增加男性专科检查，在计生面授培训中鼓励夫妻共同参与。

4、注重反馈信息。定期召开男性健康宣传教育者和男性生殖健康服务者座谈会，共同研究、探讨男性生殖健康教育和服务有效的途径和方法。同时通过面授教育、上门访谈、问卷调查等形式，全面了解宣传普及男性生殖健康知识的现状和效果，从中发现问题，及时调整工作方式、方法。

（作者工作单位：嘉善县西塘镇计生办）

论优生咨询在出生缺陷干预中的作用

——以舟山市为例

周　霁

出生缺陷是导致流产、死胎、新生儿死亡和婴幼儿夭折的重要原因，也是严重影响我国人口素质的一个重要因素，给家庭和社会造成沉重的负担。要降低出生缺陷，就必须在婚前、孕前、孕期对育龄妇女开展优生咨询、健康教育及产前保健等工作，对出生缺陷进行干预。

一、开展出生缺陷干预现状

舟山市于1995年开始以口服叶酸制剂为主的预防新生儿神经管畸形的出生缺陷干预，并进行出生缺陷监测。监测发现先天性心脏病为出生缺陷的首位因素，其次为脑积水、唇腭裂等。2003年起，在普陀区开展了以预防新生儿先天性心脏病为主的"风疹病毒"监测，并进行风疹疫苗接种。自2003年10月婚前检查由强制改为自愿，婚检率急剧下降，出生缺陷率有上升趋势。2004年，普陀区在全国率先推出政府买单的免费婚检，至2007年免费婚检在全市普开，但由于是"自愿"，婚检率一直不高。同时市妇幼保健院开展了以"产前筛查"和"产前诊断"为主的出生缺陷二级干预，减少缺陷儿的出生。2007年7月，市人口计生委在深入调查研究的基础上，做好政府参谋，出台了《舟山市优生促进工程实施意见》，开展了以口服"优生营养素（福施福）"为主的出生缺陷干预工程。

二、优生咨询模式对出生缺陷干预的作用

优生咨询是优生工作的重要组成部分，它由医生或其他专业人员对遗传病或先天畸形患者或其亲属，提出有关该病的病因、遗传方式、诊断、预后、防治以及在亲属子女中再发此病的风险率等问题进行解答，并就患者及其亲属的婚配与生育等问题提出建议与指导，从而控制某些不良因素，预防胎儿发育缺陷，以达到优生目的。优生咨询大体可分为两种模式。

（一）婚前保健

婚前保健服务形式包括婚前保健咨询和婚前医学检查。通过规范有效的婚前保健服务，帮助婚姻登记当事人了解法律上有关禁止结婚以及影响婚育的疾病等知识，维护婚姻登记当事人的合法权益。

婚姻登记机关在办理婚姻登记手续前，由专业人员（咨询医师）引导当事人接受免费婚前保健咨询，经过咨询，当事人需作或自愿接受医学检查的，领取"免费婚检服务联系单"，到经许可的医疗、保健机构接受婚前检查。

（二）孕前保健

孕前保健是婚前保健的延续，是孕产期保健的前移。孕前保健是以提高出生人口素质，减少出生缺陷和先天残疾发生为宗旨，为准备怀孕的夫妇提供健康教育与咨询、健康状况评估、健康指导为主要内容的保健服务。

（1）健康教育与咨询。

讲解孕前保健的重要性，介绍孕前保健服务内容及流程。通过询问、讲座及健康资料的发放等，为准备怀孕的夫妇提供健康教育服务。

（2）健康状况检查。

通过咨询和孕前医学检查，对准备怀孕夫妇的健康状况做出初步评估。针对存在的可能影响生育的健康问题，提出建议。

孕前医学检查（包括体格检查、实验室和影像学等辅助检查）应在知情选择的基础上进行，同时应保护服务对象的隐私。

（3）健康指导。

根据一般情况的了解和孕前医学检查结果对孕前保健对象的健康状况进行综合评估。遵循普遍性指导和个性化指导相结合的原则，对计划怀孕的夫妇进行怀孕前、孕早期及预防出生缺陷的指导等。

三、完善优生咨询的对策思考

（一）加强组织领导

优生咨询、出生缺陷干预需要多个部门和领域共同参与。要根据实际情况，制定孕前保健服务的实施办法及服务规范，建立相关管理制度及服务评估标准；组织由妇产科、儿科、妇幼保健、健康教育及其他相关学科业务骨干组成的技术指导组，对孕前保健服务人员进行技术培训和指导，对孕前保健服务机构进行考核，不断提高服务水平。

（二）加强管理，规范开展孕前保健服务

1. 开设孕前保健服务门诊，将具有良好人际沟通技能和综合服务能力的专业人员作为孕前保健服务的业务骨干；同时，合理利用现有房屋和设备，制定具体的孕前保健服务流程和规章制度。

尝试婚前、孕前、孕期、产时、产后保健“一条龙”等系统化生育健康服务。在孕产期保健管理的基础上，加强生育健康服务的管理。

2. 建立孕前保健资料档案，及时进行资料的汇总、统计和分析。有条件的地方要逐步实行电子化管理，并与现行的孕产期系统管理相衔接。

（三）广泛开展孕前保健宣传

利用广播、电视、报刊等多种媒体，广泛宣传孕前保健的必要性和主要内容，唤起全社会特别是新婚夫妇以及准备生育的夫妇的积极参与。同时，以群众喜闻乐见的形式，利用“亿万农民健康教育行动”、“相约健康社区行”、“科技文化卫生三下乡”等活动，将预防出生缺陷的科普知识送到农村、城市社区，引导群众树立“生健康孩子，从孕前做起”的观念。

（作者工作单位：舟山市计生指导站）

男性健康调查分析报告

——以嘉兴市秀洲区为例

周建芳 金国强

为提高男性健康服务的针对性和有效性，嘉兴市秀洲区计卫局组织开展了一次男性健康调查活动。

一、对象与方法

这次调查采取随机抽样的方法，向全区7个镇街道的机关、企事业和外来新居民等共400名已婚男性群众进行问卷调查。共发放和回收有效问卷400份。

二、结果与简析

（一）对男性健康日的认知程度

表1 对男性健康日的认知程度

男性健康日的认知程度	知道	不知道
人数	256	144
比例	64%	36%

嘉兴市秀洲区男性群众对10月28日是男性健康日的认知度较高，说明这几年来的宣传教育活动，效果已经显现，但还有36%的群众不知道，还需加大宣传服务力度。

（二）患男性疾病后是否及时就医

表2 男性疾病后是否会及时就医

就医意向	就医	不就医
人数	308	92
比例	77%	23%

男性群众得了性疾病，大多会及时就医，说明自我保健意识还是较强的，但也有23%的男性群众出于各种原因，不愿就医。

（三）是否害怕或是不好意思让人知道患有男性疾病

表3 患性病是否怕人知道

对患性病让人知道的态度	是	否
人数	245	155
比例	61.25%	38.75%

男性群众都害怕或是不好意思让人知道患有男性疾病，比例高达61.25%。所以在为育龄群众提供服务时应注意保护他们的隐私；对于表2中的得了性病没不愿及时就医者，也要教育引导他们主动预防和进行治疗。

（四）有无男性生殖健康检查的习惯

表4 男性生殖健康检查的习惯

男性生殖健康检查的习惯	有	无
人数	121	279
比例	30.25%	69.75%

大多数男性没有生殖健康检查的习惯。在目前强调个体健康状况和生活质量的社会背景下，此项的缺失尤应引起注意。

（五）是否了解医院男性科的诊疗范围

表5 对医院男性科的诊疗范围了解

对医院男性科的诊疗范围了解	了解	不了解
人数	159	241
比例	39.75%	60.25%

大多数群众不了解医院男性科的诊疗范围，说明平时不关注，或平时较少去男性科看病。

（六）妻子对男性的性健康的态度

表6 妻子对男性的性健康的态度

妻子对我的性健康	我的态度			
不大关注	很郁闷	无所谓	二项合计	/
	24	64	88	人数
	6%	16%	22%	比例
关注一般	无所谓	有些不满	二项合计	/
	102	55	157	人数
	25.5%	13.75	39.25%	比例
特别关注	很幸福	很烦	二项合计	/
	115	40	155	人数
	28.75%	10%	38.75%	比例

大多数男性群众认为妻子比较关注或特别关注自己的性健康，达78%。对妻子特别关注自己的性健康，28.75%的男性感到很幸福，10%感到很烦。妻子对自己的性健康关注一般中，25.5%的男性无所谓，13.75%的男性有些不满。妻子对自己的性健康不大关注，6%的男性很郁闷，16%的男性无所谓。

（七）对家人（男性）健康的态度

表 7 对家人（男性）健康的态度程度

对家人健康的态度	非常关心	偶尔关心	不知道怎样关心	不关心
人数	167	97	109	27
比例	41.75%	24.25%	27.25%	6.75%

41.67% 的男性非常关心家人（男性）的健康，24.25% 的男性偶尔关心，27.25% 的男性不知道怎么样关心，6.75% 的男性不关心。

（八）关于体育锻炼，参与情况

表 8 体育锻炼参与情况

体育锻炼参与情况	平均每周一次或一次以上	平均两周一次	平均每月一次	不参加
人数	114	71	67	158
比例	28.5%	17.75%	16.75%	39.5%

广大男性朋友能主动参与一些体育锻炼，但参与的积极性和参与的频率不高，平均每周一次或一次以上的仅 28.5%，平均两周一次的 17.75%，平均每月一次的 16.75%。而平时不参加体育锻炼的也高达 39.5%。

（九）平时的生活习惯情况

表 9 生活习惯情况

选项	抽烟	酗酒	摄入过多的食盐	长期精神紧张	愤怒	烦恼	缺乏锻炼	高脂饮食	其他
人数	209	74	25	31	26	92	109	63	26
比例	52.25%	18.5%	6.25%	7.75%	6.5%	23%	27.25%	15.75%	6.5%

本题可复选。男性朋友平时的生活习惯不太好，抽烟的高达 52.25%，缺乏锻炼 27.25%，内心感到烦恼的达 23%，酗酒的 18.5%，高脂饮食的 15.75%。

（十）患了生殖泌尿疾病的处理

表 10 患生殖泌尿疾病的处理态度

选项	马上去正规大医院男科治疗	考虑到面子问题，到一些小医院或小诊所治疗	自己查些相关资料，然后去药店买药，自行医治	难以启齿，不治
人数	331	39	25	5
比例	82.75%	9.75%	6.25%	1.25%

如患了生殖泌尿疾病，82.75% 男性会马上去正规大医院男科治疗，说明大家的治疗意识还是较强的，也有小部分人出于各种考虑不愿到正规在医院去就诊。

（十一）曾经或目前患有的疾病

本题可复选。有一小部分男性患有各类疾病，相对而言主要是高血压、前列腺疾病和泌

表 11 曾经或目前患有的疾病

选项	高血压	糖尿病	前列腺疾病	阳痿	早泄	不育症	泌尿系统感染	包皮过长或包茎	阴茎短小	睾丸畸形	其他疾病
人数	73	15	30	16	9	3	30	7	6	1	61
比例	18.25%	3.75%	7.5%	4%	2.25%	0.75%	7.5%	1.75%	1.5%	0.25%	15.25%

尿系统感染，其它的各类疾病也有发生。因此应该加强这方面疾病的防治知识宣传，组织有关医疗机构开展此类疾病的诊治。

（十二）关于前列腺疾病的情况

表 12 关于前列腺疾病情况

选项	知道长期久坐易患前列腺疾病		知道不规律的性生活会引起前列腺疾病，性生活频率				知道经常吸烟、饮酒会引起前列腺疾病	知道前列腺疾病会影响男性精子质量
	也是长期久坐	不需长期久坐	没有	1 次 / 天	3–5 次 / 周	其它		
人数	118	205	32	20	59	89	56	44
比例	29.5%	51.25%	8%	5%	14.75%	22.25%	14%	11%

男性对于前列腺疾病有一定的认知度，知道长期久坐的男性易患前列腺疾病；知道不规律的性生活会引起前列腺疾病，性生活频率有所反映，但不是很准确；知道经常吸烟、饮酒会引起前列腺疾病；知道前列腺疾病会影响男性精子质量。因此我们应加强前列腺疾病的防治知识的宣传教育。

（十三）关于性方面的认识

表 13 关于性方面的认识

选项	对性失去兴趣	对性感的事物无动于衷	不再有晨间勃起	性交不再成功	性交时不能勃起
人数	74	108	51	24	11
比例	23.5%	29.5%	12.75%	6%	2.75%

本题有 132 人未答题，从答题情况看，男性的生殖健康状况存在一定问题，应引起社会的广泛关注，切实倡导男性健康。

（十四）关于对男性生殖器官的认识

表 14 对男性生殖器官的认识

选项	知道包皮过长会引起生殖器短小、炎症等	知道包皮过长阴茎癌的发病率较高	知道隐睾可导致不育，发生睾丸癌几率增多	知道精索静脉曲张会使精子数减少，影响生育
人数	226	125	70	60
比例	56.5%	31.25%	17.5%	15%

本题可复选。大多数男性知道包皮过长会引起生殖器发育短小、泌尿系统炎症、女方妇科炎症；知道包皮过长，特别是包茎患者，阴茎癌的发病率较高。对于隐睾可导致不育，且隐匿的睾丸发生睾丸癌的几率也增多；精索静脉曲张会使精子数减少，影响生育等知识知道的男性较少。因此应加强这方面知识的宣传教育。

（十五）希望到哪些服务机构获得男性生殖健康服务

表 15 希望获得男性生殖健康服务的地点

选项	镇街道计生技术服务机构	镇街道级医院	区计生指导站/妇保所	市区级医院	市妇幼保健中心
人数	113	58	110	166	55
比例	28.25%	14.5%	27.5%	41.5%	13.75%

本题可复选。大多数男性希望从市区级医院、镇街道计生技术服务机构、区计生指导站/妇保所等渠道获得男性生殖健康服务。因此应加强上述机构的建设，组织医生等技术人员开展宣教活动。

（十六）认为比较方便获得男性生殖健康信息的方式

表 16 认为方便获得男性生殖健康信息的方式

选项	报纸	电视	电脑网络	广播	宣传手册	讲座	其他
人数	172	191	117	57	143	69	9
比例	43%	47.75%	29.25%	14.25%	35.75%	17.25%	2.25%

本题可复选。认为报纸、电视、宣传手册是比较方便获得男性生殖健康信息的方式，其次是电脑网络、讲座和广播。因此，应该充分利用上述宣传媒体和手段，广泛开展宣传教育活动，使群众真正入眼、入耳、入心，切实提高宣传教育效果。

（十七）对目前计划生育部门提供的男性生殖健康宣传教育是否满意

表 17 对男性生殖健康宣传教育的需要满足度

选项	能满足	基本能满足	不能满足
人数	144	201	55
比例	36%	50.25%	13.75%

绝大多数男性认为目前计划生育部门所提供的男性生殖健康宣传教育基本能满足需要。说明计生工作得到了群众的肯定，但还需继续努力。

三、建议与对策

（一）加大宣传教育力度，提高男性生殖健康知识水平。全区自 2001 年开始提供育龄妇女生殖健康检查以来，特别是 2006 年开始实行免费以来，女性生殖健康检查意识已深入人心。同时，男性生殖健康也开始引起人们的关注。应该切实加大宣传教育力度，提高男性健康知识普及率。建议在宣传品的制作和优化上，在面对面的培训上，在简报、黑板报内容的创新上，在广播、有线电视的编辑上，在环境的强化上开展一系列探索。除在10.28男性健康日前后开展专题活动外，结合本地实际，有针对性地多开展一些宣传月、宣传周活动，重点在扩大男性健康知识的宣传面上做好文章。

（二）倡导健康正确的生活习惯。要宣传、提倡科学、文明、健康的生活习惯，逐渐改变男性的生活健康习惯。

（三）强调到正规医院就诊。网络也好、书籍也好、朋友的解释也好，其中究竟有多少是科学的、准确的、真正有针对性的呢？所以及时到正规医院就诊才是解决问题的最佳途径，否则可能会延误诊断，失去治疗的最佳时机。

（四）提供免费男性生殖健康检查。除发挥好已建立的男性专科门诊、咨询电话、咨询信箱的作用外，可在计生面授培训中鼓励夫妻共同参与。同时，也可在合作医疗免费体检中按需增加男性专科检查，如前列腺检查等项目。具体方式上可由区计生指导站等有男性科医师的医疗单位先行试点，在取得初步成果的基础上逐步扩大免费男性生殖健康检查的覆盖面。

（五）提供个性化服务。根据方便、简洁、温馨等原则，结合合作医疗免费健康体检、企事业单位职工体检等，增设男性生殖健康检查项目；同时要进一步提高医生的素质，注意保护被检查者的隐私，提供个性化菜单式服务。

（作者工作单位：嘉兴秀洲区计生指导站；秀洲区计卫局）

加强和改进青少年生殖健康教育的调查与研究

南浔区卫生计生局课题组

随着社会进步与生活水平提高，青少年性发育提前，青春期容易出现的生理和心理方面的问题日益增多，而社会、家庭和学校对青少年有针对性的教育和引导较为匮乏，青少年因婚前性行为的发生造成人工流产继而影响健康成长的问题已不容忽视。如何引导青少年进行正常的异性交往、如何让青少年接受健康的性教育，成为家庭、学校和社会必须认真面对的重要课题。

近年来，随着南浔区人口文化进校园活动的深入开展，青少年对生殖健康的相关知识有了一定的了解，但还存在着很多误区，且获取途径单一、缺乏科学性和规范性。开展并提供系统、科学、规范的生殖健康教育与服务，是青少年的迫切需要，也是全社会的责任。本课题旨在了解、掌握青少年在生殖健康、青春期、性知识三个方面的受教育途径、方法和自身需求，并在调查研究的基础上，提出加强和改进青少年生殖健康教育的具体措施，并使人口文化进校园活动具有针对性，提高活动的有效性。

一、方法与数据

南浔区利用“人口文化进校园”项目实施的契机，将青少年生殖健康教育工作纳入日常工作重点，从2006年起引入青少年生殖健康教育，以“更多参与、更多关注、更加健康生活”为主题，以提高人口素质为目标，通过更新观念，创新方法，为青少年创造私密、友好、亲切、无歧视、易获得的有利社会环境。通过部门协作、社会参与，在青少年性与生殖健康教育方面作了一些有益探索。

青少年生殖健康教育问卷调查活动的调查对象为在校学生、中学毕业后未升学的、单亲特殊家庭的青少年，目的是了解掌握学校教育向社会教育衔接相关教育工作的现实需求。我们选择南浔人民医院、南浔中西结合医院、练市医院、双林医院四家规模医院就2007年以来未婚女青年意外妊娠进行了调查，调查中按照意外妊娠分户籍人口和流动人口、人工流产和引产分类进行调查，还对未婚女青年年龄在16岁以下专门进行了调查。

本次调查还对南浔区青少年（14–18周岁）人群进行了研究分析，通过近年来青少年总人口数、年人工流产数、犯罪及劳教人数，综合分析影响青少年健康成长的各种因素。

问卷采取无记名方式，所有题目都设置成选择题。调查问卷分青少年一般情况、家庭及社会环境、性与生殖健康知识方面、性教育、态度和看法、需求6个方面，涉及问题53项。全区共发放调查问卷200份，回收200份。

二、现状与分析

（一）调查结果

1、青少年基本情况

年龄以 13、14 周岁为主；出生地以南浔镇区为主，占 91.4%；性别男、女生分别占 48%、52%。

2、性与生殖健康知识、教育、态度、需求等情况

对于怀孕，与异性偶尔发生性关系是否会怀孕这个问题，33%的同学回答会，23% 回答不会，44% 回答说不清。

在艾滋病感染途径知识方面，明确知道性接触、血液、母婴是艾滋病传播途径的分别占 92%、88%、98%，回答共用餐具、游泳感染艾滋病占 43%、79%。

对青春期知识的了解程度，有所了解、非常缺乏、足够了解的分别占 59%、29%、12%。

对应从何时开始接受青春期教育，回答小学、初中、高中的分别占 22% 、58% 、20%。

对应从何时开始学习避孕知识，回答小学、初中、高中、大学、就业以后的分别占 11%、38% 、37%、7%、7%。

对于性与生殖健康知识希望从哪些渠道获得方面，回答从学校教育和父母获得的分别占 100%和 55%，从医生、计划生育专业人员处和同学、朋友、同伴处获得分别占 29%和 24%，从广播电视、报纸杂志及互联网、录像带获得的也分别占 24%、18%、10%。

对于生殖健康教育形式的选择，回答教师讲课、父母指导、专家讲座、面对面咨询的分别占 68%、45%、24%、19%；自己阅读书刊杂志、上网查询、集体讨论、观看录像、同伴教育的分别占 57%、47%、29%、20%、31%。

希望为青少年提供哪些服务，选择讲授避孕知识及性病、艾滋病防治知识的占 55%，提供避孕及性病、艾滋病治疗、咨询服务的占 49%，性健康指导与服务的占 54%。

据不完全统计，截止 2009 年 6 月底，全区总人口 489635 人，其中 14–18 岁青少年 23804 人，占总人口的 4.86%。全区在校初中生 18224 人，其中浔溪中学在校学生 2351 人。在对浔溪中学的调查中，当年未升学的学生 57 人，其中单亲家庭 5 人。在对青少年犯罪状况进行了相关调查中，显示自 2007 年 –2009 年 6 月，区常住人口 (含流动人口) 劳教和获刑分别为 5 人和 162 人。

（二）现状与问题

1、青少年生殖健康知识掌握不足。学生对偶尔发生性关系是否导致怀孕认为不会和说不清楚的就有 67%。在访问学校和学生中得知，生殖健康教育学校已经安排了课时，有时因为主课老师挤占或者问题比较敏感难讲，导致教学计划不能按时保质完成。有的学校认为学校的主要精力放在应试教育上，明确表示并不欢迎在学校开展青春期知识教育活动。

2、青少年性知识缺乏。了解避孕套知识的只占 19%，有 61%的人不清楚艾滋病感染途径，认为性病全部和绝大部分可治愈的达 76%，这说明青少年对性病、艾滋病的认识不足。可以看出，近几年南浔区学校开展的人口文化进校园项目工作，效果并不理想。

3、青少年性观念已悄然发生变化。在婚前性行为这个问题上，虽然有 33%的学生认识到对于与异性偶尔发生性关系可能导致怀孕，但仍有 23%的学生认为不会怀孕；在如何对待怀孕这个问题上，回答做人流和生下孩子的分别为占 1%和 2%。由此可见青少年性观念已悄然发生变化。

4、少女未婚先孕现象不容忽视。两年多全区四家医院未婚女青年意外妊娠达 2417 人次。其中人流 2294 人次（流动人口 824 人），引产 123 人次，意外妊娠年龄在 16 岁以下的 5 人。未婚意外妊娠数居高不下，许多青少年怀着侥幸心理较少考虑行为后果。

5、青少年生殖健康教育干预措施应坚持以人为本。要通过开展的青春期知识教育活动

使学生了解生殖健康知识，学会自我保健、自我保护，形成正确的性观念。要通过宣传教育达到干预目的，必须从学生自身特点出发，突出以人为本，以学生的需求作为开展宣传教育的出发点和落脚点。

第一，学校是主阵地。在两个多选题中，有66%的学生表示比较好的青春期教育形式是教师授课，希望通过学校教育获得性与生殖健康知识的占100%，要抓住学校这个主阵地开展青春期教育。第二，要发挥家人的作用。回答比较好的青春期教育形式是父母指导的也有43%，希望通过父母获得性与生殖健康知识的有66%。家长是孩子的第一老师，在生殖健康教育方面，家长要更好地担当起“第一老师”的责任。第三，媒介的作用不可忽视。学生希望从广播电视、网络、报纸书刊、录像等途径获得知识，调查得知仅报纸书刊和广播电视就有16%和23%的学生选择，媒介的作用不可小觑。

三、青少年生殖健康教育的做法和措施

(一)推广试点，实施学校青春健康教育项目

鼓励学生主动学习。为了拓宽青春期生殖教育的途径，变“要我学”为“我要学”，让学生积极主动地、自觉地参与到青春期教育的活动中来。我们专门购置了羽毛球、乒乓球、学具袋等受学生喜欢的奖品，采取有奖竞答形式，吸引学生参与。每年组织不同形式的主题活动，举办“快乐青春 健康成长”为主题的学生签名仪式，举办“青春的畅想”为主题的读书征文活动、“青春健康 和谐成长”为主题的人口文化演讲比赛等活动，吸引学生参加。加强校园宣传。在各学校宣传栏开辟专栏，在校园广播站报道学校开展人口与青春期教育的情况，播放青春期心理知识、学生有关文章，共同探讨青春期生理、心理问题。重视心理咨询。在注重集体教育的同时，建立学生成长导师制，重视青春期的个别辅导。心理咨询由青春期教育的老师和班主任老师共同承担，努力贯彻青春期教育工作者的原则和心理咨询的原则，给个别学生提供相应建议，引导他们正确处理青春期出现的如早恋等问题，消除学生的疑虑。拓展活动载体。开展形式多样的青春期教育活动,充分启发和调动学生的积极性,以取得实效。优化师资力量。卫生计生部门与教育门通力合作，采取走出去请进来的办法，完善网络培训，按照“懂心理学，开朗热情，文化较高，责任心强”的师资标准，选派出骨干参加省级师资培训班，邀请全国、全省青春期教育培训方面的优秀教授和学者对卫生计生部门、学校老师进行相关培训，培训后的师资再对全区所有中学一、二年级的学生进行全面培训，在全区形成一支较稳定的青春期生殖健康教育的师资队伍。

(二)宣传引导，促进青少年身心健康发展

加强新闻媒介宣传。广播电台、电视台、报纸、信息网站等新闻媒介要结合文明城市建设，通过设立专题或专栏，开通咨询服务热线等形式，切实加强对生殖健康的宣传教育与报道，弘扬科学文明的性观念。加强技术服务指导。要结合文明社区建设，在区级设立生殖健康咨询服务中心。要继续组织有关人员在社区开展新婚辅导，生育节育、优生优育、不孕不育及性保健等方面的咨询指导及相关技术服务，解决群众生殖健康方面的问题。加强文化市场管理与监督。对书刊杂志、音响影视制品、网站网吧等文化传播市场要切实加强监督管理，杜绝黄色污秽的文化用品流入市场毒害青少年。充分发挥青年网络功能。由青年代表志愿者和各社区的计生协会会员、流动青少年和企业职工组成青年志愿者网络组织，举办流动人口青少年性与生殖健康培训班。同时，在各中学开展青少年预防艾滋病参与式同伴教育的技能培训活动，组织“同伴教育”培训班，通过对他们进行基础培训和必要支持，让更多青少年

对性与生殖健康和预防艾滋病有了一个理性的认识。

（三）部门协作，开创生殖健康新局面。

开展青少年生殖健康援助行动。采用现代信息网络技术，与符合青少年特点的沟通方式，围绕由青春期生理发育过程中产生的青少年生理健康、心理健康及人格健全进行宣传教育；通过建立援助服务网络系统，实施一系列“实事工程”，将单纯的教育延伸到教育、咨询、解困、援助等领域。充分发挥部门协作。区妇联借助“亲青”服务在全区开展“五好家庭”评选活动，大力普及科学育儿知识，邀请专家为家长教授中小学生早期心理教育、青春期性与生殖健康教育、留守儿童家庭教育等课程。团区委积极发挥共青团组织青年、引导青年、服务青年和维护青少年合法权益的职能，扎实推进青少年生殖健康教育工作。企业组织青年服务队、咨询服务等了解企业青年的健康教育需求。教育部门定期研究青少年生殖健康教育工作。拓展“亲青”服务平台。成立区、镇、村三级“亲青”服务队伍，在各镇计生服务站开通热线电话、服务咨询室，对青少年进行平等的生殖健康教育和心理疏导。加强学校与社会的衔接，将未求学的单亲家庭青少年信息及时反馈至村（社区），由村（社区）开展面对面咨询服务，利用“五四”青年节重大节日，走上街头、下到乡村，为青少年朋友和家长提供免费的性与生殖健康知识解答。

抓创新促服务，提升优质服务水平

王伟峰

新形势下，如何卓有成效地发挥计生站的职能、提升优质服务水平，是摆在计生服务人员面前的一道难题。在近年来的实践过程中，我们秉承“服务基层、利民惠民”的服务方针，着眼思想观念创新、服务条件创新、方式方法创新，切实改善技术服务设施，深化技术服务内涵，提升技术服务质量，增强了计生站服务人员与广大育龄群众的亲和力，取得了实效。

一、抓思想观念创新，树立一流的服务意识

思想观念为行动之先导。树立计生技术服务工作新形象，增强优质服务意识，首先要解决的就是思想观念问题。实践中，我们本着“以人为本”的宗旨，以“计划生育技术服务质量管理规范”为依托，以“独生子女母亲生殖健康体检”和“优生两免”等特色服务为抓手，以ISO9001质量管理体系为标准，不断创新工作思路和服务意识，充分发挥“优生指导”和“生殖保健”两大功能，大力普及计划生育国策、科普知识和人口理论的宣传；继续以创建国家命名的“县级示范站”为总目标，提高整体服务能力和水平;围绕县级站的“八大功能”，进一步强化计生技术服务理念，提高技术服务能力；围绕生育、节育、不孕不育和优生优育，共同做好计划生育技术服务和生殖保健服务；定期派遣站技术人员到省、市各大医院进行技术培训和进修，以崭新的精神面貌开创富有特色的计生技术服务新局面。

二、抓服务条件创新，建设一流的服务环境

诸暨市计生站是一所服务环境优、医疗设备齐、技术水平高、初具规模的县（市）级指导站，覆盖着全市27个镇乡（街道），具有为全市广大育龄妇女提供优质服务的能力。近年来在市人口计生局的高度重视下，对全站的硬件设施等服务条件进行改善，主要是对门诊手术、流动人口查孕查环等场所进行了扩展，同时对大手术室进行了内部标准化配置及改进。为更好地服务广大育龄群众，对就诊环境进行了大力改造，专门设立了温馨的候诊室；严格对全站大楼水、电、后勤物资和消防设施的管理；近年来服务站先后引进了先进的医疗检测设备，如聚焦超声妇科治疗仪、全自动生化检验设备、彩色B超机等，同时对医疗服务软件进行升级换代。新软件的启用大大提高了技术服务的人性化，也使本站的电子化、信息化工作上升到一个新的台阶。

三、抓方式方法创新，营造一流服务质量

“强化服务能力、改善服务设施、优化服务环境、创新核心技术、提高服务能力、创新服务品牌”这是我站树立优质服务的最基本理念，每一位工作人员的第一责任就是千方百计地提高服务效率和服务质量，倾注全力创新优质服务。指导站以各镇（乡）计生服务机构为纽带，以电视台、电台和客运中心显示屏等各媒体为载体，进行计划生育政策的宣传、知识

的宣讲等服务；积极拓展计生技术服务的新格局。从2007年起，对全市27个镇乡（街道）进行每二年一个轮回的“独生子女母亲生殖健康体检”,定期到各镇（乡）进行查孕查环、随访、咨询活动。还在服务站的一楼专门设立了计划生育咨询室，为育龄群众开展避孕节育、生殖保健等咨询服务，并以公共服务中心婚姻登记处窗口为依托，开展“优生两免”等工作等，以满足育龄群众生殖保健的需求，最大限度地提高育龄群众的主人翁地位。

（作者工作单位：诸暨市计划生育宣传技术指导站）

利用卫生资源健全计划生育技术服务网络的实践与探索
——以绍兴市越城区为例

刘彩君 寿瑢

近年来，绍兴市越城区根据本地实际，积极利用卫生资源，健全计划生育技术服务网络，深化计划生育优质服务，取得了较好的效果。

一、现实意义

（一）形势发展对计划生育优质服务提出的新要求。随着低生育水平的长期稳定，人口计生工作进入统筹解决人口问题，促进人的全面发展的新阶段。人民群众对计划生育、优生优育、生殖健康的需求日益提高并趋向多元化；政府转变职能，以人为本和建设服务型政府等理念的进一步确立，对以技术服务为主的计划生育优质服务也提出了“加快提质提速步伐”的客观要求。从工作目标、工作对象、工作质量上对人口计划生育优质服务工作提出了更高的要求。

（二）计划生育技术服务机构、队伍建设的需要。由于历史、体制等原因，多年来，计划生育技术服务机构发展缓慢，并且发展后劲不足。人员编制、激励机制等因素，严重影响、制约了计划生育技术服务机构、队伍的壮大和发展。以越城区为例，辖区现有户籍人口40.9万人，另有长期居住的流动人口约14万人。虽然区本级有计生宣传技术指导站，下辖的8个镇街都有计生服务站，但人员编制数区站只有9名，镇街站合计只有18名，平均每个站不到2.5名。目前，区、镇街两级合计在岗人员共23名，其中具有执业医师资格的只有7人，中级及以上卫生技术职称的只有3人。各村、社区居委会虽然都建立了计生服务室，但工作人员都由村、社区计生干部兼任，缺乏计生技术业务能力。这样的机构、人员配备，显然与新形势下的工作要求不相适应。

（三）蓬勃发展的社区卫生服务为人口计生工作提供了优质资源。近年来，为解决看病难、看病贵问题，从国家花了大量的人力、财力、物力，发展社区卫生服务事业。越城区到“十一五”期末，所有的建制镇、街道都要设置社区卫生服务中心，建筑面积不少于2000平方米；按照居民步行20分钟左右可以到达的要求，设置48个社区卫生服务站，建筑面积不少于150平方米。全区现有社区卫生工作人员375名，今年计划新招聘在编技术人员89名。社区卫生服务机构的人员、设备、技术优势非常明显，十分适合计划生育技术服务的工作要求。人口计生工作充分利用现有的医疗卫生资源，必将大大提升基层计生技术服务水平，解决计生技术服务的实际问题，促进计划生育工作的全面发展。

二、实践与探索

越城区坚持以改革为动力，从体制、机制建设入手，建立“计卫一体”服务模式，利用卫生资源，提升计生服务能力，已经形成务实、高效、有序的工作格局。

（一）建立“统一指挥、分工协作”的管理体制

1. 区级层面：按照“小政府、大服务”的要求，将计生、卫生两项行政职能合并在同一个局——越城区人口计划生育和卫生局。2008年，又将区计生指导站和区妇幼保健所实行“合署办公”，由区计生指导站站长兼任妇保所所长，负责对全区计生技术服务和妇幼保健工作的业务指导。

2. 镇街层面：保留计生服务站，性质、编制、人员等不变；适当调整其功能定位，将计生“四项手术”任务移交给镇街医院承担，同时，加强婚育咨询、信息统计和优生优育宣传等职能。所有镇街医院增挂“社区计生卫生综合服务中心”牌子，增配计生技术服务所需的人员、设备和计生宣教室、婚育咨询室等宣传阵地。镇街计生服务站和社区计生卫生综合服务中心共同接受区计生指导站（妇保所）的业务指导。

3. 村、社区：将具备条件的社区卫生服务站改建成“社区计生卫生综合服务站”，在原来卫生服务格局的基础上，增设计生咨询（悄悄话）室、宣教室、B超室、妇检室，添置B超机、VCD（DVD）、电脑及避孕药柜等设备。目前全区各镇街医院都已完成至少改建2个社区计生卫生综合服务站的任务。

（二）完善“协调有序、责任明确”的工作机制

1. 领导协调机制。区计生卫生局成立由局长任组长，计生、卫生分管领导任副组长，各科室和区计生指导站（妇保所）负责人为成员的“计卫一体服务”领导小组，统一指导、协调各有关单位开展工作。各镇街成立由计生分管领导任组长，镇街医院、计生办有关人员组成的协调小组。并建立了联席会议、定期督查、内部通报等工作制度。

2. 协同工作机制。明确各相关单位的工作职责，发挥各自优势，分工协作，共同做好服务。区计生指导站（妇保所）主要是制订工作方案，负责业务指导和工作督查。各镇街计生办负责服务项目的宣传、发动、组织工作；提供婚育信息，开展需求调查；发放各类服务券等。镇街医院负责提供各项技术服务的保障，落实技术服务，建立工作档案等内容。三方有机结合，各司其职，形成统一工作整体。

3. 投入保障机制。开展“计卫一体”服务的人员、设备明确由镇街医院为主投入，经费由财政专项工作经费、区公共卫生服务经费、区计生事业经费和镇街配套经费等多方共同投入予以保证。

4. 考核评估机制。对“计卫一体”服务，区计生卫生局会同相关部门采用项目管理的方法，进行不定期抽查和年终集中考评相结合，对区计生指导站（妇保所）、各镇街计生办、医院的工作情况进行综合考评，根据考评结果下拨工作经费，并列入年终对镇街的计生目标管理责任制和对镇街医院的综合考核之中。

（三）深化“计划生育、优生优育”服务内容

1. 实施婚育咨询服务工程。各镇街组建婚育咨询师队伍，由妇幼保健人员、计生技术服务人员等专业人士担任咨询师，与新婚家庭以结对形式建立联系，提供婚后孕前、孕后产前、产后三次上门服务，帮助她们设计家庭生育计划，提供优生优育、生殖健康基本知识，解答有关疑问，指导落实避孕节育措施，建立生殖健康服务咨询档案。各镇街医院还设立“婚育咨询室”、孕妇学校、育儿学校等婚育咨询服务阵地，通过集中培训、电话咨询、网上论坛等多种途径，为新婚家庭提供包括婚、孕、育在内的全过程、面对面、个性化的知识咨询和指导服务，并建立家庭婚育咨询指导档案。

2. 实施生殖健康促进工程。将全区所有64周岁以下的已婚育龄妇女列入两年一次的免

费妇女病普查范围，与卫生系统组织的农民健康体检和计生系统组织的查孕查环相结合，使已婚育龄妇女花半天时间，进一家医院，完成三类检查，享受到更全面周到、省时、便捷的健康服务。

3．实施优生促进工程。全面推行“三级干预”。通过搭建婚前咨询、免费婚检、婚姻登记、优生检测“四位一体”综合服务平台，强化宣传教育工作，提高优生“两免”（免费婚检、免费孕检）检测率。加强围产期保健，实行病残儿免费鉴定，困难家庭孕妇免费补充营养素；开展免费产前筛查，免费新生儿疾病和听力筛查，困难家庭孕产妇免费产前检查和产前诊断等项目；实施困难家庭孕产妇住院分娩补助，困难家庭残疾儿康复训练补助等政策。对出生缺陷儿进行及时检查、治疗，提高患儿生活质量。

4．实施避孕节育优质服务工程。计卫联手，实施避孕药具“一卡通”供应体制改革，方便育龄夫妇就近领取。镇街医院积极开展社区计生卫生综合服务中心（站）建设，强化计生技术服务所需的用房、设备、人员等投入，切实提高计生技术服务质量，方便育龄妇女落实避孕节育措施。同时，相互配合共同做好引导落实长效避孕措施和计生手术后的随访等工作。

三、成效和体会

通过整合部门资源，开展“计卫一体”服务，达到了多方共赢的效果：一政府减少了投入，提高了效率，赢得了育龄群众的满意；二计生部门多了帮手，解决了技术力量不足的问题；三是卫生部门拓展了服务范围，增加了业务收入；四是育龄群众获得了更便捷、优质、全面的公共服务。随着“计卫一体”服务的不断深入，有力地推动了人口计生工作水平的提高，促进了寓管理于服务之中的工作机制的形成和人口问题的统筹解决。

（一）观念转变是基础。要用发展眼光、全局意识来突破长期以来计划生育服务体系的封闭性与技术力量、服务水平的局限性，以科学发展观为指导，确立依托发展的理念，体现前瞻性的思维，激发基层工作活力，循序渐进地推进工作。

（二）领导重视是关键。近几年，越城区委、区政府高度重视“计卫一体”服务工作，党政“一把手”亲自抓、负总责，多次听取汇报，召开会议，对一些重大问题进行研究拍板。区政府还出台了一系列政策措施，为“计卫一体”服务不断深入健康发展和取得实实在在的成效提供了有力保障。

（三）整合项目是重点。当前，统筹解决人口问题和深化医疗卫生体制改革为基层计生卫生工作带来新的发展契机，国家和地方各级政府从政策上、项目上、资金上都给予大力扶持，其中有不少项目是可以整合联手实施的。“计卫一体”服务作为一个整体，有利于争取计生卫生两方面的资金和项目，可利用一项投资发展两项事业，不仅保证建设和发展的资金来源，而且节约了地方的财政投入。

（四）便民惠民是归宿。“计卫一体”服务除发挥各自优势，提高工作效率外，最主要的目的还是提高服务能力和水平，让有限的公共资源，发挥最大的效益，使群众得到更多的实惠和便捷。

（作者工作单位：绍兴市越城区人口计划生育和卫生局）

对基层计划生育优质服务的几点思考

叶敏芝

一、计划生育优质服务的内涵

人口与计划生育工作是一项造逼人类惠及子孙后代的伟大工程。优质服务的内涵可以从四个方面把握：一是以人的全面发展为中心，着力于为广大育龄群体及家庭提供多方面的服务；二是强调服务内容的合法性、规范性；三是立足于最大限度方便群众，以简便快捷、经济实惠为前提；四是注重服务条件和服务手段的改善，用科学的方法提高效率和效益。

二、基层计生优质服务面临的主要问题

（一）计划生育服务对群众的吸引力不够

在计划生育日常工作中，管理性工作的比重大于服务性工作，群众的心目中计划生育工作者与育龄群众的关系仍是管理者与被管理者的关系，群众的生育意愿与国家计划生育政策的差距仍然存在，一些人对计划生育管理和服务工作往往持怀疑态度。在市场经济的今天还有免费服务项目，对免费服务的质量不相信。

（二）群众的优生优育、生殖保健意识不强

部分育龄群众对计划生育科普知识及自身的生殖健康状况不甚了解，优生优育知识极为贫乏。了解孕前早期应补充叶酸、孕前应作优生四项筛查、白化病和精神分裂症及先天愚型是遗传病，有些先兆流产可能是先天缺陷引起以及受孕 15 天—60 天是优生保健时期等优生知识人数较少。

（三）避孕节育措施知情选择认识有偏差

一些基层干部和育龄群众对知情选择缺乏全面的理解，致使相当一部分群众片面认为知情选择就是“不结扎,不放环”。一些育龄夫妇由于盲目选择不适宜自身情况的避孕节育措施，导致意外妊娠。

（四）计划生育服务技术力量薄弱，服务内容单一

乡镇技术服务人员大都是中专卫生院校的毕业生，经验缺乏、业务素质偏低，技能不全面、不系统、不扎实。计划生育技术力量设备及服务现状不能满足广大群众的要求。

三、推进基层计划生育优质服务的对策

（一）以群众利益为导向，突出“三个结合”

一是把优质服务与转变群众的生育观念结合起来。积极开展以突出计划生育优质服务为主题的宣传、咨询、义诊活动。以多种形式为载体，广泛宣传普及少生、优生、优育、优教和生殖健康等方面的知识，提高群众的健康水平，引导广大群众树立科学、文明、进步的婚育新观念。

二是把优质服务与发展经济结合起来。抓住奖励扶助、落实优先优惠政策、计划生育特殊困难家庭救助和“少生快富”试点工程，为独生子女户、两女结扎户、计生特困户优先提供生殖保健、计划生育等方面的知识和技能，解决他们的具体困难，增强自身素质，提高生产能力，帮助加快脱贫致富和经济发展 。

三是把优质服务与提高群众生活质量相结合。以为育龄妇女办实事为抓手，改单纯的查环查孕为查环、查孕、查病相结合。大力推广避孕节育措施知情选择，为农村育龄妇女落实安全、有效、适宜的计划生育避孕节育措施。实施“民心工程”。为农村已婚育龄妇女开展生殖健康免费检查，提高农村育龄妇女自我保健意识和健康水平，使之更好的投身到新农村建设之中。

（二）拓展优质服务功能，深入推进“三大工程”的规范实施

一是全面推进避孕节育优质服务工程。

二是推进生殖道感染实质性分类干预工程。

三是深层次推进出生缺陷干预工程。

（三）建立完善高效的计划生育优质服务运行机制，加强“三项建设”

一是加强服务阵地建设。全面加强乡村技术服务站（所）规范化建设。确保改扩建后的乡村服务站（所）达到净化、美化、绿化、温馨化、规范化、人性化“六化”标准。努力探索建立集计划生育宣传教育、技术服务、信息咨询、人员培训、药具发放“五位一体”的服务网络。

二是加快健全计划生育生殖健康服务机制建设。包括建立计划生育健康教育制度、避孕节育和生殖保健服务制度、知情选择和咨询服务制度等 。在普及新型农村合作医疗制度中，争取将生殖疾病治疗项目纳入合作医疗内容中，将节育手术并发症等纳入医疗保险中，减少育龄妇女落实节育措施的后顾之忧，降低手术风险，减轻病人的经济负担。

三是加强技术服务队伍建设。切实解决想服务、会服务、能服务、服好务的问题。通过招、调、借、聘等多种形式，积极引进优秀人才，配备和充实一批正规医学院校的毕业生和有专业技术资质的人才。要加强对专业技术人员的继续教育和专业培训工作，切实提高技术人员服务意识和综合服务能力，进一步健全完善科学管理、优质服务的岗位责任制，按照《计划生育技术服务管理条例》、相关法律法规要求，强化计划生育技术服务执业机构、执业人员及服务质量的监督管理工作。通过进一步加强咨询能力、技术服务能力建设，提高科学管理水平，全面推进计划生育科技事业的发展。

（作者工作单位：建德市杨村桥镇政府）

推进基层计划生育优质服务的几点思考

吴慧娟

近年来，随着人口与计划生育事业的发展及以人为本、人性化管理理念的进一步确立，推进计划生育优质服务势在必行。计划生育优质服务不仅仅是服务的优质化，更重要的是要建立以人的全面发展为中心的工作机制。这是计划生育工作在新形势下的总发展及新课题。

一、当前推进基层计生优质服务面临的主要问题

推行优质服务，在前进的过程中必然会遇到曲折和矛盾。从目前的状况看，还存在一些亟待解决的问题。

（一）计划生育工作本身对群众的吸引力不大。计划生育工作的目的是控制人口数量，提高人口素质，但第一目的是控制人口数量，在日常计划生育工作中，管理性工作的比重大于服务性工作，在群众的心目中计划生育工作者与育龄群众的关系仍是管理者与被管理者的关系，面对计划生育管理和服务工作一些群众是退避三舍。他们不相信在市场经济的今天还有免费服务项目，且对免费服务的质量持怀疑态度。

（二）人口与计划生育评估考核机制与现今的工作水平和基础不同步。考评机制是工作的“指挥棒”，必须适应形势需要。而旧的考评机制不利于指导基层把注意力和工作重点引导到为多数群众提供优质服务及提高管理水平和工作质量上来。因此，旧的评估考核机制必须尽快改革，要与以优质服务为主线的计划生育工作紧密配套，搞好导向。要坚持以人为本，以生殖健康为中心，为群众提供综合服务，建立幸福文明家庭。

（三）群众的某些合理的生育行为与实际操作相矛盾，形成了管理与服务之间的碰撞。在计划生育工作的实际操作中，一些相差几个月就符合政策的孕产妇，按照我们的统计口径和现行管理要求，属计划外怀孕对象，应该实行引产。这样的划分直接影响党群、干群的融洽，也与优质服务“以人为本”的宗旨相背离。虽然说不能盲目迎合群众的要求，但怎样既坚持原则性又不失灵活性，更好地为育龄群众服务却是我们应该研讨的一个问题。

（四）计划生育部门要真正居于优质服务的“主角”地位困难重重。从理论上来看，计生部门提供的优质服务应该是以生殖健康为中心，而从现在的工作实际情况来看，由于技术、设施、人才、群众的传统习惯等因素的制约和影响，基层计生服务站承担这一业务显得力不从心，恐怕在较长时间内仍将维持低层次服务的状态。

二、推进基层计划生育优质服务的对策

推进基层计划生育优质服务，必须顺应形势，抓住机遇，克服困难，拓宽工作领域，探索新的工作机制。

（一）要发展、完善计划生育优质服务体系，建立全方位、广视角、多层次的综合治理机制。优质服务是一项综合性的系统工程，单纯依靠任何一个部门都不可能抓出高效。因此，要从

大人口观念出发，跳出就计划生育的小圈子，回归社会，构筑优质服务的大工程框架，实现综合治理的服务体制。要重视和组织有关人员对优质服务的研究和学习，确保研究超前于服务，确立正确的长远规划和导向。

（二）要完善人口与计划生育考核评估机制。在评估考核机制上，考核项目要少而精，在控制人口数量的前提下，加大服务考核比重，把群众对优质服务接受不接受、欢迎不欢迎、满意不满意作为考核的内容和指标，保证考核的真实性、可靠性和权威性。涉及“三结合”工作的各部门，要研究制定切实可行的部门综合考核评估方案，加大考核力度，避免计生部门跳“独脚舞”的尴尬局面，要做到责任落实、措施落实、政策落实。

（三）要坚持“以人为本”的思想，重视加强对计生队伍，特别是技术队伍的培养和管理。人才是优质服务的根本保证。目前计生技术力量薄弱的问题十分突出，这也是制约优质服务持续发展的最大“瓶颈”。解决这个问题，笔者认为可采用三项措施：一是吸纳人才。把大专以上医科毕业生充实到乡镇计生服务站，甚至可以通过优惠政策，吸纳和引进一批技术拔尖人才。二是稳定队伍。队伍不稳，优质服务必然缺乏连续性。要对基层计生人员进行整顿和调整，胜任的留用，不胜任的分流，在确保素质提高的基础上，保持队伍相对稳定。三是强化培训。对现有人员分期分批进行经常化业务轮训。另外，从长远看，应该争取把国家在大专院校适当地增设相应的专业，培养高层次的计划生育专业人才，作为一项重要课题提出来。总之要面向基层，面向未来，着眼用好现有的，引进急需的，培养未来的，广开门路，吸纳人才，做好计生队伍的素质优化文章。

（四）按照上级计划生育工作思路和工作方法的要求，在计划生育技术服务方面，开展孕情监测、优生优育、生殖健康检查、计划生育手术、避孕药具发放及跟踪随访等服务，这为控制人口数量，提高人口素质发挥了重要作用。但随着社会经济的发展，育龄群众对生殖健康的需求不断提高，对服务的内容和质量要求也大大增加。一方面要广泛推行优生“两免”工作，全面推进生殖健康技术服务体系发展，切实提高出生人口质量，不断完善人口计生利益导向政策体系，千方百计促使计划生育更加便民惠民。另一方面要根据省人口计生委下发的《关于规范开展优生优育优教指导中心建设，扎实推进优生优育优教促进工作的通知》的要求，稳步推进“三优”促进工作的健康发展，以点带面，强化培训，稳步推进，注重实效。

（五）把握和处理好五种关系。一是加强基础工作与发展的关系。坚持优质服务与加强基层基础工作并举，促进优质服务工作的全面发展；二是典型培养与整体推进的关系。在试点的基础上，探索经验，以点带面，逐步推开，促进面上工作积极稳妥地开展；三是继承与创新的关系。要继承过去一些行之有效的工作措施，在继承中创新，在否定中发展；四是服务导向和群众需求的关系。要根据育龄群众的需求，来设计优质服务的载体，达到群众满意的目的；五是管理和服务的关系。管理是服务的保证，服务有助于管理的深化，寓管理与服务当中。

（作者工作单位：建德市新安江街道计生办）

杭州市上城区出生缺陷监测分析及干预措施

汪群燕　金敏琦

一、资料与方法

1. 资料来源　以 2007~2009 年 3 年间在杭州市上城区六家医院住院分娩、妊娠满 28 周至产后 7 天的围产儿做为监测对象，包括引产、死胎、死产和治疗性引产，共计 52266 例。

2. 诊断标准　按卫生部妇幼卫生司、中国出生缺陷监测中心 1995 年《中国出生缺陷监测工作手册》中的 23 类出生缺陷的定义及诊断标准进行监测 [1]。

3. 监测方法　采用以医院为基础的监测方法，选择 6 家助产单位作为监测点，对住院围生儿整群抽样。各监测点的监测人员填写围生儿报表及出生缺陷儿登记卡，按时上报区妇幼保健院，由区妇幼保健院负责资料的汇总、整理和分析。该资料建立了严密的质量控制系统，数据完整准确，结果可靠。

4. 统计学方法　年度间出生缺陷发生率比较采用 χ2 检验。

二、数据分析

1.　2007~2009 年出生缺陷发生率　3 年间共监测围产儿 52266 例，发现缺陷儿 1419 例，出生缺陷发生率为 27.15‰，年度间出生缺陷发生率比较均无显著性意义（见表 1）。

2. 主要出生缺陷发生情况　1419 例围产儿出生缺陷前 5 位是先天性心脏病、外耳及其他畸形、多指、唇腭裂、尿道下裂，见表 2、表 3。

3. 不同性别出生缺陷发生率　男婴出生缺陷占总 59.48%，女婴出生缺陷占 40.31%，性别不明 3 例，表明出生缺陷男婴明显多于女婴。

三、原因分析及对策

1. 出生缺陷原因分析　上城区出生缺陷发生率自 2007 年以来一直比较高，这种情况与监测点中的浙江大学医学院附属妇产科医院是全省乃至全国出生缺陷诊治权威医院，各地患者慕名而来有关，也与城区出生缺陷监测工作的深入和完善、诊断水平的提高、越来越多的畸形在围产期被发现、漏报减少、统计发生率逐渐接近真实水平有关。从出生缺陷顺位变化来看，3 年来，围产儿先心病发生率一直居高不下，平均发生率为 9.43‰，自 2007 年起围产儿先心病始终处于出生缺陷疾病构成第一位，这与胎儿心脏彩超的普及、先天性心脏病的诊断水平不断提高有着密切关系。同时也提示应普及先心病的防治知识。另一方面应加强产前诊断，特别是对于致死性复杂性先心病的产前诊断应在 28 周前，以此来控制由于先心病造成的围产儿死亡。历年可存活缺陷与致死缺陷比值均大于 2，可发生残疾的缺陷儿大于死亡的缺陷儿，如外耳畸形、多指（趾）、唇腭裂等对围产儿的生命虽无威胁，但影响了儿童的生长发育及增加了残疾儿童发生率 [2]。男婴出生缺陷发生率高于女婴，这与其遗传规律有关。取消

表 1 2007~2009 年围产儿出生缺陷发生情况

年份	围产儿数	出生缺陷例数	发生率(‰)
2007	15606	374	23.97
2008	17609	533	30.27
2009	19051	512	26.88
合计	52266	1419	27.15

表 2 2007~2009 年主要出生缺陷发生顺位及构成比

出生缺陷类型	例数	构成比(%)	顺位
先天性心脏病	493	34.74	1
外耳及其他畸形	148	10.43	2
多指	129	9.09	3
唇腭裂	84	5.92	4
尿道下裂	66	4.65	5

表 3 2007~2009 年出生缺陷前 5 位发生率(‰)比较

缺陷名称	2007 年		2008 年		2009 年	
	例数	发生率	例数	发生率	例数	发生率
先天性心脏病	61	3.91	221	12.55	211	11.08
外耳及其他畸形	40	2.56	66	3.75	42	2.20
多指	43	2.76	39	2.21	47	2.47
唇腭裂	27	1.73	31	1.76	26	1.36
尿道下裂	13	0.08	28	1.59	25	1.31

婚检(一级预防),通过产前监测诊断比例较低,低龄、高龄和多胎妊娠率逐年上升,病毒感染、药物影响、环境变化、遗传等因素仍然是出生缺陷发生的主要高危因素。

2. 预防干预对策

2.1 宣传教育先行。出生缺陷干预工作能否做好,关键是要大力提高群众自我预防的意识和能力,构筑预防出生缺陷发生的第一道防线。要充分利用广播、电视、报纸、网络等新闻媒体,广泛宣传出生缺陷干预的知识和政策,印制优生服务手册免费发放到每个新婚育龄对象手中。区民政局婚姻登记处设立婚检咨询台,鼓励和倡导参加婚前培训和婚前检查。区计划生育指导站设立专门的优生优育咨询办公室,为每对新婚夫妇提供免费优生优育咨询,为出生缺陷干预的顺利开展奠定了良好的群众基础。

2.2 坚持科学指导。出生缺陷干预工作科学性强,技术含量高,必须有一支高素质的人员队伍作为技术支撑,才能确保出生缺陷预防工作持续健康发展。城区充分发挥辖区省市医疗资源丰富、技术力量强大的优势,聘请省妇保、市一、市三、市四医院的专家,成立技术指导组,开展项目研讨、技术指导、咨询服务、业务培训等工作,全方位、多角度提高出生缺陷干预项目的服务能力。同时通过健康教育，引导待孕、已孕夫妇树立科学的婚育观念，改变不良生活方式，远离高危环境，避免接触有毒有害物质，预防感染，谨慎用药，合理补充营养素等，培养健康行为，减少出生缺陷发生的危险因素。

2.3 优化服务流程。出生缺陷干预工程是科学严谨的系统工程，要以人为本，将工作细化到每个环节，规范操作，严格流程。上城区区委区政府从整合计生、卫生、民政等部门资源，方便群众办事，提供优质服务的考虑出发，成立了集上城区婚姻登记处、上城区计划生育宣传技术指导站、上城区妇幼保健院为一体的上城区婚育服务中心，根据需要合理布局，提供一站式服务，受到群众的热烈欢迎。

2.4 加大财政投入。为确保出生缺陷干预工程的顺利实施，区委区政府给区计生局增拨专项经费，对符合条件对象的“四免一补”（免费婚前检查、免费孕前检测、免费产前筛查、免费新生儿疾病筛查和产前诊断费用补助）经费列入区级财政预算，保障“四免一补”工作经费、咨询经费、宣传培训及病残儿夫妇再生育优生指导和服务经费等落实。

参考文献

[1] 卫生部妇幼保健与社区卫生司，联合国儿童基金会，全国妇幼卫生监测办公室．中国妇幼卫生监测工作手册 [M]. 北京：人民卫生出版社，2005:70.

[2] 覃琴，蒋富香，曾菊华．怀化市出生缺陷监测分析 [J]. 医学临床研究，2006,25(4):597.

（作者工作单位：杭州市上城区计划生育宣传技术指导站）

依托婚育服务中心 实现“三三三”干预模式

——杭州市上城区出生缺陷干预项目工作阶段性分析

夏 勤

出生缺陷不仅是一个涉及个体家庭的医学问题，更是一个关系民族素质的社会问题。在区委、区政府的高度重视下，上城区于2008年9月率先在全市开展“出生缺陷干预”工作，旨在通过计生服务渠道为辖区育龄妇女免费提供系列服务，以推进以改善民生为重点的社会建设。经过两年多的努力，取得阶段性的成果，婚检率从2007年8月的3.7%上升到目前的44%，TORCH检测率已占新婚总数的30%左右。

一、项目实施的前期准备

1、立项调研。2007年，上城区人口计生局调研发现：近几年每年出生人口1500名左右，新生儿出生缺陷发生率约为12-13‰；2006年新生儿出生1407人，新生儿出生缺陷发生率为12.79‰，加上出生数月后出现的先天性缺陷疾病的患儿，缺陷发生率已高达34‰左右。

2、出台文件。2007年底出台上城区贯彻中央《决定》的实施意见，将出生缺陷干预作为提高出生人口素质的重要举措着力实施。2008年，区政府又下发了关于印发《上城区出生缺陷干预工程实施意见》的通知（上政函[2008]9号），将出生缺陷干预工作列入上城区政府为民办实事的项目之一，写入了政府工作报告，并成立技术指导组，落实了各部门成员的具体工作职责和任务。

3、成立中心。2007年，成立了集上城区婚姻登记处、计划生育技术指导站、妇幼保健院为一体的婚育服务中心，为未婚及已婚人群提供婚前检查、优生指导、计生服务和婚姻登记等“一站式”的服务，这是制度层面上的一种创新，在全省也是首创。

4、落实经费。为确保出生缺陷干预工程的顺利实施，区委区政府在各部门财政预算零增长的情况下，在原来免费婚检的基础上，专项拨款35万元，实现了婚检和优生筛查的“两免”。

二、项目实施的工作模式

依托婚育服务中心服务平台，在全省率先提出了“三三三”工作创新模式：

1、三级干预联动。一级预防通过健康教育、选择最佳生育年龄、遗传咨询、孕前保健、合理营养等孕前阶段综合干预，减少出生缺陷的发生；二级预防通过孕期筛查和产前诊断识别胎儿的严重先天缺陷，早期发现、早期干预，减少缺陷儿的出生；三级预防对新生儿疾病早期筛查，早期诊断，及时治疗，避免或减轻致残，提高患儿生活质量。

2、三部门牵头。建立了由人口计生、卫生、残联三家为主的部门协作工作机制，制定出了“上城区出生缺陷干预流程图”，明确各自的工作职责和任务。形成了由区计生牵头总抓并负责一级干预；卫生负责二级干预；卫生和残联共同负责三级干预；宣传、民政、劳动等有关部门分别结合各自工作实际协作的工作格局。

3、三级干预网络。初步形成了区、街道、社区三级出生缺陷监测与干预网络。区级监测与干预由区人口计生局负责，卫生、残联等部门协助。街道级监测与干预由街道办事处计生办负责。社区级监测与干预由社区负责。

三、项目实施的主要措施

1、加强宣传教育，提高公众认识。重点着眼于城区的层面，充分利用报纸、电视、网站和远程教育网等现代传媒工具和现有人口计生网络优势，积极宣传出生缺陷干预的重要性、必要性，宣传和普及预防出生缺陷的科学知识，把宣传教育工作渗透到各个领域，提高社会各层次、各群体对出生缺陷干预工作的认识和支持。区、街道两级层层召开工作部署会、宣传动员会，深入宣传开展出生缺陷干预工程的目标、意义和重要性，消除广大干部群众的认识盲区。街道和社区通过人口学校、社区活动等形式向广大育龄群众宣传出生缺陷干预的知识，有针对性地对不同人群开展教育，使之乐于接受各种优生措施，主动配合做好一级干预工作。

2、重视婚前检查，做好优生指导。充分利用区婚育服务中心，采取多种措施，鼓励未婚青年自觉接受婚前免费医学检查，组织专业技术人员开展遗传与优生咨询服务，普及婚前保健知识；对婚育人群进行母婴健康科普知识宣传，通过举办婚前培训班，吸引婚育人群主动积极参与孕前检查和指导。

3、开展免费检测，做好孕前筛选。充分利用婚前检查、婚登、孕前检查、孕后建卡等有利时机，宣传感染TORCH病毒的危害，促使已婚育龄妇女适时自觉接受TORCH检测。同时，重点关注高龄孕妇、已生育出生缺陷儿的再孕妇女等高风险个体，并指导其参加出生缺陷筛查；建立残疾人家庭生育档案和病残儿家庭再生育监护档案，进行重点跟踪随访；对夫妇双方或家系成员患有遗传性疾病或先天性畸形者，曾生育遗传病患儿、不明原因智力低下或先天畸形儿的夫妇，不明原因反复流产或有死胎死产等情况的夫妇，35岁以上准备怀孕的妇女，长期接触高危环境因素的育龄男女等出生缺陷高危人群建立相应档案，重点监控，由专家、志愿者实行一对一的指导服务。

4、改善外部环境，补充微量元素。指导待孕夫妇树立科学的婚育观念，改变不良的生活方式，帮助育龄夫妇建立健康的工作、生活和身心环境，选择最佳的生育年龄和怀孕时机；合理补充营养，禁烟戒酒，谨慎用药；加强女职工孕期劳动保护，避免接触有毒有害物质、放射线和高温环境等；引导待孕家庭中不养宠物，尤其妇女不要接触猫、狗等动物，以免感染弓形虫，给将来的生育带来危害；因人而异指导孕前三个月至孕后三个月的妇女补充叶酸等营养素和适量微量元素，以降低先心病、神经管畸形、唇腭裂的发生率。

5、优化服务流程，提升服务实效。在工作中，“抓好三个规范、落实三个保证”：①规范服务阵地，保证工作有序。区计生指导站根据工作需要合理布局，保证工作井然有序。各科室设置醒目标牌，确保按流程进行操作。强化科普知识宣传，营造亲切、温馨的氛围，为项目对象提供整洁、舒适的服务环境。②规范服务流程，保证服务质量。设置一套通俗易懂的调查问卷，使服务对象了解孕前干预的重要性和优生优育的有关知识。指导站技术人员定期对问卷调查进行总结、分析，每星期对TORCH检测结果进行收集并电话通知本人，两个月组织一次电话调查，对应筛查项目目标人群开展电话调查，了解对应筛查人员的宣传教育情况和满意程度，基本做到了出生缺陷干预重点对象基本信息明晰，跟踪监测和服务及时、到位。③规范服务行为，保证群众满意。区计生指导站选派业务精、责任心强的技术服务人员接待来访的每对咨询人员，聘请省、市有关专家对技术服务人员和计生专干进行业务培训，以提高他们的服务能力。

四、项目实施的问题及对策

杭州市上城区的出生缺陷干预工作刚刚起步，还存在不少困难和问题，一是群众参与性不高，TORCH 检测率偏低。二是基层计划生育工作者有关出生缺陷干预知识知晓率较低、咨询能力不够，难以满足工作需要。三是出生缺陷干预工作的有效机制还没有完全形成。

下一步，我们将继续按照“政府主导、部门分工协作、技术支撑、全社会参与”工作机制的要求，不断总结，完善措施，积极发挥区省市医疗资源丰富、技术力量强大的优势，依靠专家力量，在工作落实和创新上下功夫，努力提高干预工作水平。一是结合本地区发病特点，进行调查研究，找出主要致病因素，落实针对性干预措施。二是加大出生缺陷干预知识宣传培训力度，提高群众知识知晓率和计生队伍的综合服务能力。三是依托医疗服务机构，建立预约－服务－转诊－回访的有效服务链。在一级预防中为新婚人群免费提供“婚育健康服务包”，提供免费婚育健康咨询。在专家指导下对辖区内准备怀孕的妇女建立孕育档案；记录异常婴幼儿的组织医学鉴定结果，采集出生缺陷和遗传性疾病的全人群资料，建立社区出生缺陷起报制度，完善出生缺陷个案档案。在二级预防中重点推广实施产前筛查和诊断技术等，主要包括产前筛查和产前诊断机构能力建设，医务人员技术培训，为孕产妇提供产前筛查和产前诊断服务。在三级预防中开展新生儿和婴幼儿系统保健，不断提高新生儿疾病筛查率，对确诊患儿应建议其立即进行治疗，并定期进行跟踪随访和体格、智能发育评估。

（作者工作单位：杭州市上城区人口和计划生育局）

1991例已婚妇女妇女病普查情况分析

俞艳锦 方淑琴

妇女病是已婚妇女的常见病、多发病，严重影响了广大妇女的身心健康。为了更好地促进妇女健康，提高生活品质。杭州市西湖区留下街道计生服务站免费对街道部分已婚妇女进行妇女病普查，并对相关资料进行整理分析，现报告如下。

1. 资料与方法

1.1 资料 留下街道11个村社失业、待业、下岗、提前退休等闲散人员、已婚妇女共1991例进行妇女病普查。

1.2 内容 常规妇科检查、白带常规、宫颈刮片（巴氏法）、盆腔B超、乳房红外线检查。

2. 结果

2.1 妇女病普查情况 实查人数1991名，患病率为68.56%。各类疾病患病率（见表1）。发病率占首位的是慢性宫颈炎，其次是阴道炎。

表1 妇女病普查情况（n,%）

妇科病	患病例数	患病率	顺位
慢性宫颈炎	519	26.07%	1
阴道炎	325	16.32%	2
乳腺增生	298	14.97%	3
子宫肌瘤	155	7.79%	4
卵巢囊肿	41	2.06%	5
子宫内膜炎	12	0.60%	6
盆腔炎	6	0.30%	7
子宫腺肌症	4	0.20%	8
疑似癌前病变	4	0.20%	9
外阴白斑	1	0.05%	10
合计	1365	68.56%	

2.2 慢性宫颈炎情况

各类妇科病中慢性宫颈炎发病率占首位，有519例，其中轻度宫颈糜烂356例，中度宫颈糜烂100例，重度宫颈糜烂39例，在宫颈炎中所占比例分别为68.59%、19.27%、7.51%。而宫颈息肉和纳氏囊肿比例较低，分别为4.24%、0.39%。20–29岁与30–39岁年龄组的发病率较高（见表2）。

表 2 宫颈炎症患病情况

年龄（岁）	受检人数	宫颈糜烂			宫颈息肉	纳氏囊肿	患病率
		轻	中	重			
20–29	305	65	16	5	0	0	28.20%
30–39	835	164	43	19	12	2	28.74%
40–49	851	127	41	15	10	0	22.68%
合计	1991	356	100	39	22	2	26.07%

2.3 阴道炎情况

阴道炎 325 例，以细菌性阴道炎、霉菌性阴道炎、滴虫性阴道炎为主，为妇科病发病的第二位，细菌性阴道炎较多，有 198 例，占阴道炎的 60.92%，其次是霉菌性阴道炎、滴虫性阴道炎，分别为 36 例、23 例，占阴道炎的 11.07%、7.08%。

2.4 其它 乳腺增生 298 例，占患病的 14.97%。疑似癌前病变 4 例，占患病率的 0.2%。

3. 讨论

3.1 普查结果讨论 从本次普查结果可以看出，留下街道这部分育龄妇女妇科病患病率偏高，尤其是生殖道感染，成为影响育龄妇女健康的首要问题。慢性宫颈疾病占首位，与国内报道相似 [1]。20–29 岁与 30–39 岁年龄组的发病率较高。与该阶段妇女处于生育期，性生活比较活跃，雌激素水平较高，加上分娩、药物流产、人工流产次数增多，放取宫内节育器损伤宫颈，缺乏相关性卫生保健知识等因素有关。为此要加强对人流危害性、性卫生知识的宣传，做好避孕药具随访、四项手术随访工作，防患于未然。

3.2 慢性宫颈炎（chronic cervicitic ,cc）是妇科常见疾病，是引起盆腔脏器炎症的潜在病灶，与宫颈癌的发生有密切关系 [2]。其进展规律一般遵循“慢性宫颈炎 – 宫颈上皮内瘤样变 – 宫颈癌”[3.4]。宫颈癌的发生是一个相对缓慢的过程，从宫颈癌前病变，发展成宫颈癌，大概需要十年时间，因此关键是定期筛查，实现“三早”--- 早发现，早诊断，早治疗，是降低“两率”--- 发病率和死亡率的重要手段。宫颈糜烂（CE）是 CC 的最主要形式（约占 60–80%）[5]. 且 CE 的宫颈癌发病率较宫颈囊肿（CA）、宫颈息肉（CP）等高 7 倍之多，而留下街道宫颈糜烂占 95.38%，明显偏高，提示开展失业、待业、下岗等女性闲散人员的妇女病普查普治的紧迫性和重要性。我国是宫内节育器（IUD）使用最多的国家，据报道，宫颈息肉与采用宫内节育器有关，可能是由于带有尾丝的宫内节育器长期直接刺激宫颈所致 [6]，因此对放置有尾丝 IUD 的慢性宫颈炎患者予以重点跟踪服务。

3.3 阴道炎 主要是细菌性阴道炎（bacterial vaginosis）、真菌性阴道炎、滴虫性阴道炎，其中细菌性阴道炎最常见，发病年龄通常在 15–44 岁，10–50% 患者无症状，有症状的患者表现为阴道分泌物增多，呈灰白色，稀薄，腥臭味，尤其性交后明显。可引起宫颈上皮不典型增生、子宫内膜炎、输卵管炎、盆腔炎、不育等。而真菌性阴道炎与抗生素、皮质类固醇药物应用、个人卫生等有关。滴虫性阴道炎是阴道毛滴虫引起的性传播疾病。阴道炎可引起宫颈炎及宫颈糜烂，而宫颈糜烂是诱发宫颈癌的高危因素。留下街道阴道炎发病率为 16.32%，提示要把工作重点放到阴道炎的防治上。

综上所述，留下街道妇女生殖健康状况不容乐观，计生部门要认识到妇女病普查的重要性和必要性，加大经费投入，做好宣传引导，坚持定期开展妇女病普查普治工作，提高育龄妇女的生殖健康水平，降低育龄妇女妇女病的发病率。

（作者工作单位：杭州市西湖区留下街道计划生育服务站
杭州市西湖区计划生育指导站）

创新服务理念 打造服务品牌

孙红锦

杭州市拱墅区人口计生局始终坚持优质服务、以人为本、以创新、尊重、品质、专业为核心理念,“稳定低生育水平,提高人口素质”为目标,以宣传教育为导向,以优质服务为核心,以群众满意为宗旨,创特色,争一流,打造计生优质服务品牌。多年来,全区低生育水平稳定,人口计生工作氛围良好。先后荣获国家计划生育优质服务先进区、浙江省流动人口计生工作先进集体、浙江省生育文化园区等荣誉。区人口计生服务中心被授予浙江省巾帼文明示范岗。

一、基本做法

1、创新服务理念。始终把宣传技术服务作为优质服务的重中之重，注重用人性化、温馨化、个性化的新理念统领宣传技术服务工作。在服务中始终以“四个尊重”——尊重人的需求、尊重人的人格、尊重人的隐私、尊重人的尊严作为服务的指导原则，坚持“细节决定成败”在服务流程的各个细节凸显人情、人性、人文关怀。以精益求精的专业素养、精良的服务、领先的技术赢得了稳定的服务对象。

2、创新人才环境。一是注重人才引进。针对指导站事业发展、业务增加等实际情况，近年来在拱墅区人事局的大力支持下，面向全国招聘了11名专业技术人员。目前这些年轻技术人员都已成为工作骨干。二是注重全员培训。对管理工作骨干和技术岗位人员进行以职业理念、职业素质、职业道德、职业能力、职业形象等内容的系统培训，提高员工的素质。三是注重实践锻炼。通过开展外展、示范、带教、观摩以及专家讲座、选派优秀骨干外修学习，聘请专家亲临带教等形式，提高工作人员的职业技能。四是注重继续教育。对在职技术人员继续教育，给予全额报销学历教育的学费，调动员工学业务、学技术的积极性（目前区级计生专干达到本科以上学历的人员已占90%以上）。五是打造优秀团队。从斟选人才到绩效考评，坚持公平、公正、公开原则，坚持用事业留人、感情留人、薪酬留人、福利留人、环境留人、发展留人，对每位员工的职业发展给予关注、关心和关怀。目前区站18名专业技术人员中，具有高级职称2人、中级以上职称6人,区计生指导站站长还光荣地当选为省十一届人民代表。

3、创新服务环境。区生殖健康服务中心从服务理念、服务流程、服务细节入手，用色彩美化服务环境，用音乐和色彩调节人的情绪，体现人性化、温馨化、个性化的服务理念。近年来，区生殖健康服务中心在阵地、队伍、技术服务、专业设备方面都有了很大的提升。区财政局为人口计生优质服务给予了专项经费的支持和保障。

4、创新服务机制。针对我区外来流动人口和失业无业人员数量多、需求大、管理难等实际情况，我们认真落实国家对失业、无业人员和流动人口免费提供计划生育技术服务的政策，着重建立了三项服务制度：一是延伸服务制。成立基层服务小分队，定期指导基层工作。为加大计生服务的辐射面和影响力，开展连锁式计生服务“卫星站”建设，目前全区已有与区计生指导站在服务理念、服务环境、服务流程等方面既统一协调，又在业务、服务项目上有分工的10个“卫星站”，计生服务理念和服务品牌得到了有效的延伸和打造，受到群众欢迎。二是延时服务制。为使本地居民和外来创业人员得到及时、方便的计生服务，区生殖健康服务中心服务窗口实行中午和傍晚的延时服务。三是无休服务制。区生殖健康服务中心克服人手少、任务重等困难，坚持周六、周日服务。每年大约为外来流动人口和失业无业人员提供B超孕环情监测、避孕节育技术服务八万余人次。

5、创新服务体系。为使服务目标人群更加清晰，服务定位更加准确，区生殖健康服务中心设置了四大服务区域，即：“幸福人生阳光天地”，让全区育龄妇女（包括常住和流动人口）能够得到人性化、温馨化、高质量的生殖健康服务，树立良好的计生服务品牌和形象，让群众自主参与，与群众互动，使该中心成为群众满意、百姓关心，充满活力的优质服务阵地。“流动人口温馨港湾”使拱墅区的30多万外来创业者真正享受到与常住人口同管理、同服务和家的温馨，使他们得到国家规定的各项免费的计划生育技术服务。“花季雨季健康驿站”针对青少年的特殊需求，提供优质、亲切、无价值评判和保护隐私的生殖健康服务，倡导青少年树立积极、健康、正确的人生观、世界观、价值观。“金秋岁月谈心沙龙”为广大中老年群众营造一个可以相互交流、相互理解，倾吐自我的阵地，帮助他们以乐观、积极向上的态度迎接金秋岁月。仅2009年就为中老年提供个性化服务500余人次，受到群众的欢迎和好评。

6、打造服务品牌。通过“优质服务、情满拱墅”主题活动以及引进与创新并举，提出优质服务新理念、新思路、新举措。开展了与英国玛丽斯特普国际组织、美国、日本、爱尔兰以及北京、上海、南京、广州、杭州等专业机构与专家的技术交流与合作，引进了国内外计划生育/生殖健康的新技术、新信息、新理念，聘请了一批著名专家为技术顾问，建立了专家支持系统、合作培训系统、绿色转诊系统，大大提升了我区计划生育生殖健康服务的水准和技术服务的质量。通过四大服务区域和目标人群的服务定位，使计生优质服务尽显生机和活力。近年来，我区以“品质生活、和谐计生”的服务管理理念得到了各级人口计生系统领导和同行的认同和肯定。国家人口计生委科研所、中国医师协会、中国初级卫生保健基金会、北京协和医院、北京中医药大学、解放军总医院、南京军区总医院、上海计划生育科研所、浙江省妇幼保健院、浙医二院、省肿瘤医院以及国内外专家学者多次亲临我区考察指导工作，对我区人口计生技术服务的工作思路、管理理念、服务理念、服务环境、工作标准质量控制给予了精心指导和专业培训，有力地促进了我区生殖健康技术服务水平的提升。

二、主要成效

1、群众满意获双赢。通过计生技术服务的实践，提高了全区广大育龄群众对人口计生工作的满意度，改变了以往空口说教、空手服务的被动局面，为群众提供了实实在在的品牌服务和需求服务，增强了群众对人口计划生育国策的理解和支持，树立了人口和计划生育工作的良好形象。由于我们认真以群众的需求为导向，追求服务的品质、诚信，同时又以科技和创新为引导，未出现一例服务质量差错及投诉。目前我们的服务人群辐射杭州市乃至更大范围，许多群众从外地慕名前来，计生服务的辐射面和影响力大大增强，《中国人口报》等媒体多次报道了我区的优质服务工作，展示了拱墅人口计生工作的良好形象。

2、技术领先强素质。由于开拓了服务领域，开展了新技术、新业务，员工的综合素质有了明显的增强，提高了为群众服务的本领。今年以来又以打造一流的女性健康中心为目标，努力做好二个品牌中心 --- 即红玫瑰女性健康中心、金秋岁月健康中心，努力探索提高群众生殖健康水平的新途径、新模式。

3、*事业发展增活力*。建立了欧迪诊断宫颈癌前病变筛查技术合作中心，仅2010年这项技术已惠及全区近二万育龄妇女。2010年我们又与中国初级卫生保健基金会合作建立了DNA女性肿瘤筛查技术合作中心。通过开展计生优质服务，使计生事业有了长足的发展，也增强了计生优质服务的实力和后劲。通过标准化建设改善了服务设施与条件，增添了一批专业技术设备和为技术服务提供支持的信息化设备，增强了为群众服务的能力。目前区生殖健康服务中心全部实现了数字化管理，2010年还应用了远程诊疗系统，大大提高了工作质量和效率，为优质服务提供了良好的支持和保障。仅2009年区生殖健康服务中心通过优质服务收入用于环境建设和设备更新就达200多万元，为人口计生事业的可持续发展提供了良好支持和保障。

（作者工作单位：杭州市拱墅区人口和计划生育局）

第七部分　计生队伍建设

农村计生技术服务队伍建设存在的问题与对策

——以磐安县为例

周顺香

计划生育技术服务队伍建设是保障育龄妇女身心健康，提高我国人口素质基本力量。加强计划生育技术服务队伍建设，对于推进和谐社会建设，促进经济发展有着举足轻重的作用。笔者从事农村计生工作多年，现就农村计生服务队伍建设谈点粗浅体会。

一、计划生育技术服务队伍的现状和问题

磐安县19个乡镇全部建立了计划生育服务站（其中4个乡镇为计卫合作），服务全县4万多名农村计划生育对象。计生服务队伍人员专业学历均在中专以上，取得医师执业资格有8人，宣教技师4人，平均年龄37岁。

人口计生工作重心下移和工作机制由管理向服务“转型”，迫切需要造就一支懂业务、会管理、愿服务、能服务的职业化计生队伍。据调查分析，磐安县计划生育技术队伍建设与当前工作要求还有一定距离。主要表现为：

（一）服务员认识模糊

基层服务站要求承担和做好宣教、服务、优生、药具、咨询、随访、保健、培训等八项公共服务职能。全县各站虽能较全面地开展各项工作，但也存在一些工作不够深入等问题，如宣传教育不到位，技术服务只局限于查环查孕，多数服务站没有开展查病，也有少数站对生育全过程、随访、外出生育对象管理等工作不到位。造成这种情况，一是服务员的主观意识、工作责任心不强；二是一些乡镇计生服务员享受的政治、经济待遇比计生专干低，从而影响了部分计生服务员的工作积极性。

（二）技术服务人员兼职太多

基层服务员工作面宽量大，既要开展业务工作，又要包村联户，还要兼乡镇其他工作，造成精力分散，一定程度上削弱了做计生服务工作的力度。

（三）服务条件有待改善

全县19个服务站中，有少数服务站办公条件达不到规定的标准，设置欠合理，设备不齐全，设施欠佳，不能很好地开展普通妇科疾病检查。

二、加强计划生育技术服务队伍建设对策

（一）提高认识，稳定队伍

国家人口计生委从发展人口计生事业的高度出发，提出了人口和计划生育干部队伍职业化建设的要求。积极建设高素质、职业化的人口计生技术队伍是各级人口计生系统的目标、任务。各级政府应紧紧抓住机构改革和社会变革的有利时机，积极争取领导的重视，强化部门协作，吸收新生力量，增加人才储备。同时，要更新传统的选人、用人观，从建立机制上入手，强化计生技术队伍职业化建设，并做到计生服务员专职专用，让广大服务员从繁琐的

行政事务中解放出来，专职做好服务工作。

（二）加强培训，提升能力

一是人口计生政策、法律、法规的培训。要紧紧围绕《人口和计划生育法》、《计划生育技术服务管理条例》、《浙江省人口和计划生育管理条例》等内容进行授课，加强人员的思想政治、职业道德教育，引导职工树立以人为本，爱岗敬业的意识。

二是强化技术业务培训。聘请有多年临床经验的妇科、B超方面的专业医师授课；加强《计划生育技术服务质量管理规范》、《护理指南》和《手术操作常规》等计划生育管理与技术操作知识的学习，进一步增强服务人员法制意识和技术服务操作技能。

三是根据业务需要对技术人员实行轮换进修，接受先进技术、知识的培训，进一步提高服务技能。

（三）建立激励机制

1、建立科学的管理体制。建议设置县计生指导站分站，核定技术服务人员，配强配齐力量，通过分站的辐射功能带动全县生殖服务水平提升。分站为县计划生育指导站下属单位的事业机构，人员由县指导站直接管理，工资由县财政局制卡统一直接拨付。服务站的目标制定，人员管理、考核、奖惩、工资以及职称晋升、辞退与调动由县计生指导站统一负责。

2、建立考核机制。一要从强化内部管理入手，进一步修订完善职工岗位目标责任管理和绩效工资考核奖惩办法，服务站实行定任务、定责任、定奖惩的目标管理。二要鼓励不具备执业资质人员考取执业资格，鼓励技术人员晋升职称，对考取执业资格或晋升职称者给予一定的奖励。同时，每年定期组织计划生育技术人员和非临床技术人员业务知识考试及技术服务能力操作考核，促进计生技术队伍业务水平的提高。三要对计划生育技术服务人员实行资格认定制度。对于一定期限内仍不具备执业资格，且业务水平差、年龄大的人员，逐步转岗。

（四）加大财政投入力度。县财政要把提高计生服务队伍服务能力建设所需经费纳入公共财政预算，建立以财政投入为主的投入机制。主要用于对工作环境的改善，购置必要的计生设备、计生服务人员的工资及福利。并要真正落实法律规定的免费计划生育技术服务项目以及基层工作人员报酬，还要随着经济发展逐年提高投入总体水平。

（五）建立计生服务员后备人才数据库。后备人才资源是人口与计划生育事业的可持续发展的重要保障。建议在县人才市场建立人口与计划生育技术服务人员数据库，方便计生服务员队伍的及时充实与调整。同时也要允许计生人员自主流动、调离、自谋职业和辞职，真正形成能上能下、能进能出、优胜劣汰的用人管理机制。

（作者工作单位：磐安县冷水镇计划生育服务站）

关于农村女两委委员在计生工作中的作用的调查和思考

胡小芳

人口计生工作的重点和难点在农村，村级计生队伍是落实各项计生政策的一线力量，是做好人口和计划生育工作的基础和关键，他们作用发挥的好坏直接关系到计划生育工作的水平和实效。最近，笔者就磐安县发挥农村女两委委员在计划生育工作中的作用，加强村级计生队伍建设作了调查和思考。

一、基本情况

磐安是一个山区县，是全省25个欠发达县（市）之一。全县总面积1196平方公里，现有19个乡镇，363个行政村，8个居委会，20.96万人口，村庄小而散，人口密度分布不均。全县共有村计生服务员370人，其中190人由村女两委委员兼任，占51%；村女两委委员467人，有41%的村女两委担任了计生服务员。以上数据可以看出，该县村女两委委员与村计生服务员交叉任职比例较高，村女两委委员已成为磐安县农村计划生育工作的中坚力量。

二、农村女两委委员在计划生育工作中的优势

农村女两委委员作为农村基层干部队伍中的一支新兴力量，是党和政府联系妇女群众的桥梁，在计划生育工作中优势明显。

（一）具有良好的群众基础

村女两委委员是农村妇女中的佼佼者，她们由全村党员或全体村民民主选举产生，有着坚实深厚的群众基础。她们生活在群众中间，对村里每一户的计生信息情况比较熟悉，对已婚育龄妇女的需求了如指掌，可以随时随地为已婚育龄妇女提供有针对性的优质服务。

（二）具有明显的组织优势

村女两委委员的法定地位和工作职权，赋予了她们在村级工作中的发言权和决策权，更有利于把计划生育工作纳入村中心工作，找准计生工作和村中心工作的结合点，更好地把计生工作落到实处。

（三）具有较强的组织协调能力

村女两委委员有善于宣传、善于组织协调、善于交流沟通、善于做思想工作等特点和优势，在计划生育工作中发挥了宣传员、组织员和信息员的作用。他们充分利用组建村腰鼓队、健身舞队等多种形式开展计划生育政策、优生优育、生殖保健知识宣传教育，发挥了“宣传员”的作用；以实施“婚育新风进万家”、“阳光计生行动”、“优生两免”政策为载体，加强生育文明阵地建设，完成了28个计划生育示范整治村建设，发挥了“组织员”的作用；开展育龄群众需求信息采集活动，与育龄群众进行深入的思想交流，采集民情，

了解民意，使人口和计划生育工作更加贴近农村、贴近生活、贴近群众，发挥了“信息员”的作用。

（四）具有较强的示范带头作用

村女两委委员不仅是执行计划生育政策的模范，还是科技致富带头人，她们为育龄妇女特别是在家的育龄妇女致富起着榜样的作用，也为妇女群众提供了创收的门路，在妇女群众中有着较高的威信和亲和力，有利于计生工作的开展。

三、影响和制约农村女两委委员作用发挥的因素

（一）计生业务水平不高

虽然农村女两委委员在工作实践中积累了许多知识和经验，但由于计生专业知识和技能的理论培训指导不够，加上自身工作条件的限制，她们对计生工作的内容、性质、政策以及工作方法和工作技巧掌握不够系统全面，专业水平不够高，影响了计生工作的深入开展。

（二）经济待遇不平等

笔者在走访调查中了解到，村女两委委员在村计生组织中直接从事计生工作的人员作用发挥胜过分管计生工作的人员。但是村干部之间经济待遇的差别，一定程度上挫伤了分管计生工作的村女两委人员的工作积极性。据了解，磐安县村主职干部按照村规模的大小可以享受5000—7000元一年的误工补贴，连续担任15年以上的，按照年限长短在离职后享受每年500—700元的生活补助；村治调主任也可享受每年240元的经济补助；计划生育服务员可以享受1200—1500元的年报酬，而分管计划生育的村两委女干部则无任何经济报酬，严重影响了他们的工作积极性。

（三）计生工作高要求带来的新问题

随着计划生育村民自治工作的不断深入，人口计生工作重心下移，计生工作职能由管理向服务转型，对村计生队伍提出更高的要求，一些村女两委一时难以适应和达到这样的要求。

四、建议和对策

（一）加强计划生育业务培训和指导，提升素质

县人口计生局和乡镇计生办等业务部门要以提高实践能力为重点，以乡镇党校、人口学校为阵地，着力加强村女两委委员计生基本理论、基本知识和基本技能的培训和学习，使他们掌握业务知识，熟悉工作规程，并且要有针对性地进行跟踪指导，逐步提高他们的综合素质和工作能力，以便独立、创造性地开展工作。

（二）加强村级计划生育基层组织建设，增强活力

进一步加强村级计划生育协会组织建设，重点配齐配强协会会长、副会长及会员小组长，对没有兼任村计生服务员的女两委员，可以通过一定程序，选聘到村级计划生育协会任职，可以担任专职副会长、会员小组长等职。同时，可以通过公推公选、竞争上岗、组织任命等方式，调整充实到村计生服务员队伍，实现“优胜劣汰”、“新老交替”，增强村计生服务员队伍的活力。

（三）落实各项待遇，发挥作用

对村女两委员从政治上关心、生活上照顾、工作上支持。要强化政治保障，对在计划生

育工作中表现突出的女委员，优先推荐为村两委后备干部，优先推荐为各级党代表、人大代表和政协委员，非党的优先推荐加入党组织。要切实加强经费保障，逐步解决人员工资等待遇问题。按照上级补助一点、乡镇统筹一点、村负担一点的办法，建立村计生工作队伍报酬统筹基金，对没有兼任村计生服务员的女两委员按照各自所在岗位，落实相应待遇；对多年从事计划生育工作人员，建立离职补助制度。要重视社会舆论宣传，充分挖掘村女两委典型，充分发挥先进典型的引领作用，使村女两委委员的工作得到社会的广泛认可，不断地为她们创造一个良好的计生工作环境，推进计生工作跨上新的台阶。

（作者工作单位：磐安县万苍乡政府）

培养大学生村官 充实村级计生队伍

杨日清

为了适应新形势、新任务的需要，人口计生的工作思路和工作方式正在实现新的转变，如何提升人口计生干部队伍能力问题也摆在了我们面前。义乌市计生局抓住机遇，大胆创新，提质提效，努力探索把大学生村官培养为村级计划生育协助员的工作路子，以造就一支职业化的村级人口计生队伍。

一、以人为本 积极为大学生村官打造新平台

义乌市把大学生村官聘用为村级计划生育协助员，在社会上引起了极大的反响。

义乌市是流动人口集聚速度惊人的一个县级市，辖区户籍人口 78 万，而外来流动人口有 125 万，还有常住外商人口 2 万余人，外地人口是本地人口的 1.6 倍之多。人口的大量流入，在促进义乌市的经济建设和社会发展的同时，也给人口和计划生育工作带来了一定的难度。面对新形势，要夯实村级计划生育工作基础，就要敢于改革创新，探索新途径。义乌市辖区有 818 个行政村，有 818 名大学生村官，把这些大学生村官纳入村级计生工作队伍，为村级计生工作注入了新生力量，进一步夯实村级计生工作基础，提高了办事效率，为提升全市计划生育工作水平创造了条件。

二、强化意识 大学生村官做好计生“四大员”

（一）当好宣传员，传达相关政策

发挥大学生村官在农村计生工作宣传上的优势，要求大学生村官在宣传教育工作中做到脑勤、口勤、手勤、脚勤，把计划生育法律法规政策、奖扶优待政策和计划生育科普知识记于心、入于脑、讲于口。并积极借助现代远程教育技术，把科学知识和先进文化送进村，以走街入户等方式，积极向农民群众讲解、宣传婚育新风，宣传国家法律法规、人口和计划生育政策以及优生优育与生殖保健科普知识等，引导农民群众破除迷信，破除封建传统“多子多福、养儿防老”等陈旧的生育观念；建立新型婚育观念，倡导健康文明的生活方式。

（二）当好调研员，了解村情民意

要求大学生村官了解广大育龄群众的基本情况，深入农户，走近群众，开展调查研究，了解群众所思所想，所急所忧所盼，倾听群众的心声，听取农民群众对人口和计划生育政策的看法和对人口计生工作的需求等，在村“两委”干部之间加强勾通、交流，提供可靠的第一手资料。

（三）当好服务员，贴近基层群众

要求大学生村官充分发挥人口计生服务网络优势，积极依托各镇街人口计生服务站、村人口学校和计划生育协会等阵地开展工作。要以生殖健康进家庭服务活动、三下乡活动、大走访活动等为载体，为广大育龄群众提供优质高效的服务，最大限度地做到思想上尊重群众，

行动上服务群众，感情上贴近群众，实实在在地从服务距离、服务方式、服务内容上拉近关系，贴近广大育龄群众。

（四）当好辅导员，推进科学规范

大学生村官要积极利用自身高等院校学习丰富的网络知识以及熟练的计算机操作技能，以取长补短的方式，有针对性地对村级计划生育服务员进行指导，明确学习的目标和要求，制订和落实学习计划，丰富学习内容，改进学习方式，提升村级计生服务员的能力，切实提高综合服务管理水平。同时，要积极协助村计生服务员利用电脑整理好各种相关资料和育龄群众的信息档案，编写各类台帐，保存相关资料等等。

三、加强学习 注重大学生村官的培养

（一）加强理论学习，进行业务培训

义乌市计生局从搭建学习培训平台、拓展施展才华平台、打造交流沟通平台三方面着手，努力提高大学生村官的服务水平，激发创新创业活力。如邀请市计生局领导和业务骨干对各镇、街的大学生村官进行计划生育法律法规、政策、统计、宣传教育、避孕节育、基层基础帐册卡、人口学校、计划生育协会等知识的培训。培训、考试取得资格发给计划生育协助员上岗证。

（二）开展结对帮扶，手拉手入角色

由村级计生服务员带领大学生村官开展日常计划生育工作，带领他们尽快进入角色。要求他们详细记录本村育龄妇女的基本情况；为他们建立 QQ 群；建立每月例会制度及开展经常性丰富多彩的工作活动，为大学生村官打造交流沟通平台。

（三）完善管理制度，加强督促考核

（1）明确职能。大学生村官要履行计划生育协助员的工作职责，与村级计生服务员一起，共同做好本村的计划生育工作，要做到底细清、情况明、计划生育四项手术月月清。（2）考核制度。参照村级计划生育服务员的考核办法，将大学生村官在计划生育工作中的实绩上报党委组织，列入年终考核。（3）督查制度。镇计生办不定期地对大学生村官的计划生育协助工作开展督查，还要进行德、能、勤、绩、廉的考评，工作态度、计划生育各项指标完成情况较差的人员要上报镇纪委，进行通报。

（作者工作单位：义乌市计生局）

浅析人口计生队伍建设的现状与对策

——以姚庄镇为例

陆叶华

一、队伍现状

（一）目标考核机制逐步完善

计划生育工作实行镇村主要领导亲自抓，分管领导具体抓，班子人员分片抓，同时注意充分发挥党团员、社长、村民代表、协会“五老”的作用，将计生工作纳入社长的责任制考核，形成齐抓共管的良好局面。

以创建村（居）民自治示范村为载体，制定了详细的目标责任制考核标准，设立了计划生育专项奖金，进一步深化了计划生育村（居）民自治工作，完善了村（居）人口计生管理机制。

（二）网络健全，实行职责统一机制

1、镇办公室人员管理实行制度化 。一是实行岗位制度；二是实行划片包干和分线负责制；三是实行定期交流制度；四是实行岗位轮流制。

2、村计生服务员工作统一化。一是统一人员配备。为2000人以上的行政村配备了2名及以上的计生专干。二是统一报酬发放。村级计生服务员的报酬不低于主要领导的8折，个别达到9.5折，并在全县率先实行了村计生服务员工资由镇财政统一发放工资。三是统一工作要求。推行服务日记制度和跟踪随访制度，如实反映每位村级计生服务员每日的工作情况，便于指导和督查。

3、组联络员队伍管理实行规范化。一是人员职业化。姚庄镇对全镇计生联络员队伍进行调整。辞退了一批工作不称职的人员，增补了一批新的联络员。联络员队伍由原来的80人扩充到162人。有力地提升了整个队伍的政治素质和文化水平，壮大了计划生育基层工作队伍。二是任务指标化。联络员的工作情况实行指标量化和评审制度。考核指标按服务对象分为户籍和流动人口两大类：户籍人口方面，主要是计划生育率、随访工作、宣传工作、发放药具工作以及工作制度遵守情况等内容；流动人口方面，主要是建账率、流入登记、流出注销、宣传工作、药具发放、手术报销等工作内容。通过量化指标，使全镇计生联络员工作的落实和检验都有一定的标准，做到有章可循。三是报酬考核化。联络员的考核工资，按照考核情况来评定考核工资的发放数额。同时对于年度考核前20名的优秀联络员，镇计生办将支付优胜奖励，由镇财政出资发放。

（三）建立了经常性的督查机制

1、强化队伍建设。一是强化制度建设。推出了“三定”月会工作制，定时间定制度定内容，实行会议约定制，强化了联络员的工作责任感；二是强化业务培训。每月确定培训主题，通过每月一次分片分村培训，增长了联络员的业务知识，提升了工作能力，也给办公室人员提供了一个锻炼能力的平台。三是推出了“一带一，共提高”活动。形成姐妹村，便于工作交流，互补和提高。

2、建立督查机制。实行定期互查和不定期抽查相结合的方式进行督查，具体为：每季一次台帐互查;每半年一次的上门问卷、流动人口专项检查，内容涉及统计、宣传、优质服务、满意度测评、流动人口管理等；每季一次的工作交流，起到取长补短的作用。

3、开展主题活动。针对不同时期分别设计了主题活动，活动一般历时2–3个月，明确了工作的重点。

二、存在问题

1、整体素质有待进一步加强。一些村级计生服务员文化程度偏低，难以适应新形势的发展和信息化管理；同时在对政策的理解把握上还存在差距。

2、干部主动性不够。工作上存在任务观点，被动应付，有畏难情绪，对育龄群众基本情况掌握不清，跟踪服务不到位；存在盲目乐观情绪。

3、创新意识不够。工作的方式方法比较单一，面对出现问题束手无策。

三、对策及建议

1、要定期开展知识培训和岗位练兵，不断提高业务素质和工作能力。加强学习。要牢固确立“学习为本”的理念，养成勤奋学习的习惯，进一步强化创新意识。加强培训。加大对计生工作人员的培训力度，提高业务素质和工作能力。实行县市培训到乡镇，乡镇培训到村的层层培训办法。加强教育。树立群众观点和公仆意识，把广大群众的根本利益作为工作的出发点和落脚点。要对全体计生工作人员进行职业道德教育，遵守计划生育职业规范，牢固确立优质服务、为民服务理念，深入基层、调查研究、求真务实，勤政廉政，热情接待好办事群众，优质服务好育龄妇女。

2、依靠制度加强队伍自身建设。在规范管理上下功夫，做到有章可循，用制度管人，用制度理事。要按照岗位责任制要求，明确每位计生干部的岗位职责。继续完善考勤制度和值班制度、首问责任制度、行政执法责任制度，增强服务意识，法制意识，提高依法行政水平和工作效率。抓好以农村为重心的经常性工作机制，夯实基层基础工作。推行绩效挂钩制，实现优胜劣汰，实行绩效与聘用、奖惩三挂钩，做到考核奖惩规范。

3、简化办事程序，为育龄人群提供及时方便优质的服务。依法为实行计划生育的群众免费提供安全、有效、适宜的避孕节育技术服务。镇村两级计生工作人员要开展以避孕节育全程服务和生殖健康为主的系列服务工作，并根据不同对象、不同需求，指导育龄夫妇选择以长效避孕措施为主的安全、有效、适宜的避孕方法，不断提高群众的生殖健康水平。牢固确立服务理念，定期为落实避孕措施的育龄妇女开展随访服务，努力提高随访服务率和群众满意率。积极落实“优生两免”政策，努力降低出生缺陷发生率。

4、为进一步夯实计划生育基层基础，全面推行片级互查暗访制度。要求每个村根据自身实际，分片或分阶段自行组织村干部、计生联络员交叉进入片区进行互查暗访，对宣传教育、随访服务、群众满意度等工作质量情况进行暗访检查。检查暗访结束后，全体参与互查的工作人员将检查结果进行汇总分析，查找薄弱环节，做好查漏补缺工作。并将检查结果与年终各片绩效相挂钩。

（作者工作单位：嘉善县姚庄镇计生办）

人口计生队伍建设的现状分析与优化对策

——以桐乡市为例

张凌云

当前正是全面总结“十一五”工作，谋划“十二五”规划的关键时期，全面分析和掌握桐乡人口计生系统队伍现状，探讨人口计生队伍建设的对策，对进一步提高人口计生系统队伍的战斗力，不断满足人民群众对计划生育 / 生殖健康的需求具有重要意义。

2009 年下半年，桐乡市计生局对全市人口计生系统队伍建设的现状，通过查阅资料、问卷调查、座谈会、走访等形式进行了调研。共发放镇级调查问卷 50 份，回收 50 份；对所有专职计生服务员发放调查问卷 250 份，收回 249 份。

一、队伍建设的现状

桐乡市辖 3 个街道，9 个镇和振东新区，现有户籍人口 67 万，外来流入人口约 31 万。现有人口计划生育市级机构 2 个，含市人口和计划生育局（计生协会）、计生指导站。市人口计生局在职人员 27 人，市指导站现有事业编制人员 20 人，合同工 2 人，镇级机构人口计生工作人员 84 人。

表一 人口和计划生育局（计生协会）人员构成

编制类别 / 项目	公务员	行政职工	合同工	总数
人数（人）	17	3	7	27 人
比例 %	62.96	11.11	25.93	

表二 镇级机构人员组成表

编制类别 / 项目	公务员	事业编制	镇聘（合同工）	其他	总数
人数（人）	39	26	15	4	84 人
比例 %	46.43	30.95	17.86	4.76	

全市共有 178 个村 40 个社区，专职计生服务员 250 名，兼职计生服务员 179 名。在 249 份问卷调查中，对村（居）计生服务员的年龄、文化程度、工作年限等做了调查。

表三 村（居）计生服务员年龄结构调查表

年龄段	35 周岁以下	36–45 周岁	45 周岁以上	平均年龄
所占人数	64 人	95 人	90 人	41 周岁
比例 %	25.7	38.15	36.14	

表四 村（居）计生服务员文化程度调查表

学历	大专及以上	中专	高中	初中	小学及以下
所占人数	84	69	57	36	3
所占比例	33.73%	27.71%	22.89%	14.46%	1.2%

表五 村（居）计生服务员工作年限调查表

时间段	5 年以下	5–10 年	10–20 年	20 年以上
所占人数	70 人	48 人	78 人	53
所占比例	28.11%	19.28%	31.33%	21.29%

二、队伍建设现状分析

（一）队伍优势

1．健全人口计生工作网络。健全了市－镇（街道）－村（居）－组人口计生服务管理网络健全。

2．队伍文化程度逐年提高。市局公务员队伍中本科及以上学历 11 人，大专学历 5 人，共占 94.12%；镇（街道）计生办、服务站人员中本科及以上人员 26 人，大专 40 人，共占 78.6%；村级计生服务员高中及以上学历共占 84.33%，文化程度较过去有很大提高，基本达到国家“强基提质”工程 2015 年县、乡、村人口计生工作人员的学历要求。

市计生指导站招聘技术人员 3 名，在技术职称上，高级职称 1 名，中级职称 10 名，初级职称 5 名。镇（街道）共有专业技术服务人员 41 名，有 32 人取得了计生技术服务合格证，3 人去的医技职称，技术服务人员队伍逐步完善。

3．村级计生服务员待遇有保障。

村级计生服务员报酬与桐乡市农村居民人均纯收入相比（2009 年为 12609 元）还是不错的，村级计生服务员往往是村“两委”成员，报酬约占村书记、主任报酬的 70% 以上。特别是在梧桐、濮院、崇福、洲泉等规模较大镇（街道），年收入都在 3 万及以上，部分条件较好的村还有每年旅游等福利，报酬逐年提高。且全市村级计生服务员都参照城镇职工办理了养老保险，解决了后顾之忧。

村级计生服务员年报酬各段所占比例

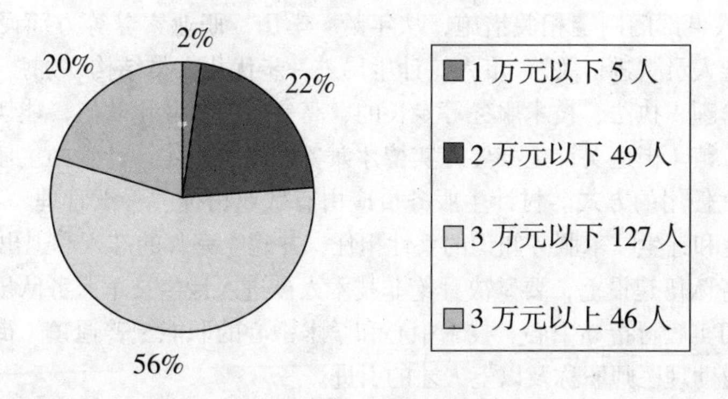

4. 目标责任制管理比较到位。层层签订目标管理责任书，明确工作职责和目标任务，严格执行人口计生“一票否决”制，人口计生工作任务得到全面落实，低生育水平得到稳定。

5. 队伍培训力度加大。近年来桐乡采取分级培训的方法加大教育培训力度。一是积极参加嘉兴市组织的各类培训班。二是市对镇（街道）计生干部每年至少集中或分批系统培训一次，单项业务培训若干次。三是各镇（街道）对村、组计生干部进行岗位培训，明确工作职责和任务，参训率达到100%。

（二）问题和不足

1. 队伍综合素质偏低，责任心有待提高。从村（居）计生服务员队伍看，平均年龄为41周岁，45周岁以上的占36.14%，这其中大部分学历较低（初中以下文化程度的计生服务员占了15.66%），年龄偏大、文化程度偏低等情况已影响了人口计生的工作质量。队伍中少数人综合业务能力欠佳，工作中缺乏创新，工作按部就班，墨守成规。对当前计生工作的新要求、新知识接受和消化能力不强，工作凭经验、吃老本，尤其是“优生两免”等技术服务新知识、信息技术难掌握、难运用。

队伍的工作责任心也有待加强。村级计生工作面广量大，加上人口计生工作难做，又容易得罪人，不少村（居）计生服务员有畏难情绪。还有的计生服务员往往碍于乡里乡亲的面子，对违法生育对象落实补救措施不力。

2. 队伍人员不足，工作压力大。近几年流动人口大量涌入，工作任务每年有新增加，但是人员编制始终没有增加。镇（街道）计生工作人员也是如此。

另一方面，随着体制的转轨和社会转型的加快，特别是低生育水平的稳定，桐乡人口自然增长率连续5年负增长等因素的影响，部分领导干部思想上开始放松，对人口计生工作的重视程度下降，国策部门的重要性在近几年不断弱化，同时受部门工作性质局限，计生工作相比有的部门工作更辛苦，但是经济待遇、政治待遇不如其它部门，如人员交流、提拔机会少，除近几年跨部门竞岗和班子成员调入外，大多数人从事人口计生工作后没有过交流和换岗，近几年也鲜有镇（街道）计生办人员被提拔。

3. 兼职过多。问卷调查显示，由于村干部人数精简，名为专职村级计生服务员实际兼职很多，兼任2项其他工作的占38.55%，兼任3项的占18.07%，兼任3项以上的占35.74%。一般兼职的有宣传、组织、纪检、妇联、出纳、卫生、文教等等，分散了村级计生服务员的工作精力。

三、加强队伍建设的建议和对策

（一）进一步健全选人用人机制，优化人口计生系统队伍结构。

建议组织人事部门制定相关措施，从年龄、学历、职业素养等方面设定人口计生干部准入门槛，严把人员“进口关”。市人口计生局进一步优化人员结构，加强部门间人员流动，建立一支具有管理、执法、技术服务等专长的、高素质的职业化队伍，能切实指导镇、村开展工作的队伍。镇（街道）计生办要充实德才兼备的优秀人才，计生办主任的任用，可通过公开竞聘、择优任用的方式。村计生服务员应由有敬业精神、善于管理、善于做群众工作，又具有一定卫生和计生技术服务知识的女性担任，并建立完善的准入和退出机制。

在技术服务队伍建设上，要坚决杜绝非技术人员进入计生技术服务队伍，同时，拓宽人才引进渠道，切实履行指导中心、技术中心和学术中心的职能；普通镇（街道）计生服务站注重已取得执业助理医师职称及以上人才的引进。

加强人口计生队伍行为规范建设。市人口计生局制定人口计生队伍职业道德、职业礼仪、工作制度和工作纪律等各项行为规范，要求基层计生干部在执法、服务、接访、办事等过程中严格按照行为规范工作，树立计生干部的良好形象。

（二）进一步落实人员培训机制，加强职业化教育体系建设。

调查问卷发现，基层计生干部对各种类型的培训需求是比较迫切的，其中政策法规等业务知识、生殖健康知识、电脑操作技术三项需求最为迫切。要关注干部的学习需求，激发他们学习的内在动力和潜能，以解决实际问题为主要目的，采取研究式和互动式学习为主要形式的现代教学方法，把课堂讲授与现场答疑、调查研究等方式有机结合起来。

技术服务人员大练兵活动是在短时期提高业务技术水平的有效手段，要继续推广岗位自学、集中培训、进修提高、知识竞赛、操作比武等多种活动。在镇（街道）、村计生干部中开展技术服务人员“岗位能手”竞赛，调动技术服务人员争先创优的积极性，全面提高计生干部的整体素质和业务能力。

要鼓励广大计生干部在职学习和参加继续教育，在加强人口和计划生育专业知识学习的同时，参加党校等社会办学机构的学历教育，力争三年内所有镇（街道）计生干部取得大专以上学历，村（居）计生服务员达到高中或中专以上学历。积极开展计划生育专业的初中级职称评聘工作。

（三）进一步完善绩效考核机制，营造积极向上的工作氛围。

落实计生工作者待遇，镇（街道）计生办主任工作满五年后享受副科领导待遇。村（居）计生服务员年收入不低于村（居）主要领导的80%报酬。建立健全岗位责任目标、考核办法、奖惩办法，科学细化考核评估内容，每年结合目标责任制考核以及平时的走访、问卷、知识测试等对镇、村基层计生干部履行职责情况进行监督检查，认定工作成绩，并把考核评估结果作为年终评先评优的依据。通过有效的管理、考核、奖惩制度，对工作滞后、责任心不强者给予警告，二年被“一票否决”的不合格者建议清退。积极组织评选年度先进集体、先进个人，从精神上和物质上给予激励。

建议组织人事部门要加大对计生干部队伍人员的考核、任用、提拔的力度，将一些有实际工作经验，各方面表现优秀的人员提拔到计生领导和其它重要领导岗位，以真正体现对执行国策人员的重视。

参考文献

1. 中共中央、国务院《关于全面加强人口和计划生育工作统筹解决人口问题的决定》

2. 国家人口计生委《关于实施“强基提质”工程的指导意见》

3.《人口和计划生育》2010.1《积极推进人口计生网络转型与发展，全面加快队伍职业化建设》

本文数据均采用2009年年末数据。

（作者工作单位：桐乡市人口和计划生育局）

基层人口计生队伍能力建设和职业化建设的思考
——以遂昌县为例

徐玉芬

笔者对遂昌县县、乡（镇）、村三级计生干部队伍情况作了全面的调查，就加强县级计生干部队伍能力和职业化建设提出建议。

一、计生干部队伍存在的问题及成因

（一）干部队伍年龄结构和文化程度结构不合理。计生干部队伍总体来说，年龄偏大、学历较低、综合能力较差。特别是县、乡（镇）两级从事计生工作的公务员文化程度还没有达到职业化建设的标准。县指导站没有相应的计生卫技临床高级专业人才。计生队伍存在不同程度的老龄化，特别是相对稳定的乡镇计生专职公务员年龄偏大。村服务员队伍也同样严重老龄化，文化程度有待提高。计生干部队伍不论从年龄、素质等方面都不能适应新形势下人口计生工作的需要。

（二）干部队伍人心不稳。一是工作压力大，一些计生干部存在畏难情绪。一方面，人口计生工作从过去的行政管理为主逐步转向优质服务为主的管理模式的要求，与农村一些群众较强的生育意愿的矛盾，只要管理稍有放松，全县的低生育水平就有反弹的风险。另一方面，省、市、县对人口计生工作不断加大考核力度，加快了人口信息化建设步伐，基层日常工作量大增。对面现实和考核指标的双重考验，一些乡镇计生干部压力大，思想包袱重，工作不安心。二是缺乏激励机制，工作主动性不够。随着绩效工资的改革，计生岗位每人原来仅有的 60 元 / 月的津贴被取消，乡镇对计生工作的“月考月奖罚制度”的激励经费也没有了着落，一些村服务员认为计生工作繁琐，报酬低，工作积极性和主动性不高。三是政治待遇没跟上。一些人认为人口计生工作没“前途”，对工作心灰意冷。

（三）干部队伍职业水准和专业技能低。一些乡镇计生干部创新意识和赶超意识不强，习惯于按部就班开展工作。村计生服务员孕前产后保健、生殖保健、全程优质服务能力不够，对计生基本业务和理论知识掌握不全面、不系统。县指导站医技人员少，技术力量薄弱，总体技术服务水平低。

二、加强计生干部队伍能力建设和职业化建设的建议

（一）加强基层人口计生队伍网络建设。新时期人口和计划生育工作任务重、要求高。县组织、人事部门要会同人口计生部门联合制定切实可行的政策，完善基层计生人才网络，增强县、乡（镇）、村三支队伍。一是在稳定局机关现有人员的基础上，从适应流动人口管理行政职能化要求出发，将已被划归为行政监督管理类事业编制的流动办（即流动人口监察大队）在编人员纳入参照公务员管理序列。二是配足配强乡镇计生干部。保证 1 万人以下的乡镇至少有 1 名计生公务员和 1 名事业计生干部。1 万人以上至少有 2 名以上计生公务员和 2 名事业计生干部，确保有足够的人员从事计生工作。建议组织、人事部门在新招考乡镇公

务员时，安排部分名额进行“计划生育专职干部”戴帽招考，并将录用人员充实到缺少专干的乡镇。同时，要实行调离通报制度，乡镇计生专干要调离计生岗位或提拔重用时，事先征求县人口计生局意见。乡镇要在条件允许的情况下让年满50周岁的乡镇计生专干向其他岗位转换，形成良好的人员“进出机制”。三是选好配好村级计生服务员。村级计生服务员实行“县管、乡（镇）聘、村用”的管理模式。各乡镇要按人口规模、自然分布等情况核定服务员人数。每个村（居）至少配备1名、常住人口1000人以上的大村至少配备2名村级计生服务员。各村（居）有专兼职人员负责流动人口计划生育工作，流动人口在2000人以上的社区、行政村增配流动人口计生服务员。

（二）建立激励机制。按照省、市贯彻中央《决定》的《实施意见》要求，在乡(镇)机构改革和人事制度改革中，切实稳定和加强人口计生机构队伍，确保基层人口计生工作机构、编制、人员和待遇的落实。县人事和计生部门联合出台相关政策。一是乡镇计生办主任作为副科级岗位设置，享受副科级待遇；二是对计划生育先进个人及时予以表彰奖励，树立先进典型，在全县营造积极向上的工作环境。对连续工作5年以上的计生专干，从第6年起每年按100元到1000元逐年递增发放工龄津贴。村(社区)计生服务员的报酬，按省、市考核标准确定，并列入财政预算。其误工等补贴标准不低于所在村(社区)主要负责人的80%。三是设置专门的计划生育津补贴，充分激发计生干部工作热情和积极性。

（三）走人口计生队伍职业化道路。建立人口计生工作人员职业准入制度。按照国家、省有关法规和县实际，对县、乡（镇）两级计生队伍实行严格的“凡进必考”制度，规范人口计生工作员职业准入程序，制定基层人口计生工作人员的选聘标准，从学历、专业、年龄以及任职资格等方面提高职业准入“门槛”。有条件的村可采取选举的方式产生村计生服务员，确保进入计生岗位的人员素质符合职业化建设的要求。鼓励在职计生干部参加学历教育和专业培训，不断提升专业技术水平和服务技能，增强职业道德意识，树立良好的职业形象。探索建立生殖健康新职业资格认定制度。要认真按照试点县的相关要求，全面发动县、乡（镇）、村三支计生队伍人员参加全省首批生殖健康咨询师培训和考试，不断完善生殖健康咨询师职业资格认定制度。

参考文献

1、赵白鸽，积极推进人口计生网络的转型与发展全面加快队伍职业化建设．人口与计划生育，2010年第1期

2、江苏省人口计生委．加强职业资格培训 扎实推进队伍职业化建设．人口与计划生育，2010年第1期

3、陆杰华 薛伟玲．关于新时期人口计生队伍职业化建设的若干理论思考．人口与计划生育，2010年第1期

（作者工作单位：遂昌县人口和计划生育局）

浅谈如何加强村级计生队伍建设

倪雅娣

当前，我国正处于社会转型、经济转轨的崭新时期，人口计生工作也面临着许多新情况、新问题、新挑战，因此对人口计生队伍也提出了更新更高的要求。在新形势下，如何建立一支适应新时期人口计生工作需要的基层计生队伍就显得尤为紧迫与关键。现就上虞市长塘镇人口计生工作的实际情况，来谈一谈新形势下的村级计生队伍建设。

一、存在的问题

上虞市长塘镇地处偏远山区，经济相对比较薄弱，人口素质相对较低。下辖 8 个行政村，1 个社区。全镇户籍人口 1.3 万，流动人口近千人，其中已婚育龄妇女 3000 多人，村级计生服务员却只有 8 人，计生工作难度大任务重。

（一）工作重心不稳定，队伍结构不合理

由于行政村级的撤并及调整，使原有的村级脱产干部人数进一步精减，而村级计生服务员身兼数职的情况越来越严重，其中最多的兼有四职，大大分散了她们的精力，降低了工作效率。同时，由于工作重心的不稳定，也容易出现疏忽和遗漏，从而导致计划生育基础性工作出现松动的迹象。另外，由于各村计生服务员的年龄普遍偏大，平均年龄在 45 周岁以上，同时文化程度又低，初中或小学文化的人占大多数，远远不能适应新形势下计划生育工作的要求，因此，建立一支年轻化、知识化、职业化的村级计生队伍已是迫切要解决的问题。

（二）报酬待遇不稳定，工作积极性不强

计生工作量大，责任重，计生服务员必须将大部分时间奉献给计划生育事业。但是，由于长塘镇经济底子薄弱，村的计生服务员待遇保障较差，每位计生服务员的平均年收入仅有四千余元，且无养老保险，这样的工资不仅与普通务工人员有差距，与在家务农人员也无法相比，这在一定程度上损害了计生服务员的工作积极性。辛勤的工作虽然赢得了广大育龄群众的认可，但对个人和家庭来说无疑在经济受到了损失。

（三）教育培训不够，业务能力不强

由于各村的计生服务员大多各自为战，少有学习交流的机会，这在一定程度上影响了村计生服务员的工作效率。要从根本上改进村级计生服务员现有的工作方式和方法，加强业务培训，提高工作效率，提升服务水平。

（四）激励机制不完善，工作效率不高

由于缺乏对各行政村实施行之有效的考核激励机制，各村对下达的任务指标没有引起足够的重视，在工作中缺乏主观能动性，也缺乏创新意识，各项指标的达标率不高，严重影响了全镇的计生工作。

二、对策措施

（一）强化工作责任，优化人员结构

为切实加强基层计生队伍的责任性，镇党委、政府狠抓落实，要求各村的计生工作必须由各村专职计生服务员负责，做到专人专职，避免以前由于工作太过分散，无法掌握工作重心的缺陷，这样大大提高了计生队伍的工作效率，夯实了基层基础，杜绝日常工作中的盲区。

同时，为了优化计生服务员的结构，对全镇的计生服务员实行了公开招聘，使全镇村级计生服务员队伍的整体素质得到了提高。具体表现为：学历明显提高，平均年龄显著降低。现在，村级计生服务员的文化水平由原来的小学、初中文化提高到现在的高中文化，而平均年龄结构由原来的45周岁降低到现在的40周岁以下。基本实现了基层计生服务员队伍的年轻化、知识化、职业化，同时对各村、单位的计生信息员和计生协会会员小组也进行了调整和充实，计生工作网络进一步健全。

（二）强化待遇保障，提高工作实效

为了落实各村计生服务员的工资待遇，免除计生专职人员的后顾之忧，镇党委、政府出台了两项措施：一是与村主要领导积极协调，使村计生服务员享受村主要领导工资7折的待遇，并增加交通费和通讯费的补贴，年收入由原来的4千余元提高到1万元左右；二是积极将村级计生服务员纳入社会职工养老保险范围，并且村集体给予一定的补贴，解除了他们养老的后顾之忧。

以上两项措施的出台，有力地改善了计生服务员的生活质量，使她们有干头、有盼头，从而进一步稳定了人心，保证计生工作顺利开展。

（三）强化教育培训，提高业务素质

为了提高村级计生服务员的综合能力，应加强对村级计生服务员的系统培训。一是加强计生系统服务员的职业道德、行业基本知识的学习，提高村级计生工作人员的法规意识和理论水平，并邀请市级专家来镇讲授计生专业知识。二是注重改进方法，提高学习培训的针对性和实效性。镇党委、政府组织村计生服务员去宁波实地考察学习，吸取对方的先进工作理念和工作方法，同时还积极推广实施月交流培训机制，落实一对一的结对学习交流平台，并组织镇计生办经常下村指导，帮助解决实际问题，提高服务质量。

（四）强化激励机制，提升工作质量

为切实加强基层计划生育工作，镇党委、政府与各行政村主要领导签订了计划生育责任状，镇人口与计生办和各村计生服务员签订了计生业务工作责任书，建立起了一套行之有效的计划生育工作联动机制，对成绩突出的计生服务员给予通报表扬、并授予荣誉称号。同时为增强村级计生服务员的工作积极性，出台了定期考评办法，实行百分考核、绩酬挂钩，半年考评、全年总评的考核办法。

（作者工作单位：上虞市长塘镇人民政府）

浅谈新时期基层计生队伍职业化建设

顾丽萍

人口计生工作从单纯降低人口数量转变到提高人口素质、统筹解决人口问题上来，对基层计生工作者提出了更高的要求。如何建设一支与新形势下计生服务与管理工作相配套的基层计生队伍，是一个值得思考的问题。

一、人口计生队伍职业化、专业化建设现状

（一）数量不足，结构不合理。计生工作者在数量上远不能满足群众的需求配备，且年龄偏大，学历偏低，制约了队伍整体水平的提升。

（二）待遇不高，队伍不稳定。不仅是计生工作者的报酬相对于繁重的工作任务显得单薄，而且社会上地位也不高，导致计生工作“做不长，留不住”。

（三）方法不新，服务不到位。习惯于老办法、老经验，不适应、不认可计生工作的新要求和新方式，服务局限，工作被动，缺乏激情和创新。

（四）特色不明显，职业规划模糊。计划生育工作涵盖了行政事务、技术服务、教育、咨询等多项内容，计生工作从业人员也呈现多元化结构，但是计生工作缺乏总体的职业规划，没有形成明确的职业特点，计生队伍的社会评价和自我职业认知度不高。

二、新形势对计生队伍加快职业化建设进程提出的新要求

（一）人口基础信息掌握难度日益加大。随着经济的发展，人口流动频繁，外来流入和本地流出人口的增加给计划生育管理带来了负担和压力。“人户分离”现象也加剧了计生管理难度，计生队伍的数量和素质亟待提高。

（二）计生工作职能的拓展。当前人口计生工作的新矛盾不断增加，使得人口计生工作必须考虑实现统筹和综合治理，计生的工作职能也因此拓展到稳定低生育水平、提高人口素质、遏制性别比、应对人口老龄化和引导人口有序流动等多种问题上来，计生工作者的职业界定也需要尽快明确以面对不断细化的职业分工情况。

（三）群众需求有新的提高。群众维权意识进一步加强，生育知识、健康知识和政策法规知识的需求也进一步加大，计生工作需要融入更多的人性化因素，这就使得构建规范的职业培训体系以提高计生队伍的专业素质显得尤为重要。

三、人口计生队伍职业化和专业化建设的内涵

所谓职业化建设，首先是指该职业具备与之相关的规范、制度和要求，有必要的资格认定。其次是从业人员对所从事职业的认同和接受，有理性的工作态度、完整的职业生涯规划、自我约束和自我规范以及对自己职业角色和地位的正确定位。职业化建设是队伍稳定和强化的基础。专业化建设是指职业人从事某项工作所必须具备的专业知识和专业素养。专业化是

职业化的前提，职业化的进程离不开专业化建设，缺乏专业知识的人很难在职业生涯上有所建树。但是专业化又不等同于职业化，拥有相关专业知识的人未必都能以此为终生职业。所以职业化的人首先是专业化的人，专业化的队伍有助于职业化队伍的规范和认同。

人口计生队伍的职业化建设重点在于突出鲜明的人口职业特色、规范的工作操守和职业标准，同时突出相关领域专业特征的职业类别。在明确职业方向的同时要加强各类专业知识的学习和培训，建立专业的生殖健康师、妇幼类医师、早教师和心理咨询师等队伍，以专业化推进职业化，以职业化稳定专业化。目前的人口计生队伍职业化建设，有按照公务员管理（或参照管理）的行政系列、科研与技术服务系列、群众工作系列、健康咨询系列和家庭计划管理等职业划分方向。首先需要政府保证计生服务岗位的设置和投入，规范职业准入制度。其次要有计生职业规划。使从业者看得到职业前景，明确职业方向。还需要明确与形势匹配的职业化结构，理清计生工作分工，将从业人员从大计生范畴逐步引导到社会工作、生殖健康咨询、统计、家庭计划管理、心理咨询和早期教育等多种具体的职业上来，持证上岗，并以岗招人，按岗定酬。

四、人口计生队伍职业化与专业化的建设途径

（一）构建规范的职业化管理体系。一是形成有效的职业保障制度。要落实计生队伍编制，提高计生工作者待遇，吸引有专业特长和具备良好沟通能力、组织协调能力的人参与到计生工作行列中。要制定配套的职称聘用和奖励制度，对取得相关职业资格的工作人员要在岗位工资上有所体现，并为其提供相应的服务岗位实现其职业价值。对村级计生专干要保证其工资待遇，并有相应的选拔激励机制，在解其后顾之忧的同时提高他们的社会地位。二是形成规范的职业准入和退出机制。严格按照“公正、公开、平等、择优”的原则严把选人关，杜绝基层选人的随意性。要从学历和年龄上的限制上提高准入门槛，为计生队伍输送新鲜血液。尝试计生岗位定点定向专职化招聘，严格编制的专项管理，加快推进“县管、乡聘、村用”的村级用人机制，确保队伍的稳定。三是形成严格的考核制度。严格实行计生工作考评制度。健全岗位目标责任制，细化考核评估内容，采取不定期暗访和定期考核相结合的方式，对计生工作目标责任制完成情况进行检查考核。通过组织开展单项技能竞赛评比活动，检查计生从业人员的专业水平和技能掌握情况。通过询问、座谈、问卷等形式了解育龄群众对基层干部的满意程度。考评结果实行排名和通报，并严格与奖金和年终评优挂钩。对优秀者给予表扬奖励，对考评结果差的予以通报批评并扣发奖励工资，对不履行岗位职责造成不良后果的给予劝退处理。

（二）完善专业的职业化培训体系。职业化水平需要专业化的支撑，计生工作因专业涉及面广，从业人员职能分散，目前的培训也存在内容不细化、时间不充裕、规划不全面等问题。要完善专业的职业化培训体系，首先要抓好培训对象。对新进计生队伍的人员要抓好岗前培训，对在岗人员要抓好在职培训，对暂时离岗人员要抓好脱岗培训。其次要抓实针对性培训。以普遍提高和重点培养为原则，对县、乡镇、村（社区）计生工作者实行分级培训，对技术线、统计线、政策线、宣传线等人员组织专题培训，对已经通过或者需要进行职业资格认定的人员开展职业资格相关培训，确保有重点的提高。再次是抓好职业前景培训。帮助计生工作者明晰计生工作的新形式和新发展趋势，明确所从事职业的方向和前途，制定切实可行的职业规划方案，并进行正确的职业定位，提高计生工作者对职业认同感和职业荣誉感。

（三）构建正确的职业价值体系。计生工作者首先要有大局意识。计划生育是国策，是

立足千秋万代的系统工程，作为从业者，不能畏缩于眼前的困难，不能局限于短期的利益，要把握得住时代脉搏，看得到长远目标，并作为奋斗的理想。二是要树立良好职业形象。计生工作是民生工程，服务群众是其根本。计生工作者要摆正位置，放下身子，实实在在与群众沟通，踏踏实实为群众提供服务，在服务群众的过程中提升队伍形象，得到群众认同并实现自身的职业价值。三是要有职业归属感。选择了人口与计划生育工作，就要吃得起苦，受得起累，要融入这项工作，真正把这份职业作为一项事业来奋斗。

参考文献

[1] 陈勇．对加强人口计生干部队伍职业化建设的思考．中国人口网，2009.

[2] 赵白鸽．积极推进人口计生网络的转型与发展，全面加快队伍职业化建设．人口与计划生育 ,2010,(1)

[3] 江苏省人口计生委．加强职业资格培训，扎实推进队伍职业化建设．人口与计划生育，2010，（1）

[4] 谢玲丽．加快人口计生队伍职业化建设．人口与计划生育，2009，（1）．

（作者工作单位：绍兴市越城区人口计划生育和卫生局）

创新机制 以人为本 提升村级计划生育协会服务能力

——浙江省台州市路桥区金清镇计划生育协会能力建设实践

徐珍芬

台州市路桥区金清镇土地面积 80 平方公里，65 个行政村，户籍人口 10.5 万人，外来人口 3.3 万人。近年来，由于计划生育行政管理措施弱化、区域间人口流动增多等原因，农村基层计生工作、工作难度加大。如何探索出一条以人为本、科学发展的计生工作新思路成为当务之急。计生协会作为党领导下的群众团体组织，起着党和政府联系群众的桥梁和纽带作用。村级计生协会又处在最基层，直接面对群众、联系群众、服务群众，是计生协会有效开展工作的关键所在。

为切实加强村级计生协会组织和队伍建设，提升能力水平，自 2006 年 3 月开始，台州路桥金清镇以建立完善计生协会会员小组长激励机制为突破口，探索创新工作机制，开展了村级计生协会能力建设工程，为基层计生工作的整体发展夯实了基础。

村级计生协会能力建设实践一：建立健全管理机制

科学有效的管理机制是实现组织协调可持续发展的基础。建立和健全管理机制是村级计生协会能力建设的前提条件。管理机制的建设首先离不开人才队伍。在镇党委、政府的支持下，对全镇 87 个村计生协会和企业计生协会、855 个会员小组进行充实和优化，更换了 34 名村计生协会会长，把责任心强、有威望、热心计生工作的人员选配到计生协会领导岗位；辞退了 342 名责任心差、能力弱的会员小组长，公开竞聘了 805 名村计生协会会员小组长；吸收了一大批有文化、懂技术、观念新、信息灵的农民技术员、致富能手、计生工作积极分子到协会组织中来，进一步增强了计生协会组织的活力。

村级计生协会能力建设实践二：明确的岗位职责和激励机制

我们从村计生协会专职副会长的岗位入手，进一步明确了会员小组长、会员的岗位职责，修订《村计生协会会员小组长管理办法》、《村计生协会会员小组长工作职责》。同时，建立了一套完善的考核评比体系，并实行基础工资加效益工资制，做到与绩效挂钩。每年对村计生协会员小组长工作情况考评一次，并将考核情况反馈给村“两委”。镇计生协对会员小组长的工作情况进行抽检。对完成任务好的会员小组长给予奖励，排名在后 80 名的予以解聘。同时，在激励机制的兑现上，全面建立“村专职副会长享受副村级待遇，会员小组长落实报酬，会员享受优惠政策”的利益导向体系。镇财政还拨出 18 万元经费解决会员小组长的工作补贴问题。镇、村两级根据实际，出台协会会员在就业优先、购物打折、入托优惠和看病减免等惠民服务的优先优惠政策，激励其发挥模范带头作用。人才队伍和科学管理机制的结合，使全镇各村级计生协会运转有效，协调有力，成为基层计生工作的主阵地。

村级计生协会能力建设实践三：人才建设“点”“面”结合

组织生产率来自组织中关键“人”的绩效。关键“人”能否在协会中发挥作用直接关系到协会能力的施展。我们实施了帮助全镇800多名会员小组长成长为“三员长”项目。一是会员小组长成为采集计生民情和有效传播的“信息员”。我们要求会员小组长做到熟悉掌握本组内育龄群众婚、孕、育和流动人口基本情况，了解群众需求，摸清政策外怀孕对象的思想动态，及时把采集的计生信息向村计生服务员或村“两委”汇报。同时每月参加村举办的信息通报会，并通过办生育文化节、“优生两免”政策培训咨询服务，把镇、村计生工作动态及时传达到群众。二是会员小组长成为专注群众需求“服务员”。从群众最关心、最需要的问题入手，各村会员小组长对本组内“四项手术”、新婚、怀孕的对象进行随访，动员育龄妇女参加“三查”服务，及时落实长效避孕措施，免费送药具上门；对在随访中发现的群众困难问题，及时给予帮助解决，协助政府政策兑现和扶贫帮困。目前，全镇435名会员小组长参与“牵手工程”，开展一对一的结对帮扶活动。三是会员小组长成为参与村民自治的“监督员”。充分发挥会员小组长在村“两委”管理中的助手作用。一方面，引导和监督广大群众自觉遵守计生基本国策，督促育龄妇女参加生殖健康服务，另一方面也要积极监督政府依法行政、计划生育办事程序公开透明以及村规民约中计划生育工作的落实，监督党员干部的生育行为，监督计生村务公开情况。

在会员小组长这个关键点发挥作用的基础上，对整个计生协会人员队伍建设下了功夫。开展分层次的培训教育。比如村计生协会利用各种途径，每年组织村协会理事会成员学习培训，熟悉协会宗旨、工作程序和工作内容；镇计生协会每年制订村级计生协会员小组长培训计划，分批对会员小组长进行计生宣传和服务技能培训；各村每月结合计生服务员和会员小组长信息通报会，进行小型分散培训；会员小组长还经常带领会员学习计生业务和生殖健康、科技文化知识，提高会员素质。部分村根据实际情况，每年组织计生协会小组长到外地参观考察，不断拓宽视野。此外，还以“5.29”会员活动日为契机，广泛开展“我在协会有作为，我对国策有贡献”活动，增强广大会员的荣誉感，激发他们发挥模范带头作用。

人才建设“点”“面”结合并配合科学的管理体制，在村级计生协会能力建设实践中形成了良性互动，相辅相成，相互促进。

村级计生协会能力建设实践四：强化村级协会阵地建设

阵地建设为协会能力展示提供了平台。我们在65个村级协会建了“会员之家”，作为活动阵地，其中半数以上达到“优秀会员之家”标准。“会员之家”拥有人口学校、阅览室、健身房、生殖健康服务室、各种影视教育器材和室外宣传长廊等，做到协会各种制度、活动计划等上墙公开，为会员提供学习交流、休闲娱乐的场所。“会员之家”围绕创建文明村、和谐家庭等主题，开展国家政策法规宣传，举办计划生育为主题的文艺演出，寓教于乐。通过流动人口区域整体化建设活动，把外来流动人口计生管理工作纳入同服务、同管理范围。每逢“5.29”、建军节、老人节，村计生协会都会组织会员小组长、会员开展献爱心活动；结合群众健身活动、读书活动、露天舞会，开展计划生育知识宣传，树立了婚育新风，促进邻里、家庭关系的和谐。

丰富多样的活动阵地和宣传阵地，促成了村级协会计划生育服务能力。通过能力建设，彻底改变了以往协会工作“说在嘴上，写在纸上，挂在墙上，落实不到行动上”的局面，成为群众信得过、可依靠的自治组织，有力地促进了全镇计划生育工作水平的提升。

（作者工作单位：台州市路桥区金清镇计划生育协会）

加强企业计生协会组织建设的探索与思考

周旭初

随着城市化进程不断加快和经济社会快速发展，做好企业流动人口的计生管理与服务，是当前计生工作的重点和难点。而象山县企业、市场和服务行业中外来人口数量增大，流动性强，构成复杂，婚育观念转变相对滞后。因此，如何进一步加强企业计生协会建设，拓展协会的职能，协助政府做好流动人口计生管理与服务，真正实现“属地化管理，市民化服务”目标，是摆在我们面前的一项重要使命。

一、现状与困难

（一）现状

象山县辖 18 个镇乡、街道（3 个街道、10 个镇、5 个乡），常住人口 53.7 万人、外来人口 12 万多，主要集中在中心城区的丹东、丹西、爵溪街道以及石浦、西周、鹤浦、大徐等镇乡。全县年产值在 500 万元以上职工 100 人以上且女工 50 名以上的规模企业有 128 家，目前已建立企业计生协会 112 家，企业协会组建率在 80% 以上。企业计生协会大致可分为三个类型：一类是领导重视、组织网络健全、制度完善、经费落实、管理、服务到位；二类是有分管领导，有协会理事班子，有一定的管理措施和经费投入，但活动制度不够完善，服务不够规范；三类是只有协会班子，工作出于应付，处于“墙上协会、纸上会员”状态。比例大约为 3:3:4。

1、一类企业协会职能发挥较好，工作也抓出一定成效。如巨鹰集团、甬南公司、健鹰公司、康达电子有限公司等先进企业计生协会。这些公司领导在组织抓好生产的同时非常重视计生工作，把协会工作与企业党建、工、青、妇工作有机结合，切实加强对计生工作的领导，落实计生工作责任制，这些公司一是在与生产经营部门签订《经济责任状》时，将计划生育与安全生产列入考核范围，实行计生“一票否决制”；二是公司分支机构及部门、车间的协会小组长负责管理车间第一线计划生育日常工作，做到情况明、底子清，把计生工作重点放在孕前管理和服务上，对外来困难员工进行人文关怀和帮扶。形成公司党委书记亲自抓，部门车间领导重点抓，计生协会小组长具体抓的计生工作格局。

2、二类企业协会尚能发挥作用。这类企业计生协会成立之初，企业领导也比较重视，热情较高，企业领导担任计生协会长，配有专职副会长和秘书长，协会组织网络相对齐全，计生工作制度、措施相对落实，并投入一定的活动经费，外来职工名册齐全，管理在业务部门的帮助指导下日趋规范，能按时参加镇乡、街道计生协会会议，工作也能密切配合。但与一类企业协会相比，持之以恒抓好计生工作主动性尚显不够，协会活动规模较小、形式不多、经费投入相对较少，自主开展协会各项活动相对欠缺。

3、三类企业协会作用发挥尚有距离。这类企业计生协会虽有组织网络、会员花名册，一套面上的制度也较齐全，但实际开展宣传服务活动差距较大，企业计生协会基本停留在“推一推、动一动”状态。企业领导对计划生育和协会认识还不到位，难以形成“自我教育、自我管理、自我服务”的工作机制，成为形式上的协会。

（二）问题与困难

当前不同层面对建立企业计生协会大致有这样的几种看法：一是“多余论”。认为已经有了县、镇乡（街道）、村（居）计生协会，再建企业协会是多余的，没必要。二是“抵触类”。有的企业领导认识不到位，认为企业的主要任务是抓生产，担心组建计生协会把一些不利于企业的思想观念带给员工，给企业生产和管理带来难题、增加企业负担。三是“应付论”。建立企业计生协会是为了装点面门，应付上级，工作开展不起来，形同虚设。我们认为之所以存在上述情况，一是计生协会的重要性和协会在新时期计生工作的地位、作用宣传不到位；二是部分领导和企业对现阶段全面加强人口计划生育工作的重要性、紧迫性，以及对人口问题始终是制约我国全面协调可持续发展的重大问题，是影响经济社会发展的关键因素认识不到位，缺乏热心计生协会工作的领导和专兼职人员支撑协会工作；三是计生协会自身的影响力、号召力不够，工作措施、经费投入不足。与此同时，在具体工作中还存在许多客观问题，如外来人口婚育证持证率低，双向联系沟通难度大；外来人员身份、户籍属性错综复杂；外来人员遇到计划生育方面问题不肯配合等。这些问题与困难的存在，是导致流动人口管理与服务不能完全实现纵向到底、横向到边、部门合力、措施落实、服务到位的重要原因。

二、探索与思考

（一）充分认识加强企业计生协会建设的重要性和紧迫性

国家、省、市计生协近年提出，要花大力气在各类企业，特别是民营企业、外资企业加强计生协会组织建设。这项工作具有十分重要的作用，我们认为：

1、企业计生协会是新形势下企业计划生育工作的有效组织形式。企业转制后，原有的管理模式已不能适应新的发展形势，因此要在企业、集贸市场和流动人口聚居地建立计生协会，在职工中进行计划生育的自我教育、自我管理和自我服务，是做好企业计划生育工作的有效途径。

2、企业计生协会是做好流动人口计生工作的有效载体。在各类企业、市场建立计生协会，通过协会组织的生育关怀、亲情牵手、扶贫帮困等人文关怀活动，帮助他们解决实际困难，帮助流动人口维护自身的合法权益。使他们深切感受到第二故乡温暖，促使他们主动实行计划生育。

3、企业计生协会进一步健全了城乡基层工作的组织网络。企业计生协会的建立，可以加快“属地管理、企业负责、居民自治、社区服务”的人口与计划生育管理新体制的构建与运行，有利于协助企业法定代表人履行计划生育工作职责，为实现流动人口计生工作属地化管理，市民化服务奠定坚实的基础。

（二）创新协会组织形式，探索民营企业协会新路子

针对象山县外来人口大多在中心城区务工，城郊结合部居住，且象山经济开发区和爵溪街道企业集聚外来人口数量最大最集中的现状，县计生协会抓住重点、因地制宜，积极探索企业协会建设新形式、新路子。一是把爵溪街道大小300多家企业划分为二个层级管理，其中50名女职工以上的26家规模企业成立计生协会，由街道计生协直接联系管理；其余的小型企业，纳入社区计生协联系管理，形成了街道—社区—企业—流动人口的纵横交叉的组织管理网络。二是对象山经济开发区的计生组织采取由管委会和属地丹西街道、东陈乡共同协作组建象山经济开发区计生协会联合会，经济开发区管委会副主任党组成员任会长，丹西、

东陈分管计生工作领导任副会长，直接由县计生协指导，改变了企业驻地与行政隶属分离现状。三是发挥中心城区周边镇乡企业协会作用。石浦、西周等镇乡也积极探索企业协会的组织建设，进一步做好其他企业计生协会的巩固、完善、提高工作，全县企业计生协会建设有了新的发展。

（三）坚持以人为本，拓宽协会服务领域，促进企业发展与人口计生工作和谐双赢

企业计生协会只有贴近群众需求、真情服务群众，以生动活泼、喜闻乐见的方式吸引企业员工，为他们提供以人为本的个性化服务，才能受到企业员工的欢迎。因此，我县不少企业计生协会结合“5.29”、“7.11”等重大节日，举办外来人员创业者卡拉OK大奖赛，外来人员“文体周”活动，还和企业工会、妇联等组织联合开展其他相关活动，既调动企业员工的参与热情，活跃了企业文化生活，也宣传了计划生育。县计生协筹建了生育关怀救助基金，从企业和社会各界筹集冠名基金600余万元，其中鹤浦东红船业冠名100万元，每年拿出10万元扶助计生困难家庭、企业员，爵溪海山纸业公司冠名基金50万元，给企业职工尤其是外来员工困难家庭送去“五关怀”。这些举措让外来员工体会到第二故乡的温暖，企业计生协会成了外来员工的贴心人，从而有力促进企业生产发展和计划生育工作各项措施到位，实现企业生产与计生工作的双赢。

（作者工作单位：象山县计划生育协会）

第八部分　人口性别比问题

实行出生人口性别比综合治理的思考与建议

张 敏

出生人口性别比是一个综合性的社会问题，在一定程度上反映出人口计生工作的综合水平。为遏制出生人口性别比升高势头，国家人口计生委按照党中央、国务院的要求，始终将出生人口性别比问题的治理列为全局工作的重中之重，在全国范围开展了“关爱女孩行动”，并提出到2010年实现出生人口性别比升高势头有效遏制、出生人口性别比趋向正常，2015年实现出生人口性别比自然平衡和2020年实现出生人口性别比稳定自然平衡的目标任务。要实现这些目标，除需要综合分析出生人口性别比失衡的原因还需要职能部门高度重视，更需要多部门统筹协调、齐抓共管。

一、出生人口性别比失衡原因

（一）思想观念、社会因素

1、旧思想观念的影响。旧的思想观念在一些人的头脑中依然存在，计划外生育、男孩偏好在生育行为上时有体现。

2、经济发展不平衡导致生育观念差异。农村经济的发展状况影响着人们的生育观，也影响着人们的生育行为，从根本上决定了农村出生人口的状况。经济发展较好的地区多数育龄群众已经树立了“少生优生”的生育观念，而经济相对落后地区的人们往往还处在农村劳作为主的生活状态，他们往往停留在传统生育观念上。

3、社会保障体系的不健全，助长了农村人口“养儿防老”意识。

（二）医学技术因素

虽然自1986年以来，国家计生委、卫生部先后下发了严禁胎儿性别鉴定的通知，但由于众所周知的原因，非法对胎儿做B超鉴定的行为仍在一些地区蔓延。2006年5月，国务院妇女儿童工作委员会办公室在介绍《中国儿童发展纲要(2001 ~ 2010年)》实施情况时曾指出：二十多年来，我国出生性别比持续升高，非法的胎儿性别鉴定及选择性别的流产、引产是其直接的原因。

（三）管理服务因素

1、职能部门尚未形成“一盘棋”的工作局面。由于没有对“两非”行为实行定期督查、考核和排序，没有按照有关规定对治理“两非”不力单位和个人实行“一票否决”，导致有的单位和个人对“两非”现象视而不见，甚至互相袒护、包庇。

2、地区之间没有形成“一盘棋”的局面。仅靠部分地区对非法从事“两非”的医生和医疗机构打击是不够的，尤其在流动人口管理服务方面。以现居住地为主的管理体制未能得到真正的落实，出现了现居住地管不好，户籍地无法管、又要承担管理不到位的责任的情况。流动人口管理存在孕情跟踪、检测、信息通报不规范，甚至不到位情况；流出人员作假现象严重，非法鉴定胎儿性别人工终止妊娠行为更加隐蔽，难以发现查处。

二、综合治理出生人口性别比对策措施

（一）落实责任，加大考核力度

1、建立专门组织。由政府牵头，成立宣传、纪委、监察、人口计生、卫生、公安、药监等部门共同参与的性别比综合治理办公室，形成多部门综合治理的工作模式。

2、明确职责。制定专项治理实施意见。进一步明确部门职责，统一思想，提高认识，精心部署治理工作计划。

3、纳入目标考核。认真贯彻落实有关文件精神，把控制人口数量与治理出生人口性别比偏高问题统一起来，把出生人口性别比考核纳入党政线考核，增加考核分值，对非法鉴定胎儿性别的地方实行责任追究制。

（二）完善制度，加大监管力度

1、健全各种制度。制定定点引产、凭证引产、凭证接生、B超管理、检查报告、生育全过程管理、信息交换、医学需要的胎儿性别鉴定审批、终止妊娠药品登记、人工终止妊娠手术审批等制度，以制度促管理。

2、抓好医疗网点排查登记和管理工作。做到经营单位数目清、单位名称清、所处地址清、使用设备清、从业人员清、药品进销账目清、执业证件清。在此基础上，对所在地区的B超机实行卫生和人口计生部门双重备案，规范工作制度，并层层签订岗位责任书。对所有服务对象建立档案，凡对孕妇实施B超检查，必须逐例登记孕妇姓名、单位或地址、身份证号码、检查时间、检查目的、检查结果，并存档。要求计生技术服务单位、卫生医疗单位、个体诊所、药店在醒目位置悬挂"严禁开展胎儿性别鉴定"、"严禁非法终止妊娠"、"严禁出售人工终止妊娠药物"警示牌。

3、规范二孩审批程序，加强生育全过程跟踪管理。要求生育二孩的育龄夫妇必须先审批后怀孕，坚决杜绝大月份审批。同时还要加强生育全过程跟踪管理，向每位新婚对象和已领取《再生育证》的对象发放《生育全过程管理告知书》，要求她们每三个月到所在的镇乡（街道）计生服务站进行一次孕情检查，以避免非法终止妊娠。

（三）联合执法，加大查处力度

1、部门配合，形成综合治理"一盘棋"。计生、卫生、公安、司法等部门联合对非法鉴定胎儿性别和选择终止妊娠行为进行重拳打击，是控制出生人口性别比升高的必要手段，要做到发现一例，查处一例，从重从快，严惩不贷。公安部门要严厉打击溺弃、贩卖女婴等违法犯罪行为，保护妇女儿童的合法权益。有关部门对非法为他人进行性别鉴定或选择性别终止妊娠手术者，要依法惩处，构成犯罪的，要依法追究其刑事责任。

2、加强网络建设，建立起B超登记制度、B超使用监管制度、孕情跟踪制度、婴儿出生死亡报告制度，建立全方位、立体式的防控机制。充分利用现代技术完善优化人口统计及流动人口的监管，确保出生人口性别统计数据的真实性、科学性、可靠性，杜绝女婴漏报和瞒报现象发生。建立育龄妇女档案系统，详细记录育龄妇女的基本情况。充分利用全国流动人口计划生育信息交换平台，掌握流动人口育龄妇女怀孕和生育等情况。

（四）营造氛围，健全利益导向机制

1、充分利用各种载体，加大宣传教育力度，转变群众生育观念。大力宣传出生性别比失调给社会带来的危害作用，以"婚育新风进万家"活动为载体，深入开展"关爱女孩行动"，依托已经建立的宣传网络，不断创新宣传手段，形成全方位、立体化的宣传格局，努力形成

具有鲜明特色的生育文化，营造浓厚的社会氛围，促进婚育观念转变，从根本上遏制出生人口性别比偏高问题。

2、开展知识培训。利用乡村人口学校，举办计生法律法规、人口形势、优生优育优教、奖扶政策等知识的培训。大力倡导婚育新风，"生男生女都一样"、"女儿也是传后人"等科学、文明、进步的新型婚育观念。大力宣传计划生育法律法规，特别是有关禁止非医学需要鉴定胎儿性别和选择性别人工终止妊娠的规定，让群众明白进行胎儿性别鉴定和选择性终止妊娠的行为是违法、违规的，是要受到法律惩罚的。

3、在大力发展社会生产力水平的基础上，建立健全利益导向机制。制定并兑现有利于计划生育女儿户的奖励扶助政策、困难扶助制度、疾病保险制度，帮助计划生育女儿户解决实际困难，让女孩和女孩家庭政治上有地位，经济上得实惠，生活上有保障，让群众感到生育女孩不吃亏，消除出生性别比失衡的根源。

总之，治理出生性别比问题是一项复杂的社会系统工程，是衡量一个地区经济状况、社会发展、公民道德、文化教育、医疗保健和人口计生服务能力的综合指标。这项工作难度大，任务艰巨，因此，要坚持以人为本，深化"婚育新风进万家"活动，把"关爱女孩，综合治理出生人口性别比"作为人口计生工作的重点，以稳定低生育水平为核心，以强化宣传教育、注重利益导向、坚持依法打击、实行孕产期全程服务为抓手，在政府主导、部门参与、群众支持"三位一体"的工作模式下，努力构建有利于女孩成长、出生性别比适宜的良好环境。

（作者工作单位：金华市金东区人口计生局）

浅谈以“四心”治理出生人口性别比偏高问题

凌文娟 张浦建

出生人口性别比偏高是影响人口自身发展和社会发展的一个负面因素，如何治理这一问题，一直以来始终困扰着政府和人口计生部门。笔者以一个基层人口计生工作者的身份，就性别比治理问题提出“决心”、“恒心”、“善心”、“狠心”“四心”的治理观点，供各级党委政府参考。

一、决心

出生人口性别比偏高问题的出现和存在既有历史的原因，又有现实的原因。众所周知，我国偏好男孩的文化可谓影响深远，根深蒂固的传统观念是不可能在一朝一夕间被铲除的。因此，现阶段一些群众的生育意愿与国家的现行生育政策存在一定的差距和矛盾也是必然的。作为政府部门首先要树立长抓、紧抓的决心，要清醒地认识到出生人口性别比治理是一场硬仗，只要我们下定决心，坚持不懈，出生人口性别比偏高问题终会得到解决。

二、恒心

对于出生人口性别比治理偏高问题的治理，必须树立常抓不懈的观念，在完善有关机制的同时，把一以贯之的抓出生人口性别比偏高的治理，作为各级党委、政府，特别是人口计生、公安、卫生、民政等计划生育成员单位的一项长期性的工作任务，建立长期的“两非”案件查处协调工作机构和常设队伍，建立基层党委、政府出生人口性别比治理分年度考核机制，使出生人口性别比治理工作在长抓中显示态势、巩固成效。

三、狠心

快刀斩乱麻、挥泪斩马谡、关云长刮骨疗毒等等，其实说的都是狠心。笔者认为出生人口性别比偏高的治理也是如此，出生人口性别比偏高既然是人口发展中人为原因产生的一种病态，要治理他，使之回转到人口发展的正常态势和轨道，就要痛下狠心进行治理。对那些纠缠在“两非”案件上的种种盘根错节的问题，以快刀斩乱麻的狠心加以去除；对那些甘为性别鉴定问题充当保护伞的人，不管是谁，都要挥泪斩马谡予以处理；对“两非”案件的当事人，不但要处之以狠，还要罚之以痛。因此，在建立出生人口性别比治理责任机制的同时，还要排除干扰，切查违法进行性别鉴定、违法进行终止妊娠的案件，一旦证据确凿，就要绳之于法，决不留情。只有这样，才能震慑“两非”案件违法人员，才能遏制出生人口性别比偏高持续增长的势头。

四、善心

善心就是为人民群众谋福祉的行善之心。出生人口性别比为什么会偏高？一些育龄群众为什么会偏好男孩？作为党委、政府，有关职能部门要深入调研，了解和掌握群众的思想动态，用正确的方法加以引导和扭转。在简单劳动还普遍存在的时候，男孩在体力能上的优越性就会在实际生活中显现；当农民群众的养老问题没有得到较好保障的时候，养儿防老就会成为农民群众的现实选择。因此，各级党委、政府就要以实践为人民服务这一宗旨的善心，想人民群众所想，急人民群众所急，建立完善实在的“关爱女孩”利益导向机制，建立关爱女孩的就业培训机制，努力为人民群众解除养老后顾之忧、就医等实际忧困难和问题。同时，利用各种方式，在农村、农民中广泛进行社会主义婚育观念宣传。只有这样，才能使群众在自己所见所闻、亲身感受中接受新型婚育文化，只有这样才能破除几千年封建社会形成的传统婚育文化的影响；也只有这样，出生人口性别比偏高的治理工作才能获得良好的效果。

（作者工作单位：浦江县人口和计划生育局）

依法打击“两非”行为 实施关爱女孩行动

洪文达

出生人口性别比治理是计划生育工作的重点和难点。浦江县近几年十分重视此项工作，也做了许多工作。如大力开展专项整治，倡导宣传教育，实施计划生育优质服务，推进利益导向机制，落实各项奖励扶持和优先优惠政策等。但是“两非”行为仍然没有得到很好控制，全县出生人口性别比特别是两孩性别比严重失调。对此，群众要求打击“两非”的呼声甚高。因此依法打击“两非”行为，消除性别歧视，实施关爱女孩行动，已成为计生行政部门的重要任务。

一、“两非”存在的土壤

（一）宣传工作不到位。旧的落后的思想观念只有在不断的新思想新观念的冲击下，才能逐渐更新和转变。笔者在调研中发现，不少育龄群众的计生政策法律法规、科普知识水平较低，宣传品入户率也不高，说明我们的计生宣传工作未落实到位，还有大量的工作要做。

（二）管理制度不健全。“两非”现象的存在，说明政府部门管理上存在较大缺陷。如一些医务人员受经济利益的驱动，擅自进行非法性别鉴定；少数计生专干把关不严，随意出具引产证明，造成非法终止妊娠；一些个体诊所非法引流产等违法违规行为，都难以采取有效的管理、制约、处罚手段进行约束和打击。

（三）优质服务不完善。一是虽然经过“二次发展”建设，计划生育服务环境大大改善，服务水平有了很大提高，但因少数计生干部主动服务意识不强，跟踪服务不及时，造成管理服务上的疏忽，影响了优质服务工作的开展；二是一些育龄妇女因外出，脱离了计生部门的管理；三是“三查”工作不到位，给“两非”行为制造了机会。

二、关爱女孩 严打“两非”

（一）深化宣传教育，营造关爱女孩氛围。一是宣传内容要创新，要以宣传“男女平等，女儿也是传后人”为主要内容，传播科学、文明、进步的婚育观念，宣传出生人口性别比偏高的危害性；宣传女性健康成长，自立自强的典型，引导育龄群众生男生女顺其自然；二是宣传形式要创新。如组织举办关爱女孩行动文艺晚会、下乡巡回演出、举办独生子女演讲比赛，或者利用新闻传媒如广播、电视等进行生动新颖的宣传；三是宣传对象要创新。重点加强对医疗单位包括个体诊所和药店工作人员的法制宣传，教育医务人员依法从业。

（二）开展专项整治，部署行动方案。政府有关部门应紧紧围绕“关爱女孩行动”这一主线，依法查处“两非”案件。要抽调纪委监察、法院、检察院、公安、计生、卫生、药监等部门工作人员成立专项整治工作组，由县委分管领导亲自挂帅，重拳出击，公开曝光，使非法行医者受到法律的有效制裁。

（三）推进依法管理，实现综合治理。一是组织工作人员学习相关的法律法规知识。尤其是医疗单位的B超从业人员，妇产科医务人员，个体诊所妇科医生等，应认真学习《人口与计划生育法》，国家三部委《关于禁止非医学需要的胎儿性别鉴定和选择性别的人工终止妊娠的规定》、执业医师法》等法律法规知识。二是加大检管力度，落实凭证引产制度。对计划内怀孕4个月以上的妇女，若非医学需要，一律不得以任何借口引流产。对擅自非法引流产者，取消二胎生育指标；经诊断经病确需终止妊娠的，由实施机构出具医学诊断证明，县级计生服务站专家核实，报人口计生行政部门审批；定点引产医院要严格遵守凭证引产制度；个体诊所严禁开展引流产手术，未经批准擅自开设科目，要吊销医疗执照。三是落实B超登记或染色体监测报告制度。实行B超检查实名登记制度，医疗单位B超室和染色体监测室应及时准确登记有关孕检信息，并按程序每月逐级上报，县卫生局和计生局要对各级医疗保健机构和计生技术服务机构的B超设备及操作人员进行严格审查并备案。四是落实责任追究制度。凡不执行相关制度和规定的个人和单位，或经举报查实有非法B超鉴定行为的，视情节轻重，严肃处理或追究法律责任，并及时在新闻媒体上曝光。

（四）加强优质服务，提升工作水平。一是通过县、乡、村三级网络开展生殖保健服务。可以组织专家医疗小组开展妇女病普查，提供生殖健康咨询服务等项目，切实提高育龄群众生殖保健水平。二是加强生育全过程管理。各级计生技术服务人员应定期做好计划生育随访工作，积极开展孕期指导，防止非法怀孕和非法终止妊娠。三是倡导住院分娩，确保母婴健康。

三、几点思考

（一）打击“两非”，领导是关键。该行动是一项复杂的社会系统工程，如果没有坚强的领导作后盾，无论在经费、打击力度上都难以保障工作的顺利开展。县委、县府主要领导要亲自负责，责成各成员单位联合开展行动，做到部署周密，行动及时，一经举报，追查到底，严办当事人。

（二）落实利益导向机制，是实施关爱女孩行动的保障。近几年，浦江县相继出台和落实计划生育利益导向机制、奖励扶持制度、计生公益金管理办法以及独女户、二女户中考加分等优先优惠政策等，给农村二女户家庭、独生子女家庭带来了实惠，消除后顾之忧。也使育龄群众体会到党和政府的深切关怀，关爱女孩行动成为一项阳光行动。

（三）坚持以人为本，体现优质服务。关爱女孩，打击“两非”，开展出生人口性别比专项治理，党员干部要积极行动起来，尤其是计生干部应以改革创新精神践行科学发展观，以自己的自觉行动，感动身边群众，坚持以人为本，勤下基层调研，关心群众生活，以最真诚的服务，解决百姓实际困难，积极宣传党和政府有关计划生育的各项政策，强化育龄群众法律法规意识，使计生工作真正迈上一个新的台阶。

（作者工作单位：浦江县计划生育指导站）

计划生育政策对出生性别比影响分析

蒋　雄

一、出生性别比失衡及其政策原因

无论是从全国人口普查的资料，还是从抽样调查的资料来看，20 世纪 80 年代以前出生性别比基本上保持在正常值范围内，不存在孩次之间的明显差异；80 年代以后，尽管出生性别比大幅度上升，但一孩出生性别比除 1991 年超出正常值范围外，其他年份均在 107 以下的正常值范围内，而二孩出生性别比则表现出了极大反常，到三孩及三孩以上出生性别比已经是非常异常了，很明显这是受到性别偏好的影响。也就是说，目前我国人口出生性别比与孩次呈正相关性，孩次越高，出生性别比就越高。

有学者利用第五次人口普查分孩次的出生性别比资料，计算出出生孩次与出生性别比的相关系数为 0.66。也就是说，出生人口性别比升高的原因中大约有 2/3 可以从孩次别性别比得到解释。这充分反映出二孩及多孩性别比过高的情况对总出生性别比的影响是非常显著的。

可以肯定地说，在一孩性别比基本保持正常的情况下，我国当前出生性别比偏高的现象主要源于二孩及多孩性别比的上升。而在城镇人口出生率已经很低的情况下，也就是在基本实现了一孩化的情况下，出生性别比的偏高，又主要源于农村二孩及多孩生育。

综上所述，生育中的性别鉴定和性别选择性人工终止妊娠现象是存在的，而且它对出生性别比的影响也是十分明显的。

究其原因，学者们一致认为，无论是从社会、历史、经济还是文化层面分析，人们尤其是农村生育观里男孩偏好起了决定性的作用。然而，出生性别比偏高的发生是伴随着计划生育政策的实施而出现的，这已经是一个不争的事实。计划生育政策与出生性别比偏高的产生密切相关。这种现象可以用"结构置换数量"理论来解释。即大部分人往往有生育男孩的偏好，在未实行计划生育以前，这种男孩的偏好是通过多孩次的生育来满足的，这种生育是一种自然条件下的生育，对于出生性别比的影响不大。但随着计划生育政策的调整，在更多地考虑生育成本、抚养成本及风险成本后，人们往往不能通过多孩次的生育来满足生育男孩的愿望，所以就通过性别的选择来满足生育男孩的愿望，它的最终结果就是导致出生性别比的失衡。

二、讨论与对策

（一）调节计划生育政策能否解决出生性别比偏高问题

既然我国人口出生性别比偏高现象是过于强烈的性别偏好和过于狭小的生育选择空间互相冲突和挤压，最终通过"性别鉴定与性别选择性人工终止妊娠"为主要手段而形成的结果，似乎政策将孩子数量限制得越少，对生育性别选择的欲望也越强烈，故适当放宽生育政策，如实行普遍的"二孩政策"，有利于降低出生性别比。表面上看，这种观点有一定道理，其实不然。在男孩偏好相同的情况下，家庭如果第一胎生育男孩，仍愿意冒一定的风险去选择性生育第二个男孩的情况微乎其微；如果第一胎生育女孩，则政策规定都还有而且只有一次生育机会，因此，不管是现在实行的农村女儿户再生育政策还是普遍的二孩政策，生育选择空间的程度仍然是“狭小”的。

此外，我国当前出生性别比偏高的现象主要源于二孩及多孩性别比的上升，那么，控制二孩及多孩生育能否使出生性别比趋于正常？答案是否定的。在男孩偏好强烈和相关“技术”可行的情况下，控制二孩及多孩的生育，人们的选择性别行为就会提前，即在第一孩次就进行性别选择性生育，从而可能导致一孩的出生性别比升高。

（二）打击“两非”能否解决出生性别比偏高问题

由于出生性别比偏高是由“性别鉴定与性别选择性人工终止妊娠”间接导致的，那么加强对“两非”案件的打击力度一定程度上能够抑制出生性别比过高问题。各地均出台了禁止使用B超等非法手段进行胎儿性别鉴定和终止妊娠的规定，也取得了一定的成效。然而随着打击力度的加大，这种非法行为变得更加隐蔽，取证和查处工作也困难起来。首先，利用B超进行胎儿性别鉴定与正常医疗检查没有严格的区分界限，医生是否进行“确切的胎儿性别信息的传递”很难被发现，多数采用暗示性语言如“好好保养”、“还可以”甚至点头摇头等暗号，无法对鉴定行为做出有效的事实认定；其次由于涉及到切身利益，即使对象承认做了非法胎儿性别鉴定，但B超医生仍可矢口否认，使取证工作步履维艰。

对此，笔者建议开发一种B超监控软件，实施B超操作全过程监控。首先，建立一个生育监测网，规定B超设备必须直接与生育监测网络相联，并通过软件设计做到如果设备开机就直接连接网上服务器数据库，当与网络断开设备则自动关机，即让B超设备成为生育监测网的终端机，B超检查前需将对象身份证扫描入库，无身份证不得进行B超检查；凡是怀孕妇女的每次B超检查（不论何种原因检查）均需在网络数据库上进行B超检查图像的备案，待胎儿出生后方可消案。对于做过B超检查后不明原因胎儿引、流产的，通过网络数据库调用备案图像进行调查。

（三）解决出生性别比偏高问题的根本途径

监控B超的使用只是治标不治本的方法，解决出生性别比偏高问题最根本的途径还是要弱化并最终消除人们的男孩偏好，毕竟如果没有男孩偏好的转变，单纯控制性别选择性生育技术即使在一定时期和一定程度上能够降低出生性别比，但这种降低随时可能出现反弹，而且有可能带来其他新的问题。从长远治本着眼，弱化并消除男孩偏好，就要相应的提高妇女的社会地位，通过深入细致的宣传教育，努力形成整个社会都来关爱女孩、关心妇女的舆论氛围；同时加快建立完善有利于计划生育、有利于女孩成长的利益导向机制和社会保障制度（如女儿户社会养老保险制度、计划生育公益金制度等），帮助女孩家庭消除后顾之忧，在生活上、经济上得到真正的实惠。在这方面，不少地区都进行了有益的探索，也取得了很好的成效，相信只要持之以恒，必然能够将我国人口出生性别比纳入正常范围。

参考文献

[1] 张二力. 从“五普”地市数据看生育政策对出生性别比和婴幼儿死亡率性别比的影响[J]. 人口研究,2005(1)：11-18

[2] 乔晓春. 性别偏好、性别选择与出生性别比[J]. 中国人口科学，2004(1)：14-22

[3] 马瀛通. 重新认识中国人口出生性别比失调与低生育水平的代价问题[J]. 中国人口科学，2004(1)：35-36

[4] 汤兆云. 我国出生人口性别比的地区差异及其政策选择 [J]. 河北大学学报(哲学社会科学版)，2006(2)：4350

[5] 石人炳 . 生育控制政策对人口出生性别比的影响研究 [J]. 中国人口科学，2009(5)：86-94.

[6] 杨雪燕，李树茁，李艳，石艳群 . 中国县区级出生性别比治理的社会政策系统协调性分析 [J]. 妇女研究论丛，2009(4)：19-27

（作者工作单位：浦江县杭坪镇人民政府）

对综合治理出生人口性别比问题的思考

钱 倩

保持人口性别结构平衡特别是出生人口性别结构平衡，是全面落实计划生育基本国策、统筹解决人口问题、确保人口安全的重要内容，对于全面建设小康社会、积极构建和谐社会、建设社会主义新农村具有重要意义。

苏孟乡地处金华经济开发区的南部，截止到2009年底全乡共有育龄妇女4435人，其中已婚育龄妇女3451人。2007-2009年共计出生人口417人，其中女孩195人，性别比为100：113.85。分年度看，2007年为100：121.82，2008年为100：114.49，2009年为100：107.4。通过三年的不懈努力，出生人口性别比总体呈下降的趋势。虽然苏孟乡3年出生人口不多，反映的也是局部的情况，但出生人口性别比偏高的情况真实存在，现就苏孟乡在综合治理出生人口性别比工作谈一些看法。

一、出生人口性别比偏高原因

原因有很多，概括来讲，主要为以下两个方面。

第一，一些群众生育男孩的愿望非常强烈。一方面农村社会养老保障制度不健全，以家庭为主仍然是养老的主要方式，生育男孩意味着老有所养。另一方面，传统生育文化观念“不孝有三，无后为大”等思想仍很严重。虽然国家提倡“男女平等”，但实际在社会上性别歧视的现象仍然存在，女性在升学、就业、选举、报酬、晋职等方面仍然处于劣势。

第二，从客观上看，监督管理的难度较大。一方面，乡镇街道对育龄妇女的生育全过程管理不到位，为孕产妇选择胎儿性别终止妊娠提供了条件。另一方面，随着科学技术的发展使胎儿性别鉴定和选择性别终止妊娠成为可能。一些卫生医疗机构特别是个体诊所及非法行医者缺乏法制观念，非法进行胎儿性别鉴定和选择性别终止妊娠。

二、主要对策

综合治理出生人口性别问题是一项系统的工程，单靠人口计生部门是难以搞好的，必须由党委政府统一领导，统一指挥，充分发挥各部门的积极性，调动一切社会积极因素，实行多措并举、合力攻坚、标本兼治、综合治理。

第一，加强宣传教育工作，建设新型生育文化。

以开展“婚育新风进万家”和“关爱女孩行动”为载体，通过多种形式和途径，广泛宣传“男女平等”、“生男生女都一样、关键在培养”、“计划生育丈夫有责”等科学、文明、进步的婚育观念。以群众喜闻乐见的形式大力宣传《宪法》、《婚姻法》、《妇女儿童权益保障法》、《人口与计划生育法》和浙江省禁止非医学需要鉴定胎儿性别和选择性别终止妊娠的规定等法律法规，让群众懂得非法选择胎儿性别和歧视、遗弃女孩是一种不道德和违法犯罪的行为，在全社会进一步树立性别平等意识和保护妇女、关心女孩的意识，营造有利女孩生活、发展的良好舆论氛围和社会环境。

第二，各部门明确责任，密切配合，形成合力，提高计划生育女孩家庭的经济社会地位。

深入开展“关爱女孩行动”，切实保障计划生育女儿户的合法权益，对他们给予奖励，在扶贫济困、慈善救助、项目扶持、就业安排等方面向计划生育女儿户倾斜，和工、青、妇等团体通力协作，深入开展“春蕾计划”等社会公益活动，支持贫困的农村计划生育女孩完成学业，在农村低保、新型农村合作医疗和社会救助等方面给予优先落实。积极推进计划生育村民自治，在村规民约中切实保障计划生育女儿户在参与集体资产承包经营、村集体资金分配等经济活动中的权益。帮助和引导计划生育家庭妇女发展生产，创业致富，提高妇女在社会中地位。

第三，将优先优惠政策落实到人，解除群众的后顾之忧。

认真全面落实农村部分计划生育家庭奖励扶助金及开发区计划生育公益金的调查摸底、审核上报及发放工作，做到村不漏户，户不漏人。加大乡财政对计划生育四项手术经费的投入，认真落实计划生育四项手术免费政策。创造良好的环境，落实相关政策，促进男到女家落户。落实城镇居民养老制度，使符合条件的老人都能及时、足额的享受，切实解除群众的后顾之忧。

第四，完善管理制度，强化生育全过程管理，从源头防范选择性别生育。

加强计划生育优质服务，加强优生优育指导，改进完善孕期随访制度，实现生育全过程管理，杜绝正常怀孕情况下私自终止妊娠的行为发生。一孩生育全过程管理从育龄夫妇新婚之日起、二孩生育全过程管理从审批之月起实现全程监测，加强孕产期随访工作，切实加大监管力度，从源头防范选择性别生育。

对确有需要进行引、流产的孕妇实行严格的审批登记制度。怀孕四个月以下的，由本人提出申请，并出具县级以上医院、有两名医生签字的诊断书，由乡计生办审批。怀孕四个月以上的，由本人提出申请，并出具县级以上医院、有两名医生签字的诊断书，由乡计生办审核后，报开发区计生分局审批。

对持《再生育证》无正当理由私自进行引流产的，坚决取消其再生育的资格 。

第五，加强对B超、引流产药物的监管，严厉打击“两非”案件。

完善执业资质认证和B超使用准入制度，对终止妊娠药品和相关药品实行严格的处方管理，从源头上堵截管理上的漏洞。建立B超检查人工终止妊娠登记制度。与辖区内拥有的B超的医院、个体诊所及B超医生签订责任书，进行严格监管。对违反规定的，坚决依法追究直接责任人和单位负责人的责任。

建立非医学需要鉴定胎儿性别和选择性别终止妊娠的有奖举报制度，公布了区级和乡级的有奖举报电话，强化社会监督。联合公安、卫生、工商等各部门加大执法力度，严肃查处“两非”案件。

（作者工作单位：金华开发区苏孟乡计生办）

出生人口性别比偏高成因及综合治理对策初探

杨 馨

自2002年以来，金华市出生人口性别比一直居高不下，特别是出生二胎及多胎的性别比更高，影响金华市人口与经济、社会、资源环境相协调和可持续发展，制约了金华市人口和计划生育工作上水平。

一、出生人口性别比偏高的原因分析

2007年—2009年金华市及部分县（市）出生性别比统计表

区分＼年度		2007年			2008年			2009年		
		总数	女婴	性别比	总数	女婴	性别比	总数	女婴	性别比
金华市		45657	21534	112.02	43687	20620	111.87	42343	19707	114.86
其中	浦江县	3813	1611	136.69	3542	1546	129.11	3398	1435	136.79
	东阳市	7999	3764	112.51	7476	3497	113.78	6921	3134	120.84
	永康市	6070	2765	119.53	6057	2690	125.17	6255	2866	118.25

以上统计数据表明，金华市的出生人口性别比呈现高位波动。造成出生人口性别比偏高的原因很多，也很复杂，究其主要成因有以下几个方面：

（一）落后的传统观念影响。

（二）思想认识不到位。在过去相当长一段时期内，由于人口增长的压力，各级政府把主要精力放在控制人口过快增长上，对于出生人口性别问题没有引起足够的重视。近几年来，虽然对治理出生人口性别比偏高问题有了新的认识，也不断加大工作力度，但没有真正从全局的、可持续发展的、社会稳定的高度和事关中华民族兴衰与子孙后代幸福的高度来深刻认识，思想观念中仍然存在种种误区。

（三）齐抓共管，综合纠治局面未形成。过去，治理出生人口性别比主要是计生部门在抓，虽然计生部门竭尽全力，但是这项工作是一项极其复杂的社会系统工程，单靠一个部门是难以抓好的。

（四）基层管理力度弱漏洞多。一是由于基层经费困难，宣传与服务难以全面到户；二是孕情跟踪不到位，没有坚持旬上门、月随访、季三查的关键有效措施；三是责任追究机制不健全；四是流动人口出生人口性别比的管理成为空挡；五是个别育龄群众钻管理的空子，假报婴儿死亡或死产、流产。

（五）日常掌控难度大。一是发现难。二是处理难。

（六）法律法规不健全。自20世纪70年代初实行计划生育以来到本纪初，国家没有出台相关综合治理出生人口性别比失调的法律法规，直到前几年，国家《人口与计划生育法》、国家三部委规章和《浙江省人口与计划生育条例》及《浙江省禁止非医学需要鉴定胎儿性别和选择终止妊娠的规定》颁布实施后，综合治理出生人口性别比失调工作才有了较全面具体的法律规范，此项工作才逐步有法可依，走向正规。但是国家的法律对此并未作出追究刑事责任的条款，对非法鉴定胎儿性别和终止妊娠者，仍然难以追究法律责任，治理效果不明显。

二、遏制出生人口性别比偏高的对策建议

（一）提高认识，克难制胜。治理出生人口性别比是件难事，也是各级领导干部义不容辞的责任。只要思想认识高度统一，情况再复杂，困难再大，也能够克难制胜。义乌市多年前的出生人口性别比严重失调，通过大力整治后大幅度下降，2006年被浙江省摘掉出生人口性别比偏高的重点管理市的帽子，2007年控制在107.71，就是有力的证明。因此，各地要从认识上找差距，从主观上找原因，从工作上找问题。充分认识做好治理出生人口性别比工作的重要性，自加压力，迎难而上，切实把这项工作抓紧抓好，抓出成效。

（二）强化宣传，营造良好舆论氛围。解决出生人口性别比偏高问题，最根本的途径是要加大宣传教育工作力度，转变人们的婚育观念。要以倡导男女平等、关爱女孩为主题，以“优生、优育、优教”为重点。要继续深化创新婚育新风进万家活动，加快建立社会主义新型人口文化和生育文化。要正确把握好舆论导向，及时掌控和科学处理媒体网络舆情，为出生人口性别比专项治理工作，营造良好的社会环境和强大的舆论声势。

（三）建立组织，严查“两非”案件。要建立由党委或政府分管领导牵头，纪检、法院、检察院、公安、卫生、人口计生、食品药品监管等部门参加的打击“两非”案件专门工作机构，加大打击力度，保持高压态势。对利用B超技术和其他技术手段为他人测定胎儿性别、非法为他人选择终止妊娠的医务人员，要从快从重查处。构成犯罪的，要依法追究刑事责任。同时，要加快建立周边地区的区域协作，实行内外并举，联防联治，切实有效地综合治理好区域间的出生人口性别比问题。

（四）加强执法，规范B超管理。各级卫生、食品药品监管、人口计生部门要建立健全医疗卫生保健机构、计划生育技术服务机构、民营医疗机构B超使用监管制度，配置B超的医疗机构应当与B超操作人员签订责任书，实行定人定责管理，坚决杜绝非医学需要的胎儿性别测定。各有关部门要定期、不定期对打击“两非”制度执行情况开展检查。

（五）强化服务，抓好孕情跟踪管理。各地要抓住外出人员返乡时机，组织人员主动上门，为已婚育龄妇女提供优质服务，全面掌握生育信息，对非意愿妊娠的要及时采取补救措施。一是要建立孕情档案。二是要落实孕情报告制度。三是坚持孕情月查制度。四是对流动人口怀孕对象既要利用全国流动人口信息管理系统进行信息监测。五是要明确责任，分工包干到人，以防遗漏。

（六）完善机制，落实利益导向措施。各地要加快推进“一二二三”计生生育利益导向机制建设，要将计划生育工作列为村规民约的主要内容，建立维权热线，深入开展“关爱女孩行动”，切实维护女孩、女儿户、计划生育家庭户的合法权益，使生育女孩家庭在社会上有地位、经济上有实惠、生活上有保障。

（七）严格统计，强化实数计生。具备孕妇围产期保健和分娩资格的医疗保健机构，要凭孕产妇的生殖健康服务证、再生育证、身份证，采用实名制方式开展围产期保健或分娩，严格执行出生医学登记制度。要进一步完善有奖举报制度，鼓励群众监督举报，并对举报者严格保密。

参考文献

[1] 汤肃正，金华市出生人口性别比情况的调研报告（金华市人口学会2007年年会暨学术交流会论文汇编），2007（12）

（作者工作单位：金华市计划生育宣传技术指导站）

第九部分　生殖健康

军朴红藤归芍汤应用输卵管吻合术11例疗效观察

陈开红

不孕症的临床治疗是医学界的疑难之一，其中输卵管闭塞不通引起的不孕症更是疑难中之疑难，虽然用显微、微创手术吻合，但怀孕成功率仍较低。为了提高怀孕成功率，笔者治疗时，在采取常规西药处理的基础上加服中药军朴红藤归芍汤。通过11例临床观察，怀孕成功率明显提高。

1. 对象和方法

1.1. 观察对象

选择经输卵管优维显造形后被诊断为输卵管堵塞不通者，施行输卵管吻合术后加服军朴红藤归芍汤11例。全部选自本站1999年1月1日—2002年年底的住站病人。

1.2. 方法

11例对象在术后常规西药处理的基础上，均于4小时后给予口服军朴红藤归芍汤煎剂约200mL，一日2次，早晚空腹口服，不需禁食。军朴红藤归芍汤组成：生大黄后入10g、厚朴10g、红藤30g、枳壳10g、广木香10g、玄胡10g、红花5g、桃仁10g、当归10g、陈皮10g、酒芍10g、川芎10g。连服1—3个月（经期停服），留病历、资料、联系方式，并编号存档。临床观察，随访4年。

2. 疗效判断

疗效分为：（1）治愈：4年内怀孕出生小孩；（2）显效：宫外孕；（3）无效：4年内无怀孕。

3. 结果

11例输卵管堵塞不通的不孕症患者，通过加服中药军朴红藤归芍汤后，经4年临床观察，治愈成功怀孕并出生孩子7例，治愈率达到63.64%（$P<0.05$）；显效宫外孕2例，并再次手术继续观察服药，显效率18.18%（$P<0.05$）；总有效率81.82%（$P<0.05$）；无效2例无效率18.18%（$P<0.05$）。以上数据说明治愈率明显高于无效率，有临床治疗意义。

4. 讨论

不孕症中因输卵管堵塞而致者，在临床上占很大的比例，目前除手术吻合外，无其它特殊的有效治疗方法，但输卵管吻合手术无法弥补治愈率低的缺陷。笔者结合中医理论，认为输卵管堵塞不孕属脏腑气机升降功能失调，奇恒之腑腑气不通，气滞血瘀，内蕴热毒所致。而脏腑气机功能失调，腑气不通，可以加重气血凝滞，而气血凝滞又反过来可以导致脏腑气机升降功能更加失调，腑气越加不通，两者互相胶着，蕴生热毒，互为因果，形成恶性循环，致使输卵管堵塞不通，阻碍精卵结合。再加上输卵管吻合手术时的器械刺激、针线缝合、液体加压灌通等都不同程度地加重了气血的凝滞，以致奇恒之腑留淤留滞。在治疗上，非大刀阔斧活血破瘀，泻火凉血，通畅气机，无以使其恢复神奇之功。针对以上病机，确立活血破瘀，泻火凉血，行气通腑之法，方用自拟军朴红藤归芍汤治疗。其配伍特点是：首用苦寒泻下之生大黄为君，以涤荡腑内壅塞之气机，因女子胞子宫为奇恒之腑，输卵管与子宫相连且通，功同奇恒之腑，是拾取卵子，输送精卵之管道，胃肠气机通畅奇恒之腑气机自然通畅顺达，取腑腑相通之意。

国内学者（1）通过研究证明，中药大黄对严重胃肠功能衰竭患者有明显的疗效。它不仅能保护胃肠粘膜，促进胃肠蠕动，排除胃肠道的细菌和毒素，对应激性胃肠粘膜病变，甚至对消化道出血也有独特的治疗作用。生大黄对增强胃肠粘膜的蠕动作用同样适用于对输卵管纤毛和粘膜的蠕动增强。也同样会促进机体气机的升降出入，有利于输卵管吻合手术后残存淤血的消除和排出，从而增加输卵管的通畅为受孕创造条件。生大黄还善治烫伤、灼伤，对手术时使用电双极仪器的切割，止血所造成的局部烧灼形成之蕴热积毒，有泻热消毒之功，可谓是对症下药，一箭数雕。同时又辅以辛苦之红藤助大黄清热解毒活血散瘀，红藤又为治肠道与下腹部痈肿腹痛之要药，兼具活血通络之妙用，两药相须，相得益彰；枳壳、厚朴、陈皮、广木香、玄胡为苦辛温之品，辛开苦降，升降气机，行其气，散其结，止其痛，使腑气得通；桃仁、红花、当归、川芎、酒芍（即桃红四物汤去生地）也为辛苦温之品，收活血之功，共为佐使药，因大黄为辛温行气活血化瘀之品，恐有推热助毒之误，故方中首用苦寒性猛力专之生大黄配红藤以镇辛温推热助毒药品之弊，而且本方组药全部归脾、胃、大肠、小肠等与六腑有关之经，使药直达病所，力专功弘，收调气机，通腑气，破瘀血，清热毒之功。使被吻合的输卵管尽快畅通，恢复输送传导作用，以达到尽快怀孕之目的。

以上案例，虽然从表面上看怀孕成功率很高。但11例观察，有数量上的局限，不能以此而下定论，还有待于更多临床实践进行论证。笔者仅将临床心得供同道借鉴，以收抛砖引玉之功。

参考文献

陈德昌，景炳文，杨兴易等．大黄对胃肠功能衰竭的治疗作用．解放军医学杂志，1996，21（2）：24—26

（作者工作单位：东阳市计划生育宣传技术指导站）

“一个子宫，两只环”引起的思考

蓝旭燕

近日，邹女士百思不得其解，自己放了两次环（即宫内节育器，俗称环），却取了三次环，也亲眼见到了取出的三只环。邹女士蒙了！

与邹女士有相同遭遇的育龄妇女指导站每年都会遇到 4、5 例。出现这种特殊情况大致有以下几种原因：

1. 产妇剖宫产时已经放置了宫内节育器，产后 6 个月后又去当地计生部门施行了放置宫内节育器术。

患者张女士就属这种情况。她于 11 年前剖宫产生育第一胎，剖宫产术后 6 个月施行了放置宫内节育器术。第一个孩子五岁后，按计划生育政策准予生育第二胎，在计生站顺利取出了一只“O”型节育器。术后恢复良好。但此后一直未孕。2009 年因月经过多就诊，发现宫腔内有一只宫内节育器，环位正常。当地计生部门通过询问相关病史及查阅当时剖宫产时的手术记录，证实剖宫产时放置了一只宫内节育器。

2. 既往有带环妊娠史，流产或引产后又采取了放环避孕措施。

患者李女士放环 5 年后，意外妊娠 4 个月，行引产手术后 3 个月本人主动去医疗机构放置了宫内节育器。后因绝经施行了取出宫内节育器术，取出的一只“O”型环。2 个月后李女士体检，妇科 B 超发现另一只“O”型宫内节育器。医生通过详细询问病史，推测李女士意外妊娠时是带环妊娠，且引产后环未排出子宫。李女士顺利进行了第二次取出宫内节育器术。

3. 放环育龄妇女 B 超检查发现宫腔内无环，行第二次放环手术。

患者叶女士在 1995 年乡镇常规“三查”中，未查出环。在乡计生站施行了第二次放置宫内节育器术。后因月经不调，经量增多，至县计生站就诊取环。术前 B 超检查发现宫内有两宫内节育器，均为“O 型”环，其中一“O”型环已下移至宫口。

本文开头邹女士的情况我们推测可能是当年邹女士放环后出现阴道出血多、腹痛等不适，体检及辅助检查未发现节育器及妇科异常，考虑是思想因素引起，曾经采用暗示疗法，施行过假取环手术。

邹女士所在村的育龄妇女卡上有第一次明确的放环记录记载，但没有相关取环的记载。根据她自己回忆，第一次放环后因阴道出血多十余天，而施行了取环手术。这与我们的推测基本一致。

采用放置宫内节育器避孕是我国育龄妇女首选的避孕措施。我国目前有一半以上的育龄妇女放置了宫内节育器。随着放置宫内节育器人数、次数的增加以及时间跨度增加，多少会出现一些“一个子宫，两只环”的特殊病例。病例虽不多，但值得我们深思，也应该引起有关医疗单位，特别是从事临床计划生育工作的医务人员的高度重视。广大的医务工作者在提高自己医疗水平，加强自己工作责任心的基础上应该做到：第一，详细询问相关病史；第二，放（取）宫内节育器前常规行妇科 B 超检查，有条件的医疗单位取出宫内节育器后再次行妇科 B 超检查，最大限度防止上述事件的发生；第三，不使用暗示疗法。此方法在乡镇开展计划生育手术的初期有所使用，目前已经基本上不用；第四，完善手术记录，建立健全手术记录及登记的档案管理工作，以便查阅。

同时，也对广大放置宫内节育器的妇女提几点建议：第一，对医生不要隐瞒病史（如既往有放置或取出宫内节育器史；或带环妊娠、意外妊娠史以及脱环等病史）；第二，剖宫产出院时一定要问清楚自己有没有落实避孕措施，是哪种避孕措施；第三，每年“三查”检查时，一定要充盈膀胱再行 B 超检查。检查出环情有变化的主动到上级计生部门或医院再次检查，以便确诊；第四，保存好相关病历，为下次就诊提供方便。

“一个子宫，两只环”现象的出现，给广大的医务人员和从事计划生育工作的相关人员敲响了警钟，无论是“三查”的简单操作，还是难度相对较高的计划生育四项手术的开展，都与执行者的技术和责任心紧密相关。另外特别要指出的是基层的医疗单位和计生站，B 超等硬件设施都还很落后，无形当中给“三查”增加了难度和降低了准确率。本人希望加强基层医疗单位、计生站的硬件建设，进一步提升医疗人员的责任心，确确实实保护好广大妇女的身体和身心的健康。

（作者工作单位：武义县计划生育宣传技术指导站）

418例宫颈未明确诊断意义的非典型鳞状细胞的临床分析

张丽蕾 陆杏菊

宫颈癌是女性生殖系统中发病率占第一位的妇科恶性肿瘤，宫颈细胞学检查已作为常规的宫颈癌检查手段，未明确诊断意义的非典型鳞状细胞（ASCUS）具有组织学诊断的分类的多样性，因此在临床上 ASCUS 的处理是宫颈病变诊治的争论点，本文对 2009 年 1 月—2009 年 12 月在嘉兴市计生站和嘉兴妇保院行宫颈液基细胞学检查（TCT）诊断为 ASCUS 418 例患者，进行系统的临床分析，结果如下：

1. 资料与方法

1.1 研究对象 2009 年 1 月—2009 年 12 月在嘉兴市计生站和嘉兴妇保院门诊就诊，行 TCT 检查，诊断为 ASCUS 的患者 418 例，年龄 21 岁—72 岁，平均 35 岁。

1.2 方法

1.2.1 细胞学检查及诊断方法

标本严格按说明采集，宫颈细胞学诊断采用 2001 版 TBS 分类标准：（1）细胞核增大是正常中层细胞核的 2.5 ~ 3 倍，核浆比例轻度增大。（2）核轻度深染，染色质分布或核型不规则。（3）核异常伴随胞浆的强嗜橘黄色改变。

1.2.2 阴道镜检查及宫颈活组织检查

检查时间：经净后 3—7 天，检查前 3 天禁性生活及阴道用药。应用金科威阴道镜，检查步骤：1. 大号棉签饱蘸生理盐水，擦拭阴道分泌物，再用干棉球轻轻擦干，观察宫颈原始状态下的情况，摄片一次。2. 醋酸试验，大号棉签饱蘸 5% 的醋酸溶液，轻轻均匀涂抹宫颈表面，停留 30 秒钟，开始观察，每隔 30 秒钟摄片一次，直到 4—5 分钟。3. 碘试验，大号棉签饱蘸 5% 的碘溶液，轻轻均匀涂抹宫颈表面，30 秒、1 分钟、2 分钟各摄片一次。阴道镜下对可疑部位取活检，无明显异常者常规 3，6，9，12 点处活检。阴道镜评分采用 Reid 评分方法，0 分为正常或慢性宫颈炎，1—2 分为宫颈上皮内瘤样病变 CIN Ⅰ，3—4 分为 CIN Ⅱ，5—6 分 CIN Ⅲ。活检病理诊断标准：炎症，湿疣样变，宫颈上皮内瘤变（CIN）Ⅰ Ⅱ Ⅲ级，宫颈癌。

2. 结果

418 例被诊断为 ASCUS 的病例，宫颈活检结果：炎症 159 例，湿疣样变 89 例，CIN Ⅰ 70 例，CIN Ⅱ 52 例，CIN Ⅲ 41 例，宫颈癌 7 例。阴道镜诊断评分诊断为 CIN 260 例，符合率为 54%（140 / 260）。

3. 讨论

3.1 在宫颈癌的诊断中，目前推荐三阶梯的诊断程序，即细胞学—阴道镜—病理学。近

表 1 阴道镜诊断为 CIN 与宫颈活检病理诊断的关系（例）

阴道镜诊断	例数	病理诊断			
		炎症	CIN Ⅰ	CIN Ⅱ	CIN Ⅲ
CIN Ⅰ	159	94	62	2	1
CIN Ⅱ	56	3	5	43	5
CIN Ⅲ	45	0	3	7	35
合计	260	97	70	52	41

60 年来宫颈癌发生率在全世界范围内呈下降趋势，得益于细胞学检查的推广。借鉴美国阴道镜及宫颈病理协会（ASCCP）循证医学指南中的资料，细胞学结果为“未明确诊断意义的非典型鳞状细胞（ASCUS）”组织学诊断的分类具有多样性“即包括与 HPV 感染无关的宫颈上皮的良性改变，也包括与 HPV 感染密切相关的 CIN 及宫颈癌。在本资料中提示，418 例 ASCUC 患者中有 40.6%CIN 及以上病变发生。ASCUS 是一个较模糊的诊断，不仅需要对其进一步诊断和处理，而且需引起临床医生的足够重视。

3.2 阴道镜观察下的活检与宫颈癌的关系

阴道镜是一种介于肉眼和低倍显微镜之间的一种非介入性的内窥镜，通过对病变宫颈上的血管及上皮形态学改变的观察，从而作出诊断，可及时发现肉眼难以辨别的细微变化。阴道镜用于宫颈癌的早期诊断主要指征包括，细胞学巴氏Ⅱ及以上或≥ ASCUS,ASC / AGC（1），经宫颈细胞学筛查与阴道镜评估，以宫颈活检做出的组织学诊断为“金标准”（2），2002 年 IFCPC 规定，对阴道镜检查满意的患者无需常规行 ECC 检查，对阴道镜检查不满意的患者必须用 ECC 评估宫颈管内有无病变。阴道镜检查的准确性通常受气自身及检查者的经验和技术水平影响，正确评估阴道镜图像是阴道镜诊断的必要条件。但应注意，不能仅根据阴道镜图像做出临床诊断（3）。因此应加强对阴道镜诊断的培训，提高准确性。

3.3 对于 ASCUS 的处理，目前还没统一认识，一般有三种处理策略：1. 立即阴道镜检查，2. 重复涂片，随访观察。3. 再选择一种检查（HPV）再次分层（4）。本研究对每例均作阴道镜检查及活检，对于 ASCUS 患者，提示存在 CIN 及以上病变的风险有 40.6%，阴道镜诊断 CIN 与宫颈活检病理诊断符合率为 54%，阴道镜可有效的检出 ASCUS 患者中的 CIN 及宫颈癌的病变。

（作者工作单位：嘉兴市南湖区计划生育指导站、嘉兴市妇保院）

两种治疗念珠菌性包皮龟头炎方法的疗效比较

肖廷武 黄忠林

念珠菌性包皮龟头炎是男科常见病，约占男科门诊人次的1/4。我们发现此病如果治疗不当，可致患者病程迁延反复难愈，甚至出现并发症[1]。一般治疗为局部外用抗真菌药霜，疗效欠佳。我科2008年1月～2009年12月收治念珠菌性包皮龟头炎273例，随机分为两组，采用2种治疗方法，并对两种方法疗效进行了对比观察，现报告如下。

1. 资料与方法

1.1 临床资料

经门诊确诊为念珠菌性包皮龟头炎的患者273例，临床男科检查为：外阴瘙痒，包皮及龟头充血潮红，龟头及冠状沟处有红斑或散在粟粒大小丘疹，表面覆白色片状伪膜，少数可见糜烂并附有乳酪样分泌物，尿道口亦可见充血，真菌直接镜检阳性。

按门诊挂号号码单双将病人分为治疗组（联合治疗组149例）和对照组（单纯治疗组124例），治疗后3周内比较治愈率、有效率、复发率等。其中治疗组16～35岁98例（占65.78%），36～55岁33例（占22.15%），56～65岁18例（占12.08%）；对照组16～35岁84例（占67.74%），36～55岁27例（占21.74%），56～65岁13例（占10.48%）. 两组比较差异无统计学意义（P＞0.05），有可比性。

1.2 治疗方法

治疗前行血、尿常规检查及时发现其他男科伴随疾病。包皮龟头分泌物直接镜检念珠菌阳性。治疗组采用口服斯皮仁诺(西安杨森制药有限公司)200mg，每日2次，早、晚餐后即服，连用2天，联合派瑞松霜外搽，外擦药霜前用温开水清洗外阴部，外擦药霜范围尽量大而薄，包括包皮、龟头、系带，如果阴茎阴囊皮肤及阴囊与大腿根部皮肤有念珠菌感染或有相似临床症状同样擦抹药霜，早晚各1次，连用6天；对照组单纯派瑞松霜外搽，早晚各1次，连用6天，擦抹范围及注意事项同治疗组。

1.3 疗效判定

痊愈：临床症状及体征完全消失，真菌镜检阴性，3周～2个月内随访，未见复发。

显效：临床及体征基本消退或缓解，真菌学检查偶见菌丝。

无效：临床症状及体征没有改变，真菌镜检阳性。

1.4 观察项目

治疗时观察项目：起效时间，症状体征改变，药物副反应等；治疗后第3周～2个月观察项目：包皮龟头分泌物念珠菌镜检，复发率，治疗费用，治疗简便程度等。

1.5 统计学分析

采用SPSS11.0统计软件进行数据处理分析，计量资料用X±s表示，样本均数的比较采用t检验，率的比较采用u检验，$p<0.05$则认为差异有显著性意义。

2. 结果

两组治愈率、有效率、复发率、起效时间分别为95.97% Vs 84.68%、100% Vs 91.13%、8.16%% Vs 16.94%、2 ± 0.2h Vs 6 ± 0.5h，组间比较差异有高度显著性意义（$p<0.01$），具体见表1。治疗组方法简便、安全、副作用小、起效快，在治愈率、有效率、复发率、起效时间方面明显优于对照组。治疗组一次治疗费用高于对照组，但对照组复发率高，需要反复治疗，治疗总费用反而超过治疗组，且易出现并发症。

表1 两组患者治愈率、有效率、复发率及起效时间比较

	治愈率（%）	有效率（%）	复发率（%）	起效时间（h）
治疗组（n= 149）	95.97%	100%	8.16%	2 ± 0.2
对照组（n= 124）	84.68%	91.13%	16.94%	6 ± 0.5

注：各指标组间比较，$p<0.01$。

3. 讨论与体会

念珠菌性包皮龟头炎是中青年男性常见病。常因反复发作而成为临床治疗难题，除致病因素尚未消除外，治疗不彻底也是主要原因。而且包皮炎反复发作，致使包皮口、内板皮肤炎性微小裂口反复发生。经多次愈合而引起疤痕增生，最终导致包皮内板炎性增厚或与龟头皮肤粘连，包皮口形成肥厚性狭窄环。阴茎勃起时龟头受到向后牵拉而引起勃起不坚及早泄等性功能障碍[2]。

本文所收集的273例念珠菌性包皮龟头炎患者，均为包皮过长，包皮至少覆盖龟头2/3。恰恰是过长的包皮为念珠菌生长提供温暖潮湿的适宜环境，同时易藏污纳垢[3]。笔者建议对念珠菌性包皮龟头炎反复发作的患者应行包皮环切术，因为包皮环切术可以显著降低艾滋病（HIV）和其他男性及女性生殖道疾病的感染率[4]。

在念珠菌性包皮龟头炎的患者中，自身存在很多误区，首先表现为对该病不重视，认为是小病无所谓，久拖不治；其次是自行滥用消炎药，致菌群紊乱病情加重；再次是不能做到夫妻同时治疗，致夫妻间重复交叉感染，延长病程。

在273例患者病因分析中，发现部分男性没有养成良好的卫生习惯，洗脚和洗阴部用同一套盆子和毛巾。只有1/4男性能做到小便前洗手，而大部分都是小便后洗手，其实这种习惯早已将手上的病毒，真菌及细菌带到包皮上。本组患者中2例是鸡、猪养殖户，念珠菌性包皮龟头炎数次复发，就是因为在鸡、猪舍及身体上、粪便中存在大量念珠菌，极易在人畜间感染。

经过上述分析，致念珠菌性包皮龟头炎的病因多，易反复发病的因素多，对男性生殖健康的影响大，所以寻找一种简便高效的治疗方法，特别是对一些卫生技术条件欠佳的基层计生服务站尤显重要。本观察提示：采用口服斯皮仁诺联合派瑞松霜外用是治疗念珠菌性包皮龟头炎比单纯外用派瑞松霜更有效，且不易复发，值得推广。

（作者工作单位：嘉兴南湖区计生指导站）

3例误诊病例分析

范盛荷

1. 病例报告

例1，女，21岁，G0P0，右下腹隐痛3天，于2008年8月2日求诊本站。末次月经7月23日，量同以往，色偏暗，持续5天干净。患者为在校大学生，自述有性生活史但坚持安全避孕。平时月经正常。腹部B超提示：子宫正常大小，双侧附件无异常，盆腔少量积液。查体：体温正常，心肺无殊，腹软，无压痛及反跳痛。患者拒绝接受妇科检查。本站拟诊“慢性盆腔炎”给予抗感染治疗。第二天输液过程中，患者突发右下腹撕裂样疼痛，伴危重病容，面色苍白，脉搏细速，遂转诊县人民医院妇产科行急诊剖腹探查术。术中导尿查HCG阳性。术后组织送病理检查，病理报告为胚胎组织。术后诊断：右侧输卵管妊娠破裂。

例2，女，39岁，G2P1，因突发下腹疼痛1小时，于2009年6月3日求诊县人民医院外科。门诊资料：急性病容，心肺无殊，右下腹明显压痛及反跳痛。血红蛋白118g/L，白细胞8.0×109/L，中性粒细胞0.64。肝、胆、脾、肾B超未见异常。尿常规无异常。拟诊“急性阑尾炎”建议剖腹探查术。病人拒绝手术，求诊本站，追问病史，患者平时月经规则，末次月经5月11日。妇科检查：外阴（—）；阴道（—）；宫颈光滑；宫体后位常大，压痛（+）；右附件区有明显压痛及反跳痛，未及明显肿块，左侧无殊。B超检查发现右侧附件区有不规则液性团块约2.6cm×3.1cm×2.3cm大小，盆腔有少量积液。本站拟诊：黄体破裂，慢性盆腔炎。予以抗炎止血治疗，二天后症状明显好转，五天后已无腹痛及反跳痛，B超复查右侧附件未见明显包块，盆腔仍有少量积液。患者于2009年6月12日月经来潮。本站最后诊断：黄体破裂，慢性盆腔炎。

例3. 女，26岁，G1P1，因停经39天，阴道少量出血3天，于2009年10月13日求诊县人民医院。诉平素月经规则，末次月经2009年9月4日。门诊资料：尿TT（+）。腹部B超提示：子宫稍大，未见孕囊，盆腔未见积液，右附件区可见一不均质包快如2.3cm×1.7cm×1.1cm大小。妇科检查：外阴（—）；阴道通畅，内有少量暗红色血液；宫颈光滑，无举痛；子宫前位，稍大，质软，无压痛；双侧附件未及包块，无压痛及反跳痛。拟诊“早期异位妊娠”建议药物保守治疗或腹腔镜手术。患者拒绝，求诊本站，予以黄体酮针20mg，一天一次肌注，共用5天，嘱若出现下腹痛及阴道出血增多即急诊人民医院。一周后病人主诉已无阴道出血，本站复查B超提示：宫内见孕囊。本站最后诊断：宫内孕，先兆流产。

2. 讨论

2.1 误诊原因：例1经手术后病理证实为胚胎组织，故异位妊娠诊断成立。误诊原因：⑴患者无明显停经史，且一直安全避孕，主观上犯了先入为主的错误，未检查血尿HCG。⑵病史采集不够详细、全面，未仔细询问患者末次月经等情况，其实末次月经颜色偏暗红就应引起重视。例 2 黄体破裂患者首诊于外科而未追问月经史，进而拟诊阑尾炎而建议剖腹探查。是由于首诊医师考虑不全面，顾此失彼所致。例 3 患者是黄体功能不足导致的早期先兆流产而引起的阴道出血，而临床医师结合 B 超检查而被误诊为异位妊娠。

2.2 预防措施及教训

2.2.1 加强学习，提高异位妊娠的鉴别诊断水平。异位妊娠需要鉴别的疾病很多，如早期妊娠合并黄体囊肿，早早孕先兆流产，急慢性盆腔炎，急性阑尾炎，急性胃肠炎，泌尿系结石，黄体破裂，卵巢囊肿蒂扭转等。

2.2.2 正确认识辅助检查的诊断价值。①腹部 B 超在停经 6 周左右方可查见宫内孕囊，而阴道超声检查到正常宫内孕囊，胚芽，心管搏动的时间早于腹部 B 超约一周，有利于早期发现孕囊位置。当然，在疾病最早期，异位妊娠病灶较小，盆腔积液量较少，阴道超声诊断有一定困难，所以，当血尿 HCG 证实妊娠已确定，而宫内未见正常孕囊时，应在 3 天后多次复查阴道超声，且阴道超声属于无创检查，安全，无痛，价格低廉，应作为诊断早期异位妊娠、宫内早孕及妇科急诊病例的首选检查手段，不应凭一次腹部 B 超检查就诊断疾病。②血尿 HCG 检查阳性对确诊意义重大，有条件的机构最好查血 HCG，其诊断准确率几乎达 100%。

2.2.3 细致询问病史，尤其是首诊医师要多方面了解病史，不能局限于本科室的常见病。对女性患者，尤其需注意对其月经期及妇科方面的询问，以减少病人不必要的痛苦。

2.2.4 怀疑早期异位妊娠者，要敢于动态观察，必要时才考虑创伤性手术治疗，否则容易给患者带来身心损害。

（作者工作单位：庆元县计划生育指导站）

45例妊娠合并梅毒观察及治疗结果分析

查德荣

近几年来梅毒发病率呈不断上升趋势，且年轻妇女梅毒患者不断增加，多数为早期梅毒，通过宫内胎传的危险较性大，影响优生优育。现将我院2003年1月—2007年1月收治的45例妊娠合并梅毒妊娠情况，报告如下。

一、资料与方法

1. 资料 2003年1月—2007年1月分娩总数为7800例，合并梅毒45例，设为梅毒组，其中33例为潜伏梅毒。45例妊娠合并梅毒孕周8—42周，年龄18—35岁，平均25.6 ± 3.1岁。其中20—30岁38例（84.4%），初产妇38例，经产妇7例；孕妇本人有不洁性生活史5例，配偶有治疗史31例，有流产死胎史9例。将同期在我院分的娩产妇设为对照组，年龄20—40岁，分娩孕周28—42周。

2. 诊断方法和标准 本院产前检查时，初诊行快速血浆反应素试验阳性者做RPR滴度及梅毒螺旋体被动颗粒凝集试验（TPPA）确诊。

（1）妊娠合并梅毒的诊断标准 ①孕妇本人或配偶有婚外性行为，梅毒感染史，本人有流产、死胎、早产及死产史及分娩梅毒儿。②各期梅毒的症状和体征。③梅毒血清学试验阳性。

（2）新生儿先天梅毒的诊断标准 ①新生儿和母亲梅毒血清学试验阳性。②新生儿具有肢端掌趾脱皮、斑疹、斑丘疹、肝脾肿大、低体重、呼吸困难、腹胀、梅毒假性麻痹、贫血、病理性黄疸、血小板减少和水肿2个以上临床特征。

（3）临床表现及分期 大部分孕妇无明显临床症状，孕28周前发现者26例（57.8%），28周后发现19例（42.2%），其中22例因流产、死胎、死产、早产在寻找病因中发现，9例因配偶有梅毒时发现，10例因分娩先天梅毒儿发现，仅4例孕期出现皮疹确诊为2期梅毒，所有病例RPR及TPPA均为阳性，RPR滴度≥1：16者29例，≤1：8者16例。

（4）治疗：确诊梅毒后用苄星青霉素240万U肌肉注射，每周1次，连续3周，青霉毒过敏者采用红霉素0.5g，每日4次，15d为一疗程，第一疗程结束后复查RPR，胎儿出生后预防性应用水剂青霉素5万U/kg体重静脉注射，每8—12h1次，连续10d。

3. 统计学方法 采用x2检验

二、结果

1. 梅毒组与对照组妊娠结局 妊娠合并梅毒检出率0.58%(45/7800)，梅毒组死胎发生率11.1%、早产发生率22.2%；对照组死胎发生率1.4%、早产发生率7.1%，两组比较差异有显著性（P<0.05）。

2. 妊娠合并梅毒治疗组与未治疗组的妊娠情况 产前治疗组28例中7例发生不良妊娠，其中死胎1例，先天梅毒2例，早产4例；产前未治疗的17例均发生不良妊娠，其中死胎4例，先天梅毒8例，早产6例，新生儿死亡3例，两组比较差异有显著性（P<0.05）。

3. 先天梅毒的表现 检出新生儿先天梅毒10例，其中3例出生后肢端掌趾脱皮，2例肝脾肿大，4例无明显临床表现，血RPR试验为1：32，高于母血滴度1：8为先天梅毒，1例全身皮肤散在玫瑰疹，色红、圆形或椭圆形，上述先天梅毒儿经驱梅治疗1年后复查RPR均阴性。

三、讨论

1. 妊娠合并梅毒对胎儿的危害 梅毒是由梅毒螺旋体引起的一种慢性性传播疾病，主要是通过性接触传染和血液传播。梅毒螺旋体经胎盘传播多发生在妊娠4个月后，孕母早期梅毒未经治疗时，无论是原发或继发感染，其胎儿几乎均会受累，其中50%胎儿发生流产、早产、死胎或在新生儿期死亡【1】。本文妊娠合并梅毒患者，死胎发生率及早产发生率均高于对照组。反映出梅毒对妊娠和围产儿危害的严重性。

2. 早诊断和规范化治疗可降低不良妊娠的发生 45例合并梅毒患者有33例为潜伏梅毒，可见绝大多数妊娠合并梅毒患者无明显临床症状，只能靠血清学检查发现。高危人群应在孕早期进行梅毒血清学筛查，妊娠20—32周再次复查，以免漏诊。产前治疗组28例，发生不良妊娠25%，而未治疗组100%均发生不良妊娠。

对于通过产前血清检查发现患梅毒的孕妇，给予足量正规的抗梅毒治疗；对可疑的孕妇采取预防治疗，可减少各种妊娠并发症和先天梅毒的发生。对于先天梅毒的治疗，青霉素疗效确切【2】，本文10例胎传梅毒患儿经过治疗，1年后复查RPR均转阴。

3. 加强梅毒的母婴追踪随访 检测27例治疗组新生儿静脉血，其滴度≥1：8者2例，随访2例，RPR均在半年内转阴；未治疗组随访8例，RPR6个月转阴5例，9—12个月转阴3例，体格检查生长发育无明显异常。青霉素对早期梅毒治愈率高达90%【3】，随访近期治疗效果好，远期对幼儿精神、智力是否有影响尚待进一步追踪随访。

4. 育龄妇女在孕前进行梅毒抗体筛查，阳性者应进一步确诊，及时治疗，治愈后再怀孕，防止胎儿发生先天性梅毒。

参考文献

1. 杨锡强，易著文主编．儿科学．北京．人民卫生出版社,2005.148—149.
2. 吴志华．主编．现代皮肤性学．广州：广东人民出版社.1999.380
3. 于恩庶，邵康蔚．原寿基主编．艾滋病与性病学．厦门：厦门大学出版社．1993.363.

论药师在用药中的指导审核作用

莫有珍

药师要按照《处方管理办法》要求，在接收、审核处方中严格执行“四查十对”[2]，正确、及时发放药品，防止差错事故。具体要从以下几方面严格把关。

1. 针对不同患者指导科学用药

1.1 当患者为儿童时，药师需考虑医生的诊断与所选择的药物是否合理，能不能使用，适合患儿的剂量是多少，有否重复用药现象，给药方法和次数是否正确等。如在药物的实际应用中，抗菌药物与抗病毒药物、抗菌药物与清热解毒中成药、抗菌药物与抗病毒类药及清热解毒中成药不当联用占很大比例。针对诸多问题实行处方点评，有利于药师督促医生合理用药。又如青霉素类抗生素半衰期短，在体内消除快，维持合适的血药浓度，应每日 2 ~ 4 次给药次数。喹诺酮类 18 岁以下禁用，四环素类 8 岁以下禁用，对于氨基糖苷类及磺胺类等不良反应较大的药物应慎用 [3]，等等这些都要药师谨慎把关。特别是目前适用于小儿的解热镇痛药品种及剂型相对较多，且其药理作用基本相同，只要一种用足量即有效，没有联合用药的必要。另外，微量元素即维生素类药物，很多家长与医生认为是绝对安全的营养药，可以长期、无条件使用。事实上滥用或过量使用这类药物同样会产生不良反应。如微量元素锌浓度达 15mg.L–1，有损害巨噬细胞和杀灭真菌能力，增加脓疮病的发生率。在用药剂型上，针对小儿服药困难的情况，尽量选用适合小儿服用的糖浆、滴剂、咀嚼片或泡腾片，使患儿易于接受 [5]。

1.2 当患者为妊娠、哺乳期妇女时，药师应严格把握用药安全，许多药物均可通过胎盘进入胎儿体内，胎儿成为间接的用药者。用药过程中药师应考虑哪些药物可透入乳汁，会对婴幼儿产生怎样的影响？并且要注意用药时间和剂量大小。妊娠头 3 个月尽量避免服用药物，尤其是已确定或怀疑有致畸作用的药物，如性激素、抗肿瘤药、抗精神病药、酒精等；胚胎期避免使用镇静、镇痛、抗组胺药、四环素类、噻嗪类利尿药及性激素类等，如地西泮、杜冷丁及其他中枢神经抑制剂等抑制胎儿神经活动、改变脑发育的药物；另外四环素可引起婴儿牙齿黄染；噻嗪类可引起死胎；己烯雌酚可致女性胎儿阴道腺病及腺瘤等，这些药都应该禁止使用。给营养不足孕妇补充微量元素、维生素时，要考虑过量摄入的危害，台过量维生素 D 可导致新生儿血钙过高、智力障碍。

对哺乳期妇女用药，药师首先要考虑弱碱性药物易于在乳汁中排泄，而弱酸性药物较难排泄，用药过程中要注意尽量选用短效药物，疗程不要过长，剂量不要过大，以单剂量疗法代替多剂量疗法，并避免在乳母血药浓度高峰期间哺乳。例如乳母泌尿道感染时，不用磺胺类药，而用氨苄西林代替；口服避孕药应首选低剂量孕激素，而不采用含雌激素和孕激素的复方 [6]。

1.3 当患者为普通育龄妇女时，药师首先要清楚该妇女是未婚者还是正准备生育或是已生育，然后根据不同情况给予恰当指导。怀孕前期妇女用药应详细告知注意事项，应用某些药物应期间要采取有效的避孕措施，防止意外怀孕；应用中西医联合治疗妇科慢性病要提醒患者中西药要错开服药时间；应用活血化瘀药，在月经期间暂时停药，如桂枝茯苓胶囊。

1.4 当患者为老年人时，尤其是慢性病患者，药师应特别考虑老人使用药物是否合适，剂量如何。如老年患者使用左氧氟沙星等喹诺酮类药，按药效学 0.3 ~ 0.5g ,qd 给药方案最好，但考虑到老年患者肝、肾功能可能下降，qd 给药可能导致很高的峰浓度，而过高的峰浓度在增强疗效的同时也增加中枢神经系统的不良反应，因此，可采用 0.2g ,bid 的给药方案进行治疗。由于老年人记忆力减退，容易忘服、多服、误服药物，在发药时，要重点解说，瓶签和药袋标记清楚，尤其是阴道栓剂、肛门栓剂，以避误当口服药。

2. 给医护人员当好药学参谋

药师要保持与临床各科室的联系，做好医师的参谋。向医师提供药物的信息咨询服务，如药品动态、药品规格、包装、用法用量、配伍禁忌，儿童、孕妇、哺乳期妇女用药注意事项等，协助临床医师合理选药、用药；向护士进行输液配制、给药途径、时间与剂量控制等工作的指导。

3. 积极开展药品不良反应监测工作

药师在日常的药品调配、发放过程中，要个有心人，要善于收集信息，发现问题。药师接收处方后，应重点审核有无需做皮试药物及其皮试结果，询问有无过敏史和家族过敏史，如为退药处方，例退米诺环素胶囊，又配强力多西环素片的情况，通过与患者交流，发现患者服用米诺环素后引起严重头晕、头痛，不能直立行走而退药，因而及时获得 ADR 病例。

综上所述，药师只有勤于学习，善于思考，不断总结，乐于奉献，才能发展、突显自己的强项，才能与医生、护士优势互补，提供高附加值的药学服务。

参考文献

[1] 陈秋潮 . 药学监护是临床药学的重要内容 [J]. 中国医院药学杂志 .1996，16（9）：393.

[2] 处方管理办法 [S]. 中华人民共和国卫生部令（53 号）.2007.2.24.

[3] 任冠桦 . 儿科用药存在的问题与儿科合理用药 [J]. 海峡药学 .2005，17（6）：183 － 184.

[4]The children’s hospital and medical center formulary of drugs[M] , 1989, Seattle W.A.U.S.A.

[5] 王启平，陈省，黄立相 . 药学保健对患者用药依从的对照观察 [J]. 中国医院药学杂志 .2007，27（12）：1741.

[6] 国家药品监督管理局执业药师资格认证中心组织编写 [M]. 药学综合知识与技能 . 北京：中国中医药出版社，2003.3

（作者工作单位：安吉县计生指导站、妇幼保健院）

子宫肌瘤腹腔镜下剔除术 56 例临床分析

姜旭珍

子宫肌瘤是最常见的妇科肿瘤，我院 2006 年以来进行了 56 例腹腔镜下子宫肌瘤剔除术，获得了满意疗效，现报道如下。

1. 资料与方法

1.1 一般资料 2006 年 2 月 –2008 年 12 月因子宫肌瘤在我院行子宫肌瘤剔除术者 112 例，根据住院先后序号、按奇偶数分成腹腔镜手术组（奇数组）、开腹手术组（偶数组），每组各 56 例。两组均有子宫肌瘤手术指征，均排除宫颈肌瘤及粘膜下肌瘤，有保留子宫可能。两组年龄、产次、既往腹部手术史、B 超提示最大肌瘤直径比较差异无统计学意义（P>0.05），见表 1。

表 1 两组患者术前基本情况比较

组别	年龄（y）	产次	腹部手术史（例）	盆腔炎史（例）	最大肌瘤直径（cm）
腹腔镜	36.7 ± 3.42	1.0 ± 0.35	18	6	5.32 ± 1.67
开腹组	37.3 ± 2.95	1.0 ± 0.28	20	5	5.49 ± 1.52
P 值	>0.05	>0.05	>0.05	>0.05	>0.05

术前均常规超声检查、宫颈细胞学检查，异常阴道流血者行诊断性刮宫，排除子宫内膜病变。所有患者均无手术禁忌证，选择在月经干净后 3–7 天手术。

1.2 手术方法 腹腔镜手术组采取膀胱截石、头低臀高位，术前安放举宫器，适时举宫便于视野暴露、手术操作。于脐孔边缘作 1cm 皮肤小切口，气腹针穿刺，气腹压力设置为 12mmHg。沿此孔置 Trocar 套管针、置入腹腔镜。腹腔镜监视下，下腹两侧置 2–3 个 0.5 或 1cm 直径的 Trocar 套管针，置操作器械，进行相应手术操作。（1）带蒂浆膜下肌瘤：电凝后剪切，瘤蒂细者创面直接电凝止血，瘤蒂粗者创面以可吸收缝线 8 字缝合。（2）肌壁间肌瘤及无蒂浆膜下肌瘤：垂体后叶素 6IU 稀释后子宫肌层注射，压迫创面 1–2 分钟，单极电钩纵行切开肌瘤表面假包膜，切口长度近达肌瘤的 3/4，深达肌核，可见肌核呈珍珠白色。以抓钳钳夹瘤核牵拉分离剥除肌瘤。为减少术中出血，也可以在瘤体大部分浮出子宫切口表面时先用可吸收缝合线套扎肌瘤根部，套扎线上方双极电凝止血后切下肌瘤，再用可吸收缝线全层连续缝合创口。遇位深的肌壁间肌瘤，瘤床底部可先间断 8 字缝合数针。若为多发性肌瘤则剔除一个缝合一个。剔除的肌瘤用电动粉碎器旋切取出。

开腹手术组根据肌瘤大小等情况取脐耻间纵向切口或耻上横切口 5–8cm，逐层开腹，探查暴露子宫，直视下注射垂体后叶素，切开瘤体包膜、剥出肌瘤，全层连续缝合子宫切口。

以上两组患者合并附件病变者，根据病变性质进行肿物剥出术或患侧附件切除术。除带蒂浆膜下肌瘤外，均于术前取出宫内节育器，术后指导严格避孕两年。

1.3 观察指标 分别记录两组手术所见肌瘤数目位置、手术时间、术中出血量、术后肛门排气时间、术后住院时间、术后镇痛率、术后病率。随访记录术后月经有无改变、术后 3 个月的 B 超检查结果以及术后妊娠情况。

1.4 统计学处理 数据以 X + s 表示，采用 Spss11.5 统计软件进行 t 检验和 X2 检验，P<0.05 为差异有显著性意义。

2. 结果

2.1 手术情况 两组病例剔除肌瘤大小多为 4– 7cm。带蒂肌瘤瘤蒂直径多为 1–3 cm。两组子宫肌瘤患者肌瘤数目、位置、合并证情况比较，差异无显著性意义，参见表 2。腹腔镜组合并卵巢内异囊肿 5 例，输卵管积水 1 例，卵巢冠囊肿 1 例。开腹手术组合并卵巢内异囊肿 3 例，畸胎瘤 3 例，均同时行卵巢囊肿剥除等相应手术，均经术后病理检查证实。

表 2 子宫肌瘤数目、位置及合并证情况比较

	肌瘤数目 (例)			肌壁间肌瘤（例）	附件合并手术(例)
	单个	2 个	3 个以上		
腹腔镜组（n=56 例）	43	10	3	36	7
开腹组（n=56 例）	41	10	5	37	6

两组病例均无手术并发症，手术时间、术中出血量、肛门排气恢复时间、术后病率、术后镇痛药使用率、术后住院时间等情况见表 3。

其中术后病率是指术后 24 小时连续 2 次间隔 4 小时体温超过 380℃。结果表明：腹腔镜组手术时间长于开腹组，但腹腔镜组术后住院时间、术后病率明显少于开腹组。两组术中出血量差异无显著性意义。

表 3 腹腔镜组与开腹组围手术期情况比较

	手术时间 (min)	术中出血量 (ml)	术后排气时间 (h)	术后镇痛用药率 (%)	术后病率 (%)	术后住院时间 (d)
腹腔镜组	96.7+25.8	116.6+82.4	24.4+4.9	10.7（6）	3.4（2）	4.5+0.7
开腹组	62.3+17.1	119.5+85.7	33.7+7.2	87.5（49）	19.5（13）	7.2+1.0
P	<0.05	<0.05	<0.05	<0.05	<0.05	<0.05

2.2 随访结果 术后 1 个月、3 个月、半年复诊随访，以后每半年随访一次。术后 1 个月随访无异常阴道流血，术后 3 个月 B 超均提示“子宫正常大小，肌层无异常回声”，随访未见复发病例。腹腔镜组随访 53 例，随访率 96.4%，开腹组 48 例，随访率 85.6%，除内异囊肿术后服孕三烯酮的 5 位患者外，术后月经均无明显异常改变。目前为止，腹腔镜手术组有 1 例妊娠，现孕 4 月，情况好，开腹组有 1 例在术后 5 个月时意外妊娠，早孕 45 天给予药物流产，经过顺利。

3. 讨论

3.1 腹腔镜下子宫肌瘤剔除术的特点 腹腔镜手术具有腹壁切口小、美观、腹腔干扰小、创伤小的特点。随着近几年腹腔镜设备的不断更新，医生腔镜技术水平的不断提高，腹腔镜下子宫肌瘤剔除术等镜下Ⅳ类手术也越来越多地应用于临床。但腹腔镜缺乏术中手指触摸的检查，代之以加长的手术器械、二维的手术图像，特别是较大的或位置较深的肌壁间肌瘤，操作难度相对较大〔1〕。

本文资料中腹腔镜组与开腹手术组肌瘤大小多为4–7 cm范围，术中出血量比较，差异无显著性意义。而腔镜组手术时间96.7+25.8min, 开腹组62.3+17.1 min，两组相比，差异有显著性意义。究其原因可能在于镜下缝合技术相对较难，钻取肌瘤相对比较费时。在选择腹腔镜下子宫肌瘤剔除术时，术者一定要熟练掌握镜下缝合技术，仔细术前评估、合理选择适应证，真正做到“正确选择病人，准确施行手术”，避免手术时间过长而导致并发症，使微创变巨创。根据参考文献及我院实际条件，大于7cm的肌瘤、超过3枚以上的肌壁间肌瘤、靠近子宫内膜的肌瘤、宫颈或近宫角部的肌瘤，均被列为镜下剔除的手术禁忌证。

腹腔镜组术后恢复时间、术后住院日明显短于开腹手术组，术后病率、术后止痛用药率明显低于开腹组。因此，只要严格掌握手术适应证，规范每一步操作，是能够达到美观、微创的疗效的。

3.2 腹腔镜下子宫肌瘤剔除术患者的生育问题 子宫肌瘤剔除术有改善不孕和保留生育功能的双重目的，大约50%的不孕症患者在子宫

肌瘤剔除后妊娠。当然，子宫肌瘤剔除术后妊娠时子宫破裂是一个潜在问题，术前应告知患者，术后严格酌情避孕1–2年，分娩时适当放宽剖宫产指征〔2〕。本文资料尚无孕足月病例，还须进行更多样本、更长时间随访的对照研究。

作为手术医生必须要考虑患者的生殖预后、妊娠并发症问题，故应该尽量避免子宫肌壁损伤，其中减少电凝损伤也是非常必要的。电凝作用于组织，使细胞变性、脱水、坏死、组织干燥达止血作用，但同时也很可能会有因电损伤而导致的子宫肌深层损伤〔3〕。在操作中，应该兼顾患者生育要求，减少电凝的使用，或者力求定位精确地规范使用，不断提高自己缝合技能，争取肌瘤瘤腔的最佳修复、子宫功能的最佳维护。另外，有生育要求、内凸型的肌壁间子宫肌瘤瘤腔较深患者，对手术缝合技术的要求更高，笔者认为可考虑选择开腹手术。

综上所述，腹腔镜下子宫肌瘤剔除手术效果好、创伤小、术后病率少、住院日短，也保留了患者的生育功能。只要全面考虑患者情况、手术技能等综合因素，合理把握适应证，严谨手术操作，是可向县级基层医院推广的一种子宫肌瘤手术方式。

参考文献

1. 刘彦. 实用妇科腹腔镜手术学. 第一版. 北京：科学技术文献出版社，2004

2. 冯风芝，冷金花，郎景和等. 腹腔镜下子宫肌瘤剔除术的进展. 中华妇产科杂志，2004，39：65–67

3. 刘彦. 实用妇科腹腔镜手术学. 第一版. 北京：科学技术文献出版社，2004

（作者工作单位：安吉县妇幼保健院）

两种新型宫内节育器不良反应的临床观察

张易 胡一萍 吴蓉丽

放置宫内节育器（intrauterine devic IUD）是目前我国使用最广的一种避孕方法，具有品种多、安全、有效、长效、简便、可逆、不影响性生活以及经济的特点［1］。IUD 不良反应是 IUD 避孕中普遍关注和亟待解决的问题，IUD 的失败原因跟社会人口学特征、IUD 的种类、使用者的特征和服务的质量有关［2］。新型 IUD 在设计上更人性化，技术上不断革新，但使用 IUD 避孕的同时，也不可避免地会出现一些不良反应和并发症。我们对自 2009 年 1 月—2010 年 1 月，在我站放置安舒环的育龄妇女 260 例和放置吉妮致美的育龄妇女 230 例进行随访，观察其使用后的临床效果，现报告如下。

1. 资料与方法

1.1 一般资料 研究对象为 2009 年 1 月—2010 年 1 月间在我站放置安舒环或吉妮致美的育龄妇女。根据放置 IUD 不同将其分为 2 组，即放置安舒环组 260 例和放置吉妮致美 230 例，两组对象均身体健康，月经规律，Hb ≥ 110 g / L，官腔深度 7–9cm，无放置 IUD 禁忌症。2 组对象年龄、孕次、产次、宫腔深度进行比较，差异无统计学意义 (P>0. 05)，见表 1。

表 1 两组对象一般情况比较 (x ± s)

组别	例数	年龄（岁）	孕次（次）	产次（次）	宫腔深度（cm）
安舒环组	260	26.25 ± 5.20	1.60 ± 0.90	1.10 ± 0.10	7.72 ± 0.75
吉妮致美组	230	27.30 ± 4.45	1.70 ± 0.50	1.10 ± 0.30	8.10 ± 1.03

1.2 材料 安舒环为活性 γ 型 IUD，由上海医用缝合针厂生产，由记忆合金丝支架、不锈钢丝螺旋圈和 99.99% 高导铜丝以及吲哚美辛硅胶组成（含吲哚美辛 20–25mg），带铜面积 380mm, 无尾丝。吉妮致美采用天津和杰医疗器械有限公司生产，由一根 00 号聚丙烯手术线串联 6 个进口高纯度铜套（直径 2.2mm × 5.0mm，纯度 99.99%，含铜表面积 330mm）组成，在铜套内穿入一根直径 1.8mm 吲哚美辛缓释硅胶棒。

1.3 方法 两组受术者在月经干净 1 ~ 7d、正常产后 3 个月、剖宫产后 6 个月、人流术后 1 个月以上，两组共放置 490 例 (安舒环组 260 例，吉妮致美组 230 例)。术前详细询问病史，均无放置 IUD 禁忌症，手术均由专人为其实施手术操作。术中明确子宫位置及宫腔形态及大小，尤其放置吉妮致美前，必须矫正前倾或后倾的子宫，以利于将节育器小结植入宫底肌层。嘱受术者放环后 1 个月、3 个月、6 个月、1 年来我站接受体格检查、B 超检测，了解放环后的不良反应情况，通过节育器是否移位、脱落，以及月经情况来比较两组的预后。

1.4 统计学方法 计量资料以均数 ± 标准差（x ± s）表示，采用 t 检验，计数资料采用卡方检验等进行统计分析，以 P<0.05 为差异有统计学意义。

2. 结果

2.1 两组 IUD 放置 1 年的不良反应情况 安舒环组放置 IUD 的子宫异常出血、同房不适发生率显著低于吉妮致美组，两组比较差异有统计学意义（P<0.05），腰腹痛、白带增多、节育器移位、脱落等情况的发生率略高于吉妮致美组，两组比较差异有统计学意义（P<0.05），见表 2。

表 2 两组 IUD 放置 12 个月的不良反应比较 例（%）

组别	例数	子宫异常出血	腰腹痛	白带增多
安舒环组	260	8（3.1）	12（4.6）	11（4.2）
吉妮致美组	230	20（8.7）	2（0.9）	5（2.2）
P		<0.05	<0.05	<0.05

2.2 两组 IUD 使用 12 个月临床效果比较 两组在续用率上的比较差异无统计学意义（P>0.05），两组均未发生异位妊娠及带器妊娠。

3. 讨论

安舒环设计的三大特点可有效降低放置节育器带来的月经量增多、经期延长、点滴出血等。（1）铜不外露，降低铜对子宫壁的侵蚀；（2）与子宫内壁接触部位有硅胶，减少摩擦出血；（3）硅胶内有 25 毫克吲哚美辛，可减轻节育器对经期的影响。安舒环不带尾丝，不会引起性交时刺痛不适。建议经量较多、轻微痛经者使用。吉妮致美具有无支架、可固定、柔软、含有吲哚美辛缓释系统的优点，尤其适用于曾经带器妊娠、放置传统宫内节育器脱落者、宫颈口过于松弛、重度裂伤、宫腔深度大于 9 厘米或小于 6 厘米、劳动强度大及有痛经症状者。临床效果观察提示，这两种新型节育器较传统节育器不良反应减少，因症取出率低，续用率高，但不能完全避免。如术者手术前能结合育龄妇女月经史、生育史、既往放环史等综合情况，手术中根据子宫颈松弛度、宫腔因素等具体情况选择适合的宫内节育器，对减轻不良反应，提高宫内节育器的使用率和续用率具有重要意义。

参考文献

［1］李英，李少丽．计划生育药具不良反应检测与防治指南．中国科学技术出版社，2003:97-114.

［2］肖劲松，吴尚纯．常用宫内节育器效能及影响研究进展．中国计划生育学，2006,14（11）：689-692.

（作者工作单位：杭州市余杭区计划生育宣传技术指导站）

后　记

凝聚浙江省人口计生委领导、浙江省宣教中心同志们以及论文集广大作者心血的《人口科学发展新论》终于与大家见面了！

文集的出版是浙江省人口计生工作发展到一定时期、水平的必然产物，是浙江人口理论研究深入、繁荣的体现，更是浙江省人口计生委领导支持、重视的结果。

经过宣教中心较长时间的考虑和酝酿，今年年初，在委领导的关怀指导下，结集出版论文集这项工作终于启动。论文集在运作的过程中，得到了各方的大力支持和响应。人口计生委章文彪主任、宋贤能副主任始终关注、支持这项工作，章文彪主任百忙中抽出时间为论文集作序、宋贤能副主任多次亲自主持研究、指导工作；省计生委人事处直接参与了论文集的组织工作并给予了大力支持；宣教中心领导自始至终指导、参与论文集的工作。浙江大学、杭州师范大学的人口专家参与了论文集的编审工作；浙江大学出版社对论文集的出版给予了大力支持和帮助。同时，这项工作也得到了各地计生部门、作者的热烈响应。在此，对所有对论文集给予支持帮助的领导、同志们表示敬意和感谢！

总结人口计生工作经验、开展理论研究，更好地指导浙江省的人口计生工作，是一项值得我们花大力气去抓的事。本书所收录的成果，体现了作者的辛勤努力。但是，由于时间紧，论文数量多，编辑工作量大，论文集难免有失误和不妥之处，请领导、专家和同仁批评指正！

编委会

2010 年 9 月 28 日